Julian Letsche

TOD AUF DER ACHALM

Ein Schwabenkrimi

Oertel+Spörer

Der Mann mit dem übel riechenden Atem kam immer näher und drängte sie zur Absturzkante. Verzweifelt hielt sie Ausschau nach jemandem, der ihr zu Hilfe eilen könnte, doch ihre Begleiter schienen wie paralysiert zu sein.

Wie hatte sich aus einer scheinbar harmlosen Begegnung solch eine gefährliche Situation entwickeln können, fragte sie sich und noch dazu an einem so herrlichen Tag. Wie bei einem Vorspann für einen Kinofilm lief der bisherige Tagesverlauf vor ihrem geistigen Auge ab.

Nach einem ausgiebigen Frühstück hatten sie sich entschieden, einen Ausflug in die nähere Umgebung zu machen, und waren durch Zufall bei dieser spektakulären Schlucht gelandet. Sie fotografierten wie wild dieses beeindruckende Naturwunder, das außer einem verlassenen Parkplatz keinerlei touristische Infrastruktur aufwies.

Umso mehr waren sie von den Dimensionen dieses Canyons überrascht und hatten gerade beschlossen, wenn es irgendwie möglich wäre, zu dem Fluss hinunterzusteigen, der sich über Jahrmillionen in den Berg hineingefräst hatte. Sie konnten sich nicht sattsehen an diesem grandios schaurigen Blick in die Tiefe und wunderten sich, dass sie die einzigen Touristen hier waren. Gerade als sie sich hinunterbegeben wollten, schlenderte ein Mann heran, den sie zuerst auch für einen Besucher hielten. Sie plauderten mit ihm über allerlei belanglose Dinge, als er urplötzlich seine anfänglich höfliche Art änderte und zudringlich wurde.

Schnell verscheuchte sie die düsteren Gedanken und konzentrierte sich darauf, in dem unwegsamen Gelände nicht zu stürzen. Das Raubtierlächeln des Verfolgers hingegen wurde angesichts der sicheren Beute immer breiter und der lüsterne Blick ließ keine Zweifel an seinen Absichten. Ansatzlos preschte er nach vorne und warf sich auf sein Opfer.

Wie jedes Mal, wenn sie für den Urlaub packte, war Miriam völlig aufgelöst und wie jedes Mal schien ihr die Zeit davonzulaufen. Eigentlich hatte sie sich dieses Jahr vorgenommen, eine Liste mit allen Dingen, die sie mitnehmen wollte, zu erstellen und diese akribisch abzuarbeiten. Aber trotz des festen Vorsatzes war es bei dem Plan geblieben. Wieder einmal war ihr ihre chaotische Art in die Quere gekommen.

»Mami, wann fahren wir endlich?«, fragten ihre beiden Töchter zum wiederholten Male.

»Sobald ich fertig gepackt habe«, fauchte Miriam.

Als dann auch noch ihre Freundin Susi Schuster samt Familie vor der Tür stand, hätte sie am liebsten alles hingeschmissen und abgesagt.

Dabei hatte sie sich auf diesen Urlaub gefreut wie selten zuvor, denn es waren die ersten Ferien, die sie mit Sascha gemeinsam verbringen wollte und dazu auch noch im Ferienhaus ihres verstorbenen Vaters. Rudi Neuburg hatte das alte Bauernhaus in der Provence, Mas genannt, zu einer Zeit gekauft, als solche Häuser den Interessenten beinahe hinterhergeworfen wurden. Eine Verwandte von Rudi, die in der Gegend um Bagnols-sur-Cèze wohnte, hatte dem französisch-stämmigen Weinhändler den Tipp gegeben. Jedes Jahr ihrer Kindheit hatte Miriam dort die Ferien zugebracht, wobei sie die meiste Zeit bei Lucy, der Cousine Rudis, weilte, während ihr Vater und ihre Mutter das halbverfallene Gebäude aus dem siebzehnten Jahrhundert herrichteten.

Es musste bestimmt zwölf Jahre her sein, dass Miriam nicht mehr in Südfrankreich gewesen war, und seit dem Tod ihres Vaters hatte Gerda Neuburg, ihre Mutter, das Anwesen auch nicht mehr aufgesucht.

Miriams Töchter Anne und Sylvie kannten das Haus daher nur von Erzählungen und Bildern. Doch dieses Jahr, da ihr Leben wieder einigermaßen in geregelten Bahnen verlief, hatte Miriam beschlossen, alles daranzusetzen, wieder in die wunderschöne Gegend zu reisen, um ihren Kindern das Traumhaus ihrer eigenen Kindheit nahezubringen.

»Hallo Miri, sollen wir schon mal was raustragen, damit wir früher wegkommen?«

Jetzt platze ich gleich, dachte die junge Frau, versuchte jedoch gute Miene zum bösen Spiel zu machen, um ihrer besten Freundin und deren Familie den Urlaub nicht schon vor Reiseantritt zu vermiesen.

»Grüß dich, Susi, das ist nett von euch, dass ihr mir helfen wollt. Tragt doch schon mal die beiden Reisetaschen raus und ihr beiden«, sie wandte sich an ihre Töchter, »könnt eure kleinen Koffer mit den Spielsachen und Büchern selbstständig packen und zum Auto bringen. Stapelt das Zeug aber so, dass Saschas Sachen auch noch reinpassen.«

Als endlich alles verstaut war und Miriam fix und fertig auf dem Fahrersitz des Lieferwagens saß, bemerkte Sylvie, das jüngere der beiden Kinder, dass sie ihr Lieblingskuscheltier vergessen hatte. Miriam stellte das Auto wieder ab und versuchte, sie mit der letzten Freundlichkeit, die ihr noch geblieben war, zu bitten, dass sie sich beeilen solle. Just in dem Moment, als das Mädchen wieder einsteigen wollte, kam Gerda Neuburg herangefahren.

»Hallo ihr Lieben, ich wollte mich noch von euch verabschieden.«

Sie herzte die zwei Mädchen, die es sich mehr oder

weniger stoisch gefallen ließen, obwohl sie ihre Oma eigentlich sehr gern hatten. Dieses Verhalten war dem Umstand geschuldet, dass Anne und Sylvie zum einen furchtbar aufgeregt waren und zum anderen die zwei Jungs von Susi, die ungefähr im selben Alter waren, zum Autofenster herausschauten.

»Müssen wir eigentlich noch etwas Besonderes beachten da unten?«

»Gestern habe ich mit Lucy telefoniert und sie gefragt, ob alles in Ordnung ist. Sie meinte, dass im Haus alles okay sei und lediglich die Straße sich in einem erbärmlichen Zustand befinden soll. Auf ihre Nachfrage hin haben ihr die Gemeindearbeiter jedoch versichert, dass der Weg noch vor eurer Ankunft gerichtet werden wird. Mit der Weinhandlung haben wir ja alles besprochen und du kannst dich wie immer auf mich verlassen. Hier hab ich dir noch eine Kleinigkeit.«

Gerda Neuburg drückte ihrer Tochter ein paar Scheine in die Hand, bevor sie sich mit einer Umarmung verabschiedete. Miriam kannte ihre Mutter gut genug, um zu spüren, dass sie den Platz in Südfrankreich, den sie und Rudi immer als ihre zweite Heimat bezeichnet hatten, sehr vermisste und am liebsten mitgefahren wäre.

Nachdem sie sich vergewissert hatte, dass Susis Mann Björn abfahrbereit war, gab sie Gas und war von einem Augenblick auf den anderen völlig gelöst.

Der Stress der letzten Woche war mit einem Mal von ihr abgefallen und sie fühlte sich fast schon euphorisch. Trotz ihrer Hochstimmung vergewisserte sich Miriam während der Fahrt, dass Björn hinter ihr herfuhr, und kurze Zeit später standen sie unweit von Saschas Altbauwohnung.

»Ich habe schon gedacht, ihr hättet mich vergessen«, frotzelte Sascha mit einem Blick auf eine imaginäre Uhr an seinem Handgelenk.

»Bitte, jetzt du nicht auch noch, ich habe mich gerade ein wenig von dem Packstress erholt«, entgegnete Miriam mit einem eindeutigen Augenrollen. »Lass uns stattdessen gleich weiter zu deinem Freund nach Erpfingen fahren«, fügte sie versöhnlich klingend hinzu.

Grinsend schnappte Sascha seine schwere Reisetasche und verstaute sie in Miriams Wagen.

Bei den Planungen zu diesem Urlaub, die sie gemeinsam mit Sascha durchgeführt hatte, war die Frage aufgekommen, ob man nicht noch ein oder zwei befreundete Familien mitnehmen könnte, da das Haus sehr viel Platz bot. Sofort hatte Miriam diesen interessanten Gedanken aufgenommen und ihre Freundin Susi nebst Familie ins Spiel gebracht.

Der eingefleischte Junggeselle Sascha hingegen hatte bisher noch keine Familien mit halbwüchsigen Kindern in seinem näheren Bekanntenkreis. Doch als er den Familienurlaub im großen Stil bereits ad acta gelegt hatte, war ihm sein früherer Kumpel Karl Mader in den Sinn gekommen. Bei einem mysteriösen Mordfall, den er gemeinsam mit seiner Kollegin Mertens vor zwei Jahren gelöst hatte, war der junge Kommissar im Zuge seiner Ermittlungen durch Zufall auf eben jenen Karl Mader getroffen. Nachdem er bei Karl, der mittlerweile Filialleiter der örtlichen Volksbank geworden war, Einsicht in die Konten eines Hauptverdächtigen bekommen hatte, tauschten die beiden Schulfreunde ihre Handynummern aus und versprachen sich gegenseitig hoch und heilig, nicht nochmals so viele Jahre bis zu einem Wiedersehen verstreichen zu lassen. Mit Sicherheit hätte dieses Versprechen wie so viele davor eine kurze Halbwertszeit gehabt, wenn Sascha während der Urlaubsplanungen nicht verzweifelt nach jemandem mit Familie in seinem persönlichen Umfeld gesucht hätte. Anfänglich war Miriam ziemlich skeptisch gewesen, weil ihr sowohl Karl als auch seine Frau wildfremd gewesen waren, doch Sascha hatte darauf bestanden, sich wenigstens einmal mit ihnen zu treffen, da er seinerseits Miriams Freundin und deren Familie ebenso wenig kannte.

Dem ersten Treffen in Karls Haus in Erpfingen folgten weitere und Miriam war sowohl von dem bedächtigen Karl als auch seiner quirligen Ehefrau Gabi angetan, die als Krankenschwester halbtags in einer Tübinger Klinik arbeitete. Die beiden hatten drei angenehme Kinder, wobei der ältere Sohn bereits sechzehn und die zwei Töchter etwas jünger als die Miriams waren. Hinzu gekommen war, dass sowohl Susi und Björn als auch Karl und seine Familie alljährlich an Pfingsten verreisten und sich für dieses Jahr noch nichts Besonderes vorgenommen hatten. Dass die Ferientage in den Juni fielen, machte das Ganze noch attraktiver und sie mussten nicht lange überlegen, bevor sie zusagten.

Der VW-Bus der Maders stand fertig gepackt in der Einfahrt des Zweifamilienhauses, das sie vor fünf Jahren in der Neubausiedlung errichtet hatten. Etwas neidisch blickte Sascha auf das Familienidyll, das sich der gleichaltrige Karl erschaffen hatte. Doch sofort schalt er sich einen Narren und gönnte seinem Freund das vermeintliche Glück. Schließlich hatte er jetzt ja auch so etwas wie eine Familie, mit Miriam und ihren Kindern, in der er sich sehr wohl fühlte.

Nach einer kurzen Begrüßung beschlossen sie, auch aufgrund des anhaltenden Regens sich sofort auf ihre mehrstündige Fahrt zu begeben, und Miriam mit ihrem Citroën-Kastenwagen setzte sich als langsamstes Gefährt an die Spitze. Sie hatten sich für die landschaftlich reizvollere Route durch die Schweiz entschieden, mussten dafür aber auch den Umstand in Kauf nehmen, dass es sehr viele Baustellen und Staus bei den Eidgenossen gab.

»Ich wäre ja über Mülhausen gefahren«, gab Sascha zu bedenken, als sie bei der Umfahrung von Zürich nur im

Schneckentempo vorankamen. »Aber dafür ist es jetzt wohl zu spät.«

»Da hast du vollkommen recht, mein Schatz, ich verspreche dir jedoch, dass dich die schönen Gegenden, die wir passieren, für die nervtötende Warterei entschädigen werden.«

Sobald sie Bern hinter sich gelassen hatten und die ersten Alpengipfel in Sicht kamen, bestätigte sich Miriams Vorhersage und auch das Wetter besserte sich langsam.

Sascha konnte sich nicht sattsehen an den schönen Seen wie etwa dem Lac de Neuchâtel oder natürlich später dem von teilweise schneebedeckten Bergen halb eingerahmten Genfer See. Früher war er mit seinen Kumpels ein paar Mal nach Frankreich und Italien gefahren, doch die letzten Jahre immer in den Urlaub geflogen und seine Ziele waren dabei meistens irgendwelche Partyhochburgen in Spanien gewesen, wo die Landschaft eher nebensächlich war.

Lediglich die seiner Ansicht nach immer gleichen Kinderhörspiele gingen ihm ein wenig auf den Geist und nach der gefühlt zwanzigsten Räuber-Hotzenplotz- und Bibi-Blocksberg-CD schlug er vor, eine Pause zu machen.

»Lass uns noch die Grenze nach Frankreich passieren, in etwa einer Stunde treffen wir auf einen See, der dir den Atem rauben wird«, versprach Miriam, die als Beifahrerin immer wieder eingenickt war, mit Blick auf ihre ebenfalls schlafenden Kinder.

Im Gegensatz zu ihrem Freund kannte sie zwar alle CDs auswendig, hatte sich jedoch im Laufe der Jahre an diese Art der Kinderberuhigung gewöhnt. Sascha nickte und fügte sich in sein Schicksal, während Miriam den beiden anderen Frauen eine kurze SMS schickte, um sie auf die baldige Rast hinzuweisen. Bis auf die Staus und zwei kurze Pinkelpausen waren sie bisher gut vorangekommen, und wenn es so weiterlief, würden sie vor Einbruch der Dämmerung ihr Ziel erreicht haben.

Wie zuvor in der Schweiz war die Autobahn durchsetzt mit Tunnels, auf der französischen Seite wirkten allerdings manche wenig vertrauenerweckend.

»Da vorne musst du rechts abbiegen.«

»Lac d'Aiguebelette, oder so ähnlich. Ist das dein Traumsee?«, fragte Sascha und Miriam musste anerkennen, dass seine Aussprache gar nicht mal so schlecht war.

Sascha hatte auf dem Weg zum Abitur eine Zeitlang Französisch als Hauptfach, seit dieser Zeit jedoch nie wieder die Gelegenheit gehabt, das Gelernte anzuwenden.

»Das heißt so viel wie schönes Wasser, hat mir mein Vater einmal erklärt.«

Viele Jahre war sie nicht mehr an diesem See gewesen, doch sofort kehrten die Erinnerungen wieder und Miriam dirigierte ihren Fahrer sicher zu dem Badeplatz, wo sie früher mit ihren Eltern auch haltgemacht hatte.

Auf dem gut gefüllten Parkplatz gab es gerade noch drei Lücken. Sobald die Autos standen, hüpften die Kinder hinaus.

»Ich bin die lange Fahrerei nicht mehr gewohnt«, stöhnte Sascha und dehnte und streckte sich.

»Mir geht es kein bisschen besser, alter Kumpel«, ergänzte Karl und hieb seinem Schulfreund spielerisch mit der flachen Hand auf den Rücken.

Das andere Pärchen war jetzt ebenfalls ausgestiegen und gesellte sich zu seinen Urlaubspartnern, wobei die Frauen sich untereinander unterhielten und die Männer ein eigenes Grüppchen bildeten. Susi, die seit geraumer Zeit Tai Chi praktizierte, zeigte den anderen einige Dehnungsübungen, um den Körper nach der langen Fahrt ein wenig zu entspannen.

»Ich denke, wir sollten unsere Badesachen schnappen und vor zum See gehen, bevor unsere Kleinen ohne Aufsicht reinhopsen«, drängte Miriam, deren zwei Mädchen zwar sehr gut schwimmen konnten, die sie aber trotzdem nicht unbeaufsichtigt lassen wollte.

»Du hast recht, ich bin da auch eher der ängstliche Typ«, pflichtete Susi bei.

Einzig Gabi machte einen gelassenen Eindruck, was sicherlich an ihrem sechzehnjährigen Jungen lag, der in der Regel auf seine jüngeren Geschwister aufpasste.

»Fantastisch!«

»Traumhaft!«

»So was Schönes habe ich selten zuvor gesehen!«

»Na, habe ich euch zu viel versprochen?«, fragte Miriam strahlend in die Runde, als die drei Familien am Badestrand angekommen waren.

Das glasklare, in einem unwirklichen türkisfarbenen Ton gehaltene Wasser kam durch die mächtige Felswand, die am jenseitigen Ufer aufragte, erst so richtig zur Geltung und lud geradezu zum Schwimmen und Planschen ein.

Es war natürlich nicht so warm wie im heimischen Freibad, doch keiner der deutschen Urlauber konnte sich der Faszination dieses Sees entziehen.

»Leider können wir nur maximal eine Stunde hier verweilen, da wir sonst in die Nacht reinkommen«, gab Miriam zu bedenken, während sie sich abtrocknete. »Wie ich euch erzählt habe, liegt das Haus mitten in der Pampa und den Waldweg, der dorthin führt, habe ich in denkbar schlechter Erinnerung. Die Gemeindearbeiter dort wollten ihn zwar vor unserer Ankunft noch ein wenig befestigen, aber darauf verlassen möchte ich mich nicht unbedingt. Ich würde deshalb vorschlagen, dass wir unsere Brotzeit herrichten und kurz was essen, bevor wir uns auf die Weiterfahrt machen.«

»Was schätzt du, wie lange wir noch brauchen?«, wollte Susi mit einem leicht genervten Unterton wissen und fuhr mit der Hand durch ihre langen blonden Haare. »Meine Jungs fangen langsam an zu quengeln und fragen mich alle paar Minuten, wann wir endlich da sind.«

»Rechnet mal mit fünf Stunden, dann wären wir um acht dort.«

»Wie wäre es, wenn wir die Kinder ein wenig durchmischen, diese Maßnahme hält sie bestimmt eine Zeitlang bei Laune«, schlug Gabi vor.

»Das ist eine Superidee«, rief Susi begeistert aus und dieser Vorschlag stieß auch bei den anderen Eltern auf Zustimmung.

Vom Lac d'Aiguebelette aus ging es sehr zügig und entspannt voran, da die Autobahnen bis Valence ungewöhnlich leer waren. Erst als sie auf die berüchtigte A 7, die Autoroute du Soleil, trafen, wurde es anstrengend, denn diese mehrspurige Straße war eine der verkehrsreichsten in ganz Frankreich. Alle drei Fahrer waren froh, als endlich die langersehnte Abfahrt Pont-Saint-Esprit in Sicht kam. Seit dem Halt an dem spektakulären See hatte sich die Landschaft sichtlich verändert und zeigte das, was Miriam südliches Flair nannte. Schön anzuschauende Lavendelfelder wechselten sich mit dem niedrigen Gestrüpp der sogenannten Garrigue, einer Art Heidelandschaft, ab. Anstelle von Buchen und Fichten dominierten jetzt Pinien, Feigenbäume und Zypressen. Auch die Architektur hatte sich auffallend verändert. Die vielen alten Häuser waren unverputzt und trugen stolz ihre schönen Natursteinfassaden zur Schau. Manche mittelalterlich anmutenden Dörfer thronten wie Adlerhorste auf steilen Hügeln.

Inzwischen war die Stimmung in Miriams Auto auf dem Tiefpunkt angelangt und auch die tollsten Hörspiele konnten die zwei Halbwüchsigen nicht mehr bei Laune halten. Sylvie und Anne schrien sich wegen jeder Kleinigkeit an und waren kurz davor, handgreiflich zu werden. Sehnsüchtig erinnerte sich Sascha jetzt an seine Alleinurlaube, sprach dies aber natürlich nicht aus. Miriam wurde ebenfalls immer gereizter und machte ihrem Frust lautstark Luft.

»Was glaubt ihr beiden eigentlich, was Sascha von euch denkt? Er wird bestimmt nie wieder mit uns in Urlaub fahren.«

»Mir doch egal«, lautete die Antwort von Anne, dem älteren der Mädchen.

»Das habe ich jetzt aber nicht gehört«, entgegnete Sascha scheinbar beleidigt und beschloss, seinen letzten Trumpf auszuspielen.

»Auf meinem neuen I-Phone habe ich ein paar tolle Spiele drauf. Wenn ihr mir versprecht, die letzten paar Kilometer friedlich zu sein, gebe ich es euch, vorausgesetzt natürlich, eure Mutter erlaubt es.«

Miriam wollte ihren Freund spontan dafür tadeln, besann sich aber angesichts der Ausnahmesituation eines Besseren.

»Meinetwegen, aber das ist das erste und letzte Mal in diesem Urlaub. Ist das klar?«

Als Antwort kam ein müdes »Ja« und die Kinder schnappten sich das dargebotene Handy. Offenbar hatten sie nicht das erste Mal so ein Ding in der Hand. Miriam fragte sich insgeheim, wie lange sie sich wohl noch dagegen wehren konnte, ihren Kindern ein Smartphone zu kaufen.

Endlich kamen sie in dem beschaulichen Städtchen Bagnols-sur-Cèze an, von wo aus es nur wenige Kilometer bis zu dem Ferienhaus ihrer Eltern waren. Die Gruppe passierte zwei kleine Dörfer, bevor sie in einen winzigen Weiler einfuhren, der aus kaum mehr als fünf Häusern bestand.

»Jetzt müssen wir noch ein paar hundert Meter durch den Wald fahren, dann sind wir da«, beruhigte Miriam und war ein wenig stolz, dass sie den Weg bis hierher nach all den Jahren so gut gefunden hatte.

»Äh, wie kommen wir eigentlich in das Haus rein?«, meldete sich Sascha mit einem skeptischen Unterton.

»Auch daran habe ich gedacht, mein Lieber. Ursprünglich wollte Lucy den Schlüssel vorbeibringen und mit uns einen Willkommenstrunk einnehmen. Leider ist ihr etwas dazwischengekommen und sie hat ihn deshalb unter einem besonderen Stein deponiert.«

»Ist das nicht ein wenig leichtsinnig? Man hört so viel über Wohnungseinbrüche hier im Süden.«

»Haha, aus dir spricht der ewig misstrauische Polizist. Wahrscheinlich wäre es das Beste, das Haus überhaupt nicht abzuschließen, denn außer ein paar antiquierten Möbeln ist nichts zu holen und man hätte keine aufgebrochenen Türen und Fenster.«

Da es bereits nach neun Uhr war, herrschte im Wald eine ziemliche Dunkelheit, die sich noch verstärkte, je weiter sie hineinfuhren.

»Sagtest du vorhin nicht, es wären nur noch einige hundert Meter, Mama?«, fragte Anne ärgerlich, als die drei Autos bereits eine Zeitlang auf der Schotterpiste unterwegs waren.

»Wir sind bestimmt gleich da, mein Schatz.«

Bei Miriam schlichen sich allmählich erste Zweifel ein, ob sich das Ferienhaus auch in diesem Waldstück befand. Dabei hatte sie nicht nur ihre Mutter nochmals eingehend befragt, sondern auch Lucy am Telefon gebeten, ihr markante Anhaltspunkte zu nennen.

»Kannst du bitte mal ganz langsam fahren«, bat die junge Frau und versuchte dabei, sich trotz der fortgeschrittenen Dämmerung an irgendeinem Felsen oder hohen Baum zu orientieren.

»Ich habe Angst«, schluchzte Sylvie und brachte ihre Mutter noch mehr durcheinander.

»Das Haus ist nicht mehr weit, und wenn wir dort sind, dürfen die Kinder es erst mal gehörig auskundschaften. Und dann erwartet euch dort noch eine schöne Überraschung.«

Insgeheim war sie jedoch alles andere als ruhig und schalt sich eine unverantwortliche Närrin, da sie nicht mit Nachdruck darauf bestanden hatte, an diesem Morgen früher loszufahren. Die Insassen der anderen beiden Autos und vermutlich besonders die Kinder waren mit Sicherheit auch am Ende ihrer Nerven. Sollten sie das Haus nicht finden, müssten sie entweder nach Bagnols-sur-Cèze zurückfahren und darauf hoffen, dort noch eine Absteige zu finden, oder im schlimmsten Fall notdürftig im Auto übernachten. Lucy, die Cousine ihres Vaters, war mit ihrem Mann nach Le Grau-du-Roi gefahren und würde erst in zwei Tagen zurückkehren.

Gabi und Karl hatten wenigstens noch den geräumigen VW-Bus. So wie sie ihre Freundin Susi kannte, würde die ihr das nicht so schnell verzeihen und morgen in aller Herrgottsfrühe den Rückweg antreten. Ihr Mann Björn würde sie bestimmt nicht aufhalten, denn er tat im Zweifel immer das, was seine Frau von ihm verlangte.

»Stopp«, schrie Miriam so laut, dass alle im Wagen erschraken. »Da an der Linksabzweigung hängt ein kleines Schild.«

Geistesgegenwärtig war Sascha auf die Bremse getreten und bedeutete dem nachkommenden Karl rückwärtszufahren.

Mit dem Fernlicht beleuchtete er das winzige Täfelchen.

»›Mas de la Source‹, das ist unser Haus«, stellte Miriam triumphierend fest und alle Anspannung fiel von ihr ab.

»Juhu«, schrien ihre drei Mitfahrer unisono.

Bis dahin war der Waldweg noch beinahe zweispurig befahrbar gewesen, in der Abzweigung hingegen wurde es jetzt so eng, dass unter keinen Umständen zwei Autos aneinander vorbeigekommen wären. Zudem wurden die Schlaglöcher zahlreicher und tiefer.

»Seht nur, da vorne ist es«, rief Miriam nach einer kurzen Steigung aus, während Sascha äußerst skeptisch dreinschaute und anhielt.

»Soll ich da jetzt wirklich runterfahren?«

Er öffnete die Wagentür und stieg aus. Der Abhang war beim vorletzten Regen wohl abgerutscht und erforderte eigentlich ein geländegängiges Fahrzeug, wenn nicht sogar einen Traktor. Auch Miriam verließ das Auto und besah sich das, was vom Weg übrig geblieben war.

»Na ja, wenigstens haben wir es gefunden. Am besten lassen wir die Autos hier oben stehen und tragen das Notwendigste einfach runter. Ich bin mir sicher, dass die Gemeindearbeiter am Montag kommen und den Weg reparieren werden. Ein bisschen Bewegung kann uns nach der langen Fahrt bestimmt nicht schaden.«

Nach einer kurzen Lagebesprechung stellten die drei Fahrer ihre Wagen auf den Vorplatz des Nachbargrundstücks und jeder, auch die Kinder, trug etwas zum Haus. Aber selbst zu Fuß war der Abstieg äußerst mühsam und Sascha konnte Sylvie, die ins Rutschen gekommen war, mit einer freien Hand gerade noch festhalten.

»Das ist ja ein Pool«, rief Anne, die als Erste unten angekommen war, verzückt aus und ließ ihre Tasche einfach fallen.

Die anderen Kinder rannten hinter ihr her zu dem kleinen Schwimmbad und wären bestimmt hineingehüpft, wenn es die Wassertemperatur erlaubt hätte. Doch als Anne ihren linken Fuß hineinhielt, entfuhr ihr ein lautes »I, das ist ja eisig!«.

»Die Überraschung ist dir geglückt, Miriam, aber offenbar ist es unseren Kleinen zu kalt in dem Pool«, meinte Susi schmunzelnd.

»Na ja, man kann nicht alles haben, das hier ist ein Naturschwimmbad und wird lediglich mit den beiden Solarmodulen auf dem Dach des Gerätehauses ein wenig erwärmt.«

»Aber das Haus ist jedenfalls der Wahnsinn, so schön habe ich es mir nicht vorgestellt.«

Trotz der einsetzenden Dunkelheit konnten sie die Umrisse des stattlichen Gebäudes erkennen. Die typisch provenzalischen Natursteinfassaden mit den authentischen blauen Klappläden vermittelten von außen den Charakter einer Trutzburg. So wie es aussah, musste es vor einigen hundert Jahren in den Hügel hineingebaut worden sein, was man an der ansteigenden Linie der Giebelseiten links und rechts deutlich erkennen konnte. Das Kellergeschoß wurde von einem wie angeklebt wirkenden Vorbau dominiert, dessen zwei Rundbögen an eine Brücke erinnerten.

Tatsächlich war der Seiteneingang des Obergeschosses nur über diese Arkaden zu erreichen.

»Ich will ja nicht drängen, aber es wäre das Beste, wenn wir die Zimmer verteilen, solange wir noch einigermaßen sehen. Wir können ja danach noch zusammensitzen und morgen in aller Ruhe eine ausgiebige Hausbesichtigung machen«, mahnte Miriam.

»Da hast du vollkommen recht, aber ich würde es gern dir überlassen zu entscheiden, wo wer schläft. Schließlich bist du quasi die Hausherrin und kennst dich am besten aus«, entgegnete Gabi pragmatisch.

»Also gut, wenn niemand etwas dagegen hat, dann würde ich sagen, dass du und Karl mit euren Kindern im Nebenhaus schlaft. Dort gibt es drei Zimmer, zwei Toiletten und ein Bad.«

Da es doch eine lange Zeitspanne her war, seit Miriam zuletzt in diesem Haus Urlaub gemacht hatte, hatte sie sich von ihrer Mutter zu Hause anhand von Bildern die Örtlichkeit genau erklären lassen.

»Ihr könnt mit euren Kindern das gesamte Untergeschoß übernehmen, da gibt es zwei geräumige Zimmer und ebenfalls WC und Dusche«, schlug sie ihrer Freundin Susi vor. »Wobei ein Zimmer eine Besonderheit aufweist, denn dort fließt eine winzige Quelle hindurch, woher auch der Name des Hauses resultiert.«

»Was, durch das Gebäude fließt ein Bach? Ist es da nicht zu feucht?«

»Im Winter kann man diese Räume natürlich nicht bewohnen, aber bei den derzeit herrschenden Außentemperaturen ist es äußerst angenehm, ihr werdet sehen. Und sollte es euch wider Erwarten nicht gefallen, so können wir immer noch tauschen.«

»Jetzt bin ich ja gespannt, wo ich heute mein Haupt betten werde, wenn dieses alte Gemäuer so tolle Überraschungen bereithält.«

»Tja, wir beiden sind mit Anne und Sylvie direkt unter dem Dach und können die Sterne betrachten.«

»Dann hoffen wir mal, dass das Dach dicht ist und wir keinen Wasserfall von oben abbekommen.«

»Keine Angst, die Tonziegel hat mein Vater selbst angebracht.«

»Das beruhigt mich«, erwiderte Sascha grinsend und wartete vor der Eingangstür, während Miriam zielsicher unter einen unscheinbaren Stein langte und einen Schlüssel hervorholte.

Sie öffnete die Tür und betätigte den Lichtschalter. Sofort überkam sie ein wohliges Gefühl von Geborgenheit und Vertrautheit. Doch im nächsten Moment wich dieses Gefühl jenem der Melancholie, weil sie ihren Vater, für den dieses Haus symbolisch stand, nie mehr wiedersehen würde.

»Geht es dir gut?«, fragte Sascha mitfühlend, als er den traurigen Gesichtsausdruck seiner Freundin betrachtete.

»Es ist…, nichts, mich hat lediglich die Erinnerung an glückliche Kindertage übermannt.«

Jetzt kamen auch die anderen Erwachsenen ins Haus und überboten sich gegenseitig mit dem Ausruf von Superlativen.

Rudi Neuburg hatte alles liebevoll restauriert und dem Mas seinen einzigartigen Charakter gelassen. Die uralten Holzbalken waren abgeschliffen und mit Leinöl gestrichen worden, was ihnen eine unvergleichliche Patina verlieh. Gemeinsam mit dem akribisch mit Mörtel ausgefugten Natursteinmauerwerk fühlte man sich um Jahrhunderte zurückversetzt.

Miriam lief einen kurzen Gang entlang und blieb vor einer Garderobe stehen.

»Zu meiner Linken seht ihr die Küche, die verglichen mit den anderen Räumen nach meinem Geschmack etwas winzig ausgefallen ist. Trotzdem hat mein Vater hier wahre Gaumenfreuden gezaubert. Es ist alles vorhanden, sogar ein Geschirrspüler.«

»Hier ist unser Speise- und Frühstücksraum und dahinter ist das legendäre Kaminzimmer, von dem ich euch bereits erzählt habe.«

Das Esszimmer wurde dominiert von einem mächtigen Eichentisch, um den Baststühle gruppiert waren, und von zwei mannshohen alten Schränken, die das Essgeschirr beinhalteten.

Zu Miriams Überraschung standen mehrere Rotweinflaschen auf dem Tisch und auf verschiedenen Tellern waren Wurst, Käse und Baguette angerichtet.

»Das ist eine kleine Aufmerksamkeit von Lucy, die das Haus während unserer Abwesenheit betreut. Ihr werdet die gute Seele bestimmt noch kennenlernen«, erklärte Miriam lächelnd.

Durch einen niedrigen Durchgang ging es eine kurze Treppe hinunter in den Raum mit dem riesigen offenen Kamin. Davor standen im Halbkreis mehrere Chaiselongues sowie ein antikes Sofa, das schon ziemlich niedergedrückt war.

»Ich würde sagen, dass wir uns in etwa einer halben Stunde, wenn die Kinder im Bett sind, hier treffen.«

Nachdem sie jedem der Paare sowie Sascha die Schlafräume gezeigt hatte, ging Miriam zurück zum Kaminzimmer.

Versonnen blickte sie auf das Bücherregal, das gegenüber dem Kamin stand. Plötzlich traten ihr Tränen in die Augen. Schlagartig wurde ihr der schmerzhafte Verlust ihres geliebten Vaters so richtig bewusst und sie fragte sich, ob es richtig gewesen war hierherzukommen, wo alles seine Handschrift trug.

Ein Arm legte sich um sie, und als sie die Wärme von Saschas Körper spürte, wusste sie, dass Rudi Neuburg es gewollt hätte, dass Miriam die Tradition fortführte.

Eng umschlungen standen sie mehrere Minuten da und keiner sprach ein Wort.

»Soll ich ein Feuer anmachen?«, durchbrach Sascha die Stille.

»Ja, das wäre schön.«

Wenig später schlugen die Flammen aus dem aufgeschichteten Holz und nach und nach trudelten die anderen Erwachsenen sowie Miriams Kinder ein.

»Mami, warum ist das Schwimmbad so kalt?«, wollte Sylvie wissen und rieb sich die Augen.

»Wir schauen morgen mal, ob es irgendwo einen Regler für Warmwasser gibt, aber jetzt bringe ich euch auch ins Bett.«

Widerspruchslos folgten die Mädchen ihrer Mutter in das große Dachzimmer, wo sich in der Mitte ein geräumiges Doppelbett befand und in einer Nische verborgen zwei Einzelbetten standen.

Auf ihrem Weg zurück nahm Miriam ein großes Tablett und brachte die Gastgeschenke ins Kaminzimmer.

»Wo ist euer Großer?«

»Dreimal darfst du raten, David beschäftigt sich natürlich mit seinem Handy«, antwortete Karl kopfschüttelnd.

»Ich bin froh, dass er überhaupt noch mal mit uns in den Urlaub gefahren ist, vermutlich das letzte Mal.«

»Na ja, irgendwann werden meine beiden Mädels ebenfalls ihre eigenen Wege gehen, doch bis dahin ist es noch lang.«

Miriam öffnete eine Flasche Rotwein und füllte die Gläser.

»Jetzt wollen wir erst mal auf unsere gute Herfahrt anstoßen und darauf, dass nichts passiert ist. Dieser herrliche Tropfen ist aus der näheren Umgebung, wo die Weingüter bereits Teil der berühmten Qualitätslage Côte du Rhône sind, und wurde von einem Bruder Lucys hergestellt, dem das Château gehört.«

»Da habe ich ja gar nicht mehr dran gedacht, dass wir eine richtige Expertin in Sachen Wein unter uns haben. Ich freue mich schon auf die diversen Verkostungen«, meinte Karl schmunzelnd und bedachte Miriam mit einem anerkennenden Blick.

Nach und nach löste sich bei allen die Anspannung der langen Fahrt und es entwickelte sich ein munteres Gespräch, wozu der Côte du Rhône erheblich beitrug.

»Was wollen wir morgen eigentlich anstellen?«, erkundigte sich Susi, die gerne alles im Voraus plante und nicht gerade für Spontaneität bekannt war.

Alle Augen richteten sich auf Miriam, die als Einzige diese Gegend kannte.

»Wir könnten nach Uzès fahren, das ist eine bezaubernde Stadt, und dort ein wenig bummeln. So wie es aussieht, wird es morgen warm und wir könnten uns danach eine geeignete Badestelle am Fluss suchen.«

»Das hört sich gut an, dann haben sowohl wir als auch unsere lieben Kleinen etwas davon.«

Susi war zufrieden mit diesem Vorschlag und ihr Mann Björn stimmte ihr zu. Miriam hatte noch nie erlebt, dass er sich gegen eine ihrer Entscheidungen gestellt hätte. Gabi und Karl waren gleichfalls einverstanden, doch bei ihnen wurde alles dem Anschein nach im Konsens entschieden.

»Ich füge mich natürlich der Mehrheit«, rundete Sascha das Thema diplomatisch ab.

Als das Gähnen immer mehr zunahm, löste sich die Runde langsam auf und die Paare suchten ihre Zimmer auf. Lediglich Miriam und Sascha wollten abwarten, bis das Feuer heruntergebrannt war, und unterhielten sich noch ein wenig mit gedämpften Stimmen.

»Was hältst du von unserer kleinen Reisegruppe?«

»Och, ich denke, dass wir sehr gut harmonieren werden, sowieso wenn wir das Finanzielle so regeln wie von meinem Freund Karl vorgeschlagen.«

Der Bankangestellte hatte sich für eine gemeinsame Haushaltskasse ausgesprochen, in die jede Familie einen Betrag einzahlte, wobei er anteilig für seinen älteren Sohn mehr einbringen wollte.

»Ja, es wäre schade, wenn es am Geld scheitern und uns dadurch der ganze Urlaub in schlechter Erinnerung bleiben würde. Wenn es hingegen funktioniert, könnte ich mir vorstellen, auch nächstes Jahr in dieser Konstellation wieder hierherzukommen.«

Sascha nickte und nahm ihre Hände zärtlich in seine.

»Wir könnten aber auch mal unterm Jahr für ein paar Tage hierherfahren, nur du und ich. Obwohl ich noch nicht sehr viel sehen konnte, habe ich mich schon in diesen herrlichen Landstrich und besonders in dieses wunderschöne alte Haus verliebt.«

»Das ist gar nicht so abwegig, ich muss sowieso die Zeit hier nutzen, um die Weinproduzenten, die meinen Vater beliefert haben, abzuklappern und eventuell neue hinzuzugewinnen. Wenn das klappt, haben wir einen guten Grund, öfter hierherzufahren, um das Angenehme mit dem Nützlichen zu verbinden.«

»Hört sich gut an, aber reichen deine Französischkenntnisse aus, um mit den Winzern zu verhandeln?«, gab Sascha zu bedenken.

»Na ja, ich kann mich sehr gut in dieser Sprache unterhalten, aber natürlich fehlen mir die feinen Raffinessen. Deshalb habe ich Lucy gebeten, mich zu den Châteaus zu begleiten.«

Sie unterhielten sich danach noch ein wenig über Miriams Vater und Sascha erfuhr so einiges Neues über den ungewöhnlichen Mann, bevor sie ebenfalls den Gang ins Schlafzimmer antraten.

Ein herrlicher Duft nach frisch gebackenem Brot erfüllte die Luft des Hauses am nächsten Morgen. Miriam war aufgestanden, als alle anderen noch schliefen, und hatte sich leise hinausgeschlichen. Sie war in das nächstgrößere Dorf namens Goudargues gefahren und hatte in einer Boulangerie, die sie noch aus früheren Ausflügen mit ihrem Vater kannte, Baguettes, Croissants und für die Kinder Pains au Chocolat gekauft. Das malerische Städtchen hatte nichts von seinem Charme verloren. Sie parkte ihren Wagen ein wenig außerhalb und flanierte an dem mit Platanen gesäumten Fluss entlang, der die Häuserreihen der Hauptstraße voneinander trennte. Zielsicher überquerte Miriam das Wasser auf einer der alten steinernen Brücken und fand die Bäckerei beinahe unverändert vor.

Zu ihrer eigenen Überraschung hatte sie sich kein einziges Mal verfahren und auf dem direkten Weg wieder zurückgefunden.

»Da hat sich die lange Anfahrt doch schon mehr als gelohnt«, meinte Karl verschmitzt und biss genussvoll in ein Butterhörnchen. »Unsere Bäcker machen zwar das beste Brot weltweit, aber Croissants und Baguettes muss man einfach in Frankreich essen.«

Die Kinder wirkten erst ein wenig skeptisch, als sie die rechteckigen Pains betrachteten, doch als sie ein Stück des mit Schokolade gefüllten Gebäcks abgebissen hatten, kannte die Begeisterung keine Grenzen mehr.

Miriam heimste viel Lob für ihren Einkauf ein und es wurde beschlossen, dass abwechselnd jeden Morgen jemand zum Bäcker fahren würde.

Der Besuch der historischen Altstadt von Uzès gestaltete sich nicht so einfach wie gedacht, da sich die Parkplatzsuche als äußerst nervenaufreibend erwies. In den Gassen des pittoresken Städtchens fand an diesem Tag ausgerechnet der wöchentliche Markt statt, der wahre Völkerscharen in den Ort spülte.

Nach zehnminütigem Fußmarsch erreichten sie das markante herzogliche Schloss und wenig später dann den von Arkaden gesäumten Place aux Herbes, wo die Marktleute ihre Stände aufgeschlagen hatten.

Allein die verschiedenen Gerüche nach südlichen Gewürzen, frischem Fisch und Meeresfrüchten entschädigten für die Strapazen. Die Reihenfolge der Stände folgte einem erkennbaren System, in einem Carrée waren Händler, die die lukullischen Dinge feilboten, und in einem anderen etwa Schuh- und Bekleidungsstände. Weiter vorne waren die für diese Gegend typischen bunten Töpferwaren aufgereiht.

Schnell bildeten sich wieder geschlechterspezifische Grüppchen, etwa wenn in einer Auslage handgefertigter Schmuck dargeboten wurde. Die drei Männer blickten unterdessen sehnsüchtig auf die Tische der Cafés, die sich unter den Arkaden befanden, wo andere Zeitgenossen sich bereits ein kaltes Bier gönnten, und betrachteten dann voll dunkler Vorahnung die ausgewiesenen Preise der von ihren Frauen favorisierten Schmuckstücke.

Allerdings war es äußerst schwierig, in diesem Getümmel zusammenzubleiben und die Kinder nicht aus den Augen zu verlieren.

Deshalb beschlossen die Herren der Schöpfung einträchtig, sich einen schattigen Platz zu suchen, um etwas Kühles zu trinken und den Kindern dort ein Eis zu kaufen. Dieser Vorschlag besänftigte die Frauen, die somit ungestört über den Markt flanieren konnten, um später zum Treffpunkt zurückzukehren.

Sascha erklärte sich bereit, etwas Proviant für das mittägliche Picknick einzukaufen.

Anfänglich verwechselte er noch Wörter, doch allmählich kehrte das Gelernte zurück und es machte ihm Spaß, sein Schulfranzösisch anzuwenden, zumal er feststellte, dass die Leute viel freundlicher mit ihm umgingen, wenn sie hörten, dass er ihre Sprache ein wenig beherrschte.

Susi hatte sich eine schöne Silberkette gekauft, und während die Händler um die Mittagszeit ihre Stände wieder abbauten, beschlossen die drei Familien, die Stadt zu verlassen und einen Badeplatz aufzusuchen. Sie fanden einen zauberhaften Platz am Flussufer, wo die Strömung nicht zu stark war und sich mitten im Fluss kleine Tümpel gebildet hatten.

Auf einem flachen Felsen drapierte Sascha die Köstlichkeiten, die er eingekauft hatte. Getrocknete Tomaten, eingelegte Oliven sowie die verschiedenen luftgetrockneten Würste waren gemeinsam mit dem krossen Baguette im Nu verzehrt und die Ziegenkäse-Pélardons rundeten das herrliche Mahl ab. Alle fühlten sich rundum wohl.

Auch die nächsten Tage waren angefüllt mit dem Besuch von Sehenswürdigkeiten der Region sowie dem Entdecken neuer Badeorte.

»Heute würde ich gerne mit Lucy zu ein paar Winzern fahren, wenn es euch nichts ausmacht«, sagte Miriam eines Morgens, nachdem sie mit der Cousine ihres Vaters telefoniert hatte.

»Dann könnten wir ja zu der spektakulären Schlucht fahren, von der du schon mehrfach erzählt hast«, schlug Susi vor.

»Hm, ich weiß nicht, hier in Frankreich werden die Sicherheitsmaßnahmen oft etwas lax gehandhabt und so wie ich die Klamm in Erinnerung habe, sind unsere Kinder dafür noch etwas zu klein«, gab Miriam zu bedenken.

»Ich könnte doch mit den Kleinen hierbleiben und mit ihnen eine Poolparty veranstalten.«

Überrascht blickten alle auf Sascha, und nachdem die Kinder lauthals jubelten, war die Tagesplanung klar.

Bevor Miriam nach Bagnols-sur-Cèze zu Lucy aufbrach,

erklärte sie Karl, der mit seinem VW-Bus fahren wollte, den Weg zu der Schlucht.

Den Bäcker in Goudargues hatte Miriam auf Anhieb gefunden, doch bei dem Haus ihrer Verwandten musste sie passen. Nachdem sie mehrfach im Kreis gefahren war und einige rote Ampeln überfahren hatte, lenkte sie ihren Wagen in die Innenstadt.

Vor einem kleinen Café blieb sie in bester französischer Manier im absoluten Halteverbot stehen und setzte sich an einen kleinen Tisch.

Sie bestellte sich bei dem unaufdringlichen Garçon einen petit Café und nahm ihr Smartphone aus der Tasche.

»Hallo Lucy, es ist zum Verzweifeln, ich habe jetzt eine halbe Stunde versucht, dein Haus zu finden. Jetzt sitze ich im ›Café du Centre‹, kannst du hierherkommen?«

In der Sprache ihres Vaters zu reden, fiel ihr leichter als gedacht und auch die Antwort von Lucy, die sich bemühte langsam zu sprechen, verstand Miriam sehr gut.

Es dauerte keine zehn Minuten, bis eine attraktive Frau in den Vierzigern mit langen dunkelbraunen Haaren vor ihr stand.

Die beiden umarmten sich stürmisch und gaben sich mehrere Küsschen auf die Wange.

»Wie lange ist das her, seitdem du das letzte Mal mit deinen Eltern hier unten warst?«

Miriam überlegte einige Augenblicke, bevor sie schmunzelnd antwortete.

»Jedenfalls viel zu lange.«

»Du musst mir deine Lebensgeschichte erzählen, ich möchte alles wissen und natürlich besonders die Umstände von Rudis Tod«, forderte Lucy und blickte ihre Verwandte aus fast schwarzen Augen an.

»Ich fürchte, dazu reichen meine Sprachkenntnisse nicht aus, na ja, ich kann es ja mal versuchen. Aber können wir das während der Fahrt machen, denn ich habe leider nicht allzu viel Zeit, da mein Lebensgefährte Sascha heute alleine auf sämtliche Kinder aufpasst? Die vier anderen Erwachsenen sind zu den Concluses de Lussan gefahren und er hat sich bereit erklärt, zu Hause zu bleiben«, erläuterte Miriam.

»Na schön, dann lass uns fahren und ich hoffe stark, dass ich deinen Märchenprinzen in den nächsten Tagen kennenlerne.«

»Komm doch mit Jacques einfach gleich heute Abend vorbei, dann können wir die Früchte unserer heutigen Arbeit ausgiebig genießen.«

Der ausreichend motorisierte VW-Bus schnurrte ohne große Anstrengung den Berg hinauf, während sich die zwei Pärchen angeregt unterhielten. Auf der Anhöhe folgte eine schnurgerade Allee, an der links und rechts der Fahrbahn hohe Pinien Spalier standen.

»Halt an«, rief Gabi, die Beifahrerin, plötzlich.

»Da war ein winziges Hinweisschild und ich meine, darauf den Namen der Schlucht gelesen zu haben.«

Nachdem er sich vergewissert hatte, dass hinter ihm niemand kam, fuhr Karl rechts ran und stoppte sein Fahrzeug.

Er machte einen U-Turn und fuhr das holprige Sträßchen, das dem Schild folgte, einige Kilometer entlang, bis sie zu einem wenig frequentierten Parkplatz kamen.

Lediglich ein ziemlich verbeulter alter R4 stand verloren herum.

»Für ein Touristenziel ersten Ranges ist hier aber wenig los«, spottete Björn und blickte skeptisch auf den Prospekt in deutscher Sprache, den sie sich im Tourismusbüro in Goudargues geholt hatten.

»Vielleicht hat die gute Miri einfach übertrieben, egal, jetzt sind wir schon mal hier, dann sehen wir es uns auch an, oder nicht?«, fragte Susi in die Runde und die anderen nickten zustimmend.

Skeptisch folgten sie der Tafel mit dem grünen Pfeil und standen plötzlich an einem atemraubenden Abgrund.

»Das gibt es doch nicht«, rief Gabi aus und ihre Augen weiteten sich, als sie in die Tiefe blickte.

»So etwas Schönes wäre bei uns in Deutschland großflächig abgesperrt und die zahllosen Besucher würden sich gegenseitig auf den Füßen stehen. Abgesehen davon, dass man ohne Eintrittsgeld sowieso keinen Zugang bekommen würde.«

Tatsächlich fiel das Gelände an der Stelle, wo sie sich befanden, um wenigstens zweihundert Meter senkrecht ab und in der Tiefe war ein Fluss mit smaragdgrünem Wasser zu erkennen.

»Aber Gott sei Dank haben wir die Kinder nicht mitgenommen, da hätten wir keine ruhige Minute gehabt«, stellte Gabi mit Blick auf die äußerst spärliche Absperrung fest.

Auf der gegenüberliegenden Seite ragte eine Steilwand mindestens genauso hoch auf und man konnte erkennen, dass der Fluss sich irgendwie unten in dem Gestein verlieren musste.

»Das ist ja echt der Hammer, diese imposante Schlucht! Ich schaue mal, ob man hinuntersteigen kann.«

Karl ging voraus und suchte nach einem Pfad.

Er fand einen schmalen Weg, der sich hinunterwand, und folgte ihm, um zu sehen, ob er ins Tal hinabführte. Es war ziemlich beschwerlich und mehrfach lösten sich große Steine aus dem Schotterbelag, die mit lautem Getöse in die Tiefe fielen.

Trotz seines Bürojobs war Karl körperlich in sehr guter Verfassung. Zu Hause hielt er sich mit Fahrradfahren und Wandern fit, wobei er Letzteres in einem Verein ausübte.

In diesem Moment näherte sich ein Mann mit unsicherem Gang der Aussichtsplattform, auf der die Deutschen standen. Zielstrebig ging er auf die blonde Susi zu, die wie gebannt auf den hochgewachsenen Neuankömmling starrte.

Alle drei spürten die Gefahr, die von diesem Kerl ausging.

»Excusez, Madame, voulez vous baiser moi?"

Er machte eine eindeutige Geste dazu und kam dabei immer näher.

»Ich verstehe zwar nicht, was er gesagt hat, aber ich fürchte der Kerl führt nichts Gutes im Schilde«, rief Susi angsterfüllt aus.

»Was fällt Ihnen ein?«

Björn trat heran und blickte den Kerl kampfeslustig an.

»Verschwinden Sie oder ich mache Ihnen …«

Weiter kam er nicht.

Mit einer für seinen betrunkenen Zustand unfassbar schnellen Bewegung hatte er die in seinem Hosenbund steckende Pistole herausgezogen und sie dem überraschten Björn auf den Kopf geschlagen. Susis Ehemann ging mit einem hässlichen Geräusch zu Boden. Danach richtete der Franzose die Waffe auf Gabi und bedeutete ihr, in Richtung Parkplatz zu verschwinden. Susi stand unterdessen mit offenem Mund da und war zu keiner Bewegung fähig.

»Baiser«, stieß der Mann heiser hervor und die junge Frau wusste jetzt, dass er sie vergewaltigen wollte.

Er schmiss die Plastiktasche, die er die ganze Zeit über in

der Hand gehalten hatte, auf den Boden und legte die Pistole darauf. Offenbar war er überzeugt davon, dass er sich die Frau auch ohne Waffengewalt gefügig machen konnte.

Sie konnte schon deutlich die blutunterlaufenen, gierigen Augen sehen und der übel riechende Atem raubte ihr beinahe den Verstand. Sie erwachte aus ihrer Erstarrung und ging vorsichtig Schritt für Schritt rückwärts, dabei kam sie ganz dicht an die Absturzkante.

Plötzlich schnellte der Mann nach vorne und warf sich auf sie.

Ungeduldig durchmaß Magdalena Mertens das Foyer im Erdgeschoss des riesigen Uni-Krankenhauses, während Paul Hanser sich im Sprechzimmer eines auf Karzinome spezialisierten Professors aufhielt. Sie war so aufgeregt wie selten zuvor in ihrem Leben und hoffte und bangte um den Mann, mit dem sie ein spätes Glück genießen konnte.

Es hatte lange, zermürbende Gespräche gebraucht, bis sie ihn endlich soweit gehabt hatte, dass er sich einer eingehenden Untersuchung unterzog, und tatsächlich wurden in seinem Darm wuchernde Geschwüre festgestellt. Der Hausarzt hatte ihn dann hierher überwiesen, damit Hanser Gewissheit über die Art seiner Krankheit erlangen sollte. Obwohl ihr Kollege Sascha Gross noch eine Woche in Südfrankreich Urlaub machte und sie eigentlich unabkömmlich war, hatte sie bei ihrem Vorgesetzten Köttmann einen freien Tag durchgesetzt.

Paul war mittlerweile in ihre Jugendstilvilla in Reutlingen, die sie von ihren Eltern geerbt hatte, mehr oder weniger eingezogen, hielt sich jedoch noch mindestens zwei Tage und Nächte in der Woche zu Hause in Erpfingen auf.

Magdalena, die zuvor etwas Bedenken vor diesem Schritt gehabt hatte, musste sich eingestehen, dass ihr der neue Hausgast überaus gut tat.

Lange hatte sie mit sich gerungen, danach aber offenherzig über ihre in den letzten Jahrzehnten der Einsamkeit entstandenen Eigenheiten geredet.

Bisher hatte sie in all den Jahren keinerlei Rücksicht auf irgendjemanden nehmen müssen, umso mehr war sie angenehm überrascht darüber, dass es bisher so reibungslos funktionierte.

Bevor Paul eingezogen war, hatte sie ursprünglich vorgehabt, einen Teil des riesigen Hauses an eine Flüchtlingsfamilie zu vermieten, doch nach einer Baubesichtigung mit einem Behördenvertreter war ihr klargemacht worden, dass hierzu eine größere Sanierung erforderlich gewesen wäre.

Ratlos hatte sie danach Paul, der auf seinem Bauernhof in Erpfingen des Öfteren Umbaumaßnahmen durchgeführt hatte und auch ausreichend praktisch veranlagt war, gebeten, diese selbst in die Tat umzusetzen. Sofort war er Feuer und Flamme gewesen und hatte ihr angeboten, bei befreundeten Handwerkern Kostenvoranschläge einzuholen. Leider waren deren Preisvorstellungen mit ihrem Beamtengehalt nicht zu realisieren und Magdalena musste den Plan mit den Flüchtlingen vorerst begraben. Sie hatte von ihren Eltern zwar zusätzlich zu dem Haus noch Geld geerbt, doch auf diese Rücklagen wollte sie nur im äußersten Notfall zurückgreifen.

Da es aus finanziellen Gründen mit der Aufnahme von Flüchtlingen wohl nicht klappen würde und sie sich in ihrem Alter nicht mehr verschulden wollte, nahm eine andere Idee langsam Gestalt an.

»Wie wäre es eigentlich, wenn du bei mir einziehen würdest?«, hatte sie Paul eines Abends bei einem Gläschen Rotwein gefragt, nachdem sie lange mit sich gerungen hatte.

Der dickschädelige Älbler zierte sich ein wenig und erbat sich ein paar Tage Bedenkzeit. Im Grunde seines Herzens hätte er am liebsten gleich eingewilligt, aber Spontaneität war noch nie sein Ding gewesen.

Er hatte schließlich zugesagt, wollte jedoch unter keinen Umständen mietfrei bei seiner Freundin wohnen.

»Ich will von dir nichts geschenkt, damit das gleich klar ist«, hatte er beinahe erbost gesagt und es wäre darüber beinahe zu einem Zerwürfnis gekommen.

Sie einigten sich schließlich auf einen symbolischen Betrag, den er ihr am Monatsanfang überweisen wollte, und Paul versprach ihr dafür als gewissen Ausgleich zu der sehr geringen Miete, die finanziell machbaren Umbauten auszuführen.

Mit Elan machte sich der Rentner zuerst daran, die in die Jahre gekommenen Bodenbeläge der verschiedenen Terrassen in Magdalenas Garten zu erneuern, und sie konnte beinahe nicht aufhören, ihn dafür zu loben, so sehr gefiel ihr seine Arbeit.

»Aber ich bitte dich, das ist nun wirklich keine Hexerei«, winkte er dann bescheiden ab.

Nachdem Magdalena gesehen hatte, wozu Paul handwerklich in der Lage war, beschloss sie ihn zu fragen, ob er das Bad im Obergeschoß, das sie hauptsächlich nutzte, sanieren könnte.

Dieser Raum, den sie insgeheim als Schandfleck bezeichnete, hatte die Hauptkommissarin schon seit langer Zeit als dringend renovierungsbedürftig betrachtet. Immer wieder hatte sie die Arbeiten hinausgeschoben, weil sie sich nicht damit anfreunden konnte, dass sich wildfremde Menschen in ihrem intimsten Bereich zu schaffen machten.

»Dazu brauche ich allerdings fachliche Unterstützung. Die alten Armaturen und Fliesen rauszureißen und neue zu verlegen, macht mir keine Schwierigkeiten, aber für die sanitäre Installation benötigen wir einen Fachmann.«

Ein Blick auf ihre skeptische Miene reichte ihm, um zu erkennen, dass sie es am liebsten sähe, wenn er alles selbst erledigen würde.

»Ich habe einen Cousin, der gleichfalls im Ruhestand ist und dringend ein wenig Aufbesserung seiner Rente benötigt. Er hat vierzig Jahre als Klempner gearbeitet, den könnte ich fragen«, schlug Paul vor und mit einem feinen Lächeln bemerkte er, dass sich Magdalenas Miene aufhellte.

»Das hört sich gut an. Eigentlich wollte ich meinen Urlaub anders gestalten, aber ich denke, dass ihr ein wenig Unterstützung gebrauchen könnt.«

»Du könntest für unser leibliches Wohl sorgen, damit wäre uns sehr geholfen«, entgegnete er verschmitzt.

Eine Woche später begannen sie mit den Abbrucharbeiten und Magdalena bekam die Aufgabe, den Schutt in Eimern die Treppen runterzutragen, um ihn dann in einen von Paul mitgebrachten Autoanhänger zu schütten.

Sobald die Ladungsobergrenze erreicht war, fuhren sie gemeinsam zur Firma Sturz, einem großen regionalen Müllentsorger. Bei der Einfahrt wurde ihr Gefährt gewogen und ein unfreundlicher Mann erklärte ihnen umständlich, wohin der Bauschutt zu bringen war.

Staunend blickte sich Magdalena auf dem riesigen Gelände um und musste sich eingestehen, dass sie sich bisher keine großen Gedanken über die Entsorgung des täglich anfallenden Mülls in der Region gemacht hatte. Mit zwei Schaufeln entluden sie in schweißtreibender Arbeit den Anhänger, bis Paul bei der dritten Fuhre einen Radladerfahrer bat, mit seinem Gerät den Schutt herunterzuschieben, allerdings nicht ohne dem Mann vorher ein kleines Trinkgeld zuzustecken.

Eines Tages waren sie sehr spät dran und verließen sich beim Abladen auf den freundlichen Mann mit dem Lader, doch der war nirgends zu entdecken. Es blieb den beiden nichts anderes übrig, als wieder von Hand zu entleeren.

»Außer uns ist keiner mehr da.«

Besorgt ließ Magdalena den Blick umherschweifen.

»Hoffentlich machen die nicht dicht und wir müssen die Nacht auf dieser Deponie verbringen.«

»Na und wenn schon, das wäre doch bestimmt romantisch«, sagte Paul lachend.

»Aber im Ernst, das Gelände ist videoüberwacht, und bevor der letzte Mitarbeiter nach Hause geht, schaut er sich die Bildschirme an, damit keine ahnungslosen Leute wie wir auf der Müllhalde übernachten müssen.«

Als der Anhänger leer war, zeigte der Zeiger von Pauls Uhr bereits viertel nach sechs und er ließ den Wagen langsam auf die Waage zurollen.

Die Schranke war heruntergelassen und Paul stieg aus. Er wandte sich dem Häuschen zu, wo vorhin noch ein Mann gesessen war, der abkassierte beziehungsweise Lieferscheine ausstellte.

»Hm, das ist jetzt aber seltsam«, brummte er und sah beim Zurückgehen, dass Magdalena ebenfalls ausgestiegen war.

Sie ging in die entgegengesetzte Richtung auf der Suche nach einem Angestellten, der sie herauslassen konnte.

Doch nirgends war jemand zu finden, und nachdem sie beinahe die ganze Deponie abgesucht hatte, war sie entschlossen, Paul zu bitten, die Schranke zu rammen. Sie ging gerade an einer Werkstatthalle vorbei, als sie jemanden sprechen hörte.

Ihr fiel ein Stein vom Herzen und voller Freude eilte sie in die Richtung, aus der die Stimmen kamen.

»Ich mache da nicht mehr länger mit«, ließ sich jemand entschieden vernehmen und Magdalena stoppte mitten in der Bewegung.

Da ist was faul, dachte sie und ihre berufsbedingte Neugier war geweckt.

»Wenn Sie jetzt aussteigen, wäre das für Ihre Gesundheit bestimmt nicht förderlich«, antwortete ein anderer Mann zynisch. »Und jetzt stellen Sie endlich die Papiere aus, ich habe noch einen weiten Weg vor mir.«

Die unverhüllt ausgesprochene Drohung tat ihre Wirkung und Mertens sah, wie sich der Bedrohte mit hängenden Schultern in Bewegung setzte.

»Hallo, warten Sie kurz«, rief die Hauptkommissarin und beschloss, dem Mann nötigenfalls zu Hilfe zu eilen.

Erschrocken drehte er sich um.

»Äh, was, …, was machen Sie hier? Wir haben geschlossen.«

»Mein Freund und ich haben etwas länger mit dem Abladen gebraucht. Plötzlich war niemand mehr zu finden und die Schranke war heruntergelassen.«

Der Angestellte war mittelgroß und hatte ein fahles Gesicht, in dem die blauen Augen das einzig Auffällige waren.

»Geht es Ihnen gut oder brauchen Sie Hilfe?«, wollte Mertens mit Blick auf den anderen Kerl wissen, dessen brutale Züge zu dem bulligen Körper passten.

»Ich wüsste nicht weshalb und jetzt machen Sie, dass Sie verschwinden«, befahl der Ängstliche mit zittriger Stimme.

»Wenn Sie so freundlich wären und uns rauslassen würden? Außerdem müssen wir noch bezahlen.«

Unschlüssig blickte er zuerst auf Mertens und dann auf den anderen Kerl, der ihm leicht zunickte.

»Na schön, kommen Sie mit und Sie«, bedeutete er dem Bulligen, »warten hier solange.«

Während sie über den Platz liefen, wo Pauls Auto stand, beschloss Magdalena dem Mitarbeiter der Deponie ein wenig auf den Zahn zu fühlen.

»Hören Sie, ich kann Ihnen helfen, wenn Sie bedroht werden, mein Name ist Mertens, Hauptkommissarin bei der Reutlinger Kripo.«

»Lassen Sie mich in Ruhe, ich werde von niemandem bedroht«, entrüstete er sich scheinbar, doch Mertens konnte seine Angst deutlich spüren.

Er betrat das Waaghäuschen und blickte sich darin um, doch es war deutlich zu sehen, dass er sich mit diesen Dingen normalerweise nicht befasste.

»Passen Sie auf, ich kann da jetzt an dem Computer nichts mehr machen«, stieß er genervt hervor und kratzte sich am Kinn.

»Wir machen es jetzt einfach so, dass ich Ihnen handschriftlich etwas aufsetze, mit dem Sie morgen nochmals herkommen und die Rechnung dann bei meinem Kollegen begleichen.«

Hastig kritzelte er etwas auf ein leeres Blatt Papier, setzte seinen Namen darunter und unterschrieb den Wisch. Gleichzeitig betätigte er einen Knopf, um die Schranke zu öffnen.

»Da Sie mit Ihrer letzten Ladung im Computer gelistet sind, würde ich Ihnen raten, so schnell wie möglich wieder herzukommen.«

Er drückte Magdalena das Papier in die Hand und wandte sich grußlos ab.

»Na, da haben wir ja noch mal Glück gehabt, dass du so einen guten Riecher besitzt und diesen seltsamen Menschen aufgespürt hast«, meinte Paul grinsend und fuhr eilig davon.

»Der gute Riecher sagt mir aber auch, dass da etwas überhaupt nicht koscher ist. Ich konnte mit anhören, wie der Typ von einem gefährlich aussehenden Mann bedroht wurde und daraufhin deutliche Anzeichen von nackter Angst zeigte.«

»Das hast du dir bestimmt bloß eingebildet, vielleicht bist du als Polizistin einfach etwas zu feinfühlig in derlei Dingen. Auf jeden Fall fahre ich morgen früh wieder mit einer Fuhre her und bezahle die Zeche.«

Nachdem die Abbrucharbeiten abgeschlossen waren, rückte Pauls Cousin Dieter an und das neue Bad nahm langsam aber sicher Konturen an. Magdalena genoss es, für das leibliche Wohl der beiden Männer zu sorgen, und verwöhnte die Handwerker mit allerlei leckeren Speisen. Das Zusammenleben mit einem anderen Menschen hatte auch Auswirkungen auf ihre Kochkünste, denn im Gegensatz zu früher, als sie noch alleine gelebt und nur sporadisch etwas gekocht hatte, machte es ihr jetzt richtig Spaß, manchmal auch außergewöhnliche Gerichte zuzubereiten.

»Ich glaube, ich muss die Arbeiten noch ein wenig in die Länge ziehen«, meinte Dieter eines Mittags und biss genussvoll von einer der köstlichen Maultaschen ab.

Mehrfach lud sie ihre zwei Arbeiter auch ins »Primafila« ein, wenn sie keine Zeit zum Kochen hatte.

Dieter hatte seine Sanitärtätigkeit schließlich abgeschlossen und Paul konnte die abschließenden Fliesenarbeiten ausführen. Bewundernd stand Magdalena eines Morgens hinter ihm und beobachtete, wie er die Bordüre anklebte, als Paul plötzlich heftig zusammenzuckte und sich schmerzverzerrt den Bauch hielt.

»Ah«, schrie der stattliche Mann und Magdalena erschrak beinahe zu Tode.

»Dieses Mal kommst du mir nicht so davon, Paul«, beharrte sie kurze Zeit später, als die Schmerzen ein wenig erträglicher geworden waren und er auf dem bequemen Sofa lag.

Es folgten weitere heftige Dispute, bevor Hanser endlich eingewilligt und sich von seinem Hausarzt hatte untersuchen lassen.

Wie lange dauert das denn noch, fragte sich Magdalena aufgeregt und sie war drauf und dran, einfach ins Zimmer des Arztes zu stürmen, um endlich Gewissheit über Pauls Gesundheitszustand zu erlangen.

Seit ihre Eltern vor vielen Jahren gestorben waren, hatte sie nicht mehr um einen geliebten Menschen gebangt und ihre Nerven waren zum Zerreißen gespannt.

Sie schickte ein Stoßgebet zum Himmel und just in diesem Moment öffnete sich die Türe und Paul trat mit ernster Miene heraus.

Mit einer katzengleichen Bewegung trat Susi zur Seite und fasste den linken Unterarm des Kerls. Sie nutzte dabei den Schwung des schweren Mannes ganz so, wie sie es im Tai-Chi-Training gelernt hatte, und warf ihn zu Boden.

Verdutzt glotzte er auf die blonde Frau und wollte sich wieder erheben, als sich plötzlich ganz langsam der Felsbrocken löste, auf dem er lag.

Verzweifelt suchte er nach irgendetwas zum Festhalten, doch das dürre Bäumchen, das er zu fassen bekam, hielt seinem Gewicht nicht stand. Ein gurgelnder Schrei entfuhr seiner Kehle, als er mehrere hundert Meter in die Tiefe stürzte.

Benommen und schwer atmend blickte Susi in den Höllenschlund, in dem der Kerl verschwunden war, und fühlte sich als Teil eines surrealen Schauspiels. Erst allmählich kam ihr zu Bewusstsein, dass sie genauso gut am Grund dieser imposanten Schlucht hätte liegen können wie der Typ, der sie angegriffen hatte.

Von hinten legten sich behutsam zwei Arme um ihren Körper und eine sanfte Stimme sprach ihr Trost zu.

»Schhhh, ganz ruhig, Susi, es ist alles noch mal gut gegangen.«

Sobald sie die Stimme von Gabi vernahm, brach ein Damm und Susi fing lauthals zu heulen an.

»Warum hat mich das Arschloch angegriffen?«, stieß sie unter Tränen hervor.

»Ich musste mich doch wehren und er liegt jetzt tot da unten.«

»Du kannst nichts dafür, er wollte dich vergewaltigen und hatte außerdem eine Waffe bei sich, um den ist es nicht schade. Komm mit, lass uns lieber nach deinem Mann sehen, hoffentlich hat ihm der Kerl nicht den Kopf eingeschlagen.«

Gabi zog die weinende Frau weg vom Abgrund und gemeinsam wandten sie sich dem immer noch regungslos am Boden liegenden Björn zu.

»Er atmet noch«, stieß Gabi hervor, nachdem sie sich zu dem Verletzten hinuntergebeugt hatte, während Susi teilnahmslos in eine andere Richtung blickte.

In diesem Moment kam Karl mit eiligen Schritten die Anhöhe herauf.

»Man kann bis zum Grund der Schlucht …«

Weiter kam er nicht.

Mit einem schnellen Blick erfasste Karl die Situation.

»Was ist mit Björn passiert, ist er hingefallen?«

»Es ist etwas ganz Schreckliches passiert, aber das erzähle

ich dir später, ich muss mich erst mal um den Verwundeten kümmern. Du kannst derweil mit Susi zu dem Sitzbänkchen dort drüben gehen und sie ein wenig beruhigen.«

Karl musste seine Frau immer wieder aufs Neue bewundern, jede andere wäre hysterisch zusammengebrochen, doch die pragmatische Gabi rettete die Situation.

Behutsam legte er Susi den Arm um die Schultern und führte sie zu der Sitzgelegenheit, während seine Frau Björn das Blut abtupfte.

An seiner Stirn war eine klaffende Fleischwunde zu erkennen.

Er hatte Glück im Unglück gehabt, wenn ihn der Schuft seitlich oder hinten am Schädel getroffen hätte, wäre er unter Umständen tot liegen geblieben. Während ihn die ausgebildete Krankenschwester umsichtig betreute, kam Björn langsam wieder zu sich.

Seine glasigen Augen suchten nach einem Anhaltspunkt, doch zuerst drehte er sich zur Seite und erbrach sich.

»Ich glaube, du hast eine leichte Gehirnerschütterung davongetragen. Das Beste wird sein, du bleibst erst mal liegen und ich hole dir derweil eine Decke und ein Kissen aus unserem Auto.«

Björn nickte schwach, ihm gingen so viele Fragen durch den Kopf, er war jedoch zu schwach, um sie zu stellen.

Gabi bat ihren Ehemann um den Autoschlüssel und Karl erhob sich und kramte in seiner Tasche. Mit einem schnellen Schritt trat er auf seine Frau zu und fasste sie an der Schulter.

»Kannst du mir bitte mal in groben Zügen erzählen, was hier eigentlich vorgefallen ist?«

»Ich weiß auch nicht, es ging alles so rasend schnell, plötzlich stand da dieser Typ und wollte Susi an die Wäsche. Er hat mich mit einer Pistole bedroht und gezwungen zu verschwinden. Björn schlug er mit dieser Waffe auf den Kopf, das Ergebnis siehst du ja. Ich rannte davon, bis ich aus dem Blickfeld des Mannes war und schlich wieder zurück. Ich sah gerade noch, wie der Kerl sich auf sie stürzen wollte und Susi dann einen Griff anwandte, den sie wohl in ihrem Selbstverteidigungskurs, von dem sie erzählt hat, gelernt hat. Auf einmal hörte ich diesen Schrei, der mir durch Mark und Bein gegangen ist.«

Ungläubig betrachtete Karl seine Frau.

»Das heißt ja, dass sie ihn umgebracht hat«, stieß Karl ungläubig hervor.

»Sie hat ja wohl in äußerster Notwehr gehandelt, das ist dir doch hoffentlich klar«, echauffierte sich Gabi.

»Sicher, aber das müssen wir der Polizei erst mal beweisen und noch dazu in einer fremden Sprache. Na ja, wir reden nachher drüber, wie wir weiter vorgehen. Bleib du hier bei dem Verletzten und ich hole derweil das Kissen und die Decke.«

Wenig später kam er wieder mit den Sachen zurück und sah, dass Björn seinen Oberkörper aufgerichtet hatte, während Susi nach wie vor apathisch auf der Sitzbank saß.

»Was ist …, wo bin ich … was ist passiert.«

Gabi legte ihm das Kissen unter und drückte ihn behutsam wieder in die Liegestellung.

Mit einer fließenden Bewegung deckte Karl ihn zu und ging in Richtung der Absturzstelle. Dort fand er die Pistole und eine abgegriffene Plastiktüte, die der Angreifer dort offenbar liegen gelassen hatte. Er nahm sein Taschentuch heraus und legte es auf die Waffe, bevor er danach griff. Vorsichtig ging Karl zu der Abbruchkante und versuchte auf dem Grund der Schlucht etwas zu entdecken. Doch er konnte nirgends eine Person erkennen, die da unten lag. Man müsste hinuntersteigen, um zu sehen, ob der Kerl noch lebt, dachte er, verwarf den Gedanken jedoch sofort wieder.

»Von dem ist bestimmt nichts mehr übrig und wir sollten schauen, dass wir von hier wegkommen«, brummte Karl vor sich hin.

Er holte weit aus und wollte die Pistole hinterherwerfen, besann sich aber im letzten Moment. Wer weiß, vielleicht hatte Susi oder seine Frau im Affekt die Waffe angerührt. Im Zurückgehen nahm er die Tüte, die erstaunlich schwer war, vom Boden auf und legte den Revolver hinein.

»Kannst du aufstehen und zum Auto gehen, wenn wir dich stützen, Björn?«

»Findest du das eine gute Idee?«, monierte Gabi mit einem Stirnrunzeln.

»Ja, das Beste wird sein, wenn wir so schnell wie möglich verschwinden, bevor andere Besucher kommen und unangenehme Fragen stellen. Für den Typen können wir eh nichts mehr machen, der ist an irgendeinem Felsen zerschellt.«

Langsam erhob sich Björn und hielt sich wackelig auf den Beinen.

Seine Frau hingegen saß immer noch auf der Bank wie ein Häuflein Elend. Sie hielt sich die Hände vor das Gesicht und weinte leise. Wieder war es Gabi, die versuchte, die junge Frau aus ihrer Apathie zu holen.

Während die zwei Männer langsam zum Auto wankten, sprach sie mit ruhiger Stimme auf Susi ein.

»Bitte beruhige dich, du bist die Allerletzte, die etwas dafür kann, dass der Verbrecher da unten liegt. Bestimmt hätte er sich zuerst an dir vergangen und uns danach alle mit seiner Pistole abgeknallt, da bin ich mir ziemlich sicher. Außerdem hast du ihn ja nicht mit Absicht da runtergestürzt. Es war ein dummer Zufall, dass der Stein nachgegeben hat und der Kerl keinen Halt mehr gefunden hat. Und vergiss niemals, er wollte dir ans Leder und nicht umgekehrt. Du hast dich nur gewehrt, nachdem er Björn beinahe totgeschlagen hat.«

Diese Aufmunterung bewirkte, dass Susi sich beruhigte und sich nicht mehr ganz so schuldig für den Tod des Mannes fühlte.

»Du hast recht, ich brauche mir eigentlich überhaupt keine Vorwürfe zu machen, hätte ich ihn nicht aufgehalten, lägen wir jetzt wahrscheinlich alle da unten.«

Mit diesen Worten erhob sie sich von der Bank und hakte sich bei Gabi unter.

In der Zwischenzeit hatte Karl den verletzten Björn zum Auto gebracht und behutsam auf die hintere Sitzbank gebettet.

Zu seiner Erleichterung sah er, dass die Frauen ebenfalls herkamen.

»Was um Himmels willen fange ich mit der verdammten Knarre und der Plastiktüte an?«, murmelte Karl genervt.

»Bestimmt sind da bloß ein paar Habseligkeiten des Ganoven drin.«

Neugierig war er aber trotzdem, schon allein wegen des ungewöhnlichen Gewichts.

Mit gemischten Gefühlen fasste er in die Tasche und hielt plötzlich etwas in den Händen, was ihm beinahe das Blut in den Adern gefrieren ließ.

Miriam konnte nicht umhin, ihre Fingerspitzen zu küssen, so sehr war sie von dem Côte du Rhône Villages, den sie gerade verkostete, begeistert.

Den ersten Halt hatten sie bei Lucys Bruder Alain in Chusclan gemacht, der ein kleines, aber feines Weingut besaß und sich mächtig über den Besuch der Tochter seines Cousins aus Deutschland freute. Das Château thronte anmutig auf einem Hügel und war ringsum von Weinbergen umrahmt. Sowohl das Haupthaus als auch die Nebengebäude waren in dem typisch südfranzösischen Landhausstil gehalten, dessen auffallendste Merkmale das unregelmäßige Natursteinmauerwerk und die halbrunden, roten Dachziegel waren.

In einem ehemaligen Weinkeller, dessen Gewölbe sich über mehrere Meter spannte, befand sich der Degustierraum. Der viel beschäftigte Alain hatte sämtliche Termine gecancelt und seine Mitarbeiter angewiesen, ihn während der nächsten zwei Stunden nicht zu stören. Miriam konnte die Leidenschaft, die dieser Mann der Herstellung seines Rebensaftes widmete, beinahe körperlich spüren. Für Alain war es weniger ein Beruf als eine Berufung, Wein herzustellen.

Beim Rundgang durch die Produktionsanlagen hatte sie fasziniert festgestellt, dass hier weder Stahl- noch Betontanks für die erste Reifung verwendet wurden.

»Eines verstehe ich nicht. Weshalb lagerst du deinen Wein nicht wie die meisten deiner Kollegen?«, kam Miriam irgendwann nicht mehr umhin zu fragen.

»Na ja, nenn es eine Philosophie, nenn es meine kleine Verrücktheit, aber ich bin überzeugt, dass der Wein sich in einer natürlichen Umgebung am besten entfaltet. Und mit natürlich meine ich Holzfässer und nichts anderes.«

Was natürlich auch seinen Preis hatte, wie Miriam beim Blick auf die an der Wand hängende Liste wenig überrascht feststellte und dies mit einem eindeutigen Pfiff quittierte.

»Tja, Qualität und Handarbeit haben eben ihren Preis«, stellte der Winzer, dem die Reaktion der Weinhändlerin nicht entgangen war, augenzwinkernd klar.

Für jeden Jahrgang hatte Alain drei verschiedene Weine kreiert, bei denen er zwar wie hier üblich auf die dominanten Sorten Syrah und Grenache setzte, aber durchaus auch weniger bekannte wie etwa Mourvèdre oder die ursprünglich aus Südwestfrankreich stammende Malbec-Traube einsetzte.

Allerdings produzierte er ausschließlich Roten und bereits im Vorfeld hatte Lucy Miriam darüber informiert, dass sie zum Rosé-Einkauf nach Tavel fahren müssten, wo sie auch einen hervorragenden Kellermeister kannte.

Der mittelgroße Alain war auf die südfranzösische Art sehr gut aussehend mit seinem dunklen Teint und seinen regelmäßigen Zügen. Dazu versprühte er viel Charme und von Lucy wusste die junge Deutsche, dass er ein ziemlicher Filou war, der in puncto Frauen nichts anbrennen ließ.

Durch gezielte Fragen nach seinem Werdegang entlockte ihm Miriam seine ungewöhnliche Lebensgeschichte. Im rebellischen Alter von neunzehn Jahren brannte er mit seiner damaligen Freundin nach Paris durch und hinterließ ziemlich wütende Eltern, die eigentlich darauf vertraut hatten, dass ihr Sohn den elterlichen Weinbaubetrieb übernehmen würde. Er schlug sich mit allerlei Gelegenheitsjobs durch und begann ein Philosophiestudium, das er allerdings nach wenigen Semestern wieder an den Nagel hängte, nicht ohne mit den meisten seiner Mitstudentinnen ein Verhältnis angefangen zu haben. Bei einer verheirateten Dozentin verweilte er längere Zeit und kam dadurch mit Vertretern der sozialistischen Partei in Kontakt.

Wurde er anfangs lediglich zum Aufhängen von Wahlplakaten eingesetzt, so bekam Alain mit der Zeit wichtigere Aufgaben innerhalb der Partei zugeteilt und kandidierte dann sogar für den Stadtrat von Paris. Doch genauso wie bei der Philosophie dauerte seine Liebe zur Politik nicht sehr lange und der Südfranzose besann sich auf seine Wurzeln.

Er heuerte bei einem Weinhändler an, der sich auf den Verkauf von Côte-du-Rhône-Produkten spezialisiert hatte, und wurde schnell zur rechten Hand des älteren Mannes. Mittlerweile hatte er den Kontakt zu seinen Eltern wiederhergestellt, und als er erfuhr, dass sein dominanter Vater, der der eigentliche Grund für Alains Flucht gewesen war, im Sterben lag, kehrte der verlorene Sohn nach fünfzehn Jahren wieder nach Chusclan zurück.

Im Einverständnis mit seiner Mutter, die nach dem Tod des Patrons den Betrieb verwaltete, krempelte Alain den angestaubten Laden radikal um und brachte ihn durch seine unkonventionellen Methoden wieder auf die Gewinnerstraße.

Sein Wein wurde in Japan ebenso gerne getrunken wie in den USA und er war nicht auf den hart umkämpften französischen Markt angewiesen.

»Aber mir als Verwandter kannst du deinen Wein doch verkaufen«, bat Miriam, nachdem ihr Alain eröffnete, dass er mit Deutschland bisher noch überhaupt keine Geschäfte gemacht und durch zahlreiche Voranmeldungen im Prinzip bereits die Ernte des nächsten Jahres verkauft hatte.

»Na ja, das muss ich mir noch gut überlegen«, meinte er grinsend und schenkte ihr einen Blick aus seinen tiefschwarzen Augen.

Miriam konnte jetzt nachvollziehen, was Lucy ihr im Voraus über den Womanizer erzählt hatte. Wäre sie nicht verwandt mit ihm und bei Sascha in festen Händen, wer weiß?

»Also wenn du es dir überlegt hast, würde ich gerne ein größeres Kontingent von den letzten vier Jahrgängen einkaufen. Das Beste wird sein, wenn ich einen Tag vor unserer Abreise noch mal herkomme und du mir bis dahin auch deine Konditionen mitteilen könntest.«

»Das ist eine gute Idee, dann habe ich ein weiteres Mal das Glück, dich zu sehen.«

»So, genug Süßholz geraspelt«, mischte sich Lucy ein. »Unser Pflichtprogramm ist noch nicht beendet, wir müssen noch nach Tavel.«

»Er ist sehr nett, dein Bruder Alain«, meinte Miriam anerkennend, als sie auf dem Weg in die Hochburg des Rosé-Anbaus waren.

»Allerdings, ich wäre jedoch froh, wenn seine Beziehungen ein wenig langlebiger wären. Aber derzeit habe ich die leise Hoffnung, dass seine neue Flamme Nathalie mehr Kontinuität in sein Leben bringt.«

In der Ferne konnte man einen markanten Bergkegel sehen, dessen Spitze von einem Wolkenkranz gekrönt wurde.

»Ist das der Mont Ventoux?«

Gebannt blickte Miriam auf das frei stehende Massiv.

»In der Tat, das ist der heilige Berg der Provence«, antwortete Lucy beinahe ehrfürchtig.

Der Winzer in Tavel erwies sich als kühler Geschäftsmann, der wusste, dass er einen hervorragenden Tropfen herstellte und sein Gewächs einen guten Preis rechtfertigte.

Trotzdem bestellte Miriam gleichfalls für den Tag vor ihrer Abreise einige Kartons, des fruchtigen Weines.

»Entschuldige, da muss ich kurz rangehen.«

Sie zog ihr klingelndes Smartphone aus der Handtasche und Lucy sah an ihrer Reaktion, dass etwas vorgefallen sein musste.

»Wir müssen sofort zurück, es ist was Schreckliches passiert!«

Die perfekten Umgangsformen von Auguste Santini, die ihm in manchen Kreisen den Beinamen »der Baron« eingebracht hatten, konnten nicht über die gefährliche Aura, die ihn umgab, hinwegtäuschen. Vor allem wenn er wütend war, und im Moment war er äußerst aufgebracht.

»Wie konnte das passieren, Bartoli, das Ganze war doch minutiös geplant. Habe ich es denn mit lauter Schwachköpfen zu tun? Ich betrachte das Diebesgut als mein Eigentum und das will ich zurückhaben. Hast du mich verstanden?«

»Ja, Monsieur Santini«, antwortete der vierschrötige Mann kleinlaut und schlug die Augen nieder.

Das Auffallendste an dem mittelgroßen »Baron« war sein stechender Blick, dem noch nie jemand länger als ein paar Sekunden standgehalten hatte.

Offiziell besaß er eine Firma für Import-Export-Geschäfte, doch das war lediglich Tarnung.

Er war zwar in den letzten Jahren dazu übergegangen, zunehmend gesetzeskonforme Geschäfte zu tätigen, das meiste Geld verdiente er aber immer noch mit illegalen Machenschaften.

Dazu gehörten in erster Linie spezielle Einbrüche, Hehlerei und seit geraumer Zeit ein neues lukratives Geschäftsfeld, von dem allerdings nur ein paar wenige Eingeweihte etwas wussten.

Von Drogenhandel und Prostitution hatte er noch nie viel gehalten, da diese Märkte hart umkämpft waren. Der Erfolg seines Unternehmens jedenfalls schien ihm recht zu geben.

Für den aufgeweckten Jungen, der in einem kleinen Dorf in den korsischen Bergen aufgewachsen war, war schon recht bald klar gewesen, dass er sein Dasein nicht als Ziegen- oder Schweinehirte fristen wollte.

In den Sommerferien waren immer die Festlandkorsen, von denen die meisten in Marseille wohnten, auf die

Insel gekommen und hatten mit ihren schönen Kleidern und teuren Autos angegeben. Das beeindruckte Auguste und das magere Kind fasste den Entschluss, eines Tages zu diesen wohlhabenden Leuten zu gehören, die von den Daheimgebliebenen hofiert wurden. Es war ihm damals nur noch nicht klar gewesen, wie dieser vermeintliche Wohlstand zustande gekommen war. Einen Einblick hatte er im Alter von vierzehn Jahren bekommen, als er unfreiwillig Zeuge einer Vendetta zweier verfeindeter Clans geworden war.

Wie jeden Tag nach der Schule musste er nach den freilaufenden halbwilden Schweinen seines Vaters und seines Onkels sehen, die sich in den ausgedehnten Kastanienwäldern zur Schlachtreife fraßen. Plötzlich hörte er aufgeregte Schreie und konnte sich gerade noch hinter einem dicken Baumstamm verstecken, während die Schweine laut grunzend davonrannten.

Den kleineren Mann, der die Schrotflinte in der Hand hielt, kannte Auguste, er war aus demselben Dorf wie der Junge und sein Name war Paolo. Der andere hielt beschwichtigend die Hände vor den Körper und bettelte offensichtlich um sein Leben. Ein dumpfer Knall ertönte und Auguste sah, wie die Schrotladung dem Opfer beinahe den Kopf herunterriss. Blut und Hirnmasse spritzten durch die Gegend und das Kind hätte sich am liebsten erbrochen, doch ihm war in dem Moment klar, dass er ebenfalls erschossen würde, wenn ihn Paolo bemerkte.

Nachdem der Mörder sich aus dem Staub gemacht hatte, trat Auguste aus seinem Versteck hervor und schaute gebannt auf den schrecklich zugerichteten Toten.

Mitleid verspürte er keines, es kroch ihm lediglich ein leichter Schauer den Rücken hinunter.

In diesem Moment wusste er, dass er nicht zu den Opfern

gehören wollte, sondern zu den Gewinnern. Er suchte daraufhin die Nähe Paolos, was dem Killer nicht verborgen blieb, und einige Zeit später machte Auguste Botengänge für den Clan, der das Dorf beherrschte. Sein Initiationsritual mit sechzehn bestand darin, einer Geisel das Ohr abzuschneiden, um der Lösegeldforderung Nachdruck zu verleihen.

Drei Jahre später wurde er zur Unterstützung in einem Bandenkrieg nach Marseille geschickt, wo er sich durch Furchtlosigkeit auszeichnete und dadurch dem dortigen Paten positiv auffiel. Sein weiterer Aufstieg verlief rasant, und bevor Auguste das dreißigste Lebensjahr erreicht hatte, war er die rechte Hand des Anführers.

Doch der ehrgeizige junge Mann wollte mehr und intrigierte so geschickt, dass sein Boss sich aufs Altenteil schicken ließ, bevor ihn eine Kugel ins Jenseits befördert hätte. Seine Bande war straff organisiert und seine Untergebenen rekrutierte er genauso wie sein Vorgänger ausschließlich aus dem korsischen Dorf, aus dem er selbst stammte.

Nachdem er fest im Sattel saß, trennte er sich von den Bordellen und den Drogenhändlern. Vordergründig argumentierte er mit seinem katholischen Glauben, mit dem diese üblen Machenschaften nicht vereinbar seien, doch im Grunde hatte Auguste begriffen, dass diese Geschäftsfelder zu sehr umkämpft waren und zu viele Opfer in seinen eigenen Reihen forderten.

Stattdessen machte er einige der besten Diebe und Bankräuber ausfindig und drängte sie mit ein wenig Nachdruck dazu, für ihn zu arbeiten.

Er suchte die lohnenden Objekte aus und übernahm nachher die Ware als Hehler, der für die teilweise sehr kostbaren, aber auf dem normalen Markt nicht zu veräußernden Pretiosen Käufer fand. Wenn einer seiner Spezialisten bei einem Bruch geschnappt wurde, so sorgte Auguste dafür, dass er einen angenehmen Knastaufenthalt hatte und die Familie gut versorgt wurde.

Andererseits begegnete er denen, die ihn verrieten, mit äußerster Härte.

Mittlerweile war Auguste Anfang sechzig und ein gemachter Mann. Ihm gehörten zahllose Mietshäuser in und um Marseille sowie mehrere Diskotheken. Sein Privatleben schottete er rigoros ab und nur wenige seiner Geschäftspartner wussten von seiner Frau, mit der er seit seinem achtzehnten Lebensjahr zusammen war und die ihm mittlerweile drei Söhne und zwei Töchter geschenkt hatte. Sie stammte aus demselben Dorf wie Auguste und lebte die meiste Zeit auf Korsika.

Neben seiner Frau, die er noch nie betrogen hatte, galt seine große Liebe der Insel, auf der er geboren worden war und die auch als Île de Beauté, also Insel der Schönheit, bezeichnet wurde. Neben dem umgebauten Bauernhaus in seiner Heimatgemeinde besaß Auguste mittlerweile eine Traumvilla am Meer mit direktem Strandzugang, mit deren Planung und Bau er einen renommierten Architekt beauftragt hatte.

Das Projekt brachte dem Mann jedoch kein Glück, denn nach einem groben Planungsfehler, der Santini viel Geld gekostet hatte, war er plötzlich verschwunden und selbst seine nächsten Angehörigen wussten nichts über seinen Verbleib. Ob sein Verschwinden primär etwas mit Santini zu tun hatte, konnte nicht geklärt werden, doch er tauchte definitiv nie wieder auf.

»Das darf doch nicht wahr sein, dass der Kerl auf und davon ist. Du hast ihn doch rekrutiert, wenn ich mich recht entsinne. Habt ihr ihn nicht gründlich genug abgeklopft?«

»Ich weiß auch nicht, was in ihn gefahren ist, bisher hat er seine Arbeit zuverlässig ausgeführt. Allerdings habe ich inzwischen gehört, dass er Alkoholprobleme haben soll sowie eine neue Freundin, der er mit dem Diebesgut vielleicht ein gutes Leben ermöglichen will«, versuchte Bartoli die Schuld alleine auf den Mann zu schieben, der abgehauen war.

»Kümmert euch um den Kerl und bring mir mein Eigentum zurück«, befahl Santini kalt.

Sein Untergebener wusste in diesem Moment, dass sein eigenes Schicksal von der Wiederbeschaffung der Ware abhing, obwohl er eigentlich als Kronprinz und potenzieller Nachfolger von Santini galt.

Um Gottes willen«, stieß Miriam erschrocken aus, als sie den verwundeten Björn betrachtete. »Wie ist das geschehen?«

Sascha war herangetreten und nahm seine Freundin, die vor wenigen Augenblicken in das Ferienhaus zurückgekehrt war, in den Arm.

Nachdem die vier Ausflügler sich kurz mit den Augen verständigt hatten, übernahm Karl den Part des Erzählers.

»Ich bin mit den beiden Frauen vorausgelaufen zum Grund der Schlucht, weil Björn sich nicht sattsehen konnte an der traumhaften Aussicht. Plötzlich haben wir einen langgezogenen Schrei gehört und sind zurückgerannt. Als wir völlig außer Atem wieder auf der Plattform oben angekommen waren, sahen wir, dass Björn am Boden lag und heftig aus einer Kopfwunde blutete.« Karl räusperte sich und setzte dann fort: »Er war ansprechbar und faselte etwas von zwei bewaffneten Kerlen, die ihn überfallen haben. Da wir nicht genau wussten, ob die Strolche noch in der Nähe waren, haben wir den Verletzten geschnappt und sind so schnell wie möglich abgehauen.«

»Aber weshalb habt ihr nicht per Notruf die hiesige Polizei gerufen?«, wollte Sascha kopfschüttelnd wissen.

»Ich weiß auch nicht, wir wollten nur noch weg von dem schrecklichen Ort«, antwortete Susi mit tränenerstickter Stimme.

»Was habt ihr den Kindern erzählt?«

»Dass Björn in dem unwegsamen Gelände gestürzt ist, sonst machen sie sich vor Angst in die Hose«, antwortete Gabi.

»Auf dem Rückweg konnten wir wieder klare Gedanken fassen und brachten Björn in Bagnols-sur-Cèze zum Arzt, der die Wunde mit sieben Stichen genäht hat«, fuhr Karl fort zu erzählen.

»Habt ihr dem Mediziner nicht erklärt, wie es zu der Verletzung gekommen ist?«, beharrte Sascha.

»Wir wollten keine Scherereien und mir ist auch außer fünfzig Euro, die ich zufällig in der Hosentasche hatte, nichts geklaut worden, deshalb haben wir dem Doktor auf Englisch dieselbe Geschichte erzählt wie den Kindern.«

Der Abend verlief weniger harmonisch als die vorherigen und Miriam musste Sascha ein ums andere Mal zur Räson bringen, weil er darauf drängte, die hiesige Polizei einzuschalten.

Schließlich gab er auf und ging grußlos zu Bett.

»Ihr müsst ihn verstehen, seine Tätigkeit ist für ihn nicht nur Beruf, sondern in gewisser Weise auch Berufung. Deshalb fällt es ihm schwer zu akzeptieren, dass eine Straftat ungesühnt bleiben wird, nur weil ihr sie nicht gemeldet habt.«

Miriam versuchte, ihren Freund zu verteidigen, obwohl sie ziemlich sauer war, weil er ohne etwas zu sagen abgehauen war.

Der Überfall dominierte das weitere Gespräch, wenngleich Björn immer wieder betonte, dass es bis auf die Kopfwunde nicht so schlimm sei und er wegen dieses Vorfalls nicht bereit sei, den schönen Urlaub abzubrechen. Aufgrund seiner starken Kopfschmerzen verabschiedete er sich wenig später.

Die anderen jedoch begruben das heikle Thema erst mal und wandten sich erfreulicheren Dingen zu. Der süffige Wein trug nicht unerheblich dazu bei, dass die Stimmung zunehmend gelöster wurde.

»Ich glaube, ich sollte mal nach meinem schmollenden Sascha schauen. Trotz allem wünsche ich euch eine gute Nacht.«

»Meint ihr, die beiden haben uns die Geschichte abgenommen?«, fragte Karl mit leiser Stimme, als die drei ihre Köpfe zusammensteckten.

»Miriam bestimmt, aber bei Sascha bin ich mir nicht ganz sicher, er ist ein sehr misstrauischer Mensch, was wahrscheinlich berufsbedingt ist«, antwortete seine Frau.

»Wir dürfen uns nicht verplappern, dass muss jedem von uns klar sein.«

Nachdem die vier am Nachmittag von dem Unglücksort geflüchtet waren, hatten sie beschlossen, eine Bar in Goudargues aufzusuchen, um über das Geschehene zu reden und eine Entscheidung zu treffen.

Dabei waren sie nach heftigen Diskussionen übereingekommen, den Vorfall nicht der Polizei zu melden. Und Gabi riet aus naheliegenden Gründen davon ab, Sascha und Miriam zu informieren. Als schwächstes Glied erwies sich Björn, der ein ums andere Mal laut wurde und von den anderen zur Räson gebracht werden musste. Sie beruhigten ihn und schoben seine Aufregung auf die leichte Gehirnerschütterung, die er neben seiner Platzwunde erlitten hatte.

Letztlich konnte er überzeugt werden, mit niemandem darüber zu reden, wobei natürlich auch bei Björn der Inhalt der Plastiktüte dazu beitrug, das Geheimnis für sich zu behalten.

Sie verblieben dabei, Stillschweigen über die ganze Sache zu bewahren und sich erst zu Hause wieder damit auseinanderzusetzen.

Am nächsten Morgen standen sie so früh auf wie bisher noch nicht in diesem Urlaub, da die Erwachsenen den Kindern versprochen hatten, ans Meer zu fahren.

Sascha verhielt sich völlig normal, als ob nichts geschehen sei, und lediglich Björn wollte im Haus bleiben. Die Fahrt in die Camargue nach Le Grau-du-Roi dauerte eineinhalb Stunden und die Bedenken Susis angesichts der dichten Wolken, die bei der Abfahrt noch über den Bergen hingen, waren wie weggeblasen, als sie am Strand in einen tiefblauen Himmel blickten.

Zahlreiche Flamingos standen einbeinig in den Étang genannten Salzseen und auch die vielen Camargue-Pferde auf den ausgedehnten Weiden sorgten besonders bei den Mädchen für Jubelschreie.

Ein besonderes Highlight war der Besuch der alten Hafenstadt Aigues-Mortes, deren Altstadt von einer sehr gut erhaltenen und komplett begehbaren Stadtmauer eingefasst war.

Während die Eltern die immer wieder neuen Blickwinkel von der Befestigungsanlage aus auf die Stadt und deren Umland genossen, drängten die Kinder massiv zum Aufbruch in Richtung Meer.

»Wie wäre es mit einem Eis?«, beendete Gabi das lästige Maulen.

Entspannt erreichten die Familien schließlich den letzten möglichen Parkplatz, bevor der streng geschützte Nationalpark begann.

Soweit das Auge reichte, gab es Sandstrand und die Auswahl eines Liegeplatzes fiel ihnen schwer. Lediglich der teilweise böige Wind trübte die Idylle ein wenig.

Sehr kinderfreundlich erwies sich auch das flache Wasser, das dazu einlud, weit hineinzugehen. Bevor Stellen kamen, an denen man nicht mehr stehen konnte, waren mindestens fünfzig Meter zurückzulegen.

»Es ist wirklich sehr schön hier«, lobte Sascha lächelnd und ging mit Anne und Sylvie zum Wasser.

»Ich möchte euch den guten Rat geben, euch einzucremen und wenn möglich unter eure Sonnenschirme zu liegen. Mir ist mein erster Sonnenbrand, den ich hier an diesem Strand hatte, beinahe noch körperlich präsent. Die Haut war krebsrot und hatte schon Blasen geworfen, weil ich damals nicht auf meine Eltern gehört habe.«

Demonstrativ rieb Miriam sich mit der Sonnenschutzcreme ein.

Bei der Rückfahrt blieben sie an einem Fischladen stehen und kauften mehrere Rotbarben und Loups de Mer, die sie an der Feuerstelle grillen wollten.

Miriam erinnerte sich daran, wie ihr verstorbener Vater die Tiere zubereitet hatte, und tatsächlich schmeckten die Fische, die lediglich gesalzen und gepfeffert sowie mit einer Tomaten-Zwiebel-Kräutermischung gefüllt wurden, hervorragend.

Der weitere Abend verlief sehr harmonisch und alle vermieden geflissentlich, auch wegen der Kinder, den Überfall in der Schlucht zu erwähnen.

Verschiedene herausragende Touristenziele wie etwa Nîmes, Avignon oder etwa das phänomenale Aquädukt Pont du Gard standen in den nächsten Tagen auf dem Programm und eh sie sich versahen, war der letzte Urlaubstag angebrochen.

»Ich wollte heute noch meinen vorbestellten Wein abholen, aber Lucy hat mir die Arbeit abgenommen und besucht die Winzer. Sie bringt die Flaschen heute Abend hierher und nutzt die Gelegenheit, mit ihrem Mann vorbeizukommen. Das wollten die beiden ja schon während der gesamten zwei Wochen mal machen, haben aber bisher leider keine Zeit gefunden. Sie haben vorgeschlagen, dass wir gemeinsam in ein Restaurant gehen, in dem ausschließlich regionale Gerichte serviert werden. Das wäre doch ein guter Ausklang dieses Urlaubs, dann könnten wir die Küche heute putzen. Was meint ihr?«, fragte Miriam in die Runde, während des gemeinsamen Frühstücks.

»Das ist eine gute Idee«, meinte Karl und die anderen pflichteten ihm bei.

Weiterhin beschlossen sie, tagsüber kein gemeinsames Programm zu machen, da die einen noch Souvenirs im nahen Uzès besorgen und die anderen nochmals zum Wasserfall an der Cèze fahren wollten.

Sascha und Miriam entschieden sich für einen ausgedehnten Spaziergang durch den Wald ins nahe Dorf. Danach folgten sie einem idyllischen Bachlauf und streiften durch die Weinberge, während Sylvie und Anne den letzten Tag natürlich am Pool verbringen wollten.

»Es ist einfach herrlich hier, wir sollten mehr Zeit in dieser Gegend verbringen, zumal wir für die Übernachtung nichts zahlen müssen.«

Miriam war stehen geblieben und schlang die Arme um Saschas Nacken.

»Da hast du vollkommen recht«, sagte er, »doch leider ist

mein Beruf dafür etwas hinderlich. Trotzdem können wir ja auch mal an einem verlängerten Wochenende, wenn ich keinen Dienst habe, hier runterfahren. Irgendwie habe ich mich in den zwei Wochen in diesen Landstrich und besonders in euer schönes altes Haus verliebt und die lange Autofahrt macht mir überhaupt nichts aus. Mich würde auch mal interessieren, wie die Stimmung im Winter oder im Frühjahr ist.«

»Na ja, wir waren mal zu Weihnachten hier unten und ich kann mich daran erinnern, dass es ziemlich kühl war, wenngleich es natürlich keinen Schnee hat. Wir haben zwar das Kaminzimmer, aber dadurch, dass es keine Zentralheizung gibt, sind die anderen Räume beinahe unbewohnbar, wenn es kalt wird. Das Beste wird sein, wir probieren es aus und fahren einfach mal im Winter her.«

Nachdem sie wieder zurückgekehrt waren, warf sich Sascha in den Pool und alberte mit den Kindern herum.

Miriam begann bereits damit, die Taschen wieder einzuräumen, und wurde darüber beinahe ein wenig wehmütig. Vielleicht war es ja möglich, wenigstens einmal für mindestens drei Wochen hier Urlaub zu machen. Oder noch länger? Sie gab sich keinen Illusionen hin, sie und Sascha waren beruflich und sozial zu sehr verwurzelt in Deutschland. Aber davon zu träumen, war ja nicht verboten.

Wenig später fuhr eine beinahe neue Peugeot-Limousine den steilen Hang herunter, bei der man bei näherem Hinsehen allerdings deutliche Spuren des täglichen Überlebenskampfes auf den hiesigen Straßen entdecken konnte.

»Salut Lucy, salut Jacques«, begrüßte Miriam ihre Gäste und gab ihnen nach französischer Sitte mehrere Küsschen links und rechts.

»Ich habe viel von dir gehört und freue mich, dich endlich kennenzulernen«, dröhnte Lucys Mann mit tiefer Bassstimme.

Der gemütlich wirkende Mann mit seinem schwarzen Vollbart war Miriam auf Anhieb sympathisch.

»Das hier ist Sascha, mein Freund. Er spricht gut Französisch, traut sich aber noch nicht so recht.«

Sofort wurde er von Jacques in Beschlag genommen und es folgte ein Wasserfall an Sätzen, die auf Sascha niederprasselten und von denen er sehr wenig verstand.

Wie bereits bei früheren Gelegenheiten war ihm aufgefallen, dass die sonst eher verschlossen wirkenden Franzosen regelrecht auftauten, wenn sie merkten, dass das Gegenüber ihre Sprache verstand.

Sascha bat den Gast, ein wenig langsamer zu reden, und führte ihn auf die obere Terrasse, wo Schälchen mit Oliven, Chips und gesalzenen Erdnüssen vorbereitet waren. Jacques und die anderen Männer entschieden sich für ein eiskaltes Bier zum Aperitif und den Frauen brachte Sascha einen trockenen Crémant.

Es entspann sich eine muntere Unterhaltung, bei der Miriam hin und wieder als Übersetzerin einspringen musste.

»Ihr habt doch neulich einen Ausflug zu den Concluses de Lussan gemacht, als ich mit Miriam die Winzer besucht habe«, wandte sich Lucy an die beiden anderen Pärchen, wobei nicht klar war, ob sie die Frage verstanden, da lediglich Karl ein wenig Französisch sprach.

Er war es auch, der mit »Oui, tres joli« antwortete, da er dachte, dass Lucy wissen wollte, wie es ihnen dort gefallen hatte.

»Es ist etwas Schreckliches passiert dort, ich habe es diese Woche in der Zeitung gelesen. Ein Mann ist auf unerklärliche Weise in die Tiefe gestürzt und natürlich getötet worden.«

Plötzlich herrschte beklemmende Stille.

Bartoli hatte jetzt bereits die fünfte Hafenspelunke aufgesucht und fluchte laut vor sich hin.

»Irgendwo muss der verdammte Kerl doch sein.«

Er war hier im Vieux Port aufgewachsen, wo sich Marseille von seiner ursprünglichsten Seite zeigte, wenngleich er sich mittlerweile vor dem Schmutz und Abschaum, dem man hier begegnete, ekelte. Aber Bartoli hatte keine Wahl gehabt, wenn er die Führungsstelle bei Santini und besonders sein Leben behalten wollte, musste er schnell und entschlossen handeln.

Der Mann, den er suchte, hatte gerade seine letzten Euros in einem Hinterzimmer des »Grand Bateau« beim Poker verspielt. Er war mittelgroß und ein weißer Schnauzbart dominierte das verlebte Gesicht.

Bartoli kam gerade zur rechten Zeit, da der Kerl einen Mordsaufstand vollführte, weil er sich betrogen fühlte und die anderen des Falschspiels bezichtigte.

Sofort wurden Messer gezückt und es war der Umsicht des Wirtes sowie seiner abgesägten Schrotflinte zu verdanken, dass sowohl Bartoli als auch der von ihm Gesuchte heil aus der Kneipe kamen. Der Besitzer nickte Bartoli beim Verlassen der Spelunke zu und machte damit klar, dass die Schuld, die er bei Santini gehabt hatte, nun getilgt war.

»Mann, Mann, warum reitest du dich immer selbst in die Scheiße, du Armleuchter! Sei froh, Claude, dass der Boss einen dringenden Auftrag für dich hat, ansonsten wärest du jetzt mausetot.«

Der Angesprochene zuckte schicksalsergeben mit den Achseln, offenbar wäre ihm das egal gewesen.

»Jetzt lass dich nicht so hängen, wenn du die Arbeit zur Zufriedenheit Santinis ausführst, hast du wieder reichlich Kohle zum Verspielen«, versuchte Bartoli ihn aufzubauen, während sie durch den alten Markt in östlicher Richtung schlenderten.

Hinter dem Quai de Rive Neuve erreichten sie die berühmte Canebière. Dieser Hauptboulevard der Altstadt war gesäumt mit Restaurants, Cafés und den verschiedensten Läden. Die meisten Gebäude und Straßen in diesem Altstadtquartier waren nach dem Zweiten Weltkrieg entstanden, weil die deutschen Besatzer ganze Stadtteile eingeebnet und damals um die fünfzigtausend Einwohner hatten zwangsumsiedeln lassen.

Claude Moulin, genannt »le Breton«, war neben Bartoli einer der wenigen Festlandfranzosen, die für den Korsen Santini tätig waren. Er stammte zwar von der Mittelmeerküste, hatte den Spitznamen jedoch irgendwann wegen seines eher nordfranzösisch anmutenden Aussehens bekommen.

Er war ein ehemaliger Kommissar, der aufgrund seiner Spielsucht, die ihn gezwungen hatte, manchmal gegen Bezahlung einfach mal wegzuschauen oder den richtigen Leuten Tipps einer bevorstehenden Razzia zu geben, den Dienst quittieren musste. Dabei war seine Spürnase legendär gewesen und seine Aufklärungsquote deutlich höher als die seiner Kollegen. Trotz allem war er bei seinen Mitarbeitern wegen seiner umgänglichen Art und seiner Hilfsbereitschaft beliebt gewesen.

Doch sein direkter Vorgesetzter, der immer neidisch auf die Erfolge seines besten Ermittlers gewesen war, war froh gewesen, dass Moulin ihm einen triftigen Grund für die fristlose Kündigung gegeben hatte.

Nun schlug er sich mehr recht als schlecht als Privatdetektiv durch und wurde hin und wieder von Unterweltgrößen, denen er früher auf die Zehen gestanden war, gebucht.

»Also mach's kurz und erzähl mir, was ich zu tun habe, ich bin hundemüde.«

Selbst die Tatsache, dass Moulin schon richtig gute Arbeit

für seinen Boss abgeliefert hatte, konnte nicht verhindern, dass Bartoli den Kerl verachtete.

Sie standen vor der miesen Absteige, in der Moulin hauste, und Bartoli musste angewidert daran denken, was ihm Santini über den ehemaligen Polizisten erzählt hatte.

Moulin hatte mit seiner Frau und seinen drei Kindern in einem schönen Vorort von Marseille ein eigenes Haus gehabt und sie waren nach außen hin eine Vorzeigefamilie gewesen, bis ihn die Spielerei immer tiefer in den Sumpf gezogen hatte und er irgendwann, nachdem er alles verloren hatte, hier in der buchstäblichen Gosse gelandet war. Hauptsächlich war es dann die Kündigung seiner Arbeitsstelle gewesen, die ihm vollends den Boden unter den Füßen weggezogen hatte.

»Hier nimm«, meinte Bartoli und zog einen Umschlag aus seinem weißen Sommerjackett.

»Da ist alles drin, was du über den Typen, den du aufspüren sollst, wissen musst, sowie ein kleiner Vorschuss. Und du weißt ja, dass der Boss ziemlich empfindlich reagiert, wenn ihm jemand sein Eigentum wegnehmen will. Deshalb wäre es äußerst ungesund für dich, wenn du versuchen würdest, irgendein eigenes Ding zu drehen. Sobald du den Kerl ausfindig gemacht hast, wendest du dich an mich. Den Rest erledigen meine Jungs, haben wir uns verstanden?«

Missmutig hob Moulin die Hand und betrat ohne ein Wort des Abschieds das baufällige Haus durch eine verwitterte Tür.

Sascha beobachtete die beiden Pärchen unauffällig, während Miriam dolmetschte.

»Wie gesagt weiß die Polizei nicht genau, was sich zugetragen hat. Aber der Tod muss ungefähr vor einer Woche eingetreten sein.«

»Um Gottes willen, vielleicht ist es ja an dem Tag passiert, als wir dort waren, das wäre ja schrecklich.«

Entsetzt blickte Karl auf die Französin.

»Das wäre möglich. Fakt hingegen ist, dass dem Mann ziemlich viel Alkohol im Blut nachgewiesen wurde und die Gendarmerie daher von einem unglücklichen Unfall ausgeht.«

Hier ist irgendetwas faul, dachte Sascha, als er Susis erleichterten Gesichtsausdruck betrachtete, der sich nach Miriams letzten Übersetzungsworten eingestellt hatte.

»Weiß man schon, um wen es sich handelt?«, fragte Gabi interessiert.

»Na, ja, es handelt sich bei dem Toten offenbar um einen mehrfach vorbestraften Kleinkriminellen und der Reporter mutmaßt, dass deshalb auch keine weiteren Nachforschungen betrieben werden.«

Es folgten weitere Diskussionen über die Sicherheit an französischen Sehenswürdigkeiten und nach einem Blick auf ihr Handy mahnte Lucy zur Eile.

»Ich habe den Tisch auf halb acht bestellt, wir sollten langsam losfahren.«

Das Restaurant erwies sich als niedrige Stube, in dem gerade einmal drei Tische standen, doch laut Lucy war das Lokal auf Monate hin ausgebucht.

»Mein Bruder Alain beliefert den Maître de Cuisine mit Weinen und kennt ihn darüber hinaus sehr gut. Aus diesem Grund haben wir heute Abend überhaupt noch einen freien Platz bekommen.«

Dunkle Holzbalken, die auf gelblich-weiß schimmernden Natursteinmauern lagen, verliehen dem Raum ein rustikales Ambiente, das durch die roten Terrakottafliesen noch verstärkt wurde.

»Das ist ja beinahe so schön wie in unserer Burg«, meinte Karl und grinste Miriam an.

»Dieses Restaurant weist neben einer hervorragenden Küche zwei weitere Besonderheiten auf.«

Lucy hatte sich erhoben und bat Miriam, die gleichfalls aufgestanden war, zu übersetzen.

»Zum einen hat es hier keine Speisekarte, auf der man zwischen verschiedenen Gerichten wählen kann. Es gibt ein täglich wechselndes Menü nach Laune des Chefs.«

Ein Raunen ging durch den Raum.

»Und zum anderen gibt es hier keinen Service, das heißt der Koch ist allein und wir müssen selbst bedienen.«

Mehrere ungläubige Ausrufe quittierten Miriams Übersetzung, doch es waren durchweg witzige Kommentare. Und sofort war Gabi aufgestanden, um bei den Kindern nach ihren Getränkewünschen nachzufragen.

Miesmuscheln auf provenzalische Art und Zicklein in einer kräftigen Rotweinsauce wurden abgerundet durch eine mit Lavendel aromatisierte Crème brûlée.

Die Kinder konnten durch eine selbst gemachte Pizza bei Laune gehalten werden.

Zufrieden und satt verließ die Gruppe nach dem obligatorischen Käse schließlich das Restaurant, um im Ferienhaus noch mit Lucy und Jacques zum Abschied ein letztes Glas zu leeren.

Dadurch, dass sie die Reinigung des Hauses bereits am Vortag weitgehend erledigt hatten, war es am nächsten Morgen relativ entspannt. Die Heimfahrt verlief ohne größere

Komplikationen, wenngleich die Stimmung beim Urlaubsantritt deutlich gehobener gewesen war und lediglich ein Stopp am Genfer See zum gemeinsamen Baden die Seelenlage ein wenig aufhellte.

Bei einem weiteren Halt unmittelbar nach der schweizerisch-deutschen Grenze verabschiedeten sie sich voneinander und versprachen, sich zu einem geselligen Abend wiederzusehen, um Urlaubsbilder anzuschauen und den schönen Aufenthalt noch einmal Revue passieren zu lassen.

»Das waren doch jetzt wirklich schöne zwei Wochen«, lobte Miriam und legte Sascha, der am Steuer saß, die Hand auf den Oberschenkel.

»Absolut, am liebsten würde ich sofort wieder umdrehen, so sehr hat es mir da unten und natürlich speziell in eurem Haus gefallen«, antwortete Sascha grinsend.

Bis auf den angeblichen Überfall auf Björn, dachte er, sprach es aber nicht aus.

»Wir könnten doch in den Herbstferien wieder dorthin fahren«, tönte es beinahe unisono vom Rücksitz.

»Ja, das würde euch zwei Gören so passen, aber ich fürchte, dass bis dahin viele Verbrechen passieren, die ich aufklären muss und wir das Ganze bis nächstes Jahr verschieben müssen.«

»Dann fahren wir alleine, Mami«, riefen die Kinder pragmatisch.

»Das wird leider aus finanziellen Gründen nicht gehen, aber wer weiß, vielleicht kann sich eure Oma noch mal aufraffen und mit euch nach Südfrankreich reisen.«

»Au ja, sobald wir wieder zu Hause sind, fragen wir sie.«

Nach Einbruch der Dunkelheit erreichten sie die Ausfahrt in Richtung Reutlingen, doch Sascha machte keinerlei Anstalten, die Autobahn zu verlassen.

»Äh, hast du gepennt?«

»Nein, ich habe mich so an eure Nähe gewöhnt in den letzten zwei Wochen, dass ich einfach mit nach Stuttgart fahre, oder ist dir das nicht recht?«

»Sascha ich bitte dich, du weißt doch, wie gerne ich dich bei mir zu Hause habe. Ich dachte nur, weil du doch morgen arbeiten musst.«

»Dann stehe ich eben früher auf, aber das ist es mir wert.«

Wie gelähmt stand Magdalena Mertens da und wartete darauf, dass Paul näher kam.

Seinem Gesichtsausdruck nach zu urteilen war das Ergebnis der Untersuchung schlimmer als befürchtet.

Magdalena wagte nicht, ihn zu fragen, zu sehr fürchtete sie sich vor einer niederschmetternden Antwort.

»So, jetzt ist es amtlich«, stieß Paul resigniert hervor.

Magdalena konnte nicht anders als ihn in die Arme zu nehmen, obwohl sie damit gegen all ihre früheren Grundsätze verstieß.

»Ich stehe an deiner Seite, egal wie schlimm die Chemotherapie oder die Bestrahlungen auch werden. Wir gehen da gemeinsam durch, Paul, das verspreche ich dir. Du wirst sehen, alles wird wieder gut«, versuchte sie ihm Mut zu machen und dachte bedrückt wieder an die lange Leidenszeit ihrer Eltern zurück.

»Na ja, ich hoffe nicht, dass man bei einer Magenschleimhautentzündung diese drastischen Maßnahmen ergreifen muss«, entgegnete Paul lapidar.

»Was, …, wie …, du hast gar keinen Darmkrebs?«

Mertens war wie vor den Kopf geschlagen und plötzlich schossen ihr Tränen des Glücks in die Augen.

»Paul, …, das, …, das ist die beste Nachricht, die ich seit langer Zeit erhalten habe«, stammelte Magdalena, die mit dem Schlimmsten gerechnet hatte.

»Tja, so schnell wirst du mich offensichtlich nicht mehr los und ich freue mich jetzt umso mehr auf unsere gemeinsamen Reisen.«

»Da hast du recht, ich gehe gleich heute ins Reisebüro und buche für uns im Herbst eine Woche auf den Kanaren, wozu ich dich selbstverständlich einlade.«

Paul wollte etwas entgegnen.

»Kein Widerspruch, diesen Kurzurlaub bezahle ich, das bin ich dir schuldig für die gelungene Badrenovierung. Und jetzt lass uns zu unserem Italiener gehen und darauf anstoßen, dass du dem Tod noch einmal von der Schippe gesprungen bist.«

In völliger gelöster Stimmung verließen die beiden das Krankenhaus. Jetzt war endlich das drohende Damoklesschwert weg, das seit einiger Zeit über ihren Köpfen geschwebt war.

Aus Prinzip trank Mertens nur einen Prosecco zum Essen, doch zu Hause in ihrer Wohnung öffnete sie einen sehr teuren St. Émilion Grand Cru Classé, von dem sie vor einigen Jahren aus einer Laune heraus einen Karton mit sechs Flaschen gekauft hatte.

»Den guten Tropfen wollte ich immer schon trinken, doch alleine stand mir einfach nie der Sinn danach. Ich finde, dass heute der richtige Zeitpunkt für diesen edlen Wein gekommen ist.«

»Hm, eigentlich hat der Arzt mir einige Pillen verschrieben, die nicht so gut mit Alkohol harmonieren, und außerdem geraten, meine Ernährung umzustellen, aber das ist mir heute herzlich egal. Denn auch wenn ich es nie zugegeben hätte, ich habe eine furchtbare Angst vor dem Ergebnis der Untersuchung gehabt, das kannst du mir glauben. Ich liebe das Leben, obwohl es mir auch einige Schicksalsschläge verpasst hat, und würde gerne den Herbst mit dir verbringen.«

Obwohl Magdalena den Alkohol nicht gewohnt war und der schwere Wein ihr ordentlich zusetzte, blieb es nicht bei der einen Flasche.

Als der Wecker am nächsten Morgen klingelte, fuhr sie hoch und erwartete einen schweren Kopf, doch der Kater blieb aus.

Schnell stellte sie das Klingeln ab, damit der schnarchende Paul nicht aufwachte, und stand auf. Dass ein Mann zusammen mit ihr in einem Bett schlief, war für Magdalena eine völlig neue Erfahrung.

Sie war es seit Jahrzehnten gewohnt, auf niemanden Rücksicht nehmen und niemandes Schlafgeräusche ertragen zu müssen.

Aber als sie beim Frühstück saß und über ihre neue Situation nachdachte, war sie felsenfest davon überzeugt, dass sie ihr altes Leben nicht mehr zurückhaben wollte.

Eine Woche nach dieser guten Nachricht ging sie gut gelaunt ins Büro und freute sich darauf, ihren Kollegen wiederzusehen, zu dem sie ein zunehmend entspanntes Verhältnis entwickelt hatte.

Kurz bevor Sascha Gross in Urlaub gefahren war, hatten sie mit Hilfe eines türkischen Kollegen einen Fall von räuberischer Erpressung an einem Dönerladenbesitzer gelöst. Der Mann war physisch und psychisch sehr unter Druck gesetzt worden. Deshalb grenzte es an ein Wunder, dass er überhaupt gegen die Bande, die von ihm Schutzgeld forderte, aussagte.

Dabei war zutage gekommen, dass dies nur die Spitze des Eisbergs war, denn die rücksichtslos agierenden Erpresser hatten noch zahlreiche andere Imbissbuden heimgesucht.

Mertens hatte in den zwei Wochen von Gross' Abwesenheit die ganzen Zeugenaussagen protokolliert und mehr oder weniger dem Staatsanwalt dabei geholfen, die Anklage vorzubereiten. Nun war nur noch zu hoffen, dass die Inhaber nicht in letzter Sekunde ihre Aussagen zurücknahmen.

Gerade als Magdalena das Bürozimmer betrat, kam Sascha Gross hinter ihr herein, zwei volle Kaffeetassen balancierend.

»Das nenne ich jetzt aber einen Service, Herr Gross«, bedankte sich die Hauptkommissarin schmunzelnd.

»Mach ich doch gerne, Frau Mertens, schließlich bin ich jetzt frisch erholt und habe neue Kraft getankt.«

»Freut mich und ich sehe es Ihnen an, dass der Urlaub mit Frau Neuburg und ihren Kindern schön war.«

»Ja, allerdings«, antwortete Sascha und gab einen kurzen Abriss seines Aufenthaltes in Südfrankreich.

»Es ist jedoch seltsam, dass Ihre Freunde nach dem Überfall die örtliche Polizei nicht informiert haben.«

Sascha hatte es sich nicht verkneifen können, seiner Vorgesetzten von dem mysteriösen Überfall zu berichten, seine Beobachtungen der Reaktion seiner Mitreisenden verkniff er sich jedoch.

»Vielleicht sind wir auch zu sehr mit unserem Beruf verbandelt und sehen Dinge, die für Nichtpolizisten nicht der Rede wert wären. Wo wir schon dabei sind, mir ist auch etwas Merkwürdiges passiert.«

Sie erzählte ihrem Kollegen von dem Vorfall in der Deponie, in der sie und Paul eingeschlossen gewesen waren.

»Ich sage Ihnen, der Typ auf dem Müllplatz hatte mindestens ebensolche Angst wie unsere Dönerverkäufer. Aber rein daraufhin zu ermitteln, sobald unser siebter Sinn uns Warnsignale aussendet, das können wir uns leider nicht erlauben. Wahrscheinlich ist es eher so, wie Paul sagt, dass wir aufgrund unseres Berufes in dieser Hinsicht hypersensibel sind.«

»Bestimmt hat Paul recht. Apropos, wie geht es dem alten Haudegen eigentlich?«, wollte Sascha, der den Freund seiner Vorgesetzten von früher her sehr gut kannte, wissen.

Magdalena musste mehrmals schlucken und an sich halten, damit sie nicht begann zu weinen.

»Es geht ihm … gut, ja, und mir auch, seit er bei mir eingezogen ist.«

In diesem Moment betrat ihr Chef Köttmann den Raum.

»Guten Morgen die Herrschaften, ich hoffe Sie unterhalten sich gut«, meinte er süffisant.

»Es hat sich ein weiterer Imbissbesitzer gemeldet, von dem Schutzgeld erpresst wurde. Ich hoffe, dass dies der letzte Sargnagel ist für die Dreckskerle, die unsere schöne Stadt unsicher machen. Also meine Herrschaften, machen Sie sich an die Arbeit.«

Claude Moulin warf sich eine Kopfschmerztablette ein und ging ins Badezimmer. Einmal mehr verfluchte er sich für seinen unsteten Lebenswandel und dafür, dass er seine bescheuerte Spielsucht nicht in den Griff bekam.

Während er sich eine Gitanes ansteckte und auf die Wirkung dieser besonders starken Zigarette wartete, kam ihm der Auftrag, den ihm Santinis Lakai gestern Abend gegeben hatte, in den Sinn. Er brauchte zwar dringend Geld, aber trotzdem war ihm dieser Korse nicht ganz geheuer. Ihm waren zwar die gepflegten Umgangsformen dieses Mannes in angenehmer Erinnerung, trotzdem konnten sie ihn als langjährigen Ermittler nicht täuschen und die Killermentalität Santinis nicht überdecken. Aber welche Alternative blieb ihm?

Wenn er ablehnte, würde das zwar nicht unmittelbar seinen Tod bedeuten, doch Santini würde mit Sicherheit dafür sorgen, dass Moulins Detektivbüro keine Aufträge mehr bekäme.

Laut fluchend suchte er sich die Unterlagen, die ihm Bartoli gestern gegeben hatte, zusammen.

Er studierte die Berichte eingehend und kam nach mehrmaligem Lesen zu der Erkenntnis, dass dieser Kerl mit der Beute und seiner Freundin über alle Berge war. Oder aber er wollte sich eine Zeitlang vor Santinis langem Arm irgendwo verstecken, bis ein wenig Gras über die Sache gewachsen war.

In diesem Fall würde die Dame weiterhin ihrer Alltagsbeschäftigung nachgehen und so tun, als ob ihr neuer Macker auf und davon wäre.

Es kann nicht schaden, sie mal aufzusuchen, dachte Moulin und notierte sich die Adresse mit einem Kugelschreiber in sein Adressbuch. Danach griff er sich seine Waffe, die der Dienstpistole von früher täuschend ähnlich sah, sowie seinen gefälschten Polizeiausweis.

Bisher war noch nie jemand stutzig geworden, da Claude Moulin in seiner Rolle als Commissaire absolut überzeugend wirkte, was durch seine langjährige Erfahrung in diesem Beruf ja kein Wunder war. Sogar die Ringe unter den Augen sowie die ungesunde Gesichtsfarbe wirkten authentisch.

Die kleine Wohnung in einem mehrstöckigen Haus befand sich in einer berüchtigten Gasse des Quartier le Panier. Die Tür stand offen und Moulin schlüpfte hinein.

Als er die Frau betrachtete, die ihm die Wohnungstür öffnete, war er sich ziemlich sicher, dass sie sich als Prostituierte verkaufte.

»Salut Mimi«, grüßte Moulin knapp und drückte ihr seinen Ausweis ins Gesicht.

»Was willst du Scheißbulle von mir?«, lautete die wenig schmeichelhafte Antwort.

In Anbetracht der zwielichtigen Gestalten, die sich auf dem Flur tummelten, drängte er sie ins Zimmer und drückte die Tür wieder zu.

»Hör mir mal gut zu, Schätzchen, was oder mit wem du es treibst, ist mir völlig egal, ich bin nicht von der Sitte. Sag mir wo Serge ist und ich bin sofort wieder weg.«

Moulin war ein guter Beobachter und er hatte gesehen, wie die Augen der Frau beim Namen ihres Liebhabers aufleuchteten.

»Serge? Welcher Serge, ich kenne keinen Typen, der so heißt.«

»Jetzt pass mal auf, die halbe Unterwelt von Marseille ist hinter deinem Kerl her, und glaube mir, es ist besser für seine Gesundheit, wenn wir ihn zuerst finden. Also raus mit der Sprache, wo ist er?«

Die stark geschminkte Mimi druckste herum.

»Ich weiß wirklich nicht …«

»Bestimmt kennst du Santini.«

Sein Gesicht war jetzt ganz nah an ihrem und er roch den starken Alkoholdunst. Er sah aber auch den ängstlichen Ausdruck, den ihr Gesicht plötzlich angenommen hatte.

»Jeder in dieser Gegend kennt ihn und dieser brandgefährliche Mann sucht deinen Freund. Und bestimmt nicht, um ihn zum Essen einzuladen. Hast du jetzt kapiert, wie enorm wichtig es ist, dass ich ihn vor den Gangstern finde?«

Mimi drehte sich weg und fischte eine Gauloise Blonde

aus der Packung. Mit einer fahrigen Bewegung zündete sie die Zigarette an.

»Serge will mit mir ein neues Leben anfangen«, meinte sie trotzig und blies ihm den Rauch ins Gesicht. »Mit dem Ding, das er am Laufen hat, meinte er, haben wir ausgesorgt und hauen ab nach Südamerika.«

»Weißt du, wo er sich derzeit befindet? Bitte sag es mir, es ist sehr wichtig.«

Sie tigerte unablässig in dem kleinen Wohnzimmer umher und überlegte fieberhaft, was sie dem Kommissar erzählen sollte.

Ursprünglich hatte sie eisern schweigen wollen, doch als der Name Santini gefallen war, hatte es Mimi mit der Angst zu tun bekommen.

»Er hat von irgendeiner Schlucht gefaselt, wo er sich eine Zeitlang verstecken wollte, aber verdammt, warum legt der Idiot sich mit Santini an, da kann er ja gleich Selbstmord begehen!«, schrie die junge Frau hinaus und darüber wurde ihr klar, dass sie ebenfalls in Gefahr war. »Dann …, dann suchen die bestimmt auch nach mir.«

»Hab keine Angst, wir beschützen dich«, versuchte Moulin sie zu beruhigen.

»Ha, als ob das jemals einem genützt hätte.«

»Falls ich Serge vor den Schergen Santinis finde, bringe ich dich ins Zeugenschutzprogramm. Also wo genau ist diese Schlucht?«

Skeptisch betrachtete sie den vermeintlichen Kommissar und begann zögerlich zu erzählen.

»Sie befindet sich unweit der Gorges de l'Ardèche, ich war mal mit ihm dort für einen Kurzurlaub. Didier, ein älterer Bruder von Serge, besitzt in der Nähe eine kleine Jagdhütte, die allerdings in einem ziemlich unzugänglichen Gebiet liegt. Das Häuschen würde ich ganz bestimmt nicht mehr wiederfinden.«, stellte sie klar, damit der Polizist nicht auf die Idee kommen würde, sie dorthin mitzunehmen. »Aber an die nächstgrößere Stadt kann ich mich vage erinnern, weil wir da unseren Proviant eingekauft haben. Sie hieß Bagnols oder so ähnlich. Das ist leider alles, was ich weiß.«

Sie schürzte die Lippen und versuchte, bei Moulin einen schutzbedürftigen Eindruck zu machen.

»Na schön, das hilft mir doch ein wenig weiter. Das Beste wird sein, wenn du dich eine Weile bedeckt hältst und von hier verschwindest. Sobald wir den Knaben ausfindig gemacht haben, melde ich mich wieder bei dir.«

Moulin ließ sich ihre Handynummer geben.

»Und was soll ich machen, wenn Santinis Leute hier aufkreuzen, dieser üble Typ namens Bartoli zum Beispiel, der mal mit Serge zu Besuch da war?«, stieß sie ängstlich hervor.

»Tja, wie gesagt, ich rate dir abzuhauen, du kennst doch bestimmt jemanden, bei dem du für einige Zeit unterkommen kannst. Also bis dann, ich muss jetzt gehen«, verabschiedete sich Moulin kurz und bündig und eilte zur Tür.

Das ist doch jetzt ziemlich vielversprechend gelaufen, dachte er gutgelaunt, als er die Bruchbude verlassen hatte, und strich sich durch den weißen Schnauzer. In den graublauen Augen des sehnigen Mannes konnte man bei genauem Hinsehen etwas von der früheren Entschlossenheit entdecken. Er ging in eine umliegende Bar, bestellte einen petit Café und überlegte sich die weiteren Schritte. Wenn auch sein Hirn immer wieder Aussetzer hatte und dem Spieldrang nachgab, so war Moulin eigentlich ein strukturierter Mensch, der sich seine Vorgehensweise immer gut überlegte.

Nach einem weiteren Kaffee ließ er sich ein Taxi kommen, das er in einen Vorort von Marseille dirigierte. Er ließ den Fahrer in der Nähe der Kirche halten und stieg aus. Sich unauffällig umblickend schlenderte er zu einer Reihe von Blechgaragen und steuerte gezielt die mittlere an. Niemand wusste von der Existenz dieser unscheinbaren Garage, in der sich neben einem Auto auch ein geräumiger Kleiderschrank sowie ein Tresor befanden. Hier bewahrte Moulin neben einem Notgroschen eine teure Fotoausrüstung und mehrere falsche Pässe auf.

Er entnahm dem Panzerschrank einen Fotoapparat. Dem Vermieter hatte er eine Geschichte aufgetischt, wonach er als Ehemann auf Abwegen mit dem Wagen inkognito zu seiner Geliebten fahre, und ihn eindringlich gebeten, diskret zu sein.

Er setzte sich hinters Steuerrad des hellblauen Peugeot 205 und verließ die verschlafene Vorstadt. Wenig später bog er ab auf die vielbefahrene Autoroute du Soleil, die er bei Pont-Saint-Esprit wieder verließ.

Als er durch die Weinberge und die abwechslungsreiche Gegend fuhr, kam ihm seine erbarmungswürdige Situation in den Sinn. Am liebsten hätte er losgeheult.

Mit seiner früheren Familie war er öfters aufs Land gefahren und er meinte sich zu erinnern, dass sie auch diese schöne Landschaft besucht hatten. Ohne sich zu verfahren, kam er bei den Concluses de Lussan an. Beim Blick in die Tiefe kam die Erinnerung an einen herrlichen Tag, den er gemeinsam mit seinen Lieben hier verbracht hatte, zurück.

Um zu der Hütte zu gelangen, musste man in die Schlucht hinuntersteigen und danach das gegenüberliegende Felsmassiv rechts umrunden. Der Abstieg war bei Weitem nicht so anstrengend wie die nun folgende Kletterei. Völlig außer Puste kroch er auf eine Felsnadel, von der man einen weiten Blick ins Tal hatte. Von hier oben konnte er auch ein kleines Häuschen entdecken, das sich unter einen mächtigen Kastanienbaum duckte.

Wer sich in dieser Abgeschiedenheit eine Hütte errichtete, der hatte entweder etwas zu verbergen oder war komplett menschenscheu. Die Büsche und Dornensträucher des Garrigue genannten Niederwaldes setzten Moulin dermaßen zu, dass er ernsthaft daran dachte umzukehren. Letztlich siegte sein noch vorhandener Lebenswille über den Drang zu resignieren. Zerstochen wie selten zuvor in seinem Leben gelangte er auf eine kleine Lichtung unmittelbar vor dem Häuschen.

»Hallo, ist da wer?«, rief Moulin.

Die schwere Kamera, die vor seiner Brust baumelte, und die knallrote Baseballkappe mit dem Aufdruck der Chicago Bulls ließen ihn unschwer als ahnungslosen Touristen durchzugehen.

Nur wenige Augenblicke später öffnete sich knarrend die Tür und ein bulliger Mann mit blutunterlaufenen Augen trat heraus. Die Schrotflinte in seinen Händen war wie zufällig auf den ungebetenen Besucher gerichtet.

»Entschuldigen Sie, mein Herr, ich habe mich furchtbar verlaufen und da dachte ich, dass ich hier vielleicht jemanden antreffen kann, der mir weiterhilft.«

»Verschwinde, du Idiot, bevor ich dich abknalle.«

Der Typ sieht genauso aus, wie Bartoli mir den Gesuchten beschrieben hat, dachte Moulin mit einem feinen Grinsen.

»Es tut mir leid, wenn ich Sie gestört habe. Ich mache mich gleich wieder auf den Weg zurück, aber bitte, tun Sie mir nichts!«, flehte Moulin beinahe panisch.

Er drehte sich um und ergriff die Flucht.

In seinem Rücken grummelte der Hüttenbewohner zufrieden.

Wie er es unzählige Male geübt und praktiziert hatte, warf sich der frühere Polizist zu Boden. In einer fließenden Bewegung rollte sich Moulin in Schussposition, und ehe sich der überraschte Mann versah, hatte er eine Kugel im Knie. Die Schrotflinte fiel ihm aus den Händen und mit einem animalischen Schrei ging er zu Boden. Deutlich konnte Moulin erkennen, dass von diesem Kerl keine Gefahr mehr ausging, trotzdem kam er mit erhobener Waffe näher.

»Ah, was soll das, bist du verrückt?«, stieß der Getroffene kehlig hervor. »Nur weil ich dir keine Auskunft gegeben habe, kannst du mich doch nicht niederstrecken, oh verdammt, … das tut höllisch weh. Ich brauche einen Arzt.«

Ausdruckslos blickte Moulin auf das schmerzverzerrte Gesicht und zielte mit der Waffe auf das andere Knie.

»Bist du Serge Duvalle?«

»Wer soll das sein, ich habe diesen Namen noch nie gehört.«

Wenige Zentimeter neben dem gesunden Knie des Mannes spritzte Gras und Erde auf, nachdem Moulin erneut geschossen hatte.

»Das, … das ist mein Bruder, aber er ist nicht hier. Er wollte letzte Woche hierherkommen«, sprudelte es aus dem Mann heraus.

»Wenn du mich verarschst, mein Freund, bereite ich dir schlimmere Schmerzen, als du dir jemals vorgestellt hast.«

Mit größter Anstrengung holte er eine Geldbörse aus seiner blutigen Hose und warf sie seinem Peiniger hin. Tatsächlich war der Personalausweis auf einen Monsieur Didier Duvalle ausgestellt.

»Dann habt ihr ziemliche Ähnlichkeit, du und dein Bruder.«

»Wir sind Zwillinge, deswegen.«

Man sah Duvalle an, dass er mit seinen Kräften am Ende war.

»Das mag ja alles sein, aber jetzt weiß ich immer noch nicht, wo er sich befindet. Sobald du mir diese Info gibst, verschwinde ich und du hast deine Ruhe«, entgegnete Moulin ruhig.

Auf Duvalles Gesicht legte sich ein leichter Hoffnungsschimmer.

»Er ist tot, Serge ist tot. Offenbar ist er am oberen Aussichtspunkt der Schlucht aus unerfindlichen Gründen in die Tiefe gestürzt.«

Instinktiv wusste Moulin, dass der Kerl die Wahrheit sagte.

Er erinnerte sich an die Stelle, die Duvalle beschrieb, denn von dort hatte er vorhin ebenfalls in die Tiefe geblickt. Das mussten mehrere hundert Meter sein und wenn er dort hinuntergesegelt war, war von Serge Duvalle nicht mehr viel übrig geblieben.

»Wer hat ihn gefunden?«

»Ein Touristenpärchen aus Lyon, soviel ich weiß. Bitte helfen Sie mir, ich,... ich halte diese Schmerzen nicht mehr aus.«

»Eine letzte Frage hätte ich noch, Serge hatte etwas bei sich, das meinem Auftraggeber gehört, und da dieser es nicht schätzt, wenn man ihn betrügt, hat er mich geschickt. Ich denke, du weißt, was ich meine.«

Mit kaltem Blick betrachtete Moulin den verzweifelten Mann.

»Ja, ja, er hat mich eingeweiht und ich habe auch schon einen Hehler ausfindig gemacht, doch das ist jetzt alles hinfällig. Auf der Polizeiwache in Bagnols hat man mir auf meine Nachfrage hin versichert, dass außer dem, was Serge am Leib trug, nichts gefunden wurde. Wenn Sie mir nicht glauben, fragen Sie doch die Bullen.«

Die weinerliche Stimme hatte nichts mehr mit dem Befehlston zu tun, der Moulin bei seiner Ankunft entgegengeschlagen war.

»Na schön. dann lasse ich dich jetzt in Ruhe«, meinte Moulin gelassen und drehte sich um.

»Aber Monsieur, Sie können mich doch hier nicht liegen lassen, ich gehe hier draußen elendiglich zugrunde, wenn Sie mir nicht helfen«, bettelte Duvalle.

»Tut mir leid, doch ich habe leider überhaupt keine Zeit mehr. Ich könnte dich auch abknallen wie einen räudigen Köter, also sei froh, dass ich dich am Leben lasse. So hast du wenigstens noch eine Chance. Au revoir.«

Auf dem beschwerlichen Rückweg kamen Moulin nur ganz kurz Zweifel, ob es richtig war, den Verletzten zurückzulassen. Diesen Rest an Empathie, der ihm noch verblieben war, hatte ihn schon mehrere Male beinahe um Kopf und Kragen gebracht und so wie er Duvalle einschätzte, hätte dieser im umgekehrten Fall keine Sekunde gezögert, einen Gefangenen abzuknallen.

Trotzdem beschloss er, von unterwegs aus einen Notarzt zu verständigen.

Als er den Fluss erreicht hatte, ging er weiter am Ufer entlang, um zu der mutmaßlichen Fundstelle von Serge Duvalle zu kommen. Schon von Weitem konnte er die rotweißen Absperrbänder erkennen, die im Wind flatterten. Sorgfältig durchkämmte Moulin das Gelände, doch die Beamten der Spurensicherung hatten sehr gründlich gearbeitet und er stellte die Suche rasch ein.

Während er vom Boden der imposanten Schlucht nach oben stieg, überlegte sich Moulin die weitere Vorgehensweise. Die Sache wurde nun doch komplizierter, als er es sich anfangs vorgestellt hatte, und auch wenn es ihm aufgrund seiner Vergangenheit schwerfiel, musste er jetzt die hiesige Polizei kontaktieren.

»Verdammt!«, schimpfte er vor sich hin, es wäre so einfach

gewesen, dem Dieb in der Jagdhütte die Beute abzujagen, und nun lag dieser Kerl wahrscheinlich auf dem Tisch der Gerichtsmedizin.

Die Fahrt nach Bagnols gab ihm Zeit, seine Gedanken zu ordnen und eine Strategie zu entwickeln. Dazu kam ihm der Zufall zu Hilfe, als er an einer Tankstelle anhielt und sein Blick beim Bezahlen der Benzinrechnung auf die Schlagzeile der regionalen Tageszeitung fiel.

»Bonjour Monsieur, was kann ich für Sie tun?«, wollte der Mann an der Anmeldung der Polizeidienststelle wissen.

»Bonjour Monsieur le Gendarme, ich mache hier in der Gegend Urlaub«, antwortete Moulin und versuchte, dabei so zu klingen wie ein Nordfranzose, »und war neulich in den Concluses de Lussan, wo dieser schreckliche Unfall passiert ist. Vorhin habe ich im ›Midi-Matin‹ gelesen, dass die Polizei noch Augenzeugen sucht.«

Skeptisch betrachtete der Beamte den Touristen und kratzte sich das Kinn.

»In der Tat suchen wir nach Leuten, die etwas zur Auflösung des mysteriösen Falles beitragen können. Am besten reden Sie mit dem zuständigen Commissaire. Sein Büro befindet sich am Ende des Gangs.«

Mit gemächlichen Schritten durchmaß Moulin die Polizeiwache, die ihn an seine frühere Tätigkeit erinnerte, und klopfte an die Tür des Zimmers.

»Bonjour Monsieur le Commiss…«

Beim Anblick des Beamten blieb Moulin beinahe das Herz stehen.

»Delacroix? Pierre Delacroix?«, stieß er hervor.

»Richtig erkannt, Claude, dein früherer Partner aus deutlich besseren Zeiten.«

Der hochgewachsene Mann mit der blank rasierten Glatze

schwang sich aus seinem Bürostuhl und umarmte Moulin herzhaft.

Die beiden Männer waren nicht nur Kollegen gewesen, sondern hatten auch zur selben Zeit ihre Militärzeit in einer Stadt in Süddeutschland absolviert.

»Das verstehe ich jetzt nicht, … ich dachte du hättest Karriere in Marseille gemacht, nachdem sie mich damals rausgeschmissen hatten, mit deinem Ehrgeiz.«

»Ich war auf dem besten Weg dazu, das musst du mir glauben, doch dann habe ich einen von den Paten im Hafen abgeknallt und mein Chef hat mich aus der Schusslinie genommen. Das ist eine lange Geschichte, die ich dir gerne bei einem guten Rotwein erzählen möchte, aber deswegen bist du bestimmt nicht hier. Und weshalb läufst du eigentlich rum wie ein typischer US-Tourist?«

Moulin druckste herum. Konnte er seinem früheren Kollegen, zu dem er eine durchaus freundschaftliche Beziehung gehabt hatte, von seinem Auftrag und vor allem von seinem zwielichtigen Auftraggeber erzählen?

»Es war nach dem Rausschmiss nicht einfach für mich, wieder Fuß zu fassen. Ich habe verschiedene Dinge angefangen und komme mittlerweile als Privatdetektiv ganz gut über die Runden.«

Moulin konnte deutliche Zweifel in Delacroix' Gesicht sehen.

»Na ja, auf jeden Fall muss ich für einen Mann aus Marseille einen anderen Mann aufspüren und dieser jemand stürzte vor Kurzem in eine Schlucht. Dabei hat er sich wohl jeden einzelnen Knochen im Leib gebrochen.«

»Das ist der Fall, an dem ich gerade arbeite. Eigentlich darf ich dir nichts darüber erzählen, aber da du mein alter Kumpel bist und außerdem alles auf einen Unfall hindeutet, mache ich eine Ausnahme. Der Typ, der so unglücklich gestürzt ist, hörte auf den Namen Serge Duvalle und war kein unbeschriebenes Blatt. Er hielt sich mit kleineren Einbrüchen und Zuhälterei über Wasser, und da sein Bruder eine Jagdhütte hier in der Nähe hat, ist auch zu erklären, weshalb er sich hier herumtrieb.«

»Okay, dann ist meine Mission ja beinahe beendet, aber eine Frage hätte ich noch: Habt ihr an der Absturz- oder an der Fundstelle irgendetwas gefunden?«

Ein wissendes Lächeln trat in Delacroix grobe Züge.

»Ich verstehe, Duvalle hat deinem Auftraggeber irgendwas gemopst und das sollst du zurückholen, aber ich muss dich enttäuschen, wir haben sowohl oben als auch unten alles abgesucht. Ohne Erfolg.«

»Und dieses Touristenpärchen, das ihn gefunden hat, könnten die unbemerkt was zur Seite geschafft haben?«

»Nein, das ist beinahe unmöglich, sie waren Teil einer größeren Gruppe und mehrere Mitglieder davon standen in unmittelbarer Nähe. Ich bin mir sicher, wenn etwas abhandengekommen ist, dann muss es oben gelegen haben.«

Enttäuschung machte sich bei Moulin breit und seine Laune stürzte auf den Nullpunkt. Er war in eine Sackgasse geraten. Den Vorschuss würde er zurückzahlen müssen und von Santini keine Aufträge mehr bekommen, denn Entschuldigungen für irgendwelches Versagen ließ der Korse nicht gelten.

Sein Gegenüber spürte deutlich die Resignation, die von Moulin Besitz ergriff.

In diesem Moment fiel dem Commissaire etwas ein und er schlug sich mit seiner flachen Hand an die Stirn.

»Warte mal, wir haben doch etwas gefunden.«

Delacroix erhob sich und suchte einen Ordner heraus.

»Hier, schau dir das mal an.«

Er reichte seinem früheren Kollegen ein dünnes Heftchen,

das von dem hiesigen Fremdenverkehrsverband verlegt wurde.

»Aber das ist doch deutsch«, stieß Moulin hervor und erinnerte sich an seine Zeit in Reutlingen. Er hatte einige Monate eine Beziehung mit einem deutschen Mädchen und konnte sich einigermaßen in dieser Sprache verständigen.

Er verstand jedoch nicht genau, wie ihn diese kleine Broschüre weiterbringen sollte.

»Genau, dieser kleine Reiseführer lag unmittelbar an der Stelle, von wo aus Serge Duvalle in die Tiefe gestürzt ist. Ich habe dem bisher keine große Bedeutung zugemessen, da ich wie gesagt von Anfang an von einem Unglück ausgegangen bin. Außerdem war der Kerl seinen Blutwerten nach zu urteilen stockbesoffen, was meine Unfallthese erhärtet. Du kannst das Ding mitnehmen, wenn du willst, vielleicht bringt es dich weiter. Ich lege den Fall als Unfall zu den Akten.«

Beinahe desinteressiert blätterte Moulin in dem Heftchen, bis er die letzte Seite aufschlug. Hier war eine Landkarte abgebildet, in die jemand von Hand die Strecke von einem Ort bis zu der Schlucht nachgezeichnet hatte.

Das ist ja interessant, dachte Moulin und in seinem Gehirn reifte langsam ein Plan.

»Eine Frage hätte ich noch, neulich wurde ich zufällig Zeuge eines aufsehenerregenden Raubes in Marseille, weißt du Näheres darüber?«

Die Lüge kam ihm leicht über die Lippen.

»Das ist das größte Ding des Jahrzehnts, mit dem Erlös aus der Beute könnten wir beide bis an unser Lebensende ein Leben in Luxus führen.«

»Ich danke dir, mein Freund, und nächstes Mal, wenn ich mal wieder in der Gegend bin, machen wir in irgendeiner Bar einen drauf. Doch jetzt ruft die Arbeit.«

Moulin winkte zum Abschied und in seinen Augen war ein eigenartiger Glanz. Sein Jagdinstinkt war wieder erwacht.

»Bitte versprich mir, dass du heute Abend nur das Nötigste sagst«, bat Christiane Gruibinger-Hess ihren Mann inständig. »Wenn dich jemand nach deinem Job fragt, so sagst du einfach, dass du Manager in einem Dienstleistungsbetrieb bist, der sich auf die umweltgerechte Entsorgung von Abfällen spezialisiert hat.«

»Lass dich doch einfach scheiden, dann bist du den Klotz am Bein los«, antwortete Lothar Hess beleidigt.

»Das hatten wir doch alles schon mal, bleib einfach sachlich und mach mir keinen Ärger.«

Die hochgewachsene Blondine mit dem scharf geschnittenen Gesicht zog einen Rock an, der ihre langen Beine betonte. Sie hatte sich nie damit anfreunden können, dass andere Frauen ausschließlich wegen ihres guten Aussehens nach oben kamen, doch sie selbst war durchaus dazu bereit, ihre körperlichen Vorzüge für die Karriere einzusetzen.

Mit einem Seitenblick registrierte Christiane, dass ihr Mann sich schmollend verdrücken wollte.

»Lothar, tu mir den Gefallen und spiel mit, wir können gemeinsam Großes schaffen.«

Schnell war sie herangetreten und hatte ihre feingliederigen Hände dem etwas kleineren Lothar um den Kopf geschlungen. Der beschwörende Blick aus ihren blauen Augen tat ein Übriges.

»Also gut, ich werde mich wie ein Schoßhündchen benehmen und meine Rolle als Mann der großen Christiane Gruibinger-Hess überzeugend spielen.«

»Das freut mich, mein Schatz, und es wird nicht zu deinem Nachteil sein, das verspreche ich dir. Kannst du jetzt bitte ein Taxi rufen, ich muss dem Kindermädchen noch letzte Instruktionen geben?«

Diese Bitte klang nach einem Befehl und Hess schlappte zum Telefon.

Es dauerte keine zehn Minuten, bis die Türklingel läutete und eine männliche Stimme an der Gegensprechanlage ertönte.

Die beiden hasteten hinunter und Christiane nannte dem südländisch aussehenden Fahrer ihr Ziel.

»Meinst du, ich bin overdressed für diesen lauschigen Sommerabend?«

»Ach wo, du siehst toll aus, wie immer.«

Sie nahm das Kompliment lächelnd zur Kenntnis, wenngleich sie wusste, dass es nicht ernst gemeint war.

Von ihrem Wohnort Neckarhausen aus, einem kleinen Vorort von Nürtingen, brauchten sie an diesem geschäftigen Freitagabend eine gute halbe Stunde bis nach Stuttgart. Die Fahrt würde nicht ganz billig werden, doch diese Gedanken behielt Lothar für sich, denn die Kosten würde seine Frau bestimmt erstattet bekommen.

Mit einigermaßen fließenden Sätzen versuchte der Fahrer anfangs, ein Gespräch in Gang zu bringen, ließ es dann aber aufgrund der knappen Antworten wieder sein und stellte seinen CD-Player etwas lauter. Im Talkessel der Landeshauptstadt angekommen, kurvte das Taxi durch die belebte Stadtmitte und blieb vor einem unscheinbaren alten Gebäude stehen. Über der Eingangstür war ein kleines Wirtshausschild angebracht, auf dem ein Adler abgebildet war.

»Sind wir hier richtig?«

Befremdlich betrachtete Hess die heruntergekommene Fassade des Hauses.

»Aber selbstverständlich«, war die schnippische Antwort seiner Frau, die gerade den Beleg, den ihr der Fahrer reichte, in die Handtasche steckte.

Ihr wiegender Schritt, mit dem Christiane der Eingangstür zueilte, ließ ihn an bessere Zeiten ihrer Ehe denken und daran, dass er sie noch immer begehrte.

Vielleicht wird ja doch noch alles gut, dachte er in einem Anflug von Optimismus.

In der Gaststube schien die Zeit zurückgedreht worden zu sein. Es sah hier aus wie in den griechischen Tavernen aus den späten Siebzigerjahren, in denen die heimwehkranken Gastarbeiter ihre wehmütigen Lieder gesungen hatten und wo die damals jungen Anhänger einer neuen Umweltbewegung ihren griechischen Bauernsalat aßen und bei schwerem Wein stundenlang debattierten.

Christiane steuerte einen der hinteren Tische an, an dem ein rothaariger Mann auf einen anderen einredete, während zwei Frauen dem Gespräch lauschten.

Sofort erhoben sich an zwei gegenüberliegenden Tischen zwei Hünen und versperrten den Neuankömmlingen den Weg.

Instinktiv drehte sich der Rothaarige um.

»Ist schon gut, lassen Sie die beiden durch«, befahl er, worauf sich die Muskelmänner sofort wieder zurückzogen.

»Tja, früher konnte man hier ungezwungener sitzen. Ich grüße dich, Christiane.«

Er hatte sich erhoben und umarmte die strahlende Frau.

»Die Freude ist ganz meinerseits, Joscha.«

Beiläufig gab der mittelgroße Mann Christianes Ehemann die Hand.

»Und Sie sind also der glückliche Gatte dieser bezaubernden Frau?«

Hess merkte, wie ihm der Schweiß aus allen Poren rann.

»Es ist mir eine große Ehre, Sie kennenzulernen, Herr Ministerpräsident.«

Joscha Beringer bedeutete den beiden, sich an seinen Tisch zu setzen, und machte Lothar mit den anderen bekannt.

»Meine Frau Carina, unser geschätzter Fraktionsvorsitzender Stavros Teodosis und seine Partnerin Yvonne Stein.«

Von Christiane und aus den Medien wusste Hess, dass Beringer und seine zweite Frau nach außen hin eine Musterehe führten. Hinter vorgehaltener Hand wurde aber immer wieder über außereheliche Affären des jungen Ministerpräsidenten getuschelt.

Es entwickelte sich ein munteres Gespräch und Beringer erzählte von seinem Vater, einem alt-achtundsechziger Kommunisten, mit dem er früher als kleiner Steppke öfter in diesem Lokal gewesen war.

Bis auf Christiane, die sich vegetarisch ernährte und lediglich einen Bauernsalat bestellte, nahmen alle anderen einen Grillteller mit Zaziki und wilden Kartoffeln, die in diesem Lokal einfach umwerfend schmeckten.

Nach einem ersten Ouzo zum Auftakt wurde die Miene des Ministerpräsidenten ernst.

»Ich habe euch heute leider nicht ausschließlich hierher gebeten, um mit euch zu tafeln, sondern weil eine wichtige Entscheidung ansteht, deren mögliche Folgen ich mit euch besprechen möchte.«

Verschwörerisch beugte sich Beringer nach vorne und Christiane sah zum ersten Mal Zeichen der Erschöpfung in dem sonst so vital wirkenden Gesicht.

»Wie ihr wisst, wurde ich als jüngster Ministerpräsident gewählt und mit meinen knapp vierzig Jahren würde mein Ehrgeiz ausreichen, um weitere zwanzig Jahre die Politik dieses Landes zu bestimmen. Ohne überheblich klingen zu wollen, ist es zu einem großen Teil meiner Ausstrahlung zu verdanken, dass wir in den letzten Jahren diesen Erfolg gehabt haben.«

Er blickte reihum in die Gesichter und deutete das Nicken als Zustimmung.

»Doch es hat sich etwas Schwerwiegendes ereignet, das mich veranlasst, mich aus der Politik zurückzuziehen. Mehr möchte ich dazu zum jetzigen Zeitpunkt noch nicht sagen. Damit meine Arbeit nicht umsonst war und eine gewisse Kontinuität gewährleistet ist, haben wir uns heute Abend hier getroffen, um die Nachfolge zu regeln.«

»Hast du schon einen Zeitplan für deinen Rücktritt?«, wollte Teodosis wissen, dessen direkte Art manchem seiner Zeitgenossen sauer aufstieß.

»Das gefällt mir an dir, Stavros, dass du gleich zur Sache kommst«, entgegnete Beringer lächelnd. »In den nächsten Wochen wird eine Pressekonferenz stattfinden, auf der ich meinen Rückzug aus der Politik bekannt geben werde.«

Minutenlang sagte keiner etwas, bevor Christiane Gruibinger-Hess das Schweigen brach.

»Aber Joscha, wie sollen wir so schnell einen adäquaten Nachfolger aufbauen?«

»Nachfolgerin, ich wünsche mir eine Frau als künftige Ministerpräsidentin.«

Christiane lief es heiß und kalt den Rücken hinunter. Diese Einladung war aus politischen Gründen erfolgt und die nächsten Worte Beringers sollten sie in ihrer Einschätzung bestätigen.

»Ich habe an dich gedacht, Christiane, du hast eine offene Art, die bei den Wählern gut ankommt und du kannst dich im Haifischbecken der Politik gut durchsetzen.«

Offenbar hatte Teodosis selbst damit gerechnet, als Kandidat genannt zu werden, denn seine regelmäßigen Züge verdüsterten sich, wie Beringer aus den Augenwinkeln heraus feststellte.

»Sei mir nicht böse, Stavros, ich weiß, dass du Ambitionen hast, der erste Migrant auf dem Stuhl des Ministerpräsidenten zu werden. Du würdest bei der nächsten Wahl bestimmt ein achtbares Ergebnis erzielen, doch um ganz nach oben zu kommen, fehlt dir ein entscheidender Aspekt, der unseren Baden-Württembergern ganz besonders am Herzen liegt.«

»Und der wäre?«

Er blickte seinem Fraktionsvorsitzenden und besonders dessen hübscher Begleiterin tief in die Augen.

»Entschuldigt, wenn ich das so direkt sage, aber um mich zu beerben, braucht der Kandidat neben den üblichen Talenten eine funktionierende Familie.«

»Entschuldige Joscha, aber mach dich doch nicht lächerlich!«, ereiferte sich Teodosis und dachte dabei an die Gerüchte über Beringers Affären. »Wir leben doch nicht mehr in den Fünfzigerjahren, wo solche Dinge eine Rolle gespielt haben. Wenn dir kein besserer Grund einfällt, bestehe ich auf einer Abstimmung an der Basis, wer der künftige Regierungschef wird.«

»Jetzt reg dich doch nicht gleich so auf, Stavros. Glaub mir, es wäre besser, wenn wir uns auf Christiane einigen würden, sie hätte eindeutig die besseren Chancen. Und wenn wir uns im Vorfeld schon zerfleischen, verlieren wir wichtige Wählerstimmen. Du könntest bei einem Wahlsieg das Verkehrsministerium übernehmen, das wäre doch auch nicht schlecht.«

Man konnte erkennen, wie es hinter Teodosis Fassade arbeitete.

In diesem Moment kam der Wirt persönlich, gefolgt von seiner Frau mit den bestellten Gerichten.

»Danke, Mikis, das duftet so herrlich wie damals, als ich mit meinem Vater hier hereingekommen bin und wir beiden Jungs im Gastraum herumgetollt sind.«

Über dem köstlichen Essen vergaßen sie kurz den vorhergehenden Disput, wobei der süffige Wein sicherlich seinen Teil dazu beitrug.

Teodosis schien besänftigt zu sein, denn nachdem er seinen Teller leer gegessen hatte, machte er plötzlich ein Friedensangebot.

»Ich gebe mich geschlagen und bin mit dem Verkehrsministerium einig.«

Das Gesicht des Ministerpräsidenten entspannte sich und Beringer lächelte zufrieden.

»Allerdings hätte ich noch eine kleine Bedingung.«

Das war jetzt wieder typisch für Stavros. Seit ihn Christiane Gruibinger-Hess kannte, versuchte er, wie auf einem Basar so viel wie möglich für sich herauszuschlagen.

»Wie ihr vielleicht wisst, arbeitet Yvonne bei einer Stuttgarter Zeitung und sucht seit einiger Zeit nach einer neuen Herausforderung. Jetzt ist es ja so, dass die Ministerpräsidentin in spe auch einen neuen Pressereferenten haben sollte, und da habe ich an Yvonne gedacht, die eine wirklich hervorragende Journalistin ist.«

Auf diese Weise kannst du eine deiner Vertrauten in meiner unmittelbaren Nähe platzieren, dachte Christiane und musste lächeln über so ein offensichtliches taktisches Manöver.

»Was hältst du davon?«, wollte Beringer von seiner potenziellen Nachfolgerin wissen.

Alle Augen richteten sich auf Christiane, die sich demonstrativ langsam mit ihrer Serviette den Mund abtupfte.

»Hm, eigentlich hast du mich ja bisher nicht einmal gefragt, ob ich überhaupt einverstanden bin, das höchste Amt im Land anzustreben, Joscha. Ganz zu schweigen davon, dass ich eine solch wichtige Entscheidung zu allererst mit meinem Ehemann bereden müsste.«

Sie ließ ihre Worte auf die Anwesenden wirken, bevor sie fortfuhr.

»Zum Glück habe ich mit Lothar über derlei Dinge bereits im Vorfeld geredet und ich weiß deshalb, dass er meine Entscheidung tolerieren und mir jederzeit den Rücken freihalten wird.«

Hess schluckte seine Überraschung hinunter und machte gute Miene zum bösen Spiel, denn seine Frau hatte ihn in der Vergangenheit noch nie um seine Meinung gefragt, wenn sich ihr wieder einmal die Möglichkeit geboten hatte, auf der Karriereleiter emporzuklettern.

»Ich würde mich natürlich am meisten darüber freuen, wenn Christiane dieses Angebot annehmen und zur ersten Ministerpräsidentin in Baden-Württemberg werden würde. Dass sie eine sehr gute Landesmutter abgeben würde, davon bin ich überzeugt.«

Demonstrativ legte er die Arme um seine Gattin und gab ihr einen Kuss, den sie gegen ihre sonstige Gewohnheit herzlich erwiderte.

»Wenn dich dein Partner unterstützt, hast du die entscheidende Hürde genommen. Ich weiß wovon ich rede, nicht wahr Carina?«

Beringers Frau hätte am liebsten laut aufgelacht, reagierte jedoch souverän und nickte.

»Also gut, Joscha, ich nehme dein Angebot, dir nachzufolgen, an, wenngleich ich weiß, dass deine Fußstapfen etwas groß für mich sind. Was meinen neuen Pressereferenten anbelangt, so bin ich natürlich gern bereit, deinen Vorschlag zu überdenken, Stavros, ich glaube jedoch, dass Frau Stein und ich uns vorher ein wenig besser kennenlernen sollten, bevor wir eine solch enge Geschäftsbeziehung eingehen, nicht wahr?«

Das dunkel getönte Gesicht von Teodosis verriet normalerweise nicht viel von seiner Gedankenwelt, doch jetzt trat eindeutig ein Ausdruck von Anerkennung auf seine Züge.

»Ich sehe das genauso, Frau Gruibinger-Hess«, beeilte sich Yvonne Stein zu antworten.

»Dann ist ja alles geklärt und wir können zum obligatorischen Ouzo kommen. Doch vorher möchte ich euch alle und besonders Sie Frau Stein und Sie Herr Hess darauf einschwören, dass nichts von dem heute Abend Gesagten diesen Raum verlässt«, fügte er hinzu.

Die Angesprochenen sowie Christiane Gruibinger-Hess und Stavros Teodosis nickten eifrig.

»Darauf wollen wir trinken.«

Beringer hob das Schnapsglas und leerte es mit einem Zug, woraufhin die anderen seinem Beispiel folgten.

Die knisternde Spannung, die das Rücktrittsbekenntnis des Ministerpräsidenten hervorgerufen hatte, war jetzt einer völlig gelösten Stimmung gewichen.

So funktioniert also die hohe Politik«, bemerkte Lothar spöttisch, nachdem sich die Gesellschaft aufgelöst hatte und die beiden im Taxi nach Hause fuhren.

»Na ja, es geht hier auch nicht anders zu als in der freien Wirtschaft, wo gleichfalls ein gegenseitiges Geben und Nehmen herrscht. Aber bitte lass uns zu Hause weiter darüber reden«, meinte sie mit einem kaum merklichen Wink auf den aufmerksam lauschenden Fahrer und lehnte sich an ihren Mann.

Schon den ganzen Abend hindurch hatte Hess eine prickelnde Erregung verspürt und musste sich in dem Wagen sehr beherrschen. Es war offenbar etwas Wahres dran, dass Macht sexy machte.

Kaum hatten sie ihre Wohnungstür geschlossen, als sie auch schon übereinander herfielen und damit begannen, sich gegenseitig die Kleider vom Leib zu reißen.

»Pst, lass uns ins Schlafzimmer gehen, bevor die Kleinen und ihr Kindermädchen aufwachen«, hauchte Christiane ihm ins Ohr.

Lothar konnte es nicht abwarten, in sie einzudringen, und Christiane ließ ihn gewähren. Doch bevor er zum Höhepunkt kam, löste sie sich von ihm und setzte sich rittlings auf ihren Mann. Seit einiger Zeit genoss sie diese für sie so dominante Stellung, in der sie den Rhythmus bestimmen konnte, wenngleich es Lothar lieber war, sie unter sich zu haben.

Erschöpft lagen sie schließlich nebeneinander und liebkosten sich.

»Ein erhebendes Gefühl ist es schon, wenn man weiß, dass man mit der künftigen Ministerpräsidentin geschlafen hat.«

»So weit sind wir noch lange nicht«, wehrte Christiane ab, doch er spürte trotzdem einen gewissen Stolz in ihrer Stimme. »Dieser Weg wird noch sehr steinig werden, davon bin ich überzeugt. Das Wichtigste wird erst mal sein, dass in meinem Privatleben keinerlei Leichen im Keller sind, und damit kommst du ins Spiel. Es wäre mir wirklich ein Anliegen, wenn du dich nach einem anderen Job umschaust oder sogar kündigst und daheim bleibst. Das würde überhaupt bei den Medien am besten ankommen, ein liebender Ehemann, der seiner Frau den Rücken freihält und sich um Kinder und Haushalt kümmert.«

Plötzlich hörte er auf, sie zu streicheln, und sein Gesicht nahm eine aschfahle Färbung an.

Er räusperte sich, bevor er antwortete.

»Das ist…, das ist gerade nicht so einfach, aber dir zuliebe werde ich morgen gleich mit meinem Chef sprechen.«

Nach einer kurzen Denkpause fuhr er schmunzelnd fort:

»Im Grunde würde mir der Job als Hausmann natürlich sehr zusagen.«

Es würde alles andere als einfach werden, doch er kannte seine Frau gut genug, um zu wissen, dass Christiane sich nicht von ihrem eingeschlagenen Weg abbringen lassen würde, selbst wenn es bedeutete, dass er auf der Strecke bliebe.

Mit gemischten Gefühlen fuhr er am nächsten Tag ins Büro des Entsorgungsbetriebs Sturz am Stadtrand von Reutlingen, wo Hess vor nunmehr zehn Jahren als Betriebswirt angefangen hatte. Seit dieser Zeit hatte die Firma eine rasante Aufwärtsentwicklung erlebt, was nicht so sehr Hess' Verdienst, sondern dem Abfallsystem geschuldet war. Der Betrieb verdiente an manchen Dingen, die sich verwerten ließen, doppelt, sowohl bei der Abholung oder Anlieferung des Mülls als auch bei der Wiederverwertung.

Im Laufe der Jahre hatte er sich mit seinen unbestritten vorhandenen Fähigkeiten hochgearbeitet und war mittlerweile so etwas wie die rechte Hand seines Chefs.

Seine Spezialität war das Entdecken von immer neuen, immer günstigeren Endlagern für alle Arten von Müll, in allen Teilen der Welt. Selbstverständlich hatte dabei Diskretion die höchste Priorität und Hess legte bei dieser offiziellen Müllentsorgung darauf wert, dass seine Partner immer legal operierten.

Vor zwei Jahren jedoch hatte ihn sein Chef, der den Familienbetrieb in dritter Generation leitete, in sein Büro gebeten und war dort mit einer außergewöhnlichen Bitte an ihn herangetreten.

Immer wenn er diesen riesigen Raum betrat, kam er sich klein und unwichtig vor.

Diese Reaktion wurde nicht zuletzt durch den massigen Konferenztisch, um den eine Reihe erlesener Chippendale-Stühle gruppiert war, hervorgerufen.

Während der Angestellte sich auf einen Wink von Sturz hinsetzte, blieb der Chef wie immer, wenn er einen seiner Untergebenen in sein Allerheiligstes zitierte, stehen.

»Wie Sie wissen, halte ich große Stücke auf Sie, Hess, und schätze Ihre Arbeit sehr«, hatte der höchstens einen Meter fünfundsechzig große Sturz das Gespräch begonnen.

Wie viele Männer mit einer unterdurchschnittlichen Körpergröße versuchte Dirk Sturz die mangelnden Zentimeter mit fast krankhaftem Ehrgeiz wettzumachen.

Sein Ziel war nicht mehr und nicht weniger, als einmal der größte Entsorger in Baden-Württemberg zu werden.

»Doch wie Sie natürlich aus den Geschäftszahlen herauslesen können, stagniert unser Umsatz und leider auch der Gewinn. Jeden Tag muss ich mich mit Händen und Füßen gegen die Übernahme unseres Ladens durch europaweit operierende Entsorgungskonzerne wehren.«

Sturz drehte sich um und stand jetzt vor dem riesigen Panoramafenster, von wo aus er einen schönen Blick auf den Albtrauf hatte.

Die Gründe für den Gewinnrückgang in den letzten zwei Jahren waren allerdings auch der Tatsache geschuldet, dass Sturz selbst mehrere »Läden«, wie er sich auszudrücken pflegte, übernommen hatte. Gleichzeitig machte er sich bei den langjährigen Mitarbeitern, die schon unter dem alten Sturz in der Firma gearbeitet hatten, immer unbeliebter.

Freuten die sich anfangs, dass jemand aus der Familie die Nachfolge von Johannes Sturz, der einem Schlaganfall zum Opfer gefallen und seither ein Pflegefall war, angetreten hatte, so wurden sie schnell eines Besseren belehrt.

Der Alte war ein Firmenpatriarch alter Schule gewesen, der zwar beinhart im Umgang mit seinen Untergebenen war und sich von niemandem dreinreden ließ, andererseits aber sich für seine loyalen Mitarbeiter in jeder Hinsicht einsetzte.

Für den Junior zählten hingegen nur die nackten Zahlen und die besagten, dass es ihn billiger kommen würde, die gut dotierten Arbeitsverträge der Altgedienten auf irgendeine Weise zu kündigen und neue Mitarbeiter zu für ihn besseren Konditionen einzustellen.

Das umgängliche Wesen von Dirk Sturz, das er während der verschiedenen Praktika, die er während seiner Studienzeit im elterlichen Betrieb gemacht hatte, zur Schau gestellt hatte, hatte sich sehr schnell ins Gegenteil gekehrt. Mittlerweile hängte er jetzt eindeutig den Chef heraus und seine Mitarbeiter mussten froh sein, wenn ihr freundlicher Gruß wenigstens durch ein müdes Nicken beantwortet wurde.

Eine seiner ersten Baumaßnahmen war der Anbau eines neuen Treppen- und Aufzugsturms, den nur er und wichtige Besucher betreten durften, sowie die deutliche Vergrößerung seines Büros.

Sein großes Glück war, dass er eine Zwillingsschwester hatte, die ihn von Kindesbeinen an anhimmelte und sich aus der Nachfolgeregelung völlig heraushielt. Zudem hatte Natalie Sturz eine sehr gute Partie gemacht und war mit einem Sprössling einer Schweizer Privatbank liiert.

Sofort, nachdem er alleiniger Chef geworden war, trat

Sturz in einen elitären Golfclub in der Umgebung ein, wo alter und neuer Geldadel noch gern unter sich war.

Der Umgang mit diesen Leuten trug dazu bei, dass Sturz immer weiter abhob.

Hinter vorgehaltener Hand wurde sein schauspielerisches Talent gerühmt, mit dem er offenbar jahrelang alle getäuscht hatte.

Um die verdienten Mitarbeiter loszuwerden, war ihm kein Trick zu schmutzig. So ließ er zum Beispiel einen Mann, der dreißig Jahre Erfahrung im Umgang mit den verschiedenen Baumaschinen hatte und darin richtig gut war, abstellen zum Reinigungskommando, mit der Vorgabe, ihm dort die niedersten Arbeiten zu geben.

»Wir haben genau zwei Möglichkeiten, Hess.«

Verschwörerisch heftete der Firmenpatriarch seine fast schwarzen Augen auf seinen Mitarbeiter.

»Entweder greifen wir zu unkonventionellen Methoden oder wir gehen unter.«

Was das genau hieß, sollte Hess mehrere Wochen nach diesem Gespräch erfahren.

Das erste Treffen mit den zwielichtigen Krawattenträgern, wie er die drei Männer, die er gemeinsam mit Sturz in einem verschwiegenen Restaurant traf, insgeheim nannte, war ihm noch sehr lebhaft in Erinnerung.

Im Vorfeld hatte ihm sein Chef immer wieder eingeschärft, mit niemandem und besonders nicht mit seiner Frau über dieses Treffen zu reden.

Christiane war damals zur Staatssekretärin des Umweltministers ernannt worden und aus gegebenem Anlass natürlich keineswegs erfreut über den Arbeitsplatz ihres Mannes gewesen. Die Müllentsorgung galt trotz ihrer zweifellosen Notwendigkeit immer noch als anrüchige Branche.

Schweigend hatte er sich die ominösen Vorschläge der

Herren in ihren perfekt sitzenden schwarzen Anzügen angehört.

»Und, Hess, was sagen Sie zu der ganzen Sache?«, fragte ihn sein Chef bei einem gemeinsamen WC-Besuch.

»Ich denke, wir sollten uns verabschieden und über diese Gespräche nie wieder reden, wenn wir nicht irgendwann im Knast landen wollen«, entgegnete Hess angewidert.

»Aber, aber, nun seien Sie doch nicht so, jetzt hören wir es uns erst mal bis zum Ende an.«

Mit sanftem Druck drängte Sturz seinen Angestellten in den Gastraum zurück.

»Denken Sie an Ihr kostspieliges Hobby«, raunte er ihm beiläufig ins Ohr, als sie zu dem Tisch gingen. »Wenn dieser Deal klappt, haben wir beide genug Geld für die schönen Dinge des Lebens.«

Sein Chef kannte die Achillesferse des Untergebenen und Lothar lief es eiskalt den Rücken hinunter, wenn er an die nächsten Rechnungen der Spezialwerkstatt dachte, in der er seine neueste Errungenschaft, einen Jaguar E-Type, auf Vordermann bringen ließ.

Das Sammeln von alten, nicht gerade billigen Autos war im Laufe der Jahre zu einer regelrechten Sucht geworden und seine Frau ließ ihn nur deshalb gewähren, weil die beiden eine stille Übereinkunft hatten.

Er redete ihr nicht bei der politischen Karriere drein und sie akzeptierte seinen Spleen in Bezug auf die »Schrotthaufen«, wie sie sich auszudrücken pflegte.

Nach einer weiteren Flasche des edlen Brunello di Montalcino waren sich die Männer soweit einig, dass der Problemmüll, dessen Annahme der Firma Sturz einen ordentlichen Betrag in die Kassen spülte, dessen legale Entsorgung allerdings ein Vermögen kostete, diskret beiseitegeschafft werden würde.

»Wir haben unsere Seelen verkauft. Sollte meine Frau jemals dahinterkommen, in was für Geschäfte ich mich eingelassen habe, dann gnade mir Gott!«, jammerte Hess, nachdem die neuen Geschäftspartner sich verabschiedet hatten und er mit seinem Chef vor einer weiteren Flasche Rotwein saß.

»Jetzt lassen Sie sich doch nicht so gehen, niemand wird jemals davon erfahren, glauben Sie mir. Diese Leute verstehen ihr Handwerk und ich bin überzeugt davon, dass dieser Schachzug die Zukunft unseres Unternehmens sichert. Jetzt geht es nur noch um die Frage der Logistik, aber dabei wird mir einer meiner Golfpartner bestimmt helfen.«

Am darauffolgenden Tag durfte Hess seinen Chef zu dessen elitärer Sportstätte begleiten, nicht ohne vorher von ihm während der Fahrt in dem nagelneuen Porsche genauestens über Verhaltensregeln instruiert zu werden.

So hatte er ihm etwa eingeschärft, sich anfangs mit reden zurückzuhalten, und wenn der richtige Zeitpunkt gekommen war, etwas von den märchenhaften Gewinnmargen zu sagen.

Er war bisher noch nie auf einem Golfplatz gewesen und musste jetzt schmunzelnd daran denken, wie sehr Christiane sich gegen die Häufung dieser, wie sie sich ausdrückte, Verschandelung und Vergewaltigung der Landschaft wehrte.

Seine Frau war zwar sehr machthungrig, hatte jedoch trotzdem ihre Prinzipien, was den Umweltschutz anbelangte.

Beim Gedanken an Christiane und ihre radikale Ansicht zu jeder Art von Umweltverschmutzung lief es Lothar eiskalt den Rücken hinunter.

Er war zwar auch jemand, der sich hin und wieder Gedanken um Erderwärmung und Regenwaldzerstörung machte, doch er stellte diese Dinge im Gegensatz zu seiner Frau hinter seine eigenen Interessen.

Was allerdings diesen künstlich angelegten Platz anbelangte, so musste er seine Vorurteile ein wenig revidieren. Die gesamte Anlage war eingebettet in die sie umgebenden Wälder und Wiesen und lediglich die Greens, die dem Bild eines englischen Rasens, der mit der Nagelschere geschnitten wurde, ziemlich nahkamen, wirkten künstlich erzeugt. Ringsherum gab es kleine Seen und Teiche, an deren Ufern eine ziemlich üppige Vegetation wucherte. In regelmäßigen Abständen hatte der Planer kleine Holzhüttchen in die Landschaft gesetzt, in denen sich die erschöpften Spieler von ihren Strapazen erholen konnten.

Nachdem Sturz sich umgezogen hatte, warteten die beiden vor der Driving Range, an der die Anfänger mit ihren Schlägern erstmals auf die Bälle eindroschen und sich für die Platzreife bewähren mussten. Ein hochgewachsener Mann gesellte sich schließlich zu ihnen, dessen derbes Bauerngesicht so gar nicht hierher passen wollte.

»Darf ich vorstellen, mein engster Vertrauter in der Firma, Herr Hess.«

Sturz zeigte generös mit offener Handfläche auf Lothar.

»Herr Herbert Krenz, der Geschäftsführer der gleichnamigen Spedition.«

Sie gaben sich kurz die Hand und danach schlenderten die Männer zum ersten Hole, wobei Sturz und sein heutiger Gegner ihre selbst fahrenden Golftaschen mit wenig Mühe hinter sich herzogen.

Hess ließ sich ein wenig zurückfallen und kramte in seinem Gedächtnis.

Sofort erinnerte er sich an die blau-roten Lastwagen, und weil er bereits des Öfteren mit Disponenten der Firma zu tun gehabt hatte, wusste er auch, dass Krenz mitnichten zu den kleinen Betrieben seiner Branche zählte. Laut der Aussage eines Prokuristen, den er erst kürzlich wegen eines

Auftrags kontaktiert hatte, belief sich die Anzahl der Lkw, die Krenz gehörten oder die in seinem Namen unterwegs waren, im hohen dreistelligen Bereich.

Der Spediteur erwies sich als kraftvoller wenngleich nicht allzu zielsicherer Spieler und war dem routinierten Sturz alles andere als ebenbürtig. Das zeigte sich sowohl bei den langen Bällen als auch beim Einputten.

Doch Hess merkte bald, dass bei den beiden das Spiel an sich eher im Hintergrund stand und eine nützliche Gelegenheit bot, sich in der frischen Luft zu bewegen.

Wirklich wichtig war es und das offenbarte Hess ein altes Vorurteil dem Golfsport gegenüber, dass neue Geschäftskontakte geknüpft und alte aufgefrischt wurden.

Wie zur Bestätigung tastete Sturz sich langsam vor, denn schließlich handelte es sich um etwas äußerst Heikles, doch bereits beim fünften Loch waren die Fronten geklärt und Krenz zeigte sich sehr interessiert. Sowieso nachdem Hess ihm auf ein unauffälliges Zeichen seines Chefs hin von den zu erwartenden Geldsummen berichtet hatte.

»Trotzdem ist das Ganze ja in höchstem Maße illegal und ich gehe das hohe Risiko ein, im Knast zu landen. Da muss ich noch mindestens eine Nacht drüber schlafen.«

Hess sah, wie es im Gesicht seines Chefs arbeitete, während der Spediteur offensichtlich seinen Anteil in die Höhe treiben wollte.

»Also gut Herbert, nenne mir deine Konditionen und ich sage dir, ob das machbar ist.«

Das derbe Gesicht Krenz' nahm einen verschlagenen Ausdruck an.

»Wenn ich richtig informiert bin, sparst du bei jeder Tonne dieser gefährlichen Stoffe ungefähr viertausend Euro ein, das heißt auf gut Deutsch, dass du einen sauberen Reibach machst.«

»Na ja, so viel ist es nun auch …«

»Zweitausend pro Tonne müssen für mich drin sein, sonst betrachte ich das Gespräch als beendet«, unterbrach ihn der Spediteur, woraufhin Sturz schwer schluckte und einen roten Kopf bekam.

Jetzt flippt er gleich aus, dachte Hess, doch sein Chef beherrschte sich, denn es stand wohl zu viel auf dem Spiel.

»Pass auf, Herbert, ich würde das Geschäft gern mit dir durchziehen, weil du verschwiegen und zuverlässig bist, andererseits kann ich dir natürlich keine astronomischen Summen für den Transport bezahlen. Du musst bedenken, welcher Anstrengung es bei den strengen Kontrollen bedarf, bis wir das Zeugs umdeklariert haben und es nirgends mehr auftaucht. Man muss Frachtbriefe und Entsorgungsnachweise fälschen, Leute an den richtigen Stellen schmieren und so weiter. Dazu kommen noch die Leute, die die Ware letztendlich entsorgen, die wollen auch was vom Kuchen abhaben. Deshalb kann ich dir lediglich 500 Euro pro Tonne bezahlen, wenn am Ende für mich auch noch etwas drin sein soll.«

Das Feilschen ging noch eine Weile weiter, doch schließlich einigten sich die beiden in der Mitte, sodass jeder das Gesicht wahren konnte.

Diese zwei Geschäftsleute haben einen eingebauten Taschenrechner im Kopf und alles im Leben muss sich irgendwie rechnen, was wohl der Hauptgrund neben einer gewissen Rücksichtslosigkeit ist, der die zwei in die Position gebracht hat, in der sie sich befinden, dachte Hess amüsiert.

Beim Spiel selber waren sie plötzlich gleichauf, was daran lag, dass Sturz sich ein wenig zurückhielt, um seinen neuen Geschäftspartner nicht unnötig zu vergraulen.

Am Schluss jedenfalls konnte Krenz sogar einen hauchdünnen Vorsprung ins Ziel retten und freute sich diebisch über ein anschließendes Abendessen im Clubheim, das der Verlierer ausrichten musste.

Die beiden Spieler begaben sich in die Umkleidekabine, um sich frisch zu machen, und Sturz bat seinen Mitarbeiter, derweil im Lokal auf sie zu warten.

Wie befohlen ging Hess in das gut besuchte Restaurant und stellte sich an die aus rötlichem Holz gefertigte Theke, die ihn stark an das Interieur eines Londoner Pubs erinnerte, das er während seines Auslandsemesters regelmäßig besucht hatte.

Er bestellte sich ein Pils und beobachtete, während er auf das Bier wartete, unauffällig eine dunkelhaarige Schönheit, die unweit von seinem Platz heftig mit dem Barkeeper flirtete.

Der Angestellte brachte sie immer wieder zum Lachen und Hess fielen dabei die makellos weißen Zähne auf, die in dem dunklen, geheimnisvollen Teint zu leuchten schienen. Beim Betrachten ihrer feingliederigen Hände fielen Lothar mehrere offensichtlich wertvolle Ringe auf, aber kein Ehering.

»Nadia, wie schön, dass du schon da bist.«

Verwundert sah er, wie Krenz die deutlich jüngere Frau besitzergreifend in den Arm nahm und auf den Mund küsste.

Sturz bestellte sich derweil ein Radler.

»Es ist mir immer wieder eine große Freude, dich zu sehen«, meinte Sturz schmunzelnd und umarmte die Freundin seines Golf- und mittlerweile auch Geschäftspartners.

Keiner der beiden Männer nahm sich die Mühe, Hess der jungen Frau vorzustellen, und dieser kam sich schon ein wenig überflüssig vor.

Doch die attraktive Frau verfügte wenigstens über einen gewissen Anstand.

»Ich bin Nadia und du?«

Sie schenkte Hess ein strahlendes Lächeln, das bei ihm für weiche Knie sorgte.

»Äh, Lothar, mein Name ist Lothar, es freut mich, dass wir uns kennenlernen.«

Gemeinsam gingen sie zu einem Tisch, der bereits eingedeckt und wohl so etwas wie der Stammplatz des Spediteurs war.

Zielsicher setzte sich Krenz auf den Stuhl, der ihm einen Platz mit dem Rücken zur Wand bot, sodass er jeden Neuankömmling sehen konnte. Außerdem wurde er natürlich auch mitsamt seiner bezaubernden Freundin sofort von allen wahrgenommen.

»Heute werden wir von Dirk eingeladen, Liebling, das hast du natürlich mir zu verdanken, denn heute habe ich zum ersten Mal seit Langem jemanden auf dem Platz besiegt, der in der Rangliste weit oberhalb von mir steht.«

Offenbar hatte Krenz nicht bemerkt, dass Sturz ihn hatte gewinnen lassen.

Aber auch sonst schien es diesem Mann nicht an Selbstvertrauen zu mangeln.

Das Essen in diesem Vereinsheim war erstklassig, wenngleich der junge Koch sich bisher noch keinen Michelin-Stern an die Brust heften konnte. Die Gastrokritiker waren jedoch schon auf ihn aufmerksam geworden, zum einen natürlich, weil er in Baiersbronn bei einem der Dreisterneköche die Ausbildung gemacht und mehrere Jahre in Lyon bei einem berühmten Maître gearbeitet hatte, und zum anderen wegen seiner pfiffigen Speisekreationen.

Die Preise für die Gerichte hatten jedenfalls Sterneniveau, wie Hess beim Blick in die Speisekarte feststellte.

Sturz schien das nicht zu stören und er ließ sich auch im Hinblick auf den neu geknüpften Geschäftskontakt nicht lumpen. Nach kurzer Beratung bestellten alle das viergängige Überraschungsmenü und Sturz bat die kompetente Bedienung, zu jedem Gang einen dazu passenden Wein auszusuchen.

»Wenn du so weitermachst, wirst du am Ende noch Vereinsmeister, mein Schatz«, flötete Nadia, blickte dabei aber Sturz verheißungsvoll an.

»Na ja, so schnell wird das auch nicht gehen, aber ich bin zweifellos auf einem guten Weg«, entgegnete Krenz mit stolzgeschwellter Brust und fügte, nachdem er einen Bissen von der wohlschmeckenden Terrine mit Jakobsmuscheln, die als Amuse Gueule gereicht worden war, genommen hatte, mit fast abwertendem Unterton hinzu: »Wenn jeder Gang eine solch überschaubare Portion bietet, müssen wir anschließend noch in einen Dönerladen gehen.«

Angesichts dieser Ignoranz lächelte Dirk Sturz süß-säuerlich und bestellte noch eine Flasche des ausgezeichneten elsässischen Rieslings.

Für seinen wie er fand erlesenen Geschmack war dieses Restaurant eine gute Adresse, doch jemandem wie Krenz konnte man auch ein Fertiggericht aus der Mikrowelle vorsetzen, Hauptsache die Portionen waren ausreichend.

»In zwei Wochen ist seine Scheidung endlich durch und Herbert und ich können heiraten«, rief Nadia beim Hauptgericht freudig aus, das aus einer Kreation aus verschiedenen Teilen eines Milchlamms bestand, darunter auch Innereien wie etwa Leber und Niere.

Für die Tochter eines rumänischen Straßenmusikers war das ein märchenhafter Aufstieg und sie hatte dafür alle ihr zur Verfügung stehenden weiblichen Reize und Kniffe eingesetzt.

Nadia war den klassischen Weg einer Dorfschönheit gegangen, die bei einem Wettbewerb gewonnen und von dem

Veranstalter eine Modelkarriere in Aussicht gestellt bekommen hatte. Wie meist in solchen Fällen war ihr der Pass abgenommen worden und der angebliche Agenturchef hatte Nadia auf den Strich geschickt. Sehr bald jedoch war ihrem Zuhälter klar geworden, dass man aus dieser außergewöhnlichen Frau mehr herausholen konnte, und er hatte sie an einen Escort-Service verkauft, wobei er an den Einnahmen beteiligt blieb.

Von ihrem neuen Chef bekam Nadia eine fundierte Ausbildung, die sie in die Lage versetzte, die hohen Anforderungen der exquisiten Kunden nicht nur in sexueller Hinsicht zu befriedigen.

Eines Tages traf sie dann auf Krenz, der einen Abend mit Nadia von seinen engsten Freunden zum fünfzigsten Geburtstag geschenkt bekommen hatte, selbstverständlich ohne dass dessen Frau davon erfuhr. Auf der Geburtstagskarte war lediglich von einer einzigartigen Überraschung die Rede gewesen.

Beim Zusammensein mit diesem starken und rücksichtslosen Mann erkannte Nadia die Chance, ihrem bisherigen Dasein zu entfliehen, wenngleich die Arbeit als Escortlady auch ihre schönen Seiten gehabt hatte. Doch ihre Attraktivität würde irgendwann verblassen und dann würde sie wieder auf dem Straßenstrich landen.

Sie ermutigte Krenz, der sich offenbar am ersten Abend in Nadia verliebt hatte, zu weiteren Besuchen und irgendwann war er ihr hörig. Er wollte sie nach mehreren Wochen nicht mehr mit anderen Männern teilen und setzte alle Hebel in Bewegung, um Nadia freizukaufen. Der Chef der Agentur erkannte sehr bald, dass mit diesem Mann nicht gut Kirschen essen war, und stimmte einer Auflösung des Vertrags zu. Auch der rumänische Zuhälter musste feststellen, dass man sich Krenz besser nicht in den Weg stellte. Es dauerte jedoch mehrere Monate, bis sich die beiden zum ersten Mal gemeinsam in der Öffentlichkeit zeigten, denn Krenz' Ehefrau hatte einiges Kapital mit in die Ehe gebracht und ihm dadurch geholfen, die Firma zu der heutigen Größe aufzubauen. Deswegen konnte er sie nicht so einfach abservieren und musste ihr den Abschied aus dem auch für sie unbefriedigten Zusammenleben versüßen.

In Nadias Vita war aus dem Straßenmusiker mittlerweile das Mitglied eines Kammerorchesters geworden und auch ihren eigenen Lebenslauf hatte sie ein wenig frisiert. So erzählte sie von einer Karriere als Model, die sie nach dem Abitur eingeschlagen hatte, bevor sie das große Glück hatte, Herbert Krenz kennenzulernen.

»Das freut mich außerordentlich für euch, ich hoffe natürlich auf eine Einladung«, meinte Sturz schelmisch.

»Die wirst du mit Sicherheit bekommen, als enger Geschäftspartner, nicht wahr mein Schatz?«

Die junge Frau schenkte Sturz, der trotz seiner keineswegs imposanten Erscheinung ein ziemlicher Womanizer war, ein bezauberndes Lächeln.

Der Abend verlief weiterhin harmonisch und die vier verließen das Restaurant erst nach Mitternacht.

Krenz gab seiner Freundin die Chipkarte für den teuren Audi-SUV und hielt Sturz am Arm zurück.

Hess genügte ein kurzer Blick, um zu erkennen, dass sich die beiden noch etwas zu sagen hatten, und lief hinter der jungen Frau her.

»Auf ein Wort, Dirk. Es freut mich, dass wir im Geschäft sind, aber versuche niemals, mich zu linken, das würde dir schlecht bekommen. Denn wie du weißt bin ich nicht nur in meinem Jagdrevier ein trefflicher Schütze.«

Ein wölfisches Grinsen unterstrich die unverhohlene Drohung.

Seit damals hatte sich Hess des Öfteren gewünscht, in dieser schicksalhaften Woche woanders gewesen zu sein.

Jedes Mal, wenn er wieder eine Fuhre abgewickelt hatte, schwitzte er Blut und Wasser und wartete zitternd in seinem Büro darauf, dass die Polizei hereinkam.

Aber zu seinem Glück war immer alles glatt gelaufen und die Sonderzahlungen trugen dazu bei, dass er seinem Hobby ohne schlechtes Gewissen frönen konnte.

Seine Frau hatte bisher keinen Verdacht geschöpft und ihn lediglich einmal gefragt, wie er sich das alles leisten könne, worauf er lapidar auf eine Gehaltserhöhung aufgrund seiner gehobenen Stellung verwiesen hatte.

Doch jetzt ging es ans Eingemachte, denn sollte sie tatsächlich Beringer als Ministerpräsident beerben, müsste er sich irgendwie aus der Nummer herauswinden.

Bevor er um kurz nach neun sein Büro betrat, bat Hess seine persönliche Sekretärin, ihm einen starken Kaffee zu bringen.

Zu kommen, wann es ihm beliebte, war ein weiteres Privileg, das er damals ausgehandelt hatte, als es um die Sache mit dem illegal entsorgten Müll gegangen war.

Er saß lange Zeit gedankenverloren da und nippte hin und wieder an dem aromatischen Getränk. Irgendwann raffte er sich auf und erhob sich.

Durch das Panoramafenster stierte er auf den geschäftigen Betriebshof hinaus, wo sich ankommende und abfahrende Fahrzeuge an der Waage begegneten.

Dabei kam ihm plötzlich die ältere Dame in den Sinn, die behauptet hatte, bei der Polizei zu sein, und die ihm vor geraumer Zeit zu Hilfe eilen wollte, als ihn einer der Fahrer bedroht hatte.

Schon damals hatte er gedroht auszusteigen, doch Konsequenzen hatte er dann doch nicht gezogen. Es wäre ein

Leichtes gewesen, sich dieser Kommissarin zu offenbaren, die seine Angst zweifellos gespürt hatte. Aber die Polizei würde er als Allerletztes einschalten, denn dann wäre Christianes Karriere zerstört und er würde für mehrere Jahre in den Knast wandern.

Kurz vor der Mittagspause fasste sich Hess ein Herz und machte sich auf den Weg in das Büro von Sturz. Dessen Vorzimmerdame Katja Schulz meldete ihn kurz an und mit Herzklopfen betrat Lothar das geräumige Zimmer. Wie jedes Mal, wenn er in diesem Raum war, bewunderte er die riesige Fensterfront, die einen wunderschönen Blick auf die Berge der Schwäbischen Alb und die nahe Achalm ermöglichte.

»Was kann ich für Sie tun, mein lieber Hess?«, begrüßte ihn der offenbar gut gelaunte Sturz.

Lothar hatte sich während der vergangenen zwei Stunden die Worte immer wieder zurechtgelegt, doch in letzter Sekunde beschloss er, direkt auf den Punkt zu kommen.

»Ich möchte kündigen.«

»Sie wollen was?«

Man sah Sturz an, dass er kurz vor einer Schnappatmung stand.

»Ähm, wie soll ich anfangen, ... es verhält sich folgendermaßen ...«

Hess stotterte sich vorwärts und überlegte krampfhaft, ob er seinem Chef von Beringers Nachfolgeplänen berichten konnte.

»Also um es kurz zu machen, meine Frau will sich um ein hohes politisches Amt bewerben und ..., nun ja, ... sie findet, dass das Metier, in dem ich arbeite ihr, dabei schaden wird. Deshalb hat sie mich darum gebeten, bei Ihnen zu kündigen.«

Erleichtert atmete Hess aus, denn es hatte ihn doch ziemliche Überwindung gekostet.

»Jetzt hören Sie mir mal gut zu.«

Sturz war ganz nahe herangetreten und sein eigentlich ganz ansehnliches Gesicht war zu einer hässlichen Fratze verzerrt.

»Können Sie sich noch an jenen denkwürdigen Abend vor zwei Jahren erinnern? Wir waren uns damals einig, dass wir das Ding gemeinsam durchziehen und Sie haben mir Ihr Wort gegeben. Was glauben Sie, was die Typen aus Ihnen machen, wenn die erfahren, dass Sie aussteigen wollen? Ich möchte mir die Konsequenzen lieber nicht ausmalen.«

»Sie können mir glauben, dass ich keine Silbe ausplaudere und niemandem von den …, nun ja, nicht ganz offiziellen Geschäften erzählen werde. Bitte verstehen Sie mich nicht falsch, Herr Sturz, ich habe immer gerne bei Ihnen gearbeitet, aber jetzt muss ich nach meinem Privatleben schauen. Wenn ich diesen Schritt nicht tue, zerbricht meine Familie«, versuchte Hess sich zu rechtfertigen.

Scheinbar ziellos wanderte Sturz in seinem Büro umher und blieb erneut vor der Glasfront stehen. Er fixierte einen Punkt in der Ferne und versuchte, sich auf diese Weise zu beruhigen.

»Na, schön, wie Sie wollen, trotzdem möchte ich Sie bitten, diese Entscheidung noch einmal zu überdenken, auf Wiedersehen.«

Hess war froh, so glimpflich davongekommen zu sein, und schlüpfte schnell hinaus.

Für seinen Chef hingegen war die Angelegenheit noch lange nicht verdaut und auf seine Züge trat ein maliziöses Grinsen, als er zum Telefonhörer griff.

»Dich mach ich fertig!«, flüsterte er vor sich hin.

Als Hess den Schreibtisch leer räumte und seine persönlichen Sachen in einem mitgebrachten Karton verstaute, rauschte seine Sekretärin Elvira Fleischmann herein.

Offenbar hatte es sich in Windeseile herumgesprochen, dass der Mann, der als rechte Hand vom Chef galt, seinen Dienst quittierte.

»Entschuldigen Sie mein unangemeldetes Reinplatzen, aber ich konnte nicht anders, denn gerade hat mir Katja Schulz ganz aufgeregt erzählt, dass Sie das Unternehmen heute noch verlassen werden.«

Mit einem freundlichen Lächeln reagierte er auf das unerlaubte Eindringen in sein Büro.

»Hm, ja, es ist leider wahr, ich nehme meine Papiere und fungiere die nächsten Jahre als Hausmann, da meine Frau, die, wie Sie ja wissen, mittlerweile Staatssekretärin im Umweltministerium ist, auf der Karriereleiter noch weiter nach oben steigen will.«

»Das finde ich einerseits super, dass ein Mann seiner Frau zuliebe den guten Job hinschmeißt, andererseits habe ich immer gerne für Sie gearbeitet.«

Hess unterbrach das Ausräumen und unterhielt sich mit Elvira Fleischmann über die vergangenen Jahre.

Der Sekretärin folgten noch weitere Mitarbeiter, die ihre Neugier nicht im Zaum halten konnten.

Es war bereits Abend, als Hess das Firmengelände verließ und sich mit seinem BMW-Kombi gutgelaunt nicht ohne einen leisen Abschiedsschmerz auf den Weg nach Nürtingen machte.

Kurz bevor er die Neckarbrücke erreichte, klingelte sein Handy.

Die Freisprechanlage ist schon eine nützliche Erfindung, dachte er.

»Hallo?«

»Hör mal zu, mein Freund, Geschäftsbeziehungen mit unserer Firma enden erst mit dem Tod und sollte jemand auf die Idee kommen, vorher selbst zu kündigen, dann stirbt er auch vorher, kapiert?«

Der Anrufer wartete keine Antwort ab und legte einfach auf.

Zum wiederholten Mal fragte sich Karl, wie es mit dem Inhalt der Plastiktasche, die der tote Franzose hinterlassen hatte, weitergehen sollte.

Er selbst war eindeutig in einer Zwickmühle, denn seine Erziehung hatte ihn gelehrt, Dinge, die man irgendwo fand, als ehrlicher Finder zurückzugeben.

Unbestritten war jedoch das Argument seiner Frau ebenfalls schlagkräftig, dass dieser Kerl die bedrängte Susi womöglich umgebracht hätte und der Verbrecher sowieso mausetot war. Ein Verweis auf ihre derzeitige finanzielle Lage tat ein Übriges, um Karls Zweifel zu zerstreuen.

Als seriöser Bankangestellter hatte er zwar immer auf konservative Geldanlagen gesetzt, doch hatte er Mitte der Zweitausenderjahre der Versuchung nicht widerstehen können, einige Risikopapiere zu erwerben, die einen hohen Profit versprachen. Die Lehmann-Pleite, die auf den Hype folgte, hatte auch bei Karl zu schlaflosen Nächten geführt und er war froh gewesen, dass das Haus wenigstens bereits zur Hälfte abbezahlt war.

Kurz vorher hatten sie noch den VW-Bus auf Kredit gekauft und die Raten dafür schränkten ihr Leben bis zum heutigen Tag ein.

Nach außen spielten sie zwar weiterhin die wohlhabende

Familie, doch es war nur einer Finanzspritze von Gabis Eltern zu verdanken, dass das Häuschen nicht unter den Hammer gekommen war.

Den Golf als Zweitwagen hatten sie kurz nach der Pleite verkauft und Karl war froh, dass er zur Arbeit laufen oder mit dem Fahrrad fahren konnte.

In letzter Zeit jedoch waren ihm immer wieder Gerüchte über eine Fusion seiner Bank mit einem größeren Institut zu Ohren gekommen, was nicht dazu beitrug, dass er sich sicherer fühlte.

Am Samstagabend, zwei Wochen nach ihrer Rückkehr aus Südfrankreich, saß er mit seiner Frau und seinen Kindern auf der Terrasse und zündete gedankenverloren den Grill an. Da kam ihm die rettende Idee und er schlug sich mit der flachen Hand auf die Stirn.

»Aber natürlich, das ist es.«

Verwundert blickte Gabi ihn an.

»Ist alles in Ordnung mit dir?«

»Mir ist gerade eingefallen, dass ich jemanden kenne, dem ich das Zeugs zeigen und der vielleicht einen Käufer dafür finden kann.«

»Kenne ich den auch?«

»Ich glaube nicht, das war vor unserer gemeinsamen Zeit. Damals in der Berufsschule war er mein Nebensitzer. Seine Bankkarriere schien ihm jedoch zu langsam vorwärtszugehen und er hat sich dann beruflich anders orientiert«, antwortete Karl und legte Kohlen nach.

»Haben sich Susi und Björn eigentlich schon gemeldet, seit wir zurück sind?«

»Bei mir nicht und auf den Anrufbeantworter haben sie auch nicht gesprochen.«

Gabi trug verschiedene Salate aus der Küche und die beiden jüngeren Kinder deckten den Tisch.

Der sechzehnjährige Sohn war bereits mit zwei Altersgenossen zu einer der zahlreichen Hütten, die den Jugendlichen als Treffpunkt dienten, verschwunden.

»Dann werde ich gleich am Montag Claus Wertheim, meinen Bekannten, kontaktieren und ihm die Pretiosen zeigen. Wir können uns danach, wenn wir mehr wissen, mit den beiden treffen, um unser weiteres Vorgehen abzustimmen.«

Er drapierte verschiedene Würstchen, exotische Spießchen sowie mehrere scharf gewürzte Steaks auf dem Grillrost und spürte dabei, wie ihm das Wasser im Mund zusammenlief.

Beim Essen jedenfalls hatten sie noch nicht sparen müssen, da Karl über einige Verwandte in seinem landwirtschaftlich geprägten Heimatort verfügte, die seine Familie mit ausreichend Fleisch und Gemüse versorgten.

Das Geld für den Urlaub jedoch hatte er bei seiner Mutter geschnorrt.

Zuerst hatte er absagen wollen, als sein wiederaufgetauchter Freund Sascha ihn gefragt hatte, ob er sich vorstellen könne, in Südfrankreich Urlaub zu machen.

Es war nicht so, dass sie in den letzten Jahren überhaupt nicht mehr verreist waren, doch zu mehr als Camping am Bodensee hatte es nicht gereicht.

Die Aussicht auf zwei unbeschwerte Wochen in einer provenzalischen Villa war jedoch besonders für Gabi zu verlockend gewesen.

»Woran denkst du?«, fragte Karl seine Frau, die verträumt in den sternenklaren Nachthimmel starrte.

»Na ja, woran wohl, an unsere Fundsache natürlich. Meinst du, dass die Dinger richtig wertvoll sind?«

Karl zuckte mit den Schultern.

»Bestimmt«, fuhr Gabi fort.

»Dann müssten wir endlich nicht mehr jeden Cent umdrehen.«

Ein leichtes Schuldgefühl beschlich Karl. Seine Frau hatte ihm zwar noch nie direkt die Schuld an der Misere gegeben, doch ab und an konnte er die Vorwürfe aus manchen ihrer Äußerungen richtiggehend heraushören.

»Ich muss überraschend zu einem wichtigen Kunden, der mich gerade auf dem Handy angerufen hat«, sagte Karl am Montagvormittag zu einer seiner Mitarbeiterinnen. »Sie kommen ja bestimmt zwei Stunden ohne mich klar.«

Die Frau zeigte lediglich ein gequältes Lächeln.

Bereits am Sonntagabend hatte er Wertheim gegoogelt und ihm eine ausführliche Mail geschickt. Glücklicherweise saß der auch gerade vor seinem Computer und antwortete unverzüglich. Sie vereinbarten, sich am nächsten Tag gegen zehn in Wertheims Büro in Reutlingen zu treffen.

Unzweifelhaft war es einer der Vorteile eines Filialleiters, zu kommen und zu gehen, wie es ihm beliebte. Meistens jedenfalls musste er seinen Vorgesetzten in der Zentrale keine Rechenschaft abliefern.

Auf der Fahrt nach Reutlingen suchte er immer noch nach einem anderen Ausweg, etwa einen Finderlohn zu erhalten, wenn er das Zeug zur Polizei bringen würde.

Diesen Gedanken verwarf er sofort wieder, denn eines war klar, die Beamten würden ihm äußerst unliebsame Fragen stellen, auf die er schwerlich eine Antwort haben würde.

Den Inhalt der Tragetasche hatte er in eine unauffällige Sporttasche gepackt, die er auf dem Weg zum Büro Wertheims fest umschlungen hielt.

Er betrat den Laden in der Innenstadt, in dem außer der Verkäuferin zwei dezent gekleidete Männer umherstanden, denen man von Weitem ansah, dass sie zur Bewachung der Räume abgestellt waren.

»Sie wünschen, mein Herr?«, wollte die stark geschminkte

Dame wissen, während die Bewacher ihn und besonders die unförmige Tasche misstrauisch beäugten.

»Guten Tag, ich habe eine geschäftliche Unterredung mit Herrn Wertheim, mein Name ist Karl Mader.«

»Moment.«

Sie drückte auf einen Knopf und wenig später ließ sich eine metallische Stimme vernehmen.

»Ja?«

»Ein Herr Mader ist hier, er …«

»Schicken Sie ihn herein.«

Die Verkäuferin nickte einem der muskelbepackten Herren zu, der den Gast in die hinteren Räume geleitete.

»Karl, was für eine Freude, dich zu sehen!«

Wertheim hatte sich von seinem Bürostuhl erhoben und begrüßte Mader überschwänglich.

»Sie können wieder nach vorne gehen, Schulze«, bedeutete er dem Bewacher, der daraufhin diskret verschwand.

»Das ist ja der Hammer, dass wir uns nach so langer Zeit wiedersehen. Gut siehst du aus, das Bankerleben hält jung, was?«

»Na ja«, entgegnete Karl mit einem gequälten Lächeln. »Es hat durchaus auch seine Schattenseiten. Aber bei dir scheint es auch nicht schlecht zu laufen.«

»Och, ich kann mich nicht beklagen, dafür, dass ich in der Berufsschule immer bei dir abgeschrieben habe, habe ich es weit gebracht. Doch jetzt lass uns das Geschäftliche erledigen und danach mache ich hier Feierabend. Ich kenne ein nettes Lokal, wo wir uns gut unterhalten und eine Kleinigkeit essen können. Also, zeig mir mal deine Klunker.«

Vorsichtig nahm Karl den Plastikbeutel aus der Sporttasche und legte ihn auf den Schreibtisch. Mit einem anerkennenden Pfiff nahm Wertheim die einzelnen Stücke heraus und drapierte sie auf dem Tisch.

»Das Zeugs ist sehr schön und wertvoll, aber ich fürchte, dass wir dafür keinen Käufer finden werden.«

»Äh, …, wieso keinen Käufer, das verstehe ich nicht.«

»Weil es Diebesgut ist, deshalb, und ich durchforste sofort meinen PC nach einem Hinweis, wo die Dinger geklaut wurden.«

Karl Mader fiel aus allen Wolken und bekam allmählich ein ziemlich mulmiges Gefühl.

Konzentriert bearbeitete Wertheim seinen PC und griff immer wieder zu seinem Smartphone. Er unterhielt sich dann kurz mit verschiedenen Kollegen oder Mittelsmännern.

»Na also, da haben wir es. ›Spektakulärer Juwelendiebstahl in Marseille, bei dem unschätzbare Einzelstücke gestohlen wurden. Die flüchtigen Täter müssen irgendwie Wind davon bekommen haben, dass diese Pretiosen bei einer Ausstellung gezeigt werden und haben in filmreifer Manier dieses Gaunerstück durchgezogen. Bis heute tappt die Polizei im Dunkeln, obwohl ein Augenzeuge gesehen hat, wie die als Sondereinsatzkommando getarnten Räuber nach Verlassen des Gebäudes ihre Beute in einen bereitstehenden Müllaster geschmissen und getürmt sind. Trotz intensiver Suche gibt es bisher keinerlei Spur von den Dieben, lediglich das Müllauto wurde in einem Vorort entdeckt. Auch da konnten die Ermittler trotz intensivem Wühlen im Müll nichts entdecken.‹ Hier, schau dir die Bilder der geklauten Ware an und dann erkläre mir, wem ich dieses Zeugs verkaufen soll.«

Mit klopfendem Herzen beugte Karl sich zu seinem früheren Mitschüler und fröstelte bei dem Anblick.

»Wenn du mich fragst, war das eine Auftragsarbeit. Ein superreicher Spinner hat ein paar Spezialisten angeheuert, um sich diesen Schmuck, der auf normalem Weg nicht zu beschaffen ist, unter den Nagel zu reißen. Ich weiß wirklich nicht, wie du in den Besitz dieser einzigartigen Stücke gekommen bist.«

Kopfschüttelnd wandte er sich an Karl, dessen ansonsten so ausgeglichenes Wesen gehörig durcheinander gewirbelt war, der aber keinerlei Anstalten machte, Wertheim von der Herkunft der Pretiosen zu erzählen.

»Na gut«, meinte der Bankangestellte zerknirscht, nachdem mehrere Minuten keiner von beiden etwas gesagt hatte. »Dann bringe ich das Zeugs eben zur Polizei, vielleicht bekomme ich ja einen anständigen Finderlohn und die ganze Aufregung war nicht umsonst.«

Karl bemerkte nicht, dass sein Gegenüber beim Erwähnen der Polizei die Lippen zusammenpresste und sein Gesicht einen eigenartigen Ausdruck annahm.

»Jetzt warte mal, zu den Bullen kannst du immer noch gehen. Ich würde vorschlagen, dass du den Schmuck erst mal wieder mit nach Hause nimmst und ihn dort gut versteckst. Derweil versuche ich herauszufinden, wen die Klunker interessieren könnten. Du verhältst dich solange ruhig und versprichst mir, dass du niemandem davon erzählst.«

»Hm, wenn du meinst, … schließlich hast du eindeutig mehr Erfahrung in diesem Gewerbe. Aber ich würde das Zeugs lieber hierlassen, da ist es wahrscheinlich sicherer«, gab Karl zu bedenken.

»Das kannst du natürlich auch machen, doch hast du keine Angst, dass ich es dann selbst zu Geld mache?«

»Nein, nein, ich vertraue dir voll und ganz und außerdem ist es mir auch egal, wenn bei dem Geschäft nichts bei rüberkommt, ich bin nicht auf den etwaigen Erlös angewiesen«, beharrte Karl mit dem Brustton der Überzeugung, wenngleich es natürlich nicht so war.

Aber das ging Wertheim nun wirklich nichts an.

»Also gut, alter Kumpel, dann verbleiben wir so. Sobald

ich einen potenziellen Käufer ausfindig gemacht habe, melde ich mich bei dir.«

Jetzt musste er sich bloß noch eine Ausrede für die vorhin ausgesprochene Einladung einfallen lassen.

In diesem Moment klingelte das hausinterne Telefon.

»Was gibt es denn, ich sagte doch vorhin, dass ich nicht gestört werden will!«, echauffierte er sich.

Dabei hatte Wertheim davor heimlich eine Nummer gedrückt, die seiner Sekretärin signalisierte, dass sie ihren Chef mit einer dringenden Bitte belästigen sollte.

»Hm, ja … also gut, wenn es nicht anders geht.«

Er machte ein verärgertes Gesicht und hob entschuldigend die Achseln.

»Tut mir leid, mein Freund, das gemeinsame Mittagessen müssen wir leider verschieben, einer meiner wichtigsten Kunden möchte mir etwas sehr Wertvolles abkaufen. Aber aufgeschoben ist nicht aufgehoben.«

Wertheim durchsuchte mit einer hektischen Bewegung die oberste Schublade seines Schreibtisches.

»Ah, hier sind sie«, meinte er und reichte Karl eine Visitenkarte. »Falls irgendwas ist, unter dieser Handynummer bin ich fast immer erreichbar, aber jetzt musst du mich leider entschuldigen.«

Mit gemischten Gefühlen verließ Karl das Büro, nachdem er die schwerverkäuflichen Pretiosen in die Sporttasche zurück gepackt und sie Wertheim übergeben hatte.

Der Juwelen- und Goldhändler wartete unterdessen, bis sein Gast den Raum verlassen hatte, und rief auf seinem PC das E-Mail-Programm auf.

»Hallo Herr Schumann, Sie glauben nicht, auf welche Sensation ich soeben zufällig gestoßen bin«, schrieb er und hängte eine Datei mit Bildern an.

Noch immer am ganzen Körper zitternd, öffnete Hess die Haustüre. Die ganze restliche Fahrt hindurch hatte er dauernd in den Rückspiegel geschaut, und auch als er das kurze Stück von der Garage, die an der Grundstücksgrenze lag, durch den Garten bis zum Wohnhaus entlangging, blickte er mehrmals beinahe panisch über die Schulter.

An der Garderobe zog er die Schuhe aus und hängte seine Anzugsjacke über einen Kleiderbügel. Als er den Wagenschlüssel ablegen wollte, bemerkte er, dass er aus Versehen den Generalschlüssel der Firma nicht abgegeben hatte. Das muss ich nächste Woche unbedingt nachholen, dachte er.

Wie immer war es dank der osteuropäischen Putzfrau blitzblank sauber und man hätte problemlos auf dem gefliesten Boden essen können.

Lediglich die Kinder hielten sich meistens nicht an die Instruktionen der Eltern und verstreuten ihre Spielsachen und Klamotten im ganzen Haus, die die emsige Reinigungskraft jedoch pedantisch wieder einsammelte.

Und wie beinahe jeden Tag, wenn er von der Arbeit nach Hause kam, missbilligte Hess den seiner Meinung nach sterilen Charakter der Wohnräume.

Doch wie fast immer in ihrer Ehe hatte sich Christiane damals durchgesetzt. Sie brauche klare Strukturen, hatte sie festgestellt und sich deswegen für die riesigen grauen Bodenfliesen und die metalldominierte Küche mit Kochinsel entschieden, als sie das Einfamilienhaus aus den späten Sechzigerjahren gekauft und umgebaut hatten. Hess hätte gerne mehr Holz oder wenigstens warme Farben an Wänden und Decken gehabt, er hatte sich letztlich aber seiner dominanten Frau gebeugt.

Sollte es wider Erwarten doch noch klappen mit meinem Job als Hausmann, dann werde ich hier einiges ändern, dachte Hess grimmig, und im Garten werde ich damit anfangen.

Zielsicher ging er zum Kühlschrank, während er sich die Krawatte vom Hals riss und auf den geleckten Boden warf. Er nahm eine Flasche Bier heraus und trank gierig den ersten Schluck. Danach fühlte er sich ein wenig besser.

Nach zwei weiteren Flaschen, die er auf der neu errichteten Terrasse eingenommen hatte, war er sich sicher, dass er trotz der offensichtlichen Morddrohung den Job an den Nagel hängen würde.

Was hatte er schon zu verlieren, durch seine Kündigung war er bei seinem Chef und dessen dubiosen Geschäftspartnern sowieso unten durch und diesen Schaden würde er durch das Revidieren seiner Absicht nicht mehr beheben können. Hess galt von nun an als unsicherer Kantonist. Das Einzige was er noch tun konnte, war nochmals eingehend mit Sturz zu reden und ihn seiner absoluten Loyalität zu versichern.

Gleich morgen früh würde er dieses Gespräch führen.

Jetzt, da er eine Lösung seines Problems gefunden hatte, ging es ihm besser und er nahm seine Umwelt wieder wahr. Dabei fiel ihm plötzlich auf, dass es im Haus ungewöhnlich still war.

Offenbar waren die Kinder heute nicht hier, was ihm sonst eigentlich ziemlich egal war. Bestimmt sind sie wieder bei Christianes Eltern, wo die zwei den lieben langen Tag verwöhnt und verhätschelt werden, dachte er ärgerlich.

Das war ein weiterer Grund, der ihn in seiner Absicht bestärkte, in Zukunft zu Hause zu bleiben, er würde seinen Nachwuchs nicht länger von anderen erziehen lassen, sondern ihnen selbst eine Richtung vorgeben und sich intensiver um die Kinder kümmern. Vielleicht war es noch nicht zu spät, um auf die Kleinen einzuwirken.

Er dachte auch daran, seine eigenen Eltern öfters zu besuchen, die ihre Enkel nur maximal zwei Mal im Jahr zu Gesicht bekamen. Zwar hatte sich Hess angewöhnt, wenigstens einmal die Woche bei ihnen anzurufen, doch seit er damals schweren Herzens den Entschluss gefasst hatte, vom hektischen Ruhrgebiet ins beschauliche Baden-Württemberg zu ziehen, hatte das einstmals enge Verhältnis zu seinen Eltern ziemlich gelitten.

Als sich gegen zweiundzwanzig Uhr ein Schlüssel in der Haustüre drehte und Christiane Gruibinger-Hess hereinkam, war ihr Mann in einer Hochstimmung, wie sie ihn seit langer Zeit nicht mehr gesehen hatte.

Er öffnete eine Flasche Moët et Chandon, die für besondere Anlässe im Vorratsraum gelagert war und die er wohlweißlich gekühlt hatte.

»Offenbar hat das mit deiner Kündigung ja geklappt«, stellte sie zufrieden lächelnd fest.

»Na ja, Sturz hätte mich natürlich gerne noch weiter beschäftigt, zumal ich ja mittlerweile so etwas wie sein Stellvertreter bin«, erklärte Hess nicht ohne Stolz. »Doch ich habe mich gegen alle Versuche seinerseits, mich zu halten, standhaft gewehrt und so kann ich mich jetzt ausschließlich meinen häuslichen Pflichten widmen. Schade nur, dass ich dann das Hobby mit meinen Oldtimern vergessen kann, es sei denn, die neue Ministerpräsidentin zahlt ihrem Hausmann einen guten Lohn.«

Lächelnd reichte er ihr das schlanke Sektglas mit dem sprudelnden Getränk.

»Auf unseren Neuanfang«, meinte er euphorisch und gab ihr einen Kuss, nachdem sie mit ihren Gläsern angestoßen hatten.

»Eigentlich bin ich todmüde«, entgegnete Christiane und gähnte demonstrativ. »Aber dieser Tag verdient es, festlich begangen zu werden, und du wirst sehen, wenn ich mein Ziel erreicht habe, geht es uns allen besser.«

Obwohl ihr nicht danach war, ließ sie es geschehen, dass er sie fest umarmte.

Christiane kannte ihren Mann gut genug, um zu spüren, dass ihn irgendetwas beschäftigte. Denn normalerweise trank er selten Alkohol, seiner Fahne nach zu urteilen, war dieser Champagner jedoch bei Weitem nicht das erste geistige Getränk, das er heute zu sich nahm.

»Und, ist noch nichts durchgesickert von dem ominösen Geheimtreffen und dem absehbaren Rücktritt Beringers?«

Etwas pikiert betrachtete Christiane ihren Mann.

»Natürlich nicht und dabei wird es auch bleiben. Wir haben uns einen Termin gesetzt, an dem der Ministerpräsident seinen Abschied von der Politik bekannt geben wird.«

»Hoffentlich halten Teodosis und seine kleine Freundin so lange dicht. Ich kann mir bei dem gut vorstellen, dass er hinter den Kulissen bereits die Messer wetzt, die er dir bei passender Gelegenheit, verzeih meine brutale Ausdrucksweise, in den Rücken stechen kann.«

»Stavros ist bestimmt mindestens so ehrgeizig wie ich und würde Beringer liebend gerne beerben, aber ich bin mir absolut sicher, dass er eine fest zugesagte Abmachung einhält.«

Sie unterhielten sich noch eine Weile über die hohe Politik und Hess wollte alles wissen über die Ehe der Beringers und inwieweit dessen Frau sich in das Tagesgeschehen einmischte.

»Sie tritt lediglich bei Benefizveranstaltungen auf und ist ansonsten eine ganz normale Bürgerin, die ihre sozialen Kontakte pflegt und sich um ihre Familie kümmert.«

»So ähnlich wird mein Leben als Präsidentinnengatte an deiner Seite auch verlaufen«, prophezeite Hess grinsend und leerte sein Glas.

Im Nu war die erste Flasche leer, und als er sich anschickte, eine weitere zu öffnen, wollte sie ihn erst stoppen, überlegte es sich dann aber doch anders.

»Wo sind eigentlich Tim und Laura?«

»Na wo wohl, bei Oma und Opa natürlich. Habe ich dir das nicht gesagt?«, gab Christiane schnippisch zur Antwort.

»Das ist auch etwas, das ich ändern will, wenn ich zu Hause bin. Nichts gegen deine Eltern, aber ich finde, wir schieben unsere beiden Süßen zu oft ab. Ich möchte einfach mehr mit ihnen unternehmen, das verstehst du ja sicher.«

Sie drehte sich kurz weg und rollte genervt mit den Augen, bevor sie antwortete.

»Du hast ja recht und ich freue mich richtig darauf, dass du die Kindererziehung jetzt in deine qualifizierten Hände nimmst.«

Den leisen Spott in ihren Worten nahm Hess bereits nicht mehr wahr.

»Aber jetzt erzähl doch mal der Reihe nach, wie sie in der Firma deine Kündigung aufgenommen haben«, fühlte Christiane ihrem Mann auf den Zahn, denn sie vermutete, dass der ungewöhnliche Alkoholkonsum mit seinem Abschied zu tun hatte.

»Hm, Sturz war sehr gefasst und hat mir viel Glück gewünscht, trotzdem bin ich mir ziemlich sicher, dass er hinter der Drohung steht.«

Im selben Moment wusste Hess trotz seines umnebelten Gehirns, dass er sich verplappert hatte.

»Drohung? Was für eine Drohung um Gottes willen?«

Mit weiblicher Intuition hatte Christiane Gruibinger-Hess von Anfang an gespürt, dass irgendetwas mit Lothar nicht stimmte.

»Ach, nichts von Bedeutung«, versuchte er müde abzuwiegeln.

»Du sagst mir jetzt sofort was los ist!«, forderte sie daraufhin mit eisiger Stimme und der betrunkene Hess wusste genau, dass er sich jetzt unangenehmen Fragen stellen musste.

Zuerst berichtete er nur zögerlich von seinen krummen Geschäften, doch die erfahrene Politikerin stellte ihm geschickte Fallen, in die er tappte, und wenig später kannte die designierte Ministerpräsidentin das ganze Ausmaß des Schlamassels, in das sich ihr Mann hineinmanövriert hatte.

»Das darf doch alles nicht wahr sein!«, schrie sie plötzlich in den Nachthimmel, während Hess schuldbewusst daneben stand.

Vorsichtig fuhr Moulin die unbefestigte Schotterpiste entlang. Hier standen vereinzelte Gehöfte, von denen die meisten schlichtweg Ruinen waren und kaum als Feriendomizil dienen konnten.

Es war nicht schwer gewesen, den eingezeichneten Weg zurückzuverfolgen, doch hier in diesem Pinienwald verzweifelte er beinahe. Bereits mehrfach war er den Weg rauf- und runtergefahren, ohne dass er auf irgendwelche Urlauber oder wenigstens Anzeichen dafür wie etwa Wäsche auf einer Leine oder ähnliches gestoßen wäre.

Hoffentlich ist das hier keine verdammte Sackgasse, dachte Moulin wütend, als ihm doch noch ein Auto entgegenkam.

Er machte keine Anstalten, auf die Seite zu fahren, und bedeutete dem anderen Fahrzeuglenker mit heftigen Gesten anzuhalten.

»Bonjour Monsieur, haben Sie sich verfahren?«

Der Mann war unschwer als Bauarbeiter zu erkennen und jetzt sah Moulin auch das Emblem der hiesigen Gemeinde an der Türe des Pick-ups kleben.

»Nein, nein, das heißt, vielleicht doch.«

Wieder zückte er seinen gefälschten Polizeiausweis.

»Ich bin dienstlich hier. Die Tochter einer deutschen Urlauberfamilie ist in Uzès nur um Haaresbreite einer Vergewaltigung entkommen. Sie hat angegeben, hier in diesem Wald zu wohnen, leider kann ich den Namen nicht entziffern, den sie auf dem Revier angegeben hat.«

»Deutsche, sagen Sie, hm, das kann ja dann nur das ›Mas de la Source‹ sei. Das gehört einem Elsässer namens Neuburg, der in Deutschland lebt.«

»Ja, genau, Neuburg, so hieß das Mädchen und irgend so ein unaussprechlicher deutscher Vorname. Können Sie mir sagen, wo ich das Anwesen finde?«

»Versuchen Sie umzudrehen und folgen Sie mir, wir müssen direkt vor dem Mas den Weg ausbessern«, meinte der Gemeindearbeiter lachend und wies auf den Schotter auf seiner Ladefläche.

Da es seit Längerem nicht mehr richtig geregnet hatte, konnte Moulin problemlos in einen Waldweg einbiegen und dort drehen. Nach einem halben Kilometer stoppte der Pick-up und der Fahrer deutete auf ein mittelalterlich anmutendes Gehöft aus Natursteinen.

»Versuchen Sie Ihr Glück, Commissaire, dieser alte Schuppen dort drüben ist das ›Mas de la Source‹.«

Moulin bog von dem Hauptweg links ab und kam über eine kurze Zufahrt unmittelbar vor das Haus.

Er stieg aus und konnte aus den Augenwinkeln erkennen, dass ihn die beiden Bauarbeiter beobachteten. Auf einem kleinen getöpferten Schild standen drei Vornamen, die er sich notierte, sowie der Nachname Neuburg.

Eine elektrische Klingel gab es nicht, dafür eine Glocke in Form eines Igels, die Moulin betätigte. Für den Fall, dass jemand aufmachte, hatte er sich eine Geschichte ausgedacht, doch selbst nach mehrfachem Bimmeln wurde die Türe nicht geöffnet.

Die neugierigen Männer machten keinerlei Anstalten, ihre Arbeit aufzunehmen, zu sehr interessierten sie sich für den vermeintlichen Kriminalfall.

Mit geübtem Blick erkannte Moulin, dass an diesem Ferienhaus keinerlei Alarmanlage oder Überwachungskameras vorhanden waren.

Er umrundete das Gebäude und fand tatsächlich eine Tür, die ihm geeignet schien und vor den Blicken der neugierigen Arbeiter geschützt war.

Aus einer Hosentasche zog er Einweghandschuhe hervor, aus der anderen einen Dietrich und befand sich in Sekundenschnelle in dem liebevoll hergerichteten Kaminzimmer des Hauses. Kurz tauchte vor seinem geistigen Auge seine eigene Vergangenheit auf und auf schmerzliche Weise wurde der ehemalige Kriminalbeamte an die Zeit erinnert, als er mit einer intakten Familie ebenfalls ein schönes Heim bewohnt hatte.

Für Sentimentalität hatte er jedoch keine Zeit.

Moulin musste sich beeilen, bevor die Gemeindearbeiter Verdacht schöpften, dabei wusste er nicht einmal genau, wonach er suchen sollte.

Diese Broschüre konnte schon tagelang dort gelegen haben und die Eigentümer dieses Hauses hatten womöglich überhaupt nichts mit Serge Duvalle zu tun.

Andererseits hätte bestimmt der Wind das Heftchen davongetragen oder ein Sauberkeitsfanatiker es mitgenommen, wenn es vorher schon dort gelegen hätte.

Nein, Moulin war sich ziemlich sicher, dass der Schlüssel zu dem wertvollen Schmuck hier in diesem Haus zu finden war, und wenn es auch nur der Strohhalm war, an den er sich klammerte.

Es musste sich etwas Außergewöhnliches zugetragen haben an der Absturzstelle und er stellte sich eine normale

Familie vor, die auf einen betrunkenen und gefährlich aussehenden Mann traf. Vielleicht hatte Duvalle in seinem Suff eine Tochter begrapscht oder vielleicht sogar die Mutter und der Vater hatte daraufhin mit dem Besoffenen gerungen.

Duvalle stürzt unglücklich und verliert den Halt, die Familie nimmt die Beute mit und haut ab. So ähnlich könnte es sich zugetragen haben.

Die Sache konnte sich aber auch ganz anders abgespielt haben. Jemand, der von dem Raub wusste, hatte Duvalle verfolgt und ihn über die Klinge springen lassen.

Moulin dachte dabei an Bartoli, dem er durchaus zutraute, ein eigenes Süppchen zu kochen.

Aber Moulin wollte an die Theorie mit den Deutschen glauben, weil es für ihn so am einfachsten wäre, an die Beute zu kommen.

Außerdem wusste jeder in Santinis Umfeld, dass es schlicht Selbstmord wäre, den Patron zu hintergehen. Mit einer wegwischenden Handbewegung verscheuchte Moulin die Zweifel, die ihn kurz ins Grübeln gebracht hatten, und machte sich auf die Suche nach einem Hinweis auf die Heimatadresse der Familie Neuburg.

Langsam und mit Fingerspitzengefühl öffnete er verschiedene Schubladen an einem antiken Schreibtisch, doch darin befanden sich lediglich weitere Broschüren und Reiseführer.

So komme ich nicht weiter, dachte der Detektiv und schaute mit verkniffenem Gesichtsausdruck auf seine Armbanduhr.

Er war jetzt bereits über eine Viertelstunde in dem Haus und die Arbeiter waren bestimmt schon ins Grübeln gekommen. Moulin gab sich noch zwei Minuten, wenn es ihm dann nicht gelang, etwas Brauchbares zu finden, musste er halt hier in der Nähe ein Hotelzimmer nehmen und morgen wiederkommen.

Fieberhaft überlegte er, wo man in einem Ferienhaus die Adresse des Vermieters finden konnte.

Da fiel ihm das Telefon ins Blickfeld und augenblicklich wusste er, wo er suchen musste.

Der altmodische Apparat stand auf einem kleinen Schränkchen, das eine winzige Schublade und ein Regal hatte.

Mit einem zufriedenen Lächeln fand er ein kleines Adressbüchlein, in dem die Kontaktdaten von hiesigen Handwerkern und Kommunalstellen verzeichnet waren. Zudem enthielt es eine ellenlange Telefonnummer mit einer Ländervorwahl für Deutschland.

Schnell tippte er sie in sein Smartphone ein und speicherte sie unter Rudi Neuburg.

Auf der kleinen Anrichte entdeckte er außerdem ein bunt bemaltes Gästebuch, in das sich wohl alle, die in dem verwunschenen Haus Urlaub gemacht hatten, mit einem Gedicht oder einer lockeren Geschichte verewigten. Moulin schlug das gebundene Buch auf und suchte nach dem letzten Eintrag.

Tatsächlich standen da dreizehn Namen in drei Gruppen, was bedeutete, dass drei Familien gemeinsam hier Urlaub gemacht hatten. Wieder nahm er sein Smartphone zur Hand und machte mehrere Bilder von der Seite.

Danach zog er leise die Tür hinter sich zu, allerdings nicht ohne einen wehmütigen Blick auf das wirklich sehr schön restaurierte provenzalische Bauernhaus.

»Und, haben Sie Erfolg gehabt, Commissaire?«, wollte einer der Arbeiter wissen, nachdem Moulin das Gelände umrundet hatte und vor dem Pool stehen geblieben war.

»Ihr wisst ja, dass ich euch über eine laufende Ermittlung nichts sagen darf, trotzdem kann ich so viel verraten, dass ich niemanden angetroffen habe, der mir Auskunft geben könnte.«

»Das hätte ich Ihnen auch sagen können, die letzten Herrschaften sind vor zwei Wochen abgereist und seither ist niemand mehr hier gewesen«, antwortete der Mann bereitwillig und kratzte seine fleischigen Arme.

»Aber sagten Sie vorher nicht, dass das Opfer Neuburg hieß? Soviel ich weiß, hat Rudi Neuburg nur eine Tochter und die dürfte ungefähr dreißig sein.«

Wie jedes Mal, wenn er bei einer Lüge ertappt wurde, drohte Moulin rot anzulaufen.

»Na wahrscheinlich war es ein Mädchen aus einer der anderen Familien, die dieses Mal mit den Neuburgs hier waren«, meldete sich der andere Gemeindearbeiter wichtigtuerisch.

»Und da die anderen unsere Sprache nicht so gut beherrschen, musste Frau Neuburg die Dolmetscherin machen.«

»Sie haben völlig recht, jetzt fällt es mir wieder ein, das Mädchen hieß anders und Madame Neuburg war so freundlich zu übersetzen«, entgegnete Moulin und schlug sich dabei mit der flachen Hand an die Stirn. »Jetzt muss ich mich aber beeilen.« Demonstrativ sah Moulin auf seine Armbanduhr. »Vielen Dank für die Auskünfte.«

Mit schnellen Schritten ging er zu seinem Auto und preschte die Auffahrt hoch.

Er ließ das Fahrerfenster herunter und winkte den beiden Männern zu. Im Rückspiegel sah er, wie die beiden heftig gestikulierten, doch zum Glück machten sie keinerlei Anstalten, sein Kennzeichen zu notieren.

Während er über die Landstraße tuckerte, überlegte er sich seine nächsten Schritte.

Zu allererst wollte er in Bagnols-sur-Cèze einen Kaffee trinken und dann weiter entscheiden.

Nach langer Suche fand er am Rande der Altstadt endlich ein Bistro, das ihm zusagte. Moulin nahm an einem kleinen

Tischchen Platz und bestellte sich ein Croissant und einen petit Café.

Gedankenverloren schlürfte er von dem aromatischen Getränk und erkannte plötzlich, dass er eine folgenschwere Entscheidung treffen musste.

Sollte er wirklich seine gesamten Informationen Santini zur Verfügung stellen und sich mit einem Hungerlohn abspeisen lassen oder sollte er volles Risiko gehen und die Sache selbst zu Ende bringen?

Er ließ sich von der jungen Frau, die bediente, einen leeren Zettel und einen Stift bringen.

Darauf schrieb er mehrere Sätze, die er dann wieder genervt durchstrich.

Als er endlich zufrieden war, holte er sein Smartphone hervor und wählte eine Nummer.

Es dauerte eine kleine Ewigkeit, bis sich am anderen Ende jemand meldete.

»Neuburg. Hallo, wer ist dran?«

Wegen mir brauchst du wirklich nicht immer so früh aufstehen, Paul. Genieße doch dein Rentnerdasein und schlafe aus«, meinte Magdalena Mertens nicht ohne eine Spur Neid an diesem Montagmorgen und schlürfte von ihrem heißen Kaffee.

»Ach was, ich bin fast mein ganzes Leben lang um fünf Uhr morgens aufgestanden. Weswegen soll ich diese Gewohnheit nun auf meine letzten Jahre hin noch mal ändern?«

Seit Paul bei Magdalena eingezogen war, hatte er stets um diese Zeit das gemeinsame Bett verlassen und sich am

Briefkasten die regionale Tageszeitung geholt, um diese ausgiebig zu studieren.

Danach hatte er, wenn es das Wetter erlaubte, auf der kleinen Terrasse an der Ostseite des Hauses den Frühstückstisch gedeckt.

Hier konnte man im Sommer um diese Tageszeit die ersten Sonnenstrahlen genießen und Magdalena musste sich eingestehen, dass sie nach dem gemeinsam eingenommenen Frühstück deutlich motivierter in ihr Büro aufbrach als früher.

Davor hatte sie, wenn überhaupt, einen Happen hinuntergeschlungen und war zu ihrer Dienststelle gehetzt.

»Wann kommst du heute Abend nach Hause? Ich würde gerne den Grill anwerfen.«

Das war auch so eine Sache, die Magdalena aus der Zeit, bevor dieser Älbler in ihr Leben getreten war, nicht kannte. Mittlerweile schätzte sie es sehr, dass ein fertiges Essen auf dem Tisch stand, wenn sie abends müde und genervt von der Arbeit heimkehrte.

»Mmh, da läuft mir ja jetzt schon das Wasser im Mund zusammen, wenn ich nur daran denke. Leider kann ich es nicht so genau vorhersagen, da wir mit unseren Dönerläden-Besitzern nicht so recht vorankommen. Am besten rufe ich dich an, wenn ich es abschätzen kann.«

Eigentlich war es ihr nicht erlaubt, mit jemandem über laufende Ermittlungen zu reden, doch Magdalena war überzeugt davon, dass die meisten ihrer Kollegen sich auch nicht an dieses Verbot hielten, und bei Paul waren die Geheimnisse gut aufgehoben.

Sie erhob sich und machte Anstalten, ihre Tasse und den Teller abzutragen.

»Lass alles stehen, ich mache das gerne.«

»Danke, Paul, was würde ich auch ohne dich anstellen.

Das Leben einer verbissenen, alten, vom Schicksal vergessenen Schachtel führen und auf den Tod warten.«

Sie beugte sich grinsend zu ihm hinunter und gab ihm einen herzhaften Kuss.

»Was wirst du heute so tun?«, fragte sie interessiert.

»Hm, hier in deinem Palast gibt es eigentlich immer was zu arbeiten. Solang es noch nicht so heiß ist, kümmere ich mich um die Dachdämmung, die an manchen Stellen herunterhängt, und danach fange ich damit an, die Türblätter abzuschleifen und neu zu streichen. Schließlich muss ich die Miete ja abarbeiten.«

Magdalena knuffte ihn zum Abschied und ging lachend hinaus.

Auf dem Weg zum Polizeipräsidium dachte sie wieder einmal daran, was für ein großes Glück es war, dass Paul in ihr Leben getreten war und es völlig umgekrempelt hatte.

Als sie immer noch selig vor sich hinlächelnd das gemeinsame Büro betrat, stand dort zu Magdalenas Überraschung bereits Köttmann.

»Das ist ja schön, dass Sie auch noch kommen, Frau Mertens, und dann so gut gelaunt«, begrüßte sie ihr Vorgesetzter bissig.

Fragend blickte sie auf ihren Kollegen Gross, der hilflos mit den Achseln zuckte.

»Gibt es einen Durchbruch in der Schutzgeld-Sache?«, war ihr lahmer Versuch, die Anwesenheit Köttmanns zu ergründen.

»Ach, deswegen bin ich nicht hier. Nein, es handelt sich um etwas weitaus Schlimmeres…« Er machte eine kurze Pause, wohl um die Wichtigkeit seiner Worte zu unterstreichen. »Man hat eine männliche Leiche gefunden, die nach ersten Erkenntnissen die Anzeichen von Gewalteinwirkung zeigt.«

Die beiden Kommissare schauten sich betroffen an, denn trotz der jahrelangen Routine waren sie noch nicht so abgestumpft, dass ein Mord sie kaltließ.

»Machen Sie sich sofort auf den Weg zum Tatort und beginnen dann unverzüglich mit den Ermittlungen«, befahl Köttmann und knallte einen Zettel mit der Adresse sowie einen Autoschlüssel auf den Tisch, bevor er wieder hinausrauschte.

»Ich weiß nicht, wie es Ihnen nach diesem Auftritt geht, Herr Gross, aber ich brauche jetzt erst mal einen Kaffee.«

Sascha nickte verständig und erhob sich. Er wusste, dass Mertens keineswegs von ihm als ihrem Untergebenen erwartete, bedient zu werden. Trotzdem betätigte er den Vollautomaten mit Sicherheit öfter als sie.

»Dabei hat mein Tag so gut angefangen, Paul hat mich wie jeden Morgen mit einem reichhaltigen Frühstück verwöhnt und dann so was. Ich soll Sie übrigens schön von ihm grüßen, Herr Gross.«

»Danke Frau Mertens, erwidern Sie den Gruß und wünschen Sie dem alten Haudegen alles Gute«, erwiderte Sascha grinsend.

»Aber ich fürchte, wir müssen los, Köttmann beobachtet bestimmt schon unseren neuen Dienstwagen und wartet sekündlich darauf, dass wir losfahren.«

»Ich fürchte Sie haben recht. Also gehen wir.«

Mertens nahm den Zettel, und als ihr Blick auf die Adresse fiel, bekam ihr Gesicht einen überraschten Ausdruck.

Unschlüssig standen sie vor dem schwarzen Mercedes-Combi, aber die Nummer stimmte mit der auf dem Schlüssel überein.

»Mit diesem Schlitten fahren am besten Sie, lieber Herr Gross, ich bin froh, dass ich mit meinem kleinen Citroën zurechtkomme«, meinte Mertens gönnerhaft, die um die Liebe ihres Kollegen zu schnellen Autos wusste.

Freudestrahlend öffnete Sascha auf Knopfdruck die Wagentür und setzte sich hinein.

»Nicht schlecht, die Karre«, meinte er anerkennend, als sie durch den Hof brausten.

»Sagen Sie mir die Adresse und ich gebe Sie ins Navi ein.«

»Das wird nicht nötig sein, ich kenne das Anwesen und werde Sie dorthin dirigieren.«

Unzweifelhaft hatte Sascha seinen Spaß mit dem Wagen. Bei jeder Ampel, an der er verkehrsbedingt anhalten musste, gab er bei Grün so richtig Gas.

Männer und ihre Spielzeuge, dachte Magdalena Mertens vergnügt.

»So, da vorne ist es und wie es aussieht, sind die Kollegen schon da«, gab sie bekannt und deutete auf eine breite Einfahrt.

»Weshalb haben Sie das nicht gleich gesagt, das hätte ich auch ohne Ihre Anweisungen gefunden«, entgegnete Sascha.

Bevor er den Wagen auf den weitläufigen Platz lenken konnte, wurde Sascha sofort von einer Beamtin in Uniform am Weiterfahren gehindert.

Erst nachdem er seinen Ausweis gezeigt hatte, durften die Kommissare passieren.

Gross kam jedoch nicht mehr weit, da großräumig mit rotweißem Band abgesperrt war. Sie verließen das Auto und fragten einen weiteren Uniformierten, der als Wache abgestellt war, nach dem genauen Fundort der Leiche.

Das Gelände war angelegt wie eine amerikanische Großstadt, mit einer breiten Hauptstraße, von der kleinere Gassen im rechten Winkel abzweigten, die dann wieder in eine breitere Straße mündeten. In den Gassen befanden sich links und rechts von der Durchfahrt anstelle von Häusern Betonboxen, die lediglich durch seitliche Wände voneinander getrennt waren. Die hintere Wand markierte gleichzeitig die Grenze zu der nächsten Gasse, sodass sowohl die Anlieferer als auch die Beschäftigten mit ihren Radladern rangieren konnten.

In den Boxen befanden sich die verschiedensten Materialien, die die Wohlstandsgesellschaft aussortiert hatte und einer sinnvollen Weiterverwertung entgegensahen.

Nachdem die Kommissare mehrere Gassen passiert hatten, sahen sie die weißgekleideten Kollegen von der Spurensicherung.

»Da hat wohl jemand gedacht, bei dem ganzen Müll, der hier herumliegt, kommt es auf eine Leiche auch nicht mehr an.«

Mertens und Gross konnten Maier, den dicklichen Mann, dessen Gesicht eine gemütliche Ruhe ausstrahlte, bereits von Weitem hören.

»Das war jetzt aber nicht sehr pietätvoll, Herr Maier«, rief Magdalena und schüttelte strafend den Kopf.

»Ah, hallo, die Herrschaften von der Mordkommission sind auch schon da. Die Pietät habe ich heute zu Hause gelassen, Frau Mertens, die pflege ich dann am Sonntag wieder.«

»Und, was haben Sie diesmal für uns außer lustige Sprüche?«, wollte Sascha wissen, der mit Maier nicht besonders gut konnte.

»Hm, das was ich heute für Sie habe, Herr Gross, ist leider nicht sehr spaßig und ich hoffe, dass Sie einen robusten Magen haben. Den werden Sie nämlich brauchen, wenn Sie unsere Leiche begutachten wollen.«

Tatsächlich war der Anblick, der sich ihnen bot, nichts für schwache Nerven.

Auf einem Teppich aus buntem Plastikmüll, der aus den gelben Säcken gequollen war, lag wie hindrapiert ein toter Mann.

Das Gesicht war blutverschmiert und der Mund des Toten stand offen.

Um seinen Hals war eine dünne Wäscheleine geschnürt, an der etwas hing, das beinahe aussah wie eine Anzugsfliege.

Der hochgewachsene und nicht gerade schmächtige Sascha war kalkweiß im Gesicht und drohte umzufallen.

»Ist das Ding…, ist das etwa seine…«, stammelte der Kommissar und wandte sich ab.

Mertens musste trotz ihrer jahrelangen Erfahrung mehrmals schlucken, damit ihr der Mageninhalt nicht hochkam.

»Ach ja, Herr Gross, das ist tatsächlich die Zunge des Mannes. Sie wurde ihm mit einer Schere oder einem scharfen Teppichmesser herausgeschnitten«, belehrte Maier, dem der grausige Anblick nichts auszumachen schien, seine beiden Kollegen. »So etwas habe ich aber ehrlich gesagt in meiner langen Karriere auch noch nicht gesehen.«

Dabei betrachtete er die übel zugerichtete Leiche eher neugierig, so wie man ein exotisches Tier beobachtet, das plötzlich aus dem heimischen Wald herauskommt.

»Solche posthumen Rituale kennt man ja aus irgendwelchen Mafiafilmen und sie sind in unseren Breiten Gott sei Dank eher selten anzutreffen.«

Während Sascha immer noch mit sich selbst beschäftigt war und sich entfernt hatte, wurde Magdalena Mertens sofort klar, was Maier meinte.

»Sie meinen, der Tote habe das eherne Gesetz des Schweigens gebrochen und wurde deshalb auf diese bestialische Art verstümmelt?«

»Sie bringen es wie immer auf den Punkt, Frau Mertens.

Das arme Schwein wollte wohl über eine Sache auspacken und musste deswegen dran glauben. Aber das herauszufinden, ist nicht mehr meine Arbeit, ich bin lediglich Ihr kleines Helferlein, das Ihnen die dazu nötigen Details liefert. Aber bevor ich es vergesse, der Mann ist allem Anschein nach mit einem schweren Gegenstand erschlagen worden oder aber er ist gestürzt. Im Vertrauen, Frau Mertens, Ihr Kollege Gross ist wohl nicht sehr robust?«

Die Antipathie war offenbar beiderseitig.

»Na ja, normalerweise macht ihm das nichts aus. Vielleicht hat er einfach einen schlechten Tag, das passiert jedem mal.«

Inzwischen war Sascha wieder aufgetaucht und Mertens spürte deutlich, dass dieser augenscheinliche Schwächeanfall ihrem Kollegen ziemlich peinlich war. Und auch seine sonst sehr gepflegte Kleidung hatte gelitten, wie sie an den frischen Flecken des neuen Hemdes deutlich erkennen konnte.

»Jetzt müssen wir nur noch herausfinden, wer der Knabe war und von wem er so brisante Sachen wusste, dass es zu einem Mord kommen konnte«, meinte Sascha mit plötzlichem Aktionismus, der wohl die vorangegangene Schwäche kaschieren sollte. »Habt ihr irgendwelche Ausweispapiere oder sonstige Erkennungsmerkmale bei ihm gefunden?«

»Da muss ich Sie leider enttäuschen, Herr Gross, der unverschämte Kerl hat sich uns in keinster Weise vorgestellt«, antwortete Maier mit einem Schmunzeln und Sascha verfluchte sich insgeheim dafür, dass ihm ausgerechnet im Beisein dieses Kerls schlecht geworden war.

Während die beiden sich belauerten, trat Magdalena Mertens näher an die Leiche heran. Eingehend betrachtete sie das entstellte Gesicht des Toten.

»Das gibt es doch nicht!«, rief die Kommissarin nach einer Weile aus.

Die Köpfe von Maier und Gross drehten sich wie auf Kommando zu ihr hin.

»Ich kenne den Mann!«

»Ah, Madame Neuburg, mein Name ist Marceau, ich bin von der Polizei in Bagnols-sur-Cèze, in Südfrankreich, wo Sie in der Nähe ein Haus besitzen.«

Moulin las die Worte ab und war angenehm überrascht, wie verhältnismäßig leicht ihm die deutsche Sprache nach so vielen Jahren fiel.

»Es gab einen tödlichen Unfall in den Concluses de Lussan und wir sind auf der Suche nach eventuellen Augenzeugen. Auf unseren Aufruf, den wir gestartet haben, hat sich leider niemand gemeldet, deshalb klappern wir auch noch sämtliche Feriengäste ab, die zu der fraglichen Zeit in unserer Region Urlaub gemacht haben.«

»Sie sprechen sehr gut Deutsch, Monsieur«, antwortete Gerda Neuburg auf Französisch.

Weil ihr Mann in diesem Land geboren und aufgewachsen war, hatte sie früh damit angefangen, die Sprache zu erlernen. Die Aufenthalte während der Umbaumaßnahmen ihres Ferienhauses sowie die zahlreichen Urlaube in der herrlichen Gegend hatten dazu beigetragen, dass Gerda sich mittlerweile sehr gut verständigen konnte. Sie konnte sogar heraushören, dass der Mann aus dem Süden stammte.

»Na ja, ich habe in Süddeutschland meinen Wehrdienst abgeleistet, aber danke für das Kompliment.«

»Welchen Dienstgrad bekleiden Sie?«, wollte Gerda wissen. Sie glaubte dem Mann zwar, doch konnte man nie vorsichtig genug sein.

»Ich bin leitender Commissaire hier in der Mordkommission. Sie können gerne bei meinem Vorgesetzten Pierre Delacroix nachfragen, die Nummer finden Sie auf der Homepage der Kommune Bagnols-sur-Cèze.«

»Nein, nein, so war das nicht gemeint. Ich helfe Ihnen gerne bei Ihren Ermittlungen, doch ich muss Sie enttäuschen, zu der Zeit war ich leider nicht in unserem Ferienhaus.«

»Oh.«

Moulin unterdrückte einen Fluch und war versucht, sofort aufzulegen.

Das konnte doch jetzt nicht wahr sein.

Einige Sekunden herrschte Stille, bevor Gerda Neuburg wieder sprach.

»Aber meine Tochter hat zu der Zeit Urlaub in Goudargues gemacht. Gemeinsam mit ihrem Lebenspartner und ihren Kindern war sie in Südfrankreich und soviel ich weiß, hatten sie noch zwei befreundete Familien dabei. Das Beste wird sein, ich gebe Ihnen die Telefonnummer von Miriam, dann können Sie direkt mit ihr reden, Monsieur Marceau.«

Die Hoffnung war zurückgekehrt.

»Das wäre wirklich sehr freundlich und ich hoffe, dass ich Ihnen keine Umstände gemacht habe, Madame.«

Er notierte sich die Nummer der Tochter und verabschiedete sich.

»Au revoir et merci beaucoup.«

Der Urlaub war zwar schon eine Weile vorbei, doch Miriam zehrte immer noch von den schönen Tagen in Südfrankreich und wäre am liebsten gemeinsam mit Sascha sofort wieder losgefahren.

Für den kommenden Donnerstagabend hatte sie eine Weinprobe im kleinen Kreis anberaumt, um die guten Tropfen, die sie vom Weinbaugebiet der Côtes du Rhône mitgebracht und die die lange Reise mittlerweile überstanden hatten, zu testen.

Seit dem Vorfall, bei dem Sascha einen Gast, der Miriam beleidigt hatte, vor die Tür gesetzt hatte, waren bereits mehrere erfolgreiche Proben über die Bühne gegangen.

Diese Episode hatte nicht etwa zu einem deutlichen Rückgang ihrer Geschäfte gesorgt, sondern ihr im Gegenteil sogar genutzt und Miriam eine gewisse Berühmtheit verschafft, weil endlich mal jemand dem renitenten Dr. Müller-Hindelang die Grenzen aufgezeigt hatte.

Bei der Gerichtsverhandlung, die der geschädigte Anwalt angestrebt hatte, war Sascha sehr glimpflich davongekommen, weil sämtliche Gäste außer Müller-Hindelangs Frau für ihn ausgesagt hatten.

Der Hype um guten und teuren Wein hingegen hatte sich in letzter Zeit noch verstärkt und Miriam konnte mittlerweile bequem von dem Laden, den sie von ihrem verstorbenen Vater übernommen hatte, leben. Der alleinstehende Vermieter hatte die niedrige Pacht, die Rudi Neuburg mit ihm ausgehandelt hatte, beibehalten und Miriam sogar notariell das Vorkaufsrecht zu einem erschwinglichen Preis eingeräumt.

Die Ladenglocke ertönte und eine Dame mittleren Alters kam zur Türe herein.

»Guten Tag Frau …?«

Miriam hatte sich angewöhnt sämtliche Neukunden nach ihrem Namen zu fragen, damit sie gleich ein persönlicheres Verhältnis aufbauen konnte.

»Käthe Engelhard ist mein Name und Ihr Haus wurde mir von mehreren Freunden, die bei der legendären Weinprobe dabei waren, empfohlen«, berichtete die Frau freundlich.

Schmunzelnd nahm Miriam die Empfehlung zur Kenntnis und musste daran denken, dass sie an jenem denkwürdigen Abend nach ihrer ersten Weinprobe heulend zu Sascha von dem Ende der kleinen Weinhandlung gesprochen hatte.

»Danke, was kann ich für Sie tun?«, entgegnete Miriam nun wieder geschäftsmäßig.

»Ach wissen Sie, mein Mann ist emeritierter Professor und zu seinem Siebzigsten kommen so viele wichtige Leute und noch mehr, die sich dafür halten. Wir haben zwar einen Rundum-Partyservice, doch das mit dem Wein wollten wir dann doch in professionelle Hände geben, wenn Sie wissen, was ich meine.«

»Ich möchte den Leuten dort aber eine gewisse Fachkenntnis nicht absprechen, Frau Engelhard. Einige namhafte Veranstalter gehören zu meinen Kunden, die ich in solch einem Fall wie dem Ihren auch gerne berate. Natürlich ist es mir aber lieber, wenn ich direkt mit meinen Kunden verhandeln kann. Wenn Sie so freundlich wären und mir Ihre Vorlieben nennen würden?«

Die Dame reichte Miriam eine Art Einkaufszettel, auf dem die Regionen und bevorzugte Winzer vermerkt waren.

»Hm, ich muss schon sagen, Sie und Ihr Mann haben Geschmack. Allerdings wird das nicht billig. Das Beste wird sein, wenn ich Ihnen eine Art Kostenvoranschlag mache.«

»Liebe Frau Neuburg, das ist nett gemeint, aber den brauchen wir nicht. Sie bestellen einfach von jedem Wein einer Region, den Sie für würdig erachten, mehrere Kartons, sodass es für ungefähr hundert durstige Seelen reicht.«

Überrascht atmete Miriam hörbar aus.

»Aber …«

»Entschuldigen Sie, wenn ich Sie unterbreche, aber der Hintergrund ist ganz simpel. Viele unserer Freunde, bei denen das Geld überhaupt keine Rolle spielt, setzen uns bei ihren Festen immer Wein vom Discounter vor, den sie auch noch als hochwertig anpreisen. Mein Mann und ich möchten Ihnen einfach einmal einen kleinen Denkzettel verpassen, das ist alles.«

Ein ziemlich teurer Denkzettel, dachte Miriam.

»Das …, das ist eine ziemlich ungewöhnliche Bestellung, aber wenn Sie meinen. Hm, Ich bräuchte dann allerdings eine Art, na ja, Abschlagszahlung, da ich bei den Lieferanten dieser Spitzenweine in Vorleistung gehen muss.«

»Oh, entschuldigen Sie, daran habe ich gar nicht gedacht.«

Käthe Engelhard kramte in ihrer großen Lederhandtasche nach der Geldbörse. Sie zählte mehrere Scheine auf den Ladentresen und legte eine Visitenkarte dazu.

»Sollte es nicht reichen, melden Sie sich einfach bei mir, Frau Neuburg.«

»Danke, ich denke, damit komme ich hin«, stieß Miriam heiser hervor.

Das mussten ungefähr zehn Banknoten à fünfhundert Euro sein.

»Warten Sie, ich schreibe Ihnen eine Quittung aus.«

Auch darauf wollte die freundliche ältere Dame verzichten, doch Miriam bestand darauf und händigte ihr eine Eingangsbestätigung des Geldes aus.

»Also, dann wünsche ich Ihnen noch einen schönen Tag, Frau Neuburg.«

»Den wünsche ich Ihnen auch, Frau Engelhard, und vielen Dank für das entgegengebrachte Vertrauen.«

Miriam führte sie zur Tür und verabschiedete die ungewöhnliche Kundin freundlich.

Nachdenklich ging sie zurück und verstaute das Geld in dem kleinen unscheinbaren Tresor, der sich klassisch hinter einem Bacchus-Bild befand, als ihr Handy klingelte.

Sie sah verwundert auf die lange Nummer und hob ab.

»Oui?,« meinte sie fragend, denn Miriam hatte erkannt, dass die Vorwahl einem Anrufer aus Frankreich gehörte. Das konnte eigentlich nur einer ihrer dortigen Lieferanten sein.

»Madame Neuburg?«, meldete sich eine nicht unangenehme Stimme am anderen Ende der Leitung.

»Ja, mit wem spreche ich?«, wollte Miriam auf Französisch wissen.

»Bonjour, mein Name ist Marceau und ich bin Commissaire bei der Polizei in Bagnols-sur-Cèze. Gerade vorher habe ich mit Ihrer Mutter telefoniert, die so freundlich war, mir Ihre Nummer zu geben.«

»Ist jemand in unser Ferienhaus eingebrochen?«, stieß Miriam erschrocken hervor.

»Nein, nein«, beruhigte Moulin sie, obwohl sie ja in gewisser Weise recht hatte, doch er hatte bei seinem Eintritt ins Haus ja nichts gestohlen.

»Es geht vielmehr um einen mysteriösen Unfall an den Concluses de Lussan, für den wir Zeugen suchen.«

Sofort erschien die Schlucht vor Miriams geistigem Auge und ihr fiel der Ausflug ihrer Mitreisenden ein, bei dem es doch einige Ungereimtheiten gegeben hatte. Deshalb antwortete sie sehr vorsichtig mit einer Gegenfrage.

»Und wie kommen Sie auf mich?«

»Na ja, das ist die übliche Polizeiarbeit, wenn man nicht weiterkommt, muss man sämtliche Eventualitäten ausschließen können. Wir klappern alle Leute ab, die in der näheren Umgebung Urlaub gemacht haben könnten, und hoffen auf einen Zufallstreffer. Waren Sie in der fraglichen Zeit um Pfingsten in Ihrem Haus in Goudargues?«

»Ich weiß nicht, ob ich Ihnen diese Frage beantworten muss, aber da ich eine gesetzestreue Bürgerin bin und mein Freund ebenfalls Kommissar bei der hiesigen Kriminalpolizei ist, gebe ich Ihnen gerne Auskunft. Ja, ich war mit ihm und meinen beiden Kindern in Goudargues und wir hatten dieses Jahr leider keine Gelegenheit, zu der Schlucht, die ich von früheren Aufenthalten her kenne, zu fahren.«

Das mit dem Polizisten ließ nun Moulin seinerseits vorsichtig sein.

»Waren sonst noch Gäste in Ihrem Haus?«

Miriam zögerte mit einer Antwort und das ließ Moulin am anderen Ende aufhorchen.

»Hm, ja, zwei befreundete Familien haben uns in diesem Jahr begleitet«, antwortete Miriam wahrheitsgetreu, nachdem sie sich erinnerte, dass sie alle zusammen vor dem Haus von einem Trupp Gemeindearbeiter gesehen worden waren.

»Aber die waren auch nicht bei den Concluses«, log sie instinktiv, ohne darüber nachzudenken.

Moulin dachte kalt lächelnd an das Heftchen vom Tourismusverband, in dem die Strecke von dem Ferienhaus zu der Schlucht markiert war, und wusste durch die Erfahrung als langjähriger Ermittler, dass er auf der richtigen Spur war.

»Ich danke Ihnen, Frau Neuburg, für Ihre Hilfe und wünsche Ihnen noch einen schönen Tag.«

Santini war gefährlich ruhig, als er Bartoli in seinem geräumigen Wohnzimmer empfing.

»Was gibt es Neues von Moulin?«, wollte er wissen, während er seinen beiden riesigen Pyrenäenschutzhunden die Ohren kraulte.

Vor mehreren Jahren war der Korse hierher nach Sanary-sur-Mer gezogen, erstens, weil er die lärmende Metropole Marseille nicht mehr ertragen konnte, und zweitens, weil er glaubte, hier seiner Heimat besonders nahe zu sein.

Das Haus stand auf einem Felsen unweit des Hafens. Von dort hatte man einen fantastischen Ausblick auf die Bucht und das azurblaue Mittelmeer. In den Fels war vor vielen Jahren eine Treppe gehauen worden, die den Fischern einen direkten Zugang zum Strand ermöglicht hatte. Außerdem gehörte zum Haus ein Liegeplatz am Hafen.

Der Vorbesitzer war ein dickschädeliger ehemaliger Gemüsebauer, der durch den Verkauf von Landbesitz in einem anderen Badeort zu Wohlstand gelangt war.

Bereits als er das ehemalige Fischerhaus zum ersten Mal sah, hatte sich Santini in das Anwesen verliebt. Es war keine protzige Villa, sondern ein Kleinod mit dicken Natursteinwänden, die im heißen Sommer für eine angenehme Atmosphäre im Inneren sorgten. Ein großer Pool sowie ein schön angelegter Garten komplettierten das Ensemble.

Leider stellte sich heraus, dass der Bauer sich nicht von seinem Haus trennen wollte, egal wie viel Santinis Unterhändler dafür bot. Doch dieser Umstand stachelte den Ehrgeiz des Korsen umso mehr an und so suchte er nach anderen Wegen, sich diesen Besitz zu sichern.

Binnen eines halben Jahres wurde insgesamt sieben Mal bei dem Mann eingebrochen, und obwohl er jedes Mal die Sicherheitsanlage verstärkte, trugen die Diebe beinahe sein gesamtes Hab und Gut davon.

Die eiligst herbeigerufene Polizei war ebenso ratlos wie der ehemalige Gemüsebauer, und nachdem beim achten Einbruch die zwei Männer eines Sicherheitsdienstes überwältigt und seiner Frau eine sündhaft teure Juwelenkette direkt von ihrem Hals abgenommen wurde, gab er entnervt auf. Er schimpfte wie ein Kesselflicker auf die kriminelle Küstenregion und übergab das Haus einem Makler.

Auf diesen Augenblick hatte Santini, der bereits im Vorfeld sämtliche Immobilienhändler vorgewarnt hatte, gewartet.

Er unterbreitete dem Makler ein seriöses Angebot, das rätselhafter Weise das einzige blieb, und so war es nur noch eine Frage der Zeit, bis das alte Fischerhaus dem Korsen gehörte.

Hier waren die Sonnenuntergänge beinahe so schön wie in seiner Heimat und Santini hielt sich sehr gerne hier auf.

»Nun, äh …«, stotterte Bartoli und senkte demütig den Blick, obwohl er in der Hierarchie der Organisation direkt nach dem Boss kam. »Seit mehreren Tagen hat er sich nicht mehr gemeldet, was nicht unüblich bei ihm ist. Was mich hingegen stutzig macht, ist die Tatsache, dass er zu zwei im Vorfeld ausgemachte Treffen nicht erschienen ist und sich auch nicht auf irgendeine Weise abgemeldet hat.«

Zu seinem Glück hatte der Boss sich selbst für Moulin entschieden, sonst säße Bartoli jetzt ziemlich in der Bredouille.

»Das letzte Mal, als er sich bei mir gemeldet hat, wollte er die Freundin von Serge Duvalle aufsuchen.«

»Hm«, entgegnete Santini nachdenklich.

»Ich arbeite nun schon einige Jahre mit Moulin zusammen und habe ihn bereits kennengelernt, als er noch auf der anderen Seite des Gesetzes stand. Deshalb bin ich mir sicher, dass irgendetwas faul ist, denn trotz seiner Spielsucht hat er die Aufträge, die ich ihm bisher gab, immer gewissenhaft ausgeführt. Ich kann es mir nur so erklären, dass ihm bei seinen Recherchen etwas zugestoßen ist.«

Scheinbar gedankenverloren fing Santini wieder an, seine Hunde zu streicheln.

»Schnapp dir ein paar zuverlässige Männer und finde ihn.«

Magdalena Mertens kam sich bei der eiligst einberufenen Pressekonferenz ziemlich verloren vor.

Sie saß zwischen Köttmann und dem ermittelnden Staatsanwalt und hatte sich im Vorfeld mit Händen und Füßen gegen eine Teilnahme gewehrt, doch ihr Vorgesetzter war unnachgiebig gewesen.

»Es handelt sich hier um einen Fall von öffentlichem Interesse und da muss die leitende Ermittlerin in jedem Fall den Journalisten Rede und Antwort stehen. Ich hoffe, ich habe mich deutlich genug ausgedrückt, Frau Mertens.«

Die Hauptkommissarin nickte schicksalsergeben.

Als sie den Pressevertretern Rede und Antwort stand, musste sie an den Moment zurückdenken, an dem ihr plötzlich bewusst wurde, dass sie den Toten kannte.

Mehrere Augenblicke nach Mertens Ausruf hatte keiner etwas gesagt und auch die Blicke von Maiers überraschten Kollegen ruhten auf ihr.

»Der Mann hat hier in diesem Betrieb gearbeitet, denn als ich während meines kleines Umbaus neulich mit meinem Begleiter hier war, um den Bauschutt zu entsorgen, ist mir der Tote begegnet.«

»Also dürfte uns die Identifizierung des Opfers keine allzu große Schwierigkeit bereiten«, hatte Sascha lapidar festgestellt.

»Ach das hätte ich ja beinahe vergessen, der Arbeiter, der uns zu der Fundstelle geführt hat, kannte den Ermordeten natürlich auch«, hatte Maier kleinlaut ergänzt, woraufhin Sascha ihn mit einem bösen Blick bedacht hatte.

»Können Sie uns etwas zur Identität des Opfers sagen?«, wollte eine Vertreterin der lokalen Zeitung wissen.

»Na ja, normalerweise verraten wir die Namen der Mordopfer aus ermittlungstechnischen Gründen nicht zu so einem frühen Zeitpunkt, aber da mir bewusst ist, dass es bereits die Spatzen von den Dächern pfeifen, macht es keinen Sinn mehr, etwas zu verheimlichen. Es handelt sich tatsächlich um den stellvertretenden Geschäftsführer der Sturz Entsorgung GmbH, den Herrn Lothar Hess.«

Diejenigen unter den Reportern, die es noch nicht gewusst hatten, riefen laut durcheinander und Köttmann hatte seine liebe Mühe, die Menge wieder zur Räson zu bringen.

»Das ist doch der Ehemann von Christiane Gruibinger-Hess!«, rief ein kleinerer Mann mit einem weißen Haarschopf beinahe euphorisch aus und stellte sich dabei die zahlreichen Schlagzeilen vor, die sich mit dieser Geschichte erzielen ließen.

»Und wie ist Herr Hess zu Tode gekommen, wurde er erschossen oder erwürgt?«

»Haben Sie schon einen Verdächtigen?«

»Diese Details dürfen wir nun wieder nicht preisgeben, das müssen Sie verstehen, meine Damen und Herren, aber so viel sei verraten, wir ermitteln auf Hochtouren«, antwortete Köttmann schnell, bevor jemandem seiner Kollegen Interna herausrutschen konnten.

»Haben Sie die Staatssekretärin schon über den Tod ihres Ehemannes informiert?«

Der Weißhaarige war während seiner Frage aufgestanden und sein Gesicht glänzte.

Mertens dachte an ihren Mitarbeiter Sascha Gross, dem die undankbare Aufgabe zugeteilt worden war, Christiane Gruibinger-Hess die traurige Nachricht zu überbringen. Zum Glück hatte er Doktor Gerland, die Polizeipsychologin, mit der Mertens bereits mehrfach gute Erfahrungen gemacht hatte, dabei.

»Wie Sie vielleicht aus früheren Mordfällen wissen, machen wir so etwas vor einer Pressekonferenz. Oder würden

Sie gerne aus der Tageszeitung vom Tod eines geliebten Menschen erfahren?«, betonte der Staatsanwalt pikiert, während der Fragesteller eifrig in sein Smartphone tippte.

Wenn die Ehefrau gescheit ist, taucht sie sofort unter, dachte Magdalena Mertens, sonst wird sie das Opfer einer üblen Hetzjagd.

Sascha Gross betrachtete nachdenklich den Rosenstock, der an einem an der Wand befestigten Spalier emporwuchs, nachdem er bereits drei Mal geklingelt hatte.

Erleichtert drehte er sich um und ging wieder die Steintreppe hinunter, die durch einen verwunschenen, manche würden sagen verwilderten, Vorgarten führte.

Einem Angehörigen die Todesnachricht zu überbringen, gehörte nicht gerade zu seinen Lieblingstätigkeiten, deshalb war er froh, dass niemand aufgemacht hatte.

Eigentlich hätte eine Polizeipsychologin ihn begleiten sollen, doch Doktor Gerland hatte kurzfristig abgesagt, und da man die Pressekonferenz nicht mehr aufschieben konnte, hatte sich der Kommissar alleine auf den Weg gemacht.

Doch gerade als er die Fahrertüre seines Alfa Romeos öffnete, kam ein VW-Bus um die Ecke und blieb vor der Garageneinfahrt stehen.

Eine blonde Frau stieg aus, lief ums Auto und half ihren Kindern aus den Sitzen.

Seufzend schlug Sascha seine Türe wieder zu und näherte sich dem Multivan. Da hatte er sich wohl zu früh gefreut.

»Äh, entschuldigen Sie, sind Sie Frau Gruibinger-Hess?«

»Worum handelt es sich?«

Die gerade noch entspannte Miene der gut aussehenden

Frau wich einem beinahe angeekelten Ausdruck. Offenbar sah sie in Sascha einen Journalisten der Regenbogenpresse oder eines Revolverblattes.

»Gross mein Name, ich bin von der Kripo Reutlingen.«

Er zückte seinen Dienstausweis und die Miene der Frau hellte sich keineswegs auf.

»Es tut mir leid, dass ich Sie so überfalle, aber ich muss Ihnen etwas Wichtiges mitteilen.«

Sie zog ihre Augenbrauen hoch, verzog aber sonst keine Miene.

»Na gut, kommen Sie mit rein«, befahl die Politikerin kurz angebunden, als sie an ihm vorbeirauschte.

Die beiden Kinder, Sascha schätzte sie auf fünf und sieben Jahre, rannten übermütig zu einer kleinen Spielanlage, die im Garten aufgebaut war.

Bei diesem Anblick wurde dem Kommissar die Tragweite der Nachricht, die er überbringen musste, erst so richtig bewusst.

Er dachte dabei an Miriams Töchter, deren Vater ebenfalls einem Gewaltverbrechen zum Opfer gefallen war und die ohne ihn aufwachsen mussten.

»Setzen Sie sich.«

Sie zeigte auf mehrere Barhocker, die um eine Kochinsel gruppiert waren.

»Wollen Sie etwas trinken Herr,...?«

»Gross und ja, einen Kaffee, wenn es Ihnen nichts ausmacht.«

Christiane Gruibinger-Hess verstaute ihre Einkäufe und Sascha sah ihr dabei zu, während er auf seinen Kaffee wartete.

Ihm fiel auf, dass es in dieser Wohnung keinerlei Staub, Schmutz oder sonstige störende Elemente gab, ja es kam ihm alles ziemlich steril vor.

Wieder musste er an Miriams Töchter denken, deren Spielsachen überall im Haus verstreut waren. Er war zwar kein Pedant, aber in seiner Wohnung waren die meisten Dinge an ihrem Platz. Sobald jedoch Anne und Sylvie gemeinsam mit ihrer Mutter zu Besuch bei ihm gewesen waren, musste er anschließend längere Zeit aufräumen.

Das hatte Sascha bisher allerdings als normal in einem Haushalt mit Kindern angesehen. Hier hingegen kam es ihm so vor, als ob hinter den Kleinen sofort jemand sauber machte.

»Möchten Sie Milch oder Zucker in Ihren Kaffee, Herr Gross?«, wollte sie wissen, während sie an einem Vollautomaten hantierte, für den der Kommissar wohl mehr als zwei Monate arbeiten musste.

»Weder noch, ich trinke ihn am liebsten schwarz.«

Christiane stellte die schlichte Porzellantasse auf den Tisch und reichte noch einen Teller mit Kleingebäck.

»Sie wollen bestimmt die Örtlichkeiten inspizieren, damit Sie den Personenschutz für mich und meine Familie individuell planen können. Aber eines ist klar und das habe ich auch mit dem Ministerpräsidenten so abgesprochen, wenn es irgendwie geht, wollen wir hier wohnen bleiben.«

Sie hatte sich nun ebenfalls mit einer Tasse dampfenden Kaffees an den Tisch gesetzt und fixierte ihren Gast, der sie allerdings verständnislos anstarrte.

»Äh, … das ist ein Missverständnis.«

Offenbar hatte die gute Frau nicht richtig zugehört, als er sich vorgestellt hatte.

»Also mit Personenschutz für Politiker habe ich nichts zu tun, obwohl das mit Sicherheit auch eine interessante Tätigkeit wäre. Wie gesagt bin ich von der Kripo Reutlingen und habe leider eine traurige Nachricht für Sie.«

Sascha heftete seinen Blick intensiv auf das scharf geschnittene Gesicht mit den ausdrucksvollen Augen und versuchte, es der Frau so schonend wie möglich beizubringen.

Nun trat in das Gesicht der Politikerin ein Ausdruck, den Sascha nur schwer deuten konnte. Ahnte sie, mit welch niederschmetternder Wahrheit sie in den nächsten Sekunden konfrontiert werden würde?

»Wir haben heute Morgen eine Leiche gefunden und ich befürchte …«

Sascha machte eine kurze Pause.

»… dass es sich dabei um Ihren Mann handelt.«

»Sind Sie verrückt geworden?«, ging ihn die Politikerin an. »Lothar ist kerngesund. Weshalb sollte er plötzlich sterben?« Christiane war aufgesprungen und ging umher. »Das muss eine Verwechslung sein!«

Sascha verfluchte die Psychologin, die ihn versetzt hatte. Diese Situation drohte aus dem Ruder zu laufen, deshalb wählte er seine nächsten Worte besonders behutsam.

»Leider konnte Ihr Mann, Lothar Hess, von mehreren Leuten zweifelsfrei identifiziert werden und außerdem handelt es sich nicht um einen natürlichen Tod, sondern um ein Gewaltdelikt.«

Christiane wurde plötzlich aschfahl und Sascha hatte die Befürchtung, dass sie in Ohnmacht fallen könnte.

»Aber, wie …, ich meine wer …, wer hätte einen Grund, meinen Mann zu töten?«

Ihre Unsicherheit dauerte nur wenige Sekunden und danach kam wieder die Berufspolitikerin durch.

»Ihre Aussage ist einfach ungeheuerlich, das …, das kann ich nicht akzeptieren. Wissen Sie überhaupt, wen Sie vor sich haben? Ich bin Staatssekretärin und bin mit sämtlichen Ministern, den MP eingeschlossen, per Du. Und da kommt so ein kleines Licht von einer Polizeibehörde daher und will mir weismachen, dass mein Mann umgebracht wurde? Ich werde unverzüglich den Innenminister anrufen und Sie verlassen sofort mein Haus!«

»Frau Gruibinger-Hess, ich bitte Sie, hören Sie mir zu!«, flehte Sascha und versuchte zu retten, was zu retten war.

»Raus, bevor ich mich vergesse!«

Wie ein geprügelter Hund verließ der Kommissar das Haus der Politikerin, denn er erkannte, dass er hier im Moment der falsche Mann am falschen Ort war und absolut nichts würde ausrichten können.

Karl und Gabi waren zuerst da und ließen sich von der immer lächelnden Bedienung einen Tisch zuweisen. Jedes Mal, wenn sie gemeinsam in Reutlingen zu tun hatten oder einfach nur zum Shoppen mit ihren Kindern unterwegs waren, kehrten sie in das familienfreundliche Restaurant ein.

Sofort nachdem Mader seinen früheren Schulfreund Wertheim verlassen hatte, hatte er zu seinem Handy gegriffen und bei Susi angerufen. Unverbindlich hatte er vorgeschlagen, dass man sich mal treffen könnte, um über den gemeinsamen Urlaub zu reden, doch Susi hatte sofort verstanden, um was es ging. Sie hatten sich für den kommenden Donnerstag an einem Ort verabredet, der für beide Paare ungefähr gleich schnell zu erreichen war.

Kaum zehn Minuten später, als die Maders gerade das erste Mal an ihren Getränken genippt hatten, sahen sie, wie Susi und Björn den Gastraum betraten.

»Hallo!«, riefen die Neuankömmlinge herzlich.

Gabi und Karl erhoben sich von ihren Plätzen und die Pärchen umarmten einander wie langjährige Freunde.

»Wartet ihr schon lange?«, wollte Susi wissen, nachdem sie sich gesetzt hatte.

»Aber nein, wir sind auch erst gerade gekommen.«

Die aufmerksame Bedienung eilte herbei, sobald die neuen Gäste sich auf ihren Stühlen niedergelassen hatten.

»In puncto Service kann man schon mal nichts aussetzen«, meinte Björn lächelnd, als die junge Frau wieder gegangen war.

»Da hast du recht und wie wir aus langjähriger Erfahrung wissen, ist das jedes Mal so, nicht wahr, Schatz?«

Gabi nickte eifrig.

»Und, was könnt ihr uns empfehlen?«, wollte Susi wissen, während sie die Speisekarte studierte.

»Na ja, was isst man beim Chinesen, das Beste wird sein, jeder von uns bestellt etwas anderes und wir probieren dann alles durch. Mir persönlich schmeckt die Ente süß-sauer sehr gut.«

»Das nimmt sie jedes Mal«, meinte Karl schmunzelnd.

In diesem Moment brachte die Kellnerin für jeden eine Frühlingsrolle, wobei sie stolz betonte, dass selbst der Teig hausgemacht war.

»Was mir persönlich hier gefällt, ist das Ambiente. Klar gibt es auch in diesem Restaurant einigen asiatischen Nippes, aber ich finde es weniger aufdringlich als in anderen chinesischen Restaurants.«

Tatsächlich sah man außer einigen obligatorischen Buddhastatuen sowie Landschaftsbildern aus dem Reich der Mitte wenig typisch Chinesisches.

In der Speisekarte fanden sich neben traditionellen Gerichten auch welche, die man durchaus als Mischung zwischen asiatischer und europäischer Küche bezeichnen konnte.

»Mmh, köstlich«, lobte Björn, der sich für eine Dorade

entschieden hatte, die in einer Sauce aus Kokosmilch und einer raffinierten Currygewürzmischung schwamm.

Er war es auch, der als Erster, während sie auf das Dessert warteten, das Thema ansprach, das die vier an diesem Abend zusammengeführt hatte.

»Und, Karl, hast du unsere Fundsachen schon vertickt?«

Bevor er die Frage stellte, sah er unauffällig zum Nachbartisch, ob jemand zuhörte.

»Tja, das ist doch schwieriger, als ich gedacht habe.«

Mit belegter Stimme erzählte er von seinem Besuch bei Wertheim.

»Die Dinger sind eine äußerst heiße Ware und mir ist mittlerweile nicht mehr ganz wohl bei der Sache. Offenbar wird in halb Europa danach gesucht, selbst Interpol wurde eingeschaltet. Mir wäre es offen gestanden am liebsten, wenn wir das Zeugs zur Polizei bringen und reinen Tisch machen würden. Wir haben uns ja schließlich keiner Straftat schuldig gemacht und brauchen uns deshalb auch nicht davor zu fürchten.«

Karl blickte in die Runde und versuchte dabei, die Stimmung auszuloten.

»Ich kann euch nur ans Herz legen, was Wertheim mir gesagt hat, nämlich dass hinter dem Raub eine Organisation steckt, mit der man sich besser nicht anlegt. Bestimmt haben die Diebe, die wahrscheinlich selbst bestohlen wurden, längst jemanden damit beauftragt, die Ware wieder zu beschaffen. Für unsere Sicherheit wäre es besser, wenn wir das brisante Material der Polizei übergeben.«

»Da bin ich völlig anderer Ansicht«, entgegnete Björn schneidend und sein Gesicht nahm einen wütenden Ausdruck an. »Der Typ hätte um ein Haar meine Frau umgebracht und mich hat er ziemlich übel zugerichtet. Deshalb sehe ich die Juwelen als eine Art Schmerzensgeld für Susi, die den Schock ihres Lebens bis heute noch nicht richtig verdaut hat, sowie für meine Blessuren an. Wenn du nicht in der Lage bist, einen Käufer dafür zu finden, dann nehme ich es in die Hand und ich bin überzeugt, dass ich einen guten Preis dafür erzielen werde.«

Außerdem hatte er bereits Handwerker engagiert, die das ältere Haus, das sie vor Kurzem gekauft hatten, sanieren sollten. Dafür brauchte er dringend das Geld aus dem Verkauf der Schmuckstücke.

»Das kann ich mir gut vorstellen, der Herr geht hin und verkauft die Hehlerware zu einem Superpreis und alle leben glücklich und reich bis an ihr Lebensende. Wenn du willst, hole ich es sofort, dann kannst du heute noch damit anfangen. Aber dann lass unsere Namen aus dem Spiel. Ich möchte schließlich noch erleben, wie meine Kinder erwachsen werden.«

Dem sonst so bedächtigen Karl schwoll die Halsschlagader an und er bekam vor lauter Zorn einen roten Kopf.

Gabi legte ihre Hand auf seinen Arm und versuchte, ihn zu beruhigen.

»Reg dich bitte nicht so auf, Karl, das bringt doch nichts. Lasst uns lieber wie erwachsene Leute darüber diskutieren, wie wir weiter vorgehen.«

»Da hast du vollkommen recht, Gabi«, bekräftigte Susi, der der Streit der Männer sichtlich zusetzte und der sie verstärkt an den schicksalhaften Tag zurückdenken ließ.

»Es muss doch irgendeine Möglichkeit geben, die Dinger zu Geld zu machen, ohne dass man Gefahr läuft umgebracht zu werden.«

Karls pragmatisch veranlagte Ehefrau konnte sich offenbar nicht mit dem Gedanken anfreunden, die wertvollen Pretiosen einfach bei der Polizei abzugeben.

»Glaubt mir bitte, ich saug mir das mit den gefährlichen

Ganoven nicht einfach aus den Fingern. Wertheim hat mir erzählt, dass er des Öfteren mit Hehlerware konfrontiert wird. Um diese heißen Sachen hat er bisher jedoch stets einen großen Bogen gemacht und ist damit gut gefahren.«

Er machte eine kurze Pause und nahm einen Schluck von seinem Weizenbier.

»Aber irgendwie habe ich das Gefühl, dass ich gegen eine Wand rede, deswegen sage ich euch, macht was ihr wollt, ich halte mich da raus.«

Mit einem tiefen Seufzer erhob er sich und ging davon.

»Wo willst du hin, Karl?«

»Zum WC, wenn es genehm ist!«, rief er durch das Lokal.

»So kommen wir nicht weiter«, meinte Gabi kopfschüttelnd. »Meinst du wirklich, dass du den Schmuck besser verkaufen kannst als Karl?«, wandte sie sich an Björn.

»Hm …, ich kann es ja mal versuchen«, druckste er herum.

»Was meinst du, Susi?«

»Mir ist es egal, ich will nur nicht mehr die Bekanntschaft eines weiteren Killers machen.«

»Hört euch meinen Vorschlag an«, bat Karl in seiner bedächtigen Art, der inzwischen von der Toilette zurückgekehrt war. Sein Zorn war bereits verraucht, schließlich machte er sich durchaus auch Sorgen um seine finanzielle Lage.

Sofort drehten sich die Köpfe der anderen ihm zu, wobei die Gesichter einen fragenden Ausdruck annahmen.

»Wir geben Wertheim, meinem Bekannten drei, nein sagen wir vier Wochen Zeit, einen Käufer zu finden, und danach kannst du dein Glück versuchen, Björn.«

Erst nickte Gabi, seine Frau, dann gab auch das andere Paar seine Zustimmung.

Dass die »mächtige Organisation«, wie Karl sich ausgedrückt hatte, bereits die Fährte aufgenommen hatte, ahnten sie nicht.

Sind Sie eigentlich von allen guten Geistern verlassen, Gross?«

Köttmann machte sich nicht einmal die Mühe, Sascha wie sonst üblich mit »Herr« anzureden.

Der quadratische Schädel des Vorgesetzten hatte eine dunkelrote Färbung angenommen und es hatte den Anschein, dass er sich jeden Augenblick auf seinen Untergebenen stürzen würde.

»Wissen Sie, wer mir gerade die Hölle heißgemacht und mir die Kürzung meiner Pensionsansprüche angedroht hat, falls ich meine Mitarbeiter nicht endlich in den Griff bekomme?«

Köttmann machte eine effektvolle Pause, bevor er mit seiner Tirade fortfuhr.

»Der Innenminister persönlich! Ich vermute stark, dass Sie nicht einmal ansatzweise ahnen, welche Stellung und Macht die Staatssekretärin Gruibinger-Hess in der Regierungskoalition hat und dann erdreisten Sie als kleiner Kommissar sich, sie ohne psychologische Unterstützung vom gewaltsamen Tod des geliebten Ehegatten in Kenntnis zu setzen.«

Während Gross in seinem Stuhl immer kleiner wurde, nahm das Gesicht seiner Kollegin einen kämpferischen Ausdruck an.

»Jetzt machen Sie aber mal einen Punkt, Herr Köttmann.«

Seit der Aufklärung des sogenannten »Mordes im Märchenschloss« war die Hauptkommissarin in der Gunst ihres Vorgesetzten ein erhebliches Stück gestiegen.

Hätte er Mertens noch vor nicht allzu langer Zeit am liebsten in den Ruhestand geschickt, so musste er mittlerweile vor ihrem unbestrittenen Erfolg den imaginären Hut ziehen. Persönlich hätte er es ihr natürlich niemals eingestanden, denn solche einfachen Dinge wie Lob beinhaltete seine recht konservative Menschenführung nicht.

»Wie Sie vielleicht noch wissen, standen wir unter gehörigem öffentlichem Druck und mussten vor der Pressekonferenz schnell handeln. Dafür, dass Frau Doktor Gerland keine Zeit hatte, kann der Kollege Gross nichts und ich bin überzeugt, dass er es gut gemeint hat.«

Die ruhig ausgesprochenen Worte verfehlten ihre Wirkung nicht und Köttmann entspannte sich ein wenig.

»Es mag ja sein, dass das alles ein wenig unglücklich gelaufen ist, trotzdem möchte ich Sie bitten, bei diesem politisch äußerst brisanten Fall behutsam vorzugehen. Außerdem hat der Minister die Bildung einer Sonderkommission gefordert.«

»Und woher, bitte schön, soll ich fähige Leute für die Soko hernehmen?«, wollte Mertens kopfschüttelnd wissen.

»Ich werde sehen, was ich machen kann, und Ihnen vorab einmal drei Leute abstellen. Sollten sich keine schnellen Erfolge einstellen, wird eine andere Behörde als die unsere die Ermittlungen weiterführen, das war die unverhohlene Drohung des Innenministers und jetzt entschuldigen Sie mich.«

Mit federnden Schritten verließ Köttmann das Büro und ließ zwei ratlose Kommissare zurück.

»Das wäre der absolute worst case für unseren lieben Vorgesetzten, wenn er und seine Untergebenen sich als unfähig erweisen würden, dieses Gewaltverbrechen aufzuklären«, meinte Sascha, der sich wieder einigermaßen gefangen hatte, hämisch. »Ach und bevor ich es vergesse, vielen Dank, dass Sie sich für mich eingesetzt haben, Frau Mertens.«

»Na das hätten Sie doch für mich ebenfalls getan, nicht wahr?«, entgegnete Magdalena mit einem feinen Lächeln. »Trotzdem muss ich Sie für Ihre Aktion rügen. Das nächste Mal rufen Sie mich an, wenn die Psychologin ausfällt, und wir suchen nach einem adäquaten Ersatz. Doch jetzt wollen wir das vergessen und vorausschauen.«

Gemeinsam bastelten die beiden Beamten an einer Strategie und besprachen die nächsten Schritte.

»Wir müssen zu allererst den Entsorgungsbetrieb, in dem der Getötete gearbeitet hat, durchleuchten. Ich bin mir ziemlich sicher, dass wir in diesem Umfeld unseren Mörder finden werden. Denn eines ist klar, entweder hatte Hess tatsächlich illegale Geschäfte mit einer mafiösen Organisation am Laufen oder er ist einem Verbrechen auf der Spur gewesen und wollte das an die Öffentlichkeit bringen«, mutmaßte Mertens und schaute dabei versonnen zum Fenster hinaus.

Unabhängig von der Ankunft der versprochenen drei Kollegen, die ihr Team verstärken sollten, beschlossen die beiden deshalb, am Nachmittag bei Sturz vorbeizugehen, um diesem ein wenig auf den Zahn zu fühlen.

»Entschuldigen Sie, wie kommen wir auf direktem Weg zu Herrn Sturz?«, wollte Mertens von einem Mann wissen, der seinem Aussehen nach in ihren Augen ein typischer Buchhalter war.

»Was sind Sie, Vertreter? Dann müssen Sie sich dort drüben anmelden …« In einer Hand hielt er Aktenordner und deutete mit der anderen auf ein Gebäude, das als Bürokomplex erkennbar war. »… und werden dann irgendwann von ihm empfangen. Falls Sie jedoch gute Geschäftspartner des Chefs sind, dann lässt er Sie bestimmt durch seinen Privateingang passieren.«

Die Ironie in seinen Worten war unüberhörbar und er zeigte auf einen in Stahl und Glas ausgeführten Turm, der dem Aussehen nach ziemlich neu war.

»Weder noch, wir sind von der Mordkommission und möchten einfach auf dem schnellsten Weg mit ihm reden«, entgegnete Sascha ungehalten.

»Oh Gott, Sie sind wegen dem Mord an Lothar Hess hier,

habe ich recht? Bitte folgen Sie mir, ich führe Sie selbstverständlich sofort zu ihm.«

Die stark geschminkte Frau an der Anmeldung wollte etwas sagen, doch der Buchhalter nickte ihr einfach zu, während er mit den Polizisten im Schlepptau vorbeirauschte und vor dem Aufzugsschacht stehen blieb.

»Das Büro von Herrn Sturz befindet sich im fünften Stock, direkt unter dem Dach.«

Er drückte auf die Fünf und der Aufzug sauste los.

»Haben Sie den Toten gekannt, Herr …?«

»Müller ist mein Name. Ja natürlich, jeder kannte den Hess, er war ja die Nummer zwei nach dem Chef. Schade nur, dass er uns verlassen wollte.«

Die beiden Kommissare schauten einander überrascht an.

»Das ist ja interessant und wissen Sie auch, weshalb er der Firma den Rücken kehren wollte?«, fragte Mertens.

»Na ja, seine Frau ist doch Staatssekretärin im Umweltamt und wie man munkelt, soll das nicht das Ende auf der Karriereleiter sein.«

In diesem Moment kamen sie oben an und stiegen aus.

»Ich bitte vielmals um Entschuldigung, wenn ich hier so einfach reinplatze, Frau Schulz, aber diese Herrschaften sind von der Kriminalpolizei und müssten dringend mit Herrn Sturz reden, Sie wissen schon, wegen des schrecklichen Verbrechens, das bei uns passiert ist.«

Wenn er schon bei der Vorzimmerdame so katzbuckelt, wie verhält er sich dann erst seinem Chef gegenüber, dachte die Hauptkommissarin stirnrunzelnd.

Dieses kleine Detail war vielleicht wichtig bei den weiteren Ermittlungen, denn ein schlechtes Betriebsklima war auch schon häufig Anlass für ein Gewaltverbrechen gewesen.

Die eindeutige Stellung, in der Hess vorgefunden worden

war, musste nicht zwangsläufig bedeuten, dass der Mörder im organisierten Verbrechen zu suchen war. Es konnte auch jemand sein, der eine falsche Spur legen wollte.

In diesem Augenblick ging die Türe auf und ein Mann erschien, der trotz seiner geringen Körpergröße sofort den Raum mit seiner starken Aura ausfüllte.

Offenbar hatte die Sekretärin unbemerkt einen Knopf gedrückt, der Sturz über den ungebetenen Besuch informierte.

»Guten Tag, meine Dame, mein Herr, ich bin Dirk Sturz, kommen Sie doch bitte herein.«

Mit einer einladenden Handbewegung winkte er die Polizisten durch.

»Ah, Herr Müller, danke für Ihre Aufmerksamkeit, Sie können wieder an Ihre Arbeit gehen.«

Der Buchhalter, der mit offenem Mund dagestanden war, verließ das Vorzimmer fluchtartig.

»Mit wem habe ich das Vergnügen? Aber bitte setzen Sie sich doch zuerst.«

»Mein Name ist Mertens und das ist mein Kollege Gross. Wie Sie sicher bereits erfahren haben, kommen wir von der Kripo Reutlingen.«

Er nickte beinahe schuldbewusst, als ob er bei irgendetwas ertappt worden wäre.

»Sie können sich ja denken, weshalb wir hier sind.«

»Oh ja, schreckliche Sache, das mit Hess. Darf ich Ihnen vielleicht etwas zu trinken anbieten, bevor wir beginnen?«

Die Kommissare entschieden sich für einen Kaffee, den die Sekretärin in Rekordzeit hereinbrachte.

»Er war äußerst beliebt bei den Mitarbeitern und meine rechte Hand, wenn ich das so salopp sagen darf. Es ist ein schwerer Schlag für mein Unternehmen und ich weiß nicht, woher ich einen adäquaten Ersatz für Lothar herbringen soll.«

Jemand mit weniger Menschenkenntnis hätte sich vielleicht von Sturz' mitfühlenden Worten täuschen lassen, doch die Kommissarin spürte beinahe körperlich, dass der Mann, der ihr gegenübersaß, zu so etwas wie Empathie nicht oder nur in geringem Maße fähig war.

»Aber Sie hätten sich doch sowieso nach jemand anderem umsehen müssen, da Hess Ihr Unternehmen verlassen wollte. Oder ist das eine Fehlinformation?«

Sie hatte beschlossen, Sturz ein wenig aus der Reserve zu locken, und tatsächlich bekam die Maske des scheinbar unerschütterlich zur Schau getragenen Selbstvertrauens für einen kurzen Moment einen Riss.

»Woher …«, stammelte er, bevor er sich wieder fing und insgeheim diesen geschwätzigen Müller feuerte. »Tja, es ist leider wahr, Lothar hat gekündigt. Aber nicht etwa, weil wir Streit oder so etwas gehabt hätten«, betonte Sturz. »Im Gegenteil hatten wir ein fast schon freundschaftliches Verhältnis, da können Sie jeden hier fragen. Nein, der Grund für seinen Rückzug aus unserem Unternehmen war einzig und allein der Tatsache geschuldet, dass seine Frau in der Politik noch weiter nach oben kommen und er sich deshalb verstärkt um seine Kinder kümmern wollte.«

Bestimmt war es für die Karriere der Frau Gruibinger-Hess nicht sehr förderlich, wenn ihr Mann seine Brötchen mit Müllentsorgung verdiente, dachte die Hauptkommissarin ein wenig amüsiert.

»Na ja, ich habe sie kennengelernt und kann mir deshalb gut vorstellen, dass die Staatssekretärin ihren Gatten lieber daheim haben wollte«, warf Sascha ein, dem der Firmenchef nicht unsympathisch war und der es so klingen ließ, als hätte die Politikerin Haare auf den Zähnen.

»Sie haben da nicht ganz unrecht, Herr Gross, Lothar hätte seine Arbeit niemals aus freien Stücken aufgegeben, so gut kannte ich ihn. Er hatte große Freiheiten hier, konnte kommen und gehen, wie er wollte, und hat darüber hinaus auch noch überdurchschnittlich verdient. Es ist ein Jammer. Seine Frau muss ihn ziemlich unter Druck gesetzt haben.«

Mertens merkte überrascht, dass sich ihr Kollege von Sturz einwickeln ließ.

»Herr Sturz, wie erklären Sie sich die Umstände von Herrn Hess' Tod? Es ist in unseren Breiten doch äußerst ungewöhnlich, dass jemand nach einem Mafiaritual hingerichtet wird. Haben oder hatten Sie in der Vergangenheit mit dem organisierten Verbrechen zu tun?«, fragte sie bissig.

»Ich bitte Sie, Frau Mertens.«

Theatralisch hatte Sturz sich erhoben und sich vor sein riesiges Panoramafenster gestellt, mit dem Rücken zu den Beamten. Sekundenlang blieb er so stehen, bevor er sich wieder umdrehte.

»Der Ruf unserer Branche hat in manchen Kreisen noch immer etwas Anrüchiges, aber ich kann Ihnen versichern, dass wir nicht in Naturschutzgebieten Löcher graben und Giftmüll reinwerfen oder ihn etwa in der Nordsee illegal verklappen. Bei uns geht alles mit rechten Dingen zu, das können Sie mir glauben. Die Kontrollen der Behörden sind so scharf, da können Sie nicht mal eine Dose Cola illegal entsorgen.«

Sein gewinnendes Lächeln wurde von Sascha erwidert, während Mertens ein eher finsteres Gesicht machte.

»Das mag ja alles stimmen, Herr Sturz, aber leider ist es eine Tatsache, dass die Leiche Ihres engsten Mitarbeiters mit abgeschnittener Zunge auf Ihrem Betriebsgelände gefunden wurde«, beharrte die Hauptkommissarin. »Und solange wir den Mörder noch nicht gefasst haben, gelten alle in Ihrem Betrieb beschäftigten Leute, Sie natürlich eingeschlossen, als tatverdächtig. Ebenso werden wir Ihre Geschäftspartner eingehend durchleuchten müssen.«

»Bitte entspannen Sie sich, Frau Mertens, und sehen Sie in mir nicht einen Feind. Es ist mir ein Hauptanliegen, dass derjenige, der meinen engsten Mitarbeiter ins Jenseits befördert hat, so schnell als möglich seiner gerechten Strafe zugeführt wird. Das müssen Sie mir glauben und selbstverständlich gebe ich Ihnen zu sämtlichen Räumen und Plätzen auf dem Betriebsgelände freien Zugang, auch ohne richterliche Anordnung.«

Sturz hielt kurz inne.

»Ich werde Ihnen als Zeichen meiner Kooperation Herrn Müller, den Sie ja schon kennengelernt haben, zur Seite stellen. Er ist sehr kompetent und kann Ihnen besser als ich die weitverzweigten Geschäftsfelder unserer Firma erklären, zumal er seit dem vergangenen Jahr Herrn Hess zugearbeitet hat.«

Müller ist hoffentlich so klug zu wissen, wem seine Loyalität in erster Linie gelten sollte, dachte Sturz.

»Ich kann mir zwar nicht vorstellen, dass einer unserer geschätzten Geschäftspartner diese grausige Tat begangen oder in Auftrag gegeben hat, trotzdem wird Ihnen Herr Müller auch hier mit Informationen weiterhelfen können.«

Mertens schien ein wenig besänftigt zu sein und schaute nicht mehr so streng.

»Das ist überaus freundlich von Ihnen und wir werden uns gerne von Ihrem Mitarbeiter unterstützen lassen. Für den Moment wäre es dann alles. – Ach, bevor ich es vergesse, wo waren Sie eigentlich in jener Nacht, als Herr Hess umgebracht wurde?«

»Meine Frau und ich haben den Abend zu Hause verbracht. Wir haben uns etwas gekocht, ich glaube es war ein Perlhuhn. Ja genau und dazu haben wir zwei Flaschen eines wirklich erstklassigen Santenay getrunken.«

»Das wissen Sie noch so genau? Das ist aber erstaunlich.«

»Also entschuldigen Sie mal, ich bin noch keineswegs senil und habe wirklich ein sehr gutes Gedächtnis!«, entgegnete Sturz empört und Mertens wusste nicht, ob er mit dem Wort senil auf ihr fortgeschrittenes Alter anspielen wollte.

»Sie können mir dann ja bestimmt die Telefonnummer Ihrer Frau geben.«

»Aber selbstverständlich und ich bin mir ziemlich sicher, dass sie es genauso bestätigen wird.«

Ein flüchtiger Blick in das undurchdringliche Gesicht des Unternehmers ließ die Hauptkommissarin ein wenig stutzig werden.

Log Sturz etwa?

»Wenn Sie sonst keine Fragen mehr haben, würde ich mich gerne verabschieden, da ich gleich einen wichtigen Termin wahrnehmen sollte. Ich stehe Ihnen natürlich immer gerne zur Verfügung.«

Die Polizisten verstanden den dezenten Rauswurf und verließen das Büro von Sturz, nicht ohne die Vorzimmerdame zu fragen, wo der Mitarbeiter Müller zu finden sei.

Derweil betätigte Sturz den Türöffner, nachdem er sich vorher mit einem Blick auf den Monitor vergewissert hatte, dass auch tatsächlich die Person vor dem privaten Treppenturm stand, die er erwartete.

»Guten Tag, kommen Sie herein, ich hatte gerade Besuch von der Mordkommission.«

Gemächlich zog Santini seine Runden in dem nierenförmigen Pool, der so angelegt war, dass er beim Schwimmen das Mittelmeer am Horizont sehen konnte.

Dieses Detail war ihm bei der Planung des Umbaus sehr

wichtig gewesen und deshalb mussten etliche der alten Pinien gefällt werden.

Gerade als er am Beckenrand kurz verschnaufte, sah er, wie Bartoli sich mit hängendem Kopf näherte.

Santinis Laune verfinsterte sich beim Anblick seines Mitarbeiters.

»Was ist passiert, Bartoli?«, wollte er gefährlich leise wissen, ohne sich vorher die Mühe zu machen, ihn zu begrüßen.

»Hm, also …, es ist wie verhext, wir haben jeden legalen und illegalen Club durchsucht, in dem Moulin schon mal gespielt hat. Unsere Verbindungsleute haben Casinos bis nach Monte Carlo nach dem Kerl durchforstet, jedoch ohne Erfolg. Er ist wie vom Erdboden verschluckt.«

Bartoli streckte die Handflächen nach oben und hoffte mit dieser Geste der Hilflosigkeit seinen Patron zu besänftigen.

»Allerdings habe ich auch eine gute Nachricht«, beeilte er sich zu sagen. »Wir haben die Tussi von Duvalle besucht, und nachdem sie sich anfangs ein wenig gesträubt hatte, plauderte sie danach wie ein Wasserfall. Sie hat uns erzählt, dass ein Commissaire sie aufgesucht und gleichfalls nach ihrem Macker gefragt hat. Laut ihrer relativ guten Beschreibung kann es sich bei dem angeblichen Polizisten nur um unseren Freund Moulin handeln. Sie hat ihm als möglichen Aufenthaltsort ihres Freundes den Bruder von Duvalle genannt. Es war gar nicht so einfach, dessen Behausung zu finden, und wir dachten schon, die Nutte hätte uns verarscht. Aber dann haben meine Jungs seine Hütte tatsächlich in einer verdammten Schlucht gefunden. Leider haben sie ihn nicht angetroffen, doch nach einem Besuch in einer Bar im nächsten Dorf haben sie erfahren, dass der Kerl angeschossen in einem Hospital liegt. Offenbar hat er eine Heidenangst vor dem Halunken, der ihm ins Knie geschossen hat, denn er weigerte sich standhaft, uns eine Beschreibung zu geben. Wir haben dann ein wenig nachgeholfen und was soll ich Ihnen sagen, die Person, die ihn zum Krüppel gemacht hat, war mit ziemlicher Sicherheit unser Freund Moulin.«

Ein feines Lächeln trat auf die sonst so undurchdringlichen Züge Santinis.

»Wenn mich nicht alles täuscht, hat den guten Moulin der längst verloren geglaubte Jagdinstinkt gepackt und er ist mitnichten verschollen, sondern versucht, den Schatz auf eigene Faust zu heben.«

Kraftvoll zog Santini sich zum Beckenrand hoch und ging kerzengerade zu einer Liege, auf der ein Handtuch platziert war.

Voller Bewunderung betrachtete Bartoli den Körper seines Chefs, dem man die sechzig Jahre absolut nicht ansah. Lediglich die üppige Brustbehaarung war mittlerweile mehr grau als schwarz, aber die Muskeln, die sich unter der Haut abzeichneten, wirkten kräftig.

Unweit des Pools befand sich eine Bar, deren Theke aus gelben Natursteinen gemauert und die mit dicken Schilfrohrmatten überdacht war.

Santini ließ sich auf einem Hocker nieder und Bartoli eilte hinter die Theke, um seinem Patron einen Pastis einzugießen. Eiswürfel und Wasser nahm Santini sich selbst und nippte danach genießerisch an dem alkoholischen Getränk.

»Nimm dir ein Bier und dann mache mir einen Vorschlag, wie wir weiter fortfahren mit unserem Freund Moulin«, meinte Santini gönnerhaft.

Der bullige Mann ließ sich nicht zweimal bitten und griff sich ein Bier aus dem Kühlschrank.

Nachdem er einen tiefen Schluck des eiskalten Getränks genommen hatte, ging es ihm wieder besser und er machte seinem Patron einen Vorschlag.

»Wir könnten sämtliche Hehler, mit denen wir bisher Geschäfte gemacht haben, kontaktieren, denn falls Moulin sich die Sachen gekrallt hat, muss er sie ja irgendwie zu Geld machen.«

Versonnen schüttelte Santini sein Glas und beobachtete dabei die Eiswürfel.

»Hm, an so etwas habe ich auch schon gedacht, das ist eine gute Idee. Es ist zwar nicht gewährleistet, dass er die Klunker gerade dort anbietet, ist aber auf jeden Fall einen Versuch wert. Also gut, veranlasse das Notwendige, und falls du auf die Spur des treulosen Moulins triffst, keine eigenmächtigen Aktionen, du bringst mir den Kerl lebend, ist das klar?«

Wenig später verließ Bartoli das herrschaftliche Anwesen und machte sich auf den Weg nach Marseille, wo die Organisation neben zahlreichen anderen Liegenschaften ein großes Haus besaß, in dem ein geräumiges Büro eingerichtet war.

Neben den Bürokräften, die für die legalen Geschäftszweige des Unternehmens zuständig waren, arbeitete dort auch Pierre, ein ehemals berühmt-berüchtigter Computerhacker.

In einem Nachtclub, den er hin und wieder besuchte, war der Mann Bartoli aufgefallen, weil er sich wegen einer Table-Dancerin bereits mehrfach mit den Sicherheitskräften des Clubs angelegt hatte. Offenbar hatte er sich unsterblich in die Tänzerin verliebt und war trotz mehrfach ausgesprochenem Lokalverbot sowie körperlichen Übergriffen durch die kompromisslosen Rausschmeißer immer wieder gekommen.

»Der Typ hat einen an der Klatsche«, hatte einer der bulligen Männer einmal zu Bartoli, mit dem er bekannt war, gesagt. Und dann seufzend mit einem Kopfschütteln hinzugefügt:

»Es gibt doch weiß Gott noch viele andere Weiber, bei denen man nicht Gefahr läuft, verprügelt zu werden.«

Die Standhaftigkeit und Penetranz jedoch imponierte Bartoli und er fragte seinen Kumpel ein wenig über den glücklosen Verehrer aus.

Er erfuhr auf diese Weise von dem ungewöhnlichen Beruf Pierres und auch davon, dass der Hacker erst vor Kurzem aus dem Knast entlassen worden war, nachdem er mehrere betuchte Kunden einer Privatbank um ein hübsches Sümmchen erleichtert hatte.

Hellhörig geworden überzeugte er den altmodischen Santini davon, dass solch ein Nerd von unschätzbarem Wert für das Florieren der Firma sein konnte. Denn mittlerweile konnte ein versierter Computerspezialist eine Bank wesentlich effektiver ausrauben als der beste Geldschrankknacker. Der Korse einigte sich mit seinem Landsmann, dem der Laden gehörte, darauf, dass die Dame freikam und mit dem Hacker zusammenkommen konnte.

Er hatte diesen Schritt niemals bereut, denn Pierre hatte ihnen mit seinem PC Zutritt zu zahlreichen Banken und Juwelierläden verschafft.

»Salut Pierre, was läuft?«, begrüßte Bartoli den milchgesichtigen, bleichen Mann.

»Ah, Bartoli, was verschafft mir die Ehre?«

Die nerdige Brille und die weiße Gesichtsfarbe wiesen Pierre eindeutig der Spezies Mensch zu, die Tag und Nacht vor ihrem Monitor sitzt.

»Alles klar mit deiner kleinen Jacqueline?«

Bartoli versuchte, ein wenig Smalltalk zu betreiben, bevor er auf sein eigentliches Anliegen kam.

»Na ja, seh sie ja leider nicht so oft, muss doch ständig arbeiten, aber klar, ihr geht's bei mir mit Sicherheit besser als in dem Schuppen, wo sie anschaffen musste.«

»Apropos Arbeit, der Chef bittet dich dringend, etwas für ihn herauszufinden.«

Man musste bei Pierre immer sehr diplomatisch vorgehen, da er unhöflich ausgesprochene Befehle meistens ignorierte.

»Okay, sag mir, worum's geht, und dann verschwinde wieder, ich habe viel zu tun«, blaffte Pierre.

Jeder andere hätte nach so einer Antwort mindestens ein blaues Auge kassiert, doch dieser Kerl genoss bei Bartoli und auch bei dessen Chef eine gewisse Narrenfreiheit.

»Ich habe dir hier eine Liste von verschiedenen Hehlern, in deren Computer du ein wenig stöbern solltest.«

Pierre riss ihm den Zettel aus der Hand und nach einem kurzen Blick drauf machte er sich an die Arbeit.

Derweil ging Bartoli in den Keller, wo Santini für seine Mitarbeiter einen Fitnessraum mit angegliederter Sauna hatte einbauen lassen. Sooft er hier war, ließ es sich Bartoli nicht nehmen, einige Gewichte zu stemmen und seine Aggressionen an einem Punchingball abzubauen. Während er seine Oberarmmuskeln trainierte, dachte Bartoli an sein Los, mit dem er mittlerweile sehr zufrieden war.

Dabei hatte sein Leben keineswegs so sorglos angefangen wie bei anderen. Seine Mutter war eine Prostituierte im Vieux Port und den Vater konnte man bei den zahlreichen Freiern nicht eindeutig bestimmen.

Bereits im zarten Alter von zehn Jahren wurde Jean Bartoli von der Polizei aufgegriffen, als er bei einer Bande von Halbwüchsigen Schmiere gestanden hatte, die gerade dabei waren, ein kleines Lebensmittelgeschäft zu überfallen. Mit fünfzehn machte er das erste Mal Bekanntschaft mit einer Arrestzelle, weil er bei einer Messerstecherei einen anderen Jugendlichen lebensgefährlich verletzt hatte. Die meiste Zeit bis zu seinem dreißigsten Geburtstag verbrachte Bartoli im Knast und es wäre so weitergegangen, wenn er nicht bei seinem letzten Gefängnisaufenthalt die Zelle mit einem Neffen Santinis geteilt hätte.

Mit dem äußerst verschwiegenen Mann war Bartoli gut ausgekommen und am Tag seiner Entlassung bot der Korse Bartoli an, seinen Onkel wegen eines Jobs zu fragen.

Nachdem er ebenfalls freigekommen war, ging Bartoli seinen alten Gewohnheiten nach und vergaß seinen Zellengenossen recht schnell. Er besuchte seine alten Freunde und bald ging es mit kleinen Einbrüchen weiter.

Eines Nachts legte er sich mit einem ehemaligen Boxer an und musste ziemlich lädiert den Heimweg antreten. Während er so die Gassen entlangtorkelte, kam ihm seine ganze verkorkste Existenz zu Bewusstsein und der harte Kerl fing an, wie ein kleines Kind zu weinen. In diesem Moment traten plötzlich zwei Typen aus der Dunkelheit und warfen ihm einen stinkenden Sack über den Kopf.

Bartoli wehrte sich so gut er konnte, doch er hatte nicht die geringste Chance und nach mehreren Schlägen verlor er das Bewusstsein. Er wachte in einem modrigen Kellerloch wieder auf und bemerkte durch einen Schleier, dass er auf einen Stuhl gefesselt war. Ein Mann trat hervor und schüttete einen Eimer mit eiskaltem Wasser über Bartolis Kopf. Der prustete und schüttelte sich und danach rammte derselbe Kerl ihm mehrmals die Faust ins Gesicht. Bartoli hätte gerne den Grund für diese Behandlung gewusst, aber er war zu stolz, um danach zu fragen oder etwa um Gnade zu winseln. Bestimmt war er irgendeiner Unterweltgröße auf den Schlips getreten und musste jetzt sein junges Leben in diesem armseligen Loch aushauchen. Die Folter dauerte den ganzen Tag an und hatte immer denselben Ablauf, auf eine Wasserdusche folgte eine Tracht Prügel.

»Das reicht, ich glaube, der Bursche hat genug gelitten.«

Die kehlige Stimme würde Bartoli bis an sein Lebensende nicht mehr vergessen und sein durch die Schmerzen und den Schlafmangel umnebeltes Hirn registrierte, dass es sich wohl um eine Aufnahmeprüfung handelte.

Tatsächlich wurde er sofort losgebunden und die nächsten Stunden nach allen Regeln der Kunst verwöhnt. Zwei hübsche Frauen geleiteten Bartoli, der noch ziemlich schwach auf den Beinen war, zu einem kreisrunden Becken mit angenehm temperiertem Badewasser und verpassten ihm eine Pflegemassage, die ihn augenblicklich sämtliche erlittenen Qualen vergessen ließen. Danach wurde er an einen mit allerlei Leckereien gedeckten Tisch geführt und konnte sich seit Langem mal wieder so richtig satt essen. Der dunkelrote Wein war das Beste, was er jemals getrunken hatte.

»Entschuldige die etwas raue Behandlung der letzten Tage, aber es ist bei uns so Brauch, wenn ein Fremder in unsere Organisation eintreten will.«

Da war wieder die kehlige Stimme, und als Bartoli sich umdrehte, sah er zum ersten Mal seinen künftigen Chef.

»Mein Neffe hat sich für dich verwendet, und nachdem wir dich eine Weile beobachtet haben, unterzogen wir dich der kleinen Prüfung.«

Die mich beinahe das Leben gekostet hat, dachte Bartoli wütend, hütete sich aber, es laut auszusprechen.

»Ich denke, du passt ganz gut zu uns, wenngleich du nicht von der Insel stammst.«

Damit war ohne Zweifel Korsika gemeint, wie er von Santinis Neffen wusste.

»Das, was du die letzten Tage erlebt hast, war ein kleiner Vorgeschmack davon, was dich erwartet, wenn du einem Konkurrenten oder den Bullen in die Hände fällst. Aber ich bin, was dich angeht, zuversichtlich, du bist anscheinend ein harter Brocken.«

Santini erkannte recht bald das Potenzial, das in diesem Mann steckte, und so war Bartolis Aufstieg vorprogrammiert. Den Makel, nicht aus Korsika zu stammen, machte er durch Pflichtbewusstsein und Skrupellosigkeit wieder wett.

Doch das Beste war, Santini konnte sich Bartolis Loyalität zu hundert Prozent sicher sein und trotz allem fürchtete der treue Diener den Korsen mit den stechenden Augen mehr als alles andere auf der Welt. In letzter Zeit hatte Santini immer öfter von seinem Traum erzählt, sich auf seiner geliebten Insel zur Ruhe zu setzen.

Es dauere nicht mehr allzu lange und er, Bartoli, würde die gut funktionierende Organisation anführen können. In einem günstigen Moment hatte Bartoli seinen Chef darauf festgenagelt und Santini hatte seinem Mitarbeiter tatsächlich die Frist von einem Jahr genannt. Danach wäre Bartoli der Boss und würde das Syndikat leiten.

»Suche dir aber ein neues Betätigungsfeld«, hatte Santini ihm an jenem Abend geraten.

»Die Juweliere und Banken sind inzwischen so gut gesichert, dass die Ausübung unseres Metiers immer schwieriger wird. Du kannst alles machen außer Drogenhandel und Prostitution, da bin ich altmodisch.«

Bartoli musste nicht lange überlegen, da er schon seit längerer Zeit danach Ausschau gehalten hatte. Das Geschäft, für das er sich entschied, war lukrativ und krisensicher. Anfangs musste er allerdings mehrere Mitbewerber davon überzeugen, dass es nicht sehr ratsam war, sich mit Santini anzulegen.

Bartoli hatte sich ziemlich verausgabt und betrat verschwitzt die angegliederte Dusche. Als er wieder Pierres Büro betrat, lagen zahlreiche Ausdrucke auf dessen Schreibtisch.

»Das ist der Mailverkehr der vergangenen zwei Wochen deiner Kandidaten, auswerten kannst du ihn ja hoffentlich alleine.«

»Danke Pierre, ich glaube, dass ich das hinkriege.«

Mit dem Stapel in der Hand verließ Bartoli den viel beschäftigten Hacker und setzte sich in den Vorraum, wo ein Kaffeeautomat stand.

Mehrmals in den nächsten zwei Stunden ließ er sich einen petit Café raus und war reichlich frustriert, als er die Mails des letzten Hehlers auf der Liste durchlas.

Plötzlich hielt er inne, rieb sich die Augen und las die Seite nochmals.

»Das wird dem Chef gefallen!«, rief Bartoli freudig aus und auf seine Züge trat ein bösartiges Lächeln.

Müller war in der Hierarchie wohl noch nicht weit aufgestiegen, da sein Büro die Größe einer Besenkammer besaß.

Fordernd klopfte Gross an die Türe und die beiden Kommissare hörten, wie drin jemand hektisch aufstand.

»Ah, die Polizisten, ich würde Sie ja gerne hereinbitten, aber wie Sie sehen, ist kaum für mich selbst genügend Platz«, begrüßte sie der Buchhalter sarkastisch. »Was kann ich für Sie tun?«

Bevor Sascha mit der Tür ins Haus fallen konnte, versuchte es seine Kollegin auf diplomatische Art.

»Herr Sturz hat uns gebeten, uns an Sie zu wenden, da Sie sich seiner Ansicht nach in der Firma bestens auskennen, Herr Müller.«

Das angebliche Lob seines Chefs zauberte ein zufriedenes Lächeln auf sein Gesicht.

»Wir brauchen sämtliche Informationen über Herrn Hess, damit wir uns ein Bild über seine Tätigkeit machen können. Ich habe eine Idee, wir machen einen kleinen Rundgang über das Betriebsgelände und Sie erzählen uns alles, was Sie über den Ermordeten und seine Arbeit wissen. Wichtig wäre es natürlich für uns zu erfahren, ob er sich auf irgendeine Art und Weise Feinde gemacht hat.«

»Aber mit dem größten Vergnügen!«, meinte Müller und fuhr seinen Rechner herunter.

Der freundliche Mann führte die Polizisten als Erstes zu der riesigen Sortieranlage.

»Wir werden ja leider immer noch abfällig als Müllmänner tituliert, doch das wird unserer komplexen Arbeit nicht gerecht. Was Sie hier sehen, ist das neueste System auf dem Markt, das arbeitet so sortenrein wie nie zuvor.«

Sie beobachteten die gelben Säcke auf dem Förderband, deren Inhalt geschüttelt und gerührt und auf diese Weise langsam voneinander getrennt wurde.

»Ist es denn nicht eine Tatsache, dass nach wie vor Tonnen von diesem mühevoll auseinanderdividierten Müll in irgendwelchen armen Entwicklungsländern landen und dort verbrannt werden?«, gab Mertens kritisch zu bedenken.

»Na ja«, antwortete Müller zögerlich, »schwarze Schafe gibt es in jeder Branche, aber deshalb sollte man nicht alle aufgrund der Fehler einiger weniger verurteilen. Wir haben jedenfalls keine Leichen im Keller, soweit mir bekannt ist jedenfalls.«

Die Halle war sehr sauber, beinahe steril und die wenigen Menschen, die man sah, waren lediglich dazu da, Stichproben zu nehmen. Hatten früher hauptsächlich Frauen zu beiden Seiten des Fließbands Dienst getan, so wurde deren Arbeit heute beinahe ausschließlich maschinell erledigt.

»Eine Sache macht mir aber doch ein wenig Kopfzerbrechen.

Ich weiß nicht, ob Sie von dem Pilotprojekt gehört haben, bei dem es offenbar möglich ist, den gesamten Müll, also nicht nur den Kunststoff, zu sortieren. Wenn sich das durchsetzt, dass man alles in eine Tonne kloppen kann und die Recyclingquote dann immer noch so hoch oder höher als bei uns ist, können wir das lukrative Geschäft mit dem grünen Punkt vergessen.«

»Aber weshalb, dann müssten Sie dieses System hier halt ein wenig umrüsten«, meinte Sascha.

»Das ist nicht so einfach, was Sie hier sehen, hat einen Haufen Geld gekostet und ich weiß, dass die Renditen nicht so hoch sind, als dass man das alle paar Jahre wiederholen kann.«

Sie spazierten noch auf das weitläufige Außengelände, doch die Halle für die gelben Säcke war eindeutig das Prunkstück des Entsorgers.

»Wofür genau war Hess eigentlich zuständig in dem Entsorgungsbetrieb?«, wollte Mertens wissen, als die drei gerade die Box passierten, wo man die Leiche gefunden hatte.

Sie betrachtete dabei eingehend das Durchschnittsgesicht des Angestellten.

»Hm, das ist ganz einfach und doch wieder nicht. Herr Hess hatte im Lauf der Jahre sehr gute Kontakte zu Betreibern von Endlagern aufgebaut und nutzte dies, um immer den billigsten Abnehmer für unseren vielfältigen Abfall zu finden.«

Müller lehnte sich an einen Radlader, dessen Fahrer gerade Pause machte, und ließ seine Worte auf die Polizisten wirken.

»Könnten Sie ein wenig deutlicher werden?«, forderte Sascha Gross ungeduldig.

»Also gut, ich gebe Ihnen ein konkretes Beispiel: Vor Kurzem wurde ein Material, das auf Millionen von Baustellen als Dämmstoff verarbeitet wird, nennen wir es der Einfachheit halber Styropor, auf den Index gesetzt. Wir waren in einer äußerst schwierigen Situation, denn eigentlich durften wir es nicht mehr annehmen und wenn, dann nur für einen dermaßen überhöhten Preis, weil wir es ja zwischenlagern und hoffen mussten, dass das Verbot irgendwann wieder aufgehoben werden würde. Unsere Handwerker, die uns seit vielen Jahren treu waren, hätten wegen der immensen Entsorgungskosten ihre laufenden Aufträge nicht mehr erfüllen können. Ein ziemlich extremes Beispiel, aber anhand dessen können Sie sehen, wie wertvoll Hess für Sturz war, denn er schaffte es, trotz der Schwierigkeiten einen Endlagerbetreiber zu finden, der das Polystyrol zu einem erschwinglichen Preis abnehmen konnte«, meinte Müller stolz.

»Und das alles auf legalem Weg?«

»Aber natürlich, wo denken Sie hin, sollte man in unseren Büchern auch nur den kleinsten Hinweis auf Schummeleien in Bezug auf Giftmüll finden, wären wir erledigt.«

Die beiden Kommissare schauten sich fragend an.

»Es mag hier ja Ihrer Erfahrung nach alles mit rechten Dingen zugehen, trotzdem muss irgendetwas aus dem Ruder gelaufen sein, denn Hess, das Entsorgungsgenie, wurde ermordet«, stellte Mertens lapidar fest.

Müller zuckte hilflos mit den Achseln, während er die Polizisten noch zum Umschlagplatz für den Elektroschrott sowie zum Alteisen führte.

»Kann er sich mit einem rabiaten Schrotthändler angelegt haben, dem er zu viel fürs Kupfer abgeknöpft hat?«, wollte Sascha wissen.

»Da kann ich Sie beruhigen, der Preis für Altmetall ist eh im Keller, damit kann sich keiner mehr eine goldene Nase verdienen.«

Mertens blieb an einer Gitterbox stehen und nahm einen alten Radiorekorder heraus.

»Stimmt es eigentlich, was man in einschlägigen Dokumentationen oft sieht, dass dieser Schrott auf brennenden Müllhalden in Afrika landet und dass dann hauptsächlich Kinder unter unsäglichen Bedingungen die Wertstoffe bergen?«

»Das mag für andere Betriebe zutreffen, doch wir bringen alte Handys, CD-Player und Fernsehgeräte zu einer Beschäftigungsgesellschaft, die sie ausschlachtet und alles Brauchbare entnimmt. Hierbei hatte auch Hess seine Hände im Spiel, er sah diese Art der sanften Entsorgung als Zugeständnis seiner Frau gegenüber, die ja bekanntermaßen im Landesumweltministerium sitzt.«

»Da bin ich aber beruhigt.«

Der sarkastische Unterton in Magdalenas Worten war unüberhörbar.

Als sie mit ihrem Rundgang wieder am offiziellen Eingang des Firmengeländes anlangten, verabschiedete sich Müller.

»Wenn Sie mich nicht mehr brauchen, würde ich gerne wieder meiner Arbeit nachgehen.«

»Ich glaube, für den Moment ist das alles, haben Sie vielen Dank für die informative Betriebsbesichtigung, und falls wir noch Fragen haben, wenden wir uns wieder vertrauensvoll an Sie, Herr Müller.«

Auf der Rückfahrt ins Büro hingen beide ihren Gedanken nach, bevor die Hauptkommissarin das Schweigen brach.

»Ich bin mir ziemlich sicher, dass bei den angeblich legalen Endlagern doch das eine oder andere schwarze Schaf zu finden ist. Man hört immer wieder von mafiösen Strukturen in diesem Gewerbe, und wenn dann einer auspacken will, sind diese Leute nicht sehr zimperlich. Habe ich Ihnen eigentlich schon erzählt, wie ich diesen Hess kennengelernt habe?«

»Sie erwähnten irgendetwas, als wir das erste Mal am Tatort anlangten, aber ich muss leider zugeben, dass ich zu der Zeit hauptsächlich mit meinem aufgeregten Magen beschäftigt war.«

»Hess wurde damals eindeutig von einem anderen Mann bedroht. Ich habe seine Angst förmlich gespürt.«

Mertens rief sich jenen Abend ins Gedächtnis, als sie mit Paul zu später Stunde bei Sturz war, um den angefallenen Bauschutt zu entsorgen, und berichtete ihrem Mitarbeiter davon.

Je mehr sie darüber nachdachte, desto klarer wurde es für sie, dass der Getötete in unlautere Machenschaften verwickelt gewesen war.

Doch wie konnte sie ihren Verdacht beweisen?

»Wenn es sich tatsächlich so zugetragen hat, wie Sie es geschildert haben, und Hess von dem anderen Kerl dazu gedrängt wurde, irgendwelche Papiere auszustellen, dann muss es sich um illegale Müllschiebereien handeln!«, echauffierte sich Sascha Gross.

»Das sehe ich genauso. Im Prinzip sollten wir so schnell wie möglich Köttmann bitten, bei der Staatsanwaltschaft einen Durchsuchungsbeschluss für das gesamte Anwesen und am besten noch für die Privathäuser von Sturz und Hess zu beantragen. Wir dürften denen eigentlich keine Zeit geben, um brisante Akten fortzuschaffen, doch ich fürchte, unser Vorgesetzter wird sich noch ein wenig dagegen sträuben.«

»Meinen Sie, Sturz hängt auch mit drin?«

»Herr Gross, ich habe durchaus gemerkt, dass Sie für den Charme von Herrn Sturz empfänglich sind, aber so wie ich den einschätze, hat er es faustdick hinter den Ohren.«

Ich möchte Ihnen mein aufrichtiges Beileid aussprechen, Frau Gruibinger-Hess, und ich kann nachfühlen, wie Ihnen zumute ist, denn auch mir selber ist ein immenser Verlust …«

»Hören Sie mit Ihrer Gefühlsduselei auf, Sturz, und lassen Sie uns Klartext reden.«

Der Entsorgungsunternehmer blickte verdutzt auf seine Gesprächspartnerin. Es passierte ihm nicht sehr oft, dass er in seiner eigenen Firma beim Reden unterbrochen wurde.

»Lothar hat mich am Abend vor seinem Tod von den kriminellen Machenschaften in Ihrem Betrieb minutiös in Kenntnis gesetzt.«

Mit einem zufriedenen Grinsen bemerkte sie, wie Sturz die Gesichtszüge entglitten.

»Aber …«

»Hören Sie mir bitte noch ein wenig zu, Herr Sturz. Mein Mann hatte bereits reichlich getrunken, als ich nach Hause kam, und offenbar verspürte er ein brennendes Verlangen, sich diese Last von der Seele zu reden. Vielleicht hat er da geahnt, dass ihm dazu nicht mehr viel Zeit bleibt. Zuerst dachte ich, er will sich aufspielen, aber nachdem er mir immer mehr Insiderwissen offenbart hatte, wusste ich, dass Lothar die Wahrheit sprach. Sie können sich nicht vorstellen, wie ich mich nach dieser ungeheuerlichen Beichte gefühlt habe. In diesem Moment wollte ich eigentlich nur noch weg. Es war dann allerdings Lothar, der das Weite gesucht hat. Er ist zu seinem Cadillac gerannt und ist davongerast. Es war mir recht, ich wollte den Mann, den ich zu lieben glaubte und der mit seiner Gier alles aufs Spiel setzte, wofür ich jahrzehntelang geschuftet hatte, nicht mehr sehen. Tja, wenn ich gewusst hätte, dass es das letzte Mal war, das ich meinen geliebten Mann lebendig sehen würde, wäre ich ihm hinterhergefahren. Aber das war mir in dem Moment natürlich nicht bewusst.«

Jetzt traten Tränen in die Augen der taffen Politikerin.

»In solch einer schwierigen Situation hätte ich Lothar nicht alleine lassen dürfen, mit dieser Schuld muss ich künftig leben. Aber weshalb haben Sie ihn nicht einfach zufriedengelassen, er ist …, er war nicht der Typ, der solche Dinge ausplaudert, das wissen Sie doch.«

»Ich habe doch nicht …«

»Es hätte doch gereicht, ihn ein wenig einzuschüchtern, wie es einer der Kerle am Abend vor Lothars Tod gemacht hat.«

»Also Frau Gruibinger-Hess, eines möchte ich klarstellen, ich habe mit dem Mord an Ihrem Mann überhaupt nichts zu tun und außerdem, was faseln Sie da von illegalen Machenschaften. In meinem Betrieb geht alles mit rechten Dingen zu, dafür verbürge ich mich.«

»Hören Sie auf, Sturz, mein Mann war alles, aber nicht blöd. Er hat sich selbstverständlich abgesichert und in den Jahren seiner Tätigkeit Beweise gesammelt.«

Sie zog einen kleinen Datenträger aus ihrer Handtasche.

»Auf dieser Kopie sind Bilder, Mitschnitte von Gesprächen und anderes mehr gespeichert. Das Original ist an einem sicheren Ort verwahrt und wird veröffentlicht, sollte mir etwas zustoßen.«

Jetzt war es vollständig um die Contenance des Firmenchefs geschehen. Wie ein Häuflein Elend war er in seinen schmucken Bürostuhl gesunken.

»Was wollen Sie, Frau Gruibinger-Hess?«

»Woher wusste die kriminelle Organisation von der Absicht meines Mannes, Ihr Unternehmen zu verlassen, so schnell Bescheid, dass sie ihn noch auf dem Nachhauseweg bedroht haben?«

Christiane fixierte ihr Gegenüber mit kalten Augen und Sturz konnte nur noch stammeln.

»Nun, also …, ich …, ähm …, an dem Tag, als Lothar seine Kündigung aussprach, habe ich zufällig mit meinem Ansprechpartner von unserer, äh, Endlagerfirma gesprochen und ihm dann natürlich erzählt, dass wir einen Ersatz für Herrn Hess rekrutieren müssen. Da war aber überhaupt keine Rede von Morddrohung oder ähnlichem, das müssen Sie mir glauben«, versuchte Sturz sich herauszuwinden.

»Letztendlich ist es mir auch egal, ich möchte einzig und allein, dass ich nach dem gewaltsamen Tod meines Mannes unbeschadet aus dieser Sache herauskomme. Die Polizei muss einen Mord aufklären und wird im Dreck wühlen. Dabei werden die Beamten sicherlich etwas zutage fördern, was Sie und meinen verstorbenen Mann belastet. Es muss jedoch so aussehen, dass weder Sie noch Lothar mit der Sache was zu tun haben. Legen Sie falsche Spuren und finden Sie ein Bauernopfer, denn sollte irgendetwas meine politische Zukunft belasten, wandert der Stick mit den Daten zu einem Nachrichtenmagazin, das die heiklen Dinge sicherlich mit Hochgenuss veröffentlichen wird. Am besten stellen Sie es so dar, dass der ehrliche Lothar den kriminellen Tätigkeiten eines Einzelnen auf der Spur war und deshalb sterben musste.«

Die Politikerin erhob sich und fixierte nochmals ihr Gegenüber.

»Ich denke, wir haben uns verstanden, Herr Sturz. Auf Wiedersehen und Ihnen noch einen schönen Tag.«

Mit diesen Worten rauschte sie hinaus und ließ einen ziemlich ratlosen Firmenchef zurück.

Nachdem er sich ein wenig gefasst hatte, verließ er sein Büro und machte sich auf den Weg zum Bodensee.

Voller Stolz betrachtete Sturz von der Mole aus die fünfzehn Meter lange Segelyacht, die er sich letztes Jahr gegönnt hatte. Das Boot mit der gehobenen Ausstattung war ein weiteres Indiz für ihn, dass er es geschafft hatte, aus dem langen Schatten seines Vaters herauszutreten.

Der einzige Luxus, den seine Eltern sich geleistet hatten, war ein Oberklassewagen mit einem Stern sowie eine kleine Wohnung in Oberstdorf.

Auch sein Elternhaus war ein unauffälliges Gebäude und stand in einer kleinbürgerlichen Wohngegend.

Bis zu seinem Schlaganfall hatte der Patriarch seinen Sohn spüren lassen, dass er ihn für einen Schaumschläger und Versager hielt, der niemals in der Lage sein würde, die Firma erfolgreich zu leiten.

Er hatte es seiner Mutter zu verdanken, dass ihn der Vater nicht schon lange enterbt hatte, denn Sturz war tatsächlich das, was man gemeinhin einen Taugenichts nannte.

Es bedurfte mehrerer Internate und finanzieller Zuwendungen für die Schulen seitens Sturz' senior, bis Dirk im Alter von dreiundzwanzig Jahren endlich ein Abitur in der Tasche hatte. Auch während seines Studiums der Betriebswirtschaft ließ Sturz des Öfteren die Puppen tanzen und interessierte sich wenig für die trockene Materie.

Wurde er von seinem alten Herrn in finanziellen Dingen sehr kurzgehalten, so unterstützte ihn seine Mutter umso mehr.

Das böse Erwachen kam nach mehreren versiebten Abschlussprüfungen.

Aber just an dem Tag, an dem er seinem Vater die schlechte Nachricht überbringen wollte, ereilte diesen ein Schlaganfall, der den gerade noch vitalen Mittsechziger zu einem Pflegefall machte.

Trotz des fehlenden Studienabschlusses übernahm Sturz

mit Einwilligung seiner Mutter sowie seiner Zwillingsschwester den florierenden Entsorgungsbetrieb.

Die richtige Frau an seiner Seite hatte er da bereits gefunden.

Während des Studiums hatte er häufig wechselnde Beziehungen gehabt, bis er im letzten Semester die Tochter eines mittelständischen Maschinenbauers kennenlernte. Die junge Frau verliebte sich heftig in Sturz und ihr hemdsärmeliger Vater sorgte dafür, dass es zu einer Hochzeit kam, obwohl sich der Bräutigam keineswegs reif für eine Ehe fühlte. Doch der sich stetig vergrößernde Schwangerschaftsbauch von Esther sowie die Drohung des Maschinenbauers, ihm etwas anzutun für den Fall, dass er seine Tochter nicht ehelichte, ließ Sturz keine andere Wahl.

Die Entscheidung wurde ihm durch ein repräsentatives Haus in bester Lage an der Achalm, dem Hausberg Reutlingens, versüßt.

Der brummige Hafenmeister gab Sturz die Schlüssel und versicherte ihm, dass genügend Proviant an Bord und Wasser- und Dieseltank aufgefüllt seien.

»Sind Sie heute allein, Herr Sturz?«

»Wer weiß?«, antwortete dieser mit einem zweideutigen Lächeln und hüpfte behände auf sein Boot.

Er ließ den Motor an und bugsierte die Yacht in einem kniffligen Manöver aus dem Hafen hinaus, ohne mit einem der anderen Schiffe oder der Hafenmauer zu kollidieren.

Es versprachen, zwei perfekte Segeltage zu werden, die präzisen Wettervorhersagen des Yachtclubs, in dem Sturz seit dem Erwerb des Bootes Mitglied war, prognostizierten sowohl Sonne als auch gelegentlich Wind.

Die Liebe zu diesem nicht alltäglichen Freizeitvergnügen hatte er entdeckt, als er während seines Studiums mit mehreren Kommilitonen eine traumhafte Woche auf einer Jolle verbracht hatte, die dem Vater seines damals engsten Kumpels gehörte.

Bis zu diesem einschneidenden Erlebnis hatte der Bodensee für Sturz etwas Altbackenes an sich gehabt und war für den jungen Mann gleichbedeutend gewesen mit einem riesigen Sanatorium mit Seeblick.

Die vier Freunde waren kreuz und quer auf dem riesigen See gesegelt und hatten in den Häfen, die sie ansteuerten, die tollsten Partymeilen entdeckt.

Mittlerweile hatte Sturz auch einen Blick für die einmalige Lage des Bodensees am Rande der Alpen und genoss zudem die bequeme Erreichbarkeit von Reutlingen aus.

Die Yacht war gleichzeitig seine Ferienwohnung, da er für das ganze Jahr einen Liegeplatz gemietet hatte, und außerdem konnte er damit jede kleine Bucht oder Insel erreichen.

Allerdings sah Sturz dies hier lediglich als Vorstufe. Er hatte fest vor, seinen florierenden Betrieb in wenigen Jahren zu verkaufen, um dann mit den wirklich reichen Leuten das Leben in vollen Zügen in den mondänen Hafenstädten der Côte d'Azur zu genießen. Keineswegs wollte er so enden wie sein Vater, der sich nichts gegönnt hatte und jetzt sein kümmerliches Dasein in einem Pflegeheim fristete.

Seine Frau spielte in diesen Planungen keine Rolle. Er hatte sich in den letzten Jahren immer mehr von Esther entfernt und kam nur noch nach Hause zum Schlafen. Bis heute kreidete er ihr den Verlust seiner Freiheit durch die erzwungene Heirat an.

Auf dem Boot war sie nur selten zu Gast, für Sturz war dies hier das Ventil, das er brauchte.

Die »Emily«, benannt nach seiner geliebten Mutter, durchpflügte mit drei Knoten unter Maschine das ruhig daliegende grünschimmernde Wasser und Sturz fühlte sich rundum zufrieden.

Er vergaß für den Augenblick auch den unangenehmen Anruf, der ihn am Morgen erreicht hatte.

Normalerweise hob er nicht ab, wenn eine unterdrückte Nummer auf seinem Display erschien, doch aus unerfindlichen Gründen hatte er seine Gewohnheit in diesem Augenblick geändert.

»Sturz«, hatte er sich knapp gemeldet.

»Ich hoffe, unsere Vereinbarung gilt auch über den tragischen Tod Ihres Mitarbeiters hinaus«, hatte die kalte Stimme am anderen Ende der Leitung gesagt, ohne die üblichen Begrüßungsfloskeln.

»Aber ..., aber selbstverständlich, an unseren Geschäftsbeziehungen ändert sich von meiner Seite aus überhaupt nichts«, hatte Sturz beteuert, der erschrocken erkannte hatte, mit wem er es zu tun hatte.

»Das freut uns, es wäre ja jammerschade, wenn Ihnen ein ähnliches Missgeschick zustoßen würde.«

Die unverhohlene Drohung hatte Sturz trotz der angenehmen Zimmertemperatur frösteln lassen.

»Sorgen Sie auch bitte dafür, dass nichts von unseren Abmachungen bei den Ermittlungen der Polizei an die Öffentlichkeit dringt.«

Die Leitung war plötzlich unterbrochen worden und Sturz hatte erkannte, dass er sich jetzt in einem riesigen Dilemma befand.

Christiane Gruibinger-Hess hatte ihm unmissverständlich zu erkennen gegeben, dass sie etwas über die krummen Geschäfte in der Öffentlichkeit sehen wollte, und seine Geschäftspartner, die mit Sicherheit keinen Spaß verstanden, wollten das Gegenteil: Stillschweigen.

Angesichts der zu erwartenden schönen Tage verdrängte

er die Problematik und beschloss, sich nächste Woche intensiv darum zu kümmern.

Es war Sturz schon immer gut gelungen, negative Dinge einfach auszublenden.

Er steuerte das Boot in östliche Richtung, vorbei an den kleinen pittoresken Hafenstädtchen, die sich vor Überlingen am Seeufer aneinanderreihten.

Bereits eine Stunde später konnte er deutlich die markante Silhouette des mittelalterlichen Städtchens Meersburg mit der gewaltigen namensgebenden Befestigungsanlage erkennen.

Sein heutiges Ziel befand sich noch ein wenig weiter an einem unscheinbaren Anlegeplatz, der sich in der Nähe eines ehemaligen Klostergebäudes befand.

Sturz hängte die Fender genannten Abstandshalter an die Reling, die die blank polierte Oberfläche seines Bootes vor etwaigen Dellen schützen sollten, und steuerte seine Yacht konzentriert längsseits der Anlegemole.

In diesem Moment löste sich eine schlanke Gestalt aus dem Schatten eines riesigen Lindenbaumes und kam mit eiligen Schritten den Steg entlang.

Mit einem lockeren Schwung warf Sturz ein Tau in Richtung eines der im Seeboden verankerten hölzernen Anlegepfeiler. Die Person auf dem Steg fing das Seil geschickt auf und band es fachmännisch um das Rundholz.

Er streckte die Hand aus und zog seinen Gast an Bord.

Sofort umarmten sich die beiden und bedeckten sich gegenseitig mit wilden Küssen. In der Offiziersmesse rissen sie sich die wenigen Kleidungsstücke vom Leib und fielen dann hungrig übereinander her.

»Was hast du nur an dir, dass ich nicht genug von dir bekommen kann, Nadia«, meinte Dirk lächelnd und blickte auf die attraktive Frau, die jetzt neben ihm am Steuerrad saß.

Nachdem sie sich ein weiteres Mal geliebt hatten, machten sie die Leinen wieder los und setzten die Segel. Selbst bei diesem modernen Boot musste noch vieles in Handarbeit erledigt werden, aber gerade das machte für Sturz den Reiz aus.

Da die Windgeschwindigkeit sehr gering war, mussten sie mehrere Wendemanöver machen, um wenigstens halbwegs voranzukommen. Als sie in Sichtweite der Insel Mainau angekommen waren, refften sie die Segel und Dirk schaltete den Motor wieder ein. Er blickte angestrengt auf den Tiefenmesser, und nachdem er eine geeignete Stelle gefunden hatte, entriegelte er den Anker. Mehrmals musste er hin und her manövrieren, bis sich der Eisenhaken am Grund festfraß.

»Tja, mein Lieber, was ich an mir habe, ist mein persönliches Geheimnis, aber das gleiche könnte ich dich auch fragen. Weshalb hintergehe ich einen gefährlichen Mann wie Herbert Krenz, der mich bestimmt umbringen würde, wenn er herausfände, dass ich ihn mit einem seiner besten Geschäftspartner betrüge.«

Sie hatte ihr Bikinioberteil noch nicht wieder angezogen und Sturz starrte lüstern auf ihre vollen Brüste, die sie durch das Durchbiegen ihres Rückens in Szene setzte.

»Welche Ausrede hast du dir eigentlich dieses Mal einfallen lassen?«, wollte er wissen, während er über die olivfarbene Haut ihrer Schenkel strich.

»Mein Vater musste mal wieder herhalten, aber ab Montag müssen wir eine Zeitlang ohne einander auskommen, sonst schöpft Herbert noch Verdacht.«

Dirk Sturz musste lächeln, als er sich den Abend ins Gedächtnis rief, an dem das Liebesabenteuer mit der feurigen Nadia begonnen hatte.

Bereits bei den ersten Begegnungen nahm er die schnellen, verheißungsvollen Blicke wahr, mit dem ihn die junge Rumänin bedachte und die er erwiderte.

Es war wenige Wochen vor der Golfpartie mit Herbert, bei der er ihn im Beisein von Lothar Hess mit dem Giftmülltransport beauftragt hatte, gewesen, als sie sich bei einem Golfturnier über den Weg gelaufen waren. Eine Band spielte bekannte Popsongs und Nadia tanzte mit lasziven Bewegungen, während ihr künftiger Ehemann, Herbert Krenz, sich volllaufen ließ.

Esther Sturz war bereits am späten Nachmittag wieder nach Hause gegangen und hatte ihren Ehemann allein zurückgelassen. Die unglückliche Frau ahnte, dass Dirk ihr untreu war, konnte jedoch nichts beweisen, da Sturz bei seinen Affären äußerst vorsichtig war.

Mehrere Minuten lang beobachtete er fasziniert die dunkelhaarige Schönheit, und nachdem er sich vergewissert hatte, dass Krenz mit anderen Dingen beschäftigt war, wagte sich Dirk auf die Tanzfläche und umgarnte Nadia unauffällig.

Sie hatte die Augen geschlossen und schien sich ganz ihrem Tanz hinzugeben, doch als Sturz schon dachte, dass Nadia ihn nicht beachtete, beugte sie sich schnell vor und flüsterte ihm etwas ins Ohr.

Nach dem »Summer of 69« beendet war, verließ Dirk die Tanzfläche und schlenderte scheinbar ziellos umher.

Er umrundete den Schuppen, in dem die Geräte zur Pflege des Platzes aufbewahrt wurden, und wartete in einer kleinen Nische.

Es dauerte keine zehn Minuten, bis Nadia kam. Ohne ein Wort zu verlieren, presste sie ihren schlanken Körper gegen seinen und schob ihre Zunge in seinen Mund.

Mit flinken Fingern öffnete sie seine Hose und umfing sein erigiertes Glied.

Offenbar hatte sie kein Höschen an. Sturz hob sie hoch und nahm sie im Stehen.

Es ging alles blitzschnell und ehe er sich versah, war Nadia wieder verschwunden, allerdings nicht ohne ihm rasch einen Zettel mit ihrer geheimen Telefonnummer zuzustecken.

Seit diesem Abend hatten sich die beiden beinahe jede Woche getroffen.

»Meinst du, er hat was geschnallt?«, wollte Sturz wissen.

»Ich glaube nicht, aber ich möchte das Glück auch nicht überstrapazieren und vor allem möchte ich nicht erleben, was er mit uns anstellen würde.«

Ein sardonisches Grinsen legte sich auf die regelmäßigen Züge der schönen Frau und Dirk fröstelte trotz des heißen Sommertags, als er an Nadias rücksichtslosen Ehemann dachte.

»Bitte Dirk, lass uns jetzt nicht länger diesen schönen Tag durch düstere Gedanken verderben, schenk mir lieber ein Glas Champagner ein.«

Dirk ging zum Kühlschrank unter Deck und kam wenig später mit zwei Gläsern des sprudelnden Getränks zurück.

Nadia räkelte sich auf dem Sonnendeck und aus den Augenwinkeln heraus sah er, dass der Skipper des vor ihnen kreuzenden Bootes völlig ungeniert mit seinem Fernglas in ihre Richtung starrte.

»Ich glaube du hast einen neuen Verehrer«, spöttelte Dirk und deutete in die Richtung des offensichtlichen Spanners.

Grazil erhob sich Nadia daraufhin und winkte in seine Richtung, woraufhin der Mann hastig sein Fernglas weglegte und sich seiner ziemlich beleibten Begleiterin zuwandte.

»Auf uns!«

Sie stießen mit ihren Gläsern an und tranken von dem

prickelnden Schaumwein, um sich danach wieder eng umschlungen zu küssen.

»Lass uns von hier verschwinden und irgendwo im Süden gemeinsam neu anfangen. Ich überlege schon seit längerer Zeit, meinen Betrieb zu verkaufen, und habe auch schon mehrere Interessenten, die mir einen sehr guten Preis dafür zahlen würden. Dann könnten wir das Leben in vollen Zügen genießen.«

»Ach Dirk, das hört sich zu schön an, um wahr zu sein. Aber ich kenne dich und deinen Ruf, spätestens in ein, zwei Jahren würdest du mich wegen einer anderen Frau in die Wüste schicken und ich könnte dann wieder in meinen alten Beruf zurückkehren, wo ich auf jedes Gramm achten müsste. Außerdem glaube ich wirklich nicht, dass Herbert mich so einfach gehen lassen würde.«

»Bitte Nadia«, flehte Sturz, »überlege es dir wenigstens, ich kann mir ein Leben ohne dich einfach nicht mehr vorstellen und nach jedem Treffen kann ich es nicht erwarten, dich wiederzusehen. Es geht mir wie einem Süchtigen, dem der Stoff ausgegangen ist, mit dem Unterschied, dass du meine Droge bist.«

Sie schenkte ihm ein bezauberndes Lächeln und schmiegte sich wieder an ihn.

»Das hast du jetzt aber schön gesagt, Dirk, und glaube mir, es geht mir so ähnlich. Doch ich bin zu sehr Realistin, als dass ich an eine gemeinsame Zukunft glauben kann. Lass uns die Zeit, die uns vergönnt ist, in vollen Zügen auskosten und dann sehen wir weiter.«

»Versprich mir wenigstens, noch mal darüber nachzudenken«, beharrte Sturz, dem es tatsächlich ernst war.

Je länger er darüber nachdachte, desto klarer wurde es ihm, dass er noch niemals zuvor eine Frau so begehrt hatte wie Nadia. Bereits der Gedanke daran, sie nie mehr berühren zu können und sie nur noch bei gesellschaftlichen Anlässen an der Seite ihres grobschlächtigen Mannes zu sehen, verursachte ihm Übelkeit.

Bisher waren ihm solche Gedanken tatsächlich fremd gewesen und er wusste auch nicht, was in ihn gefahren war. Seine zahlreichen Liebschaften vor und während seiner Ehe hatte meist er nach kurzer Zeit beendet, nachdem er der Frauen überdrüssig geworden war. Vor diesem Hintergrund hatte Nadia mit ihren Bedenken nicht ganz unrecht.

»Na, gut, ich lass mir deinen Vorschlag durch den Kopf gehen, aber jetzt wollen wir uns wieder mit anderen Dingen beschäftigen.«

Sie nahm seine Hand und führte ihn unter Deck in die große Kapitänskajüte.

Erst am späten Nachmittag kamen sie wieder herausgekrochen und Dirk fühlte sich völlig ausgelaugt. Was diese Frau mit ihm angestellt hatte, übertraf seine bisherigen Fantasien und jetzt brauchte er zuallererst eine Erfrischung.

Er ließ die Badeleiter ins Wasser gleiten und beinahe synchron hüpften beide in das klare, erfrischende Nass.

»Ist das nicht herrlich, so möchte ich jeden Tag verbringen«, prustete Nadia und tauchte unter.

»Ich würde gern dafür sorgen, dass du das tun kannst, mein Schatz«, rief Dirk und schwamm auf sie zu.

Gemeinsam umrundeten sie mehrmals die Yacht, bevor sie wieder an Bord gingen und sich abtrockneten.

Während sie sich ihres Bikinis entledigte und sich wieder aufs Sonnendeck legte, ging er zum Kühlschrank und holte ein eiskaltes Bier heraus.

Er nahm einen tiefen Schluck und versuchte dabei, seine Gedanken zu ordnen, was ihm im Beisein Nadias schwerfiel.

Durch das vorherige Gespräch mit Nadia war die vertrackte Situation, in der er sich befand, wieder in seine Erinnerung zurückgekehrt. Irgendwie musste es doch einen Ausweg aus dieser Zwickmühle geben. Vielleicht sollte er seine Geschäftspartner, die für ihn den Giftmüll illegal entsorgten, auf Christiane Gruibinger-Hess ansetzen. Sie hatten mit Sicherheit Mittel und Wege, die unliebsame Politikerin zur Räson zu bringen, ohne dass dieser ominöse Datenträger an die Öffentlichkeit gelangte.

Doch dann würde er noch tiefer in ihrer Schuld stehen, es war jetzt schon beinahe unmöglich, aus dieser Nummer ohne Schaden rauszukommen.

Auch wenn er alles verkaufen würde, wie er es Nadia angeboten hatte, und mit ihr irgendwo eine neue Existenz aufbauen würde, so konnte er diesen Leuten wahrscheinlich nicht entfliehen. Er konnte es drehen und wenden wie er wollte, es wollte ihm kein Ausweg aus diesem Dilemma einfallen.

Eine weitere Möglichkeit, um nicht so zu enden wie Hess, bestand natürlich darin, zur Polizei zu gehen und reinen Tisch zu machen. Doch das war die bei Weitem schlechteste Variante, denn dann würde er für viele Jahre ins Gefängnis gehen, das hieße kein Segelboot, kein Champagner und natürlich keine Nadia mehr.

Es musste noch eine andere Lösung geben, überlegte er angestrengt und leerte dabei die Flasche.

Sollte er sich Nadia anvertrauen, vielleicht konnte sie ihm weiterhelfen?

Nein, er wollte die junge Frau nicht mit diesen schlimmen Dingen konfrontieren, außerdem wollte er ihr gegenüber keine Schwäche zeigen. Sie sollte nicht denken, dass er die Dinge nicht im Griff hatte.

Nein, die beste Möglichkeit mit dem Leben davonzukommen, war sicherlich, sich mit Frau Gruibinger-Hess zu arrangieren und sie zu bitten, ihn in ein Zeugenschutzprogramm aufzunehmen. Schließlich war ihre Partei an der Regierung und somit dürfte es für sie als einflussreiche Politikerin kein Problem darstellen, ihn in solch einem Programm unterbringen zu lassen.

Er könnte seinen Betrieb zu Geld machen und dann irgendwo gut leben, beschützt von der Polizei.

Beflügelt von der Aussicht, eine Lösung gefunden zu haben, ging er wieder nach oben mit einem Glas eiskalten Chardonnay.

Nadia schien zu schlafen und Sturz schlich sich langsam heran. Als er nah genug war, tauchte er seine Finger in das kalte Getränk und spritzte ihr auf den flachen Bauch.

»Ahhh, du Ferkel!«, schrie sie auf und wollte sich auf Dirk stürzen.

»Entschuldige vielmals.«

Er hielt sie auf Distanz und gab ihr schließlich das Glas mit dem köstlichen Weißwein.

»Wollen wir nachher mit dem Beiboot zu dem verschwiegenen Restaurant am jenseitigen Ufer hinüberfahren?«, schlug er grinsend vor.

»Hm, ich weiß nicht, wenn uns da zufällig jemand über den Weg läuft, der dich oder mich kennt, sind wir verloren.«

»Ach was, wir dürfen uns nicht verrückt machen lassen, no risk no fun heißt es doch.«

Mehrere Minuten wogen sie Pro und Kontra gegeneinander ab und letztlich gab Nadia ihr Einverständnis, da sie im Grunde alles andere als ein ängstlicher Mensch war.

Das kleine Dingi genannte Schlauchboot mit dem leistungsstarken Außenborder löste Dirk aus der Verankerung und ließ es zu Wasser. Mithilfe eines daran befestigten Taus bugsierte er das Beiboot zum Achterdeck, wo durch das

Herunterlassen der Heckwand eine Plattform entstanden war, von der aus sie problemlos einsteigen konnten.

Er ging in eine kleinere Kajüte, die ihm als Ankleidezimmer diente, und zog sich ein helles T-Shirt und eine weiße Leinenhose mit dazu passenden Sneakern an.

Nadia erschien mit einem leichten Sommerkleidchen, das ihre Reize nur notdürftig verhüllte. Durch die Sandaletten mit Absatz war sie etwas größer als ihr Lover, was diesen aber nicht störte und wenn, hätte er es nie zugeben.

Sein Selbstvertrauen war beinahe unerschütterlich und bereits in jungen Jahren hatte er die mangelnde Körpergröße durch andere Eigenschaften kompensiert.

»Du siehst umwerfend aus!«, rief er aus, als er sie ins Beiboot zog. »Ich werde alle Hände voll zu tun haben, dir die Verehrer vom Leib zu halten.«

»Das schaffe ich schon selber, darin habe ich Übung«, entgegnete sie lachend.

Dirk ließ den Motor an und das Boot tuckerte zum Ufer, wo eine Art Rampe errichtet war, an der er es vertäute.

Er bemaß der flapsigen Bemerkung keinerlei Bedeutung zu und dachte, ihre Antwort habe sich auf ihre Modelkarriere bezogen. Denn nicht einmal ihm als Liebhaber hatte Nadia die Wahrheit über ihre Herkunft verraten, die wusste nur Krenz und der hatte kein Interesse daran zu erzählen, dass er eine ehemalige Escortlady geehelicht hatte.

Von der Anlegestelle gingen sie einen schmalen Kiesweg entlang, der direkt zu dem mit ausladenden Platanen gesäumten Biergarten führte. Sturz brachte seine attraktive Begleiterin zu einem ein wenig abseitsstehenden Tisch, auf dem ein Schild mit der Aufschrift »Reserviert« stand.

»Wann hast du uns einen Platz bestellt?«, wollte sie verblüfft wissen. »Hast du etwa von Anfang an darauf spekuliert, dass wir das Lokal aufsuchen?«

Sturz setzte sein jungenhaftes Grinsen auf, dem bisher kaum eine Frau widerstehen konnte.

»Ich bin Optimist und war deshalb überzeugt davon, dass du mich hierher begleiten würdest.«

Sie schüttelte scheinbar genervt den Kopf.

»Du bist unverbesserlich«, stieß sie hervor und gab ihm einen leichten Klaps auf den Arm.

Außer ihnen befand sich zu der frühen Zeit lediglich noch ein älteres Ehepaar auf der Terrasse, das sich offenbar nicht mehr viel zu sagen hatte.

Der Kellner kam und brachte die Speisekarten sowie einen Champagnerkühler mit einer Flasche Dom Perignon, die Dirk zusammen mit der Reservierung telefonisch bestellt hatte. Sie waren sich schnell einig und entschieden sich für ein dreigängiges Überraschungsmenü.

Bereits die als Vorspeise gereichten Flusskrebse waren eine exquisite Gaumenfreude, die allerdings von den Bodenseefelchen, die in einer feinen Cognacsauce schwammen, noch getoppt wurden.

»Wenn das unsere Henkersmahlzeit ist, dann ist es wenigstens eine hervorragende«, meinte Sturz flapsig in Anspielung auf Nadias Bedenken bezüglich des Restaurantbesuchs.

Dass der scheinbar gelangweilte Mann in der Nähe mit seinem Smartphone Dirk und Nadia unauffällig fotografierte, bemerkten sie nicht.

»Ich danke Ihnen, dass Sie mich eingeladen haben, Frau Gruibinger-Hess.«

Die Politikerin betrachtete den öligen Journalisten, der vor ihrer Haustür stand, und ihr kamen leise Zweifel, ob ihre

Entscheidung, ausgerechnet mit dieser Zeitung zu reden, richtig war.

Bisher war sie offenbar aus Pietätsgründen im Großen und Ganzen von den Medien verschont geblieben, doch das konnte sich rasch ändern. Deshalb hatte die erfahrene Politikerin beschlossen, selbst das Heft in die Hand zu nehmen.

Sie hatte zuerst bei Stavros Teodosis nachgefragt, ob er einen Reporter bei der auflagenstärksten Tageszeitung kenne, der einigermaßen verlässlich war und einem nicht das Wort im Mund umdrehte. Denn bei diesem »Revolverblatt« war es schon häufig vorgekommen, dass Gegendarstellungen für Sätze, die die interviewte Person so nicht gesagt hatte, vor Gericht durchgesetzt werden mussten.

Danach hatte sie sich der Loyalität Joscha Beringers versichert, der ihr seine vollste Unterstützung zusagte.

Wie nicht anders zu erwarten, war Raiser, der im Stuttgarter Raum für politische Themen zuständig war, sofort Feuer und Flamme gewesen und hatte bei der Gelegenheit Christiane ebenfalls sein tiefstes Beileid ausgesprochen.

Doch bei ihm spürte sie instinktiv, dass das Mitleid unecht war.

Raiser war ein mittelgroßer zur Fülle neigender Endvierziger mit pomadigen Haaren und einem frisch gestutzten dunklen Vollbart.

Auf der Website der Zeitung hatte sie mehrere Berichte und Reportagen von ihm gelesen. Offenbar verstand er sein Handwerk und bildete sogar teilweise verschachtelte Sätze. Wahrscheinlich durfte das politische Ressort doch ein wenig anspruchsvoller sein als etwa die Klatschspalte oder der Sportteil.

Christiane hatte ihn trotz ihrer plötzlich aufgetretenen Bedenken hereingebeten und ihm einen Barhocker an der erhöhten Kochinsel angeboten. Als sie ihn nach seinen Getränkewünschen gefragt hatte, entschied sich Raiser für einen Espresso, den er daraufhin genüsslich schlürfte. Die Politikerin setzte sich ihm gegenüber und schaute ihm direkt in die Augen.

Bereits wenige Sekunden später senkte er den Blick und kramte aus seiner Umhängetasche einen Block Papier sowie einen Kugelschreiber hervor.

»Ich bin da noch etwas altmodisch, falls Sie sich wundern, aber die ersten Notizen kritzele ich immer auf Papier. Erst danach benutze ich für die weitere Bearbeitung einen Laptop. Also, Frau Gruibinger-Hess, Sie können beginnen und ich bin wirklich äußerst gespannt auf Ihre Ausführungen.«

»Wo soll ich beginnen?«, stellte sie eine rhetorische Frage. »Am besten an dem Abend, an dem ich ihn das letzte Mal lebend gesehen habe.«

Bei der Erinnerung daran bekam Christiane feuchte Augen, was dem Journalisten nicht entging.

»Seit Längerem habe ich ihn inständig darum gebeten, seinen Job bei dieser Entsorgungsfirma zu kündigen und sich um Haushalt und Kinder zu kümmern. Bereits zu Beginn unserer Ehe hat mir Lothar versichert, dass er mir den Rücken freihalten wird, wenn ich in der Politik vorankommen sollte, und das habe ich in letzter Zeit penetrant bei ihm eingefordert.«

»Das heißt, dass Sie auf Ihrer persönlichen Karriereleiter noch nicht ganz oben angekommen sind?«

»Wer weiß?«, antwortete sie schmunzelnd auf die neugierige Frage. »Ohne arrogant klingen zu wollen, bilde ich mir ein, über den nötigen Ehrgeiz und das entsprechende Fachwissen zu verfügen, das bei einem hohen politischen Amt vonnöten ist.«

Eifrig kritzelte Raiser auf seinem Block.

»Auf jeden Fall hatte ich ihn zu diesem Zeitpunkt endlich soweit und tatsächlich hatte er bei seinem Chef, Herrn Sturz, an eben diesem Tag gekündigt. Wir wollten den freudigen Anlass eigentlich entsprechend feiern, doch als ich nach Hause kam, fand ich Lothar in einer denkbar schlechten Stimmung vor und ich sah ihm an, dass ihm nicht nach Feiern zumute war. Nach gutem Zureden hat er mir dann eröffnet, dass er von irgendwelchen dubiosen Typen bedroht wird. Plötzlich tat er ganz geheimnisvoll und erzählte von einer schlimmen Sache, der er in dem Entsorgungsbetrieb auf der Spur sei. Hinter vorgehaltener Hand, als ob er selbst in unserem Wohnhaus nicht sicher sei, berichtete Lothar mir von illegalen Müllschiebereien, auf die er zufällig gestoßen sei, sowie von einer mafiösen Organisation, die das alles hinter dem Rücken des Chefs mit korrupten Mitarbeitern der Firma Sturz durchgezogen hat. Zuerst habe ich gedacht, er wolle sich mit seinen Ausführungen wichtigmachen oder es sei dem Umstand geschuldet, dass er zu viel getrunken hat. Aber er erwähnte immer mehr Fakten, die er sich unmöglich alle aus den Fingern gesogen haben konnte, sodass ich ihm schließlich glaubte.«

»Äh, Frau Gruibinger-Hess, entschuldigen Sie, wenn ich Sie kurz unterbreche. Wie muss ich mir das mit dem Müll vorstellen?«

Abschätzend betrachtete Christiane den Reporter, der sein großes Interesse an der Story kaum mehr verheimlichen konnte.

»Das Prinzip ist ganz simpel, Sondermüll, der für teures Geld entsorgt werden müsste, wird einfach mithilfe gefälschter Papiere umdeklariert und auf irgendeiner Müllkippe verbuddelt. Solche Schweinereien müssen sich in dem Betrieb, in dem mein Mann gearbeitet hat, zugetragen haben. Er wollte am nächsten Tag zur Polizei und ihr von seiner

Entdeckung berichten. Leider kam es nicht mehr dazu«, stieß sie erneut mit Tränen in den Augen hervor.

»Das klingt ja alles sehr spannend und wie ich von einem Mitarbeiter der Firma erfahren habe, der Ihren Mann als Erster gefunden hat, deutete die Pose, in der er gefunden wurde, eindeutig daraufhin, dass eine kriminelle Vereinigung ihn zum Schweigen gebracht hat, bevor er auspacken konnte.«

Wohlweißlich sprach er die Details nicht aus, soviel Feingefühl hatte selbst Raiser.

Christiane nickte und nahm einen Schluck aus ihrem Wasserglas.

»Deshalb bin ich natürlich überzeugt davon, dass die Geschichte um illegale Müllentsorgung in großem Stil, die Sie mir erzählen, stimmt, aber es wäre natürlich schön, wenn wir auch noch Beweise für den Wahrheitsgehalt der Story hätten.«

»Hm, Ihre Zeitung ist eigentlich dafür bekannt, dass sie es mit der Wahrheit nicht immer so genau nimmt«, entgegnete sie sarkastisch.

»Die Zeiten haben sich geändert, ich sage nur Fake News. Wir gehören inzwischen auch zu den Guten.«

»Dass ich nicht lache, aber sei es drum, mein Mann hat mir natürlich Datenträger hinterlassen, die seine These untermauern. Doch diese Beweisstücke muss ich wohl zuerst der Polizei zeigen, ansonsten mache ich mich strafbar. Nichtsdestotrotz würde ich vorschlagen, dass Sie einen Artikel schreiben, der die ganze Sache nur andeutet, sozusagen ins Blaue hinein.«

»Aber wenn ich mutmaße, dass bei dem Entsorgungsbetrieb Sturz solche Machenschaften ablaufen, haben wir ein Heer von Anwälten am Hals und die Firma kann einpacken. Ich habe ein wenig recherchiert und habe dabei herausgefunden, dass der Betrieb keineswegs zu den kleinsten der Branche zählt.«

Christiane zuckte kurz mit den Achseln.

»Das stört mich im Prinzip nicht, Fakt ist doch, dass irgendeiner dieser Müllheinis Dreck am Stecken hat und dadurch meinen geliebten Mann in tödliche Gefahr gebracht hat. Außerdem steht meine politische Laufbahn auf dem Spiel, wenn mein Name dadurch in den Schmutz gezogen wird.«

Wieder sah sie ihm direkt in die Augen.

»Es wäre für Sie nicht von Nachteil, wenn Sie die Reportage ein wenig, na sagen wir mal, für mich und meinen getöteten Mann vorteilhaft schreiben. Wie ich vorhin schon sagte, bin ich noch nicht am Ende der Karriereleiter angekommen. Im Gegenteil, aber das bleibt unter uns, will ich ganz nach oben und wie Sie sich denken können, gibt es da für einen fähigen Journalisten öfters mal ein Exklusiv-Interview.«

Wie einem Hund einen Knochen warf sie Raiser diese Vergünstigung hin und der nahm sie dankbar an.

»Wann wird der Artikel erscheinen?«

»Ich werde alle Hebel in Bewegung setzen, dass wir am Samstag damit rauskommen und auf unserer Onlineausgabe bereits am Freitag eine kleine Ankündigung machen.«

Entgegen des Rats seines Chefs hatte Bartoli keinen Leibwächter mitgenommen, dieses Problem würde er auch alleine lösen. Seine Maschine landete um vier Uhr am Nachmittag auf dem Brüsseler Flughafen. Beim Einchecken in Marseille hatte ihm der perfekt gefälschte Pass, der ihn als Monsieur Gérard Leclerc auswies, wieder einmal gute Dienste geleistet. Manchmal war es besser, wenn eine Spur nicht zurückverfolgt werden konnte, und außerdem trug sein Knastaufenthalt nicht dazu bei, dass die Sicherheitsbehörden ihm allzu sehr vertrauten.

Auf großen Flugplätzen kam er sich immer vor wie in einem überfüllten Ameisenhaufen und deshalb war Bartoli froh, als er endlich in ein bereitstehendes Taxi steigen konnte, das ihn in die Innenstadt der europäischen Metropole brachte. Das Hotel, vor dem der Fahrer zum Stehen kam, war nicht das mondänste in der Stadt, aber dafür verschwiegen und von einem diskreten Luxus.

Nachdem er sich beim Concierge angemeldet hatte, ging Bartoli kurz in sein Zimmer und legte seine Tasche, die er als Bordgepäck deklariert hatte, ab. Er tastete unter dem Tisch und ein Lächeln zeigte sich auf seinem Gesicht, als seine Hand den Gegenstand erfasste, den ein Mittelsmann für ihn dort angebracht hatte.

Wenig später verließ er das Hotel wieder und blickte auf sein I-Phone, das ihm die Richtung anzeigte, in der sein Ziel lag. Bereits nach zehn Minuten stand er auf dem Grande Place, dessen wunderschöne Gebäude zu einer Einheit verschmolzen waren.

Doch Bartoli hatte keinen Blick für die architektonischen Juwelen wie etwa das gotische Rathaus oder die im Barockstil erbauten Gildehäuser, seine Aufmerksamkeit galt allein dem Mann, den er gleich aufsuchen würde. Das Handy dirigierte ihn in eine kleine Gasse, die von dem riesigen Platz abzweigte. Hier in der pittoresken Rue de la Cigogne befand sich der Zweck seines Besuchs. Instinktiv blickte er sich kurz um und wollte, als er nichts Auffälliges entdeckt hatte, ein unscheinbares Geschäft betreten. Doch die Tür war verschlossen.

Links davon befand sich eine dezente Klingel, die Bartoli sanft drückte.

Er wusste, dass er beobachtet wurde, und versuchte, so freundlich zu schauen, wie es ihm möglich war, aber eigentlich hatte er sein Kommen angekündigt.

Als er schon dachte, dass ihn niemand einlassen würde, öffnete sich die Tür.

Das Innere des Ladens war mit erlesenen Antiquitäten ausstaffiert und man meinte, eine Zeitreise in die Epoche des Biedermeier zu machen.

»Bonjour, Monsieur …?«

»Leclerc.«

»Ah, Monsieur Leclerc, Sie haben angerufen. Was kann ich für Sie tun?«

Ein etwa fünfzigjähriger mittelgroßer Mann war herangetreten und blickte Bartoli erwartungsvoll an.

Der Franzose war zwar sehr gut gekleidet, sein Anzug musste ein Vermögen gekostet haben und die Leisten seiner feinen Schuhe standen mit Sicherheit bei einem Londoner Edelschuhmacher, trotzdem kam dem Verkäufer der Neuankömmling nicht ganz geheuer vor.

»Ich suche für meine neue Freundin, die einen exquisiten Geschmack hat« – Bartoli rollte mit den Augen und der Mann, der hinter den Verkaufstresen getreten war, nickte wissend – »etwas Ausgefallenes, mit dem sie bei einem Empfang die anderen Frauen ausstechen kann. Sie wurden mir als diskret und gut sortiert empfohlen, Monsieur Schubert.«

»Das freut mich sehr, in mein Geschäft kommt keine Laufkundschaft, ausschließlich Leute, die empfohlen wurden, daher auch die Klingel. Können Sie den Geschmack Ihrer Freundin ein wenig präzisieren?«

Mit Bedacht wählte Bartoli die Worte und blickte seinem Gegenüber fest in die Augen.

»Am Liebsten wären mir die Juwelen, die erst kürzlich in Marseille bei einem dreisten Diebstahl gestohlen wurden.«

»Wie…, was…, welcher Diebstahl?«, rief Schubert aus. Nach einer kurzen Pause fügte er indigniert hinzu: »Ich bin doch kein Hehler, Monsieur. Wenn Sie keine normalen Wünsche haben, dann gehen Sie bitte, ich habe noch zu tun.«

Die Schweißperlen auf der Stirn des Schmuckverkäufers sprachen eine deutliche Sprache und zeigten Bartoli, dass er auf dem richtigen Weg war.

»Monsieur Schubert, ich wäre dafür, dass wir das Geplänkel jetzt lassen und uns um das Wesentliche kümmern. Ein Mitarbeiter unserer Firma hat sich Zugang zu Ihrem Computer verschafft und dabei eine Mail entdeckt, in der Ihnen die heiße Ware angeboten wird.«

Schubert wirkte jetzt sehr erschrocken.

Er holte sein Taschentuch hervor und wischte sich damit fahrig die Stirn ab.

Wie hatte der verdammte Hacker bloß die sündhaft teure Firewall überwinden können? Schubert musste jetzt diesen unangenehmen Typen wieder loswerden, denn den Deal mit den Juwelen wollte er ganz allein durchziehen. So wie der Mann, der ihn kontaktiert hatte, durchklingen ließ, konnte man die beinahe unbezahlbaren Pretiosen sehr günstig erwerben.

»Leider war der Verfasser der Nachricht immerhin so clever, dass er seine Adresse verschleiert hat. Sie brauchen mir nun lediglich zu sagen, wo ich die betreffende Person finde, und schon bin ich weg«, schlug Bartoli in einem versöhnlichen Ton vor.

»Das werde ich ganz bestimmt nicht tun, Monsieur, meine Geschäftspartner haben ein Recht darauf, dass ich Sie vor Menschen wie Ihnen schütze«, entgegnete Schubert, der seine gewohnte Sicherheit offenbar wieder erlangt hatte.

»Wie Sie sich vorstellen können, habe ich Maßnahmen ergriffen für den Fall, dass ich überfallen werde. Hinter diesem Fenster«, er wies hinter sich auf eine verspiegelte Scheibe, »steht ein Mann, der eine geladene Waffe in der Hand hält und sehr gut damit umgehen kann. Wenn Sie also nicht auf der Stelle meinen Laden verlassen, sehe ich mich gezwungen, ihm ein geheimes Zeichen zu geben. Die Polizei wird einen toten Einbrecher vorfinden, der versucht hat, meinen Laden auszurauben und den wir auf frischer Tat ertappt haben.«

Die betont lässige Antwort konnte nicht darüber hinwegtäuschen, dass Schubert trotz allem ein wenig Angst verspürte.

Bartoli hingegen war abgebrüht und überlegte sich blitzschnell, wie er trotz der offensichtlichen Bedrohung seine Information erhalten konnte.

Er wog seine Chancen ab.

Sollte tatsächlich ein fähiger Bodyguard die Waffe auf ihn angelegt haben, würde es schwer werden, mit heiler Haut aus diesem Laden hinauszuspazieren.

»Okay, Sie haben mich überzeugt«, stellte Bartoli klar und hob beschwichtigend seine Hände.

»Ich sehe schon, Sie sind ein harter Brocken, und ich gebe zu, dass ich mir das Ganze ein wenig einfacher vorgestellt habe. Mein Boss schickt mich immer irgendwohin und sagt: ›Mach mal‹. Dabei hat er leicht reden, denn er sitzt in seiner schönen Villa und genießt den Tag. Sie kennen meinen Boss vielleicht. Er heißt Santini und ist in Marseille tätig.«

In Schuberts Mundwinkel zuckte es leicht und er wirkte jetzt ein wenig abwesend.

Plötzlich explodierte Bartoli, mit einer fließenden Bewegung holte er seine Pistole heraus und schnappte sich fast gleichzeitig Schuberts Krawatte.

Er ging vor der Ladentheke in die Knie und zog den überraschten Mann zu sich herunter. Der hinter der Scheibe postierte Wachmann war ebenfalls von Bartolis Aktion überrascht worden, denn sein unpräziser Schuss schlug in die gegenüberliegende Wand ein.

»Rufen Sie Ihren Gorilla zur Räson, sonst endet Ihr Leben im nächsten Augenblick«, knurrte Bartoli und hielt dem keuchenden Mann seine Waffe an die Schläfe.

»Hör sofort auf zu schießen, Louis!«

Die Todesangst war dem Hehler ins Gesicht geschrieben.

Langsam erhob sich Bartoli wieder, dabei drückte er den bäuchlings auf der Theke liegenden Schubert ebenfalls in die Höhe.

»Er soll seine Knarre in den Raum werfen und auf allen vieren herauskommen, aber zackig«, forderte Bartoli in ruhigem Ton.

»Du hast gehört, was du tun sollst.«

Wenig später flog ein großkalibriger Revolver in den Raum, gefolgt von einem massigen, glatzköpfigen Mann, der tatsächlich auf Händen und Knien in den Raum robbte.

Bartoli hätte beinahe laut aufgelacht, doch dieser hartgesichtige Mann sah gefährlich aus. Jäh machte er zwei Schritte auf den Aufpasser zu und drosch dem Kerl, der gerade in seinen rechten Strumpf greifen wollte, sein Schießeisen auf den runden Kopf.

»Jetzt können wir uns endlich ungestört unterhalten«, meinte Bartoli grinsend und deutete auf den ohnmächtigen Bodyguard.

»Wie ich bereits vorhin erwähnte, bin ich im Auftrag von Monsieur Santini hier, mit dem Sie meines Wissens in der Vergangenheit bereits zu tun hatten.«

Der Name Santini trug nicht dazu bei, dass der eingeschüchterte Schubert sich sicherer fühlte.

Seit seiner gut geplanten Flucht aus Deutschland war einige Zeit vergangen und mittlerweile sprach Moritz Schumann so gut Französisch, dass er damit als flämisch-stämmiger Belgier, der an der Grenze zu Nordrhein-Westfalen aufgewachsen war, durchaus gut durchging. Mit seiner Herkunft rechtfertigte er auch die Tatsache, dass er nur unzureichend die flämische Sprache beherrschte. Neben dem Schmuckhändler kannte nur ein weiterer ehemaliger Klient, ein einflussreicher Bauunternehmer, seinen derzeitigen Aufenthaltsort.

Der perfekt gefälschte Pass, der auf den Namen Pieter Schubert lautete, hatte bisher jedenfalls allen Prüfungen durch verschiedene Behörden standgehalten und auch seine Vita wurde akzeptiert.

Nachdem er damals mit den wertvollen Goldmünzen von Reutlingen aus hierher in die belgische Hauptstadt gekommen war, suchte er zuerst den Hehler auf, den er bereits vorab kontaktiert hatte. Der Mann, der offiziell als Juwelenhändler firmierte, erwies sich als fairer Geschäftspartner und bezahlte einen sehr guten Preis für die Münzen. Seinen anfangs gefassten Plan, mit dem Erlös der Beute in die Karibik abzuhauen, verschob Schumann von Mal zu Mal und ließ es sich stattdessen in der für lukullische Genüsse bekannten Stadt Brüssel gut gehen.

Mit dem Hehler, der sich als angenehmer Mensch entpuppte, traf er sich immer häufiger auch privat und ließ sich von ihm in die höhere Gesellschaft einführen.

Doch eines Tages bei einem Dinner in einem Drei-Sterne-Restaurant klagte der Juwelier plötzlich über einen unheimlichen Druck in der Brustgegend und bekam kaum noch Luft.

Der sofort informierte Notarzt nahm ihn mit Verdacht auf einen Herzinfarkt sofort mit ins Krankenhaus. Von diesem Schlag erholte er sich nur sehr schleppend wieder und in einem lichten Moment bat er Schumann inständig darum, sein Geschäft zu führen, bis er wieder auf dem Damm wäre. Nach einer kurzen Bedenkzeit nahm Schumann das Angebot an, da er sich eingestehen musste, dass das süße Nichtstun sowieso nichts für ihn gewesen wäre. Damit, dass das meiste Geld in dem Geschäft mit Hehlerei verdient wurde, hatte er überhaupt keine Probleme.

Ihm gefiel der Nervenkitzel, den der illegale Verkauf von Diebesgut mit sich brachte, und bisher war alles gut gegangen.

Schumann versuchte gar nicht erst, den Mann hinzuhalten, das wäre sein sicherer Tod, so wie er Bartoli einschätzte, falls der Kerl nicht sowieso vorhatte, ihn umzulegen.

»Natürlich weiß ich, wer Monsieur Santini ist, mein Vorgänger und ich hatten schon öfters geschäftlich mit ihm zu tun. Weshalb er aber diese Wildwest-Methoden anwendet, ist mir schleierhaft.«

»Meinem Boss ist es egal, auf welche Art und Weise ich zu den gewünschten Informationen komme. Aber ich bin mir sicher, dass Sie mir auf regulärem Weg nichts gesagt hätten. Also raus mit der Sprache und versuchen Sie nicht, mich zu täuschen. Sobald ich das Gefühl habe, dass Sie mich verarschen wollen, bekommen Sie die erste Kugel ins linke Bein.«

Um seinen Worten Nachdruck zu verleihen, presste Bartoli seinem Gefangenen die Pistole an den Oberschenkel.

Wie bei einem Wasserfall sprudelte es aus dem völlig verängstigten Schumann heraus und Bartoli reichte ihm einen Zettel, worauf er die Adresse des Mailverfassers mit zitternder Hand notierte.

»Na also, das war doch jetzt nicht so schwer, Monsieur Schubert oder wie auch immer Sie heißen. Eigentlich sollte ich Sie jetzt erschießen, doch falls die Auskunft wider Erwarten falsch ist oder Sie Ihren Kontaktmann warnen, muss ich Sie erneut aufsuchen und glauben Sie mir, wo auch immer Sie sich verstecken, vor dem langen Arm Santinis sind Sie nirgends auf der Welt sicher«, drohte Bartoli mit erhobenem Zeigefinger und nahm den Zettel an sich. »Andererseits wird mein Boss Sie natürlich auch belohnen, wenn sich die Klunker wieder in seinem Besitz befinden, indem er weiterhin Geschäfte mit Ihnen macht.«

Bartoli steckte die Waffe wieder in seinen Hosenbund und verließ mit einem Blick auf den sich langsam wieder regenden Bodyguard grußlos den Laden.

Nachdem er sicher war, dass der unangenehme Besucher verschwunden war, ließ Schumann sich erschöpft in den Stuhl hinter seiner Ladentheke plumpsen.

Mit ruhigen Schritten passierte Bartoli den Grande Place auf dem Weg zurück ins Hotel. Vor dem Schaufenster eines Reisebüros blieb er stehen und ging nach einem schnellen Blick auf die Angebote hinein.

Er buchte einen Direktflug für den nächsten Morgen nach Stuttgart sowie einen Mietwagen.

Zufrieden ging er in die Hotelbar und bestellte sich einen Pastis mit einem Schuss Grenadine und verbrachte hier die Zeit bis zum Abendessen. Zuvor hatte er vom Hoteltelefon aus seinen Boss angerufen und ihn von den Fortschritten in Kenntnis gesetzt.

Santini hatte seine Entscheidung, nach Deutschland zu fliegen, ausdrücklich gebilligt und ihm bei der Gelegenheit noch eine Information auf den Weg gegeben, die das neue Geschäftsfeld betraf, das Bartoli mit Erlaubnis seines Chefs aufgebaut hatte.

Wie es der Zufall wollte, musste er die Angelegenheit in derselben Stadt regeln, in die auch die Spur der Edelsteine führte.

Und wer weiß, vielleicht traf er ja auf den abgängigen Moulin und konnte diesen wieder in den Schoß der Familie zurückführen. Beim Gedanken daran, was diesen in Marseille erwarten würde, musste Bartoli schmunzeln.

Am Freitagmorgen war Miriam gerade dabei, die schweren Kartons von ihrem Auto auf einen bereitstehenden Sackkarren zu hieven, als sich jemand neben sie stellte.

»Guten Tag, Madame«, begrüßte sie der weißhaarige Mann mit dem ausgeprägten Schnauzbart gleicher Farbe.

Fragend betrachtete sie ihn.

»Entschuldigen Sie, mein Herr, aber wir öffnen erst in einer Stunde.«

Sie hatte die ungewöhnlichen Öffnungszeiten ihres Vaters ein wenig erweitert und war jetzt an drei Tagen in der Woche bereits morgens um zehn für ihre Kunden da.

»Ah, das trifft sich gut, dann können wir uns ja eine Zeitlang ungestört unterhalten«, entgegnete er mit einem starken Akzent.

»Sie sind Franzose?«, wollte sie interessiert wissen und glaubte, einen Weinverkäufer vor sich zu haben.

Der Mann lachte herzhaft.

»Tja, es ist wie verhext, obwohl wir uns größte Mühe geben, uns in anderen Sprachen korrekt auszudrücken, hört man es fast immer heraus.«

Sofort begann die junge Frau, in der Muttersprache ihres Vaters zu parlieren.

»Sie sind bestimmt Weinverkäufer, lassen Sie mich raten, Sie sind aus dem Süden, Languedoc, Marseille, diese Ecke, nicht wahr?«

Sie liebte diese Sprache und freute sich immer wieder aufs Neue, wenn sie jemanden von dort kennenlernte.

»Oh, ich bin ein großer Weinliebhaber, doch leider ist mein Beruf meistens nicht so angenehm«, antwortete der Mann lächelnd und holte einen Ausweis aus seiner Tasche.

»Marceau ist mein Name, Commissaire Marceau von der Polizei in Bagnols-sur-Cèze. Ich glaube, wir haben vor Kurzem miteinander telefoniert, falls Sie sich erinnern. Es geht um den mysteriösen Unfall an den Concluses de Lussan.«

Miriam war ziemlich irritiert, denn sie hatte schon am Telefon ihre Aussage gemacht und nicht damit gerechnet, dass er plötzlich hier auftauchte. Aber es handelte sich eindeutig um den Polizeibeamten, mit dem sie telefoniert hatte, da sie die raue tiefe Stimme jetzt wiedererkannt hatte.

»Der Fall scheint ja ungeheuer wichtig zu sein, wenn Sie extra aus Frankreich anreisen«, meinte die junge Frau und konnte sich einen sarkastischen Unterton nicht verkneifen.

»Oh ja, der Getötete gehörte einer Bande von Verbrechern an, die einen spektakulären Raub in Marseille verübt haben. Vielleicht haben Sie darüber gelesen, es wurden Juwelen von unschätzbarem Wert gestohlen.«

Moulin beobachtete sein Gegenüber genau und wartete auf ein verräterisches Zeichen in ihrem Gesicht, doch entweder war sie eine hervorragende Schauspielerin oder er auf der völlig falschen Spur.

»Tut mir leid, aber darüber habe ich nichts gehört. Außerdem habe ich Ihnen bereits am Telefon erklärt, dass in diesem Jahr keiner von uns die Concluses besucht hat. Wenn Sie mich bitte entschuldigen würden, ich habe zu tun. Au revoir Monsieur.«

Jetzt habe ich dich, dachte Moulin, der nun felsenfest

davon überzeugt war, dass Miriam log, da sie bei den entscheidenden letzten Sätzen die Augen niedergeschlagen hatte und ihm offensichtlich nicht in die Augen blicken konnte.

Als Zeichen, dass das Gespräch für sie beendet war, schnappte sich die Weinhändlerin die Sackkarre mit der schweren Ladung und schob sie in ihren Laden.

Gerade als sie hinter sich zumachen wollte, stellte Moulin seinen Fuß zwischen Tür und Angel.

»Ich fürchte, wir sind noch nicht fertig mit dem Verhör.«

Unsanft drückte er Miriam hinein und zog die Tür hinter sich zu.

»Was erlauben Sie sich, Monsieur, sind das etwa die Polizeimethoden in Ihrem Land?«, rief Miriam erbost aus.

»Verzeihen Sie, Madame Neuburg, wenn ich etwas ruppig zu Ihnen war, aber wie ich Ihnen bereits gesagt habe, geht es hier um einen Raub von Juwelen von unschätzbarem Wert, und außerdem, und das wirkt ungleich schwerer, wurde der Mann, der das Diebesgut aller Wahrscheinlichkeit nach bei sich getragen hat, unseren ersten Ermittlungen zufolge vorsätzlich in die Tiefe gestoßen. Wir gehen also von Mord aus.«

Moulin ließ seine Worte auf Miriam wirken und die junge Frau schien daraufhin tatsächlich ein wenig eingeschüchtert zu sein.

»Und jetzt bitte ich Sie, mir endlich die Wahrheit zu sagen.«

Er zog eine kleine Broschüre aus der Innenseite seiner Jackentasche.

»Sehen Sie hier, dieses Beweisstück haben wir am Tatort, den Concluses de Lussan, gefunden, wo Sie vorgaben, dieses Jahr nicht gewesen zu sein. Wenn Sie genau hinschauen, werden Sie erkennen, dass jemand den Weg von Ihrem Ferienhaus zur Schlucht nachgezeichnet hat und es ist definitiv die Ausgabe von diesem Jahr. Wir haben Fingerabdrücke darauf gefunden, die wir gerne mit denen von den Leuten, die sich zu der Zeit in Ihrem Haus aufgehalten haben, abgleichen würden«, meinte Moulin.

Seine Lüge sorgte dafür, dass Miriam noch unsicherer wurde.

Langsam dämmerte es ihr, was an jenem unseligen Tag, als die beiden Paare allein zu der spektakulären Schlucht gefahren waren, passiert sein musste. Sie rief sich nochmals die Reaktionen der vier nach dem angeblichen Überfall auf Björn ins Gedächtnis. Schon damals hatte sie ein vages Gefühl gehabt, dass an der Geschichte etwas nicht stimmte. Saschas penetranten Fragen waren ihre Freunde geschickt ausgewichen und sie konnte sich noch gut daran erinnern, dass er sich wutentbrannt aufs Zimmer zurückgezogen hatte.

Moulin bildete sich viel ein auf seine Menschenkenntnis und dieses untrügliche Gefühl sagte ihm, dass diese Frau Neuburg nichts mit der Sache zu tun hatte, aber irgendwen schützen wollte.

»Ah, jetzt erinnere ich mich wieder. Während ich gemeinsam mit der Cousine meines Vaters verschiedene Winzer aufgesucht habe und mein Freund Sascha Gross auf die Kinder aufgepasst hat, machten unsere Bekannten einen Ausflug zu der Schlucht«, erzählte Miriam wahrheitsgetreu, beschloss aber, nichts von dem Überfall auf Björn zu erwähnen.

»Geben Sie mir bitte Namen und Adressen Ihrer Bekannten«, drängte der Franzose, der sich nah am Ziel wähnte.

»Also, da wäre zum einen meine Freundin Su…«

In diesem Moment klingelte das Geschäftstelefon, und bevor Moulin reagieren konnte, hob Miriam ab.

»Ah, hallo Sascha, das trifft sich gut, ich habe gerade Besuch von einem Kollegen von dir aus Frankreich.«

Moulin war entsetzt, als er das hörte, und war gerade im Begriff, sich auf die junge Weinhändlerin zu stürzen, doch die nächsten Worte hielten ihn davon ab, etwas Unüberlegtes zu tun.

»Wann bist du da, in zwei Minuten? Alles klar, ich bitte deinen Kollegen, solange zu warten, bis du hier eintriffst.«

Lächelnd kehrte Miriam zu ihrem ungebetenen Gast zurück.

»Wie der Zufall es will, kommt mein Freund, von dem ich Ihnen bereits erzählt habe und der ebenfalls Kriminalkommissar ist, in wenigen Augenblicken hier an. Dann können Sie ihn gleich um Amtshilfe wegen der Abnahme der Fingerabdrücke unserer Bekannten bitten.«

Gehetzt suchte Moulin nach einer Möglichkeit, aus dieser Nummer herauszukommen, ohne Verdacht zu erregen.

»Das ist sehr freundlich von Ihnen«, antwortete der vermeintliche Polizist und sah demonstrativ auf seine Armbanduhr.

»Aber leider muss ich ins Hotelzimmer zu meinem Laptop, da um zwölf eine Videokonferenz mit meinen Kollegen in Bagnols-sur-Cèze anberaumt ist.«

Schnell zückte er eine Visitenkarte.

»Hier können Sie mich jederzeit erreichen, und wenn Sie dann so freundlich wären und mir eine Mail mit Namen und Adressen Ihrer Freunde schicken würden, au revoir Madame.«

Mit diesen Worten rauschte er hinaus und ließ eine irritierte Miriam zurück.

»Hallo Sascha, gut dass du da bist.«

Nach einem Begrüßungskuss berichtete Miriam ihrem Freund aufgeregt von dem seltsamen Polizisten, der angeblich extra aus Frankreich angereist war, um sie zu befragen.

»Hat er dir einen Ausweis gezeigt?«

»Ja, er hat mir sogar eine Karte dagelassen.«

Sie fischte das Kärtchen aus einem kleinen Korb, den sie für derlei Dinge auf ihrer Ladentheke stehen hatte.

»Commissaire Marceau aus Bagnols-sur-Cèze, hm, das sieht ja schon professionell aus. Aber du hast gesagt, der Typ habe es plötzlich sehr eilig gehabt, nachdem ich angerufen hatte.«

»Ja, er hat sich danach richtig auffällig verhalten und ich hatte das Gefühl, dass er händeringend eine Ausrede sucht, um schnell verschwinden zu können.«

»Das hört sich in der Tat seltsam an, zumal ich ihm ja bei seinen Ermittlungen hätte helfen können«, meinte Sascha nachdenklich. »Weißt du was? Ich habe einen früheren Kommilitonen von der Polizeihochschule, der mittlerweile bei Europol gelandet ist. Da kann ich auf dem kleinen Dienstweg sicherlich erfahren, was es mit diesem Commissaire auf sich hat.«

Miriam machte sich nebenher daran, die neu angekommenen Weinflaschen in die Regale zu räumen.

»Außerdem müssen wir so schnell wie möglich mit Susi und Karl reden, am besten noch heute Abend, wenn sie Zeit haben. Irgendetwas verschweigen die vier uns, das habe ich an jenem Abend, als wir im Urlaub darüber gesprochen haben, schon geahnt, und wenn jetzt jemand auftaucht, der einen Mord und Juwelenraub aufklären will, ist die Sache absolut ernst.«

Nachdem Miriam den Laden pünktlich geöffnet hatte, kamen auch schon die ersten Kunden, die sich für einen sehr fruchtigen Weißwein aus dem Loire-Gebiet interessierten.

Eine Weile war es dann ruhig und Miriam ging nach hinten in ihr Büro, wo Sascha gerade dabei war, die Visitenkarte von Monsieur Marceau einzuscannen.

»Ich habe eben mit Wilfried telefoniert und ihm die Dringlichkeit der Angelegenheit geschildert, er will sich sofort darum kümmern.«

»Da bin aber beruhigt, der Kerl war mir irgendwie nicht geheuer und ich bin überzeugt, dass ich nicht so glimpflich davongekommen wäre, wenn ich nicht so schnell reagiert hätte, als du angerufen hast. Ich bin ja sonst eigentlich nicht so der ängstliche Typ, aber in dieser Situation war mir echt mulmig zumute«, gab Miriam zu.

»Jetzt übertreibst du aber, wahrscheinlich stellt sich heraus, dass er doch Polizist ist und einfach etwas rüdere Methoden hat.«

»Ich übertreibe ganz sicher nicht.«

Kopfschüttelnd und sichtlich verärgert, weil er sie offenbar nicht ernst nahm, ging Miriam wieder nach vorne, da die Türglocke ertönte.

»Ah, Hallo Frau Engelhard«, begrüßte sie die ungewöhnliche Kundin mit einem freundlichen Lächeln.

Miriam war Verkaufsprofi genug, um in solchen Momenten ihre Gefühle nicht offen zu zeigen.

»Guten Tag Frau Neuburg.«

»Und wie war der Geburtstag Ihres Mannes?«, wollte die junge Frau interessiert wissen.

»Ein Reinfall«, stieß die Kundin hervor.

»Aber doch hoffentlich nicht wegen des Weins, den ich für Sie ausgewählt habe.«

Plötzlich beschlich sie ein eigenartiges Gefühl: Was wenn einige Flaschen des sündhaft teuren Weins umgekippt waren oder gekorkt hatten? In diesem Fall würde sie den Verkaufspreis aus Kulanz ersetzen, ohne zu wissen, ob sie das Geld vom Winzer zurückerstattet bekäme.

»Keine Sorge, Frau Neuburg, ganz im Gegenteil, die edlen Tropfen, die Sie geliefert haben, machten das Desaster mit dem Catering mehr als wett. Die Eventfirma, die mir von mehreren Seiten wärmstens empfohlen worden war, hatte wohl von der letzten Veranstaltung noch etwas teures Rinderfilet übrig. Das stark gewürzte Fleisch konnte allerdings einen unserer Gäste, der hin und wieder als Restaurantkritiker arbeitet, nicht täuschen. Sie können es sich ja vorstellen, wie mein Mann und ich uns als Gastgeber gefühlt haben, als sich die Sache mit dem Gammelfleisch unter unseren Gästen herumgesprochen hatte. Am liebsten wären wir in ein Mausloch gekrochen und natürlich wurden von diesem Moment an die tollsten Witze über uns gerissen. Eben jener Gastrokritiker hat uns dann den Abend noch gerettet, indem er die Geburtstagsfeier zu einer Art Weindegustation umwandelte. Seine charmante und witzige Moderation sowie ihre ausgezeichneten Weine haben die Leute zu Begeisterungsstürmen hingerissen. Mein Mann hat mir aufgetragen, Ihnen zu sagen, dass er künftig seinen sämtlichen Weinbedarf bei Ihnen decken wird.«

»Die Sache mit dem Caterer, der auch meines Wissens eigentlich einen sehr guten Ruf genießt, tut mir leid, andererseits freue ich mich natürlich umso mehr darüber, dass ich mit meiner Auswahl offenbar den Geschmack der meisten Gäste getroffen habe«, erwiderte Miriam lächelnd und atmete erleichtert auf.

Sie holte die Rechnung, die sich im niederen vierstelligen Bereich bewegte, und reichte sie der Frau des Professors, die ohne mit der Wimper zu zucken ihre Geldbörse öffnete, um die Scheine hinzublättern.

Nachdem Miriam quittiert hatte, ging sie nach hinten, wo sie mehrere schön dekorierte Geschenkpackungen aufbewahrte, die sie eigens für solche Anlässe hatte anfertigen lassen. Darin befanden sich neben drei Flaschen exzellenten Weins aus Gigondas mehrere kleine Gläschen mit Spezialitäten aus der Gegend an der südlichen Rhone, wie etwa eine Tapenade aus schwarzen Oliven oder ein Glas mit Gänserillettes.

»Das wäre doch nicht nötig gewesen, Frau Neuburg, vielen Dank und auf Wiedersehen.«

Miriam begleitete ihre Kundin zur Tür und verabschiedete sich herzlich von ihr.

Sie überschlug insgeheim den Gewinn, den sie durch diese ungewöhnliche Geburtstagsfeier gemacht hatte, was ihr ein weiteres Lächeln ins Gesicht zauberte.

Mit dieser Motivation ging sie wieder nach hinten zu Sascha, dessen Züge allerdings einen ziemlich ernsten Ausdruck hatten.

»Was ist los?«

»Ich muss mich bei dir entschuldigen. Dein Gefühl wegen dieses Marceaus war richtig. Es gibt keinen Polizisten, der so heißt, weder in Bagnols-sur-Cèze noch in der weiteren Umgebung. Allerdings stimmt die Sache mit dem Juwelenraub und dem getöteten Kleinkriminellen bei dieser Schlucht. Aber das ist noch nicht alles, die Freundin des Toten ist spurlos verschwunden und sein Bruder wurde angeschossen und liegt schwer verletzt in einem Krankenhaus. Laut dessen Aussage sah der Kerl, der sein Knie zerschossen hat, genauso aus wie unser falscher Kommissar. Offenbar war der Diebstahl eine Auftragsarbeit einer Bande, die sich auf derlei Raubzüge spezialisiert hat. Die ermittelnden Beamten gehen davon aus, dass der Typ, der in die Schlucht gefallen ist, die Aufgabe hatte, die Beute in Sicherheit zu bringen.

Es war wohl zu verlockend für ihn und er ist mitsamt den Klunkern abgehauen. Und jetzt versucht diese Organisation vermutlich mit allen Mitteln, wieder an die Juwelen zu kommen. Dem Bruder des Ganoven haben sie ins Knie geschossen, der muss froh sein, wenn er sich in Zukunft mit einem Krückstock fortbewegen kann.«

»Um Gottes willen, das … das war bestimmt dieser Marceau und der läuft bei uns in der Gegend rum! Ich habe es dir ja gesagt, sein rotes Gesicht mit den weißen Haaren und dem gleichfarbigen Schnauzbart wirkte eigentlich freundlich auf mich, doch die Augen waren kalt und mitleidslos. Wir sollten umgehend unsere Freunde benachrichtigen, sie schweben in höchster Gefahr!« stieß Miriam heiser hervor.

Sascha war aufgesprungen und nahm sie fest in die Arme.

»Hab keine Angst und vergiss nicht, dass ich bei der Polizei bin. Dieser Kerl weiß nichts von unseren Freunden, sonst hätte er dich nicht danach gefragt. Außerdem ist er bestimmt Profi genug, um zu wissen, dass seine Tarnung jetzt aufgeflogen ist und wir nach ihm fahnden werden. Hundertprozentig hat der sich aus dem Staub gemacht und ist schon längst auf dem Weg nach Frankreich«, versuchte Sascha sie zu beruhigen. »Trotzdem hast du recht und wir müssen sofort zu Susi und zu Karl. Ich glaube, sie sind uns eine Erklärung schuldig«, ergänzte er, um ihr zu zeigen, dass er sie jetzt ernst nahm.

»Ich rufe gleich bei Susi an und danach bei meiner Mutter, sie muss herkommen und mich im Laden vertreten.«

Während sie auf Gerda Neuburg warteten, bediente Miriam mehrere Kunden, die jedoch nichts von der gespannten Atmosphäre mitbekamen, die bei den beiden herrschte.

Miriams Mutter hingegen kannte ihre Tochter gut genug, um zu spüren, dass irgendetwas nicht in Ordnung war, als sie gemeinsam mit ihren Enkelkindern, die sie von der

Schule abgeholt hatte, in die Weinhandlung kam. Die erfahrene Frau hatte so viel Fingerspitzengefühl, dass sie nicht nach dem Grund fragte und nach einer kurzen Begrüßung die Betreuung der Kaufinteressenten übernahm.

Anne und Sylvie umarmten zuerst ihre Mutter und dann Sascha stürmisch.

Als Miriam in die fröhlichen Kindergesichter blickte, hatte sie plötzlich einen Kloß im Hals.

Was wäre, wenn dieser ominöse, angebliche Kommissar doch nicht abgehauen wäre und ihre Kinder als Druckmittel einsetzen würde?

»Wie gehen wir vor, hast du Karl erreicht?«, fragte Miriam aufgeregt, als sie in Saschas Alfa Romeo eingestiegen war.

»Er ist noch bei der Arbeit, heute hat seine Bank länger geöffnet und er kann frühestens gegen neunzehn Uhr das Gebäude verlassen.«

»Susi ist noch unterwegs, aber sie kann in einer guten halben Stunde zu Hause sein.«

»Na gut, das heißt dann aber, dass wir die beiden nicht gemeinsam befragen können.«

»Genau, das Beste wird sein, wir trennen uns, du fährst auf die Alb zu Karl und ich treffe mich mit meiner Freundin.«

Sascha hatte zwar Bedenken, ob Miriam von Susi etwas erfahren würde, wenn er nicht dabei wäre, willigte dann aber ein.

»Fährst du trotzdem morgen zu diesem Weinseminar ins Elsass?«

»Ja, es ist mir schon wichtig, zum Glück nimmt meine Mutter die Kinder heute schon mit zu sich, da ich morgen früh losmuss. Ich geh noch mal rein und bitte sie eindringlich, vorsichtig zu sein.«

»Hm, hab keine Angst, wie ich schon sagte, ist der Typ bestimmt längst über alle Berge. Morgen im Lauf des Tages kann Gerda deine Töchter zu mir nach Reutlingen bringen. Weißt du schon, wie lange du weg bist?«

»Am Sonntagabend wäre noch eine Weinprobe bei einem aufstrebenden jungen Winzer, den ich unbedingt in mein Programm aufnehmen möchte. Das heißt dann, dass ich am Montag nach dem Frühstück wieder zurückfahren könnte.«

Sascha überlegte angestrengt.

»Das hieße für mich, dass ich deine Süßen am Montag zur Schule bringen müsste, was sich irgendwie bewerkstelligen lässt. Falls etwas Gravierendes passiert, kann Paul bestimmt für mich einspringen.«

Nachdem sie sich innig verabschiedet hatten und Miriam wieder ausgestiegen war, brauste Sascha los. Er wollte noch in seiner Reutlinger Wohnung vorbeigehen und kurz duschen.

Mit gemischten Gefühlen sah Miriam ihm nach und ging zur Ladentür. Gerade als sie im Begriff war zu öffnen, kam ihre Mutter herausgestürmt.

»Komm schnell, im ganzen Laden ist der Strom ausgefallen. Ich wollte den FI-Schalter wieder reindrücken, habe es aber nicht geschafft.«

Auch dass noch, dachte Miriam genervt und folgte Gerda. Nach mehreren Fehlversuchen, die Sicherungen wieder reinzudrücken, gab sie entnervt auf und klingelte schließlich bei ihrem Vermieter.

»Ich kann mir das nur damit erklären, dass Ihr Geschirrspüler einen Defekt hat«, meinte er freundlich und bot an, einen Elektriker anzurufen.

Es gestaltete sich äußerst schwierig, am Freitag-Spätnachmittag einen Handwerker zu bekommen. Nach langem Hin und her erbarmte sich jemand, wies jedoch darauf hin, dass er erst in ein bis zwei Stunden vorbeikommen könne.

Zähneknirschend nahm Miriam das Angebot an, beschloss allerdings, ihre Mutter nicht mit diesem Problem alleinzulassen. An manchen Tagen war es wie verhext, aber wenigstens kam der Elektriker nach quälenden Stunden vorbei und konnte den Schaden beheben.

Miriam verabschiedete sich nochmals innig von ihren Kindern und schärfte ihrer Mutter ein, vorsichtig zu sein. Danach fuhr sie in Richtung Fellbach.

Einige Augenblicke später startete ein hellblauer Kleinwagen, der in einer Parkbucht gewartet hatte und der jungen Frau unauffällig folgte.

Sie hatten sich in dem renommierten Gasthaus »Hirsch« in der sogenannten Dorfstube verabredet.

Der Kommissar war etwas zu früh dran gewesen und hatte sich an einen kleinen Tisch in dem urigen Raum gesetzt. Nachdenklich betrachtete er die Stube, die ihn an eine zünftige Skihütte in Tirol erinnerte, und nippte dabei an seiner Apfelschorle, die ihm eine freundliche Bedienung gebracht hatte. Während er das verwitterte Holz betrachtete, legte Sascha sich eine Strategie zurecht. Er würde sich kein weiteres Mal anlügen lassen, dazu war die Sache zu ernst. Nach und nach füllte sich dieser rustikale Teil des Restaurants und der Kommissar bekam angesichts der herrlich duftenden Speisen, die die Leute an den Nachbartischen vor sich stehen hatten, richtig Hunger. Sein Handy zeigte an, dass es bereits kurz vor acht war und Sascha wählte genervt die Nummer von Karl. Gerade als er auf die grüne Wähltaste drücken wollte, stürmte der Bankangestellte zur Tür herein.

»Entschuldige, Sascha, aber ich hatte noch einen ziemlich anstrengenden, aber leider nicht ganz unwichtigen Kunden, dafür geht die erste Runde auf mich«, stieß Karl hervor und ließ sich mit einem Seufzer auf den Stuhl nieder.

»Ist schon in Ordnung. Das Problem ist mein hungriger Magen inmitten dieser feinen Gerüche. Allzu lange hätte ich nicht mehr gewartet, bis ich den Leuten vom Nebentisch in den Teller gefasst hätte«, versuchte der Kommissar sich in Galgenhumor.

»Tja, dann haben die Schuberts ja noch mal Glück gehabt.«

Offenbar kannte Karl hier an den meisten Tischen jemanden, denn bereits beim Hereinkommen hatte er reihum gegrüßt.

»Bist du öfters hier?«

»Ab und zu schon und ich kann dir deshalb den Zwiebelrostbraten mit den hausgemachten Spätzle nur wärmstens empfehlen, der schmeckt wirklich hervorragend. Dazu trinken wir ein Fläschchen Schwarzriesling.«

Sascha ließ sich überzeugen und fühlte vor, während sie auf das Gericht warteten.

»Karl, ich habe dich bereits am Telefon vorgewarnt, dass ich dich in einer heiklen und äußerst wichtigen Angelegenheit sprechen muss«, begann Sascha im Flüsterton.

Verwundert betrachtete der Banker seinen Jugendfreund.

»Jetzt bin ich aber gespannt, welche geheimnisvollen Dinge passiert sind seit unserer gemeinsamen Urlaubsreise«, entgegnete Karl leichthin.

»Es geht um etwas, das sich in Frankreich ereignet hat, während du und Gabi zusammen mit Susi und Björn an dieser spektakulären Schlucht wart.«

Der Kommissar beobachtete sein Gegenüber genau und tatsächlich trat eine leichte Röte in Karls Gesicht.

»Ach du meinst diesen Überfall auf Björn, aber ich dachte, das hätten wir schon längst geklärt, dass niemand Anzeige erstatten will.«

»Ich glaube, dass sich dieser Überfall, wie du es nennst, ganz anders zugetragen hat, als ihr Miriam und mich glauben machen wolltet.«

Die Augen von Mader verengten sich und auf seine Züge trat ein zorniger Ausdruck.

»Glaubst du etwa, dass wir euch angelogen haben? Das gibt's ja wohl nicht!«

Bevor sich Karl noch weiter echauffieren konnte, trat die Bedienung mit zwei Tellern an den Tisch.

»Zweimal Zwiebelrostbraten, die Herren, ich wünsche Ihnen einen guten Appetit.«

»Danke Sonja«, erwiderte Karl jetzt wieder freundlich.

Schweigend starrten die beiden auf ihre Teller und zerschnitten das zarte Fleisch.

Der wuchtige Mader trank dazu herzhaft von dem rubinroten Wein, während Sascha nur ab und zu leicht nippte.

Er lehnte sich zufrieden zurück, nachdem er seinen Teller leer gegessen hatte, und blickte betont zur Decke hinauf, als ob er da etwas Wichtiges entdeckt hatte.

»Bist du jetzt beleidigt mit mir, Karl?«, wollte Sascha wissen und führte das letzte Stück Fleisch zum Mund.

»Nicht gerade beleidigt, eher ein wenig enttäuscht, dass du mich als Lügner darstellst.«

Nach dieser Aussage beschloss der Kommissar jegliche Zurückhaltung aufzugeben.

»Ich bin nicht zum Spaß hier, Karl. Bei Miriam ist ein Typ aufgetaucht, der sich als französischer Polizist ausgegeben hat und sie wegen irgendwelcher Juwelen befragt hat. Mittlerweile hat sich herausgestellt, dass das nicht seine wahre Identität ist. Ein befreundeter Beamter, der bei Europol arbeitet, hat das für mich rausgefunden. Außerdem hat er mir die näheren Umstände eines Raubes geschildert, der sich in Marseille zugetragen hat und bei dem offenbar ebenjene Juwelen gestohlen wurden, für die sich der Unbekannte so brennend interessiert hat.«

Sascha hielt kurz inne und ließ seine Worte wirken.

»Was auch immer sich an jenem Tag zugetragen hat, Karl, ihr vier seid in tödlicher Gefahr. Da versucht jemand mit allen Mitteln, sein Raubgut zurückholen!«

Er berichtete seinem Freund von der Touristenbroschüre mit der von Hand nachgezeichneten Wegbeschreibung, die am Tatort gefunden worden war, sowie von dem Toten, der laut polizeilichen Ermittlungen sehr wahrscheinlich der Kurier gewesen war, der das Diebesgut wegschaffen sollte. Dabei stellte Sascha fest, dass der stattliche Karl in seinem Stuhl immer mehr zusammensank.

»Diese Organisation, die hinter dem Diebstahl steckt, sollte man nicht zum Feind haben«, ergänzte er gedehnt. »Für die spielt ein Menschenleben keine große Rolle, das solltest du wissen.«

Hinter Karls Stirn arbeitete es gewaltig.

Sollte er seine Behauptung, nichts von der ganzen Sache zu wissen, aufrechterhalten oder sollte er seinem alten Freund die Wahrheit erzählen? Das mit dem getöteten Mann ließ sich bestimmt im Nachhinein noch als Notwehr hinbiegen. Doch mit der Vorstellung, dass der ganze Reichtum, den sie bereits besaßen, unwiederbringlich dahin sein sollte, konnte sich Karl nicht anfreunden. Der Wert der Steine aus dem Raub, auf den ihn Wertheim im Internet hingewiesen hatte, lag nach diesem Bericht im zweistelligen Millionenbereich.

Der Kommissar sah, dass Mader schwer mit sich rang.

»Ich glaube, jetzt brauche ich erst mal einen Schnaps«, seufzte Karl und erhob sich.

Zielsicher ging er zur Theke und gab seine Bestellung auf. Danach wandte er sich den Toiletten zu.

Es dauerte ziemlich lang und Sascha dachte schon, dass sich sein Kumpel aus dem Staub gemacht hätte, als Karl mit zwei kleinen Gläsern, die mit einer bräunlichen Flüssigkeit gefüllt waren, zurückkehrte.

»Hier, das ist eine Spezialität aus dem Elsass, mehrere Jahre im Eichenfass ausgebauter Zwetschgenbrand.«

»Hm, wieso eigentlich nicht, bei Miriam habe ich mich für heute Abend sowieso abgemeldet. Ich könnte hier im Hotel übernachten«, überlegte Sascha.

»Quatsch, wenn du nicht mehr fahren willst, schläfst du selbstverständlich bei mir«, erwiderte Karl entschlossen und kippte seinen Digestif ansatzlos hinunter.

»Ah, das tut gut. Also, wo waren wir stehen geblieben. Du hast mich der Lüge bezichtigt und … hast leider recht damit.«

Mader versuchte so reuevoll wie möglich dreinzuschauen, während er mit seiner Beichte begann.

Kurz vor dem Ortseingang bog Miriam ab und Moulin, der darauf bedacht gewesen war, mindestens zwei Autos zwischen sich und der jungen Frau zu lassen, konnte gerade noch rechtzeitig reagieren.

Scheinbar planlos befuhr Miriam die notdürftig asphaltierten schmalen Wege und bog mal links ab und mal rechts. Es war äußerst schwierig für Moulin, dem Lieferwagen unauffällig zu folgen, mehr als einmal hatte er sie aus den Augen verloren und sich mit viel Glück für die richtige Straße entschieden.

Vor einem älteren Haus inmitten von Feldern und Streuobstwiesen blieb sie schließlich stehen und stieg aus. Mehrere riesige Gewächshäuser standen auf dem weitläufigen Gelände und Miriam ging zielstrebig auf das nächstgelegene Glashaus zu, nachdem sie mehrfach erfolglos geklingelt hatte.

Im letzten Jahr hatte Susi Schuster ihr eröffnet, dass Björn eine nicht unbedeutende Erbschaft gemacht hatte und sie sich den lang gehegten Traum von einem frei stehenden Haus erfüllen würden. Bisher hatte die vierköpfige Familie in einer Eigentumswohnung gewohnt, die zwar mit ihren hundert Quadratmetern alles andere als eng war, allerdings über keinen Garten verfügte. Der bescheidene Balkon war der einzige Luxus und bot einen schönen Blick in die Umgebung.

Dann hatte Susi von einer Freundin von dieser aufgelassenen Rosenfarm erfahren. Bereits beim ersten Besichtigungstermin hatten sowohl sie als auch Björn sich in das riesige Grundstück mit dem renovierungsbedürftigen Haus verliebt. Nach zähen Verhandlungen waren sie sich mit den Erben der verstorbenen Rosenzüchter einig geworden und hatten auch zeitnah einen Käufer für ihre attraktive Immobilie gefunden. Danach war alles sehr schnell gegangen und die Familie wohnte seither in ihrem neu erstandenen Traumhaus.

Miriam betrat das Gewächshaus, in dem Susi und Björn gerade damit beschäftigt waren, die wild wuchernden Rosenpflanzen zurückzuschneiden. Beide waren im Gesicht und an den Händen völlig zerkratzt und machten einen ziemlich genervten Eindruck.

»Hallo ihr beiden, so wie ihr ausseht, könnt ihr eine kleine Pause vertragen!«, rief Miriam und schwenkte demonstrativ eine Weinflasche, die sie mitgebracht hatte.

»Allerdings«, stieß Susi hervor und umarmte ihre Freundin. »Ich hole uns mal drei Gläser.«

Björn ließ ebenfalls von den kaum zu bändigenden Pflanzen ab und begrüßte Miriam.

»Da habt ihr euch ja eine schöne Arbeit aufgehalst, aber wenn ihr hier fertig seid, ist es ein wahres Schmuckstück.«

»Na ja, wenn wir das in diesem Leben noch schaffen. Zum Glück sind unsere Kinder wie eigentlich jedes Wochenende bei den Großeltern, damit wir freie Hand beim Arbeiten haben. Im Prinzip jedoch wäre es besser, alles von Spezialfirmen erledigen zu lassen, doch dazu müssten wir richtig viel Geld bei einer Bank aufnehmen. Der Erlös aus dem Verkauf unserer Wohnung sowie meine kleine Erbschaft haben nämlich geradeso für den Erwerb dieses Schmuckstücks gereicht.«

Inzwischen war Susi mit den Weingläsern und einem Korkenzieher zurückgekommen.

Vorsichtig öffnete Miriam die Flasche und goss ein.

»Trinken wir darauf, dass alles klappt mit eurem Umbau und dass keine unvorhergesehenen Schwierigkeiten auftauchen.«

Während die drei über den Fortschritt der Arbeiten plauderten, hatte sich Moulin herangeschlichen und blickte auf das Schild neben der Haustüre.

Darauf standen vier Namen, die ihm bekannt vorkamen. Er zückte sein Handy und tippte solange, bis das Foto auftauchte, das er von dem Gästebuch in Miriams Ferienhaus gemacht hatte.

Die Namen waren identisch, das hieß, dass er die erste Familie, die Miriam und ihren Freund in den Urlaub begleitet hatte, ausfindig gemacht hatte.

Er wusste jetzt, was zu tun war.

»Wir haben ein Problem oder respektive ihr«, stieß Miriam unverhofft hervor, nachdem sie an dem Wein genippt hatte.

Die beiden Eheleute sahen sie fragend an.

»Bei mir im Laden ist ein Mann aufgetaucht, der sich als französischer Polizist ausgegeben hat.«

Der lockere Gesichtsausdruck Susis veränderte sich schlagartig und Miriam meinte, sogar fast so etwas wie Panik in den Augen ihrer Freundin zu sehen.

Björn hingegen blieb relativ entspannt.

»Ihr könnt euch doch bestimmt daran erinnern, dass Lucy, die Cousine meines Vaters von einem tödlichen Unfall in den Concluses erzählt hat, die ihr auch besucht habt. Mittlerweile geht die Polizei offenbar von einem Gewaltverbrechen aus.«

»Ja und, was hat das mit uns zu tun?«, fragte Björn ein wenig zu forsch.

»Sie haben am Tatort eine Reisebroschüre gefunden, in der der Weg von unserem Haus zur Schlucht mit einem dicken Stift nachgezogen war. Aber das Merkwürdigste daran ist die Tatsache, dass der Mann, der mich aufgesucht hat, überhaupt kein Polizist ist. Sascha hat sich bei Europol erkundigt und ein Beamter dieses Namens existiert auf der Dienststelle in Bagnols-sur-Cèze nicht.«

»Das Syndikat hat uns ausfindig gemacht!«, rief Susi angsterfüllt.

»Was redest du da, welches Syndikat?«

Der ungewollte Ausruf Susis bestärkte Miriam darin, dass hier etwas gehörig zum Himmel stank.

»Hör nicht auf sie, sie ist ein wenig durch den Wind in den letzten Wochen«, versuchte Björn zu beschwichtigen.

»Einen Scheiß bin ich! Wir hätten gleich zur Polizei gehen sollen, aber dann kam die Gier und wir haben sämtlichen gesunden Menschenverstand vermissen lassen.«

Miriam blickte ihre Freunde verdutzt an.

»Ich glaube, ihr seid mir eine Erklärung schuldig!«, forderte Miriam, die plötzlich eine böse Vorahnung hatte.

Susi brach in Tränen aus.

»Ich …, ich wollte das nicht.«

Stockend berichtete sie von dem betrunkenen Mann, der sie vergewaltigen wollte und der dann durch Susis Ausweichmanöver in die Tiefe gestürzt war.

»Wir müssen zur Polizei gehen, denn wenn es sich so abgespielt hat, ist das ein klarer Fall von Notwehr. Aber der falsche französische Polizist war nur vordergründig wegen des getöteten Mannes hier, sein Hauptaugenmerk galt irgendwelchen sehr wertvollen Schmuckstücken.«

»Damit haben wir nichts zu tun!«, rief Björn vorschnell, dem in diesem Moment klar wurde, dass sein schöner Traum vom Reichsein zu zerplatzen drohte.

»Ach hör auf, wenn die Bande Miriam gefunden hat, ist es bis zu uns kein weiter Weg mehr«, stieß Susi hervor.

»Da haben Sie völlig recht«, ließ sich eine Stimme mit französischem Akzent vernehmen.

Ein weißhaariger Mann mit gleichfarbigem Schnauzer stand am Eingang und hielt lässig eine Pistole in der Hand.

»Was wollen Sie hier auf meinem Grundstück? Verschwinden Sie sofort wieder, bevor ich Ihnen weh tue!«

Björn hielt die riesige Heckenschere vor sich wie eine Waffe und kam langsam auf Moulin zu.

»Bitte Björn, der Mann ist gefährlich!«, schrie Miriam laut auf und stellte sich ihm in den Weg, während Susi apathisch danebenstand. »Er pflegt seine Opfer zuerst ins Knie zu schießen, bevor er sie endgültig fertigmacht.«

»Ho, ho, woher wollen Sie das wissen?«

Ein leichtes Grinsen zeigte sich in seinem sonst so unbewegten Gesicht.

»Ich sagte Ihnen doch, dass mein Freund bei der Kripo arbeitet. Er hat sich bei Europol nach Ihnen erkundigt. Sie sind bereits zur Fahndung ausgeschrieben. Wenn ich an Ihrer Stelle wäre, würde ich schleunigst abhauen«, versuchte Miriam ihm Angst einzujagen.

»Das werde ich tun, sobald ich die Juwelen in Händen halte, die Sie oder Ihre sauberen Freunde dem armen Duvalle abgenommen haben. Und ja, ich habe wenig Zeit, deswegen liegt es an Ihnen, ob Sie den morgigen Tag noch erleben oder nicht. Glauben Sie mir, die junge Dame hat recht damit, dass ich meine Opfer durch einen Knieschuss gefügig mache, bevor ich Ihnen den Rest gebe.«

Unmissverständlich zielte Moulin auf das Knie von Björn, der in Erwartung eines Schusses die Zähne zusammenbiss.

»Nein, das ist doch Irrsinn, ich sage Ihnen alles, was Sie wissen wollen, aber bitte verschonen Sie uns.«

»Susi, nicht, der Kerl blufft doch nur«, versuchte Björn seine Frau zu beschwichtigen.

Plötzlich krachte ein Schuss und Björn hielt sich fast gleichzeitig den Arm.

»Ich bin nicht bekannt dafür, zu bluffen«, meinte Moulin ruhig und betrachtete die blutende Wunde, die sein Streifschuss verursacht hatte.

»Karl …, Karl Mader, der Mann, der ebenfalls mit uns in Südfrankreich war, hat das Zeugs einem Hehler gegeben«, stieß Susi atemlos hervor.

»Hat der auch einen Namen?«

»Ja, Wertheim oder Wertmann oder so ähnlich, sein Geschäft befindet sich in Reutlingen am Marktplatz.«

»Na, das hört sich ja gut an, nichts liegt mir ferner, als den Leuten weh zu tun, deswegen bin ich froh, dass es für Sie glimpflich ausgegangen ist. Haben Sie ein Smartphone, Frau Neuburg?«

Miriam nickte und zog ihr Handy aus der Tasche.

»Würden Sie bitte kurz nach dem richtigen Namen dieses Juweliers sowie seinen Öffnungszeiten suchen?«

Mit zittrigen Fingern tippte die junge Weinhändlerin auf die Tasten, bis sie endlich einen Suchdienst fand, und tatsächlich gab es am Marktplatz nur einen Schmuckhändler.

»Wertheim ist der korrekte Name. Der Laden befindet sich unmittelbar am Marktbrunnen und hat Montag bis Freitag geöffnet.«

»Danke schön, Frau Neuburg, das kann ich mir gut merken.«

»Jetzt haben Sie ja, was Sie wollen, dann können Sie ja jetzt verschwinden«, forderte Björn zornig.

»Da haben Sie völlig recht, bloß wenn ich jetzt einfach so verschwinde, dann bin ich überzeugt davon, dass das Juwelierhaus Wertheim anschließend rund um die Uhr bewacht wird und nach mir tatsächlich eine europaweite Großfahndung gestartet wird. Sie müssen verstehen, dass ich darauf keine Lust habe, deshalb habe ich mir etwas anderes für Sie überlegt. Ich habe mir vorhin erlaubt, Ihr Wohnhaus ein wenig zu inspizieren, und dabei ist mir ein interessanter Gedanke gekommen. Wenn Sie mir bitte folgen würden?«

Die beinahe freundliche Aufforderung wurde durch den entschlossenen Gesichtsausdruck kompensiert und die drei Schicksalsgenossen beeilten sich, der Forderung Folge zu leisten.

Moulin hatte im Vorfeld bereits geklärt, dass der Weg vom Gewächshaus zum Wohnhaus vom unmittelbaren Nachbarn nicht eingesehen werden konnte, da dessen Haus mindestens zweihundert Meter entfernt war.

Nachdem die Haustüre ins Schloss gefallen war, scheuchte Moulin seine Gefangenen die Treppe hinunter. Hier befanden sich die veraltete Heizungsanlage, ein Waschraum, in dessen Mitte eine Waschmaschine stand, sowie ein Vorratskeller.

Bei der Inspizierung des Hauses war ihm dieser Gewölbekeller, der tiefer lag als der Rest des Untergeschosses, als besonders geeignet für seine Pläne erschienen. Er befahl dem vorausgehenden Björn, die stabile Türe zu öffnen, und schicksalsergeben wankten die drei die relativ steile Treppe hinunter.

»Es tut mir leid, dass Sie meinetwegen Unannehmlichkeiten hatten, aber seien Sie froh, dass Sie mit dem Leben davonkommen. Hier unten haben Sie alles, was Sie benötigen. Die Vorräte, die ich aus Ihrer Küche hier heruntergeschafft habe, reichen für die nächsten Tage aus. Wie Sie sehen, habe ich Ihnen mehrere Wolldecken, sowie einen Eimer für die Notdurft bereitgestellt.«

»Aber Björn ist verletzt, er verblutet, wenn er keine ärztliche Hilfe bekommt!«, stieß Miriam beinahe panisch hervor und dachte dabei mit Grausen auch an ihre eigene Angst, die sie in engen Räumen verspürte.

»Na ja, so schlimm ist dieser Streifschuss nicht, ich habe Ihnen neben den Vorräten auch ein wenig Verbandsmaterial dagelassen. So jetzt muss ich mich leider von Ihnen verabschieden, aber sobald ich die schönen Stücke in meinen Händen halte, werde ich die Feuerwehr anrufen und Ihre Befreiung veranlassen. Ich bin ja schließlich kein Unmensch und was die Sache mit dem unglücklichen Duvalle betrifft, werde ich bei meinem früheren Kollegen in Bagnols ein gutes Wort für Sie einlegen«, meinte er versöhnlich und blickte dabei auf Susi, offenbar hatte er vorhin ihre Beichte mit angehört. »Ihre Handys können Sie behalten, hier unten haben Sie sowieso keinen Empfang.«

Mit diesen wenig Trost spendenden Worten verabschiedete sich Moulin.

Er verschloss die Holztüre und sicherte sie zusätzlich von außen mit einem Balken.

»He, das können Sie doch nicht machen!«, schrie Björn, dessen Kampfgeist wieder erwacht war, aus Leibeskräften und rüttelte trotz der Schmerzen in seinem Arm an der Türe.

Eine Antwort bekam er allerdings keine.

»Das gibt's es ja nicht, wir sind Gefangene in unserem eigenen Haus und das Schwein hat den Keller so gesichert, dass wir hier ohne fremde Hilfe nicht wieder herauskommen.«

»Habt keine Angst, Sascha weiß, wo ich bin, er wird uns spätestens morgen befreien.«

Doch bereits als Miriam dies aussprach, fiel ihr ein, dass ihr Freund heute Abend in Erpfingen bei Karl war und sie die nächsten Tage auf diesem Weinseminar im Elsass wähnte. Eine leise Angst kroch in ihr hoch, sie behielt es jedoch für sich und wollte ihren Mitgefangenen nicht den Mut nehmen.

»Und wenn der Typ sein Versprechen nicht einlöst?«, fragte die verängstigte Susi in die Runde.

Paul hatte sich wie jeden Samstag, an dem Magdalena dienstfrei hatte, aus dem Bett geschlichen, sich leise angezogen und sich danach auf den Weg in die Reutlinger Altstadt gemacht. Zu Fuß brauchte er von Magdalenas Haus aus keine zehn Minuten bis zur Wilhelmstraße und der von seiner Freundin gerne als Landei titulierte ehemalige Bauer musste sich eingestehen, dass er es durchaus interessant fand, am frühen Morgen durch eine erwachende Stadt zu schlendern.

Seit er bei der Kommissarin wohnte, hatte Paul die Backwaren mehrerer Bäckereien ausprobiert und war schließlich bei einer Biobäckerei in Sichtweite der Marienkirche gelandet. Hier waren die Verkäuferinnen von einer Nettigkeit, die nicht aufgesetzt wirkte, und die Laugenbrezeln die besten, die er seit Langem gegessen hatte. Da er früher dran war als sonst, machte er einen kleinen Umweg, der ihn auf den Marktplatz führte. Fasziniert beobachtete Paul das geschäftige Treiben der Marktbeschicker, die ihre Stände aufbauten, und setzte sich dazu auf die Stufen des historischen Brunnens.

Direkt daneben vervollständigte ein fröhlich vor sich hin pfeifender Gemüsebauer seine Auslage und Paul blickte sehnsüchtig auf die Rettiche und Kohlrabi, die zwischen Gurken, Zwiebeln und Frühkartoffeln lagen.

Wenn ich noch länger bei Magdalena wohne, dann muss ich auf ihrem Grundstück einen Gemüsegarten anlegen, dachte er und presste dabei entschlossen die Lippen zusammen. Trotz der Hektik um ihn herum kamen ihm Szenen seiner Kindheit in den Sinn, an die er lange Zeit nicht mehr gedacht hatte.

Er sah sich als kleines Kind auf dem Kartoffelacker herumtoben, umgeben von emsigen Familienmitgliedern, die vorsichtig um den Stock herum hackten und dann die Knollen vom Boden auflasen. Sein stämmiger Großvater, der dem Jungen damals riesig vorgekommen war, führte das Kommando, da sein eigener Vater sich immer wieder ausruhen musste. Der verschlossene Mann war erst Ende der Vierzigerjahre aus der Gefangenschaft heimgekehrt und ein Jahr später war dann Paul auf die Welt gekommen. Er erzählte nie viel, doch man sah ihm an, dass er sehr gelitten hatte. Sobald er jedoch ein paar Gläser Apfelmost getrunken hatte, wurde er gesprächig und berichtete von seinem harten Schicksal. Paul Hanser, der damals noch sehr klein gewesen war, erfuhr erst viel später davon, dass die Russen seinen

Vater in ein Bergwerk in der heutigen Ukraine gesteckt hatten, wo die meisten anderen Gefangenen einfach krepiert waren. Der alte Hanser hatte zwar auch unter den Entbehrungen gelitten, aber offensichtlich war sein Lebenswille besonders stark ausgeprägt und so kehrte er nach Hause zurück, obwohl niemand mehr damit gerechnet hatte.

Die kräftezehrende Gefangenschaft hatte ihm jedoch so viel abverlangt, dass er nicht mehr in seinem erlernten Beruf als Maurer arbeiten konnte, und so vegetierte der einst kraftstrotzende Mann nur noch dahin. Kurz vor Pauls achtem Geburtstag war sein Vater mit den Kräften am Ende und ergab sich in sein Schicksal. An die Beerdigung erinnerte sich Paul noch heute, zahllose schwarz gekleidete Menschen säumten den Friedhof und jeder, ob Mann oder Frau, weinte sich die Augen aus, um danach beim Leichenschmaus wieder freudig über die angebotenen Speisen und Getränke herzufallen.

Dabei wurde der Verstorbene dann buchstäblich in den Himmel gehoben und beinahe zu einem Heiligen verklärt.

Pauls Großvater war dann in den Wiederaufbaujahren der Erste, der die Kühe, die den Pflug seit Urzeiten mühsam durch die Ackerfurchen zogen, durch einen Traktor ersetzte. Unbewusst legte er damit den Grundstein für den großen Bauernhof, den sein jüngster Enkel Paul dereinst besitzen würde.

Es zeichnete sich frühzeitig ab, dass Paul der Einzige war, der sich für die kräftezehrende Landwirtschaft als Broterwerb interessierte. Seine vier Brüder arbeiteten in den Maschinenfabriken im nahen Reutlingen. Als Paul volljährig wurde, erlahmten auch die einst so starken Arme des von ihm geliebten Großvaters und der Familienpatriarch bestimmte den jungen Mann auf dem Sterbebett zu seinem Nachfolger.

Das Erste, was er als Bauer unternahm, war die Befreiung seiner sieben Kühe und des mächtigen Bullen. Schon als Kind hatte er Mitleid mit den Tieren gehabt, die an schweren Ketten eng an eng im kleinen Stall angekettet gewesen waren.

Zur Belustigung der übrigen Dorfbewohner führte er seine kleine Herde hinaus auf eine ausgedehnte eingezäunte Weide, wo sie von nun an ein freieres Leben führen konnten. Jahr um Jahr kamen Kühe und neu gepachtete Flächen hinzu und Paul konnte seinem ältesten Sohn um die zweihundert Tiere übergeben.

Weil er sich relativ früh um eine Biolandzertifizierung gekümmert hatte, war sein Schlachtvieh heutzutage in Zeiten von sich häufenden Lebensmittelskandalen bei ökologisch orientierten Metzgereien und in der gehobenen Gastronomie sehr gefragt.

Im Gegensatz zu ihm musste sein Sohn deshalb nicht zusätzlich einer anderen Arbeit nachgehen, sondern konnte sich ausschließlich um seine Herde und deren Vermarktung kümmern.

All diese Dinge gingen Hanser durch den Kopf, während er den Gemüseverkäufern zuschaute. Dabei kam ihm auch zu Bewusstsein, dass er seit dem Tod seiner Frau nicht mehr so glücklich gewesen war wie derzeit mit Magdalena.

Seufzend erhob er sich schließlich und erhaschte dabei einen Blick auf die Zeitung mit den großen Lettern, die ein Mann, der sich irgendwann neben ihn gesetzt hatte, konzentriert las. Plötzlich hatte es Hanser eilig und ging zu einem Kiosk, bevor er den Biobäcker aufsuchte.

Wenig später schloss er die Haustüre auf und hörte, wie Magdalena sich im Bad zu schaffen machte. Er schritt geradewegs zu der an das Wohnzimmer angrenzenden Terrasse und legte seine Einkäufe auf den Tisch. Schnell ging er zurück in die Küche und stapelte Geschirr, Marmelade sowie Honig auf ein Tablett und deckte den Tisch. Dampfend heißer Kaffee erwartete die Kommissarin, als sie sich endlich zu ihm gesellte.

Sie beugte sich zu ihm hinunter und drückte ihm dankbar einen Kuss auf die Wange.

»Ach, ist das herrlich, Paul, wie habe ich es nur all die Jahre ohne dich ausgehalten!«, stieß sie glücklich hervor und ließ sich auf den Gartenstuhl plumpsen.

Dabei fiel ihr Blick auf die Postille.

»Aber seit wann liest du diese Zeitung?«

Fragend blickte sie ihn an und er zeigte ohne Worte auf die Titelgeschichte.

»Oh«, war alles, was Mertens einfiel.

»Das ist das erste Mal überhaupt, dass ich dieses Blatt gekauft habe, aber ich dachte, das könnte dich interessieren.«

Christiane Gruibinger-Hess hatte offensichtlich ihr Schweigen gebrochen, aber anstatt mit der Polizei zu reden, hatte sich die Politikerin einem Reporter des Massenblatts anvertraut.

MAFIAMORD – MANN VON BELIEBTER POLITIKERIN
IST EINEM MÜLLSKANDAL AUF DER SPUR
UND WIRD AUF GRAUSAME WEISE UMGEBRACHT!

Kopfschüttelnd blätterte die Kommissarin auf die zweite Seite, wo ein ausführliches Interview mit Frau Gruibinger-Hess zu lesen war. Mehrere Minuten verharrte Magdalena und ihr Gesicht verdüsterte sich. Paul schalt sich insgeheim einen Narren, dass er die Zeitung mitgebracht hatte.

»Ich hätte gute Lust, diese arrogante Staatssekretärin sofort vorzuladen, die uns so dermaßen in die Ermittlungen pfuscht. Und dann faselt sie da etwas von irgendwelchen Beweismitteln. Falls da was dran ist, macht sich die gute Frau strafbar, wenn sie uns die nicht aushändigt. Wir müssen die sofortige Aufhebung ihrer Immunität verlangen, die Frau Gruibinger-Hess derzeit noch davor schützt, sie gehörig in die Mangel zu nehmen.«

So aufgebracht hatte er Magdalena selten gesehen und Paul versuchte, die vor Zorn bebende Frau zu beruhigen.

»Ich verstehe deine Aufregung ja und ich will mich sicherlich nicht in deine Arbeit einmischen, aber um dieser mit allen Wassern gewaschenen Berufspolitikerin beizukommen, braucht es einen kühlen Kopf.«

Die Kommissarin war aufgesprungen und tigerte mehrere Minuten im Garten umher, bevor sie sich wieder setzte.

»Du hast recht, Paul, ich gebärde mich fast so wie mein junger Mitarbeiter Gross manchmal. Dabei bilde ich mir was darauf ein, in unserem Team der ruhende Pol zu sein. Trotzdem ist es eine ziemliche Unverfrorenheit von dieser Frau, uns so in die Arbeit reinzupfuschen.«

Paul schnappte sich die Zeitung und las nun gleichfalls den Artikel. Magdalena hatte ihm gegenüber ein wenig über den aktuellen Mordfall, in dem sie ermittelte, erzählt. Er kannte die wichtigen Fakten, die auch in der Regionalpresse abgedruckt worden waren.

»Also wenn du mich fragst, stilisiert sie ihren Mann zum absoluten Unschuldsopfer und will aus ihm offenbar einen Helden machen.«

»Erneut hast du recht, Paul, und das würde ihr im Gegenzug natürlich am meisten nutzen. Besser jedenfalls, als wenn sich herausstellen würde, dass er gehörig Dreck am Stecken hat. Wir müssen die Firma sofort auf den Kopf stellen, bevor sie belastendes Material auf die Seite schaffen können, und dann muss ich wohl persönlich mit dieser Frau Gruibinger-Hess reden. Ich bin überzeugt davon, dass sie mich nicht so leicht einschüchtert wie meinen Kollegen.«

Mit quietschenden Reifen kam der Alfa Romeo vor dem Bürogebäude der Firma Sturz zum Halten. Sascha hatte seine Vorgesetzte in deren Haus abgeholt, nachdem sie ihm an diesem Samstagmorgen telefonisch von dem Zeitungsartikel erzählt hatte.

Zuvor hatte er bei Gerda Neuburg angerufen und sie gebeten, Miriams Kinder erst am späten Nachmittag vorbeizubringen.

Am Abend zuvor hatte er Karls Angebot angenommen und bei seinem alten Kumpel im Gästezimmer übernachtet. Nachdem ihm dieser während ihres gemeinsamen Restaurantbesuchs die schockierende Wahrheit über die Begebenheit an der Schlucht in Südfrankreich gestanden hatte, war es nicht bei dem einen Schnaps geblieben.

Sascha wollte die wertvollen Schmuckstücke eigentlich gleich mitnehmen, doch Karl hatte ihm kleinlaut eröffnet, dass er die Pretiosen bei einem Hehler deponiert hatte.

Der als äußerst seriös bekannte Juwelierhändler würde ihm die Hehlerware dann eben nächste Woche aushändigen, da war er sich sicher, denn Wertheim war laut Karl sehr auf seinen untadeligen Ruf angewiesen.

»Meinst du, man kann es so hindrehen, dass wir wenigstens einen Finderlohn bekommen?«, hatte Karl gefleht.

»Ihr müsst in erster Linie froh sein, wenn ihr nicht wegen Mordes und Unterschlagung von Diebesgut im Knast landet.«

Es kann nicht schaden, wenn ich meinem alten Kumpel ein wenig Angst einjage, dachte Sascha.

Die Hauptkommissarin hatte zuvor bei Köttmann angerufen, der an seinen freien Samstagen immer zum Angeln ging und damit wahrscheinlich seine manchmal cholerische Art ein wenig ausglich.

Zu ihrem Glück hatte der pflichtbewusste Beamte sein Handy dabei, wenn er den Fischen den Garaus machte. In groben Zügen hatte Magdalena ihm von dem Interview der Politikerin berichtet und Köttmann darauf hingewiesen, dass brisante Akten womöglich beiseitegeschafft werden würden.

Sie konnte ihn offenbar überzeugen. Er hatte daraufhin wohl seinerseits ein paar Telefonate geführt und einige Hebel in Bewegung gesetzt, denn das weitläufige Gelände wimmelte von blauweißen Polizeiautos.

Der zuständige Staatsanwalt, ein guter Freund Köttmanns, war an seinem freien Tag extra ins Präsidium gekommen und hatte ihr den Durchsuchungsbeschluss ausgehändigt.

Wie erwartet war keine Menschenseele auf dem weitläufigen Gelände der Entsorgungsfirma zu sehen und Sascha blickte fragend seine Chefin an.

»Sollen wir einen Schlüsseldienst hinzuziehen?«

»Hm, so etwas macht auch die Feuerwehr. Wir müssen ihnen lediglich mitteilen, dass sich vielleicht ein Toter oder Verletzter in den Räumen aufhält.«

Sascha nickte und tippte die Notrufnummer in sein Smartphone.

In diesem Augenblick hörten die beiden Beamten aufgeregtes Hundegebell und wenig später bogen zwei Uniformierte eines privaten Wachdienstes um die Ecke.

Mit eiligen Schritten kamen die Männer näher und der Größere stellte sich mit grimmiger Miene vor die Kommissare, während sein Kollege irgendetwas in sein Funkgerät sagte.

»Was haben Sie hier zu suchen, verlassen Sie sofort das Gelände!«, stieß der Wachmann, an dessen blauer Uniform ein kleines Schild mit dem Namen Santer angenäht war, dienstbeflissen hervor.

»Ja was meinen Sie wohl, was wir hier veranstalten. Einen

kleinen Wochenendausflug der Polizei beim örtlichen Müllmann, weil es hier so idyllisch ist?«, entgegnete Sascha sarkastisch, der sich nur mühsam beherrschen konnte.

Im nächsten Moment hielt er Santer den Beschluss unter die Nase.

»Jetzt aber hurtig Freunde, ihr schließt uns jetzt sofort die Eingangstür dort auf oder wir kriegen euch wegen Behinderung einer Ermittlung in einem Mordfall dran.«

Die beiden Wachleute wirkten jetzt nicht mehr ganz so souverän und Santer zog fluchend einen Schlüsselbund hervor.

Sofort, nachdem sie das Gebäude betreten hatten, schwärmten die Beamten in die verschiedenen Büroräume aus und es dauerte nicht sehr lange, bis die ersten Polizisten vollbepackt mit Aktenordnern zu ihren Autos gingen.

Gemeinsam mit einer von mehreren Softwarespezialisten, die zu ihrem Aufgebot gehörten, stürmten Mertens und Gross in das Büro von Sturz.

Die junge Frau platzierte sich auf den eleganten Stuhl, in dem normalerweise der Chef saß.

»Wonach suchen wir eigentlich?«, wollte sie wissen, nachdem sie das Passwort geknackt hatte.

»Hm, das ist eine gute Frage. Sollte Sturz von der Müllschieberei gewusst haben, wovon ich ausgehe, müssten wir irgendwo gefälschte Frachtpapiere oder dergleichen finden. Theoretisch müssen wir den Eingang sämtlicher angelieferter Stoffe, die ein hohes Gefährdungspotenzial aufweisen, protokollieren und Sturz muss deren rechtmäßige Entsorgung beweisen. Denn so wie ich den Firmenchef einschätze, läuft hier alles über seinen Schreibtisch. Ich habe mich ein wenig über Giftmüllentsorgung kundig gemacht. In der Regel wird dem hochbelasteten Giftmüll normaler Müll beigesetzt, dadurch kommt das Zeug dann in eine niedrigere Schadensklasse und kann auf herkömmlichen Müllkippen entsorgt werden, was natürlich illegal ist. Oder die giftige Fracht wird sooft zwischen verschiedenen Firmen hin- und hergeschoben, bis sich die Spur verliert. Am einfachsten aber ist es offenbar, wenn man die Ware umdeklariert und von skrupellosen Spediteuren irgendwo in südliche Gefilde transportieren lässt. Sehr vieles davon ging in den letzten Jahren nach Süditalien, doch dort regt sich seit geraumer Zeit Widerstand in der Bevölkerung. Mittlerweile ist der afrikanische Boden, zum Beispiel Nigeria, um nur ein Land zu nennen, für die Verklappung von Gift, das bei uns in Deutschland anfällt, entdeckt worden. Und es ist tatsächlich so, dass mit dieser Scheiße, entschuldigen Sie meine Ausdrucksweise, sehr, sehr hohe Renditen erzielt werden, ungefähr so hohe wie im internationalen Drogenhandel«, referierte Mertens.

»Das heißt, vereinfacht gesagt, der Giftmüll wird von dem jeweiligen Unternehmen für viel Geld in Empfang genommen und für wenig entsorgt. Daher die enormen Gewinnspannen.«

»Richtig, Herr Gross, jetzt müssen wir nur noch Beweise für unsere Theorie finden. Darüber dürfen wir natürlich nicht den eigentlichen Zweck unseres Hierseins vergessen. Schließlich fahnden wir nicht nach Wirtschaftskriminellen oder Umweltsündern, sondern nach einem Mörder, der aus den Reihen der organisierten Kriminalität stammen dürfte. Und so wie die Leiche drapiert war, geht der Täter sehr planvoll und vor allem grausam zu Werke.«

»Wie ich sehe, haben Sie sich in meinen Räumlichkeiten gut eingerichtet.«

Überrascht drehten sich die Polizisten um und blickten in das lächelnde Antlitz von Dirk Sturz. Als ob er so etwas geahnt hätte, hatten sich Nadia und er am Donnerstagabend wieder getrennt auf den Heimweg gemacht.

Mertens hatte sich als Erste wieder gefasst.

»Guten Morgen, Herr Sturz, ich nehme an, der Wachdienst hat Sie über unsere Hausdurchsuchung informiert?«

»Ach wissen Sie, Frau Kommissarin, ich habe eigentlich stündlich damit gerechnet, dass Sie hier auftauchen, nachdem die Witwe meines getöteten Mitarbeiters dieses viel beachtete Interview gegeben hat. Sie hat darin ja nicht mich direkt verdächtigt, für den Mord an ihrem Gatten verantwortlich zu sein, aber zwischen den Zeilen war zu lesen, dass irgendwas in meiner Firma nicht mit rechten Dingen zugeht und Hess diesem ominösen Geschäftsgebaren auf die Schliche gekommen ist. Sie können mir glauben, dass ich nach wie vor davon überzeugt bin, dass in meinem Betrieb alles mit rechten Dingen zugeht. Falls es nicht so ist, habe ich so oder so verloren. Denn sollte ich tatsächlich damit zu tun haben, bin ich dran, und wenn einer meiner Mitarbeiter ein krummes Ding gedreht hat, heißt es, ich habe meinen Laden nicht im Griff«, antwortete der elegant gekleidete Unternehmer.

»Na ja, aber im Fall des verbrecherischen Mitarbeiters würden Sie wenigstens nicht ins Gefängnis wandern«, gab Mertens zu bedenken.

»Das ist leider nur ein schwacher Trost. Wenn ruchbar wird, dass hinter meinem Rücken solch eine Sauerei abgelaufen ist, kann ich einpacken.«

Sturz war das Lächeln angesichts der alles andere als rosigen Aussichten offenbar vergangen.

»Um meinen guten Willen zu zeigen, werde ich auf jeden Fall mit Ihnen kooperieren und nicht eine Armada von Anwälten einschalten. Schließlich ist es ja auch in meinem Interesse, wenn eine mögliche Straftat in meinem Unternehmen lückenlos aufgeklärt wird. Ich wünsche Ihnen viel Erfolg und möchte mich jetzt von Ihnen verabschieden, da ich noch einen wichtigen Termin habe.«

Mit diesen Worten verließ Sturz den Raum.

Mertens und ihr Mitarbeiter sahen sich vielsagend an.

»Das läuft alles viel zu glatt«, sagte Mertens kopfschüttelnd.

»Der Ansicht bin ich auch, wenn der eine weiße Weste hat, fresse ich einen Besen.«

»Nanu, woher kommt der plötzliche Sinneswandel, Herr Gross? Erinnern Sie sich, als wir das erste Mal hier gewesen sind, waren Sie ganz begeistert von Herrn Sturz?«

Die Kommissarin betrachtete Sascha und konnte erkennen, wie es in seinem Inneren arbeitete.

»Selbst ich bin noch lernfähig, Frau Mertens«, entgegnete er zähneknirschend.

Nach mehr als zwei Stunden, in denen sowohl Mertens als auch Gross mehrfach den Kaffeeautomaten im ersten Stock aufgesucht hatten, schaltete die junge Kollegin den PC aus.

»Also, es tut mir leid, aber ich konnte bisher nichts Auffälliges feststellen. Das Beste wird sein, wir nehmen die ganze Hardware mit und ich schaue mir das in Ruhe nochmals an.«

Sowohl die Hauptkommissarin als auch ihr Kollege waren sichtlich enttäuscht, hatten sie doch beide erwartet, dass sie auf dem Computer von Sturz Hinweise auf etwaige Hintermänner finden würden.

Gerade als sie das Büro verlassen wollten, kam ein uniformierter Polizist keuchend zur Tür herein.

»Frau Mertens, kommen Sie schnell, auf einem der Computer wurde etwas Interessantes entdeckt.«

Ohne lange zu zögern, folgten die zwei Kommissare ihrem Kollegen, der schließlich vor einem kleinen Raum stehen blieb.

»Aber dieses Zimmer kennen wir doch!«, rief Sascha aus. »Hier arbeitet doch dieser Müller, der uns bei unserem letzten Besuch den Betrieb gezeigt hat. Kann es sein, dass dieser so harmlos wirkende Mensch …«

Er sprach es nicht aus, doch Mertens wusste auch so, was er meinte, und hatte erhebliche Zweifel daran.

Der Firmeninhaber stieg derweil in seinen Porsche Cayenne, dessen Sitze er hatte aufpolstern lassen, um nicht gar so klein zu wirken in dem Riesenschiff, und fuhr in Richtung Stadtmitte. Er bog dann in eine Querstraße ab und dirigierte seinen SUV zur Achalm hoch. Den unscheinbaren Golf, der ihm in einiger Entfernung folgte, bemerkte er nicht.

Am Parkplatz oben stieg Sturz aus und sah sich vergeblich nach einem bekannten Wagen um. Mit einem ärgerlichen Blick auf seine Uhr betrat er das Restaurant und setzte sich an einen Tisch mit Panoramablick.

Hier hat sich vieles verändert in den letzten Jahren, dachte er und erinnerte sich an früher, als er mit seinen Kumpels hier hochgefahren war, um zu feiern. Die Ausflugslokale am Fuße des Reutlinger Hausbergs hatten ebenfalls zu den bevorzugten Plätzen seiner damaligen Clique gehört und in einem davon, welches es war, war ihm entfallen, hatte Sturz auch seine spätere Frau kennengelernt.

Er hatte sie gleich am ersten Abend mehr oder weniger entführt und war mit ihr zu der pittoresken Burgruine hochgelaufen. Auf seine Züge trat ein feines Grinsen, als er daran dachte, dass er sie jetzt wegen einer anderen in die Wüste schicken würde. Der frühere Schafstall, der unweit des Restaurants stand, war zu einer beliebten Location für Hochzeiten oder sonstige Feste geworden.

Während er auf seine Verabredung wartete, nippte er an

seinem Cappuccino und dachte wie fast immer in den letzten Tagen an die wenigen Optionen, die er hatte, um aus dieser prekären Lage, die ihm Hess' Witwe eingebrockt hatte, wieder herauszukommen.

Hatte er noch vor Kurzem die Möglichkeit, präferiert auszupacken, ohne Lothar Hess zu belasten, und die Politikerin im Gegenzug zu bitten, ihre exzellenten Verbindungen einzusetzen, um ihn in ein Zeugenschutzprogramm aufzunehmen, so hatte er sich nach einem Gespräch mit Nadia, der er nach langem Überlegen von der Giftmüllgeschichte erzählt hatte, anders entschieden. Die Rolle, die ihr Mann in dem Geschäft spielte, hatte er erst mal verschwiegen.

Als er auch nur vage angedeutet hatte, dass ihm so etwas vorschwebe, hatten sich die Gesichtszüge der schönen Frau verzerrt und sie war zu einer Furie geworden.

»Diese Leute finden uns, wo immer wir uns auch verstecken, falls ich überhaupt mit dir mitgehen würde. Vor solchen Gangstern hätten wir niemals Ruhe!«, hatte sie gebrüllt und Sturz hatte seinen ganzen Charme einsetzen müssen, um sie zu besänftigen.

Danach war die Stimmung auf dem Boot erst einmal auf den Tiefpunkt gesunken. Trotzdem hatten sie sich versöhnt und für das Wochenende verabredet.

Das war der Hauptgrund, weswegen er sich mit den gefährlichen Männern, die sehr wahrscheinlich seinen Mitarbeiter umgelegt hatten, hatte treffen wollen.

Doch sie waren ihm zuvor gekommen und sein Ansprechpartner, der als Vermittler zwischen dem Müllhändler, ihm und dem Entsorgungssyndikat fungierte, hatte ihn hierher zitiert. Dieser Kontaktmann war es auch gewesen, der damals dezent bei Sturz angefragt hatte, ob sein Unternehmen für solch heikle Entsorgungen infrage käme.

Heute verfluchte er jenen Abend, an dem er sich mit

seinem Mitarbeiter mit den ominösen Männern getroffen hatte.

Wenn er nicht so enden wollte wie Hess, musste er die Leute davon überzeugen, dass er niemals über diese Dinge auspacken würde, und sie bitten, eine Lösung für die heikle Angelegenheit mit der Politikerin zu finden. Bestimmt mussten diese Mafiosi des Öfteren solche Schwierigkeiten aus dem Weg räumen und Christiane Gruibinger-Hess war mit Sicherheit ein sehr harter Brocken.

Der Kontaktmann betrat als Erster das Restaurant, er war ein unauffälliger, mittelgroßer Anzugträger mit einem Gesicht, das man nach kurzem Hingucken sofort wieder vergaß. Der Kerl hingegen, der ihm folgte, fiel sofort auf, nicht etwa durch seinen bulligen Körper oder seinen dunklen Teint, sondern durch die gefährliche Aura, die er ausstrahlte.

Sturz erschrak und musste sich stark zusammennehmen, damit er nicht panisch reagierte. Die beiden, die der Vermittler damals beim Anleiern des Geschäfts dabeigehabt hatte, hatten deutlich seriöser gewirkt.

Das war bestimmt der Mann fürs Grobe.

»Ah, Herr Sturz, ich grüße Sie.«

Sturz hatte sich erhoben und streckte seine leicht zitternde Rechte hin.

»Darf ich vorstellen, das hier ist Herr Bartoli, unser Geschäftspartner aus Marseille.«

Bartoli war am Morgen in Stuttgart gelandet und mit dem Mietauto, dessen Navi den Weg auch in französischer Sprache beschrieb, hierhergekommen. Bevor er und der Vermittler sich mit Sturz trafen, hatten sie sich in einer Sportgaststätte getroffen, um ihr Vorgehen abzustimmen.

Zuerst wollte er diese Geschichte zu Ende bringen und

dann nächste Woche den Juwelierhändler aufsuchen, dessen Namen er in Brüssel erfahren hatte.

Das Geschäft mit der illegalen Müllentsorgung hatte er auf Anraten Santinis begonnen, der in seinem angestammten Geschäftszweig keine Zukunft mehr sah. Dass sich Bartoli ausgerechnet dieses schmutzige Gewerbe ausgesucht hatte, war dem Korsen nicht so recht und er hatte die Nase gerümpft, andererseits wollte sich der Alte ohnehin in absehbarer Zeit auf seine Insel verdrücken.

Auch bei den Leuten von Santinis Syndikat war seine Geschäftsidee auf wenig Gegenliebe gestoßen, doch die Aussicht auf sagenhafte Gewinnmargen wie sonst nur im Drogenhandel hatte die meisten der hartgesottenen Männer überzeugt.

Dass Santini beim Müll einsteigen wollte, passte den angestammten Organisationen, die sich bisher den Kuchen geteilt hatten, natürlich nicht und Bartoli hatte einiges an Überzeugungsarbeit leisten müssen, bevor er akzeptiert wurde.

Doch seine handfesten Argumente hatten die anderen schließlich überzeugt und gegen Santinis Bande wollte keiner einen Krieg riskieren.

Außerdem war ihm zupassgekommen, dass er den für Außenstehende undurchsichtigen Hafen von Marseille wie seine Westentasche kannte und Santini die richtigen Männer in den entscheidenden Behörden entlohnte. Dass der giftige Industrieabfall auf irgendeine Müllkippe in Nigeria oder einem anderen afrikanischen Land gebracht wurde und dass dort hauptsächlich Kinder nach Verwertbarem suchten und sich dadurch in tödliche Gefahr brachten, war Bartoli egal. Wenn er sein großes Ziel, Santini nachzufolgen, erreichen wollte, durfte er sich keinerlei Form von Empathie leisten.

»Er spricht leider kein Wort Deutsch, aber ich kann Ihnen versichern, dass ich alles wortwörtlich wiedergebe, was er sagt.«

Da war sich Sturz nicht so sicher und er verschwieg, dass er während seines Außenwirtschaftsstudiums ein Semester in Paris verbracht hatte. Es konnte nicht schaden, wenn die zwei sich sicher waren, dass er nichts verstand.

Kaum hatte der Franzose neben Sturz Platz genommen, heftete er seine kalten Augen auf den Unternehmer.

»Wie konnte es soweit kommen, dass diese Politikerin in der auflagenstärksten Tageszeitung Ihres Landes über unsere Geschäfte plaudert?«

Der Vermittler übersetzte beinahe simultan und Sturz zuckte mit den Schultern.

»Ich habe versucht, mit ihr zu reden, aber Sie wissen ja bestimmt, wie diese Politiker sind, Monsieur. Immer wollen sie im Mittelpunkt stehen. Dabei habe ich mit ihr einen Deal ausgehandelt, an den sie sich leider nicht gehalten hat«, antwortete Sturz und versuchte ein verzweifeltes Lächeln.

Bartoli wartete, bis er die Worte von Sturz in seiner Muttersprache hörte und beugte sich ganz nahe zu ihm hin.

»Wir werden uns um diese renitente Politikerin kümmern, aber das ändert nichts an der Tatsache, dass Sie versagt haben.«

Plötzlich spürte Sturz, wie sich eine eiserne Klaue um seine Genitalien schloss und zudrückte.

Ich kann mir beim besten Willen nicht erklären, wie diese Mail auf meinen Rechner kommt, das müssen Sie mir glauben«, stieß Müller empört hervor.

Unmittelbar nachdem sie in das Büro des Angestellten gestürmt waren und die Nachricht auf dessen Computer gelesen hatten, hatte Mertens ihren Kollegen gebeten, den Mann sofort hierher zu schaffen.

Sascha hatte die Adresse in sein Handy eingegeben und die dort installierte Navi-App führte ihn zielsicher zu dem Reiheneckhaus am Stadtrand von Pfullingen.

Hier wohnt doch kein Mann, der im großen Stil Giftmüll verschiebt, dachte Sascha kopfschüttelnd und öffnete die kleine Zauntüre. Andererseits war das natürlich eine sehr gute Tarnung, denn auch der unscheinbare Mittelklassekombi, der in der Garage stand, zeugte nicht unbedingt von einem Hang zum Protzen.

Gerade als er die Klingel drücken wollte, hörte er lautes Kindergeschrei und der Polizist beschloss, um das Haus herum in den kleinen Garten zu gehen.

Übermütig tollten zwei etwa Zehnjährige um einen dieser kleinen aufblasbaren Pools herum und spritzten einen schmächtigen, weißhäutigen Mann in einer Badehose nass.

Der Kommissar hielt kurz inne, bevor er dieses Idyll stören musste, zu sehr erinnerte es ihn an Miriams Kinder Sylvie und Anne. Früher waren ihm solche Gedanken fremd gewesen, doch seit er quasi der Ersatzvater für die beiden war, hatte er seinen Familiensinn entdeckt.

In diesem Moment fiel der Blick des Mannes auf den Eindringling und seine gerade noch glücklichen Gesichtszüge entglitten völlig, als er den Polizisten erkannte.

»Hört mal einen Moment auf, Kinder, wir haben Besuch«, bat er die beiden eindringlich.

Doch mit seiner Autorität war es wohl nicht weit her.

»Guten Tag Herr Gross, was kann ich für Sie tun? Ist wieder etwas in unserer Firma passiert?«, fragte er besorgt und trocknete sich mit einem herumliegenden Handtuch ab.

»Entschuldigen Sie die Störung an Ihrem freien Tag, Herr Müller, aber ich muss Sie bitten, mich in Ihr Büro zu begleiten. Unsere Spezialisten haben auf Ihrem PC eine merkwürdige Nachricht gefunden, die Sie uns näher erklären sollten.«

Sascha bemühte sich, höflich zu sein, doch die scharf vorgetragene Bitte glich eher einem Befehl. Außerdem beobachtete er sein Gegenüber genau, um für einen etwaigen Fluchtversuch gewappnet zu sein. Müller jedoch machte bisher nicht den Eindruck, als ob er abhauen wollte.

»Selbstverständlich komme ich mit, ich ziehe mir nur noch schnell etwas an. Möchten Sie solange etwas trinken, einen Kaffee oder etwas anderes?«

Sascha entschied sich für ein Glas Wasser und stellte sich so hin, dass er den Hauseingang im Blickfeld hatte.

Wenig später kam Müller wieder zur Terrassentüre heraus und bat seine Kinder, während seiner Abwesenheit aus Rücksicht auf die Nachbarn nicht zu laut zu sein.

Trotz der ungewöhnlichen Hitze, die an diesem Morgen herrschte, hatte der Büroangestellte seinen dunklen Anzug mit weißem Hemd und Krawatte angezogen.

»Ist Ihre Frau nicht zu Hause? Sie können die Kinder doch nicht alleine lassen«, bemerkte Sascha besorgt.

»Samstags und sonntags bespaße ich in der Regel die Kleinen und meine Gattin bekommt dadurch eine kleine Auszeit. Heute zum Beispiel ist sie mit einer Freundin in die Kunsthalle nach Tübingen gegangen. Ich kann meine beiden Racker schon eine Zeitlang alleine lassen und so lange wird es ja nicht dauern. Zur Not können sie jederzeit bei meinen direkten Nachbarn unterkommen.«

Das klang ja beinahe nach einer idealen Familie, dachte Sascha, dem der Mann immer sympathischer wurde, doch er durfte sich nicht von seinen Gefühlen leiten lassen.

»In meinem ganzen Leben habe ich noch nichts Unrechtes getan, das müssen Sie mir glauben. Das ist ein großes Missverständnis.«

Mit aufgerissenen Augen starrte Müller in seinem Büro auf den Bildschirm seines PCs, vor dem ein Computerspezialist der Polizei saß. Zu lesen war:

Nächste Lieferung kommt am kommenden Dienstag, Provision wie immer bar an dem vereinbarten Treffpunkt.

»Herr Müller, ich fürchte, Sie müssen uns aufs Präsidium begleiten, wo Sie uns einige Fragen zu beantworten haben. Diese Nachricht wurde nicht auf Ihrem normalen E-Mail-Account gefunden, sondern auf einem geheimen Konto, und selbst unser Spezialist hier hat sein ganzes Können aufbieten müssen, um es zu finden.«

»Diese Adresse kenne ich nicht«, meinte Müller nach einem längeren Blick auf den Bildschirm. »Das hat mir jemand untergejubelt, damit habe ich nichts zu tun«, flüsterte er mit hängenden Schultern.

»Gehen wir.«

Sascha drängte den völlig apathisch wirkenden Angestellten hinaus.

»Können Sie meine Nachbarn anrufen und sie bitten, auf meine Kinder aufzupassen, bis meine Frau nach Hause kommt?«

Der Kommissar nickte und ließ sich die Nummer geben.

Mertens verließ ebenfalls den kleinen Raum und schaute sich nach dem uniformierten Kollegen um, der bisher als einziges neues Mitglied für die großspurig angekündigte Sonderkommission abgestellt war. Sie fand ihn schließlich im Büro des Firmenchefs.

»Herr Ganter, kommen Sie bitte.«

Der ehrgeizige Polizist war ihr bereits bei den Ermittlungen am Schloss Lichtenstein ein wenig zur Hand gegangen. Sofort ließ der hochgewachsene, hagere Mann alles stehen und begleitete die Kommissarin auf den Hof hinaus.

»Ich habe eine wichtige Aufgabe für Sie. Überprüfen Sie bitte einen Büroangestellten namens Eberhard Müller.«

»Ist das unser Hauptverdächtiger?«, wollte Ganter wissen und sein schmales Gesicht war vor Erregung rot angelaufen.

»Langsam, langsam, so weit sind wir noch nicht, wir haben lediglich etwas gefunden, was ihn in die Nähe einer Verdächtigung bringt. Sie müssen jetzt erst mal seine Konten auf ungewöhnliche Einzahlungen überprüfen, dann müssen Sie recherchieren, ob er in Spielcasinos herumhängt oder sich mit Prostituierten vergnügt. Ich will wissen, ob er in letzter Zeit irgendwelche Immobilien oder teure Autos gekauft hat. War er mit seiner Familie in einem kostspieligen Urlaub, hat er seiner Frau teuren Schmuck gekauft? All diese Dinge interessieren mich brennend. Sie verstehen, worauf ich hinaus will, Herr Ganter?«

»Selbstverständlich, Frau Hauptkommissarin, ich werde sofort mit meinen Recherchen beginnen. Aber an die Bankinformationen komme ich ja nicht so einfach ran.«

»Ich kümmere mich darum, dass Sie ein entsprechendes Papier von der Staatsanwaltschaft bekommen. Also, an die Arbeit.«

Ganter stürzte geradezu davon und brauste wenig später mit seinem Privatauto, das er in Ermangelung eines Dienstfahrzeugs nutzen musste, davon.

»Es erstaunt mich immer wieder, wie dienstbeflissen unser junger Kollege doch ist«, meinte Sascha schmunzelnd zu seiner Vorgesetzten, als sie gemeinsam mit dem völlig konsternierten Müller auf dem Rücksitz nach Reutlingen fuhren.

»Na ja, das lässt auch noch nach, aber zum Glück haben

wir wenigstens diese Unterstützung bekommen, und wenn ich Sie um eines bitten darf, veräppeln Sie ihn nicht wegen seines Ehrgeizes.«

Auf der weiteren Fahrt herrschte eisiges Schweigen und die Beamten wollten mit dieser vorher abgesprochenen Maßnahme dem vor sich hinbrütenden Verdächtigen die Möglichkeit geben, in sich zu gehen, um eventuell schnell ein Geständnis zu bekommen.

Die Schmerzen waren so unerträglich, dass Sturz laut aufschrie.

Sofort richteten sich die Blicke aller Anwesenden auf den Verursacher dieses animalischen Schreis.

»Kann ich irgendwie helfen, ich bin Arzt«, bot ein grauhaariger Mann an, der an einem der Nebentische saß.

»Vielen Dank, das ist sehr nett von Ihnen, aber unser Begleiter wurde erst gestern nach einer schwierigen OP im Darmbereich aus dem Krankenhaus entlassen. Offenbar hat der behandelnde Doktor die Dosierung der Schmerzmittel zu niedrig eingestellt. Wir bringen ihn am besten nachher wieder in die Klinik.«

Sturz war mittlerweile so bleich geworden, dass die anderen Gäste dem Vermittler, der geistesgegenwärtig reagiert hatte, diese Geschichte abnahmen.

»Reißen Sie sich zusammen, Bartoli, oder wollen Sie so viel Aufmerksamkeit erregen, dass irgendjemand die Polizei ruft?«, zischte der Vermittler, als an den Nachbartischen wieder normale Konversation geführt wurde.

Der Franzose verzog keine Miene und zuckte lediglich mit seinen breiten Schultern.

»Kann ich kurz aufs WC gehen?«, bettelte Sturz mit heiserer Stimme.

Sein Geschäftspartner übersetzte für Bartoli.

»Aber sicher doch, ich bin ja kein Unmensch. Aber Autoschlüssel und Handy lässt er hier und Sie begleiten ihn, falls er türmen will. Ich bin noch nicht fertig mit dem Kerl.«

»Herr Bartoli bittet Sie, den Schlüssel Ihres Wagens hierzulassen. Haben Sie keine Angst, das ist eine reine Vorsichtsmaßnahme, da er noch ein paar Fragen an Sie hat. Danach können Sie selbstverständlich gehen«, übersetzte der Vermittler nicht ganz wahrheitsgetreu.

Wortlos zog Sturz den Chip, der sowohl als Türöffner als auch zum Starten des Porsches diente, aus der Hosentasche und legte ihn auf den Tisch.

Gefolgt von dem Vermittler humpelte Sturz breitbeinig zur Herrentoilette und öffnete eine der vier in einer Reihe angeordneten Türen.

Obwohl sein Bewacher ihn gebeten hatte, die Türe nicht abzuschließen, legte Sturz den Riegel um.

»Bitte beeilen Sie sich, in Ihrem eigenen Interesse, Sie haben ja jetzt einen kleinen Vorgeschmack darauf bekommen, wozu dieser Franzose fähig ist. Ich meinerseits werde meine Geschäfte mit diesem brutalen Halunken mit dem heutigen Tag beenden, das verspreche ich Ihnen, Herr Sturz. Dann müssen wir uns eben wieder mit den Italienern arrangieren.«

Laut hörbar hob Sturz den Klodeckel an, während sein windiger Kontaktmann weiter über die goldene Zukunft, die sie beide vor sich hätten, schwadronierte.

Der will mich mit seinem Geschwafel bloß beruhigen, dachte Dirk angewidert, und wenn ihn dieser Bartoli nachher umlegte, würde der andere einfach wegschauen.

In diesem Moment betraten mehrere Männer die Toilette, darunter der weißhaarige, der sich als Arzt vorgestellt hatte.

»Ihr Begleiter sieht wirklich schlecht aus, soll ich nicht doch einen Krankenwagen rufen?«, schlug der Mediziner vor und urinierte zielsicher in eines der Pissoirs.

»Sie sind wirklich sehr hilfsbereit, vielen Dank, aber der Kranke will sich unbedingt vorher noch von seiner Frau verabschieden.«

Die beiden unterhielten sich angeregt über die angebliche Krankheit von Sturz und auch die anderen Männer, die sich in dem geräumigen WC aufhielten, gaben ihre Meinung dazu ab.

»Dauert es noch lange, Herr Sturz?«, wollte der Vermittler ungeduldig wissen, nachdem die Männer die Toilette wieder verlassen hatten.

Er erhielt keine Antwort.

»Hallo, Herr Sturz, sind Sie womöglich ohnmächtig geworden?«

Wieder kam keinerlei Reaktion aus dem stillen Örtchen.

Der Vermittler war nun sehr ungehalten und klopfte mit der Faust an die Türe. Er ging in die Knie und beugte sich so weit hinunter, dass er die Kloschüssel in Augenschein nehmen konnte, doch da saß niemand drauf.

»Verdammt, der Kerl ist abgehauen!«, stieß er hervor und beeilte sich, wieder in den Gastraum zu gehen.

Mit betretener Miene blieb er vor Bartoli stehen und beichtete ihm sein Versagen. Er wusste, dass er vor Bartoli eigentlich keine Angst haben musste, dafür war er zu wertvoll für das Syndikat, trotzdem hielt er vorsichtshalber deutlichen Abstand zu dem Franzosen.

»Merde!«, war das Einzige, was Bartoli hervorbrachte, bevor er abrupt aufstand und dabei seinen Stuhl umwarf.

Diesen gefährlichen Mann sollte man nicht zum Feind haben, dachte der Vermittler und hob den Stuhl wieder auf.

Er sah den Ober, der für ihren Tisch zuständig war, an der

langen Theke stehen und offenbar auf eine Bestellung warten.

Sie hatten schon für viel Aufmerksamkeit gesorgt und durften nicht auch noch durch Zechprellerei auffallen. Die Rechnung beglich er mit einem Fünfzig-Euroschein und gab obendrein noch ein üppiges Trinkgeld, wobei er dem Ober gegenüber nochmals betonte, dass sie den Kranken zu einem Arzt bringen würden.

»Na los, worauf warten Sie, wir müssen den Kerl wieder einfangen, bevor er zur Polizei rennt und auspackt. Um die Politikerin kümmere ich mich später«, stieß Bartoli grimmig hervor, als der Vermittler das Restaurant verlassen hatte und zu dem auf und ab tigernden Gangster getreten war. »Wie war das noch mal vorhin auf dem WC?«

»Na, ja …«, druckste der Vermittler herum. »Kurz nachdem er die Türe zugemacht hatte, kamen einige der anderen Gäste und fragten mich über den vermeintlich Kranken aus. Diesen Umstand hat er sich wohl zunutze gemacht und ist aus dem Fenster geklettert.«

»Hm, weit kann er ja noch nicht gekommen sein, schließlich habe ich seinen Wagenschlüssel. Außerdem habe ich ihn doch ziemlich grob an den Eiern angefasst, so was steckt man nicht so leicht weg. Also, worauf warten Sie noch, sehen wir zu, dass wir den Burschen wieder einfangen.«

Gehetzt schaute sich Dirk Sturz immer wieder um. Sein Vorsprung war nicht allzu groß und wie er diesen Gorilla einschätzte, hatte der einen animalischen Instinkt, um sein Opfer wieder in seine Klauen zu bringen. Zu seinem Glück hatte der Vermittler lediglich geschaut, ob er noch auf der Kloschüssel saß. Dirk hingegen hatte sich in einer Art Klimmzug an der Wand hochgezogen, nachdem er zu seinem Entsetzen feststellen musste, dass das Fenster nur in Kippstellung zu bringen war, und hatte in dieser anstrengenden Stellung ausgeharrt, bis der Vermittler zur Türe hinausgestürmt war.

Ihm kam eine glänzende Idee: Er würde nicht talwärts laufen, wie seine Verfolger bestimmt vermuteten. Sturz spürte, wie das Adrenalin seinen Körper durchströmte, als er der Burgruine zustrebte, die weit sichtbar auf dem Gipfel der Achalm thronte.

Hier oben auf der Kuppe stand noch ein dichter Wald, wo er sich gut verstecken konnte. Alle paar Meter blieb er stehen und lauschte nach etwaigen Verfolgern, doch außer dem Rauschen der Bäume und dem Zwitschern der Vögel war nichts zu hören.

Dirk Sturz beruhigte sich langsam und erreichte wenig später den früheren Adelssitz, von dem lediglich ein erneuerter Bergfried und Reste einer Ringmauer übrig geblieben waren. Nachdem er seinen Blick hatte umherschweifen lassen, erschien ihm die beste Möglichkeit, ins Tal zu kommen, der Weg nach Eningen zu sein. Dort könnte er ein Restaurant aufsuchen, um Nadia anzurufen. Mit ihr gemeinsam wollte er eine Lösung suchen, die für beide gangbar war. Er durfte jedoch keineswegs hilflos auf seine Geliebte wirken, deshalb überlegte er sich sein weiteres Vorgehen, während er die teilweise mächtigen Buchen und Eschen umrundete. Der steinige und sehr steile Weg führte ihn aus dem Wald hinaus und er überquerte eine Blumenwiese, bevor er zu den Streuobstwiesen kam. Völlig außer Atem setzte sich der Flüchtende unter das weit ausladende Laubkleid eines Birnbaumes.

Hier kam ihm die zündende Idee. Er würde gemeinsam mit Nadia auf die Schweizer Seite des Bodensees segeln und dort seine Yacht verkaufen. Mit diesem Geld könnten sie eine Zeitlang gut leben, und wenn Gras über die ganze Sache gewachsen war, würde er wieder zurückkehren und seine Firma veräußern.

Diese Aussicht zauberte ihm ein Lächeln ins Gesicht und er beschloss, wieder weiterzumarschieren.

Als er sich erhob, hörte er ein Klatschen. Im selben Moment spürte Sturz einen Schmerz im Oberschenkel, und als er ungläubig sein Bein betrachtete, sah er zu seinem Entsetzen, dass es blutete. Allmählich begriff er das ganze Ausmaß.

Seine Verfolger hatten ihn eingeholt.

In seinem mittlerweile ziemlich zerknitterten Anzug folgte Eberhard Müller den Polizisten wie ein dressiertes Hündchen ins Innere des Präsidiums und landete im Büro der beiden, wo Mertens ihm freundlich einen Kaffee anbot.

Danach dirigierte sie ihn in einen kleinen fensterlosen Raum, der als Verhörzimmer diente. Sie bat ihn, auf einem der beiden Stühle Platz zu nehmen, die an einem kleinen Tisch standen. Dann verließ sie den Raum. Mit Absicht ließen die Kommissare mehrere für Müller wohl quälend lange Minuten verstreichen, bevor Sascha eintrat.

»Also Herr Müller, ich möchte nicht lange um den heißen Brei reden. Wie lange geht das schon mit dieser illegalen Müllschieberei und was hat Ihr Chef damit zu tun?«

»Ich weiß wirklich immer noch nicht, was das alles zu bedeuten hat, und ich bin mir sicher, dass in der Firma Sturz alles mit rechten Dingen zugeht.«

Müllers Hemd war mittlerweile klatschnass geschwitzt und er zog seufzend seine Anzugsjacke aus.

»Das glaube ich Ihnen nicht!«, blaffte Sascha. »Im Gegenteil bin ich überzeugt davon, dass hier eine Riesenschweinerei abgelaufen ist und ihr Chef mit drin hängt. Und als der arme Hess Wind davon bekommen hat, habt ihr ihn umlegen lassen. Denn dass ihr euch selbst die Hände schmutzig gemacht habt, glaube ich nicht. Also packen Sie endlich aus, Müller!«, sagte Sascha sehr laut und bestimmt.

Der verängstigte Mann hatte die Arme auf den Tisch gelegt und vergrub sein Gesicht darin.

So ging es noch eine Zeitlang weiter. Sascha bohrte immer mehr, schrie, schlug mit der Faust auf den Tisch, bis Müller Tränen in den Augen hatte.

»Bitte lassen Sie mich in Ruhe, ich habe doch nichts getan.«

Die Türklinge wurde heruntergedrückt und Magdalena Mertens betrat den Raum. Sie hatte durch die Lautsprecheranlage nebenan das Gesagte mit anhören können. Mit einem leichten Kopfnicken bedeutete sie ihrem Kollegen, das Zimmer zu verlassen.

»Herr Müller, es tut mir leid, wenn mein ungestümer Kollege Sie zu hart angefasst hat, aber es geht hier schließlich um die Aufklärung eines grausamen Mordes und ich bin überzeugt davon, dass Sie uns dabei behilflich sein wollen. Erleichtern Sie Ihr Herz. Was hat die Nachricht zu bedeuten, die wir auf Ihrem Rechner gefunden haben? Hat Herr Hess diese Mail ebenfalls entdeckt und wollte damit zur Polizei gehen? Wer sind Ihre Kontaktpersonen und wer hat Ihnen beim Umdeklarieren des Giftmülls geholfen? Das können Sie doch unmöglich alleine bewerkstelligt haben.«

Ihre ruhige Art trug dazu bei, dass das Häuflein Elend sich langsam wieder erholte.

»Könnte ich ein Glas Wasser haben?«

»Aber gerne.«

Wenig später brachte Sascha das gewünschte Getränk, bevor er den Raum wieder verließ. Mertens setzte sich und sah Müller konzentriert in die Augen.

»Wie ich bereits sagte, haben wir ein Tötungsdelikt aufzuklären. Dabei ist alles andere zweitrangig, auch diese ekelhafte Müllgeschichte. Ich bin mir sicher, dass Sie mit dem Mord nichts zu tun haben, aber wenn Sie durch Ihre Aussage dazu beitragen, den Mörder zu finden, wird sich das mit Sicherheit auf das Strafmaß auswirken. Sie werden dann bestimmt das Gefängnis nach zwei bis drei Jahren wieder verlassen und zu Ihrer Familie zurückkehren können.«

Es hatte für Mertens nun den Anschein, dass Müller jeden Augenblick auspacken würde, und die erfahrene Polizistin wartete ruhig ab.

»Ihre Frau und die Kinder sind Ihnen doch sehr wichtig, wie mir mein Kollege mitgeteilt hat. Sie müssen sie schützen, denn glauben Sie mir, Herr Müller, diese Leute, mit denen Sie sich eingelassen haben, schrecken vor nichts zurück. Wenn Sie mit uns kooperieren, können wir sowohl Sie als auch Ihre Familie vor diesen Leuten verstecken.«

Die verquollenen Augen Müllers hefteten sich an die Kommissarin.

»Ich möchte Ihnen Folgendes mitteilen …«

In diesem Moment stürzte Sascha herein.

»Frau Mertens, bitte kommen Sie sofort.«

Herr Gross, was sollte das eben, Müller wollte mir gerade etwas erzählen, vermutlich die Wahrheit.«

Magdalena Mertens war ziemlich ungehalten, nachdem sie das Verhörzimmer verlassen hatte.

»Ich denke, das hat erst mal Zeit. Auf einer Obstbaumwiese am Fuße der Achalm wurde ein Toter gefunden, wir müssen uns beeilen, bevor der Regen sämtliche Spuren verwischt.«

»Das ist allerdings dringlicher, weiß man schon Näheres?«

»Nein, ein Spaziergänger wollte unter der Krone eines mächtigen Birnbaums Schutz vor dem Regen suchen, als er die männliche Leiche entdeckte. Der ältere Mann ist beinahe zu Tode erschrocken, hat es aber immerhin noch geschafft, mit seinem Handy auf der Dienststelle anzurufen. Zum Glück hat der Kollege, mit dem er gesprochen hat, das Gestammel ernst genommen und eine Streife vorbeigeschickt. Die wohl ziemlich übel zugerichtete Leiche hat selbst den erfahrenen Beamten einen gehörigen Schock versetzt. Sie haben den Tatort großräumig abgesperrt und für den Entdecker des Toten Erste Hilfe angefordert.«

»Na gut, dann lassen Sie uns keine Zeit verlieren«, meinte Mertens ernst und holte ihre Tasche aus dem Büro.

Sascha war schon vorausgeeilt und saß bereits hinter dem Steuer ihres neuen Dienstwagens.

Im Fond hatte es sich bereits der uniformierte Kollege Ganter bequem gemacht, der neben den beiden Kommissaren immer noch das einzige Mitglied der Sonderkommission Müll darstellte.

»Hallo Herr Ganter«, begrüßte sie den Kollegen und wandte sich dann an Sascha.

»Wissen Sie ungefähr, wo wir hinmüssen, Herr Gross?«

»Ja, ungefähr, unser Navi bringt uns da nicht richtig weiter, weil der Fundort nur über geschotterte Feldwege zu erreichen ist. Zuerst fahren wir nach Eningen, dann sehen wir weiter.«

»Es müsste irgendwo da oben sein.«

Sascha deutete auf die markante Bergflanke der Achalm, während er die Hauptstraße der Nachbargemeinde von Reutlingen in Richtung Metzingen befuhr.

Vor ihrem geistigen Auge sah die Kommissarin einen ähnlichen Gewaltmarsch wie bei ihrem letzten Fall am Schloss

Lichtenstein vor sich, doch ihre düsteren Vorahnungen bestätigten sich nicht.

Die Feldwege waren zum großen Teil asphaltiert und Sascha konnte beinahe bis zur Absperrung fahren.

Nachdem sie ihre Ausweise gezeigt hatten, wurden die Kommissare hinter das rotweiße Absperrband gelassen. Schon von Weitem hörten sie den Kollegen Maier von der Spurensicherung schimpfen.

Gespannt näherte sich Magdalena Mertens gefolgt von ihrem Kollegen dem ausladenden Birnbaum.

»Das gibt es doch nicht!«, stieß sie hervor, als sie den Toten erkannte.

Sie zählte vier große Blutflecke an der Kleidung des Toten, am linken Oberschenkel, an der rechten Schulter, im Bauch und im Herzbereich.

»Das war eine Hinrichtung, wenn Sie mich fragen«, stellte Maier klar und deutete auf die Einschusslöcher im Körper des Ermordeten und auf den halbgeöffneten Mund.

An beiden Mundwinkeln war ein rotes Rinnsal aus getrocknetem Blut und bei genauerem Hinsehen konnte man erkennen, dass etwas darin steckte.

Sascha musste schwer schlucken, zwang sich aber, keine weitere Schwäche vor Maier zu zeigen.

»Ich könnte mir vorstellen, dass das dieselben Jungs waren, die dem letzten Toten die Zunge als Krawatte umgebunden haben«, sagte Maier leichthin.

»Ist es …, ist es das, was ich vermute?«

»Hm, wenn Sie vermuten, dass man dem guten Mann post mortem die Kronjuwelen abgeschnitten und sie ihm in den Mund gesteckt hat, Frau Mertens, dann liegen Sie richtig.«

Die Kommissarin zwang sich, nochmals genauer hinzusehen, während ihr Kollege sich an den Baum lehnte und dabei versuchte, einigermaßen cool auszusehen.

Wieder einmal kam ihr die Vergänglichkeit des menschlichen Körpers zu Bewusstsein, egal ob auf natürlichem Weg oder wie hier durch Gewalteinwirkung. Erst heute Morgen hatte sie mit diesem Mann geredet und jetzt stand sie vor seinem leblosen Körper.

Neulich hatte sie mit Paul eine Diskussion geführt, an die sie jetzt denken musste. In deren Verlauf hatte sie für ihre Verhältnisse hitzig die Ansicht vertreten, dass nach dem Ableben Schluss sei. Der ehemalige Bauer hingegen war fest davon überzeugt, dass es ein Leben nach dem Tod gäbe, und hatte seinen daraus resultierenden Glauben an ein höheres Wesen vehement verteidigt. Seine Argumente dafür waren so überzeugend wie ihre dagegen, doch sie spürte bei diesem Disput deutlich, dass bei ihm ein gefestigter Glaube für seinen Standpunkt vorhanden war und bei ihr lediglich die Vernunft. Sie führte das auf seine Kindheit in einem christlichen Elternhaus sowie auf seinen archaischen Beruf zurück. Andererseits war Paul keineswegs fixiert auf die eine richtige Glaubensrichtung, sondern tolerierte auch andere Religionsauslegungen.

»Jedes Mal, wenn ich ein neugeborenes Kalb oder ein kleines Ferkel sehe, fühle ich mich in meinem Glauben bestätigt. Als mein Sohn auf die Welt kam und ich sah, dass sämtliche Gliedmaßen an ihrem Platz waren, bin ich auf die Knie und habe dem Schöpfer für dieses Wunder gedankt.«

Diese Worte hatten bei Magdalena einen bleibenden Eindruck hinterlassen.

»Können Sie schon einen ungefähren Todeszeitpunkt sagen?«, beeilte sich Sascha zu fragen, um von seiner kleinen Schwäche abzulenken.

»Na ja, so lange kann es nicht her sein, dass sein Herz aufgehört hat zu schlagen. Der Wanderer, der ihn gefunden hat, ist sich ziemlich sicher, dass er mehrere Schüsse gehört hat, nachdem er sein Auto am Parkplatz abgestellt hat. Er hat dem allerdings keine große Bedeutung zugemessen und gedacht, dass eine Treibjagd im Gange sei. Bevor er den Toten entdeckt hat, ist er nach seinen Angaben dann ungefähr eine halbe Stunde marschiert.«

»Hat er den Mörder etwa noch gesehen?«, fragte die Hauptkommissarin aufgeregt.

»Leider nicht oder, vielleicht sollte ich besser sagen, zu seinem Glück nicht, denn wäre er eine Viertelstunde eher aus dem Haus gegangen, hätten wir ziemlich sicher eine weitere Leiche.«

»Und dieser Wanderer, ist der über jeden Verdacht erhaben?«

»Das ist ein harmloser Mann, der sich nur noch ein wenig die Füße vertreten wollte und dann in einen ziemlichen Schlamassel geraten ist. Dabei hat er wohl einen Schock erlitten und ist seit der Ankunft des Notarztes in Behandlung.«

Mit einem zustimmenden Nicken quittierte die Hauptkommissarin den Hinweis und drehte sich zur Achalm.

»Der Schütze stand also direkt vor seinem Opfer und hat ihn kaltblütig abgeknallt.«

Maier war zu ihr herangetreten und schüttelte zweifelnd den Kopf.

»Ich weiß nicht, es kommt mir eher so vor, als dass er oder sie zuerst einen Fangschuss abgefeuert hat, der den Ermordeten am Wegrennen hindern sollte und ihn danach unter dem Baum gerichtet hat. Vielleicht kann der Gerichtsmediziner erkennen, welcher von den Schüssen aus größerer Distanz abgefeuert wurde und aus welcher Art von Waffe. Ich tippe auf ein großkalibriges Jagdgewehr.«

»Gehen wir mal davon aus, dass unser Mordopfer nicht für einen Spaziergang hierhergekommen ist. Das bedeutet für mich, dass er von irgendwoher und vor irgendjemandem geflüchtet sein muss, bevor ihn die erste Kugel niedergestreckt hat«, überlegte Mertens.

Sie ließ ihren Blick über den Gipfel schweifen und verharrte an einem Punkt.

»Wir sollten oben beim Hotelrestaurant Achalm nachschauen, ob wir dort sein Fahrzeug oder sonstige Hinweise finden. Denn dass er von Eningen hochgelaufen ist, kann ich mir nicht vorstellen.«

Mit einem Wink bedeutete sie Sascha, der sich wieder einigermaßen gefangen hatte, ihr zu folgen, nachdem sie den Beamten von der Spurensicherung Instruktionen erteilt hatte, wie mit dem Getöteten zu verfahren sei.

»Äh, Frau Mertens, wollen Sie jetzt allen Ernstes da hochlaufen? Sie könnten doch den Kollegen Ganter mitnehmen, da ich keine passenden Schuhe dafür anhabe. Oder noch besser, wir fahren mit unserem Dienstwagen zu dem Restaurant«, versuchte Sascha seine Kollegin umzustimmen und deutete demonstrativ auf seine modischen Sneakers.

Die Hauptkommissarin war allerdings schon vorausgeeilt und ließ seine Argumente nicht gelten.

»Können Sie sich an den Mordfall am Schloss Lichtenstein entsinnen, da haben wir auf genau diese Art und Weise ein entscheidendes Beweisstück gefunden. Wer weiß, vielleicht ist uns das Glück dieses Mal auch hold und wir entdecken einen wichtigen Hinweis auf den Tathergang. Zum Glück hat es aufgehört zu regnen, und was Herrn Ganter betrifft, der wird uns oben am Parkplatz abholen.«

»Aber woher wollen Sie wissen, aus welcher Richtung das Opfer kam? Von hier aus gibt es mehrere Möglichkeiten, das Hotel zu erreichen«, gab Sascha zu bedenken.

»Was würden Sie tun, Herr Gross, wenn Sie auf der Flucht wären, würden Sie freies Gelände wählen oder den Wald?«

Sascha gab sich geschlagen und trottete hinter seiner Vorgesetzten her, die einen schmalen Weg durch das Dickicht entdeckt hatte.

Mit zunehmender Dauer macht der steile Anstieg den beiden Kommissaren zu schaffen, Mertens wegen ihrer mangelnden Fitness und Sascha, weil er Rücksicht auf seine teuren Schuhe nehmen wollte. Sie hatten etwa zwei Drittel des Höhenwegs erklommen, als Magdalena stehen blieb und um eine kurze Pause bat. Zwar hatte sie mit Paul in letzter Zeit des Öfteren längere Wanderungen unternommen, trotzdem spürte sie ganz deutlich, dass sie in dieser Hinsicht in den letzten Jahren eindeutig zu wenig gemacht hatte.

»Dieser Ausblick ist einfach herrlich«, stieß sie schwer atmend hervor und machte mit ihrem Arm eine Rundumbewegung.

Nach dem heftigen Sommerregen lugte nun bereits wieder die Sonne aus den Wolken und am Horizont zeigte sich der blaue Himmel.

Sascha nickte zustimmend, wenngleich er wenig Sinn für die schöne Landschaft hatte.

»Sehen Sie da unten den Tatort, Frau Mertens? Von hier oben hätte ein guter Schütze leichtes Spiel gehabt, sein Opfer zu treffen.«

»Da haben Sie recht, vorausgesetzt, der Geflüchtete kam aus dieser Richtung und sein Mörder ist ihm die ganze Zeit gefolgt, um ihm dann den Garaus zu machen.«

Gerade als sie sich wieder in Bewegung setzten, fiel Saschas Blick auf mehrere frisch abgebrochene Äste, die noch an einem Stück Rinde hingen. Darunter lag ein offenbar erst kurz zuvor weggeworfenes Papiertaschentuch.

»Sehen Sie mal, Frau Mertens!«, rief er aufgeregt.

Die Hauptkommissarin drehte sich abrupt um und sah in die angedeutete Richtung.

»Das gibt's ja nicht. Es sieht ja beinahe so aus, als ob der Schütze genau hier gestanden hat.«

Sie beugte sich vor und betrachtete das Taschentuch ein wenig genauer.

»Bestimmt hat es der Täter unbeabsichtigt fallen lassen und wir finden darin noch Schweiß oder Nasenschleim. Dann hätten wir die DNA des Mörders.«

Die Hauptkommissarin wirkte plötzlich wie ausgewechselt, die Spuren der Anstrengung waren wie weggeblasen.

»Sehr gut, Herr Gross, bitte benachrichtigen Sie umgehend Maier, damit er diese Spuren sichert. Das erhärtet meine Theorie, dass das Opfer von hier oben kam.«

Sascha wählte die Nummer des ungeliebten Spurensicherers und gab die Anweisung von Mertens weiter.

»Machen Sie bitte auf sich aufmerksam, Herr Gross. Maier müsste uns ja sehen und fragen Sie ihn, ob die Schüsse aus dieser Richtung gekommen sein könnten.«

Sie konnten erkennen, wie der Spurensicherer in ihre Richtung blickte.

»Er hat gemeint, dass er das nicht so genau feststellen kann, doch sobald er unten so weit fertig ist, kommt er hier herauf.«

Mit neuem Mut erklommen die beiden den restlichen Anstieg und standen schließlich auf der Burgruine.

Von hier aus machten sie sich auf den Weg zu dem reizvoll gelegenen Hotel Achalm und blieben auf dem weitläufigen Parkplatz stehen.

Sie sahen sich um, ob der Kollege Ganter bereits eingetroffen war, und dabei stach dem autobegeisterten Sascha ein Wagen besonders ins Auge.

»Das ist doch der Porsche Cayenne von Dirk Sturz.«

Er blieb vor einem schneeweißen Auto mit Reutlinger Kennzeichen und den Initialen des Getöteten stehen.

»Kommen Sie mit«, bat Mertens ihren Kollegen, nachdem sie wie geistesabwesend den Wagen eine Zeitlang betrachtet hatte.

Durch den großen Haupteingang betraten die Kommissare das Restaurant.

Mehrere Kellner wuselten umher und Mertens folgte daraufhin einem der einheitlich gekleideten Männer zum Tresen, wo dieser eine Bestellung aufgab. Sie stellte sich unweit von ihm hin und wartete, bis er fertig war.

»Entschuldigung, Herr …« Sie betrachtete eingehend das Namensschild am Revers der Jacke. »… Nardoni, mein Name ist Mertens, von der Reutlinger Kripo und das ist mein Kollege Gross, ich müsste Ihnen kurz ein paar Fragen stellen.«

Der mittelgroße Mann mit den ergrauten Schläfen blickte erschrocken drein.

»Habe ich etwas ausgefressen?«, stieß er heiser hervor.

»Ich hoffe nicht«, entgegnete die Hauptkommissarin und versuchte, die Situation mit einem Lächeln zu entschärfen.

»Es geht um ein Auto, das auf Ihrem Parkplatz steht, wir müssten wissen, ob der dazugehörige Besitzer sich heute im Laufe des Tages in Ihrem Haus aufgehalten hat.«

In der Zwischenzeit hatte Sascha die Homepage des Entsorgungsunternehmens aufgerufen und zeigte dem Kellner das Bild des Geschäftsführers.

»Den Herrn kenne ich natürlich, es handelt sich um Herrn Sturz, ein häufiger und gern gesehener Gast, aber weshalb fragen Sie, ist etwas mit ihm?«

»Bitte beantworten Sie meine Frage, war Herr Sturz heute hier und wenn ja in wessen Begleitung?«

Der Ober dachte kurz nach.

»Lassen Sie mich meine letzte Bestellung wegbringen und setzen sich derweil an einen freien Tisch. Sobald ich das erledigt habe, bin ich bei Ihnen. Darf ich Ihnen etwas zu trinken bringen?«

Nach der anstrengenden Wanderung nahmen die beiden das Angebot gern an. Wenig später brachte der Mann zwei große Apfelschorle und setzte sich zu ihnen.

»Ich habe mir gleich gedacht, dass etwas nicht stimmt. Normalerweise kommt Herr Sturz mit seiner Familie oder seinen Geschäftspartnern in unser Haus. Er ist immer sehr freundlich zum Personal und geizt auch mit den Trinkgeldern nicht.«

Das war für den Kellner offenbar ein Auswahlkriterium, das einen guten von einem schlechten Gast unterschied.

»Heute hingegen kam er allein und wirkte äußerst angespannt, als ich ihm wie üblich ein Glas Grauburgunder brachte. Er saß ungefähr eine Viertelstunde da und starrte abwesend aus dem Fenster, als zwei Typen hereinkamen und sich zu ihm setzten.«

»Können Sie sich noch daran erinnern, wie die aussahen?«, fragte Sascha aufgeregt.

»Aber natürlich entsinne ich mich, denn diese Art von Gästen gehört eigentlich nicht zu unserem Publikum«, antwortete er angewidert.

»Der eine sah ja noch einigermaßen manierlich aus, aber dem anderen möchte ich bei Nacht nicht begegnen. Richtig gefährlich hat der auf mich gewirkt und ich habe mich noch gefragt, mit was für Kerlen sich der Herr Sturz da trifft. Wobei mir der Unauffällige bekannt vorkam, ich meine ihn bei einem früheren Geschäftstreffen mit Herrn Sturz schon einmal gesehen zu haben.«

Der Kellner war offenbar ein guter Beobachter, wie Magdalena Mertens mit einem zufriedenen Lächeln feststellte.

»Ja natürlich, damals war der kürzlich verstorbene Herr Hess ebenfalls mit dabei«, fügte er hinzu.

»Das ist ja hochinteressant, bitte erzählen Sie weiter, was sich heute noch ereignet hat.«

»Na, ja, also ich ging an den Tisch und fragte die Herren nach ihren Wünschen und hatte dabei das ungute Gefühl, dass besonders die Anwesenheit des Mannes mit dem dunklen Teint Herrn Sturz ziemliche Angst einflößte. Als ich mich abwandte, um die Bestellungen am Nachbartisch aufzunehmen, wo sich zwei ältere Pärchen hingesetzt hatten, hörte ich plötzlich einen animalischen Schmerzensschrei in meinem Rücken. Blitzschnell drehte ich mich um und sah wie Herr Sturz zusammengesackt war. Sofort war einer der anderen Gäste aufgesprungen und hatte seine Hilfe angeboten.«

»Ein weiterer Augenzeuge«, stieß Mertens hervor und konnte ihr Glück kaum fassen. »Kannten Sie den Mann?«

»Aber natürlich, es handelte sich um einen pensionierten Arzt, Herrn Doktor Lehmann. Er und seine Frau sind häufig zu Gast in unserem Haus. Sofort tischte dann der Unauffällige ihm eine Geschichte auf, dass Herr Sturz erst kürzlich eine schwere Operation gehabt habe und wohl seine Schmerzmittel nicht eingenommen hätte.«

»Und wie hat der Mediziner reagiert?«

»Er war ziemlich skeptisch, hat sich dann aber kopfschüttelnd wieder hingesetzt. Ich hatte auch meine Zweifel, denn als Herr Sturz hereingekommen ist, wirkte er zwar etwas zerstreut, jedoch keineswegs so, als wäre er gerade aus einer Klinik entlassen worden. Wenig später sah ich, wie Herr Sturz gefolgt von dem Unauffälligen in Richtung Toilette gegangen ist. Ich habe mich dann um meine Arbeit gekümmert, da heute Morgen ziemlich viel los war. Etwa eine halbe Stunde später kam dieser Begleiter von Herrn Sturz und verlangte die Rechnung. Er gab mir ein üppiges Trinkgeld und betonte ausdrücklich, dass sie Herrn Sturz zu einem Arzt bringen würden.«

»Haben Sie Herrn Sturz nochmals gesehen?«, wollte Sascha wissen.

»Nein, ich glaube nicht, dass er nochmals hereingekommen ist, das kann ich allerdings nicht mit Bestimmtheit sagen, da ich wie gesagt viel zu tun hatte.«

»Hatten Sie das Gefühl, dass die beiden überstürzt abgehauen sind?«

»Hm…« Der Kellner machte eine Pause und dachte kurz nach. »Ja, überstürzt ist das richtige Wort.«

»Für mich sieht das so aus, als ob Sturz vom WC aus geflüchtet ist und die zwei Killer ihn verfolgt und abgeknallt haben.«

»Da könnten Sie recht haben, Herr Gross, es deutet auf jeden Fall alles darauf hin.«

»Was?«, rief der Ober erschrocken aus. »Ist der Herr Sturz ermordet worden?«

»Bitte beruhigen Sie sich Herr Nardoni. Leider ist es wahr, dass der Entsorgungsunternehmer einer Gewalttat zum Opfer gefallen ist.«

Der Kellner war aufgesprungen und ging scheinbar ziellos im Kreis herum.

»Verdammt, ich habe es mir gleich gedacht, als ich die zwei finsteren Typen das erste Mal gesehen habe, dass mit denen etwas nicht stimmt. Hätte ich bloß gleich die Polizei informiert«, jammerte Nardoni.

»Machen Sie sich bitte keine Vorwürfe, Sie können nichts dafür. Aber Sie können uns helfen, indem Sie meinen Kollegen Gross aufs Präsidium begleiten, um ein Phantombild der beiden Männer zu erstellen.«

Nardoni schüttelte immer wieder den Kopf, als er zu dem Mann hinter der Theke ging, um ihm Bescheid zu sagen.

»Herr Gross, bitte warten Sie, bis Ganter eintrifft. In der Zwischenzeit könnten Sie vielleicht die Adresse dieses

Doktor Lehmann herausfinden und ihn auch gleich mitnehmen, wenn er Zeit hat. Es deutet alles darauf hin, dass wir es hier mit Verdächtigen, wenn nicht sogar mit den Tätern zu tun haben. Sobald das Bild erstellt ist, schicken Sie es allen Kollegen in der Gegend und durchsuchen Sie sämtliche Archive, an die Sie rankommen. Ich gehe derweil zu Fuß zu Frau Sturz und überbringe ihr die schlechte Nachricht. Von hier zum Schönen Weg ist es ja ein Katzensprung.«

Sascha blickte seiner Kollegin hinterher und griff zu seinem Smartphone. Wie bereits am Morgen wählte er Gerdas Nummer und erzählte ihr mit wenigen Worten von dem Mord. Es tat ihm in der Seele weh, dass er Miriams Kinder nicht zu sich nehmen konnte, doch angesichts der neuen Faktenlage würde er dieses Wochenende keine Zeit für Anne und Sylvie haben. Er versprach Gerda, sich angesichts des falschen französischen Kommissars um eine Polizeistreife zu kümmern, die ab und an vor Gerdas Haus nach dem Rechten sehen sollte. Anschließend probierte er, Miriam auf ihrem Handy zu erreichen, doch da sprang sofort die Mailbox an.

Das repräsentative Haus mit dem alten Baumbestand hat bestimmt eine phänomenale Aussicht, dachte Magdalena Mertens, als sie vor dem meterhohen Gitter stand und auf den Klingelschalter drückte.

Sofort begann das tiefe Bellen eines Hundes, der wenig später auch auftauchte.

»Benno, sei still und geh wieder nach hinten.«

Die Frau, die auf den massigen Rottweiler einredete, war sehr zierlich und es hatte zuerst nicht den Anschein, als dass er ihr gehorchen würde. Doch als sie ihren Befehl wiederholte, trollte er sich.

»Hallo, was kann ich für Sie tun?«, fragte sie freundlich.

»Guten Tag, Mertens mein Name, ich bin von der Kripo Reutlingen.«

Umständlich kramte die Hauptkommissarin den Dienstausweis aus ihrer Handtasche und zeigte ihn.

»Hier wohnt doch die Familie Sturz, ich müsste in einer wichtigen Angelegenheit mit Frau Sturz reden. Ist sie momentan im Haus?«

Sobald Mertens das Wort Polizei erwähnt hatte, trat ein überraschter Ausdruck auf das hübsche Gesicht der Frau.

»Ich bin Esther Sturz und jetzt bin ich aber sehr gespannt, was die Kriminalpolizei von mir will. Aber bitte, kommen Sie doch herein.«

Mit einer einladenden Handbewegung bedeutete Esther Sturz der Kommissarin, ihr zu folgen.

Dieses Haus war das Gegenteil von ihrer altertümlichen Villa. Glas, Beton und Stahl waren die hauptsächlichen Baustoffe, die verwendet worden waren, und entsprechend kühl wirkte die Atmosphäre auf Magdalena Mertens. Als sie aber durch eine breite Schiebetür, die in die großformatige Fensterfront integriert war, hinaus auf die Terrasse trat, musste sie zugeben, dass dies einer der schönsten Ausblicke war, die man in Reutlingen haben konnte.

»Bitte nehmen Sie doch Platz«, lud Esther Sturz ein und wies auf die um einen stattlichen Tisch gruppierte Korbsesselgarnitur.

»Darf ich Ihnen etwas zu trinken bringen, einen Kaffee oder etwas Erfrischendes?«

Mertens wollte die unangenehme Aufgabe eigentlich so schnell wie möglich zu Ende bringen, entschied sich dann aber doch dazu, einen Cappuccino zu trinken.

»Bestimmt hat Ihr Besuch etwas mit Bennos Ausreißen letzte Woche zu tun. Es tut mir ja so leid, dass er den Postboten ins Bein gebissen hat, aber glauben Sie mir, normal tut er keiner Seele etwas zuleide. Wir werden dem Verletzten selbstverständlich ein großzügiges Schmerzensgeld zukommen lassen.«

Esther Sturz stellte die Tasse auf den Tisch und setzte sich ebenfalls.

»Danke schön«, sagte Mertens und schlürfte bedächtig an dem Heißgetränk.

Ihre nächsten Worte wählte sie sorgfältig.

»Das ist nett von Ihnen und ich bin überzeugt, dass der Briefträger schnell wieder auf die Füße kommt, doch deswegen bin ich nicht hier. Es geht um Ihren Mann, Dirk Sturz.«

Die erfahrene Kriminalbeamtin beobachtete ihr Gegenüber genau.

»Um Gottes willen, geht es etwa um den Mord an Herrn Hess? Da kann ich Ihnen leider nicht weiterhelfen, da müssen Sie wiederkommen, wenn Dirk wieder da ist.«

Magdalena atmete tief ein und hörbar wieder aus.

»Frau Sturz, Sie müssen jetzt sehr tapfer sein, Ihr Mann wird nicht wiederkommen, er wurde tot aufgefunden.«

Wieder suchte Mertens im Gesicht von Esther Sturz nach verräterischen Anzeichen, denn es wäre ja nicht das erste Mal, dass eine eheliche Beziehung in einer Katastrophe geendet hätte.

»Aber das kann nicht sein, wir haben heute Morgen zusammen gefrühstückt, Sie müssen sich irren. Es …, es muss sich um jemanden handeln, der meinem Mann ähnlich sieht.«

Das waren immer die schwersten Momente, wenn Angehörige von Gewaltopfern es nicht wahrhaben wollten, insgeheim aber wussten, dass es stimmte.

»Es tut mir leid, aber an der Identität des Toten besteht leider keinerlei Zweifel. Sowohl mein Kollege als auch ich hatten mit Ihrem Mann in der Mordsache Hess zu tun, zudem wurden Ausweispapiere bei dem Toten gefunden.«

Jetzt war es um die Contenance von Esther Sturz geschehen.

Sie verschränkte die Arme auf dem Tisch und legte ihr Gesicht hinein. Das Schluchzen ging der Kommissarin durch Mark und Bein und einmal mehr verfluchte sie ihren Beruf.

»Frau Sturz, haben Sie jemanden in der Verwandtschaft oder im Bekanntenkreis, den man informieren könnte, damit er oder sie herkommen könnte?«

Magdalena Mertens war sich nicht sicher, ob die trauernde Witwe ihre Worte verstanden hatte. Obwohl sie eigentlich ein eher distanzierter Mensch war und sich mit körperlicher Nähe schwertat, kam sie um den Tisch herum und umfasste die Schulter der weinenden Frau.

»Bitte Frau Sturz, beruhigen Sie sich und sagen mir, ob ich jemanden anrufen kann, der Ihnen in dieser schweren Stunde beistehen kann.«

»Es …, es geht schon wieder, es ist nur …, wie ist Dirk gestorben? Ein natürlicher Tod kann es ja nicht gewesen sein, sonst wäre nicht die Kripo zuständig, nicht wahr?«, fragte Esther und sah die Polizistin mit verheulten Augen an.

Diese Erkenntnis der Trauernden kam für Mertens etwas überraschend, demnach hatte sie sich offenbar wieder gefasst.

Oder hatte sie ihr nur Theater vorgespielt?

»Frau Sturz, ich weiß, es klingt jetzt wenig empfindsam, aber ich muss Ihnen jetzt ein paar Fragen stellen. Da wäre zum einen die wichtigste: Wo haben Sie sich heute Morgen aufgehalten?«

»Wie ..., Sie meinen doch nicht etwa, dass ich ...?«

Esther Sturz schaute die Kommissarin aus schreckgeweiteten Augen an.

»Entschuldigen Sie, aber wie gesagt muss ich diese heikle Frage jedem stellen, der in Verbindung mit dem Getöteten stand.«

»Also gut, Sie tun ja auch nur Ihre Pflicht und zweifellos ist es schon vorgekommen, dass eine Ehefrau ihren Gatten um die Ecke gebracht hat«, entgegnete Esther und in ihr Gesicht trat fast so etwas wie ein Lächeln.

Die Polizistin goutierte diesen Gesinnungswandel ebenfalls mit einem entspannten Gesichtsausdruck. Das würde ihre Arbeit einfacher machen.

»Nachdem wir gemeinsam gefrühstückt hatten, begann ich mit der Gartenarbeit. Wir haben zwar einen Gärtner und eine Putzfrau, doch ich wollte diese Tätigkeiten nicht komplett aus den Händen geben. Also habe ich mir ein Gemüsebeet angelegt, das mir viel Arbeit und auch Freude bereitet und mit dem ich mich auch heute Morgen beschäftigt habe.«

»Gibt es irgendjemanden, der das bezeugen kann?«, stellte Mertens die entscheidende Frage.

»Leider nicht, da ich sowohl dem Gärtner, der eigentlich am Vormittag kommen wollte, als auch unserer Putzfrau kurzfristig abgesagt habe.«

»Hm, das ist schlecht, nicht dass ich Sie verdächtigen würde, Frau Sturz, aber es wäre mir lieber gewesen, wenn Sie für die infrage kommende Zeit jemanden nennen könnten, der Sie gesehen oder mit dem Sie gesprochen haben.«

Die Frau war ihr vom ersten Moment an, als sie sie gesehen hatte, sympathisch gewesen im Gegensatz zu dem ermordeten Ehemann. Das war auch der Grund dafür, dass sich Mertens die sonst üblichen Fragen wie etwa nach Erfahrungen im Gebrauch von Schusswaffen verkniff.

»Haben Sie keine Kinder?«, wollte Mertens stattdessen wissen und merkte dabei sofort, dass sie einen wunden Punkt getroffen hatte.

»Es …, es hat sich bisher noch nicht ergeben. Ich wollte immer welche, aber Dirk ist beruflich sehr eingespannt.«

Esther Sturz verschwieg der Kommissarin, dass sie wegen einer Schwangerschaft, die tragisch mit einer Fehlgeburt geendet hatte, geheiratet hatten.

»Wir wollten noch ein paar Jahre warten, schließlich bin ich ja noch nicht mal vierzig.«

Deutlich spürte die Polizistin jetzt die Einsamkeit dieser Frau und hakte nach, wenngleich sie ihr auf gewisse Weise leidtat.

»Haben Sie eine glückliche Ehe geführt?«

Jetzt war es aus mit der zwischenzeitlichen Entspannung und Mertens hatte das Gefühl, dass diese Frage Esther Sturz mehr zu schaffen machte als die Nachricht vom Tod ihres Mannes.

»Na, ja, was heißt schon Glück«, seufzte die Witwe und machte eine kurze Pause, bevor sie weitererzählte.

Offenbar hatte Mertens die richtigen Worte getroffen, denn plötzlich sprudelte es nur so aus der Frau heraus.

»Wissen Sie, Dirk hat …, hatte seinen Betrieb, den Golfclub und natürlich sein Segelboot auf dem Bodensee nicht zu vergessen, wo er von April bis September jedes freie Wochenende verbringt. Am Anfang unserer Ehe haben wir diese Dinge noch gemeinsam gemacht, aber irgendwie habe ich mich bei all den Unternehmungen wie das fünfte Rad am Wagen gefühlt. Mein Mann war sehr charismatisch, neben ihm bin ich mir immer völlig unbedeutend vorgekommen. Deshalb habe ich mich nach und nach sowohl aus der Firma als auch aus den sonstigen geschäftlichen Aktivitäten zurückgezogen, obwohl ich Betriebswirtschaft studiert habe und vor unserer Ehe bei meinem Vater in dessen mittelständischem Betrieb ausgeholfen habe.«

Jetzt ist es auch voll egal, dachte die Hauptkommissarin und stellte eine weitere sehr persönliche Frage.

»Wissen Sie, ob Ihr Mann fremdgegangen ist und wenn ja, hatte er ein aktuelles Verhältnis mit einer anderen Frau?«

»Sind Sie immer so indiskret?«, war die schnippische Antwort von Esther und Mertens hatte fast schon Angst, dass sie zu weit gegangen war.

»Na ja, eigentlich nur, wenn ich in einem Mordfall ermittle, und wie Sie sich sicher vorstellen können, wäre es nicht das erste Mal, dass eine Ehefrau ihren Gatten getötet hat. Genauso wenig können wir ausschließen, dass ein gehörnter Ehemann der Täter ist.«

Mehrere Minuten war Esther Sturz jetzt völlig still und die Polizistin hatte schon die Befürchtung, dass es nun vorbei war mit der Auskunftsfreude der Witwe.

»Hm, wieso soll ich Ihnen verschweigen, dass Dirk bereits mehrere Affären während unserer Ehe hatte, Sie hätten es sowieso von irgendwoher erfahren. Aber seit zwei Jahren ist er mir treu, da bin ich mir sicher. Wir hatten eine ernsthafte Krise und haben uns daraufhin in einem intensiven Urlaub ausgesprochen und nochmals unserer gegenseitigen Liebe versichert. Seit dieser Zeit ist unser Verhältnis zueinander wie ausgewechselt.«

»Das freut mich für Sie, umso mehr muss Sie ja jetzt sein plötzlicher Tod schmerzen. Deswegen möchte ich Sie nochmals eindringlich bitten, jemanden zu kontaktieren, der in dieser schwierigen Situation an Ihrer Seite ist. So, jetzt habe ich Sie lange genug aufgehalten.« Mertens war aufgestanden und wandte sich zum Gehen. »Ich wünsche Ihnen alles erdenklich Gute, und falls ich noch die eine oder andere Frage habe, würde ich mich einfach melden.«

Die Hausherrin begleitete die Polizistin bis zum Eingangsgitter und sah ihr dann lange nach.

Hoffentlich, dachte Esther Sturz, findet diese Kommissarin nicht heraus, dass ich seit der Zeit, als Dirk mir zum zweiten Mal ewige Liebe geschworen hat, einen Privatdetektiv auf ihn angesetzt habe.

Magdalena Mertens verbrachte ihr Wochenende beinahe komplett im Dienst.

Nachdem sie Esther Sturz verlassen hatte, beschloss die Kommissarin, auf direktem Weg nach Hause zu spazieren und die Vernehmung des Tatverdächtigen Müller auf den Sonntag zu schieben. Sie rief auf der Dienststelle an und bat den zuständigen Beamten darum, den Verdächtigen für die Nacht in eine Zelle zu verfrachten.

Der Älbler war alles andere als erfreut, dass ihr Ausflug zu einem alljährlich stattfindenden Genussmarkt, den sie für Sonntag geplant hatten, wohl ins Wasser fallen würde. Er brachte letztendlich aber Verständnis für die absolute Dringlichkeit auf, die beiden Morde aufzuklären, zumal sich die personelle Situation nicht grundlegend verbessert hatte. Für die großspurig angekündigte Sonderkommission war außer Ganter immer noch kein Kollege abgestellt worden. Magdalena hoffte indes, dass sich das jetzt mit dem Tod von Dirk Sturz änderte.

Obwohl sie am Samstag ziemlich erschöpft nach Hause gekommen war, raffte sie sich auf. Magdalena und Paul flanierten in die nahe Altstadt und setzten sich unweit des Gartentors an einen der Bistrotische, die der griechische Wirt um den Brunnen gruppiert hatte. Sie unterhielten sich über Gott und die Welt und Magdalena vergaß darüber für einige Stunden den schrecklichen Anblick des ermordeten Dirk Sturz.

Nach einem gemeinsamen Frühstück verließ sie am Sonntag zähneknirschend das Haus und ging ins Präsidium, wo es vielleicht neue Erkenntnisse gab und sie ja auch Müller noch weiter vernehmen musste. Auf dem Gang traf sie Maier, den Leiter der Spurensicherung.

»Ah, guten Morgen Frau Mertens, ich habe Sie schon überall gesucht. Sie haben uns doch den Berg hochgejagt, um nach einem Papiertaschentuch zu suchen, das Sie und Ihr Kollege in dem Gestrüpp am Fuße der Burgruine gefunden haben. Das Tempo gehört …«

Maier machte eine Pause, wohl um die Spannung zu erhöhen.

»Nun sagen Sie schon«, drängte die Hauptkommissarin, die die Spielchen des Kollegen zur Genüge kannte.

»… nicht dem Opfer. Jedenfalls sind nicht die Fingerabdrücke des verblichenen Herrn Sturz darauf zu finden.«

Hoffnungsvoll betrachtete Mertens den Kollegen, vielleicht konnten sie den Fall schnell zu den Akten legen.

»Jetzt haben wir zwar eine verwertbare Spur, doch leider sind diese Abdrücke nicht in unserem System gespeichert. Aber sobald der- oder diejenige sich irgendetwas zuschulden kommen lässt, haben wir ihn.«

»Da können wir unter Umständen lange warten, nicht wahr?«

Maier zuckte mit den Achseln.

»Was ist mit den Projektilen, können Sie daraus Rückschlüsse auf die Waffe ziehen?«

»Na ja, es war ein hochwertiges Jagdgewehr der Marke Mauser, aber von diesem Typ sind Tausende in Umlauf, also auch hier kein Durchbruch. Ich fürchte, Sie müssen einfach akribische Ermittlungsarbeit leisten und sich auf Ihre legendäre Spürnase verlassen«, meinte er mit einem ironischen Lächeln und ließ die Kommissarin einfach stehen.

Mit gesenktem Kopf ging Magdalena den dunklen Gang entlang und betrat ihr Büro. Sie setzte sich auf den neuen Drehstuhl an ihrem Schreibtisch, der als besonders rückenschonend angepriesen worden war, und überlegte ihre nächsten Schritte.

So wie der Kellner des Achalm-Restaurants die Männer beschrieben hatte, konnte es sich durchaus um Auftragskiller handeln, die sowohl Hess als auch Sturz ins Jenseits befördert hatten. Vielleicht war Sturz ebenfalls wie Hess hinter die illegalen Machenschaften gekommen, die in seiner Firma abliefen, und war deshalb umgebracht worden.

Oder er hing selbst mit drin, wollte aussteigen und war deshalb aus dem Weg geräumt worden. Sie konnte es drehen und wenden, wie sie es wollte, die Schlüssel zur Lösung dieses Falls lagen bei dem verdächtigen Müller und bei dem obskuren USB-Stick, den die Witwe von Hess angeblich besaß.

Sie rief auf dem internen Telefon den für das Untersuchungsgefängnis zuständigen Beamten an und bat ihn, Müller in das Verhörzimmer zu bringen.

Die erfahrene Kommissarin beschloss, einige Minuten zu warten, um den Verdächtigen eine Weile schmoren zu lassen, was nach ihrer Erfahrung bei diesem Menschen durchaus seine Wirkung entfalten könnte. Mit ruhigen Schritten ging sie zu einem Kaffeeautomaten, ließ einen Becher volllaufen und nahm kleine Schlucke von dem dampfend heißen Getränk.

Schließlich trat sie in das spartanisch eingerichtete Zimmer ein.

»Herr Müller, gestern musste ich unser kleines Gespräch

leider unterbrechen, da ich zu einem Mordopfer gerufen wurde. Nun raten Sie mal, um wen es sich dabei handelt.«

Die Augen des apathisch dasitzenden Mannes begannen zu flackern, offensichtlich hatte ihm die Nacht in der Zelle gehörig zugesetzt.

»Entschuldigen Sie, Frau Mertens, ich weiß nicht …«

»Wir haben Ihren Chef, Herrn Sturz, gefunden, er wurde aus der Ferne mit einem Jagdgewehr abgeknallt, wie eine Wildsau oder ein Rehbock.«

In Anbetracht des desolaten Zustands, in dem Müller sich befand, hatte die Polizistin beschlossen, die Schilderung dramatisch zu gestalten.

»Er hatte keine Chance zu entkommen, das war eine regelrechte Hinrichtung. Ich denke, es ist an der Zeit, dass Sie mir mehr über die gefährliche Organisation erzählen, mit der Sie illegale Müllgeschäfte tätigen, Herr Müller.«

»Aber ich verstehe nicht …, wieso sollte jemand Herrn Sturz umbringen, das macht doch keinen Sinn.«

Mittlerweile waren dem Büroangestellten Tränen in die Augen getreten und wenig später weinte er hemmungslos.

»Oh je …, zuerst Herr Hess und jetzt auch noch unser allseits geschätzter Chef.«

Müller vergrub sein Gesicht in seinen Armen und schluchzte.

Der Kerl ist entweder ein durchtriebener Schauspieler oder völlig ahnungslos, dachte Mertens in diesem Moment. Aber eigentlich sprach alles gegen ihn, also musste er ihr etwas vorspielen.

»Hören Sie doch mit dem Theater auf, Herr Müller, wahrscheinlich ist Herr Sturz hinter Ihre Machenschaften gekommen und musste deshalb sterben, so wie Herr Hess auch. Jetzt reden Sie endlich und ich verspreche Ihnen, dass wir Sie und Ihre Familie ins Zeugenschutzprogramm aufnehmen.

Sie werden dann an einen sicheren Ort gebracht, wo diese kriminelle Organisation Sie niemals finden wird.«

Mertens war sich sicher, dass Müller in den nächsten Minuten zusammenbrechen würde. Dabei fiel ihr auf, dass der Verdächtige noch nicht ein einziges Mal nach einem Anwalt verlangt hatte.

Plötzlich sprang er auf und warf dabei seinen Stuhl um.

»Was soll ich Ihnen denn um Gottes Namen erzählen?«, schrie er, während sofort ein uniformierter Beamter den Raum betrat und Müller überwältigte.

»Bitte, Frau Mertens, Sie müssen mir glauben. Noch niemals in meinem Leben habe ich etwas Unrechtes getan. Diese Mail muss mir jemand untergeschoben haben, Sie müssen das nochmals nachprüfen.«

Mit dieser impulsiven Reaktion hatte die erfahrene Kommissarin nicht gerechnet. Man musste kein ausgebildeter Psychologe sein, um zu erkennen, dass dieser Mann kurz davorgestanden war, sein Gewissen zu erleichtern, und jetzt dieser jähe Sinneswandel. Für einen kurzen Moment war Magdalena Mertens ratlos.

»Ich denke, Sie können ihn jetzt wieder loslassen, Herr Kollege«, meinte sie und stellte den Stuhl wieder an seinen Platz.

Widerstrebend kam der Beamte dem Wunsch der Kommissarin nach und entfernte sich wieder.

»Bitte nehmen Sie wieder Platz, Herr Müller«, bat sie und betrachtete noch einmal eingehend ihr Gegenüber.

Dieser Mann wäre eigentlich das typische Opfer für eine Intrige, dachte Mertens. Er war ihr schon bei der ersten Begegnung als unscheinbar und dienstbeflissen erschienen.

Sein Leben war bisher in geregelten Bahnen verlaufen, einer Lehre als Industriekaufmann folgte die Bundeswehrzeit. Danach hatte er sich bei Sturz beworben und war seither dort beschäftigt gewesen. Mit fünfundzwanzig hatte Müller seine Jugendliebe geheiratet und wenig später waren die Kinder auf die Welt gekommen. Strafrechtlich war er ein absolut unbeschriebenes Blatt, wenn man von einigen Strafzetteln wegen geringen Geschwindigkeitsübertretungen absah.

»Mal angenommen, ich glaube Ihnen. Dann sagen Sie mir bitte, wem Sie zutrauen würden, Ihnen eine falsche Mail unterzujubeln.«

»Ich kann mir im ganzen Betrieb niemanden vorstellen, der mir schaden möchte. Seit vielen Jahren arbeite ich jetzt schon bei der Firma Sturz und gehöre beinahe schon zum Inventar. Bei dem Vater von Herrn Sturz habe ich angefangen und damals den Juniorchef schon sehr bald kennengelernt. Herr Dirk Sturz hat mir immer wieder versichert, wie sehr er mich und meine Arbeit schätzt. Dasselbe gilt für Herrn Hess, dem ich auch des Öfteren zugearbeitet habe.«

Der Typ ist harmlos, dachte Magdalena resigniert. Sie hatte sich in den letzten Minuten innerlich davon verabschiedet, dass Müller der Schlüssel zur Klärung des Falles sein könnte.

»Das mag ja alles stimmen, aber Fakt ist und bleibt, dass wir auf Ihrem Rechner diese ominöse Nachricht gefunden haben. Wer hat außer Ihnen eventuell Zugriff auf Ihren Computer?«

»Wenn ich richtig informiert bin niemand außer Herr Sturz sowie der verstorbene Herr Hess, die beide im Besitz meines Passwortes waren.«

Was, wenn wir auf der falschen Spur sind, fragte Mertens sich und ihr Gesicht nahm einen bedrückten Ausdruck an. Wenn der ermordete Hess Täter anstatt Opfer war und das illegale Geschäft selbst organisiert hatte? Sie musste in der kommenden Woche dringend mit der Witwe reden.

»Sie können gehen«, sagte sie zu dem überraschten Müller. »Aber halten Sie sich zu unserer Verfügung. Kann ich mich darauf verlassen, dass Sie nicht abhauen?«

Die Hauptkommissarin machte ein ernstes Gesicht und blickte dem Verdächtigen streng in die Augen.

»Aber natürlich, Frau Mertens, das verspreche ich Ihnen und auch, dass ich Sie bei Ihren weiteren Ermittlungen zu den tragischen Todesfällen in unserer Firma mit aller mir zur Verfügung stehenden Kraft unterstützen werde«, beeilte sich der erleichterte Müller zu sagen.

»Es gibt noch eine Sache, ich habe einen Kollegen gebeten, Ihr Umfeld zu durchleuchten. Sollten sich irgendwelche Ungereimtheiten ergeben, sind Sie schneller wieder hier, als Ihnen lieb ist. Sie könnten ihm allerdings behilflich sein, etwa indem Sie ihm Ihre Kontoauszüge der letzten fünf Jahre aushändigen. Oder wäre es Ihnen lieber, wenn wir bei Ihrer Hausbank nachfragen?«

»Natürlich werde ich vollumfänglich kooperieren, schließlich habe ich nicht das Geringste zu befürchten.«

Müller wollte natürlich als Letztes, dass bei der Bank, wo er seine Kredite laufen hatte, unangenehme Fragen von der Polizei gestellt wurden.

Mertens hatte sich gänzlich auf ihre Menschenkenntnis verlassen, als sie Müller auf freien Fuß setzte, und sie war überzeugt davon, dass er ihnen noch nützlich sein würde. Trotz allem pfiff sie Ganter nicht zurück, sie informierte den Kollegen lediglich darüber, dass er die Kontoauszüge bei Müller direkt anfordern solle.

Nachdem sie Müller in die Freiheit entlassen hatte, ging sie nach Hause. Da es um die Mittagszeit war, schlug Paul vor, eine Kleinigkeit zu kochen. Doch Magdalena hatte keinen Hunger, stattdessen machte sie ihrerseits den Vorschlag, doch noch wie ursprünglich geplant den Markt zu besuchen.

Die Vorfreude darauf hielt allerdings nicht lange an, denn gegen halb eins rief Sascha an. Er wollte sich mit Magdalena über die beiden Mordfälle unterhalten. Danach beabsichtigte er, den restlichen Sonntag zu nutzen, um bei Gerda Neuburg und Miriams Töchtern vorbeizuschauen. Natürlich hoffte er dort Neuigkeiten von Miriam zu erfahren. Vielleicht hatte sie sich ja bei ihrer Mutter oder ihren Kindern gemeldet.

Mertens lud Sascha ein, auf einen Kaffee in ihrer Villa vorbeizukommen, was er dankend annahm.

Der Samstag war für beide sehr stressig gewesen und sie ließen die Ereignisse nochmals Revue passieren. Außerdem freute sich Sascha, dass er Paul, den Freund seines verstorbenen Vaters wiedersah, denn immer wenn er den früheren Bauern traf, musste er wehmütig an die glücklichen Tage seiner Kindheit in der Albgemeinde Erpfingen denken.

Mitten in die angeregte Unterhaltung platzte gegen vierzehn Uhr ein Anruf von Köttmann. Der Vorgesetzte bestellte seine Kommissare ins Präsidium ein, damit sie ihn auf dem Laufenden hielten. Er hatte seinen gemütlichen Angler-Kurzurlaub abgebrochen, weil mit Dirk Sturz ein weiteres hochrangiges Todesopfer hinzugekommen war.

Es wurde dann wieder ziemlich spät, als Magdalena am Sonntagabend zurückkehrte. Sie bat Paul in aller Form um Verzeihung, da sie das Gefühl hatte, er wäre ein wenig verstimmt.

Scheinbar teilnahmslos lehnte der Mann an dem mittelalterlichen Brunnen und ließ seinen Blick über den weitläufigen Marktplatz schweifen, der an diesem Montagmorgen wenig frequentiert war.

Doch der Schein trog, denn er war äußerst angespannt, und einem aufmerksamen Beobachter wäre aufgefallen, dass er sich besonders für den Juwelierhändler an der Ecke interessierte.

Um so wenig Aufmerksamkeit wie möglich zu erregen, bewegte er sich nach einer halben Stunde weg und flanierte die Fußgängerzone entlang bis zur imposanten Marienkirche.

Gemächlich umrundete er das Gotteshaus und lenkte seine Schritte dann wieder in Richtung Marktplatz. Während dieser Zeit hatte er sich eine Strategie zurechtgelegt, wie er sein Ziel am besten erreichen würde.

Zuerst betrachtete er ausgiebig die Auslage und machte sich dabei ein Bild von dem Verkaufsraum. Er betrat das Geschäft und wandte sich sogleich der Verkaufstheke zu. Die beiden Sicherheitskräfte nahm er in den Augenwinkeln wahr.

»Guten Tag«, begrüßte ihn die aufgetakelte Verkäuferin, auf deren Namensschild Caroline Mucha stand. »Was kann ich für Sie tun?«

»Nun ja, ich habe eine kleine Erbschaft gemacht. Es handelt sich um einen Satz von Krügerrand-Goldmünzen, die ich dem Herrn Wertheim gerne zeigen würde.«

»Tut mir leid, aber Herr Wertheim ist gerade in einer dringenden Besprechung, kann ich Ihnen vielleicht weiterhelfen?«

Er legte eine Holzbox, auf der das Emblem eines französischen Weinguts abgebildet war, auf den Tresen und öffnete den Deckel. Im selben Moment platzierte er seine Hand auf die darin liegende Waffe.

»Ahhhhh!«, schrie die Dame hysterisch und die zwei Muskelmänner wollten sich auf den Mann stürzen.

»Sagen Sie den beiden Idioten, sie sollen bleiben, wo sie

sind, sonst geschieht ein Unglück«, riet er der Frau, ohne die Stimme zu erheben.

»Was wollen Sie? Sehen Sie diese Videokameras? Die sind verbunden mit dem Monitor einer Sicherheitsfirma. Wenn Sie uns ausrauben wollen, wird im Handumdrehen die Polizei hier sein.«

»Ich will Sie nicht ausrauben, sondern nur mein Eigentum zurückhaben. Könnten Sie jetzt bitte Ihren Chef anrufen und in diesen Raum zitieren, ansonsten wird es hier ziemlich ungemütlich. Sie wären nicht die erste Person, die ich abknalle.«

Beim Blick in die eisblauen Augen des Mannes wusste die Verkäuferin, dass er es ernst meinte. Mit einer eindeutigen Geste bedeutete sie den Sicherheitskräften die Ruhe zu bewahren.

»Herr Wertheim, könnten Sie bitte sofort in den Verkaufsraum kommen, es ist dringend.«

Der Juwelier war, als das Telefon läutete, gerade damit beschäftigt, ein wertvolles Collier mit einer Lupe zu betrachten.

»Ist gut, ich komme«, antwortete er ungehalten.

Er betrachtete den Bildschirm und sah dabei den Mann an der Ladentheke.

Es sah alles ganz normal aus, offenbar zeigte der Kunde der Mitarbeiterin gerade etwas in einer Holzkiste, die in ihrer Form an eine Wein-Geschenkbox erinnerte. Aber irgendwie hatte die Verkäuferin dabei ziemlich aufgeregt, geradezu hysterisch gewirkt.

Beim Eintreten in den Verkaufsraum blickte er auf seine äußerst angespannten Sicherheitskräfte und wusste jetzt, dass etwas überhaupt nicht stimmte.

»Ah, Sie sind bestimmt der Chef, dann können Sie mir mein Eigentum aushändigen. Danach verschwinde ich und keinem passiert etwas. Sollten Sie oder Ihre zwei Hampelmänner allerdings vorhaben, die Helden zu spielen, so werden Sie sich eine neue Verkäuferin suchen müssen.«

»Ich nehme an, Sie haben eine geladene Waffe in der Kiste, die auf Frau Mucha gerichtet ist«, versuchte Wertheim möglichst ruhig zu antworten.

»Das haben Sie völlig richtig erkannt und glauben Sie mir, ich bin bestens mit meiner Knarre vertraut. So, genug geschwafelt, ihr drei geht voran in den Tresorraum und verhaltet euch unauffällig.«

Der Einbrecher drängte die Verkäuferin, hinter ihren Kollegen herzugehen, währenddessen er so unauffällig wie möglich die Kiste in Händen hielt und ihnen folgte. Falls jemand genau in diesem Moment den Monitor betrachtete, sah es aus, als ob ein Kunde in das Büro des Chefs geleitet würde.

»Los, ziehen Sie Ihre Bluse aus«, befahl er der Verkäuferin, nachdem er sich in dem Büro umgesehen hatte.

Mit schreckgeweiteten Augen blickte Caroline Mucha auf den Eindringling.

»Na machen Sie schon. Keine Angst, ich will Ihnen nicht an die Wäsche, so jetzt hängen Sie das Ding über die Kamera da oben.«

Er nahm seine Beretta aus der Schachtel und schraubte gemächlich einen Schalldämpfer auf die Waffe. Aus seiner Hosentasche klaubte er mehrere Kabelbinder und reichte sie der Frau, deren Rüschen-BH die imposante Oberweite nur notdürftig bedeckte.

»So, jetzt legen Sie Ihren drei Kollegen diese kleinen Fesseln an und dann kommen wir zum interessanten Teil meines Besuchs.«

Umständlich fesselte die Angestellte Mucha ihren Chef und dessen Bewacher, wobei der Eindringling alles nochmals festzurrte.

Als er die Verkäuferin genötigt hatte, ihr Kleidungsstück auszuziehen, hatte er einen entsetzten Blick Wertheims wahrgenommen und er war sich jetzt ziemlich sicher, dass die attraktive Frau in diesem Laden nicht nur den Schmuck verkaufte, sondern ihrem Chef auch sonst zur Hand ging.

Mit einer eindeutigen Geste entsicherte er die Waffe und hielt sie der Frau an die Schläfe.

»Also, wo sind die Pretiosen, die Ihnen ein gewisser Karl Mader zur Aufbewahrung gegeben hat? Ich zähle bis drei, wenn ich keine Antwort bekomme, hat Ihre schnuckelige Mitarbeiterin ein Ohr weniger. Danach kommt das zweite Ohr dran, bevor ich mich dann der Nase zuwende.«

Langsam fing er an zu zählen.

»Eins… zwei… dr…«

»Halt, hören Sie auf, die verdammten Klunker befinden sich in meinem Tresor, die Schlüssel sind in meiner Hosentasche.«

»Hol sie mir her, mein Täubchen, es ist ja bestimmt nicht das erste Mal, dass du ihm in den Schritt greifst.«

Die verängstigte Frau gehorchte und ging zum einzigen Bild, das in dem Raum hing. Sie nahm den surrealistischen Dali-Druck ab und öffnete mit zitternden Fingern den Wandschrank. Mit einer herrischen Geste bedeutete der Einbrecher ihr, zu den anderen Gefangenen zu gehen, und betrachtete die verschiedenen Wertsachen, darunter dicke Geldbündel.

»Da sind ja meine Glücksbringer!«, frohlockte er und zum ersten Mal zeigte sein Gesicht so etwas wie eine Regung.

Vorsichtig nahm er die Schmuckstücke heraus und verstaute sie in seiner Weinbox.

»Ich könnte die Kohle ja auch noch mitnehmen, die ist bestimmt bei keinem Finanzamt angegeben. Aber wie gesagt, ich bin kein Dieb, sondern möchte nur mein Eigentum zurückhaben.«

Bevor er das Büro verließ, legte er der Frau ebenfalls Fesseln an.

»Es dürfte für euch kein Problem sein, die Kabelbinder mit irgendeinem Werkzeug zu entfernen. Also, es war mir eine Freude, mit Ihnen Geschäfte zu machen, Herr Wertheim.«

Mit diesen Worten eilte er hinaus und verließ das Haus durch den Hintereingang. Er blieb noch kurz stehen und ließ seinen wachsamen Blick umherschweifen, bevor er in die kleine Seitengasse einbog, die zur Hauptflaniermeile der Stadt führte.

Bartoli war gerade im Begriff, in den Laden zu gehen, als er einen hochgewachsenen Mann sah, der sich gleichfalls anschickte, das Geschäft zu betreten. Der Franzose ging unauffällig weiter, denn einen Bullen konnte er auf zehn Meter gegen den Wind riechen, auch ohne dass dieser eine Uniform trug.

Beiläufig konnte er erkennen, dass das Geschäft völlig leer war und auch dem vermeintlichen Polizisten schien dieser Umstand zu denken zu geben.

War der Kerl als Kunde da oder war ihm die Kripo bereits im Nacken?

Als er weiterging, schüttelte er leicht den Kopf, das konnte nicht sein, woher sollten sie von dem Schmuck wissen. Bestimmt holt er seiner Liebsten einen Ring, dachte Bartoli mit einem Schmunzeln. Er beschloss, die Fußgängerzone ein paar Mal rauf und runter zu flanieren und dann sein Glück nochmals zu versuchen, wenn die Luft rein war. Vor einem Tabakwarenladen blieb er kurz stehen, um sich eine Schachtel Gauloises Bleues zu kaufen.

Das Wochenende hatte er im nahen Tübingen in einer kleinen Pension verbracht. Er hatte sich gedacht, dass er in dieser quirligen Universitätsstadt weniger auffallen würde als in Reutlingen.

Jeder andere hätte nach der Sache mit Sturz das Weite gesucht, doch Bartoli war aus einem besonderen Holz geschnitzt und wollte um alles in der Welt diese unbezahlbaren Schmuckstücke zu Santini zurückbringen.

Gerade als er den Tabakladen betreten wollte, sah er an der Theke einen Mann stehen, dem der Verkäufer gleichfalls die filterlosen französischen Zigaretten aushändigte. Sämtliche Alarmsignale leuchteten bei Bartoli auf und er drehte sich schnell weg. Er verdrückte sich, so schnell er konnte, und betrachtete scheinbar interessiert die Auslage des benachbarten Schuhgeschäfts.

Sobald der weißhaarige Mann den Laden verlassen hatte, folgte Bartoli ihm mit einigem Abstand.

Das kann doch kein Zufall sei, dachte er bei sich und versuchte, sich so unauffällig wie möglich zu verhalten. Moulin musste einer anderen Spur gefolgt sein und das war bestimmt auch der Grund, weshalb der Verkaufsraum des Juweliers menschenleer gewesen war. Er musste sich die Juwelen unter den Nagel gerissen haben und Bartoli beschloss, alles auf eine Karte zu setzen. Gierig schielte er auf die Holzbox, die Moulin unter seinen linken Arm geklemmt hatte. Doch der rechnete offenbar nicht mit etwaigen Verfolgern, da er sich kein einziges Mal umdrehte. Trotzdem ging Bartoli mit äußerster Vorsicht zu Werke, denn er sah in dem ehemaligen Polizisten einen ernstzunehmenden Gegner.

Schwierig würde es werden, wenn Moulin in sein Auto einstieg und davonfuhr. Er musste ihn vorher überwältigen, doch in dieser Straße wimmelte es von Leuten.

Verdammt, dachte er, wo hat der Kerl seine verdammte

Karre, als Moulin sich immer mehr von der Altstadt entfernte und einem markanten Gebäude zuwandte, das unschwer als Bahnhof zu erkennen war.

Offenbar wollte Moulin mit dem Zug zurück nach Frankreich fahren. Ein leichtes Grinsen trat auf die dunklen Züge Bartolis und er schloss zu seinem ahnungslosen Landsmann auf.

»Bonjour Monsieur«, grüßte er.

Moulin war gerade dabei, die Notrufnummer in sein Prepaid-Handy einzutippen. Trotz allem war er noch nicht so weit gesunken, dass er die Gefangenen ihrem Schicksal überlassen hätte.

Er sah auf und drehte sich verdutzt zu der Person um, die ihn angesprochen hatte. Sofort nahm er eine Abwehrhaltung ein, doch es war bereits zu spät. Er spürte noch einen leichten Stich an seiner rechten Seite, bevor er das Bewusstsein verlor. Schnell warf Bartoli die Spritze zur Seite und fing den schweren Mann auf.

»Können Sie mir helfen?«, rief er einem Taxifahrer, der neben seinem Wagen stand, auf Englisch zu.

So schnell es seine massige Gestalt zuließ, eilte der Mann herbei.

»Können Sie uns zu meinem Wagen bringen? Meinem Freund ist schlecht geworden. Zu viel von dem guten deutschen Bier.«

Der Taxifahrer nickte grinsend und gemeinsam verfrachteten sie Moulin samt Holzkiste in den Fond der geräumigen Limousine.

Zum Glück sprechen in diesem Land so gut wie alle Englisch, dachte Bartoli, nachdem er dem Chauffeur den Weg erklärt hatte.

»Ich hoffe bloß, dass er mir nicht meinen neuen Wagen vollkotzt«, nuschelte der Fahrer auf Deutsch.

Die Fahrt dauerte nicht sehr lange, Bartoli hatte sein Mietauto hinter einer Bushaltestelle unweit des markanten Stadttores geparkt, damit er nicht in einem Parkhaus festgesessen wäre, wenn es Schwierigkeiten gegeben hätte.

Der Franzose gab dem Taxifahrer ein fürstliches Trinkgeld und wieder half der ihm, Moulin auf den Rücksitz des Mietwagens zu legen. Die Holzbox verstaute Bartoli derweil im Kofferraum unter einer Decke.

»Ich bringe meinen Freund jetzt am besten gleich ins Hotel.«

»Da haben Sie recht, also nochmals vielen Dank und auf Wiedersehen.«

»Mit Sicherheit nicht«, sagte Bartoli zu sich selbst, nachdem der Mann weggefahren war.

Er machte sich gleichfalls auf den Weg, schließlich hatte er noch etliche Kilometer zu fahren. Das Handy Moulins zerstörte er und warf es in die Büsche an der Hinterfront der Bushaltestelle.

Gott sei Dank gab es das Schengen-Abkommen, somit dürfte seiner Rückreise nichts mehr im Wege stehen. Er wollte den betäubten Moulin zuerst in den Kofferraum verfrachten, besann sich dann aber eines Besseren. Sollten wieder wegen irgendwelcher Vorkommnisse Grenzkontrollen stattfinden, wäre es äußerst ungünstig, wenn die Beamten einen sedierten Mann in seinem Kofferraum finden würden.

Hallo, ist da wer?«

Kopfschüttelnd stand Sascha in dem Juwelierladen. Da sich niemand im Verkaufsraum aufhielt, wäre es ein Leichtes für ihn gewesen, die Vitrinen auszuräumen.

Nachdem er am Samstag kein Glück gehabt hatte, den Mediziner Dr. Lehmann zu treffen, der ebenfalls im Restaurant auf der Achalm gewesen war, als Sturz kurz vor seinem gewaltsamen Tod sich mit zwei dubiosen Männern getroffen hatte, waren seine Bemühungen gestern Nachmittag endlich von Erfolg gekrönt gewesen. Er hatte den Arzt und zusätzlich erneut auch den Kellner abgeholt und zu dem Spezialisten für Phantombilder im hiesigen Polizeirevier gebracht, bevor er Köttmann zusammen mit seiner Chefin bis ins kleinste Detail berichten musste.

Nachdem beide Zeugen sich auf eine gemeinsame Darstellung des Gesuchten geeinigt hatten, war das Bild sofort an alle Polizeidienststellen geschickt worden.

Leider konnten sie sich erstaunlicherweise nur an den Mann mit dem dunklen Teint erinnern, der andere war offenbar zu unauffällig gewesen. Bisher war allerdings noch kein Hinweis bei einer Polizeidienststelle eingegangen, der auf einen möglichen Aufenthaltsort des Unbekannten hindeutete.

Nach einer kurzen Nacht hatte Sascha sich dann entschieden, am heutigen Montag den Juwelier, den Karl ihm genannt hatte, aufzusuchen.

Die Mordfälle hatten zwar absolute Priorität, doch es war ihm ein ziemliches Anliegen, auch in diesem Fall voranzukommen, in dem Miriam bedroht worden und in den ihre gemeinsamen Freunde involviert waren.

Vor ungefähr drei Jahren war Sascha schon einmal bei Wertheim gewesen, weil er seiner früheren Freundin eine kleine Überraschung bereiten wollte. Doch damals waren zwei unschwer als Security-Mitarbeiter erkennbare Männer in dem Geschäft gestanden und hatten den Raum überwacht.

Hier stimmt etwas nicht, dachte der Kommissar und zückte langsam seine Waffe. Eigentlich muss ich sofort

Verstärkung anfordern, denn falls irgendetwas aus dem Ruder läuft, brauche ich Köttmann nicht mehr unter die Augen zu treten, dachte er. Doch Sascha entschied sich dagegen, da er Gefahr im Verzug gegeben sah.

Mit klopfendem Herzen drückte er die Tür, die in einen dunklen Gang führte, auf. Fahrig suchte er nach einem Lichtschalter und mahnte sich im selben Moment zur Ruhe.

Sascha atmete tief ein und wieder aus. Als er dem Gang folgte, meinte er plötzlich Laute zu hören. Sofort blieb er stehen und verhielt sich absolut still. Tatsächlich schienen sich in dem Zimmer, auf dessen Türe in großen Buchstaben Büro stand, Menschen aufzuhalten.

Was sollte er jetzt tun, sollte er hineinstürmen und sein Leben riskieren oder besser den Rückzug antreten?

Die Türklinke herabdrücken und die Türe aufstoßen waren eine Aktion und Sascha hechtete im selben Moment zur Seite.

Bis auf die nun heftiger werdenden Laute war keinerlei Reaktion erfolgt und Sascha trat vorsichtig in das Büro. Zum Glück stand keiner mit einer Waffe in der Hand in dem Zimmer, er sah lediglich vier Personen, die gefesselt und geknebelt am Boden kauerten. Zuerst befreite er die Frau aus der misslichen Lage und danach die Männer.

»Gott sei Dank sind Sie aufgetaucht«, meinte derjenige, der einigermaßen normal gebaut war, während die zwei anderen ziemlich aufgepumpt wirkten. »Sind Sie von der Polizei? Das wundert mich jetzt, da wir nicht die Möglichkeit hatten, einen Hilferuf abzuschicken.«

Sascha nickte und zog seinen Ausweis hervor.

»Gross, Kommissar hier in Reutlingen, und eigentlich bin ich aus einem anderen Grund hier. Doch das können wir nachher bereden, zuerst möchte ich wissen, ob jemand von Ihnen verletzt ist.«

Er betrachtete die vier und alle schüttelten unisono den Kopf.

»Sie sind Herr Wertheim, nicht wahr?«

»Ja, ich bin der Chef hier.«

»Könnten wir unter vier Augen reden?«

Wertheim nickte und schickte seine Angestellten in den verwaisten Verkaufsraum.

Verwundert blickte Sascha auf den Schmuckhändler. Jeder andere in seiner Situation wäre hinausgestürmt und hätte nachgesehen, welche teuren Stücke gestohlen worden waren.

»Wollen Sie nicht zuerst einmal schauen, was aus den Vitrinen entfernt wurde? Ich werde in der Zwischenzeit die Kollegen vom Einbruchsdezernat kontaktieren, die können den Schaden aufnehmen, damit Sie es Ihrer Versicherung melden können.«

Sascha tippte auf seinem Handy eine Nummer ein.

»Entschuldigen Sie, aber das können Sie sich sparen. Es fehlt überhaupt nichts, die Kerle wollten mich lediglich einschüchtern, aber ich mache da nicht mit, von mir bekommen sie kein Schutzgeld. Entschuldigen Sie Herr …?«

»Gross.«

»Ah ja, Herr Gross, ich müsste jetzt dringend einen Kaffee trinken und eine Zigarette rauchen nach dieser Aufregung. Wollen Sie auch einen?«

»Gerne, wenn es keine Umstände macht.«

»Nein, nein, bitte setzen Sie sich doch.«

Irgendwas stimmt hier ganz und gar nicht, dachte Sascha, während er sich einen Stuhl heranzog. Aus den Augenwinkeln konnte er erkennen, wie der Juwelier unauffällig seinen Tresor schließen wollte.

»Warten Sie, Herr Wertheim, mir ist aufgefallen, dass Ihr Wandschrank offen stand, als ich vorhin hereingekommen bin. Das ist jetzt aber doch ungewöhnlich.«

Mit schnellen Schritten kam der Kommissar Wertheim zuvor und sah in den offenen Tresor, in dem mehrere dicke Bündel mit Bargeld sowie eine Handfeuerwaffe lagen.

»Das müssen Sie mir erklären, da kommt jemand herein und will von Ihnen Schutzgeld erpressen, dabei steht der Tresor sperrangelweit auf und ist voller Bargeld.«

»Ja, also, äh …, ich meine, es ist nicht so, wie es aussieht«, stammelte der Schmuckhändler.

»Kann es sein, dass Sie mich angelogen haben?«, fragte Sascha scharf und wirkte nun äußerst ungehalten. »In diesem Tresor war irgendetwas von sehr hohem Wert, vielleicht auch ideeller Art, auf das es der oder die Diebe abgesehen haben. Jedenfalls ist es doch ziemlich ungewöhnlich, dass jemand dieses viele Geld liegen lässt, nicht wahr?«

Der Kommissar registrierte, dass seinem Gegenüber Schweißperlen auf die Stirn traten, doch der gab keine Antwort.

»Hören Sie zu, ich glaube, ich weiß, worauf der Räuber es abgesehen hat. Wenn Sie jetzt kooperieren, kommen Sie mit einem blauen Auge davon. Wenn nicht, dann steht innerhalb kürzester Zeit die Steuerfahndung hier im Raum und wird Ihnen unangenehme Fragen bezüglich der Geldbündel stellen.«

Ein erneuter Blick auf Wertheim signalisierte Sascha, dass der kurz davor stand, auszupacken. Er konfrontierte ihn deshalb mit seinem Wissen.

»Mein alter Kumpel Karl Mader hat mir erzählt, dass er Ihnen sehr wertvolle Stücke zur Aufbewahrung gegeben hat, die aus einem dreisten Überfall auf eine Ausstellung in Marseille stammen. Offenbar hat Karl gedacht, dass Sie ihm einen Hehler besorgen können. Doch er meinte, die Ware sei selbst Ihnen zu heiß. Außerdem ist bereits mindestens einer aus der Bande dem Diebesgut auf der Spur. Da meine

Freundin und ich gemeinsam mit den anderen beiden Pärchen, die den Schmuck angeblich gefunden haben, im Urlaub waren, ist der Typ auf meine Freundin, deren Mutter das Ferienhaus gehört, aufmerksam geworden. Er hat sie massiv bedroht und spätestens da hört der Spaß für mich auf. Haben Sie mich verstanden? Ich gebe Ihnen eine letzte Chance und keine Lügen mehr, sonst buchte ich Sie ein, das verspreche ich Ihnen!«

Sascha hatte sich in Rage geredet und Wertheim spürte deutlich, dass es jetzt ernst war.

»Na, schön, wenn Sie es eh schon wissen, Karl hat mir das Zeugs da gelassen und ich habe ein wenig meine Fühler ausgestreckt. Aber ich habe ihm gleich gesagt, dass die Pretiosen schwer verkäuflich sind. Eigentlich habe ich gar nicht mehr dran gedacht, bis heute Morgen dieser Kerl hier reingekommen ist und uns massiv bedroht hat.«

»Können Sie ihn beschreiben?«

»Hm, er war auf jeden Fall nicht unauffällig. Weißes Haar, rotes Gesicht, wahrscheinlich zu hoher Blutdruck, und einen auffälligen weißen Schnauzer. Ach ja, seine Aussprache hatte eine ausländische Färbung.«

»Französisch?«

»Ja, das könnte sein.«

»Wer wusste noch von dem Schmuck?«

Wertheim zögerte ein wenig zu lange, sodass der Kommissar stutzig wurde.

»Verlassen Sie sich darauf«, schob er deshalb nach, »dass ich Ihre sämtlichen Mails checken lasse, auch die gelöschten, und sollten wir etwas finden, dann gnade Ihnen Gott.«

»Ich habe lediglich bei einem mir gut bekannten Juwelier dezent angefragt.«

»Hat dieser Mann auch einen Namen?«

Angestrengt überlegte Wertheim, wie viel er von Schumanns neuer Identität preisgeben konnte, das einer eventuellen Überprüfung standhielt, und er trotzdem nicht gefunden würde.

»Ich habe von dem Händler nur eine Mailadresse, aber wo genau er sich aufhält, weiß ich nicht.«

»Wollen Sie mir einen Bären aufbinden? Sie faseln von einem Zwischenhändler, von dem Sie überhaupt nichts wissen? Wenn Sie diesen Mann als Erstes kontaktieren, haben Sie bestimmt schon mehrere Geschäfte mit ihm abgewickelt, oder etwa nicht?«

Mit strenger Miene fixierte Sascha sein Gegenüber und registrierte dabei, dass Wertheim leicht nickte.

»Dann müssten Sie ja immerhin eine Adresse haben, wo Sie die Handelsware hinschicken?«

»Aber ich verstehe nicht, weshalb der Mann für Sie so wichtig ist.«

»Es könnte ja durchaus sein, dass Ihnen dieser Zwischenhändler den Einbrecher auf den Hals gehetzt hat, oder etwa nicht?«

Diese Möglichkeit hatte Wertheim allerdings noch nicht in Erwägung gezogen, und wenn er Schumann richtig einschätzte, wäre das durchaus denkbar.

Sascha spürte deutlich, dass seine Frage den Schmuckhändler ziemlich beschäftigte.

»Es handelt sich hierbei um jemanden aus Reutlingen, der sich vor geraumer Zeit aus dem Staub gemacht hat, weil er sich eine stattliche Anzahl von wertvollen Goldmünzen illegalerweise unter den Nagel gerissen hat. Er hat sich dann irgendwo niedergelassen und ist wohl ins Schmuckgeschäft eingestiegen. Jedenfalls hat er den Kontakt zu mir hergestellt, nachdem er sich über ein Jahr nicht mehr gemeldet hat. Ansonsten weiß wirklich niemand von der ganzen Sache.«

Wertheim beugte sich ein wenig vor und sein Ton wurde vertraulich.

»Äh, Herr Gross, das mit den Geldscheinbündeln, das können wir doch unter uns abmachen. Ihr Gehalt ist doch auch nicht so üppig und eine kleine Sondergratifikation hat doch noch keinem geschadet.«

»Sie wollen mich bestechen?«

Saschas Augen verengten sich zu Schlitzen und Wertheim spürte deutlich, dass er bei diesem Beamten zu weit gegangen war.

»Entschuldigung, das habe ich nicht so gemeint«, versuchte sich der Schmuckhändler aus der Affäre zu ziehen.

»Wenn Sie mir den Namen des ominösen Schmuckhändlers verraten, habe ich Ihren Bestechungsversuch nicht gehört, ansonsten wird es ziemlich eng für Sie.«

Schnell hatte Wertheim einen Stift zur Hand und notierte den Namen mitsamt E-Mail-Adresse auf einen Merkzettel.

Schumann hatte ihm zwar eingeschärft, niemandem von seinem neuen Aufenthaltsort zu erzählen, aber in diesem Fall war ihm sein eigenes Wohlergehen wichtiger. Außerdem hatte sich der Anwalt eine neue Identität gegeben, die absolut wasserdicht war.

Sascha nahm das Papier entgegen und betrachtete es eingehend.

»Das ist nicht irgendein Fake, sondern es ist tatsächlich der Typ, dem Sie die Schmuckstücke zum Verkauf angeboten haben?«, fragte Sascha zweifelnd.

»Ich schwöre es, bei allem was mir heilig ist«, rechtfertigte sich der Händler.

Sascha wollte ihm glauben, doch der Kommissar hatte keineswegs vor, diesen zwielichtigen Hehler so davonkommen zu lassen. Er zückte sein Smartphone und wählte die Nummer von Meier. Als sich sein Gesprächspartner meldete, ging er hinaus auf den Gang, behielt Wertheim allerdings im Auge.

»So, Herr Gross, wenn Sie erlauben, würde ich jetzt meine Geschäfte wieder aufnehmen.«

»Das verstehe ich jetzt nicht, bei Ihnen ist eingebrochen worden, Sie wurden mit einer Waffe bedroht, gefesselt und jetzt wollen Sie Business as usual betreiben?«

»Es wurde nichts gestohlen und niemand ist zu Schaden gekommen. Ich habe auch nicht vor, Anzeige gegen unbekannt zu erstatten. Also weshalb sollte ich das Geschäft zusperren?«

»So einfach geht das nicht, hier ist eine schwere Straftat vorgefallen und deshalb wird in wenigen Minuten unsere Spurensicherung vor Ort sein. Deshalb möchte ich Sie bitten, nichts anzufassen und den Raum zu verlassen.«

Wertheim blickte flehentlich auf die dicken Geldbündel in dem offenen Tresor.

»Wenn ich sage, nichts anfassen, dann meine ich nichts anfassen.«

Sascha blieb hart und der Juwelier verließ den Raum wie ein geprügelter Hund. Nachdenklich blieb der Kommissar zurück.

Der falsche Polizist aus Südfrankreich musste den Aufenthaltsort der gestohlenen Schmuckstücke von diesem Hehler erfahren haben.

Aber weshalb hatte der Kerl dann Miriam einen Besuch abgestattet und sie massiv bedroht? Wahrscheinlich wollte er sich nur vergewissern, dass sich die Wertsachen an dem ihm beschriebenen Ort befanden.

Als er zurück in den Laden kam, bat er Wertheim, ihn aufs Präsidium zu begleiten, um anhand einer europaweiten Personendatei die wahre Identität des falschen Polizisten festzustellen. Er hätte Miriam gerne dabeigehabt, die den

Kerl auch gesehen hatte. Aber von seiner Freundin hatte er seit Freitag-Nachmittag keinerlei Lebenszeichen mehr erhalten.

Eigentlich wollte sie am heutigen Montag ein wenig später ins Büro gehen, doch die Dringlichkeit der Ermittlungen ließ Magdalena sehr früh aus dem Schlaf aufwachen. Leise stand sie auf, um Paul nicht zu wecken, und ging ohne einen Kaffee aus dem Haus.

Wie so oft streikte der Kaffeeautomat im Büro am Montagmorgen und Mertens wählte missgelaunt eine Telefonnummer.

»Hallo, hier spricht Magdalena Mertens, Hauptkommissarin von der Kripo Reutlingen, bin ich verbunden mit dem Büro von Frau Gruibinger-Hess? Ich müsste dringend mit ihr sprechen, möglichst heute noch.«

»Das ist völlig ausgeschlossen, der früheste Termin, den ich Ihnen geben kann, wäre am Dienstag übernächster Woche. Die Frau Staatssekretärin hat gerade sehr viel um die Ohren«, sagte die Dame am anderen Ende der Leitung ziemlich unfreundlich.

Mertens war drauf und dran, es ihr mit gleicher Münze zurückzuzahlen und der unverschämten Person mit ihrer ganzen Autorität zu begegnen.

Die Hauptkommissarin besann sich dann aber eines Besseren und schnaufte einmal tief durch.

»Schade, aber es wäre wirklich dringend. Schließlich wurde vor Kurzem ihr Ehemann ermordet und bisher hat sich noch niemand von uns so richtig mit ihr unterhalten.«

»Aber das stimmt ja nicht, ein Kollege von Ihnen hat Frau

Gruibinger-Hess in ihrem Haus geradezu überfallen und ihr wenig mitfühlend vom Tod ihres Mannes erzählt«, antwortete die Sekretärin spitz.

»Stimmt nicht ganz, der Kollege Gross wurde mehr oder weniger hochkant von Ihrer Chefin rausgeschmissen. Nun gut, wenn es auf diesem Weg nicht geht, dann muss ich Frau Gruibinger-Hess eben vorladen, und um es ihr leichter zu machen, werde ich der örtlichen Presse davon Mitteilung machen. Auf Wiederhören.«

Ein Schmunzeln trat auf Magdalenas Gesicht, nachdem sie aufgelegt hatte, und wie sie erwartet hatte, klingelte ihr Telefon wenige Minuten später.

»Mertens«, meldete sie sich, obwohl sie auf dem Display die Nummer erkannte.

»Frau Hauptkommissarin, hier ist nochmals das Büro von Frau Gruibinger-Hess, ich soll Ihnen von der Staatssekretärin ausrichten, dass sie heute zu Hause anzutreffen ist. Bitte rufen Sie kurz an, bevor Sie vorbeikommen.«

Der Ton war nun deutlich umgänglicher, als die Dame die private Telefonnummer ihrer Chefin durchgab.

Ich habe dieses Theater mit den ach so wichtigen Menschen so satt, dachte Magdalena angewidert und beschloss, ohne Vorankündigung bei der Politikerin vorbeizuschauen. Während die Landschaft auf der Fahrt nach Nürtingen an ihr vorüberzog, fragte sie sich mehrmals, ob der von ihr spontan gewählte Schritt ihr vielleicht ein Disziplinarverfahren einbringen könnte. Doch sie hatte die Schilderung ihres Kollegen noch sehr gut im Kopf, den Christiane Gruibinger-Hess so fertig gemacht hatte, dass er wie ein geprügelter Hund aus dem Haus geschlichen war.

Das würde ihr nicht passieren, dazu hatte Mertens in ihrer jahrelangen Polizeitätigkeit zu viel Erfahrung gesammelt. Sie beschloss, sämtliche Drohungen mit Innenministern oder sonstigen VIPs, die ihrer Karriere, die sowieso in absehbarer Zeit zu Ende sein würde, schaden könnten, zu ignorieren.

Innerlich mit sich im Reinen bog sie in die Straße ein, die zu dem Wohnviertel mit frei stehenden Häusern aus den Sechziger- und Siebzigerjahren führte. Manche der Gebäude waren in einem modernen Stil umgebaut worden, die meisten jedoch verströmten den Charme der Nachkriegsjahre.

Mertens blickte auf die Adresse, die ihr der Kollege Gross genannt hatte, und stand wenig später vor dem Garten eines liebevoll restaurierten Einfamilienhauses. Die bereits an manchen Stellen vergrauende Holzverschalung wurde mittels bunter quadratischer und rechteckiger Platten, die wie zufällig angeordnet waren, aufgelockert, was dem Haus die richtige Mischung aus Tradition und Moderne verlieh. Verglichen mit dem schrecklichen Betonkubus, in dem Esther Sturz jetzt alleine leben musste, gefiel der Kommissarin diese Art der Kombination nicht schlecht.

Gerade als sie die Steintreppe zur Eingangstür hinaufgehen wollte, hörte sie eine weibliche Stimme aus dem Garten. Mertens wandte sich um und folgte dem schmalen Gartenpfad, der an einer großen Holzterrasse endete.

Eine Frau, die ihre blonden Haare zu einem Pferdeschwanz zusammengebunden hatte, saß auf einem Stuhl und sprach in ihr Handy, wobei sie wild gestikulierte.

Da sie ihr den Rücken zuwandte, bemerkte die Frau nicht, dass jemand sie besuchte, und sprach munter weiter.

»Es besteht kein Grund, dass du deine Entscheidung rückgängig machst, Joscha, ich habe die Lage völlig im Griff. Dieses Interview letzte Woche war erst der Anfang, in der kommenden Ausgabe dieses von dir so geschätzten Nachrichtenmagazins wird ein detaillierter Bericht zu den Umständen, die zur Ermordung meines Mannes geführt haben, sowie ein ausführliches Porträt von mir erscheinen. Das wird meine Popularitätswerte noch weiter in die Höhe schnellen lassen. Du siehst also, Joscha, dass du mir den Posten mit gutem Gewissen überlassen kannst.«

Mertens hatte anhand des Vornamens, der immer wieder gefallen war, leicht erkennen können, dass es sich bei dem Gesprächspartner wohl um den Ministerpräsidenten handelte.

Das hieß ja, dass Christiane Gruibinger-Hess den bisherigen Regierungschef beerben würde. Wenn diese Nachricht jetzt schon an die Öffentlichkeit dringen würde, wäre das eine faustdicke Überraschung.

»Hm«, räusperte sich die Polizistin laut hörbar.

Erschrocken fuhr die Frau hoch und drehte sich um.

»Was fällt Ihnen ein …,« wollte sich Christiane echauffieren, hielt sich jedoch zurück, als sie sich an ihr laufendes Telefongespräch erinnerte.

»Ich habe geklingelt«, flunkerte die Kommissarin ein wenig, »und als niemand öffnete, bin ich ums Haus gelaufen«. Sie zeigte der Hausherrin dabei ihren Dienstausweis.

»Leider muss ich jetzt Schluss machen, ich habe unerwartet Besuch bekommen. Wir telefonieren morgen wieder, tschüss.«

Die Staatssekretärin drückte das Gespräch weg und wandte sich mit einem zornigen Gesichtsausdruck der ungebetenen Besucherin zu.

»Haben wir einen Temin oder weshalb überfallen Sie mich einfach so in meinen eigenen vier Wänden?«, fragte die Politikerin mit bebender Stimme.

Mertens spürte, dass sie bei dieser Frau äußerst vorsichtig zu Werke gehen musste, erinnerte sich jedoch auch wieder an ihren jungen Kollegen, der so abgewatscht worden war.

»Frau Gruibinger-Hess, bitte machen Sie es uns doch

nicht so schwer«, versuchte Magdalena es mit einem versöhnlichen Ton. »Es ist nun einmal Fakt, dass Ihr Mann auf unnatürliche Weise zu Tode gekommen ist und wir deshalb auch in seinem privaten Umfeld ermitteln müssen. Erschwerend kommt hinzu, dass jetzt auch Herr Sturz, der ehemalige Chef Ihres Mannes, erschossen aufgefunden wurde.«

Die Politikerin schien wenig überrascht, offenbar hatte sie es schon mitbekommen.

»Ich habe versucht, bei Ihrer Sekretärin einen Termin zu machen, doch sie ließ mich eiskalt abblitzen, erst als ich mit der Presse gedroht habe, sagte sie mir, dass Sie heute zu Hause seien.«

Ein Blick in das entschlossene Gesicht der Beamtin gemahnte die Politikerin zur Vorsicht. Sie spürte deutlich, dass sie es mit einer hartnäckigen und erfahrenen Polizistin zu tun hatte, wenngleich deren Äußeres nicht darauf schließen ließ. Christiane beschloss deshalb, bis zu einem gewissen Punkt zu kooperieren.

»Sie haben ja recht, Frau …«

»Mertens.«

»Ja, also Frau Mertens, natürlich werde ich alles in meiner Macht Stehende tun, damit diese schrecklichen Morde aufgeklärt werden. Aber bitte setzen Sie dich doch. Darf ich Ihnen einen Kaffee oder ein Wasser bringen?«

»Kaffee wäre nicht schlecht.«

Während die Hausherrin das Gewünschte zubereitete, sah sich Mertens ein wenig um und überdachte ihre Strategie. Diese Frau war mit allen Wassern gewaschen. Wollte sie vorhin wutentbrannt ihre Besucherin hochkant hinauswerfen, so spielte sie jetzt die perfekte Gastgeberin.

Magdalena ließ ihren Blick über den Garten schweifen, der zwar etwas wild wirkte, dies aber auf eine Art und Weise, die auf eine professionelle Pflege schließen ließ.

Hier also hatte das Mordopfer mit seiner Frau gelebt. War die Ehe glücklich oder wurde aus Rücksicht auf die Karriere von Frau Gruibinger-Hess nur der äußere Schein gewahrt?

All das mussten sie und ihr Kollege herausfinden, denn selbst wenn es genauso wie bei Esther Sturz nahezu ausgeschlossen war, dass die Ehefrau ihren Gatten getötet hatte, mussten sie in alle Richtungen ermitteln.

In diesem Moment kam die Hausherrin wieder auf die Terrasse. Vorsichtig stellte sie Tasse und Untertasse auf den Holztisch, an dessen Füßen gut sichtbar ein Ökolabel prangte. Etwas Gebäck hatte Christiane ebenfalls gebracht und bat die Kommissarin zuzugreifen.

»Das ist frisch vom hiesigen Bäcker, der eine löbliche Ausnahme bildet zwischen all den einheitlich schmeckenden Produkten der riesigen Filialisten, die den Markt mittlerweile beherrschen. Wissen Sie, es ist mir ein persönliches Anliegen, dass ich meine politischen Ansichten nicht nur verbreite, sondern auch im Alltag danach lebe. Doch Sie sind nicht gekommen, um über meine Grundsätze zu reden, außerdem muss ich in einer halben Stunde zu einer wichtigen Fraktionssitzung aufbrechen.«

»Das sollte reichen«, meinte Mertens und biss ein Stück von einer Brezel ab, die sie an den Geschmack ihrer Jugend erinnerte.

»Ich möchte mich vorab für den unglücklichen Besuch meines jungen Kollegen entschuldigen, der zugegebenermaßen mit der damaligen Situation etwas überfordert war. Eigentlich hätte ihn eine in derlei Dingen erfahrene Psychologin begleiten sollen, die ihn dann aber kurzfristig versetzt hat.«

»Ist schon okay, ich war natürlich ziemlich perplex, als mir dieser junge Beamte so zwischen Tür und Angel erzählen wollte, dass mein Mann, mit dem ich am Abend vorher noch auf dieser Terrasse gesessen habe, plötzlich tot sein soll.«

Mertens registrierte, dass Tränen in die Augen der Frau traten. Bisher hatte sie nicht den Eindruck gehabt, dass die Witwe wirklich trauerte.

»Wenn es Ihnen möglich ist, möchte ich mit Ihnen genau über diesen Abend reden«, bat Mertens einfühlsam.

Nach einem kurzen Zögern nickte Christiane.

»Sie haben also den ganzen Abend hier im Garten gesessen.«

»Na ja, nicht den ganzen Abend. Ich bin so gegen zehn von einem Meeting nach Hause gekommen und habe Lothar in einer sehr euphorischen Stimmung angetroffen. Er hat endlich wahrgemacht, worum ich ihn seit Langem gebeten habe, nämlich bei seinem Arbeitgeber zu kündigen. Wissen Sie, mein Fachgebiet ist die Umweltpolitik und da ist ein Ehemann, der in der Müllentsorgung arbeitet, doch eher ein Hemmschuh. Diese Branche wird zweifelsohne gebraucht, hat aber nichtsdestotrotz noch immer einen anrüchigen Ruf, wenn Sie verstehen, was ich meine. Deshalb gab es an diesem Abend natürlich ein Grund zu feiern, als Lothar mir mitteilte, dass er den Schritt endlich getan hatte.«

Kurz trat ein Lächeln auf ihre Züge, das jedoch schnell wieder einer gewissen Wehmut Platz machte. Bevor Mertens weitere Fragen stellen konnte, fuhr die Politikerin fort.

»Wir haben uns bis spät in die Nacht unterhalten und das ein oder andere Gläschen Sekt getrunken. Dabei hat er mir dann irgendwann von dieser ominösen Giftmüllgeschichte erzählt, die er entdeckt hat.«

Die Autopsie des Toten hatte tatsächlich eine ziemliche Menge von Alkohol zutage gefördert.

»Und danach sind sie gemeinsam ins Bett gegangen?«

»Aber nein, das war ja gerade das Komische. Etwa gegen

zwei Uhr morgens, nachdem er mir den USB-Stick überreicht hat, bin ich kurz ins Haus, weil ich aufs WC musste. Ich war nur wenige Minuten weg, und als ich wiederkam, sah ich noch, wie er sich in seinen alten Cadillac gesetzt hat und davongefahren ist. Ich bin noch runter zu unserem Carport gesprintet« – Christiane deutete auf ein hölzernes Bauwerk, das unmittelbar an die Terrasse angrenzte – »und wollte ihn wegen seines nicht unbeträchtlichen Alkoholkonsums an diesem Abend aufhalten, doch es war nichts mehr zu machen. Das war das letzte Mal, dass ich ihn lebend gesehen habe.«

Das war jetzt aber eine Überraschung, sie waren bisher davon ausgegangen, dass Hess irgendwo gekidnappt und danach getötet worden war.

»Sind Sie sicher, ich meine, wir haben nirgends in der Nähe ein Auto, das auf Sie oder Ihren Mann zugelassen ist, entdeckt.«

»So erging es mir auch, als ich ein wenig meine Beziehungen habe spielen lassen, aber der Oldtimer ist wie vom Erdboden verschluckt. Ich bin mir ziemlich sicher, dass dieser Verbrecherclan, dessen Machenschaften Lothar auf die Spur gekommen ist, den wertvollen Wagen längst ins Ausland geschafft hat.«

»Waren Sie am nächsten Tag nicht beunruhigt, als Sie weder Ihren Mann noch sein Auto gesehen haben?«

»Nicht im Geringsten, Lothar und ich haben seit geraumer Zeit getrennte Schlafzimmer. Nicht etwa weil wir uns nicht mehr geliebt haben, sondern wegen der unterschiedlichen Arbeitszeiten und weil er extrem schnarchte. Als ich so gegen neun aufwachte, waren zwar weder er noch sein Auto da, wie Sie richtig erkannt haben, aber auch das war keineswegs ungewöhnlich, weil er immer recht früh in die Firma aufgebrochen ist. Er hat am Abend davor erwähnt, dass er noch etwas bei Sturz vergessen hat.«

Christiane sah, dass die Kommissarin ein wenig stutzte und diese Geschichte nicht so schnell schlucken wollte.

»Wenn Sie mir nicht glauben, fragen Sie unsere nächste Nachbarin, die Frau Weber da drüben, ihr entgeht so schnell nichts«, schlug Christiane deshalb mit Sarkasmus vor.

»Aber Frau Gruibinger-Hess, selbstverständlich glaube ich Ihnen. Die Nachbarin werde ich aus ermittlungstechnischen Gründen eh befragen müssen.«

Demonstrativ sah die Politikerin auf ihre schmale Armbanduhr, was Magdalena mit einem leichten Grinsen quittierte.

Die Audienz war offenbar zu Ende.

»Wenn Sie keine weiteren Fragen haben, würde ich mich gerne zurückziehen, Frau Mertens. Bevor ich aufbreche, müsste ich mich noch ein wenig frisch machen.«

»Eine Sache noch, Sie erwähnten in dem kürzlich erschienenen Interview einen USB-Stick, auf dem Beweise für die kriminellen Machenschaften, die Ihr Mann aufgedeckt hat, gespeichert sind. Könnten Sie mir den Datenträger bitte aushändigen? Bestimmt finden sich darauf wichtige Informationen, die uns zu dem oder den Tätern führen. «

»Entschuldigung, aber leider ist das nicht möglich, da ich diesen Stick bei einem Anwalt meines Vertrauens hinterlegt habe, quasi als Lebensversicherung. Selbstverständlich kann ich Ihnen Auszüge daraus zumailen.«

»Das wäre sehr freundlich, doch wenn es wichtig für unsere weiteren Ermittlungen wäre, müsste ich Sie dringend bitten, mir den Stick auszuhändigen, notfalls aufgrund einer richterlichen Anordnung.«

Für einen Moment sah es so aus, als würde die Politikerin gleich explodieren und die Hauptkommissarin hinauswerfen, im nächsten Augenblick jedoch hatte sie sich wieder im Griff.

»Sicherlich werden wir dafür eine Lösung finden, Frau Mertens. Etwas anderes, ich würde mich gerne von meinem Mann verabschieden und deshalb in absehbarer Zeit die Beerdigung ausrichten lassen. Wissen Sie schon ungefähr, wann der Leichnam freigegeben wird?«

»Gestern Nachmittag habe ich mit dem Gerichtsmediziner telefoniert und er sagte mir, dass die Untersuchungen abgeschlossen und Ihr Mann freigegeben ist. Das heißt, Sie können die Trauerfeier ausrichten, wann es Ihnen beliebt.«

»Danke schön«, war die Antwort und Mertens sah eine gewisse Erleichterung im Gesicht der Politikerin.

»Haben Sie eigentlich keine Angst vor den Leuten, die offenbar Ihren Mann und Herrn Sturz ermordet haben? Ich könnte Ihnen Personenschutz für die Zeit unserer Ermittlungen besorgen.«

»Das ist zu freundlich von Ihnen, Frau Mertens, aber ich denke, das wird nicht notwendig sein, ich bin keine ängstliche Person und wie ich der Presse bei dem Interview gesagt habe, wird der Inhalt dieses Sticks sofort von meinem Anwalt veröffentlicht, falls mir etwas zustößt.«

»Na gut, wie Sie wollen. Auf Wiedersehen, Frau Gruibinger-Hess, und einen schönen Tag noch.«

Mertens wandte sich zum Gehen, drehte sich dann aber nochmals um.

»Ah, eine Sache noch, könnten Sie mir vielleicht Ihre Handynummer geben, unter der Sie zu erreichen sind? Das wäre nett, dann müsste ich nicht immer den Umweg über Ihre Vorzimmerdame nehmen oder Sie wie heute einfach überfallen.«

Zähneknirschend nannte die Hausherrin der in ihren Augen aufdringlichen Beamtin die Nummer und verschwand dann schnell im Haus.

Betont langsam schlenderte Magdalena Mertens den Weg entlang, der mit ausgesuchten weißen und schwarzen Kieselsteinen belegt war.

Beeindruckt betrachtete sie die roten Sandsteinquader, die den Weg vom Garten abgrenzten. Diese Anordnung gefiel ihr nicht schlecht und sie beschloss, mit Paul darüber zu reden, ob das eventuell eine Alternative für ihren eigenen Garten wäre. Sie überquerte die schmale Straße, die das Anwesen von Christiane Gruibinger-Hess von dem der genannten Nachbarin trennte.

Kaum hatte sie den Klingelknopf gedrückt, als auch schon die Haustüre aufsprang und eine ältere Frau mit Dauerwellen und einer Schürze über dem Kleid vor ihr stand.

»Guten Tag, Sie sind bestimmt von der Presse. Ich habe Sie drüben bei der Frau Gruibinger-Hess bereits gesehen. Also ich muss Ihnen sagen, so eine perfekte Familie und jetzt dieses Unglück, das waren bestimmt irgendwelche Verbrecher aus Bulgarien oder Rumänien. Man ist sich ja seines Lebens hier in Deutschland nicht mehr sicher. Und was macht die Polizei, frage ich Sie, nicht einmal ein Bruchteil der Einbrüche wird von denen aufgeklärt. Also ich wähle das nächste Mal …«

»Guten Tag, Frau Weber«, unterbrach Magdalena Mertens den Redeschwall der Frau, die etwa zehn Jahre älter als sie selbst war.

Oder sie sieht so alt aus, weil sie sich so unvorteilhaft kleidet, dachte Magdalena und erinnerte sich daran, wie sie selbst herumgelaufen war, bevor sie Paul kennengelernt hatte.

»Ich bin nicht von der Presse, sondern von der Polizei, zu der Sie kein Vertrauen mehr haben.«

Sie konnte sich den kleinen Seitenhieb nicht verkneifen, als sie der verblüfften Frau ihren Dienstausweis unter die

Nase hielt, denn die Partei, die als Alternative zu den etablierten Parteien angetreten war und vorgab, Antworten auf sämtliche schwierige Fragen in der Politik zu haben, hatte in ihrem Wahlprogramm keinerlei Lösungen zu bieten. Im Gegenteil kam es Mertens so vor, als ob diese Gruppierung eine Rückkehr in längst überwunden geglaubte Zeiten befürwortete.

»Ich brauche von Ihnen eine Zeugenaussage, die bestätigt, dass Herr Hess in der Nacht vor seinem gewaltsamen Tod nochmals mit seinem Auto weggefahren ist. Frau Gruibinger-Hess meinte, dass Sie eine sehr aufmerksame Beobachterin seien.«

»Wissen Sie …«

Die Nachbarin wollte gerade loslegen, als Mertens nachlegte.

»Bevor Sie mir antworten, muss ich Sie darauf hinweisen, dass Sie bei einem Meineid mit einer hohen Gefängnisstrafe rechnen müssen.«

Offenbar hatte die Hauptkommissarin der redseligen Dame mit dieser Aussage den Wind aus den Segeln genommen.

»Äh …, wollen Sie jetzt an meiner Glaubwürdigkeit zweifeln?«

Es war dieser Frau anzusehen, dass sie um ihre Fassung rang.

»Natürlich nicht, diesen Satz muss ich von Amts wegen hinzufügen, damit hinterher keine Missverständnisse aufkommen.«

»Dann bin ich ja beruhigt, auf jeden Fall habe ich den netten Herrn Hess in der fraglichen Nacht wegfahren sehen. Das muss so gegen zwei Uhr morgens gewesen sein. Wissen Sie, seit mein Mann, der Otto, nicht mehr lebt und ich alleine in dem großen Haus wohne, schlafe ich nachts einfach schlechter. Ständig höre ich irgendwelche Geräusche und dann denke ich, jetzt kommen sie zu mir. So war es auch in der fraglichen Nacht, als ich wegen der Gespräche, die meine Nachbarn auf ihrer Terrasse geführt haben, aufgewacht bin. Ich bin aufgestanden und habe hinübergeschaut. Als ich dann sah, dass alles in Ordnung war, wollte ich mich wieder hinlegen. Gerade in dem Moment hörte ich Motorengeräusche. Ich bin dann wieder in die Küche gegangen, vom Fenster dort sehe ich genau auf die Auffahrt, und konnte beobachten, dass Herr Hess mit seinem schönen amerikanischen Auto mitten in der Nacht noch einmal weggefahren ist. Bestimmt haben sie sich noch gestritten, dachte ich dann, bevor ich mich wieder hinlegte.«

»War Herr Hess alleine im Auto?«

»Ja natürlich, allerdings kam mir eine Sache nicht ganz geheuer vor.«

Magdalena Mertens hatte sich eine gute Ausrede einfallen lassen müssen, um der einsamen Nachbarin zu entkommen, die sie zuerst zu einem Kaffee und danach noch zum Abendessen einladen wollte.

Als sie ihr Auto startete, rief sie sich die Aussage nochmals ins Gedächtnis.

Wahrscheinlich war alles in Ordnung, doch irgendeine Kleinigkeit war es doch, an der sie sich störte.

Das darf doch alles nicht wahr sein, dachte Miriam zum wiederholten Mal und fragte sich gleichzeitig, wie lange sie jetzt schon in diesem Kellerverlies gefangen waren.

Ihre Handys waren mangels Empfang und Akkuladung

nutzlos und keiner von ihnen besaß eine Armbanduhr. Ihrem Gefühl nach musste ihre Leidenszeit aber bereits mehrere Tage andauern.

Am Anfang waren die drei Leidensgenossen noch zu sehr überrascht von der Situation gewesen, nachdem sie der falsche Kommissar hier unten eingesperrt hatte. Gewiss, sie hatten ausreichend Proviant für mehrere Tage, doch die psychische Belastung war besonders für Miriam beinahe unerträglich.

Seit sie damals gekidnappt und gegen den Goldschatz, den ihr verstorbener Mann gestohlen hatte, ausgetauscht worden war, hatte sie eine früher nie gekannte Angst in engen Räumen.

Wenn es nicht unbedingt nötig war, würde sie in Zukunft auch sämtliche Flugreisen meiden. Selbst in längeren Tunnels überkam sie eine schleichende Furcht.

Zu Beginn ihrer Gefangenschaft hatten die drei noch geflachst, nachdem Miriam die blutende Wunde von Björn versorgt hatte. Danach war die Stimmung umgeschlagen und eine heiße Debatte um die Schuld für diese unhaltbare Situation war entstanden. Miriam hatte ihrer besten Freundin und deren Mann bitterböse Vorwürfe gemacht und sie der Habgier bezichtigt.

Doch mit zunehmender Dauer hatte sich Niedergeschlagenheit breitgemacht und sowohl Björn als auch die zwei Frauen waren in eine gefährliche Lethargie verfallen. Susis Ehemann war noch derjenige, der am ehesten Strukturen aufrechterhalten wollte, in dem er in gewissen Abständen dazu aufrief, eine Mahlzeit einzunehmen oder etwas zu trinken. Er war es auch, der sich kleine Spielchen ausdachte, damit die Zeit nicht zu lange wurde und sie beschäftigt waren.

Seine Streifschusswunde war tatsächlich nicht so schlimm

gewesen. Mittlerweile hatte sich Wundschorf gebildet und seiner Aussage nach hatte Björn keine Schmerzen mehr.

Ihn besonders feinfühlig zu nennen, wäre übertrieben, doch er merkte, dass Miriam sehr darunter litt, in diesem Loch eingesperrt zu sein, und auch seine Frau ließ sich mit zunehmender Dauer gehen.

Weil Miriams Töchter bei ihrer Großmutter waren und ebenfalls keinen Verdacht schöpfen würden, waren nach ihrer Einschätzung mindestens schon zwei Tage und drei Nächte vergangen, die sie hier ausharren mussten.

Sie versuchte, an angenehme Dinge zu denken, doch immer wieder schweiften ihre Gedanken aus naheliegenden Gründen zu der Geiselnahme, der sie zum Opfer gefallen war, und dem anschließenden Heldentod ihres Vaters. Das einzig Positive an dem ganzen Schlamassel damals war gewesen, dass sie Sascha, der in dem als »Höhlenmord« durch sämtliche Medien bekannt gewordenen Verbrechen ermittelt hatte, kennen- und lieben gelernt hatte.

Der Mörder ihres Vaters hingegen oder genau genommen der Mann, der für den Tod des geliebten Menschen verantwortlich war, war nie gefasst worden.

Wenn ich hier heil herauskomme, schwor sich Miriam, werde ich mich auf die Suche nach diesem Mistkerl machen, das bin ich meinem geliebten Vater schuldig. Sie hatte es die ganze Zeit verdrängt, wohl auch, weil ihr Leben nach dieser ganzen Geschichte in geregelte Bahnen gekommen war, was letztlich zu einem großen Teil Saschas Verdienst war.

Natürlich hatte auch der Umstand, dass sie sich für die Fortführung des Weinladens ihres Vaters entschieden hatte, bei ihrer Vergangenheitsbewältigung eine entscheidende Rolle gespielt.

Das Versprechen, den Mann zu suchen, der für Rudi Neuburgs Tod verantwortlich war, hielt sie erstaunlicherweise einigermaßen bei Laune, sodass sie ihre Klaustrophobie ein wenig in den Hintergrund drängen konnte. Wäre sie allerdings alleine in diesem Loch gewesen, wäre sie wahrscheinlich durchgedreht. Trotz der Querelen, die sie in den letzten Stunden und Tagen miteinander gehabt hatten, war das Entscheidende für Miriam, dass jemand bei ihr war.

»Ihr habt jetzt seit einiger Zeit nichts mehr getrunken, bitte lasst euch nicht so gehen. Bestimmt sind unsere Befreier schon auf dem Gelände und wir kommen endlich hier raus«, versuchte Björn, dem in der Zeit ein ziemlicher Bart gewachsen war, seine Mitgefangenen aufzumuntern.

»Das ist alles nur meine Schuld!«, schluchzte Susi. »Ich hätte nicht zulassen dürfen, dass wir den Schmuck mitnehmen, und jetzt werden wir daran zugrunde gehen.«

»Aber Susi, ich bitte dich, wie Björn schon gesagt hat, ist es nur noch eine Frage von Minuten, bis wir befreit werden.«

Obwohl sie selbst dringend jemanden gebraucht hätte, der sich um sie kümmert, nahm Miriam ihre Freundin in den Arm und tröstete sie.

Hallo Karl, sag mal, bist du von einem Mann wegen der Sache mit den Juwelen bedroht worden? Und jetzt lüg mich bitte nicht an!«

Sascha hörte am anderen Ende der Leitung ein Räuspern.

»Äh…, nicht dass ich wüsste. Wer sollte mich denn bedrohen?«, antwortete der Bankier ahnungslos.

»Na der Typ, von dem ich dir erzählt habe, der auch Miriam unter Druck gesetzt hat.«

Ungeduldig ging der Kommissar auf und ab, aber sein

Jugendfreund blieb dabei, dass sich niemand an ihn gewandt hatte.

Nachdem er Karl noch einen schönen Tag gewünscht hatte, legte er auf.

Sascha versuchte es danach noch bei Miriam, bei der aber wie in den letzten Tagen sofort nur die Mailbox ansprang. Auch auf seine Whatsapp-Nachrichten gab es keine Reaktion von seiner Freundin.

Das alles ist doch äußerst sonderbar, dachte Sascha, während er die Handynummer von Gerda Neuburg eingab.

»Guten Tag Gerda, ich bin ein wenig in Sorge wegen Miriam, sie geht nicht an ihr Handy, was sehr untypisch ist, und ignoriert meine Nachrichten. Hast du zufällig irgendwelche Kontaktdaten von diesem Weingut, auf dem das Seminar an diesem Wochenende stattgefunden hat?«

Miriams Mutter war etwas verdutzt und fragte sich, ob der Freund ihrer Tochter ein kleiner Kontrollfreak sei. Ihr verstorbener Mann war auf der Suche nach gutem Wein wochenlang unterwegs gewesen und hatte sich nur sporadisch gemeldet. Gerda hatte sich daran gewöhnt und auch instinktiv gespürt, dass Rudi das Hinterherspionieren überhaupt nicht leiden konnte.

Sie durchwühlte den Schreibtisch ihrer Tochter und fand schließlich Miriams Terminkalender. Da stand der Name des Châteaus im Elsass, das das Weinseminar veranstaltete. Nach weiterem Suchen fand sie einen Farbprospekt, auf dem die Kontaktdaten aufgeführt waren.

Am frühen Montagmorgen hatte sie die beiden Kinder zur Schule gebracht und war dann in die Weinhandlung geeilt. Während der Mittagspause hatte sie Anne und Sylvie schließlich wieder abgeholt und war gemeinsam mit ihnen zu »Chez Rudi« gefahren, wo sie auf Miriam warten wollten.

Die Mädchen waren schon hier gewesen, als Gerdas Mann den Laden noch betrieben hatte. Der heiß geliebte Opa hatte ihnen ein Spiel- und Lernzimmer in einem der hinteren Räume eingerichtet, in das sie sich sofort zurückzogen, sobald sie hier waren.

»Hast du was zum Schreiben, Sascha? Ich glaube, ich habe die richtige Adresse gefunden.«

Sie buchstabierte ihm den Namen des Weinguts und nannte die Telefonnummer.

»Danke, Gerda, ich melde mich, sobald ich sie erreicht habe.«

Sascha war ein wenig aufgeregt, als das Freizeichen erklang, und legte sich insgeheim ein paar Sätze auf Französisch zurecht.

Sein Schulfranzösisch reichte aus, um die nötigsten Dinge zu erledigen, doch telefonieren war etwas ganz anderes.

Umständlich begrüßte er die Frau, die sich am andern Ende der Leitung meldete, und brachte sein Anliegen vor.

Sie spürte seine sprachliche Unsicherheit und wechselte ins Deutsche.

»Tut mir leid, aber Frau Neuburg ist nicht erschienen, obwohl sie sich angemeldet hat. Ich hoffe, ihr ist auf dem Weg hierher nichts passiert.«

Die freundliche Stimme klang besorgt.

»Das hoffe ich auch. Vielen Dank für die Auskunft«, sagte Sascha mit belegter Stimme.

Sein Puls raste, als er wieder auflegte.

Was war hier los?

Weshalb hat Miriam mich angelogen, fragte sich der Kommissar insgeheim.

Er kramte in seinem Gedächtnis nach Hinweisen für einen Sinneswandel von Miriam in den letzten Wochen. Sicher, sie hatten sich mehrfach wegen Kleinigkeiten in den

Haaren gelegen, aber danach war die Versöhnung immer wieder schön gewesen.

Hatte er doch etwas übersehen und Miriam war ihm entglitten?

Natürlich hatte sie des Öfteren Besuch von attraktiven Männern in ihrem Laden, die sich für Wein interessierten, und natürlich flirtete sie auch mit dem einen oder anderen. Aber deswegen gleich eine Affäre mit jemandem anfangen?

Aufgeregt wählte er erneut Gerda Neuburgs Nummer.

»Hallo Gerda, ich bin es nochmal. Gerade habe ich in dem Weingut angerufen, in dem Miriam das Wochenende verbringen wollte, und habe dabei erfahren, dass sie niemals dort angekommen ist, geschweige denn die letzten Tage dort verbracht hat. Kannst du dir das erklären?«

Gerda Neuburg hatte genug Menschenkenntnis, um die Zwischentöne herauszuhören und zu erkennen, dass er eifersüchtig war.

»Das kann ich mir beim besten Willen nicht erklären«, antwortete Gerda besorgt. »So etwas ist eigentlich überhaupt nicht Miriams Art. Es muss etwas Schreckliches passiert sein, du musst sofort bei deinen Kollegen und in sämtlichen Krankenhäusern anrufen, die auf dem Weg ins Elsass liegen.«

»Das werde ich natürlich tun, aber kann es nicht auch sein, dass Miriam mal mit jemand anderem ein Wochenende verbringen wollte?«

Bereits als er den Satz zu Ende gesprochen hatte, tat es ihm auch schon leid.

»Sascha, diese Unterstellung verbitte ich mir, Miriam ist eine äußerst treue Seele und jetzt tue deine Pflicht und ruf bei den zuständigen Stellen an!«, stieß Gerda Neuburg erbost hervor.

Mit einer knappen Verabschiedung legte Sascha auf.

Er schalt sich einen Narren, aber die Saat der Eifersucht war gelegt und der Polizist konnte an nichts anderes mehr denken als an Miriam in den Armen eines anderen Mannes.

In diesem Moment kam seine Vorgesetzte zur Tür herein.

»Hallo Herr Gross«, grüßte Magdalena Mertens und betrachtete ihren jüngeren Kollegen kritisch.

»Sie sehen aus, als ob Ihnen ein Gespenst über den Weg gelaufen ist. Hat das mit unseren Mordfällen zu tun?«

Sascha wand sich, begann aber dann trotzdem von dem Urlaub und den wertvollen Schmuckstücken zu erzählen, die sich im Besitz seiner Freunde befunden hatten. Über kurz oder lang wäre seine scharfsinnige Kollegin sowieso darauf gestoßen, zumal es jetzt diesen Einbruch bei Wertheim gegeben hatte. Miriams Verschwinden wollte er jedoch zunächst verschweigen, um nicht als eifersüchtiger Trottel dazustehen.

»Das ist aber ein starkes Stück, das sich Ihre Freunde da geleistet haben. Hoffentlich tauchen die Klunker wieder auf und der Todesfall an der Schlucht stellt sich als Notwehrhandlung Ihrer Bekannten heraus. Dann würden sie sehr wahrscheinlich glimpflich davonkommen und müssten sich lediglich für die Unterschlagung von Diebesgut verantworten. Sollte es allerdings zu einer Mordanklage kommen, würde das Auslieferungsverfahren mit Frankreich greifen und Ihre Bekannten stünden vor einem französischen Gericht.«

Sascha seufzte hörbar.

»Ob Sie es glauben oder nicht, aber ich habe damals gespürt, dass etwas nicht stimmt. Die vier haben mir und Miriam etwas von einem Überfall erzählt, bei dem Björn verletzt worden sei. Diese Räuberpistole habe ich ihnen zuerst nicht abgenommen, danach aber auch nicht mehr nachgehakt. Und erst als Karl mir letzten Freitag die grausige

Wahrheit aufgetischt hat, kam mir das ganze Ausmaß dieser Geschichte wieder zu Bewusstsein.«

»Dann bin ich gespannt, wie Ihre Freundschaft diese Lügen verkraftet und ob Sie nochmals gemeinsam in den Urlaub fahren werden«, entgegnete Mertens süffisant.

»Na ja, klar ist das eine ungeheure Belastung, aber was mich angeht, so habe ich mich letzte Woche mit Karl ausgesprochen und habe dabei seine Reue deutlich gespürt. Miriam wollte am Freitag mit ihrer Freundin reden und wie ich Susi einschätze, wird sie angesichts des Ausmaßes, das diese Geschichte angenommen hat, gleichfalls zu Kreuze kriechen.«

»Apropos, wie geht es Miriam eigentlich? Ich habe sie jetzt schon eine Zeitlang nicht mehr gesehen.«

»Oh …, ihr geht es gut, die beiden Kinder wachsen und gedeihen. Mittlerweile hat sie neben den treuen Kunden ihres verstorbenen Vaters neue hinzugewonnen und kann inzwischen gut von ihrer Weinhandlung leben«, versuchte Sascha so normal wie möglich zu antworten.

Doch er war sich nicht sicher, ob seine Kollegin das so einfach geschluckt hatte, denn er war bei dieser eigentlich belanglosen Frage doch ein wenig rot geworden.

»Sie wollten Frau Gruibinger-Hess aufsuchen und ihr auf den Zahn fühlen«, versuchte Sascha schnell das Thema zu wechseln. »Ich hoffe, Sie hatten mehr Glück als ich.«

Sein unglücklicher Auftritt bei der eloquenten Politikerin machte ihm sichtlich noch zu schaffen und sein Selbstbewusstsein hatte dadurch einen ziemlichen Dämpfer erhalten.

»Wie ich Ihnen schon direkt danach gesagt habe, trifft Sie am wenigsten Schuld, Herr Gross. Es war unverantwortlich, Sie in dieser Situation zu dieser Frau zu schicken, und so etwas darf sich auch nicht wiederholen. Etwas Gutes hatte Ihr Besuch dennoch, ich war dadurch vorgewarnt und bin nicht ins offene Messer gerannt.«

In wenigen Sätzen berichtete Mertens von ihrer Audienz bei der Staatssekretärin, behielt aber das Telefonat, das sie mitangehört hatte, für sich.

»Um nochmals auf die Geschichte mit Ihren Freunden zurückzukommen. Sie sagten, dass sowohl Miriam als auch dieser Juwelier Wertheim den falschen französischen Polizisten gesehen haben. Dann haben wir zwei Augenzeugen, die uns behilflich sein können, eine Phantomzeichnung des Mannes anzufertigen, damit wir ihn zur Fahndung ausschreiben können. Könnten Sie das bitte veranlassen? Bei Miriam dürfte das ja kein Problem sein und diesen Schmuckhändler müssen Sie halt nochmals aufsuchen.«

»Wertheim hat gemeinsam mit unserem Spezialisten bereits ein brauchbares Bild erstellt. Miriam ist leider gerade noch auf einer Fortbildung im Elsass, aber sobald Sie wieder im Land ist, werde ich Sie herbringen.«

Dass er dazu momentan überhaupt keine Lust hatte, verschwieg Sascha geflissentlich.

Als Bartoli bei Valence auf die A7 fuhr, meinte er, das Meer bereits riechen zu können.

Es war später Abend, die Sonne war als feuerroter Ball am Horizont zu sehen und würde in kurzer Zeit untergehen. Trotzdem war es noch ziemlich mild und Bartoli freute sich auf sein Zuhause. Er war ausgesprochen guter Stimmung, was man seinen finsteren Zügen nicht ansah. Es war alles hervorragend gelaufen und Santini würde eine Extraprämie springen lassen müssen.

Kurz nach Aubagne verließ er die Autobahn und kam zu einer der wenigen Zahlstellen, die noch von einem Menschen besetzt war. Erfahrungsgemäß hatte er den Umweg über Aix-en-Provence genommen und wollte über die wenig befahrene Landstraße, die durch die Calanques, einer steilen Küstenlandschaft am Mittelmehr, führte, nach Marseille kommen. Lächelnd kurbelte er seine Scheibe herunter und gab der freundlichen Dame seinen Bon.

Es dauerte relativ lange, bis sie ihm eine Summe nannte, die er ihr dann bar hinblätterte. Die Schranke hob sich und Bartoli gab Gas. Mit einem süffisanten Grinsen betrachtete er seinen Fahrgast, der hinter ihm kauerte. Der Sicherheitsgurt hielt Moulin fest und bewahrte ihn vor dem Umkippen.

Bisher hatte er noch kein Lebenszeichen von ihm gehört, was vielleicht daran lag, dass Bartoli ihm eine relativ hohe Dosis des Betäubungsmittels verabreicht hatte.

Santini hatte zwar die Order ausgegeben, Moulin lebend bei ihm abzuliefern, doch letztendlich war es wichtiger, dass sich die wertvollen Schmuckstücke wieder in seinem Besitz befanden. Die Euphorie über die gute Arbeit, die Santini zweifellos honorieren würde, ließ seine sonst so zuverlässige Spürnase etwas nachlassen, sodass er nicht bemerkt hatte, wie die junge Frau hinter der Scheibe des Kassenhäuschens einen roten Knopf gedrückt hatte.

Kurz bevor Bartoli in den Kreisverkehr einfuhr, kam mit quietschenden Reifen ein Polizeifahrzeug heran und blieb direkt vor ihm stehen.

Seine Reflexe jedoch waren nach wie vor ausgezeichnet. Bartoli riss das Steuer herum und fuhr rechts an den verdutzten Beamten vorbei.

Sofort zogen die Polizisten ihre Waffen aus den Holstern und begannen Sekunden später zu schießen.

»Mist!«, rief Bartoli aus, nachdem die hintere Scheibe in tausend Teile zerborsten war.

Die Kugel musste haarscharf an dem betäubten Moulin

auf der Rückbank vorbeigezischt sein und war in der Nackenstütze des Beifahrersitzes hängen geblieben.

Bevor die Schüsse der Beamten weiteren Schaden anrichten konnten, war Bartoli bereits außer Reichweite. Er sah im Rückspiegel, wie die zwei Männer die Autotüren aufrissen und die Verfolgung aufnahmen.

Bartoli blieb auch in dieser Situation sehr ruhig, vielleicht weil er glaubte, dass er die Polizisten locker abhängen würde. Denn hier in dieser Gegend kannte er sich aus wie in der sprichwörtlichen Westentasche. Er beglückwünschte sich, dass er die zugegebenermaßen deutlich längere Strecke durch die Calanques gewählt hatte.

Er musste diesen Wagen so schnell wie möglich loswerden, denn nach dieser Karre würde ab jetzt intensiv gefahndet werden. Bestimmt bekamen in diesem Moment sämtliche Polizisten der Gegend die Order, nach ihm zu fahnden.

Mit hoher Geschwindigkeit raste er in einen zweispurigen Kreisverkehr und drängte die vor ihm fahrenden Autos durch dichtes Auffahren und lautes Hupen auf die Seite. An der vierten Ausfahrt verließ er das Rondell und preschte durch ein Industriegebiet.

Sein Ziel war ein riesiger Hypermarché, dessen weitläufiger Parkplatz zu dieser abendlichen Zeit gut gefüllt war. Er hatte sich im Rückspiegel versichert, dass ihm kein Streifenwagen gefolgt war. Nach minutenlangem Suchen fand er schließlich einen engen Platz zwischen zwei SUVs. Bartoli drehte sich kurz um und vergewisserte sich, dass sein betäubter Fahrgast noch nicht aufgewacht war.

Er stieg aus und lief unauffällig durch die Reihen, bis sein Blick auf einen relativ neuen Peugeot Minivan mit getönten Scheiben traf, der ausreichend motorisiert war und in dessen Fond nur ein Mann saß.

»Entschuldigen Sie, Monsieur, ich war gerade auf dem

Weg zum Supermarkt. Da ich ein aufmerksamer Mensch bin, ist mir aufgefallen, dass Sie hinten rechts einen ziemlichen Plattfuß haben.«

Der übergewichtige Herr riss die Fahrertür auf und wuchtete seinen Körper hinaus. Gerade als er sich zu dem Schaden hinabbücken wollte, traf ihn ein schwerer Schlag auf den Hinterkopf.

Nachdem er sich vergewissert hatte, dass in dem Moment niemand in der Nähe war, schleifte Bartoli den schweren Mann keuchend hinter eine der verschiedenen Wertstofftonnen, die am Rand des Parkplatzes in einer Reihe aufgestellt waren.

Das sollte für einen kleinen Vorsprung reichen, dachte Bartoli, während zu dem Minivan ging und einstieg. Der Motor schnurrte leise, als er sich dem Mietwagen mit seinem Gefangenen und den Schmuckstücken näherte.

Bevor er ausstieg, blickte er unauffällig umher, ob die Polizisten den Wagen bereits entdeckt hatten und bewachten. Offenbar war heute sein Glückstag, denn er konnte weit und breit nichts Auffälliges erkennen, außerdem war der Parkplatz links von seinem Auto jetzt frei geworden, sodass es ein leichtes für Bartoli war, sowohl seinen Gefangenen als auch die Pretiosen umzuladen.

Ruhig fuhr er davon und hielt sämtliche Geschwindigkeitsbeschränkungen penibel ein, bis er diese einzigartige Landschaft sah, die an einen norwegischen Fjord erinnerte, mit dem kleinen Unterschied, dass hier das Klima bedeutend erträglicher war als in dem nordeuropäischen Land. Bartoli war alles andere als ein romantischer Mensch, aber selbst er konnte sich dem wilden Charme dieser Gegend nicht entziehen. An einem Aussichtspunkt hielt er an und ging ein paar Schritte in Richtung Meer.

Trotz der friedlichen Abendstimmung kam Bartoli nicht

zur Ruhe. Er überlegte fieberhaft, weshalb die Bullen plötzlich hinter ihm her waren. Warum hatte es an dieser Zahlstation so lange gedauert? Es gab keine andere Möglichkeit, als dass ein Bild von ihm verbreitet worden war, das selbst die Frau in dieser abgelegenen Mautstation bekommen hatte. Doch wo und wem war er aufgefallen?

Fieberhaft überlegte Bartoli und setzte sich auf einen niederen Felsen, der aus dem Sand aufragte. Die Szene in dem Höhenrestaurant fiel ihm ein, als er diesen Müllunternehmer ein wenig an den Eiern gekrault hatte. Offenbar war er dort ein wenig zu unvorsichtig gewesen.

Doch das alles war jetzt zweitrangig, da er den Auftrag seines Bosses komplett ausgeführt hatte und der ihm jetzt mit Sicherheit die Führung des Syndikats anvertrauen würde.

In seiner euphorischen Stimmung holte er das sichere Mobiltelefon heraus und wählte eine Nummer.

»Bonjour Monsieur Santini, ich wollte mich nur für den heutigen Abend ankündigen und Ihnen vorab eine gute Nachricht zukommen lassen. Die wertvolle Beute habe ich sichergestellt und auch der Verräter befindet sich in meiner Gewalt.«

»Hm, das freut mich«, war das knappe Lob. »Trotzdem bist du offenbar mehreren Leuten in Deutschland so gut im Gedächtnis geblieben, dass die Polizei ein Phantombild von dir anfertigen konnte, das dein Gesicht besser trifft als jedes Passfoto. Hör mir gut zu, wenn dir dein Leben und deine Freiheit etwas wert sind, dann versteckst du dich in irgendeinem Loch, bis ich dich kontaktiere. Haben wir uns verstanden?«

Die unverhohlene Drohung war eindeutig und Bartoli kannte seinen Boss gut genug, um zu wissen, dass dieser nicht bluffte.

»Ich habe verstanden, Monsieur Santini, ich bin eh in einer Gegend, in der man sich gut verstecken kann.«

Nachdem er aufgelegt hatte, warf Bartoli das Handy wutentbrannt Richtung Meer, als sich plötzlich zwei kräftige Hände um seinen Hals schlossen.

Verzweifelt versuchte Bartoli, sich aus der Umklammerung zu lösen, doch die Hände umfassten seinen Hals wie zwei Schraubzwingen. Langsam blieb ihm die Luft weg und das Letzte, was Bartoli sah, war ein schneeweißer Schnauzbart in einem roten Gesicht.

Nadia hatte am vergangenen Samstag vergeblich auf Dirk Sturz gewartet. Sie hatten sich wie gewöhnlich an der Anlegestelle verabredet, doch Sturz war nicht erschienen.

Mehr als eineinhalb Stunden hatte die junge Frau ausgeharrt, bevor sie völlig entnervt den Rückweg antrat. Damit die Ausrede gegenüber ihrem Mann glaubhaft war, mietete sie sich in Meersburg in einem Hotelrestaurant ein und wurde durch die hervorragende Küche ein wenig besänftigt.

Mehrfach während des Essens wählte Nadia die Nummer von Sturz, doch außer dem Anrufbeantworter meldete sich niemand.

Am Sonntag früh fuhr sie zu dem Yachthafen, in dem das Boot des Unternehmers einen Dauerliegeplatz hatte. Bereits von Weitem konnte sie erkennen, dass das stolze Schiff vertäut war. Sie wusste von Dirk, dass der Hafenmeister ein gewisser Peter Hoffmann war, der seine Arbeit äußerst gewissenhaft erledigte.

»Entschuldigen Sie die Störung, meine Herren«, flötete Nadia und schenkte den Männern einen schmachtenden Blick. »Mein Mann und ich sind heute Morgen mit Herrn Sturz zu einem kleinen Segelturn verabredet gewesen, aber wir konnten ihn leider nirgends erreichen. Wissen Sie etwas von ihm?«

Der als arrogant geltende Hafenmeister war angesichts der attraktiven Nadia nicht wiederzuerkennen.

»Hallo schöne Frau, das ist allerdings etwas seltsam, Dirk, ich meine Herr Sturz, hat mir telefonisch aufgetragen, sein Boot mit dem nötigen Proviant zu versorgen und vollzutanken, da er gestern Nachmittag auslaufen wollte. Leider ist er bis jetzt noch nicht angekommen und das ist äußerst untypisch für ihn. Bisher war er immer sehr zuverlässig, denn schließlich habe ich meine Zeit ja auch nicht gestohlen.«

Mit einem weiteren tiefen Blick verabschiedete sie sich und beschloss spontan, noch einen kleinen Stadtbummel in Überlingen zu machen.

Während sie in einem Eiscafé saß und die vorbeiflanierenden Leute beobachtete, kam ihr ein schrecklicher Gedanke. Was, wenn Dirk etwas zugestoßen war? Vielleicht hatten dieselben Leute, die seinen Mitarbeiter umgebracht hatten, auch ihn erledigt? Ach was, beruhigte sie sich, bestimmt konnte er sich wegen seiner Frau nicht davonschleichen. Sie würde ihn morgen kontaktieren und ihm gehörig den Marsch blasen. Nadia schätzte es überhaupt nicht, versetzt zu werden.

Am Sonntagabend fuhr sie dann ganz gemächlich in ihrem Cabrio zurück. Während der Fahrt zerbrach sie sich den Kopf, wie es wohl mit ihr und Sturz weitergehen sollte. Im Grunde war sie gern mit ihm zusammen, doch in letzter Zeit klammerte er für Nadias Verhältnisse zu sehr. Was sie auch gehörig genervt hatte, war sein Spleen, mit ihr zusammen abzuhauen und woanders ein neues Leben zu beginnen.

Sie traf für sich eine Entscheidung: Entweder es blieb

so, wie es zurzeit war, dass sie sich zwanglos trafen und ein wenig Spaß hatten, oder sie würde das Ganze beenden.

Nachdem diese Sache für Nadia nun geklärt war, fuhr sie völlig relaxt nach Reutlingen zurück und stand wenig später an der gut ausgeschilderten Einfahrt zur Spedition ihres Mannes.

Langsam lenkte sie ihren Wagen auf das weitläufige Firmengelände, in dessen Mitte ihr Wohnhaus stand. Es war umrundet von riesigen Lagerhallen und Werkstätten, vor denen die mehrachsigen Vierzigtonner standen.

Das war auch so ein Zustand, der ihr nicht behagte und den sie unbedingt in naher Zukunft ändern wollte. Sicher war es für ihn als Chef notwendig, Präsenz zu zeigen, doch wie konnte er so Abstand zu seinem Betrieb gewinnen, mit dem er eher verheiratet zu sein schien als mit ihr. Hier würde sie ebenfalls ansetzen und Krenz dazu bewegen, eine standesgemäße Villa zu kaufen, in der sie Abendgesellschaften veranstalten und mehrere Hausangestellte befehligen könnte.

Wie an jedem Sonntagabend war bereits wieder sehr viel los, da das Sonntagsfahrverbot pünktlich um zweiundzwanzig Uhr auslief und die Fahrer bereits in den Startlöchern standen. Krenz befand sich natürlich nicht im Haus, als sie eintrat, offenbar musste er dem einen oder anderen noch wichtige Anweisungen erteilen.

Missmutig ging sie unter die Dusche und bediente sich danach noch ausgiebig an der Hausbar. Es war schon reichlich spät, als Krenz zu ihr ins Schlafzimmer kam und sie rüde weckte, um seine ehelichen Ansprüche einzufordern.

Wie immer machte sie gute Miene zum bösen Spiel und bot ihm für kurze Zeit den Himmel auf Erden. Als er einzuschlafen drohte, hielt Nadia ihn wach und erinnerte ihren selig lächelnden Ehemann hartnäckig an sein Versprechen, ein adäquates Haus zu kaufen. Vielleicht war es Nadias Herkunft aus einfachsten Verhältnissen geschuldet, dass ihr ein standesgemäßes Leben sehr wichtig war.

Am Montag frühstückte Nadia ausgedehnt und packte danach ihre Golfutensilien. Sie hatte sich für den Vormittag mit einer der wenigen Frauen verabredet, mit denen sie sich etwas angefreundet hatte. Der Wetterbericht versprach bis zum frühen Abend uneingeschränkten Sonnenschein, bevor es zu schweren Gewittern kommen sollte.

Die meisten Damen in dem Club waren sehr oberflächlich und manch eine ließ Nadia spüren, dass sie als Rumänin eigentlich nicht hierher gehörte. Vielleicht war auch Eifersucht im Spiel, denn deren Partner schenkten Nadia eindeutig freundlichere Blicke als ihren Gattinnen.

Bevor sie aufbrach, hatte sie mehrfach versucht, Dirk Sturz auf seinem Handy zu erreichen, doch leider jedes Mal ohne Erfolg.

»Hast du das mit Dirk Sturz schon gehört? Das ist ja schrecklich, mir tut bloß Esther, seine Frau, leid«, stieß Marga Rehmer unvermittelt hervor, nachdem sie die ersten Bahnen absolviert hatten.

Nadia hatte plötzlich das Gefühl, dass ihr die Beine wegknickten, und blickte apathisch auf ihre Freundin.

»Aber …, ich verstehe nicht.«

»Stell dir vor, er ist ermordet worden, einfach so erschossen. Dabei war er so ein netter Mann.«

Aus dem schmachtenden Blick schloss Nadia, dass der charmante Dirk auch Marga schon erobert hatte oder sie es wenigstens gerne gehabt hätte.

Sie stützte sich schwer auf ihren Golfschläger und wäre ohne diese Hilfe wohl umgefallen.

»Du meinst, Dirk Sturz, der hier im Club Mitglied ist und außerdem ein guter Freund und Geschäftspartner meines

Mannes ist, sei umgebracht worden? Das kann ich gar nicht glauben.«

»Es ist leider die traurige Wahrheit. Mein Mann geht doch mit diesem Köttmann, der die Mordkommission leitet, manchmal angeln und gestern hat er ihm diese schreckliche Geschichte erzählt. Außerdem kommt in der Regionalzeitung von heute ein großer Bericht über das Unglück, allerdings ohne Namensnennung. Laut diesem Köttmann hat sich der Mord am vergangenen Samstag ereignet.«

Während Marga locker zum nächsten Abschlag ging, musste Nadia sich zwingen, ihrer Golfpartnerin zu folgen.

Das konnte doch nicht wahr sein, aber dann kam ihr das Geständnis, das Dirk ihr beim letzten Segeltörn gemacht hatte, ins Gedächtnis. Wenn es stimmte, was Marga sagte, dann hätte er tatsächlich seine Geschäftspartner besser auswählen sollen.

»Gibt…, gibt es schon Hinweise darauf, wer diese schreckliche Tat begangen haben könnte?«

»Na, ja, dieser Köttmann hat da wohl so was angedeutet, aber das darf ich dir eigentlich gar nicht erzählen«, antwortete Marga verschwörerisch.

Du wirst es mir aber mit deinem geschwätzigen Naturell trotzdem erzählen, dachte Nadia mit einem Lächeln, obwohl ihr gar nicht danach zumute war.

»Er hat sich wohl mit den falschen Leuten eingelassen, Mafia oder so ähnlich. Aber das hast du nicht von mir.«

Plötzlich kam zur Trauer um den Geliebten noch ein mulmiges Gefühl dazu.

Völlig erschöpft und von düsteren Gedanken geplagt brachte Nadia das Match zu Ende. Die Einladung auf einen Kaffee im Clubhaus schlug sie heute mit einer lapidaren Entschuldigung aus, sie wollte jetzt alleine sein.

Auf dem Weg zurück hielt sie an einem Parkplatz am

Waldrand an und ging auf dem geschotterten Weg in den Wald hinein. Nachdem sie sich vergewissert hatte, dass kein anderer Mensch in der Nähe war, ließ sie ihren Gefühlen freien Lauf. Sie lehnte sich an einen Baum und weinte so sehr wie damals, als sie gemerkt hatte, dass sie einem Zuhälter aufgesessen war.

Dirk hatte ihr doch mehr bedeutet, als sie sich noch heute Morgen auf der Fahrt zum Golfplatz eingestanden hatte. Hatte sie ihn geliebt? War sie nach ihrer schlimmen Vorgeschichte überhaupt zu etwas wie Liebe fähig gewesen?

Das mit Krenz war eine Zweckgemeinschaft für Nadia, sie hatte ihn gebraucht, um aus dem Sumpf herauszukommen.

»Geht es Ihnen nicht gut?«, ließ sich eine Stimme vernehmen und Nadia fuhr erschrocken herum.

Vor ihr stand ein vierschrötiger Mann in Kleidern, die ihn eindeutig als Förster oder Jäger auswiesen. Offenbar war sie so sehr in ihrer Trauer gefangen gewesen, dass sie das Herannahen des Mannes nicht bemerkt hatte.

»Es geht schon wieder, danke. Vor einem Jahr ist mein Vater gestorben, wissen Sie, und das hat mich schon den ganzen Tag beschäftigt«, log Nadia und sah in das besorgte Gesicht des Försters.

»Das tut mir leid, wenn ich Sie zu Ihrem Wagen begleiten soll, müssen Sie es bloß sagen.«

Eigentlich wollte sie ablehnen und ihren Schmerz alleine bewältigen, doch irgendwie gab ihr dieser Waldmensch ein Gefühl von Geborgenheit, das sie jetzt dringend benötigte.

Auf dem Weg zum Parkplatz lenkte er sie ab, in dem er von seinen vielfältigen Aufgaben als Revierförster erzählte, und Nadia vergaß für den Moment ihre Trauer.

»Ich danke Ihnen für die Begleitung und die tröstlichen Worte.«

Nadia schloss ihr Auto auf und gab dem Förster zum Abschied die Hand.

»Wer weiß, vielleicht sehen wir uns ja an einem freudigeren Tag wieder«, antwortete der Mann und winkte mit seiner Pranke hinter Nadia her.

Nun wieder etwas froher gestimmt fuhr Nadia nach Hause.

Sie zerbrach sich allerdings weiterhin den Kopf darüber, wie es in ihrem Leben weitergehen sollte. Früher hatte sie sich immer Kinder gewünscht, doch wollte sie die von Krenz? Der Spediteur hatte einen Sohn mit seiner Exfrau, der im elterlichen Betrieb gearbeitet und sich nach einem schlimmen Streit mit seinem Vater einen anderen Job gesucht hatte. Es war nicht einfach, mit einem Firmenpatriarchen zusammenzuarbeiten, geschweige denn zu leben.

Nachdem die Sache mit Dirk Sturz nun auf tragische Weise zu Ende gegangen war, könnte sich Nadia auf ihre Ehe konzentrieren. Auf eine gewisse Weise achtete sie ihren Mann und war ihm dankbar für das Leben, das er ihr ermöglichte. Er behandelte Nadia trotz seiner sonst so ungehobelten Manieren eigentlich meistens zuvorkommend, wenngleich er manchmal unberechenbar war.

Kurz bevor sie auf das Firmengelände fuhr, beschloss sie, dass sie keine weiteren Affären mehr beginnen und ihrem Mann ein oder mehrere Kinder schenken würde. Wer weiß, dachte Nadia froh über ihre Entscheidung, vielleicht ist ja der kommende Chef der Firma dabei.

Im Hof standen lediglich einige kleinere Lkw, die, wie Nadia mittlerweile wusste, für Tagestouren eingesetzt wurden, während die großen Laster meistens die ganze Woche auf Achse waren.

Aus den Augenwinkeln heraus konnte Nadia erkennen, wie Krenz auf einen Fahrer einschrie, der eine kämpferische

Stellung eingenommen hatte und seinem Chef offenbar Widerworte gab. Das schien Krenz' Zorn indes nur noch mehr anzufachen und Nadia sah, wie die Faust ihres Mannes auf die Nase seines Angestellten krachte.

Nadia fuhr mit quietschenden Reifen zu dem Auto und bremste dann abrupt, sodass ihr Cabrio wenige Schritte vor den Streithähnen stehen blieb.

»Herbert, bitte, lass doch den Mann in Ruhe!«, schrie Nadia, während sie ausstieg, und hängte sich an Krenz' Arm. »Du kannst doch nicht auf deine Angestellten einprügeln.«

Krenz drehte sich um und betrachtete ungläubig seine Frau, die es angesichts seines wutverzerrten Gesichts mit der Angst zu tun bekam.

»Was fällt dir ein, mach dass du fortkommst, das ist eine Sache unter Männern und geht dich überhaupt nichts an!«, brüllte Krenz.

Doch Nadia ließ sich nicht abwimmeln. Sie kannte ihren Mann, wenn er rotsah, konnte das verheerende Folgen haben.

Gerade als sie ihn erneut zur Räson bringen wollte, traf sie ein wuchtiger Faustschlag ins Gesicht und ließ sie zu Boden gehen, wo sie mit dem Hinterkopf auf dem Asphalt aufschlug.

Langsam gingen die Lebensmittelvorräte zur Neige und auch das Trinkwasser reichte für keinen Tag mehr. Miriam konnte es nicht fassen, dass Sascha sie nicht schon längst befreit hatte. Von dem Versprechen dieses falschen französischen Polizisten, jemanden zu schicken, hatte sie von Anfang an nichts erwartet.

Die Nerven lagen nun blank, Björn wurde zunehmend aggressiver, während Susi einem völligen Nervenzusammenbruch ziemlich nahe war, weil sie sich die ganze Schuld an der Misere gab.

Immer wieder dachte Miriam daran, es könnte doch nicht sein, dass sie mitten in Stuttgart gefangen waren und keine Seele sich Gedanken über ihr Verschwinden machte.

Weil bei ihren Mitgefangenen die Nerven ziemlich blank lagen, trat bei Miriam die Klaustrophobie wieder deutlicher zutage. Sie ging in dem engen Verließ umher und klopfte immer wieder mit den Fäusten gegen die gemauerten Wände.

Den Schmerz spürte sie längst nicht mehr und auch das Blut an ihren Fingern schien Miriam nicht wahrzunehmen. Wenn ich nicht bald hier rauskomme, drehe ich durch, dachte die junge Frau.

Oder hatte sie den Satz etwa ausgesprochen, wie sie den Reaktionen von Björn und Susi entnahm?

»Bitte Miriam, reiß dich noch ein wenig zusammen, es dauert sicher nicht mehr lange, bis Sascha oder seine Kollegen uns hier rausholen.«

Björn hatte seine Arme um die Freundin seiner Frau gelegt und hinderte sie so daran, sich weiter wehzutun.

»Lass mich los, wir müssen elendiglich hier unten verrecken, uns holt hier niemand mehr raus!«, schrie Miriam.

Sie wehrte sich gegen die Umklammerung, um im nächsten Augenblick in Tränen auszubrechen.

»Ich halt das nicht mehr aus!«

Halbherzig hatte Sascha am gestrigen Montagabend noch die infrage kommenden Polizeibehörden und Krankenhäuser abgeklappert, die auf Miriams Weg von Stuttgart ins Elsass lagen.

Wie von ihm erwartet wusste niemand der betreffenden Stellen etwas über eine Miriam Neuburg, wohnhaft in Bad Cannstatt.

Pflichtschuldig hatte er danach noch bei Gerda Neuburg angerufen und ihr von seinen vergeblichen Bemühungen berichtet.

»Bei mir hat sie sich auch immer noch nicht gemeldet, ich sage dir Sascha, da ist etwas oberfaul«, hatte Miriams Mutter besorgt entgegnet. »Du musst sie zur Fahndung ausschreiben«, hatte Gerda noch gebeten, ehe sie auflegte.

»Damit ich mich lächerlich mache, wenn herauskommt, dass die Dame sich mit einem anderen Mann ein schönes Wochenende gemacht hat«, sagte er laut zu sich selbst.

Er kannte sich selbst nicht mehr wieder, eigentlich hätte er alles in seiner Macht Stehende tun müssen, um seine Freundin zu finden, doch es schien beinahe so, als ob die quälende Eifersucht ihn lähmen würde.

Sollte er sich nicht wenigstens seiner Vorgesetzten Mertens anvertrauen?

Nach einer fast schlaflosen Nacht beschloss Sascha, dass es so nicht weitergehen konnte. Er brauchte Gewissheit.

Falls Miriam sich einen anderen Lover zugelegt hatte, dann war das halt so und er würde drüber wegkommen. Wenn ihr allerdings etwas zugestoßen war, würde er sich ewig Vorwürfe machen, wenn er jetzt nicht alle Hebel in Bewegung setzte, um sie zu finden.

»Frau Mertens, gut dass Sie da sind.«

Die Hauptkommissarin blickte auf ihren Assistenten, der

deutliche Ringe unter den Augen hatte und dessen Zustand gelinde gesagt als desolat zu bezeichnen war.

»Ich habe lange mit mir gerungen, doch jetzt bin ich mittlerweile soweit, dass ich Ihre Hilfe in Anspruch nehmen muss.«

Fragend blickte Mertens auf das Häuflein Elend, während sie auf ihren frisch aufgeschäumten Cappuccino wartete.

»Sie wissen, dass Sie jederzeit mit Ihren Anliegen zu mir kommen können. Worum geht es denn?«

In wenigen Worten umriss Sascha die Situation und ließ auch seine Eifersuchtsfantasien nicht aus.

»Herr Gross, ich kenne Ihre Freundin nun doch auch schon eine Weile und kann mir beim besten Willen nicht vorstellen, dass sie Sie so enttäuschen würde. Das passt einfach nicht zu ihr. Ich bin überzeugt, dass das Ganze mit den Schmuckstücken zu tun hat, von denen Sie mir erzählt haben. Wir müssen bei den beiden anderen Pärchen ansetzen, die dabei waren. Vielleicht sind sie ebenfalls von dem falschen französischen Polizisten unter Druck gesetzt worden wie ihre Freundin.«

»Bei meinem Freund Karl habe ich gestern nachgefragt, bei ihm war niemand. Aber …,«

Sascha schlug sich mit der flachen Hand gegen die Stirn.

»Dass ich da nicht selbst draufgekommen bin. Miriam wollte zu ihrer Freundin Susi und sie vor dem Franzosen warnen. Vielleicht ist ihr dieser Mistkerl dorthin gefolgt und …«

Ihm versagte plötzlich die Stimme, als ihm die grausige Vorstellung in den Sinn kam.

Aufmerksam hatte Christiane Gruibinger-Hess am gestrigen Montag mehrere regionale und überregionale Tageszeitungen durchgelesen.

Von dem Mord an Sturz kamen hauptsächlich in den Regionalblättern großformatige Berichte. Den anderen war dieser Mordfall zum Glück nur eine kleinspaltige Erwähnung wert. Den Zusammenhang zu dem Tod ihres Mannes jedoch sahen alle und darüber hinaus stellten einige die wildesten Theorien auf.

Gestern hatten bereits die ersten Reporter in ihrem Büro angerufen und sie um eine Stellungnahme gebeten. Hauptsächlich ging es natürlich um den USB-Stick, den ihr Mann ihr hinterlassen hatte und auf dem laut ihrer Aussage in dem viel beachteten Interview brisantes Material zu finden war.

Diese penetrante Kommissarin hatte sie ebenfalls gedrängt, ihr den Stick auszuhändigen. Hierzu musste sie sich etwas einfallen lassen, denn falls die Wahrheit über Lothars Rolle bei dieser Giftmüllgeschichte herauskommen würde, wäre ihre Karriere von jetzt auf nachher vorbei. Und das war ganz und gar nicht in Christianes Sinne, zumal sie so kurz vor dem Ziel stand und als erste Ministerpräsidentin in Baden-Württemberg in die Geschichte eingehen konnte.

Heute war sie zum Brunch in einem Café etwas außerhalb Stuttgarts mit dem MP verabredet, um die letzten Feinheiten zu besprechen.

Sie betrachtete sich im Spiegel und fand wieder einmal, dass schwarz ihr gut stand. Den Hosenanzug hatte sie für die Beerdigung ihres Mannes gekauft und sie würde ihn auch an jenem denkwürdigen Tag ihrer Vorstellung als künftige Ministerpräsidentin tragen.

Das Café, das Beringer ausgesucht hatte, war ideal für diskrete Treffen und außerdem für die Personenschützer gut zu bewachen. Die Bediensteten galten als äußerst verschwiegen und ließen es sich nicht anmerken, dass manche Gäste bekannter in der Öffentlichkeit waren als andere.

Auf dem Weg von ihrem Haus in Nürtingen zu dem Treffpunkt mit dem MP legte sich Christiane eine Strategie für das Gespräch mit Beringer zurecht.

Er würde einige Fragen zu ihrem verstorbenen Ehemann haben, doch die müsste sie irgendwie abblocken und mit der Trauer rechtfertigen.

Die Gaststätte befand sich in einer Sackgasse, die vom belebten Dorfkern abging. Es schien alles normal zu sein, der relativ kleine Parkplatz war zur Hälfte belegt, doch für den aufmerksamen Zuschauer war erkennbar, dass die Limousinen, die die Hälfte der Fahrzeuge ausmachten, keineswegs Otto-Normalbürgern gehören konnten.

Bereits als Christiane ihren Wagen in einen freien Platz zirkelte, wurde sie von mehreren Augenpaaren beäugt, und sobald sie ausgestiegen war und die Eingangstüre öffnen wollte, wurde sie von einem breitschulterigen Mann aufgehalten.

Das steht mir also auch bevor, dachte sie und wog dabei ab, ob die angestrebte Machtposition die Vorzüge ihrer derzeitigen weitgehenden Anonymität aufwog.

Sie zeigte dem Personenschützer ihren Personalausweis und ihren Mitgliedsausweis des Landtages. Trotzdem wurde sie penibel gefilzt und erst, als der Beamte sich absolut sicher war, keine Terroristin vor sich zu haben, durchgewinkt.

Die meisten Tische im Gastraum waren trotz des Rummels um den MP besetzt und Christiane konnte im hinteren Bereich eine Nische entdecken, die etwas abseits vom Geschehen lag. Davor waren offensichtlich die Bistrotische weggeräumt worden, damit sie und Beringer sich ungestört unterhalten konnten.

»Hallo Joscha, schön dich zu sehen.«

»Die Freude ist ganz meinerseits.«

Der Ministerpräsident war aufgestanden und küsste seine potenzielle Nachfolgerin auf beide Wangen.

Christiane hatte kaum Platz genommen, als auch bereits eine junge Frau an den Tisch trat und sie nach ihren Wünschen fragte.

»Wie kommst du zurecht?«, wollte Beringer mitfühlend wissen.

»Es …, es sind keine einfachen Zeiten. Die Kinder vermissen ihren Vater und … ich vermisse den Mann, den ich geliebt habe«, stammelte sie mit tränenerstickter Stimme.

»Noch können wir die Entscheidung, dich zu meiner Nachfolgerin zu ernennen, rückgängig machen. Zum Glück haben bisher alle dicht gehalten und nichts von unserer Vereinbarung, die wir an jenem denkwürdigen Abend bei unserem Griechen getroffen haben, ist an die Presse gesickert. Aber wie gesagt, jeder würde Verständnis haben, wenn du einen Rückzieher machen würdest.«

Er beobachtete beinahe zärtlich, wie die sonst so taffe Frau mit einem Taschentuch ihre Tränen abwischte.

»Vielen Dank für dein Mitgefühl und du kannst mir glauben, dass ich wirklich lange mit mir um eine Entscheidung gerungen habe.«

Sie hielt kurz inne und nahm vorsichtig einen Schluck von dem heißen Kaffee, den sie sich bestellt hatte.

Beringer hatte ein ausgiebiges Frühstück vor sich stehen und köpfte gerade ein Ei, während sie sich lediglich für eine Butterbrezel entschieden hatte.

»Auch jetzt noch nach seinem Tod halte ich Zwiesprache mit Lothar. Und er würde es nicht wollen, dass ich so kurz vor dem Ziel aufgebe. Ihm war die Krönung meiner Laufbahn so wichtig, dass er für mich seinen Job gekündigt hat und Hausmann spielen wollte. Besonders auf die

Kindererziehung und die Gartenarbeit hat er sich gefreut. Diese Dinge kommen bei zwei vollzeitbeschäftigten Eltern ja leider viel zu kurz.«

Beringers Antwort beschränkte sich auf ein zustimmendes Nicken, da er den Mund voll hatte.

Christiane musste sich sehr beherrschen angesichts des gebratenen Specks, den der Ministerpräsident genüsslich verzehrte. Sie war seit mehr als zehn Jahren Vegetarierin und versuchte, sich sogar so weit wie möglich vegan zu ernähren. Lediglich ihre große Liebe zu Milchprodukten aller Art hinderte sie daran, diesen letzten Schritt zu tun. Oft war sie schon mit Parteimitgliedern aneinander gerasselt, weil ihrer Ansicht nach jemand, der Mitglied oder Anhänger dieser Partei war, keinesfalls Fleisch essen sollte. Doch der MP war natürlich von ihrer Kritik ausgenommen, wenngleich er um ihre Streitlust bei diesem Thema wusste.

Er war sowieso ein sehr untypischer Vertreter dieser Partei mit seinen guten Kontakten zu einigen der einflussreichsten Wirtschaftslenkern des Landes. Christiane mutmaßte auch, dass Beringer sich in seiner politikfreien Zeit mit dem einen oder anderen Firmenboss traf.

»Aber nun zu dir, Joscha, was wirst du nach deinem Rückzug aus der Politik anfangen?«

»Na ja, erstmal werde ich mir eine längere Auszeit nehmen und danach eventuell einen Job in der freien Wirtschaft antreten.«

»Wie wird eigentlich unser Koalitionspartner den Wechsel an der Spitze aufnehmen, hast du bei deinem Stellvertreter schon mal was angedeutet?«, kam Christiane wieder aufs Wesentliche, denn im Gegensatz zu dem amtierenden Regierungschef hasste sie Smalltalk.

»Wir können unsere Partner natürlich nicht vor den Kopf stoßen, das ist ja klar, trotzdem glaube ich, man sollte im

Vorfeld nicht zu viel verraten. Denn je weniger davon wissen, desto besser. Der Einzige, den ich informiert habe, ist tatsächlich der Vorsitzende unseres Koalitionspartners und stellvertretende Ministerpräsident und er wird bis zu dem Tag der Bekanntgabe meiner Entscheidung schweigen wie ein Grab, da bin ich mir absolut sicher.«

»Na gut, von mir aus, aber was mir neulich eingefallen ist, welchen Grund wirst du der Öffentlichkeit eigentlich für deinen Rücktritt nennen, schließlich bist du angetreten mit der Ansage, das Amt die volle Legislaturperiode auszufüllen?«

Christiane fixierte den Mann, der plötzlich alt wirkte.

»Ich werde Ihnen die Wahrheit in etwas abgewandelter Form sagen«, antwortete Beringer gequält. »Wie so oft in der hohen Politik wurde mir eine scheinbar unbedeutende Sache zum Verhängnis. Ein befreundeter Hersteller von Windkraftanlagen hat mir vor drei Jahren, als ich mein Haus gebaut habe, mit einem zinslosen Privatkredit ausgeholfen. Das wäre nicht weiter schlimm, denn ich habe die Raten immer pünktlich zurückgezahlt und hätte es auch weiterhin getan. Doch zwischenzeitlich hat sich etwas …, wie soll ich sagen …, Delikates ereignet.«

Er machte eine Pause und Christiane betrachtete den Ministerpräsidenten nachdenklich.

»Ich möchte dir die Einzelheiten ersparen, nur so viel, seit geraumer Zeit habe ich ein Verhältnis mit der Frau des Unternehmers. Irgendwie ist er dahintergekommen und erpresst mich. Sollte ich nicht von meinem Amt zurücktreten, will er sich an die Presse wenden.«

Beringer zuckte etwas resignierend mit den Achseln, setzte sich aber dann kerzengerade hin und fuhr mit nun fester Stimme fort:

»Aber reden wir von etwas anderem, diese Dinge bestimmen ohnehin zu sehr meine Gedankenwelt. Mich würde interessieren, ob du meine Politik fortführen wirst oder einen anderen Kurs einschlägst.«

Dieser Schwenk war Christiane nicht unrecht, denn in solchen Situationen wusste sie nie so recht, wie sie sich verhalten sollte.

»Das ist eine schwierige Frage, Joscha. Wirst du deine Entscheidung, mich zu deiner Nachfolgerin zu machen, zurückziehen, wenn dir meine Antwort nicht passt?«

»Na, das Taktieren hast du ja schon mal gut drauf. Aber egal was du antwortest, ich stehe zu meinem Wort, das kannst du mir glauben. Denn ich bin nach wie vor überzeugt davon, dass du die qualifizierteste Person für diesen Job in unseren Reihen bist.«

Christiane musste herzlich lachen.

»Danke für die Blumen, aber ich weiß, dass Teodosis bestimmt genauso geeignet wäre, um diesen Posten auszufüllen. Doch sein Manko ist der Migrationshintergrund und ich glaube, dass unser Land leider noch nicht so weit ist, so jemanden zu wählen. Mein großer Vorteil hingegen ist, dass ich eine Frau bin. Offenbar dringt die Erkenntnis langsam durch, dass das weibliche Geschlecht die besseren Führungspersonen hervorbringt. Aber zurück zu deiner Frage, ich werde sicherlich keine grundlegend andere Politik als du machen, Joscha. Eine Sache jedoch will ich auf jeden Fall ändern und zwar den Umstand, dass die Wirtschaft uns vor sich her treibt, sei es beim Kohleausstieg oder beim Straßenverkehr. Wir dürfen nicht länger Marionetten der Konzernlenker sein, sondern müssen verstärkt an das Wohl unserer Enkel und Urenkel denken und dieses auch umsetzen. Wie kann es sein, dass immer mehr riesige SUVs unsere Straßen verstopfen und unsere Luft verpesten. Weshalb braucht man zweieinhalb Tonnen Eisen, um eine Person von gerade mal sechzig Kilogramm von A nach B zu kutschieren?«

»Damit wirst du viel Spaß mit unserem Koalitionspartner haben«, unterbrach Beringer schmunzelnd seine designierte Nachfolgerin.

»Glaub mir, Joscha, das ist mir egal. Wenn ich eindeutig Kante zeige, mag ich vielleicht unsere Partner von der Koalition verprellen, doch bei den darauffolgenden Neuwahlen werden wir ein starkes Votum für unsere Partei erreichen. Wir müssen unsere Zukunftspolitik den Menschen besser vermitteln, dann erreichen wir auch die jungen Leute wieder besser.«

Die Staatssekretärin hatte sich in Rage gesprochen und Beringer kamen nun tatsächlich Zweifel, ob er die richtige Entscheidung getroffen hatte.

Er selbst galt vielen in seiner Partei als zu pragmatisch, doch der Erfolg gab ihm recht und hatte die Zweifler bisher in Zaum gehalten. Gerne hätte er sich einer erneuten Wahl gestellt, um die Geschicke des Landes für weitere fünf Jahre zu bestimmen. Leider war ihm das nun aufgrund seiner Verfehlung verwehrt und so musste er mit ansehen, wie sein Lebenswerk von einer beinahe fanatischen Nachfolgerin aufs Spiel gesetzt wurde. Das Schlimmste hierbei war, dass er Christiane Gruibinger-Hess selbst ausgewählt hatte.

Die letzten Sätze ihrer Tirade hatte er nicht mehr gehört, er war mit seinen Gedanken in der Vergangenheit.

»Also, Joscha, dann bleibt es dabei, dass wir die Pressekonferenz am Mittwoch abhalten?«, holte sie ihn aus seinen Tagträumen.

»Ja«, seufzte der Ministerpräsident, der einerseits Angst vor diesem Termin, aber andererseits angesichts der Drohung des Unternehmers keine Wahl mehr hatte.

»Ich leite alles in die Wege, meine Pressesprecherin wird die Vertreter der wichtigsten Medien informieren und dann verkünde ich dort meinen Rücktritt.«

»Danke Joscha, das wird einer der schönsten Tage in meinem Leben und ich verspreche dir, dass ich alles in meiner Macht Stehende für unser Land tun werde.«

Hat sie in ihrer Euphorie den furchtbaren Tod ihres Gatten vor wenigen Tagen aus den Augen verloren, fragte sich Beringer, nachdem sich Christiane verabschiedet hatte und hinausgerauscht war.

Du hast leider in der Hektik nach deiner Flucht vergessen, meine Betäubung zu erneuern«, meinte Moulin mit einem hämischen Grinsen und blickte auf die am Boden liegende Gestalt, die langsam wieder zu Bewusstsein kam.

Moulin hatte schon Angst gehabt, dass er zu lange zugedrückt haben könnte, als er Bartoli am gestrigen Abend gewürgt hatte.

»Damit kommst du nicht durch, du Loser. Wenn du mich sofort wieder frei machst, vergesse ich die Geschichte und berichte Santini, dass du mir geholfen hast. Im anderen Fall bist du ein toter Mann«, stieß Bartoli hervor und zerrte an seinen Fesseln.

»Hm, ich glaube nicht, dass du in der Lage bist, wüste Drohungen auszusprechen, so wie es aussieht, bist eher du momentan der Loser.«

Moulin erhob sich von dem kleinen Fels, auf dem er gesessen war, und kam auf seinen Widersacher zu. Wie zufällig zeigte die Pistole, die er dem Ohnmächtigen abgenommen hatte, auf Bartolis Knie.

»Steigst du freiwillig in den Kofferraum oder soll ich nachhelfen?«

Mühsam versuchte Bartoli sich zu erheben, doch sowohl

Arm- als auch Fußfesseln hinderten ihn daran. Schließlich kam er irgendwie hoch und wandte sich langsam dem Minivan zu. Er wusste nur zu gut, dass ein aufgesetzter Knieschuss zu Moulins zweifelhaften Methoden gehörte, und das war das Letzte, was er wollte. Und daran, dass der andere von der Waffe Gebrauch machen würde, bestand nicht der geringste Zweifel.

Mit kleinen tapsigen Schritten humpelte Bartoli vorwärts und rollte sich dann in den Kofferraum, der vom Fahrgastraum durch eine leichte Wand getrennt war.

Seine Chance würde schon noch kommen, er befand sich schließlich nicht zum ersten Mal in einer scheinbar aussichtslosen Lage. Allerdings war sein Gegner kein Anfänger und Bartoli hatte ihn einmal unterschätzt.

Während Bartoli eng zusammengerollt im Auto saß, hörte er einzelne Gesprächsfetzen. Offenbar hatte Moulin sich sein Handy geschnappt und telefonierte mit jemandem.

»Hallo Monsieur Santini, können Sie sich noch an mich erinnern?«, fragte Moulin sarkastisch.

»Was …, was ist los, wo ist Bartoli?«

Für einen kurzen Moment zeigte der sonst so coole Santini eine kleine Unsicherheit.

»Tut mir leid, aber das Blatt hat sich gewendet. Ihr sonst so zuverlässiger Mitarbeiter war ein wenig unachtsam und nun befinden sich die Schätze wieder in meinem Besitz. Schließlich habe ich auch den Löwenanteil an der Wiederbeschaffung der edlen Stücke gehabt und mich mehrfach in Lebensgefahr begeben. Jetzt stellt sich nur noch die Frage, was ich damit anstellen soll. Als ehemaliger Polizist müsste ich sie eigentlich dem rechtmäßigen Besitzer zurückgeben, oder nicht?«

Moulin ließ seine Worte wirken und konnte sich bildhaft vorstellen, wie es hinter Santinis Stirn arbeitete.

Es war ein Vabanque-Spiel, das er spielte, aber jetzt hatte er endlich einmal die Möglichkeit, richtig abzusahnen.

Er kannte Santini jedoch gut genug, um zu wissen, dass dies ein Ritt auf der Rasierklinge werden würde. Mit dem Korsen war nicht zu spaßen, in keinerlei Hinsicht.

»Was wollen Sie, Moulin, bringen Sie mir die Schmuckstücke und ich lasse Sie zur Belohnung am Leben«, war die gedehnte Antwort.

»Das reicht mir nicht. Die Polizei wird mich ins Zeugenschutzprogramm nehmen, wenn ich gegen Sie aussage, und glauben Sie mir, ich weiß genug über Sie und Ihre Organisation, dass es auch für Sie als Boss für ein paar Jährchen Knast reicht. Darüber hinaus bekomme ich vielleicht sogar noch eine Belohnung für diese unschätzbaren Pretiosen.«

»Mag ja alles sein, doch glauben Sie mir, Moulin, wo immer Sie der Staat auch versteckt, wir werden Sie finden. Denn wie Sie bestimmt noch aus Ihrer aktiven Zeit bei der Kripo wissen, gibt es immer irgendwelche Beamte, die für nützliche Informationen die Hand aufhalten. Ihr Leben für den Schmuck ist also immer noch der beste Deal, nicht wahr?«

Moulin war kurz versucht, auf das Angebot Santinis einzugehen, doch er war zu sehr Spieler, um damit einverstanden zu sein. Zudem hatte er mittlerweile mitbekommen, um welch herausragende und unvorstellbar wertvolle Juwelen es sich hierbei handelte.

»Hören Sie zu, Monsieur Santini, wenn Sie mir kein anderes Angebot machen, sehe ich die Sache als erledigt an. Das heißt, ich gehe zu meinen Ex-Kollegen, liefere den Schatz ab und kassiere gleich die Belohnung für Bartoli, der ja offenbar europaweit gesucht wird.«

Er spielte damit auf das Telefonat Bartolis mit Santini an, das er deutlich hatte mit anhören können.

»Also ich lege jetzt auf. Ich benötige ungefähr eine Stunde bis zum nächsten Polizeirevier, falls Sie es sich noch anders überlegen, können Sie mich unter dieser Nummer erreichen.«

»Warten Sie, Moulin!«, tönte es von dem anderen Apparat, gerade als Moulin auf die rote Taste drücken wollte.

Der ehemalige Polizist quittierte es mit einem Lächeln.

»Ich gebe Ihnen eine Million für die Ware und will Sie danach nie wieder sehen, ist das klar?«

»Drei Millionen und Sie halten mir die Möglichkeit offen, auch weiterhin für Sie zu arbeiten.«

Mochte der Korse ihn jetzt auch für dreist halten, das war Moulin nun egal. Wenn er seine Spielsucht in den Griff bekam und den einen oder anderen Auftrag als Privatdetektiv ausführen konnte, hätte er ein sorgloses Dasein bis an sein seliges Ende.

Am anderen Ende war es absolut still und Moulin dachte schon, dass der Gangsterboss aufgelegt hätte.

»Hören Sie zu, Moulin, wir sind nicht auf einem verdammten Basar. Strapazieren Sie also meine Geduld nicht unnötig und willigen Sie in meinen Vorschlag ein«, war die Antwort und Moulin hörte an der schneidenden Stimme, wie Santini sich zusammenreißen musste.

Doch im Prinzip hatte er sämtliche Trümpfe in der Hand, und wenn er sie geschickt ausspielte, konnte er hier den Deal seines Lebens machen.

Moulin wusste genau, dass die Schmuckstücke von unschätzbarem Wert waren, und von Duvalle hatte er erfahren, dass der Raub eine Auftragsarbeit für einen Milliardär gewesen war. Dieser reiche Sack will die Juwelen wohl um jeden Preis haben, wahrscheinlich will er seiner Herzensdame imponieren, dachte Moulin, indem er ihr Schmuck schenkt, den man nirgendwo kaufen kann.

Ein weiterer schwerwiegender Vorteil war, dass sich mit Bartoli der beste Mann Santinis in seiner Gewalt befand.

»Auch wenn Sie mich für verrückt halten, so bleibe ich bei meiner Forderung, und wenn Sie sich nicht sofort einverstanden erklären, lege ich auf und mache meine Drohung war.«

»Na gut, das mit dem Geld geht in Ordnung, aber Sie werden nie wieder für mich arbeiten, das ist so sicher wie das Amen in der Kirche. Es wird allerdings eine Weile dauern, so viel Geld habe ich auch nicht einfach so herumliegen, das müssen Sie verstehen, Moulin. Ich schlage Ihnen vor, dass Sie morgen Abend zu meiner Villa kommen, und wir tauschen das Geld gegen die Ware und meinen Mitarbeiter Bartoli.«

»Monsieur Santini, ich bezweifle nicht, dass Sie ein Ehrenmann sind, trotzdem würde ich die Übergabe lieber an einem neutralen Ort vornehmen.«

Moulin überlegte und ging vor seinem geistigen Auge mehrere Möglichkeiten durch, die ihm eine reelle Chance boten, bei diesem Himmelfahrtskommando mit dem Leben davonzukommen.

»Deshalb schlage ich vor, dass wir uns morgen Nachmittag so gegen zehn Uhr in Toulon am Parkplatz vor der Polizeiwache treffen. Natürlich nur Sie und ich, denn sobald ich etwas Auffälliges bemerke, haue ich wieder ab. Ich denke, wir haben uns verstanden.«

Es entstand wieder eine kurze Pause.

»Ich werde da sein.« Mit diesen Worten legte Santini auf.

Nachdenklich schlenderte Claude Moulin zurück zum Auto und stieg ein. Er hätte diesen Austausch eigentlich besser vorbereiten müssen, doch dazu fehlte ihm schlichtweg die Zeit.

»He Moulin, hast du gerade mit meinem Boss gesprochen?«, tönte eine Stimme aus dem Kofferraum.

»Es geht dich im Prinzip ja nichts an, aber ja, ich habe Monsieur Santini gerade angeboten, ihm den Schmuck und seinen Handlanger zurückzugeben.«

»Mach keinen Scheiß, du Idiot, Santini wird dich bei lebendigem Leib häuten und deine Innereien den Raben zum Fraß vorwerfen. Bind mich los und lass uns die Sache gemeinsam schaukeln, das Ganze ist für dich mindestens eine Nummer zu groß.«

»Halt die Schnauze, Bartoli, oder ich stopfe dir meine stinkenden Socken in den Hals.«

»Vergiss nicht, dass ich dich mehrfach aus brenzligen Situationen gerettet habe, in die du dich durch deine verdammte Spielerei reinmanövriert hast. Du bist mir noch was schuldig, das weißt du genau.«

Moulin musste schmunzeln, sein Gefangener war beileibe nicht mehr so überheblich wie sonst, wenn er ihm einen Auftrag Santinis überbrachte. Offenbar hatte Bartoli es bei genauerem Überlegen mit der Angst zu tun bekommen. Denn eines war klar, eine Belohnung würde er von Santini für sein Versagen nicht bekommen, und falls der Korse tatsächlich drei Millionen rausrückte, war Bartoli eindeutig schuld daran.

Im Kopf des ehemaligen Commissaires nahm ein Plan Gestalt an, wie er aus dieser Nummer nicht nur mit dem Leben, sondern auch mit genügend Geld für den Rest seines Lebens kommen würde.

Seid mal still, ich glaube, ich höre da etwas.«

Miriam schüttelte ungläubig den Kopf. Jetzt war es also so weit, Björn hörte imaginäre Stimmen, was bestimmt dem Hunger und dem Mangel an Flüssigkeit geschuldet war.

»Bitte Björn, du brauchst keine billigen Tricks anzuwenden, um unsere Stimmung aufzuhellen. Oder bist du schon so durchgeknallt, dass deine Wahrnehmung getrübt ist? Wir verrotten hier und damit basta«, blaffte Susi.

Doch plötzlich schrak auch Miriam aus ihrer Lethargie hoch und meinte, eines ihrer Kinder zu hören.

»Anne«, hauchte die junge Frau entkräftet.

»Hallo, hier sind wir, im Keller, hallo, hört uns jemand?«

Björn schrie so laut er noch dazu imstande war.

Jetzt hellte sich auch das Gesicht von Susi auf, denn die Rufe waren nun deutlich zu vernehmen.

Die Gefangenen hörten, wie sich jemand an der massiven Kellertür zu schaffen machte, und tatsächlich dauerte es nur wenige Augenblicke, bis sie geöffnet wurde.

Zuerst stürmten kreischend vier Kinder herein und warfen sich den erschöpften Eltern in die Arme. Danach kamen Gerda Neuburg und Susis Eltern in den Keller.

Miriam hatte für einen Moment der Freude ihre Platzangst vergessen, doch nachdem sie ihre Mutter herzlich umarmt hatte, stürzte sie nach oben ins Freie. Sie empfand diesen Moment als einen der glücklichsten in ihrem Leben und atmete tief diese herrliche Luft ein, die sie so lange vermisst hatte.

Nach und nach verließen auch die anderen den Ort der Gefangenschaft und fielen sich vor dem Wohnhaus in die Arme.

Susis umsichtiger Vater, der auch die Kellertür geöffnet hatte, reichte den Durstigen Wasserflaschen.

Nachdem sie getrunken hatten, strömten die Fragen auf die drei ein.

»Wer hat euch nur so etwas angetan und euch dort unten eingesperrt?«, wollte Gerda Neuburg wissen.

»Das ist eine lange Geschichte, Mama, die ich dir zu Hause in aller Ruhe erzählen werde«, antwortete Miriam mit einem Grinsen und hielt dabei ihre beiden Mädchen eng umschlungen.

Dabei kam ihr zu Bewusstsein, dass sie sich in den Tagen ihrer Gefangenschaft eigentlich ausgemalt hatte, dass Sascha derjenige sein würde, der sie befreite.

»Aber wie seid ihr darauf gekommen, wo wir sein könnten?«

»Na ja, gestern hat Sascha mich angerufen und nach der Telefonnummer des Weinguts im Elsass gefragt, in welchem du das Wochenende verbringen wolltest. Als er erfahren hat, dass du niemals dort angekommen bist, sind wir stutzig geworden. Ich habe ihn gebeten, sämtliche Krankenhäuser und Polizeidienststellen auf dem Weg dorthin anzurufen. Er bekam natürlich nur negative Antworten. Ich bin dann noch auf die verzweifelte Idee gekommen, bei Susis Eltern anzufragen. Hermann sagte mir, dass Susi und Björn die Kinder beinahe an jedem Wochenende zu ihnen bringen, um in ihrem neuen Domizil arbeiten zu können. Doch bisher haben sie die zwei immer am Sonntagabend oder spätestens am Montagmorgen abgeholt und dieses Mal nicht. Immer wieder haben sie es dann auf Susis Handy versucht, doch ohne Erfolg. Leider hat Hermann seinen Führerschein vor Kurzem abgeben müssen und Susis Mutter Hilda hat nie einen gemacht. Deshalb waren sie natürlich froh, dass ich sie heute abgeholt habe, um hier rauszufahren.«

»Wir sind euch unendlich dankbar für eure Kombinationsgabe, doch wo ist eigentlich Sascha, mein Kommissar? Es ist ja schließlich sein Beruf zu kombinieren.«

»Na ja, …«, druckste Gerda herum. »Er kommt bestimmt so schnell wie möglich, er hat ja doch auch einiges um die Ohren.«

»Das beantwortet meine Frage nicht, Mama, wieso ist Sascha nicht auf das Naheliegende gestoßen?«

»Er …, nun …, er hatte einen anderen Verdacht.«

Bereits als sie diesen Satz ausgesprochen hatte, schalt sie sich eine Närrin.

»Was für einen Verdacht?«

Miriams Euphorie war wie weggeblasen.

»Ach Kind, das spielt doch jetzt überhaupt keine Rolle, das Wichtigste ist doch, dass ihr wieder frei seid«, versuchte Gerda abzulenken.

»Hat er etwa gedacht, ich wäre an diesem Wochenende mit einem anderen Mann zusammen?«

Ihre Augen bohrten sich in die ihrer Mutter, die nach mehreren Augenblicken wegsah.

»Ja, das habe ich und es tut mir unendlich leid, dass ich so wenig Vertrauen zu dir gehabt habe«, ertönte eine männliche Stimme.

Keiner hatte in der überschwänglichen Euphorie bemerkt, wie Sascha Gross und Magdalena Mertens im Citroën der Hauptkommissarin herangefahren waren.

»Ich fasse es nicht!«, schrie Miriam. »Wir hätten da unten in dem Loch elendiglich verrecken können, nur weil mein sauberer Lebensgefährte denkt, dass ich einen Seitensprung mache. Das darf doch alles nicht wahr sein, wenn ich dich betrügen wollte, hätte es in der Vergangenheit genügend andere Möglichkeiten gegeben.«

»Bitte Miriam, verzeihe mir, ich kann mir das selbst nicht erklären, aber ich war vor Eifersucht wohl von Sinnen. Dabei bin ich jetzt so froh, dass du das alles gut überstanden hast.«

Sascha war herangekommen und wollte Miriam umarmen, doch die junge Frau drehte sich weg.

»Gut überstanden, sagst du?« Sie spie ihm die Worte förmlich ins Gesicht. »Weißt du überhaupt, wie es sich für jemanden mit Platzangst anfühlt, mehrere Tage in einem

Kellerloch gefangen zu sein? Beinahe die ganze Zeit habe ich gedacht, jetzt kommt mein Liebster und holt mich hier raus. Doch die Stunden verrannen und kein Sascha kam, bis ich dann irgendwann die Hoffnung auf Rettung aufgegeben habe und mich in mein Schicksal gefügt habe. Ich glaube, wenn ich alleine dort unten gehockt wäre, hätte ich mir irgendwann in den letzten Stunden etwas gesucht, mit dem ich mir die Pulsadern hätte aufschneiden können. Und jetzt kommt mein sauberer Freund daher und sagt mir, dass ich das Ganze gut überstanden habe. Verschwinde aus meinem Leben, Sascha. Bei genauerem Überlegen hätte ich dich damals, als die Sache auf dem Lichtenstein passiert ist, schon davonjagen sollen.«

Die Szene wirkte skurril, denn eigentlich hätten alle Beteiligten Grund zur Freude gehabt, angesichts der glücklichen Umstände, die zur Befreiung der Gefangenen geführt hatten.

Stattdessen standen Björn, Susi, Gerda, Hermann, Hilda und Magdalena Mertens sowie die vier Kinder fassungslos um die Streithähne herum.

»Aber Miriam …«

»Hau ab!«, schrie Miriam ihren ganzen Frust hinaus.

Mit gesenktem Kopf schlich der ansonsten so selbstbewusste Kommissar davon.

Die anderen Anwesenden sahen ihm wortlos nach, wie er zu der kleinen Straße ging, die zu Susis und Björns Anwesen führte.

»Wollen Sie sich diesen harten Schritt nicht noch einmal überlegen, Frau Neuburg?«, fragte Magdalena Mertens die schluchzende Frau, die sich in die Arme ihrer beiden Töchter geflüchtet hatte, mitfühlend.

Ihren geknickten Kollegen würde sie nachher schon noch auflesen.

Ohne sich umzudrehen, schüttelte Miriam den Kopf.

Mertens quittierte diese Geste mit einem knappen Nicken und wandte sich an Susi und Björn.

»Ich kann mir vorstellen, wie Sie sich gerade fühlen, trotzdem muss ich wissen, wie Sie in diese gefährliche Situation geraten sind. Hat es mit diesem Juwelenraub zu tun?«

Gerade als Björn erwidern wollte, dass er nicht wisse, wovon die Kommissarin spreche, brach es aus Susi heraus.

»Ja, diese Scheiß-Schmuckstücke, wir hätten sie dem Kerl in die Schlucht hinterherschmeißen sollen.«

»Bitte beruhigen Sie sich, ich bin mir sicher, dass wir die Sache auf dem kleinen Dienstweg bereinigen können.«

Mit Rücksicht auf das Martyrium, das die drei erleiden mussten, schlug Mertens einen versöhnlichen Ton an.

»Sascha hat mir die ganze Geschichte erzählt und ich werde, sobald ich wieder im Büro bin, die französischen Kollegen kontaktieren. So wie er es mir erzählt hat, war es ja eine klassische Art von Notwehr. Lediglich die Mitnahme der Pretiosen passt nicht so ganz ins Bild. Aber so wie ich Sie einschätze, haben Sie den Schmuck bei diesem Juwelier deponiert, damit er ihn danach der Polizei übergeben kann.«

Mit einem Augenzwinkern offerierte die erfahrene Hauptkommissarin den beiden die Chance, unbeschadet aus der Nummer zu kommen.

»Dazu muss der Mann allerdings mitspielen, aber nach dem, was Sascha mir über diesen Wertheim erzählt hat, wird er froh sein, wenn er seinen Hals auf diese Art und Weise aus der Schlinge ziehen kann. Ich bräuchte dann nur noch eine Personenbeschreibung von dem falschen französischen Kommissar, aber das können wir in den nächsten Tagen in meinem Büro in Reutlingen erledigen. Falls Sie psychologische Hilfe in Anspruch nehmen wollen, kontaktiere ich jemanden, der sich um Sie und Miriam kümmert.«

»Ich denke nicht, dass das nötig sein wird, Frau Mertens,

mit ein wenig Ruhe wird sich alles wieder einrenken, nicht wahr Liebling?«

Susi nickte schicksalsergeben.

»Trotzdem nochmals vielen Dank für alles.«

Björn hakte sich bei seiner Frau unter und zog sie sanft ins Innere des Hauses, gefolgt von seinen Schwiegereltern.

Magdalena Mertens wandte sich zu Miriam, die sich immer noch etwas abseits aufhielt und ihre beiden Mädchen umarmte. Gerda stand hinter ihr und strich ihr sanft über die Haare.

»Kommen Sie klar, Miriam? Ansonsten würde ich die Psychologin, die Sie bereits nach dem Vorfall auf Schloss Lichtenstein betreut hat, bitten, sich um Sie zu kümmern.«

»Danke, aber im Kreise meiner Liebsten, werde ich das Trauma wohl am besten überwinden können«, murmelte die junge Frau, wobei sie das Wort »Liebsten« besonders betonte, wie der Hauptkommissarin auffiel.

Sascha gehörte offenbar nicht mehr dazu.

Nachdem sie sich verabschiedet hatte, fuhr Magdalena langsam den schmalen Weg in Richtung Hauptstraße zurück. Sie wollte schon wieder umkehren und in den Streuobstwiesen ringsum nachschauen, da sie ihren Kollegen nirgends gesehen hatte, als sie das Häuflein Elend in einem Buswartehäuschen sitzen sah.

Den Citroën ließ sie am Rand der Einbuchtung stehen und ging zu Sascha.

Mit einem Seufzer ließ sie sich auf der Bank nieder und verharrte schweigend mehrere Minuten.

»Herr Gross, ich fürchte, Sie können nicht die ganze Nacht hier sitzen, da auf unserer Dienststelle noch eine Menge Arbeit auf uns wartet. Also kommen Sie und steigen Sie ein, das mit Miriam renkt sich sicher wieder ein.«

»Dieses Mal bestimmt nicht, ich bin zu weit gegangen, so ein pubertäres Verhalten verzeiht mir Miriam niemals«, meinte er geknickt und erhob sich.

»Rufen Sie sie doch heute Abend einfach noch mal an. Vielleicht hat sie sich ein wenig beruhigt«, riet ihm seine Vorgesetzte auf der Fahrt nach Reutlingen.

Danach hing jeder von ihnen seinen Gedanken nach.

Während allerdings Sascha Gross den Weltuntergang herbeisehnte, freute sich Magdalena Mertens auf einen Abend mit Paul.

Am Dienstagabend hatten sie es sich zur Gewohnheit gemacht, ins Kino zu gehen, abwechselnd hier in Reutlingen oder im nahen Tübingen.

Heute musste sie sich allerdings sputen, da sie erst um kurz nach neunzehn Uhr im Präsidium ankamen. Zum Glück fand sie schnell einen Parkplatz und Magdalena beeilte sich, in ihr Büro zu kommen, gefolgt von ihrem Kollegen, der es in Anbetracht seiner persönlichen Situation nicht sehr eilig hatte.

»Ah, die Herrschaften Mertens und Gross geben sich auch mal wieder die Ehre. Während Sie in der Weltgeschichte herumfahren, habe ich die Mordfälle gelöst.«

Verdutzt blickten die beiden Kommissare auf ihren Vorgesetzten.

»Dank unserer guten Vorarbeit, an der meine Wenigkeit nicht ganz unbeteiligt war, konnte der mutmaßliche Mörder in einem Ort in Südfrankreich von den dortigen Kollegen gestellt werden.«

Köttmann machte eine schöpferische Pause und ließ seine Worte auf seine Untergebenen wirken.

»Leider entkam der Schurke mit viel Glück fürs Erste. Doch die dortige Polizei ist ihm dicht auf den Fersen und es ist nur noch eine Frage der Zeit, bis er ihnen ins Netz geht. Wir können den Fall also als erfolgreich erledigt zu den Akten legen. Es kommt in unserer Stadt, die als eine der sichersten im Bundesgebiet gilt, ja nicht oft vor, dass gleich zwei Leute hintereinander umgebracht werden. Umso größer ist demnach natürlich dieser schnelle Erfolg zu werten. Na los, Sie dürfen sich freuen, schließlich waren Sie beide auch nicht ganz unbeteiligt daran.«

Im Gegensatz zu seiner sonst eher sauertöpfischen Art war Köttmann an diesem Abend für seine Verhältnisse beinahe euphorisch.

Vorsichtig fuhr Moulin an dem Parkplatz vorbei und blickte scheinbar uninteressiert hinüber. Er hatte sich trotz der hohen Temperaturen, die bereits am Morgen herrschten, eine Baskenmütze aufgesetzt und schweren Herzens sein Erkennungszeichen, den riesigen weißen Schnauzer abrasiert.

Bartoli hatte er verschnürt hinten hineingelegt, sodass er nicht durch irgendwelche Zeichen auf sich aufmerksam machen konnte.

Aus den Augenwinkeln sah er Santini vor einem alten roten Cabrio stehen. Der Jaguar hatte eine wunderschöne Form und Moulin beschloss spontan, sich von dem Geld, das er dem Korsen abknöpfen wollte, ebenfalls solch ein Auto zu kaufen.

Er fuhr in einen Kreisverkehr und umrundete diesen, um wieder vor dem Parkplatz zu stehen. Diesmal nahm er die Einfahrt und fuhr langsam an Santini vorbei.

Dieser blickte gedankenverloren auf seine teure Schweizer Uhr und schien seinen ehemaligen Mitarbeiter nicht zu erkennen.

Moulin suchte sich einen Platz am anderen Ende des abgesperrten Geländes und stellte den Minivan dort ab. Bewusst hatte er im Schatten einer hohen Kastanie geparkt, einerseits wegen des natürlichen Schattens und andererseits, weil Santini diesen Platz nicht einsehen konnte.

Der ehemalige Polizist suchte unauffällig nach Santinis Killern, denn dass der Korse allein zu diesem Treffen gekommen war, glaubte Moulin nicht. Doch so sehr er sich auch anstrengte, er sah niemanden, der ihm verdächtig vorkam. Sollte der Korse seine Leibgarde dabeihaben, so hatte die sich professionell getarnt.

Er öffnete die Kofferraumtür und zog den massiven Bartoli heraus. Der Gefangene stellte sich hin, wobei er wegen der Fußfesseln drohte umzukippen.

»Es geht los, streck mir deine Hände hin, damit ich die Handschellen öffnen kann, doch bei der ersten falschen Bewegung bekommst du eine Kugel, die dich dein restliches Leben an mich erinnert.«

Bartoli tat wie ihm geheißen und war, wie Moulin zufrieden feststellte, sehr vorsichtig. Er rieb sich die Handgelenke und nahm die Schlüssel für die Fußfesseln entgegen. Betont langsam legte er sie dann in den Kofferraum, wobei er den ehemaligen Polizisten aus den Augenwinkeln heraus genau beobachtete. Doch so sehr er auch darauf lauerte, Moulin machte nicht den kleinsten Fehler.

»Lass uns doch noch mal über die ganze Sache reden, zusammen wären wir unschlagbar. Wir schicken den Alten auf seine verdammte Insel und übernehmen den Laden.«

»Das sagst du besser nicht in seiner Gegenwart, Bartoli«, entgegnete Moulin grinsend. »Also folgendes, du gehst zu Santini und nimmst meine Kohle in Empfang. Danach kommst du wieder hierher und ich gebe dir im Gegenzug die Schmuckstücke. Und keine Spielchen, ich beobachte euch durch das Fernglas. Du weißt, dass ich ein sehr guter Schütze bin, und der Erste, den ich abknalle, bist du, Bartoli.«

Mit einer herrischen Handbewegung bedeutete Moulin seinem Gefangenen loszulaufen.

Als er ungefähr die halbe Strecke zurückgelegt hatte, trat ein verblüffter Zug in das sonst so ausdruckslose Gesicht Santinis.

»Wo steckt das Aas?«, wollte der Korse zähneknirschend wissen, nachdem Bartoli bei ihm angekommen war.

»Sehen Sie den großen Kastanienbaum in meinem Rücken? Dahinter befindet sich der Minivan, mit dem wir gekommen sind, und Moulin lauert mit seiner Knarre hinter dem Baum.«

»Was will er?«

»Ich soll ihm das Geld bringen, danach überreicht er mir die Ware.«

»Hm, ich hätte ihn für schlauer gehalten, er kommt hier nicht mehr weg. Die Scharfschützen, die ich postiert habe, blasen ihn weg. Na ja, sei es drum, du kannst deine Scharte auf jeden Fall wieder auswetzen, Bartoli. Wenn sich sowohl die Kohle als auch die Juwelen in meinem Besitz befinden, kann ich dir deinen Fehler vielleicht noch mal verzeihen. Haben wir uns verstanden?«

Beim Blick in die stechenden Augen wusste Bartoli, dass er nicht noch einmal versagen durfte.

»Sobald du drüben bist, gibst du ihm das Geld, er wird es genau anschauen und eventuell grob nachzählen. Es ist genauso viel, wie er verlangt hat und kein Centimes weniger. Aber daran wird der Kerl nicht lange seine Freude haben. Wenn er dir den Schmuck gibt, nimmst du ihn entgegen, läufst ein paar Schritte und lässt dich dann blitzschnell fallen. Ist das klar?«, betonte Santini wie bei einem begriffsstutzigen Kind. »Den Rest erledigen meine Jungs.«

Bartoli nahm die Plastikeinkaufstasche mit dem Logo einer Supermarktkette an sich und ging zu Moulin zurück. Es sah beinahe so aus, als ob jemand seine Einkäufe zu seinem Auto tragen würde, wäre da nicht der entschlossene Gesichtsausdruck gewesen. Bedächtig näherte sich Bartoli dem Kastanienbaum, an dessen abgewandter Seite sein Gegenspieler betont lässig lehnte.

»Hat dein Boss dir eine Knarre zugesteckt?«

»Ich bin ja nicht lebensmüde. Hier hast du deine Kohle.«

Bartoli heftete seine Augen auf die von Moulin und gab ihm vorsichtig die Tasche. Der ehemalige Polizist nahm ein Bündel Geldscheine heraus und entfernte die Banderole. Er nahm einen beliebigen Schein heraus und hielt ihn gegen das Licht. Da er auf seiner früheren Dienststelle auch mit Betrugs- und Geldfälscherdelikten zu tun gehabt hatte, kannte er sich ein wenig in dieser Materie aus.

»Scheint echt zu sein«, meinte er knapp und nickte dazu.

»Wieso sollte Monsieur Santini dir irgendwelche Blüten andrehen wollen, er ist ein Ehrenmann.«

Moulin lachte laut auf.

»Aber nur bei den Dingen, die ihm einen Vorteil verschaffen, ha, ha.«

Ohne Bartoli aus den Augen zu lassen, schritt Moulin rückwärts zur Fahrertür. Die Waffe hatte er sich unter die Achsel geklemmt, was seinen Bewegungen etwas Linkisches gab. Zum Glück war wenig los auf dem Parkplatz an diesem Morgen. Er legte die Plastiktasche auf den Beifahrersitz und fasste dann nach dem kleinen Rucksack, der im Fußraum lag.

Betont langsam kehrte er zu Bartoli zurück, der wie ein Tiger kurz vor dem Sprung auf sein Opfer wirkte. Moulin konnte sich vorstellen, was Santini seinem Untergebenen nach dessen Versagen an den Kopf geworfen hatte und er rechnete förmlich damit, dass Bartoli in seinem Bestreben, seinen Fehler wieder gut zu machen, sich auf ihn stürzen würde.

Doch nichts dergleichen geschah, im Gegenteil nahm Bartoli den Rucksack ruhig an sich.

»Also Bartoli, ich hoffe, dass ich weder dich noch den Korsen jemals wiedersehe. Aber im Prinzip können wir beide doch zufrieden sein, er hat die Pretiosen von unermesslichem Wert und ich habe meinen Finderlohn.«

»Da hast du recht, Moulin, also auf Nimmerwiedersehen.«

Lässig hängte sich Bartoli den Rucksack mit einem Träger an seine rechte Schulter und lenkte seine Schritte in Richtung Santinis.

Aus unerfindlichen Gründen kam er jedoch ins Stolpern und fiel der Länge nach hin.

Plötzlich fielen Schüsse, die aber entweder in den Stamm des Kastanienbaums einschlugen oder über Moulin hinwegpfiffen, der sich ebenfalls blitzschnell flach auf den Boden geworfen hatte.

Im selben Moment gingen laute Sirenen an und vom gegenüberliegenden Polizeirevier starteten mehrere Wagen mit Blaulicht und Martinshorn.

Die Polizeisirenen bewirkten genau das, was Moulin mit seinem anonymen Anruf und dem Hinweis, dass sich der gesuchte Mörder Bartoli auf dem Parkplatz befinde, beabsichtigt hatte.

Santinis Männer hörten sofort auf zu schießen und zogen sich zurück.

Der Korse stieg gleichfalls in seinen Wagen und hatte wohl vor, Bartoli, den Versager, zurückzulassen, entschied sich dann allerdings anders. Wahrscheinlich war er sich nicht sicher, ob sein Mitarbeiter bei einem längeren Verhör dichthalten würde. Schließlich war er kein Korse und somit nicht mit dem Gesetz der Omertà vertraut.

Mit quietschenden Reifen blieb er vor dem am Boden liegenden Mann stehen, der sich sofort aufrappelte und die Beifahrertür aufriss.

Wenige Sekunden, bevor der Platz abgeriegelt war, passierte Santinis Wagen die Ausfahrt.

Nachdem er die Tasche mit dem Logo eines Supermarkts blitzschnell aus dem Auto geholt hatte, hatte Moulin sich hinter dem Kastanienbaum versteckt gehalten und schlenderte nun scheinbar unbeteiligt in Richtung Stadtmitte.

»He Sie da, bleiben Sie sofort stehen.«

Mehrere martialisch aussehende Polizeibeamte mit der Waffe im Anschlag kamen auf ihn zu. Sie hielten ein Foto Bartolis in den Händen.

»Haben Sie diesen Mann hier gesehen?«

»Hm, lassen Sie mich überlegen«, meinte Moulin gedehnt und war versucht, Santini und seinen Adlatus ans Messer zu liefern. Andererseits war es vielleicht ratsam, den Korsen nicht noch mehr zu verärgern. »Ich bin mir nicht sicher, aber ich habe gesehen, wie ein Typ, der so ähnlich aussah, vorhin aus dem Van da vorne gestiegen und dort den Fußgängerweg überquert hat.«

Moulin deutete auf den gestohlenen Peugeot, mit dem sie hergekommen waren. Dort würden sie zahlreiche Spuren finden, sowohl von ihm als auch von Bartoli. Aber damit würden die Beamten eine Zeitlang beschäftigt sein und ihm keine unangenehmen Fragen stellen. Und bis sie alles ausgewertet haben, bin ich sowieso über alle Berge, dachte

Moulin belustigt und strich sanft über die Tasche mit dem Geld.

Sofort näherten sich die Polizisten vorsichtig dem Van und Moulin setzte seinen Marsch fort.

»Frag mich nicht, weshalb ich dich nicht gleich abgeknallt habe, Bartoli. Wahrscheinlich sprichst du die sentimentale Ader in mir an. Die drei Millionen sind jedenfalls fürs Erste weg, und dass du mir so viel Geld jemals zurückzahlen wirst, werde ich wohl nicht mehr erleben.«

Verbissen saß Santini hinter dem Steuer seiner Luxuskarosse und versuchte, sich auf den Verkehr der Landstraße, die zu seiner Villa führte, zu konzentrieren.

Dass er die drei Millionen dem Kunden in Rechnung stellen würde, der ihn beauftragt hatte, den Schmuck zu stehlen, brauchte Bartoli nicht zu wissen. Es hatte noch nie geschadet, seinen Untergebenen ein schlechtes Gewissen zu bereiten.

»Na ja, wenigstens haben wir die Juwelen. Trotzdem ist es wohl besser, wenn ich jetzt das Festland verlasse und mich nach Korsika zurückziehe.«

Santini ließ unausgesprochen, dass ihn auf der Insel wohl niemand belangen würde.

»Äh und was wird aus mir, Boss?«

Mehrfach in der Vergangenheit hatte Santini Andeutungen gemacht, dass Bartoli nach seinem Rückzug die Geschäfte übernehmen würde.

»Das ist eine gute Frage, aber ich glaube, auch für dich wird es besser sein, wenn du eine Zeitlang in Deckung gehst.«

Fragend betrachtete Bartoli den Korsen.

»Wir werden unser einträgliches Geschäft beerdigen und du wirst mich in meine Heimat begleiten. Du kannst es mir glauben, Bartoli, ich habe lange mit mir gerungen, ob ich dich aus der Welt schaffe, weil du zu viel weißt, oder ob ich dich am Leben lasse. Letztendlich habe ich mich für die letztere Alternative entschieden, weil du ja durchaus auch schon deine Verdienste hast. Und glaube mir, es wird dir dort sicherlich gut gefallen, auf der Insel der Schönheit.«

Bartoli wusste nicht, ob sein Boss dies ironisch meinte, und lächelte gekünstelt.

Er hatte schon viel von Korsika gehört, es mochte landschaftlich ja ganz interessant sein, aber verglichen mit Marseille war dort tote Hose, und dass er sein ganzes zukünftiges Leben dort verbringen müsste, machte ihm Angst.

Wenn er sich allerdings jetzt gegen Santini stellen würde, wäre das sein sicheres Todesurteil. In dem Fall hieß es, gute Miene zum bösen Spiel machen, und vielleicht ergab sich ja eine Möglichkeit, den Alten aus dem Weg zu räumen und zu türmen.

»Du wirst mein Bodyguard und Mädchen für alles dort sein. Doch zuvor habe ich noch einen Auftrag für dich. Wir beschäftigen doch diesen Computerspezialisten, den du mir damals ans Herz gelegt hast. Du unterrichtest ihn über meine Entscheidung, unseren Betrieb zu liquidieren, er kann in dem Haus bleiben, da ich nicht beabsichtige, meine Liegenschaften auf dem Festland zu verkaufen. Er muss uns nur noch einen letzten Dienst erweisen.«

Offenbar hatte ihr Rat, bei Miriam anzurufen, nichts gebracht, denn im Gegensatz zu Magdalena, die gut gelaunt zur Bürotür hereinkam, wirkte Sascha wie jemand, der kurz davorstand, sich vor einen Zug zu werfen.

»Haben Sie sich bei Ihrer Freundin gestern Abend noch gemeldet?«, fragte sie einfühlsam, während sie sich auf ihren Stuhl setzte.

»Ich habe meine Nummer extra als unterdrückt gesendet, doch sobald ich meinen Namen genannt habe, hat sie aufgelegt.«

»Das tut mir leid, Herr Gross, aber wenn es Ihnen recht ist, spreche ich in den nächsten Tagen einmal mit ihr, so von Frau zu Frau.«

Sascha nickte und Mertens meinte, einen kleinen Hoffnungsschimmer in seinen Augen erkennen zu können.

»Nachdem unser Chef laut seinen Angaben die Mordfälle gelöst hat, können wir beide uns dann neuen Aufgaben zuwenden. Da ist immer noch die Sache mit der Schutzgelderpressung bei einigen Dönerläden hier in Reutlingen, die wir noch nicht endgültig aufgeklärt haben. Doch zuvor würde ich uns beiden gerne einen Kaffee machen.«

Magdalena wandte sich dem Vollautomaten zu und wartete, bis das dampfend heiße Getränk herausfloss.

Sie reichte Sascha eine Tasse des herrlich duftenden Gebräus und setzte sich mit dem Wachmacher an ihren Computer.

Noch vor zwei Jahren bin ich mit diesem Gerät im Kriegszustand gewesen, dachte sie belustigt, während sie ihre neuen Mails aufrief.

Es war nicht zuletzt Paul zu verdanken, der im Gegensatz zu vielen anderen seiner Generation jemand war, der sich dem neuen Medium völlig aufgeschlossen zeigte und auch sie immer wieder drängte, sich mehr damit zu befassen.

Davor war sie bei Internetrecherchen oder beim Beantworten ihrer E-Mails immer auf ihre jeweiligen Kollegen angewiesen gewesen, was hinter ihrem Rücken für viel Hohn und Spott gesorgt hatte.

Immer wieder dachte Magdalena verblüfft daran, was für eine Entwicklung die schicksalhafte Begegnung mit Paul in ihr losgetreten hatte.

Sie war ein verhuschtes Mauerblümchen gewesen, bevor sie den Mann von der Schwäbischen Alb bei den Ermittlungen zum Verschwinden von Miriam Neuburgs Mann kennengelernt hatte. Der sogenannte »Höhlenmord« hatte damals für einige Aufregung in der Gegend gesorgt.

Doch für die Hauptkommissarin war es der Anfang eines Märchens gewesen, das bis heute anhielt. Bevor sie Paul getroffen hatte, war die Polizistin auf dem Weg zum Ruhestand, den sie eingemauert in den Wänden ihrer Stadtvilla zugebracht hätte. Eines Tages wäre sie mumifiziert von ihren Kollegen entdeckt worden und danach wäre in der Öffentlichkeit wieder eine Debatte losgegangen um einsame Alte, die in ihren Wohnungen starben, ohne dass jemand Notiz davon nahm, und die dann erst Monate später zufällig gefunden wurden.

Beiläufig blickte sie auf eine Mail, die heute Nacht irgendwann eingetroffen war.

Doch plötzlich war sie hellwach und las den Text wie elektrisiert ein zweites Mal.

»Schauen Sie sich das mal an, Herr Gross.«

Christiane Gruibinger-Hess bereitete sich akribisch auf den für sie nach dem Hochzeitstag und den Geburtstagen ihrer Kinder wichtigsten Tag ihres Lebens vor.

Vor einigen Tagen hatte sie bereits einen Termin bei einem der angesagten Friseure und Visagisten Stuttgarts für diesen Morgen gemacht.

Da sie sehr aufgeregt war, hatte sie sich kurzerhand für den heutigen Tag einen Chauffeur gemietet, der sie nach den zwei Stunden, die sie beim Friseur verbracht hatte, abholte und beim Modehaus Breuninger aussteigen ließ.

Die kommende Ministerpräsidentin entschied sich für ein schwarzes Kostüm, das sowohl der Trauer um ihren erst kürzlich gestorbenen Mann Rechnung trug, als auch ihre gute Figur zur Geltung brachte.

Dazu passende Pumps fand sie gleichfalls im Department Store für gehobene Ansprüche.

Sowohl bei dem sündhaft teuren Friseur als auch bei der doch etwas hochnäsig auftretenden Verkäuferin bei Breuninger, kam Christiane nicht umhin, verschmitzt in sich hinein zu grinsen. Beide dachten wohl, die Dame um die vierzig gönnte sich für ein kleines Rendezvous mal etwas Besonderes. Dabei ahnten beide nicht einmal, dass sie die neue Ministerpräsidentin vor sich hatten.

Der Termin für die Pressekonferenz war für sechzehn Uhr anberaumt und Teodosis, der Fraktionsvorsitzende, hatte sowohl den Spitzen des bürgerlichen Koalitionspartners als auch den Journalisten vorab nur gesagt, dass es eine kleine Veränderung in Beringers Kabinett geben würde.

Christiane beschloss spontan, noch ein wenig in der Stuttgarter Fußgängerzone zu bummeln und noch einmal ausgiebig die Anonymität, die mit dem heutigen Nachmittag vorbei sein würde, zu genießen.

Sämtliche Zeitungen würden morgen Christianes Bild auf ihrer Titelseite haben und bei sämtlichen Nachrichtensendungen wäre sie am heutigen Abend bereits das Topthema. Während sie von einem Schaufenster zum anderen schlenderte und sich flüchtig die Auslagen anschaute, kam ihr der Gedanke, vor ihrem großen Auftritt noch einen anderen Ort aufzusuchen.

Sie bestellte den Fahrer auf den Schlossplatz. Nicht mehr so gemächlich wie vorhin, sondern eher zielstrebig ging sie in Richtung des Treffpunkts. Nachdem sie ihre Einkäufe im Kofferraum verstaut hatte, gab sie dem Chauffeur das nächste Ziel an, das er mit flinken Fingern in sein Navi einspeicherte.

Da die Bundesstraße aufgrund einer sich zäh dahinschleppenden Baustelle nur einspurig befahrbar war, dauerte es eine halbe Stunde länger, bis der Mercedes ankam. Christiane bat ihn zu warten und ging alleine in das kleine Wäldchen, das die Gemeinde als Friedwald ausgewiesen hatte. Auf den geschotterten Fußgängerwegen musste sie mit ihren hochhackigen Schuhen ziemlich aufpassen, dass sie nicht wegknickte.

Endlich stand sie an dem Baum, den sie sich für ihren Mann ausgesucht hatte und blickte mit feuchten Augen auf das einfache Holzkreuz mit seinem Namen drauf.

Sie waren sich einig gewesen, dass der jeweils überlebende Partner diese Art der Bestattung wählen sollte. Christiane war diese Lösung in der jetzigen Situation gerade recht. Die Einäscherung war noch am Montag geschehen, wobei sie allerdings ein wenig Druck hatte ausüben müssen. Da sie ihren Mann unbedingt vor der Pressekonferenz, auf der sie als künftige Ministerpräsidentin vorgestellt werden sollte, hatte beerdigen wollen, hatte sie alles in der letzten Woche in die Wege geleitet und nur noch darauf gewartet, dass der Leichnam von der Polizei freigegeben wurde. Bei der kleinen Zeremonie am gestrigen Dienstag waren lediglich ihre Kinder anwesend gewesen.

Mehrere Minuten verharrte Christiane regungslos und rief sich dabei die Höhepunkte, aber auch die Krisen ihrer gemeinsamen Jahre ins Gedächtnis.

Jetzt nachdem er gekündigt hatte und nur noch für den

Nachwuchs und den Haushalt da sein wollte, hätte alles so schön werden können. Lothar hätte ihr den Rücken freigehalten und Christiane hätte sich voll und ganz auf ihre neue Aufgabe konzentrieren können. Es war nun leider alles anders gekommen: Die Kinder hatten plötzlich keinen Vater mehr und ihre Mutter würden sie in Zukunft wahrscheinlich öfter im Fernsehen als zu Hause sehen.

Aber es gab keinen Weg mehr zurück und Christiane hatte sich in den letzten Wochen nach verschiedenen Internaten umgeschaut. Tatsächlich war ihr eines in der Nähe des Bodensees als durchaus geeignet für ihre beiden erschienen. Eine Ganztagesbetreuung mit angeschlossener Schlafstelle war ihr auf jeden Fall lieber als der derzeitige Zustand mit wechselnden Kindermädchen oder Au-pairs.

Außerdem sind meine Kinder ja ab morgen prominent und werden wahrscheinlich von Personenschützern bewacht, dachte sie und ihr lief es dabei heiß und kalt den Rücken hinunter.

Von diesem Standpunkt aus gesehen war das Internat am Bodensee, in dem beinahe alle Eltern der Schüler Personen des öffentlichen Interesses waren, das einzig Vernünftige.

Nachdem sie wieder zu dem von ihr georderten Wagen zurückgekehrt war, gab Christiane dem Fahrer die Order, zu ihrem Haus zu fahren, wo sie ihre Taschen auslud, und bat ihn, sie in zwei Stunden wieder abzuholen. Diese Zeit wollte sie nutzen, um sich in aller Ruhe anzuziehen und auch um ihr Redemanuskript nochmals durchzugehen.

Pünktlich auf die Minute stand der Wagen vor ihrem Haus und der aufmerksame Chauffeur hielt seinem weiblichen Fahrgast galant die Türe auf. Der Ort für die Pressekonferenz war klug gewählt, weder ein edles Hotel noch ein sonst hochdekorierter Ort, sondern die altehrwürdige Markthalle im Herzen Stuttgarts. Dieses markante Jugendstilgebäude, mit dem hellen Glasdach in seinem Inneren, das in den Siebzigerjahren des vorigen Jahrhunderts beinahe dem Abrissbagger zum Opfer gefallen wäre, hatte sich Christiane für diese Veranstaltung gewünscht und Beringer hatte es möglich gemacht. Seine designierte Nachfolgerin sah in diesem Ort eine Art Symbol für ihre zukünftige Amtszeit. Sie wollte nicht mehr und nicht weniger, als dass die Menschen kommender Generationen in ihr die Wegbereiterin für eine neue ökologische Landwirtschaft und somit eine gesündere Ernährung sehen würden.

Welcher Ort wäre also besser geeignet gewesen, als dieser Tempel lukullischer Genüsse, die vielfach aus fairem und biologischem Anbau stammten.

Selbstsicher mit erhobenem Haupt betrat Christiane die Halle mit der gewagten Konstruktion und war fast ein wenig enttäuscht, als sie das kleine Häuflein der Medienvertreter betrachtete.

Doch was hatte sie erwartet, schließlich ging es um eine Kabinettsumbildung in einer Landesregierung und keiner der Journalisten hatte auch nur den Hauch einer Ahnung, was sich da heute anbahnte.

Neben einigen regionalen Fernsehsendern waren die führenden Stuttgarter Zeitungen vertreten sowie eine überregionale. Deutschlands führende Blätter und Nachrichtenmagazine hatten es nicht für nötig erachtet, bei dieser Provinzveranstaltung anwesend zu sein.

Die werden euch die Bilder und Filme aus den Händen reißen, dachte Christiane genüsslich und grüßte freundlich in die Runde.

Dafür war die Landtagsfraktion komplett erschienen und einige führende Bundespolitiker ihrer Partei.

Der Ministerpräsident stand etwas abseits an einem

Marktstand und biss werbewirksam in einen roten Apfel, während die Techniker mit den letzten Feinabstimmungen beschäftigt waren.

Die Bühne war vor dem wiederhergestellten grünblau glänzenden Ceresbrunnen aufgebaut worden, um die Macht der Bilder noch zu verstärken.

»Aufgeregt?«, raunte ihr Teodosis, der Fraktionsvorsitzende, zu.

»Geht so, auch nicht mehr als sonst und schließlich ist es ja keine Hinrichtung, sondern die Krönung meiner Laufbahn.«

Sie betrachtete den ehrgeizigen Mann mit Migrationshintergrund, dem Beringer eine Frau vorgezogen hatte, und suchte nach Spuren von Neid oder Missgunst in seinem Gesicht. Aber offenbar hatte er sich in sein Schicksal gefügt oder konnte seine Gefühle sehr gut verbergen.

»Darf ich dir ein Glas Sekt holen?«

»Danke, aber den würde ich mir lieber für danach aufheben, mir würde ein Wasser reichen.«

In diesem Moment ging Beringer gemessenen Schrittes auf die Bühne und stellte sich an das Mikrofon in der Mitte.

Wie meist, wenn er eine Rede hielt, kam er ohne Manuskript aus.

»Sehr verehrte Damen und Herren von der Presse, liebe Freunde, ich habe euch heute hierher eingeladen, um wie im Vorfeld besprochen eine Änderung in unserem Kabinett vorzunehmen. Wir sind jetzt mitten in der zweiten Legislaturperiode meiner Regierungszeit und haben bisher sowohl mit unseren früheren Partnern als auch mit der derzeitigen Koalition, was das Personal anbelangt, Glück gehabt. Dieses Glück ist ein entscheidender Grund für unsere erfolgreiche Arbeit, die wir unbestritten in den vergangenen Jahren geleistet haben. Es wäre beinahe abendfüllend, all die Erfolge,

Gesetze et cetera, die wir auf den Weg gebracht haben, jetzt aufzuführen. Lassen Sie mich vielleicht eine Sache hervorheben, auf die ich persönlich ganz stolz bin und zwar den ersten Nationalpark im Ländle.«

Die Journalisten blickten einander verblüfft an und jeder dachte dasselbe. Zog Joscha Beringer hier etwa die Bilanz seiner Amtszeit, war am Ende er derjenige der ausgetauscht werden würde?

»Dass wir es geschafft haben, dieses Vorhaben gegen sämtliche Widerstände in die Tat umzusetzen, wird vielleicht den meisten Menschen in Erinnerung bleiben. Sicher gibt es wie überall viele Unzufriedene, die von einer Umweltpartei mehr in Sachen Umweltschutz erwartet hätten, doch wir hatten leider nie die absolute Mehrheit und deshalb musste ich zahlreiche Kompromisse eingehen. Ich könnte noch eine Weile weiterreden und Sie noch eine Zeitlang auf die Folter spannen, doch das möchte ich auch im Interesse meiner Nachfolgerin vermeiden.«

Ein Raunen ging durch das Publikum und Beringer hob die Hand, um die nun folgenden Gespräche zu unterbinden.

»Ja, Sie haben richtig gehört, es handelt sich nicht um einen Ministerkollegen, der sein Amt abgibt, sondern um mich, den Regierungschef.«

Nun gab es kein Halten mehr und die Fragen der Pressevertreter prasselten nur so auf Beringer ein.

»Was hat Sie zu diesem Schritt bewogen?«

»Wer ist Ihre Nachfolgerin?«

»Sind Sie amtsmüde oder hat es persönliche Gründe?«

Diesmal erhob Beringer beschwörend beide Hände und gab dem Techniker ein knappes Zeichen, das Mikrofon lauter zu stellen.

»Gedulden Sie sich noch ein wenig und wir werden Ihnen Ihre sämtlichen Fragen beantworten. Als Erstes möchte ich sagen, dass ich keineswegs amtsmüde bin, im Gegenteil, ich wollte noch so viel für unser schönes Land erreichen. Doch ich habe mich nach Rücksprache mit meiner Frau entschieden, der Politik den Rücken zu kehren und eine interessante Tätigkeit in einem führenden Wirtschaftsunternehmen aufzunehmen. Die näheren Umstände werde ich Ihnen in den nächsten Tagen mitteilen. Lassen Sie uns nun zu der wichtigen Frage meiner Nachfolge kommen, die mir unzählige schlaflose Nächte bereitet hat. Schließlich gibt es in unserer Partei zahllose kluge und fähige Leute, die dafür geeignet sind. Ich hatte also die Qual der Wahl und habe es mir beileibe nicht einfach gemacht. Als die Person jedoch immer mehr Gestalt annahm in meinem Kopf, waren auch plötzlich alle Zweifel wie weggewischt.«

Beringer war Profi genug, um jetzt eine längere Pause zu machen, die die Spannung in ungeahnte Höhen trieb.

»Wenn ich dann bitte Frau Gruibinger-Hess auf die Bühne bitten dürfte.«

Es folgte ein Johlen und ein Geschrei, das Christiane auf ihrem Weg ins Rampenlicht begleitete.

Ein leichtes Grinsen trat auf Beringers Züge, als seine Nachfolgerin mit einer Siegerpose die Bühne enterte.

»Lassen Sie mich noch kurz etwas zu meinen Beweggründen sagen, gerade Frau Gruibinger-Hess für dieses wichtige Amt auszusuchen, bevor ich das Wort an sie weitergebe. Es gibt viel zu wenige Frauen in Führungspositionen, andererseits werden Ministerpräsidentinnen immer zahlreicher, von unserer Kanzlerin ganz zu schweigen. Aber das war mit Sicherheit nicht der Hauptgrund. Christiane Gruibinger-Hess geht bereits seit einiger Zeit geradlinig ihren Weg und vertritt unbeirrt die Werte unserer Partei. Sie kann Kompromisse schließen und hat eine offene und zielstrebige Art. Diese Eigenschaften werden ihr im Umgang mit unserem

Koalitionspartner helfen und ich bin überzeugt, dass ihre Regierungsarbeit genauso erfolgreich wird wie meine.«

Mit diesen Worten zog sich der scheidende Ministerpräsident unter stürmischem Applaus zurück und überließ die Bühne seiner designierten Nachfolgerin.

»Danke, danke, vielen Dank, ich …,«

Immer wieder setzte Christiane zu ihrer Antrittsrede an, doch der frenetische Beifall hinderte sie daran, weiterzureden. Es dauerte mehrere Minuten, bis sie sich endlich Gehör verschaffen konnte.

»Ich danke dir, Joscha, für deine einführenden Worte und ich denke, dass ich im Namen aller Parteimitglieder und Freunde spreche, wenn ich sage, dass dein Rücktritt ein großer Verlust für uns alle ist. Ob ich in deine großen Fußstapfen treten kann, bezweifle ich, doch ich werde es versuchen und allezeit mein Bestes geben, das kannst du mir glauben. Wie ihr alle wisst, musste ich vor Kurzem einen schweren Schicksalsschlag hinnehmen, und viele fragen sich deshalb, ob ich kaltherzig bin, weil ich nach dem Verlust eines geliebten Menschen nach der Macht greife. Aber ich kann euch sagen, mein Mann, der auf tragische Weise ums Leben gekommen ist, hätte das nicht anders gewollt. Deshalb rufe ich euch und Ihnen im ganzen Land zu, ich werde euch eine gute Ministerpräsidentin sein.«

Wieder brandete tosender Applaus auf und unter den Parteimitgliedern machte sich Euphorie breit.

Sicher war Beringer nach wie vor ein beliebter Politiker, doch mit seiner direkten Art war er auch vielen auf den Schlips getreten und nicht wenige hatten hinter vorgehaltener Hand gegen ihn intrigiert.

»Ich fürchte, daraus wird nichts«, ließ sich eine Frauenstimme vernehmen und alle Anwesenden starrten auf die ältere Dame, die unbemerkt vor die Bühne getreten war.

Nadia hatte Glück im Unglück gehabt, denn wäre sie ein paar Zentimeter weiter nach rechts gefallen, hätte sie sich an der Kante im Boden wahrscheinlich das Genick gebrochen. So war sie lediglich mit einer gebrochenen Nase aufgrund des wuchtigen Faustschlags und einer schweren Gehirnerschütterung im Krankenhaus gelandet, wo man ihr erzählt hatte, was genau passiert war.

Sie konnte sich immer noch keinen Reim darauf machen, weshalb Herbert ihr das angetan hatte. Er hatte sie zwar hie und da auf seine ruppige Art beschimpft, aber tätlich war er bisher noch nie geworden.

Das war auch etwas, das sie vom Beginn ihrer Beziehung an klargestellt hatte. Zu oft war sie während ihrer verschiedenen Tätigkeiten als Prostituierte schon Opfer von Gewaltattacken geworden, und selbst wenn es das Ende ihres Traums vom besseren Leben bedeutet hätte, sie hätte sofort Schluss gemacht.

Nachdem Nadia wegen der Gehirnerschütterung eine Nacht im Krankenhaus verbracht hatte, war sie am Dienstagmittag wieder entlassen worden. Sie hatte sich ein Taxi bestellt und war sich zuerst nicht schlüssig gewesen, welche Adresse sie dem Fahrer nennen sollte. Schließlich entschied sie sich für ihr Wohnhaus, da sie entweder ihre Sachen dort abholen oder sich mit Herbert versöhnen würde.

Als Nadia ihren Schlüssel in die Haustüre steckte, befürchtete sie schon, ihr Mann könnte das Schloss ausgetauscht haben, doch ihre Bedenken waren unbegründet. Von Krenz jedoch war keine Spur, bestimmt war er bei irgendeinem Lkw, der in der Nähe eine Panne hatte, und musste die Nothilfe organisieren.

Am Abend bestellte sie bei einem Lieferservice eine Pizza und trank dazu trotz der immer noch heftigen Kopfschmerzen ein Glas Weißwein.

Mehrfach war sie versucht, Herbert anzurufen, doch jedes Mal, wenn sie seine Nummer gewählt hatte, schreckte sie davor zurück, die grüne Taste zu drücken.

Irgendwann wurde Nadia so müde, dass ihr die Augen zufielen. Sie zog sich ins Gästezimmer zurück, das sie gegen ihre Gewohnheit abschloss.

Bevor sie mit Herbert wieder das Bett teilte, wollte sie sich mit ihrem Ehemann erst mal gründlich aussprechen.

Völlig gerädert wachte Nadia an diesem Mittwochmorgen auf und musste feststellen, dass die Kopfschmerzen an Intensität zugenommen hatten.

Wie betäubt erhob sie sich und schloss die Türe auf. Leise schlich sie zu ihrem gemeinsamen Schlafzimmer und horchte. Kein Schnarchen oder sonstige Töne drangen an ihr Ohr. Vorsichtig drückte sie die Türklinke und spähte hinein.

Das riesige Bett war leer und es sah auch nicht so aus, als ob Herbert hier geschlafen hätte und in aller Herrgottsfrühe wieder gegangen wäre.

Sie ging die elegante Marmortreppe hinunter und erwartete schon, ihren Gatten betrunken auf dem Sofa liegend vorzufinden.

Aber auch hier war er nicht.

Da stimmt doch etwas nicht, dachte Nadia mit düsteren Vorahnungen. Sie hatte jetzt seit fast zwei Tagen nichts mehr von ihrem Ehemann gehört und gesehen und keinerlei Whatsapp-Nachrichten geschweige denn einen verpassten Anruf während ihres Krankenhausaufenthalts erhalten.

Trotz ihrer Vorsätze, bei der geringsten Gewalt in ihrer Ehe das Weite zu suchen, beschloss sie, Herbert erst einmal anzuhören. Sie konnte sich noch dunkel daran erinnern, wie sie dazwischengehen wollte, als Krenz gegen einen Fahrer handgreiflich geworden war. Danach war sie erst im Krankenhaus wieder aufgewacht.

Nachdem sie einen starken Kaffee getrunken hatte, tippte sie Krenz' Nummer ein und ließ das Telefon wählen. Die Verbindung kam zustande, doch nach einiger Zeit ging die Mailbox ran.

Nadia zog sich an und ging ins Bürogebäude, das wenige Schritte neben dem Wohnhaus aufragte. Sie war immer freundlich zu den Angestellten ihres Mannes gewesen, wenngleich sie ahnte, dass hinter ihrem Rücken kräftig über die deutlich jüngere und extrem gut aussehende Frau getuschelt wurde. Und bestimmt wussten alle schon von dem Vorfall am Montagabend.

»Guten Morgen Frau Herrmann«, begrüßte sie die Dame, die an einer Art Rezeption stand und die Frachtbriefe der Fahrer entgegennahm.

Verwundert blickte sie auf Nadias Nasenverband.

»Guten Morgen Frau Krenz, was kann ich für Sie tun?«

»Es ist mir ja beinahe schon peinlich, das zu fragen, aber haben Sie in den beiden letzten Tagen meinen Mann gesehen?«

»Tut mir leid, aber soviel ich weiß, befindet sich der Chef in Polizeigewahrsam«, antwortete die ältere Frau und Nadia hörte deutlich den vorwurfsvollen Ton heraus. »Hier geht alles drunter und drüber, Sie wissen ja, dass er am liebsten alles selbst erledigt hat.«

Nadia drehte sich um, verließ das Gebäude, eilte zur Garage und setzte sich in ihren Mini.

Das darf ja alles nicht wahr sein, dachte Nadia und gab unter Missachtung sämtlicher Geschwindigkeitsbeschränkungen Gas. Zweimal fuhr sie bei Rot über die Ampel und ignorierte mehrere Stopp-Stellen.

Am Eingang des Polizeipräsidiums fragte sie nach ihrem Mann und wurde nach Vorlage ihres Personalausweises an ein Zimmer im dritten Stock verwiesen.

Sie klopfte an die Tür und ein hochgewachsener Mann öffnete.

»Was kann ich für sie tun?«, fragte Sascha Gross die elegant gekleidete Frau, deren Nase wohl etwas gelitten hatte.

»Können Sie mich zu meinem Mann bringen und ich sage es Ihnen gleich, dass ich ihn wegen der Tätlichkeit nicht anzeigen werde.«

»Äh, Entschuldigung, dazu müsste ich zuerst wissen, wie der Mann heißt, den Sie suchen.«

»Ach so, natürlich, aber ich war so dermaßen aufgeregt wegen der Sache, das verstehen Sie doch, nicht wahr?«

Das Lächeln, das sie ihm schenkte, ließ Saschas Puls nach oben schnellen.

»Es handelt sich um Herrn Herbert Krenz.«

Sascha starrte sie jetzt unverhohlen an.

»Sie sind Krenz' Frau?«

»Ja, wieso, stimmt etwas nicht?«

»Ihr Mann wurde am Montagabend aufgegriffen, weil er Sie brutal ins Gesicht geschlagen hat. Als Sie am Boden lagen und stark geblutet haben, hat er wohl ein schlechtes Gewissen bekommen und den Notruf getätigt. Die Sanitäter haben Sie dann ins Krankenhaus gebracht und meine Kollegen haben Herrn Krenz zunächst hierher gebracht, um seine Personalien aufzunehmen. Außerdem wurden routinemäßig seine Fingerabdrücke registriert. Wir wollten ihn danach eigentlich wieder entlassen, da außer der Körperverletzung nichts gegen ihn vorlag, doch gerade als wir uns von Ihrem Mann verabschieden wollten, meldete unser System eine Übereinstimmung.«

Verständnislos sah Nadia ihn an.

Geschockt betrachtete Christiane Gruibinger-Hess die ältere Dame und registrierte gleichzeitig, dass es mit einem Schlag mucksmäuschenstill in der Markthalle geworden war.

»Was soll das, wollen Sie unsere Veranstaltung stören? Dann bitte ich Sie, diese Örtlichkeit sofort zu verlassen, bevor wir andere Maßnahmen ergreifen müssen.«

Beringer hatte Christiane sanft auf die Seite gedrängt und war beherzt ans Mikrofon getreten.

Mehrere Sicherheitskräfte näherten sich der Frau und machten Anstalten, sie hinauszudrängen.

»Entschuldigen Sie, Herr Ministerpräsident, aber ich tue nur meine Pflicht«, stieß Magdalena Mertens hervor und zeigte den Wachleuten ihren Ausweis.

»Was für eine Pflicht? Hier wird gerade die Zukunft unseres Landes vorbereitet, falls Sie das noch nicht mitbekommen haben«, meinte Beringer oberlehrerhaft. »Und jetzt machen Sie, dass Sie rauskommen, bevor unsere Security Gewalt anwenden muss«, fügte er genervt hinzu.

Magdalena Mertens ließ sich nicht einschüchtern und hielt die Karte, die sie als Kriminalhauptkommissarin auswies, wie einen Schutzschild vor sich hin.

»Ich muss dringend mit Ihnen reden, Frau Gruibinger-Hess, es gibt neue Erkenntnisse und Beweismittel im Fall des Mordes an Ihrem Mann. Wir haben sein Auto entdeckt!«, rief sie der designierten Regierungschefin zu und nahm zu ihrer Genugtuung aus den Augenwinkeln wahr, dass die Journalisten ihren Auftritt mit höchstem Interesse verfolgten.

»Das hat ja wohl Zeit bis morgen!«, zeterte der Ministerpräsident ärgerlich. »Bitte Christiane, fahr mit deiner Rede fort und ignoriere diese Person einfach.«

Doch Christianes Gesicht hatte in diesem Moment überhaupt nichts Kämpferisches mehr an sich und sie schien

Beringers Worte einfach nicht wahrzunehmen. Im Gegenteil war die vorherige Schockstarre, in die sie Mertens Worte versetzt hatten, nunmehr einer Resignation gewichen, die sich beim Blick in die Augen der Polizistin noch verstärkte. Die Frau, die gerade noch die Hoffnungsträgerin eines Bundeslandes und einer Partei gewesen war, ging jetzt völlig apathisch von der Bühne und ließ einen ratlosen Beringer zurück.

»Aber Christiane, ich verstehe nicht …«

Mertens kam ihr entgegen und legte ihr den Arm auf die Schulter. Gemeinsam verließen sie die Markthalle, gefolgt von den Journalisten, Fotografen und Kameraleuten, die eine riesengroße Story witterten.

»Frau Gruibinger-Hess, weshalb folgen Sie dieser Polizistin so bereitwillig, haben Sie etwas mit dem Mord an Ihrem Mann zu tun?«

Der Reporter einer Regionalzeitung, der sich bei diesem Blatt schon lange unterfordert und seine Zukunft sowieso im investigativen Journalismus sah, hatte sich als Erster herangedrängt.

Christiane wirkte völlig hilflos angesichts der tausend Fragen, die auf sie einprasselten. Zum Glück war die energische Hauptkommissarin an ihrer Seite. Sie betätigte den Türöffner für ihr Privatfahrzeug und drängte Christiane zur Beifahrertür hinein. Schnell drückte sie sich an den Reportern vorbei und stieg gleichfalls ein. Ohne auf die Pressemeute zu achten, gab sie Gas und ein Mann konnte sich und seine Kamera nur durch einen beherzten Sprung zur Seite retten.

Keine der beiden Frauen sprach während der halbstündigen Fahrt nach Reutlingen ein Wort.

Offenbar hatten einige der Journalisten gleichfalls schnell reagiert und waren ihnen gefolgt, wie die Kommissarin im Rückspiegel erkennen konnte. Mertens fuhr deshalb auf den

Parkplatz beim Präsidium, wo nur Angehörige der Polizei ihren Wagen abstellen durften.

Erst als die zwei Frauen Mertens Büro betraten, fiel die Apathie von Christiane ab.

»Sie haben also Lothars Auto gefunden?«

Christiane betrachtete interessiert ihr Gegenüber.

»Das heißt ja dann wohl, dass ich mir einen Anwalt nehmen sollte, nicht wahr?«

Es herrschte einige Augenblicke Stille.

»Hm, ja ich glaube, dass das in Ihrem Fall das Beste wäre«, gab Magdalena zur Antwort.

In diesem Moment öffnete sich die Bürotür und Köttmann stürmte herein.

»Frau Mertens, sind Sie jetzt von allen guten Geistern verlassen? Haben Sie eine Ahnung, mit wem ich soeben telefoniert habe?«

»Nein, aber Sie werden es mir ja wohl gleich verraten, Chef«, reagierte Magdalena keineswegs kleinlaut.

»Ich habe die Schnauze gestrichen voll von Ihren durchgeknallten Aktionen. Sie haben eigenmächtig die Frau Gruibinger-Hess aus einer sehr wichtigen Pressekonferenz geholt, deshalb hat mich gerade der Ministerpräsident persönlich angerufen und nach Ihrem Geisteszustand befragt.«

Köttmanns Kopf war rot angelaufen und sein Geschrei war wohl im ganzen Gebäude zu hören.

»Ich unterbreche Sie nur ungern, Herr Köttmann, aber Frau Gruibinger-Hess ist freiwillig mit mir mitgegangen, oder etwa nicht?«

Schicksalsergeben nickte Christiane.

»Aber, ich verstehe nicht, was Sie von der armen Frau wollen, Frau Mertens. Den Mörder ihres Mannes sowie den von Herrn Sturz haben wir einwandfrei identifiziert und die Suche nach dem Killer läuft auf Hochtouren. Also was soll das?«

Die Lautstärke von Köttmanns Geschrei hatte nicht abgenommen.

»Wenn Sie mir versprechen, mich nicht zu unterbrechen, werde ich Ihnen die Zusammenhänge erklären«, sagte die Hauptkommissarin beinahe sanft, so als ob sie zu einem Kind sprechen würde.

Die Wirkung war jedenfalls effektiv, denn Köttmann stand nur noch mit offenem Mund da und überlegte sich, wie er die renitente Untergebene nach dieser Sache endlich loswerden könnte.

»Wir haben eine interessante Mail bekommen, deren Ursprung leider nicht genau nachvollziehbar ist. Wir wissen lediglich, dass sie von einem französischen Server abgeschickt wurde. Darin werden die Müllgeschäfte des Herrn Sturz detailliert beschrieben und leider auch die von Herrn Hess. Es sind Filmaufnahmen drauf, auf denen die beiden Herren unzweifelhaft erkennbar sind und wo auch zu hören ist, um welche Art von krummen Geschäften es sich handelt.«

Während Magdalena Mertens versuchte, ihrem erstaunten Chef und der designierten Ministerpräsidentin den neuen Sachverhalt zu erklären, hatte Sascha Gross die attraktive Gattin von Krenz in den Besuchsraum begleitet, wo sie gemeinsam auf ihn warteten.

»Woher stammen Sie, Frau Krenz, wenn ich fragen darf?«, versuchte Sascha, ein wenig Smalltalk zu machen. »Ihr Deutsch ist zwar einwandfrei, doch ich meine, einen winzigen Akzent herauszuhören. Ich tippe auf Italien oder vielleicht Spanien?«

Nadia lachte und zeigte dabei ihre blendend weißen Zähne.

»Keines von beiden, wenngleich unsere Sprache auch zu

der romanischen Sprachfamilie zählt. Ich stamme ursprünglich aus Rumänien, dem Armenhaus Europas, lebe und arbeite aber schon seit mehreren Jahren in Europa.«

Sie tischte dem netten Kommissar die gleiche Legende von der Modelkarriere auf, die alle ihre neuen Bekannten zu hören bekamen.

Seit Nadia die Frau eines honorigen und wohlhabenden Bürgers war, hatte sie ihre Vergangenheit als Escortgirl und Prostituierte vollkommen abgestreift.

Herbert war gewissermaßen der Einzige, der davon wusste, und so sollte es auch bleiben.

Deshalb war es mit Sicherheit das Beste, wenn er so schnell wie möglich hier wieder rausdurfte. Nachdem dieser Kommissar ihr von der Spur mit den Fingerabdrücken erzählt hatte, die im Zusammenhang mit einem unaufgeklärten Verbrechen entdeckt worden war, kam Nadia allerdings schon ein wenig ins Grübeln.

Sie konnte sich keinen Reim darauf machen, in was für eine Sache ihr Mann da verwickelt war. Gewiss bewegte sich Herbert manchmal am Rande der Legalität in Bezug auf Lenkzeiten oder Ladungsüberschreitungen, aber zu etwas richtig Kriminellem war er nicht fähig, so wie sie ihn einschätzte.

»Gibt es eigentlich etwas Neues im Mordfall Dirk Sturz?«, wollte Nadia betont beiläufig wissen, doch Sascha reagierte ungewohnt heftig.

»Weshalb wollen Sie das wissen?«

Saschas Blick hatte nun etwas Lauerndes, was Nadia nicht entging.

»In welcher Verbindung standen Sie zu Herrn Sturz?«

Der Kommissar war nun beinahe unhöflich.

»Mein Mann hat mit ihm Golf gespielt und wir haben uns im Clubheim dann manchmal anschließend zusammengesetzt, um etwas zu trinken.«

Eigentlich hätte sie ihm die Wahrheit über ihre Beziehung zu Dirk Sturz beichten und auch das Geständnis von Dirk erwähnen müssen, das er ihr kurz vor seinem Ableben bezüglich dieser verbrecherischen Müllschieberbande gemacht hatte.

»Hm, na gut«, entgegnete Sascha einsilbig.

Das plötzliche Schweigen wurde beinahe unerträglich, als plötzlich die Türe aufging und Krenz in Handschellen von zwei Beamten hereingeführt wurde.

»Nadia!«, rief er aus und betrachtete seine Frau keineswegs zärtlich, sondern eher wie ein lästiges Insekt. »Du musst sofort Doktor Hambacher informieren, er muss mich so schnell wie möglich hier rausholen, die Bullen wollen mir etwas anhängen.«

Nadia musste sich sehr zurückhalten, um nicht laut aufzuschreien. Zuerst schlug ihr Ehemann sie nieder und dann behandelte er sie wie eine seiner niedersten Angestellten.

»Ich bin mir nicht sicher, ob du es weißt, aber nachdem du mich niedergeschlagen hast, bin ich erst mal im Krankenhaus gelandet«, sagte sie mit bebender Stimme.

»Ist ja gut, trotzdem brauche ich Hambacher hier und zwar sofort. Seine Kanzlei hat mir gestern irgendeinen Lehrling geschickt und das bei den horrenden Preisen, den diese Ganoven verlangen. Den habe ich natürlich gleich wieder weggejagt.«

»Kann ich mal kurz telefonieren, Herr Gross?«

»Aber selbstverständlich, Frau Krenz.«

Sie verließ mit dem Handy am Ohr den Raum und Krenz fixierte Sascha.

»Ihr habt euch mit dem Falschen angelegt. Ich kenne die richtigen Leute, die euch in den Arsch treten, darauf könnt ihr euch schon mal gefasst machen.«

Sascha wollte etwas entgegnen, hielt sich dann aber zurück.

Er hatte die Schnauze gestrichen voll von Leuten, die meinten, sie seien etwas Besseres und stünden über dem Gesetz. Dieser Selfmade-Millionär gehörte eindeutig zu dieser Kategorie.

Nachdem Nadia wieder erschienen war, ließ Sascha Groß die beiden allein und begab sich in sein Büro.

Krenz hatte bisher die Aussage verweigert, erst recht als ihn dieser aus seiner Sicht unfähige Anwalt besucht hatte. Sobald dieser Hambacher persönlich erscheint, werde ich Krenz auf den Zahn fühlen, beschloss Sascha.

Sie haben in dem kürzlich erschienenen Interview behauptet, einen Stick zu besitzen, auf dem etwas völlig anderes …«

In diesem Moment ging die Tür auf.

»Ah, hallo Herr Gross, schön Sie zu sehen, Frau Gruibinger-Hess kennen Sie ja bereits.«

Sascha schenkte der Politikerin ein steifes Nicken, begleitet von einem feindseligen Blick, und versuchte, sich seine Überraschung über die Besucherin nicht anmerken zu lassen.

»Können wir uns mal kurz unter vier Augen unterhalten, Frau Mertens, es ist sehr wichtig?«

»Wenn Sie mich kurz entschuldigen würden?«

Sie nickte ihrem Chef und Christiane Gruibinger-Hess kurz zu.

Gemeinsam gingen sie ein Stück den Flur entlang und blieben vor einem Fenster stehen, von wo sie einen schönen Blick auf die Achalm hatten.

»Das ist jetzt aber eine faustdicke Überraschung für mich, Frau Mertens, was macht die Politikerin denn hier?«

»Tja, da staunen Sie, aber in Bezug auf den Mord an ihrem Mann hat sich eine völlig neue Sachlage ergeben.«

In knappen Worten berichtete Magdalena Mertens von ihren neuen Erkenntnissen.

»Das ist ja hoch interessant«, meinte Sascha und erzählte dann aufgeregt von Krenz und dem überraschenden Fingerabdruck.

»Krenz, Krenz, der Name kommt mir irgendwie bekannt vor.«

Magdalena sah ihren Kollegen fragend an.

»Das ist dieser Großspediteur, bestimmt haben Sie sein Logo schon öfters auf Lkw-Planen gesehen.«

»Ja, natürlich.«

Die beiden Kommissare verständigten sich darauf, dass sich Sascha weiterhin um den Spediteur und Magdalena um die Politikerin kümmern würde.

»Äh, Frau Mertens!«, rief Sascha seiner Kollegin hinterher, als diese zu ihrem Büro zurückkehrte.

»Haben Sie etwas vergessen zu erwähnen, Herr Gross?«

»Nun ja …«, druckste er ein wenig rum. »Sie wollten doch von Frau zu Frau bei Miriam nachhaken.«

»Tut mir leid, aber ich bin noch nicht dazugekommen, aber sobald ich mit Frau Gruibinger-Hess fertig bin, rufe ich Ihre Freundin an, versprochen.«

Die Sache macht ihm schwer zu schaffen, dachte Mertens, als sie in ihr Büro zurückkehrte.

Nadia fühlte sich nicht wohl in ihrer Haut, obwohl ein hünenhafter Polizeibeamter in dem Besucherraum anwesend war und ihren Ehemann nicht aus den Augen ließ.

»Ich verstehe nicht, weshalb sie dich so lange ohne Grund festhalten, du hast doch nichts verbrochen, wenn man mal von dem Faustschlag absieht«, bemerkte Nadia leicht sarkastisch und strich demonstrativ über ihren Nasenverband.

»Ja meinst du, ich habe eine Ahnung, warum diese Typen einen der größten Steuerzahler dieser Stadt festhalten? Aber sobald ich wieder draußen bin, können die sich auf was gefasst machen, das verspreche ich dir. Dann werden hier Köpfe rollen.«

Eigentlich hatte Nadia erwartet, dass Herbert sich für die Handgreiflichkeit entschuldigen würde, doch er machte keinerlei Anstalten dazu.

»Bestimmt ist alles nur ein Missverständnis und wir können nachher gemeinsam nach Hause gehen«, versuchte sie ihn zu beruhigen, obwohl sie ihn am liebsten angeschrien hätte.

»Hm«, brummte er, »wo bleibt dieser verdammte Anwalt?«

Krenz erhob sich und stieß dabei den Stuhl um. Sein hohes Aggressionspotenzial war beinahe greifbar.

»Würden Sie sich bitte wieder setzen?«, befahl der Beamte höflich, aber mit Nachdruck.

»Sonst was?«

»Also Frau Gruibinger-Hess, wir waren bei dem Stick stehen geblieben, den Sie gegenüber dem Reporter erwähnt haben.«

Die Hauptkommissarin blickte in das Gesicht der Politikerin, das keinen so schicksalsergebenen Eindruck wie vorhin mehr machte.

Offenbar hatte Köttmann sie mental ein wenig aufgebaut.

»Wie gesagt, Frau Gruibinger-Hess, mir ist das auch nicht recht, was die Kollegin Mertens hier veranstaltet. Wenn Sie ohne Anwalt nicht aussagen möchten, dann lassen Sie es einfach bleiben.«

»Danke, Herr Köttmann, ich kenne meine Rechte sehr gut, aber ich denke, es wird nicht notwendig sein, einen Rechtsbeistand zu konsultieren.«

Mertens rollte genervt mit den Augen und betrachtete ihren Vorgesetzten angewidert.

»Entschuldigung, Chef, aber können wir jetzt fortfahren? Der USB Stick, auf dem Ihr Mann irgendwelche Machenschaften aufdeckt, existiert nicht, oder? Diese Videosequenz hier« – sie drehte den Bildschirm ihres Computers so, dass sowohl Christiane als auch ihr Chef den Film deutlich sehen konnten, und drückte auf Start – »belegt etwas völlig anderes, nämlich dass Ihr Mann gemeinsam mit seinem Chef die Müllschiebereien initiiert hat, um sich sein teures Hobby leisten zu können.«

Zu sehen waren nur Lothar Hess und Dirk Sturz, das bedeutete, dass einer der ihnen gegenübersitzenden Männer in seiner Jacke ein Handy versteckt hatte, das die Szene filmte.

Aber genauso eindeutig wie Sturz und Hess zu erkennen waren, konnte man auch die Stimmen der beiden zuordnen.

Es herrschte eine ausgelassene Stimmung, was dem guten Wein und den erlesenen Speisen geschuldet sein konnte. Die Dialoge jedenfalls ließen keinerlei Zweifel an der Art der Geschäfte zu. Die unsichtbaren Herren boten ihren Reutlinger Geschäftspartnern an, anfallenden Giftmüll diskret zu einem Preis zu entsorgen, der für beide Seiten horrende Gewinne versprach.

Als Mertens am Vormittag das Video zum ersten Mal angeschaut hatte, war sie komplett sprachlos über die Summen gewesen, mit denen hier jongliert worden war.

Mit Genugtuung sah sie, dass der Mund ihres Chefs seit geraumer Zeit vor lauter Staunen immer noch offen stand.

Christiane Gruibinger-Hess hingegen schien keineswegs überrascht zu sein.

»Das exklusive Hobby Ihres Mannes, von dem ich vorhin sprach, waren alte Autos. Bitte berichtigen Sie mich, wenn es nicht stimmt«, bat Mertens die Politikerin, die es jedoch vorzog zu schweigen. »Es war Ihre mitteilsame Nachbarin, die mir das mit den Oldtimern erzählt hat. Dass nämlich Herr Hess mit häufig wechselnden ›alten Karren‹, wie sie sich ausdrückte, vorgefahren kam. In der Nacht, in der Ihr Mann laut Ihrer Aussage nochmals wegfuhr und Sie ihn das letzte Mal lebend sahen, konnte Frau Weber nicht schlafen. Ruhelos ging sie in ihrem Haus umher, löste Kreuzworträtsel und ging dann in die Küche, um sich etwas zu essen zu machen. Gerade als sie das Licht anmachen wollte, sah sie Herrn Hess, wie er zu seinem weißen Cadillac ging und sich ans Steuer setzte.«

»Na und? Das bestätigt doch nur, was ich Ihnen bereits gesagt habe«, unterbrach die Politikerin mit einem leicht spöttischen Unterton.

»Nachdem ich damals bei Ihnen war, um mit Ihnen zu reden«, fuhr die Kommissarin unbeirrt fort, »ging ich anschließend noch zu Frau Weber. Neben dem Hinweis auf das kostspielige Hobby hat sie mir noch etwas anderes gesagt, doch an diesem Tag habe ich das offenbar nicht richtig realisiert. Mein Unterbewusstsein hat sich dann aber gemeldet, als ich mir diese Mail angeschaut habe. Frau Weber hat mir erzählt, dass Herr Hess einen Hut aufgehabt hat, was in ihren Augen völlig ungewöhnlich war. In all den Jahren ihrer Nachbarschaft hat sie ihn noch nie mit einem Hut gesehen und sie erinnerte sich daran, dass sie ihm einmal im Sommer den Rat gegeben hatte, wegen der unerträglichen

Sonnenstrahlung einen Strohhut aufzusetzen. Daraufhin habe er ihr geantwortet, dass er eine Art Phobie gegen jede Art der Kopfbedeckung habe. Umso überraschter war sie deshalb, ihn an diesem Abend mit einem Hut zu sehen. Auch sein Gang sei etwas ungewöhnlich gewesen, hatte Frau Weber festgestellt.«

Mertens erhob sich entschlossen aus ihrem Stuhl, stellte sich vor die Politikerin und deutete mit dem Zeigefinger ihrer ausgestreckten Hand auf sie.

»Es war nicht Ihr Mann, der an diesem Abend mit dem Cadillac wegfuhr, es waren Sie, Frau Gruibinger-Hess!«, rief sie aus.

»Aber ich bitte Sie, Frau Mertens, machen Sie sich nicht lächerlich!«, protestierte Köttmann, doch die Hauptkommissarin ignorierte ihren Chef.

»Ich habe gemeinsam mit Ganter unter enormem Zeitdruck sämtliche namhaften Autowerkstätten in der Region, die sich auf die Reparatur von wertvollen Oldtimern spezialisiert haben, kontaktiert und wir sind tatsächlich fündig geworden. Die Firma Oldtime Cars hat die Autos Ihres Mannes repariert und der Chef dieser Klitsche hat uns auch von der Halle in einem Gewerbepark erzählt, die Hess eigens für seine Schätze angemietet hat. Und nun raten Sie mal, Herr Köttmann, was wir dort Interessantes gefunden haben?«

»Sie sind doch wohl nicht etwa ohne richterlichen Beschluss dort eingedrungen, das kann Sie Kopf und Kragen kosten.«

»Keine Sorge, mein Kollege und ich haben uns darauf verständigt, dass Gefahr in Verzug ist, und uns vom Vermieter, der zufällig anwesend war, den Zweitschlüssel aushändigen lassen. Wir haben den unverschlossenen Wagen grob inspiziert und dabei festgestellt, dass der Kofferraum blutverschmiert ist. Das Fahrzeug befindet sich momentan bei der Spurensicherung, die zweifelsfrei feststellen wird, dass das Blut von dem Ermordeten stammt. Oder habe ich unrecht, Frau Gruibinger-Hess?«

Während Mertens Schilderung war Christiane immer blasser geworden und mittlerweile verdeckten ihre Hände das Gesicht.

»Es war ein Unfall, das müssen Sie mir glauben!«, brach es aus ihr heraus.

Köttmann blickte fassungslos auf die Politikerin, während Mertens von den beiden unbemerkt auf den Ein-Knopf des Aufnahmegeräts drückte.

»Normalerweise stelle ich mich jeder Verantwortung, dafür bin ich bekannt«, versuchte Christiane sich zu rechtfertigen. »Doch in jenem Moment sah ich alles, wofür ich mein Leben lang hart gekämpft habe, wie einen Eiswürfel in der Sonne dahinschmelzen. Lothar war betrunken wie selten in seinem Leben, als er sich verplapperte und mir danach von seinen krummen Geschäften erzählte, die er gemeinsam mit Sturz durchführte. Erst allmählich ist mir die Tragweite des Berichts bewusst geworden. Meine Karriere ist beendet, dachte ich mit einem Mal. Dazu müssen Sie wissen, dass Beringer mir kurz vorher bei einem geheimen Treffen eröffnet hat, dass er mich zu seiner Nachfolgerin bestimmt hat«, verriet sie mit einem gewissen Stolz.

Anschließend berichtete sie, wie sie mit geballten Fäusten auf Lothar losgegangen war, der natürlich körperlich viel stärker war als sie. Doch die Wut verlieh Christiane ungeahnte Kräfte. Beim Rückwärtslaufen kam er plötzlich ins Straucheln und stürzte. Der Zorn war bei Weitem noch nicht verraucht und sie warf sich auf ihren am Boden liegenden Mann. Erst allmählich kam ihr zu Bewusstsein, dass Lothar sich nicht mehr regte. Er war mit dem Kopf auf einen der

Natursteine gekracht, die den Fußweg durch den Garten vom Rasen trennten.

»Sofort bin ich ins Haus gegangen und habe mein Smartphone geholt. Ich wollte gerade den Notruf absenden, als mich die verhängnisvolle Erkenntnis wie ein Keulenschlag traf. Mein Traum von meiner politischen Karriere wäre mit einem Schlag zerplatzt. Als ich mich erneut zu ihm hinabbeugte, konnte ich keinen Puls mehr fühlen, Lothar war tot. Panisch habe ich dann zuerst zum Haus unserer naseweisen Nachbarin geschaut, doch zum Glück war alles dunkel. Danach habe ich ihn den Weg entlang zum Carport geschleift und die Leiche unter Aufbietung aller meiner körperlichen Reserven in den Kofferraum gehievt.«

Atemlos lauschten Mertens und Köttmann dem Geständnis von Christiane Gruibinger-Hess.

Nachdem sie den Kofferraumdeckel wieder zugeklappt hatte, ging sie ins Haus zurück, stellte sich vor einen Spiegel und zwang sich kühlen Kopf zu bewahren. Sie hatte genau zwei Möglichkeiten, entweder zur Polizei zu gehen, was zur Folge haben würde, dass alles verloren war, oder es wie einen Auftragsmord dieser kriminellen Bande aussehen zu lassen.

Unter Tränen packte sie ein paar Utensilien in eine kleine Tasche und wollte gerade wieder zum Auto gehen, als sie sah, wie im Schlafzimmer von Frau Weber das Licht anging. Geistesgegenwärtig schnappte sie sich einen weißen Hut mit einer breiten Krempe, den sie auf einem südfranzösischen Markt gekauft und als Dekoration an die Wand gehängt hatte. Wegen der Größe würde die Nachbarin nichts bemerken, denn Christiane war beinahe gleich groß wie ihr Mann. Auf dem Weg zum Auto versuchte sie den Gang von Lothar nachzuahmen.

Schweißgebadet hielt sie an einem Parkplatz an, nachdem sich ein Plan in ihrem Kopf manifestiert hatte.

»Zuerst habe ich gedacht, das kann ich nicht, dem Mann, dem ich zwei Kinder geschenkt habe und mit dem ich viele Jahre zusammengelebt habe, die Zunge herauszuschneiden. Doch dann habe ich mich immer wieder daran erinnert, dass das ein blöder Unfall war und dass Lothar es auch immer gewollt hatte, dass ich einmal das Land regiere. Mithilfe seines Generalschlüssels, den ich zufällig entdeckt habe, bin ich dann auf das Firmengelände von Sturz und habe meinen Mann so drapiert, wie Sie ihn am nächsten Tag gefunden haben. Die Leute vom Sicherheitsdienst hatten ihre Runde kurz vorher beendet und ruhten sich im Aufenthaltsraum aus.«

»Haben Sie Handschuhe getragen, Frau Gruibinger-Hess?«, fragte Köttmann.

»Das hat sie nicht nötig gehabt, Chef«, belehrte Mertens ihren Vorgesetzten. »Als Ehefrau des Ermordeten sind ihre Fingerabdrücke sowieso überall zu finden. Sie haben in meinen Augen aber trotzdem eine gehörige Portion an Skrupellosigkeit an den Tag gelegt. Sowohl bei unserem Gespräch, als ich Sie besuchte, als auch auf dieser Pressekonferenz haben Sie auf mich völlig normal gewirkt.«

»Denken Sie, was Sie wollen, ich fühlte mich immer schon dazu berufen, in der Politik eine wichtige Rolle zu spielen, und das hätte ich jetzt auch getan, wenn Lothar nicht so einen Scheiß gebaut hätte.«

Jetzt klang es für Mertens beinahe so, als ob Christianes Mann in ihren Augen den Tod für seine Müllschiebereien verdient hätte.

»Und Sie haben sich nie gefragt, woher Ihr Mann das Geld für sein kostspieliges Hobby hatte? Das kann ich beinahe nicht glauben, schließlich handelt es sich hierbei nicht um das Sammeln von Bierdeckeln. Ich bin überzeugt davon, dass Sie gut verdienen und auch Ihr verstorbener Mann hatte mit

Sicherheit einen guten Zahltag. Aber das Haus in einer sehr guten Lage, die Umbaumaßnahmen sowie die Angestellten, die Sie haben, das kostet doch ein Heidengeld. Haben Sie sich nie gefragt, woher das alles kommt?«

»Ganz ehrlich, Frau Mertens, ich habe nie darüber nachgedacht, solange es keine Engpässe gegeben hat, und die gab es nie. Wir hatten eine klare Abmachung: Er akzeptiert, dass ich meine politische Karriere vorantreibe, und ich rede ihm bei seinem Hobby mit den Oldtimern nicht rein.«

Magdalena Mertens nickte mehrmals und gestand sich dabei ein, dass sie der Politikerin glaubte.

Es hatte den Anschein, als hielten sich nur noch die beiden Frauen im Raum auf, entgegen seiner sonstigen Gewohnheit verhielt sich Köttmann seit geraumer Zeit völlig stumm.

»Etwas macht mich noch stutzig, Frau Gruibinger-Hess, Dirk Sturz wusste über die Beteiligung Ihres Mannes an der illegalen Müllentsorgung Bescheid und hätte Ihrer Karriere ebenso schaden können. Deshalb meine Frage, haben Sie Sturz auch getötet?«

Da sind Sie ja endlich, Hambacher!«, rief Krenz ungehalten.

Sascha war beinahe mit dem Anwalt zusammengeprallt, als er das Büro verlassen hatte, und brachte ihn zu seinem Mandanten.

»Es tut mir leid, Herr Krenz, offenbar lag ein Missverständnis vor. Meine neue Sekretärin hat Ihren Namen falsch aufgeschrieben und deshalb habe ich meinen jungen Kollegen zu Ihnen geschickt«, wand sich der Rechtsvertreter aalglatt. »Sobald ich mitbekommen habe, dass Sie es sind, der hier mit Sicherheit widerrechtlich festgehalten wird, habe ich alles stehen und liegen gelassen und bin hierhergeeilt.«

Er wandte sich um und sein Gesicht bekam wie auf Knopfdruck einen harten Ausdruck.

»Also, was werfen Sie meinem Mandanten genau vor?«, fragte Hambacher mit einer Schärfe, die Sascha kurz zusammenfahren ließ.

Entgegen seiner sonst eher impulsiven Art blieb der Kommissar äußerlich ganz ruhig. Wenn er hier herumschreien würde, wäre das ein gefundenes Fressen für diesen ausgefuchsten Advokaten, deshalb wählte Sascha seine Worte sorgfältig, denn er war sich seiner Sache völlig sicher.

»Wie Sie vielleicht mitbekommen haben, wurde letzte Woche der Chef der Entsorgungsfirma Sturz am Fuß der Achalm ermordet aufgefunden. Nachdem wir den Tatort gesichtet hatten, kam meiner Kollegin Mertens die Idee, dass der Getötete auf der Flucht den Berg heruntergekommen sein könnte. Wir machten uns dann auf den Weg zur Burgruine, um eventuelle Spuren des Täters zu finden. Meine zugegebenermaßen nicht mehr so fitte Kollegin musste am Waldrand aufgrund der Anstrengung eine kurze Pause machen. Sie lehnte sich an einen Baum und dabei fielen ihr mehrere wohl erst kürzlich abgeknickte Äste auf. Am Boden fanden wir ein Papiertaschentuch, auf dem unsere Kriminaltechniker Fingerabdrücke fanden, und jetzt raten Sie mal, von wem die stammen.«

Sascha konnte sich ein überlegenes Lächeln nicht verkneifen und fuhr dann fort:

»Sofort nach diesem Fund haben wir die Spurensicherung angefordert und sowohl die Richtung als auch die Entfernung deuten zu fast hundert Prozent daraufhin, dass dies genau die Stelle war, von der aus geschossen wurde.«

Der grauhaarige Anwalt mit der zerfurchten Stirn ging

zum Fenster und schaute hinaus. Er drehte sich dann abrupt um und fixierte den Kommissar.

»Es wäre mir lieber, Herr …,«

»Gross.«

»Ah ja, Herr Gross, ich verlange von Ihnen, dass Sie Ihren Vorgesetzten, Herrn Köttmann hinzuziehen, derweil möchte ich mich gerne kurz mit meinem Mandanten beraten.«

Sascha spürte, wie sein Gesicht rot anlief, und wieder musste er sich sehr beherrschen, dass er den Rechtsanwalt, der ihn behandelte wie einen Auszubildenden, nicht beleidigte. Zähneknirschend machte er sich auf die Suche nach seinem Chef und kehrte wenig später mit seinem völlig konsternierten Vorgesetzten zurück.

»Hallo Herr Köttmann, ich grüße Sie, endlich haben wir hier eine Autoritätsperson. Ihr junger Kollege mag seine Vorzüge haben, aber ich denke, in dieser Angelegenheit ist er einfach überfordert.«

Köttmann versuchte ein Lächeln, das ziemlich missglückte, als er Hambacher die Hand schüttelte.

»Also, wenn ich Sie vorhin richtig verstanden habe, Herr Gross, dann bezichtigen Sie meinen Mandanten des Mordes an Dirk Sturz.«

»Hm, ja also …, es ist folgendermaßen …«, stotterte Sascha und ein Seitenblick auf Köttmanns Gesicht verriet ihm, dass der alles andere als begeistert war.

»Wenn ich mich richtig entsinne, hat Ihr Vorgesetzter unlängst gesagt, dass der Fall aufgeklärt und es nur noch eine Frage der Zeit sei, bis der Täter in Südfrankreich geschnappt wird. Das impliziert ja, dass Sie Ihrem Chef nicht glauben und in eine völlig andere Richtung ermitteln.«

»Aber die Fingerabdrücke, davon wusste Herr Köttmann bei seiner Pressekonferenz doch noch nichts«, versuchte Sascha gegenzulenken.

»Das ist ein gutes Stichwort. Woher haben Sie eigentlich den Abgleich?«

»Herrn Krenz wurden routinemäßig die Fingerabdrücke abgenommen, nachdem er seine Frau verprügelt hatte.«

»Nun gut, Sie finden ein Papiertaschentuch mit den Fingerabdrücken meines Mandanten und schließen daraus, dass er Herrn Sturz umgelegt hat. Das kann aber auch daher rühren, dass der Jagdpächter in diesem Waldstück ein enger Freund von Herrn Krenz ist und er mit ihm am vergangenen Freitag dort auf der Pirsch war. Wie Sie hören, ist mein Mandant ein wenig verschnupft und hat dieses ominöse Taschentuch achtlos weggeworfen. Durchforsten Sie dieses Gebiet ein wenig gründlicher und Sie werden auf einige Dinge mit Fingerabdrücken stoßen. Dann wimmelt es hier nur so von Tatverdächtigen.«

Der Sarkasmus troff nur so aus Hambachers Worten.

»Außerdem sind Herr Krenz und Herr Sturz gut befreundet und spielen häufig Golf zusammen. Was hätte mein Mandant also für ein Motiv? Hat er Herrn Sturz umgebracht, weil der ihn das letzte Mal besiegt hat?«

»Herr Gross, kommen Sie mal kurz mit raus?«

Wie ein begossener Pudel folgte Sascha seinem Chef.

»Was ist das wieder für eine seltsame Nummer, Sie buchten einen der größten Steuerzahler dieser Stadt für mehrere Tage ein wegen eines mehr als dürftigen Beweisstückes?«, fragte Köttmann frostig.

»Na ja, immerhin hat er seine Frau krankenhausreif geschlagen, das ist ja auch nicht gerade ein Kavaliersdelikt, und als wir dann seine Spuren auf dem Papiertaschentuch gefunden haben, hielt ich es für meine Pflicht, ihn erst einmal hierzubehalten. Bei seinem Vermögen ist die Fluchtgefahr ja durchaus hoch«, versuchte Sascha sich zu rechtfertigen.

»Wir gehen jetzt wieder da rein und Sie überlassen das Reden mir. Ist das klar?«

Ohne eine Antwort abzuwarten, öffnete Köttmann die Tür und betrat das Besucherzimmer.

»Entschuldigen Sie, Herr Krenz, aber mein junger Kollege hat nur seine Pflicht getan. Nachdem Sie gegenüber Ihrer Frau handgreiflich geworden waren und Ihre Fingerabdrücke in Verbindung mit einem Mordfall aufgetaucht sind, sah er keine andere Möglichkeit, als Sie in Untersuchungshaft zu nehmen.«

»Das rechtfertigt aber keineswegs, meinen Mandanten hier beinahe drei Tage festzuhalten!«, echauffierte sich Hambacher mit einer theatralischen Geste.

»Selbstverständlich können Sie das Präsidium jetzt als freier Mann verlassen, halten Sie sich einfach wegen der Sache mit Ihrer Frau zur Verfügung«, meinte Köttmann versöhnlich.

»Das hat sich bereits erledigt, Frau Krenz verzichtet selbstverständlich darauf, ihren Gatten anzuzeigen, nicht wahr?«

Der Anwalt sah zu Nadia, die deutlich nickte.

»Ja natürlich, mein Mann hat mich noch nie geschlagen und ich denke, dass die Sache am Montagabend einfach ein dummer Zufall war, nicht wahr Herbert?«

Krenz brummte irgendwas Zustimmendes und verließ grußlos das Zimmer, gefolgt von seinem Anwalt und seiner Frau.

»Das hat ein Nachspiel, Gross.«

Mit diesen Worten rauschte auch Köttmann hinaus und hinterließ einen ratlosen Sascha.

Stumm stierte Krenz zum Fenster hinaus, als er den Mini seiner Frau durch die Stadt lenkte. Widerwillig hatte Nadia auf dem Beifahrersitz Platz genommen, aber sie wusste genau, dass Krenz nur im äußersten Notfall, etwa wenn er zu viel getrunken hatte, das Lenkrad aus der Hand gab.

In der explosiven Stimmung, in der er sich befand, beschloss sie, gleichfalls zu schweigen.

Sie dachte über das Papiertaschentuch nach, das die Polizisten gefunden hatten und versuchte, sich angestrengt daran zu erinnern, ob es stimmte, dass Krenz am vergangenen Freitag auf der Pirsch gewesen war.

Aber eigentlich hatte sie keinen Grund, an seinen Worten zu zweifeln. Jetzt nach dem Tod ihres Liebhabers wollte Nadia einen Schlussstrich ziehen und den Neuanfang mit ihrem Mann versuchen. Erneut schwor sie sich insgeheim, ihn nie mehr zu betrügen, und das mit den Kindern war ja noch lange nicht zu spät. Die Beziehung zu ihrem Mann würde das mit Sicherheit festigen. Nadia hoffte inständig, dass die Geschichte mit Sturz niemals ans Licht der Öffentlichkeit gelangte, auch im Hinblick darauf, dass sie der Polizei die Affäre mit dem Ermordeten verschwiegen hatte.

Sanft legte sie ihre Hand auf Krenz' Schenkel und sah mit einem Seitenblick, dass er die Berührung durchaus genoss. Sie hatte inzwischen die Sache mit der Körperverletzung völlig ausgeblendet. Ihr natürlicher Überlebensinstinkt war stärker als das Bedürfnis nach Vergeltung und schließlich war alles besser, als wieder zurückzukehren in ihr altes Leben.

Das Streicheln hatte eine deutliche Veränderung bei Krenz bewirkt, und als das Ehepaar zu Hause ankam, hatte er es plötzlich eilig, mit seiner Frau in dem Gebäude zu verschwinden.

Mit ihrer Erfahrung konnte sie seine Begierde in die richtige

Richtung lenken und verhindern, dass er gleich im Flur über sie herfiel. Schwer atmend lagen sie im Ehebett, nachdem er ihr die Kleider vom Leib gerissen hatte und in sie eingedrungen war. Die erfahrene Kurtisane kannte Mittel und Wege, ihren Mann wenig später erneut zu stimulieren.

Doch irgendwann hielt es ihn nicht mehr im Bett und er verschwand mit der Erklärung, er müsse sich um seinen Betrieb kümmern, nachdem ihn die Schweinebande widerrechtlich eingebuchtet habe.

Nadia hingegen streckte wohlig ihre Glieder und war zufrieden, wie es nach dem Desaster am Montagabend gelaufen war. Mit keiner Silbe hatte Herbert den Vorfall erwähnt, geschweige denn um Verzeihung gebeten, aber deswegen wollte Nadia keinen Krach riskieren und beschloss, das Geschehene zu vergessen.

Bestimmt schenkt er mir teuren Schmuck oder ein neues Auto dafür, dachte sie amüsiert. Das war eher seine Art, sich für ein Vergehen zu entschuldigen.

Gerade als sie sich ausmalte, wie ihr Mann sie wohl beglücken würde, klingelte es an der Haustür. Schnell schnappte sie sich einen Bademantel und glitt in ihre modischen Flip Flops.

Bevor sie öffnete, sah Nadia durch den Türspion. Draußen stand ein unauffälliger Mann mit einem leichten Jackett und einer hellen Sommerhose.

Bestimmt irgendein Vertreter, dachte sie ärgerlich und ging zur Gegensprechanlage.

»Was kann ich für Sie tun?«

»Guten Tag, Zachowski ist mein Name, ich möchte zu Herrn Krenz«, war die knappe Antwort.

»Mein Mann ist geschäftlich unterwegs, kann ich ihm etwas ausrichten?«

»Sagen Sie ihm, er soll mir endlich den Rest von meinem

Geld für den Sonderauftrag geben. Sonst gehe ich mit den Bildern zu einer Zeitung! Haben Sie mich verstanden?«

»Äh vielleicht kann ich Ihnen ja weiterhelfen. Um was für Bilder handelt es sich?«, sagte sie und öffnete die Tür.

Mit einem wölfischen Grinsen holte er ein Foto aus einem Briefumschlag und hielt es Nadia vors Gesicht. Als ihr langsam dämmerte, was darauf abgebildet war, musste sie sich an der Haustüre festhalten, um nicht umzufallen.

Was soll diese Frage, Frau Mertens, ich habe Herrn Sturz so wenig getötet, wie ich meinen Mann umgebracht habe. Das war ein tragischer Unfall, das glauben Sie mir jetzt ja wohl.«

Allmählich kam wieder die taffe Karrierefrau zum Vorschein, dachte die Hauptkommissarin spöttisch.

»Frau Gruibinger-Hess, ich glaube Ihnen natürlich, doch zeugt der Umstand, dass Sie Ihrem Mann die Zunge herausgeschnitten haben und ihn im Müll drapiert haben, um es wie einen Mafiamord aussehen zu lassen, durchaus von einer gewissen Kaltblütigkeit. Das müssen Sie zugeben und deshalb habe ich diese Frage gestellt. Aber egal, ich denke wir werden es so oder so herausfinden.«

Die letzten Worte waren offenbar an Christiane vorbeigegangen, denn sie erhob sich und machte Anstalten, das Büro zu verlassen.

»Ich gehe dann jetzt, wenn Sie mich nicht mehr brauchen.«

»Leider fürchte ich, dass Sie noch eine Zeitlang bei uns bleiben müssen, bis sich alles geklärt hat. Wir werden die Spuren in Ihrem Garten sichern und dann mit denen am Leichnam gefundenen vergleichen. Sollte sich Ihre Darstellung bestätigen, so werde ich den zuständigen Haftrichter bitten, eine Kaution für Sie festzulegen. Wenn es klappt und Sie die Summe hinterlegt haben, sind Sie, denke ich, bis zur Verhandlung frei.«

Ohne eine Antwort abzuwarten, verließ Mertens den Raum und bat einen uniformierten Kollegen, die Politikerin abzuführen.

Nach diesem nervenaufreibenden Verhör und dem Geständnis fühlte sich Magdalena Mertens völlig ausgelaugt und wollte nur noch nach Hause und mit Paul gemeinsam ein Glas Wein trinken.

Auf dem Nachhauseweg hätte sie eigentlich ein wenig euphorisch sein können, nachdem dieser schwierige Fall aufgeklärt worden war, doch dieses Mal war es irgendwie anders. Denn erst allmählich ging Magdalena auf, dass sie heute mit ihrer Hartnäckigkeit und natürlich etwas Glück eine großartige Karriere zerstört hatte.

Sobald sie die Haustüre ihrer Wohnung öffnete, kam ihr ein herrlicher Duft entgegen.

»Hallo Paul, das riecht ja verführerisch.«

Lächelnd sah sie dem kräftigen Mann zu, wie er schwitzend die Bratkartoffeln wendete.

»Ich hoffe, es schmeckt auch so gut, wie es riecht.«

Er legte den Pfannenwender beiseite und umarmte Magdalena.

Das war auch so eine Sache gewesen, an die sie sich hatte gewöhnen müssen, die körperliche Nähe eines anderen Menschen. Doch entgegen ihren Befürchtungen war es ihr leichtgefallen, denn Paul erwies sich als sehr einfühlsam.

Sie konnte es sich nicht verkneifen und hob den Deckel von einem breiten Topf, in dem eine braune Soße blubberte. Darin schwammen dünne, längliche Fleischgebilde, die beinahe so aussahen wie Tintenfischtentakel, nur dass die Saugnäpfe daran eher an Fransen erinnerten.

»So etwas habe ich ja noch nie gesehen, was genau ist das?«

»Hm, wie soll ich dir das erklären, am besten probierst du es mal und ich kläre dich hinterher darüber auf, um was es sich handelt«, druckste Paul herum und machte dazu eine geheimnisvolle Miene.

»Gut, du weißt ja, dass ich unbegrenztes Vertrauen in deine Kochkünste habe, Paul. Aber jetzt brauche ich erst mal ein Gläschen Weißwein. Wir haben doch noch diesen ausgezeichneten Sancerre von Miriam.«

Sie öffnete den Kühlschrank und entnahm ihm eine schlanke Flasche.

»Zum Wohl«, prostete Magdalena ihrem Freund zu, der seine Arbeit für einen Moment unterbrochen hatte. »Auf uns und auf dein Überraschungsgericht.«

Da ein leichter Sommerregen eingesetzt hatte, beschlossen sie, im Esszimmer zu dinieren, und Magdalena deckte den Tisch.

»Das schmeckt vorzüglich, Paul, die säuerliche Note finde ich sehr angenehm und die Bratkartoffeln passen wunderbar zu der Soße, lediglich die gummiartige Konsistenz dieser mir unbekannten Fleischstücke ist ein wenig gewöhnungsbedürftig.«

»Wie war dein Tag, hast du die Welt ein Stück besser gemacht?«, versuchte Paul das Thema von dem eigenwilligen Gericht abzulenken.

»Mein Tag war, gelinde gesagt, eine Katastrophe, wenn auch zum Glück nicht für mich.«

Fragend sah Paul die Kommissarin an.

»Du erinnerst dich doch noch an diese Frau Gruibinger-Hess, derentwegen du diese Zeitung mit den großen Buchstaben kaufen musstest.«

»So was vergesse ich nicht, denn das war das erste und mit Sicherheit das letzte Mal.«

»Auf jeden Fall war heute ihre Einführung als Ministerpräsidentin geplant gewesen und das habe ich kleines Licht ihr vermasselt.«

Sie erzählte ihm die ganze Geschichte und Paul kam aus dem Staunen nicht mehr heraus.

Plötzlich schaute er auf die Wanduhr, die gerade neunzehn Uhr schlug, und erhob sich. Die Fernbedienung von Magdalenas kleinem Fernsehgerät lag auf einem Beistelltischchen daneben.

»Willst du dich jetzt nicht mehr mit mir unterhalten?«, fragte sie pikiert.

Paul gab keine Antwort und drückte stattdessen auf die Zwei.

»Du bist berühmt!«, stieß er hervor und auch Magdalena betrachtete nun ungläubig ihr Konterfei auf dem Bildschirm.

Die Szenerie war so surreal, doch es war eindeutig sie, die den aufgebrachten Personenschützern ihren Ausweis hinhielt und der die designierte Ministerpräsidentin hinterherlief wie ein Lamm.

Nachdem der Beitrag beendet war, schaltete Paul das Gerät wieder aus und setzte sich wieder an den Tisch.

»Das ist eine unglaubliche Story, ich wette, dass uns die Reporter die Bude einrennen, vielleicht sollten wir uns in meinem Haus in Erpfingen solange verstecken, bis sich der Aufruhr gelegt hat«, schlug Paul vor.

»Jetzt mach aber mal halblang, wozu habe ich einen so starken Kerl wie dich. Du schmeißt die Milchbubis einfach wieder raus!«, versuchte Magdalena zu kalauern.

Aber insgeheim wusste sie, dass Paul recht hatte. Vielleicht wäre es tatsächlich das Beste, erst mal ein paar Tage Urlaub zu nehmen.

»Ich fürchte, du hast recht, Paul, ich nehme mir ein paar Tage frei und wir machen Urlaub auf dem Bauernhof. Dann kannst du mich jeden Tag mit einem anderen Gericht verwöhnen. Aber zuerst musst du mir verraten, was ich gerade gegessen habe.«

»Kutteln.«

Sascha war total genervt und hätte sich am liebsten restlos betrunken. Zuerst der Streit mit Miriam, der ihre junge Beziehung auf einen ernsthaften Prüfstand stellte, und jetzt auch noch der aalglatte Anwalt, der diesen Krenz anstandslos rausgehauen hatte und ihn wie einen dummen Jungen dastehen ließ.

Mit hängenden Schultern schlurfte der Kommissar zu seinem Auto und startete aufheulend den Motor. Mehrere Kollegen schauten strafend zu ihm rüber und Sascha beschloss, auf die Autobahn zu fahren und mal so richtig Gas zu geben.

Doch sobald er an der ersten Ampel anhalten musste, kam er wieder zur Besinnung. Wenn er in seinem jetzigen seelischen Zustand Rennfahrer spielen würde, hätte das bestimmt fatale Folgen. Geknickt drehte er um und suchte einen Parkplatz in der Nähe seiner Altbauwohnung. Natürlich fand er nichts in unmittelbarer Nähe und musste beinahe einen Kilometer durch den strömenden Regen rennen.

Dieser Tag hat es wirklich in sich, dachte er, als er triefend vor Nässe in seiner Dachwohnung ankam. Er riss sich die nassen Klamotten vom Leib und ging unter die Dusche.

Danach fühlte er sich ein wenig besser und nahm aus dem Kühlschrank ein eiskaltes Weizenbier. Nachdem das dritte geleert war, fühlte er sich deutlich besser und beschloss spontan, Miriam anzurufen.

Gerade als er die Nummer eingeben wollte, klingelte es an seiner Wohnungstür. Sein Gesicht hellte sich vollends auf, das war bestimmt Miriam, die sich mit ihm versöhnen wollte. Er schaute an sich hinunter, außer seinen Boxershirts und einem Träger T-Shirt hatte er nichts an, aber das war ja dann gerade recht.

Mit Schwung riss er die Türe auf und erschrak.

»Hallo Herr Gross, kennen Sie mich noch?«

»Äh, hallo Frau Krenz, es ist ja nun nicht gerade lange her, seit wir uns das letzte Mal gesehen haben.«

Saschas Gesicht errötete ein wenig, als die attraktive Frau so unverhohlen seinen Körper betrachtete. Ihm entging auch nicht, dass sie ihrerseits auch sehr viel Haut zeigte. Der sehr kurze Minirock zeigte wohlgeformte Beine und das Top ließ den straffen Bauch erkennen.

»Entschuldigen Sie die Störung, aber es ist sehr wichtig! Kann ich kurz reinkommen?«

Der überraschte Polizist zögerte ein paar Sekunden, bevor er Nadia mit einer einladenden Geste hereinbat.

»Eigentlich habe ich Feierabend, aber wenn es dringend ist, opfere ich gerne meine Freizeit«, meinte er sarkastisch. »Darf ich Ihnen etwas zu trinken anbieten, einen Sekt oder Wein?«

»Danke, ein Glas Wasser wäre nett.«

Er bat seinen Überraschungsgast in sein unaufgeräumtes Wohnzimmer und stieß einen Berg von Klamotten von einem Stuhl, um ihr Platz zu schaffen.

»Junggesellenhaushalt«, meinte er entschuldigend und zuckte mit seinen Schultern.

Nadia setzte sich auf den Stuhl und schaute sich belustigt um.

»Schön haben Sie es hier.«

»Da haben Sie recht, Frau Krenz, aber Sie sind bestimmt nicht hergekommen, um sich meine tolle Wohnung anzuschauen.«

»Nein, obwohl das auch mal ein Grund wäre, Sie zu besuchen«, entgegnete sie mit einem zweideutigen Lächeln.

In diesem Moment drehte sich ein Schlüssel im Türschloss und Miriam kam zur Türe herein.

»Hallo Sasch…,«

Die junge Frau blickte zuerst auf ihren leicht bekleideten Freund und dann auf dessen sehr gut aussehenden weiblichen Gast.

»Das gibt es ja nicht!«, stieß sie wütend hervor. »Von wegen Eifersucht, offenbar bist du meiner überdrüssig geworden.«

Mit einem lauten Knall fiel die Tür wieder ins Schloss.

»Aber Miriam!«, stammelte Sascha und rannte nach einer Schrecksekunde hinterher.

Schwer atmend kam er nach etlichen Minuten wieder zurück. Seiner finsteren Miene nach zu urteilen hatte es kein klärendes Gespräch gegeben.

»Tut mir leid, wenn ich Sie in eine kompromittierende Situation gebracht habe, das habe ich natürlich nicht gewollt. Aber ich muss Ihrer Freundin recht geben, wenn man Sie so leicht bekleidet und mich mit meinem Sommerlook gemeinsam sieht …«

Den Rest ließ Nadia unausgesprochen.

Sascha war in sein Schlafzimmer gegangen und kehrte wenig später mit einer Dreiviertelhose sowie einem normal geschnittenen T-Shirt zurück.

»Können wir jetzt zum eigentlichen Grund Ihres Besuchs kommen, Frau Krenz? Und woher wissen Sie eigentlich, wo ich wohne?«, blaffte der Kommissar und setzte sich ihr gegenüber.

»Entschuldigung, Herr Gross, aber Sie brauchen Ihre

schlechte Laune nicht an mir rauslassen. Ihre Adresse rauszufinden, war kein Problem. Ich habe einfach auf gut Glück bei der Umzugsabteilung unserer Spedition nachgefragt und tatsächlich hat die Firma Krenz die Möbel bei Ihrem letzten Wohnungswechsel hierher verfrachtet. Das ist datenschutztechnisch wahrscheinlich nicht ganz in Ordnung, aber ich denke, der Zweck heiligt in diesem Fall die Mittel. «

»Tut mir leid, wenn ich eben ein wenig garstig war, aber mit meiner Beziehung läuft es gerade nicht so rund.«

»Mit meiner auch nicht.«

Nadia zeigte auf ihre Nase und Sascha musste trotz seiner schlechten Laune lachen.

»Unser Anwalt, Herr Hambacher, den Sie zweifellos in keiner so guten Erinnerung haben dürften, hat bei der Vernehmung meines Mannes nach einem Motiv gefragt und Sie mussten diese Frage unbeantwortet lassen. Aber es gibt doch eines.«

Verdutzt betrachtete Sascha seinen Gast.

»Dirk Sturz und ich hatten ein Verhältnis.«

Die Bombe war geplatzt und Sascha musste sich an der Stuhllehne festhalten.

»Wieso haben Sie das nicht auf dem Präsidium gesagt? Dann hätten wir Krenz nicht laufen lassen müssen. Das gibt es doch nicht.«

Sascha schlug sich mit der flachen Hand an die Stirn und sprang auf. Er blickte auf seine Dachterrasse hinaus, auf die der Regen prasselte.

»Ich verstehe Sie nicht, der Typ schlägt Sie krankenhausreif und Sie beschützen ihn noch. Sie sind eine schöne Frau und könnten zehn bessere Kerle als den an jedem Finger haben.«

»Das verstehen Sie wirklich nicht«, erwiderte Nadia und ihr Gesicht bekam einen melancholischen Ausdruck.

Sie hatte den Ermittler schon auf dem Polizeipräsidium sympathisch gefunden und beschloss spontan, ihm aus ihrem bewegten Leben zu erzählen, wobei sie ihre Zeit als Escortlady ein wenig beschönigte.

Der Kommissar betrachtete sie nun mit anderen Augen.

»Wenn ich heute nicht Besuch von einem äußerst dubiosen Mann bekommen hätte, hätte ich niemals von meiner Affäre erzählt, denn die Ehe mit Krenz erlaubt es mir, ein gutes Leben zu führen. Zugegebenermaßen sogar mit erheblichem Luxus.«

»Äh, von was für einem Mann reden Sie?«, fragte Sascha interessiert.

Nadia erzählte ihm von dem Detektiv, der sie und Dirk Sturz an jenem Abend beobachtet hatte, an dem sie gemeinsam in einem Restaurant am Bodensee diniert hatten, und der jetzt in ihrem Haus aufgetaucht war, um seinen Lohn einzufordern. Um zusätzlichen Druck auszuüben, hatte er ihr ein kompromittierendes Foto von jenem Abend unter die Nase gehalten.

Angestrengt dachte Sascha nach, das waren jetzt nach seinem Geschmack eindeutig zu viele Zufälle. Aber konnte man Krenz anhand der Indizien daraus einen Strick drehen?

Er überlegte hin und her, wie er weiter vorgehen sollte, und vergaß darüber sogar seine privaten Probleme.

»Ich würde gerne meine Kollegin zu Rate ziehen, mit der zusammen ich in den Mordfällen Hess und Sturz ermittle, wenn Sie nichts dagegen haben, Frau Krenz.«

»Tun Sie, was Sie für richtig halten.«

Sascha nickte ihr kurz zu und schnappte sich das Smartphone.

Mit wenigen Worten schilderte er Magdalena den neuen Sachverhalt und bat sie herzukommen.

»Danke für dieses vorzügliche Gericht, Paul, wenngleich ich sagen muss, dass ich wahrscheinlich nichts davon gegessen hätte, wenn ich gewusst hätte, was da auf dem Teller liegt.«

Schmunzelnd ging Magdalena auf Paul zu und gab ihm einen Kuss.

»Unser Kurzurlaub in Erpfingen muss noch eine Weile warten, fürchte ich. Mein Kollege Gross hat mir da gerade etwas Hochinteressantes mitgeteilt, mir bleibt deshalb nichts anderes übrig, als kurz bei ihm vorbeizuschauen. Falls die Pressemeute sich während meiner Abwesenheit Zutritt verschaffen will, gebe ich dir hiermit die Vollmacht, sie mit allen Mitteln daran zu hindern.«

Sie verließ das Haus und machte sich auf den Weg zu Saschas Wohnung, die von ihrer Villa aus in einer guten Viertelstunde zu erreichen war.

Nachdenklich ging sie in Richtung Marienkirche, überquerte den weitläufigen Marktplatz und stand wenig später vor dem restaurierten Altbau, der sich in unmittelbarer Nähe zu dem mittelalterlichen Tübinger Tor befand.

Aufgrund der vielen Treppenstufen stand Mertens schließlich keuchend vor Saschas Wohnungstür.

Ihr junger Kollege öffnete schwungvoll und das Erste, was die Kommissarin wahrnahm, war Nadia.

»Guten Tag Frau Krenz, Mertens mein Name. Wir sind uns, glaube ich, nur kurz auf dem Flur im Präsidium begegnet.«

Sie streckte Nadia die Hand hin, die sie beherzt ergriff.

»Ich fürchte, Sie müssen mir einiges erklären.«

Diese etwas schrullige ältere Dame wird bestimmt oft unterschätzt, ist aber mit Sicherheit ein anderes Kaliber als ihr unerfahrener Kollege, den ich um den Finger wickeln kann, dachte Nadia, die durch ihre verschiedenen Tätigkeiten im horizontalen Gewerbe eine gute Menschenkenntnis erlangt hatte.

Sie berichtete deshalb wahrheitsgetreu von ihrer Liaison mit Dirk Sturz und ließ nichts aus. Auch ihre Ehe wurde von der Polizistin durchleuchtet.

»Ihr Mann wusste also von Ihrer Liebschaft mit dem ermordeten Müllunternehmer. Hat er Sie eigentlich öfters geschlagen?«

»Nein, das war das allererste Mal, dass Herbert handgreiflich geworden ist. Er hat mich eigentlich immer auf Händen getragen, weswegen ich auch stets ein schlechtes Gewissen bei den Zusammenkünften mit Dirk hatte und die Affäre beenden wollte«, meinte Nadia kleinlaut. »Aber seit ich von dem Detektiv erfahren habe, ist mir klar, dass der Schlag wohl eine Reaktion auf meine Untreue war, von der er ja wusste.«

»Die alles entscheidende Frage ist doch, trauen Sie ihm einen kaltblütigen Mord zu, denn darum handelt es sich eindeutig.«

Mertens fixierte die junge Frau und achtete besonders auf deren Körpersprache.

Nadia sprang plötzlich auf und starrte zur Terrassentür hinaus.

»Wenn Sie mich das vor einer Woche gefragt hätten, hätte ich mit voller Überzeugung verneint, doch inzwischen bin ich mir nicht mehr sicher«, erwiderte sie ohne sich umzudrehen.

»Also nehmen wir mal an, Herbert Krenz greift aus Eifersucht zur Waffe und erschießt seinen Nebenbuhler. Wenn er Sie, wie Sie sagen, auf Händen getragen hat, wird es ihm nicht gefallen haben, Sie mit einem anderen zu teilen. Aber wenn es sich so verhalten hat, können wir ihm das auch bewiesen? Wir haben das Taschentuch mit seinen Fingerabdrücken drauf, in einem Wald, in dem er offiziell zur Jagd gegangen ist, sowie die Aussage eines Detektivs, der seine

Frau ausspioniert hat. Ich fürchte, damit kommen wir bei keinem Richter durch, da müssten wir mehr in der Hand haben.«

Mertens sprach das aus, woran auch Sascha schon die ganze Zeit gedacht, dies aber aus Rücksicht auf Nadia nicht ausgesprochen hatte.

»Die Sachlage würde sich natürlich dramatisch ändern, wenn wir etwa die Tatwaffe in seinem Haus oder in einem von seinen Lagerschuppen finden würden«, fügte sie hinzu.

»Ich verstehe, ich soll also zurück in die Höhle des Löwen und die Waffe suchen. Dadurch begebe ich mich in Todesgefahr, das ist Ihnen ja hoffentlich klar, denn wenn mein Mann tatsächlich Dirk getötet hat, wird er mich nicht verschonen. Weshalb machen Sie keine Hausdurchsuchung? Das wäre doch der einfachste Weg.«

»Das bekommen wir aufgrund der dünnen Beweislage niemals genehmigt und falls doch, dann würde dieser mit allen Wassern gewaschene Anwalt das ganze sofort wieder unterbinden, davon bin ich überzeugt. Deshalb fürchte ich, dass die einzige Möglichkeit, Gewissheit zu erlangen, ob Ihr Mann oder doch dieser französische Berufsverbrecher Sturz getötet hat, darin besteht, dass Sie noch einmal zurückkehren«, beharrte die Kommissarin, auch wenn es ihr zutiefst widerstrebte, die junge Frau dieser Gefahr auszusetzen, das verriet ihre ernste Miene.

»Angenommen, ich würde diese Bürde nicht auf mich nehmen und einfach verschwinden, dann wäre Herbert mit einem Mord an meinem Liebhaber einfach so durchgekommen!«, entgegnete Nadia aufgebracht.

Die Hauptkommissarin zuckte mit einer hilflosen Geste mit den Schultern.

Nadia versuchte, ihre Aufregung zu verbergen, als sie mit zitternden Fingern die Haustüre aufschloss. Ganz kurz blieb sie im Treppenhaus stehen und lauschte. Kein Ton drang an ihre Ohren, offensichtlich war Herbert nicht zu Hause.

Sie überlegte kurz, wie sie weiter vorgehen sollte. Wäre es besser, eine Zeitlang zu warten? Sofort verwarf Nadia diesen Gedanken wieder, denn über kurz oder lang würde sich der Detektiv wieder melden, wenn keine Reaktion auf seine Geldforderung erfolgte und dann würde Herbert erfahren, dass sie von seiner Bespitzelungsaktion wusste.

Nein, wie hieß es so schön, besser ein Ende mit Schrecken als ein Schrecken ohne Ende. Denn immer, wenn er sie in Zukunft anfasste, würde sie die Hände eines Mörders auf ihrem Körper spüren. Das war etwas, das Nadia nur schwer ertragen könnte. Aber wie ging es mit ihr weiter, wenn ihr Mann tatsächlich verhaftet und verurteilt werden würde? Bei diesem Gedanken wurde es ihr schwindelig und sie verdrängte ihn wieder.

Wie eine Diebin schlich sie in ihrem eigenen Zuhause herum, in dem sie sich eigentlich immer wohlgefühlt hatte. Sie ging die elegante geschwungene Treppe hinauf und zuckte bei jedem kleinen Knarren der Holzstufen zusammen.

Hier oben befanden sich links und rechts von der breiten Galerie zwei großzügige Schlafzimmer sowie ein Bad mit angegliedertem Whirlpool, in dem sich Nadia besonders gern aufgehalten hatte.

Meistens lagen sie gemeinsam in einem Bett, doch wenn Herbert mal wieder zu sehr geschnarcht hatte, war Nadia immer in das andere Zimmer ausgewichen.

Diesen Raum betrat sie nun, denn dort befand sich ein massiver Schrank, in dem Herbert mehrere Waffen aufbewahrte.

Wo hat er den verdammten Schlüssel versteckt, dachte Nadia ärgerlich und rüttelte an dem verschlossenen Waffenschrank.

»Suchst du das hier?«

Unbemerkt war Herbert Krenz eingetreten und hielt ein Jagdgewehr in der Hand, dessen Mündung wie zufällig auf seine Frau zielte.

Nadia erschrak beinahe zu Tode, versuchte ihr Glück jedoch in der Offensive.

»Willst du mich jetzt auch noch erschießen, so wie du Dirk Sturz abgeknallt hast?«

Ein Blick in seine Augen bestätigte ihren Verdacht und seine Mimik hatte etwas Endgültiges an sich. Diesen Raum würde sie wohl nicht mehr lebend verlassen.

»Dann bring mich doch um, aber damit kommst du nicht durch. Irgendwann wird dir auch dein toller Anwalt nicht mehr helfen können!«, schrie sie ihn an.

»So einfach mache ich es dir nicht, du Hure. Für deinen Betrug wirst du teuer bezahlen und hoffentlich unsagbar leiden. Ich habe dir alles zu Füßen gelegt und jeden Wunsch von deinen Augen abgelesen. Was war der Dank? Wie eine läufige Hündin wirfst du dich diesem Wurm an den Hals!«

Nach diesem Gefühlsausbruch ihres Mannes änderte Nadia ihre Strategie. Mit einer lasziven Geste streifte sie ihr Hemdchen ab und öffnete ihren BH.

»Bitte Herbert verzeihe mir dieses eine Mal noch, ich verspreche dir, dass ich dich niemals wieder betrügen und niemandem von dieser Waffe erzählen werde.«

Mit langsamen Schritten ging sie auf ihn zu und löste dabei die Knöpfe ihres kurzen Rocks, sodass er zu Boden fiel.

»Bleib sofort stehen, diese Masche zieht bei mir nicht mehr. Zieh dich an und dann warten wir gemeinsam auf deinen früheren Zuhälter.« Ein maliziöses Lächeln trat in sein Gesicht. »Er hat sich sehr gefreut, als ich ihm angeboten habe, dich wieder zurückzunehmen und dafür sogar noch etwas Geld zu bekommen. Du wirst für ihn in einem ziemlich heruntergekommenen Puff in Bukarest wieder anschaffen, meine Schöne. Davon hast du doch schon immer geträumt.«

»Das kannst du nicht machen, ich bin deine Frau, das lasse ich mir nicht …«

Weiter kam sie nicht, denn die wuchtige Ohrfeige, die Herbert ihr gab, fegte sie in die hintere Ecke des Zimmers. Danach verließ er den Raum und sperrte von außen ab.

Nadias kaum verheilte Wunde an der Nase war aufgebrochen und das Blut mischte sich mit ihren Tränen. Wie durch einen Schleier bekam sie mit, wie es an der Haustüre klingelte. Ihr Herz pochte wie wild, das war bestimmt Stepan der brutale Mädchenhändler, dem sie jetzt hilflos ausgeliefert sein würde.

Das konnte doch alles nicht wahr sein, vor wenigen Tagen war ihre Welt noch völlig in Ordnung gewesen und sie hatte ein Leben in Luxus geführt.

Zum ersten Mal in ihrem Leben dachte Nadia daran sich umzubringen, denn das war allemal besser als diesem Halsabschneider in die Hände zu fallen. Sie erhob sich und ging zum Fenster. Entschlossen öffnete sie den Flügel und sah hinab. Es waren ungefähr fünf, sechs Meter bis zum Asphalt, das müsste reichen.

In diesem Moment hörte die junge Frau, wie jemand die Treppe heraufkam. Sobald entweder ihr Mann oder Stepan hereinkommen würde, würde sie springen. Jetzt drehte sich der Schlüssel im Schloss und langsam öffnete sich die Türe.

Tun Sie das nicht, Frau Krenz!«

Zu ihrer völligen Überraschung stellte Nadia fest, dass weder der Zuhälter noch ihr Mann in der Tür stand, sondern Magdalena Mertens.

Nadia hatte sich bereits von ihrem Leben verabschiedet gehabt. Langsam schwang sie ihre Beine wieder herein und kam von dem Fensterrahmen, auf dem sie gesessen hatte, wieder runter.

»Aber …, ich verstehe nicht …, was tun Sie hier?«

»Wir machen eine Hausdurchsuchung.«

»Sie sagten doch, dass Sie dazu keine Genehmigung bekommen.«

Behutsam nahm Mertens die junge Frau in den Arm und ging mit ihr zum Badezimmer.

Nachdem Nadia sich von dem ersten Schock erholt hatte, registrierte sie, dass sich noch weitere Beamte im Haus aufhielten. Während die beiden Frauen gemeinsam die Treppe hinuntergingen, erzählte Mertens, was sich seit Nadias Besuch bei Sascha zugetragen hatte.

Demnach war bei einer nochmaligen Vernehmung von Christiane Gruibinger-Hess, ein interessantes Detail bekannt geworden, das die Politikerin an jenem schicksalhaften Abend mit der Erzählung ihres Mannes über das Giftmüllkartell erfahren hatte. Dabei war mehrmals der Name Krenz gefallen, der Lothar Hess zufolge mit seinen Lkw die brisante Fracht zu den Bestimmungsorten gefahren hatte.

Mertens hatte danach die Idee gehabt, die Details dem Dezernat für Wirtschafts- und Umweltkriminalität zu stecken und die dortigen Kollegen von einer Hausdurchsuchung zu überzeugen. Zum Glück für Magdalena war der zuständige Staatsanwalt sehr engagiert und sensibilisiert für derlei Schweinereien. Ohne dass sie große Überzeugungsarbeit leisten mussten, hatte er das erforderliche Papier ausgestellt und auch sein Einverständnis für die Mitwirkung von Gross und Mertens gegeben.

»Ich glaube, wir sind gerade noch rechtzeitig gekommen, um Sie vor einem folgenschweren Fehler zu bewahren.«

Nadia nickte ergeben, und berichtete von Krenz' Plan, sie an einen Zuhälter zu verkaufen, um sie auf diese Weise loszuwerden.

In dem riesigen Wohnzimmer mit angegliedertem Koch- und Essbereich trafen sie auf Nadias Gatten, der lautstark protestierte und sofort seinen Anwalt zu sprechen verlangte.

Ein weiterer Mann saß finster vor sich hinstarrend auf einem Sessel, seine Hände waren mit Kabelbindern fixiert. Der dunkle Teint, der auf eine südosteuropäische Herkunft schließen ließ, war übersät mit hässlichen Narben und Mertens registrierte, dass Nadia bei dessen Anblick vor Angst erstarrte. Offenbar handelte es sich hierbei um den Zuhälter.

»Dieser reizende Zeitgenosse ist sofort auf uns losgegangen, nachdem wir das Haus betreten haben, deshalb hielten wir es für das Beste, ihn erst mal ruhigzustellen«, berichtete Sascha Gross.

Angewidert betrachtete Mertens den Kerl und führte Nadia zu einer jungen Polizistin, die die Verdächtigen aufmerksam beobachtete.

»Könnten Sie sich um die Frau kümmern? Sie braucht dringend ärztliche Versorgung.«

Danach wandte sie sich an den leitenden Beamten und an ihren Kollegen.

»Haben wir etwas Interessantes gefunden?«

»Wir haben sehr viel Bargeld gefunden, über dessen Herkunft uns der Verdächtige bisher noch keine Auskunft geben konnte«, meinte der mittelgroße Mann mit dem glatt rasierten Schädel. »Um weiteres belastendes Material zu finden, nehmen wir sämtliche PCs und Frachtpapiere mit.«

Aus dem Hintergrund zeterte Krenz und beleidigte die Beamten aufs Übelste.

»Sie können schreien wie Sie wollen, Herr Krenz, doch ich fürchte, aus dieser misslichen Situation wird Sie auch Ihr toller Anwalt nicht mehr heraushauen können!«, rief Sascha und hielt dabei triumphierend ein Jagdgewehr mit blank poliertem Holzgriff in die Höhe.

»Sofort nachdem wir die Waffe gefunden haben, die übrigens nicht einmal groß versteckt worden war, habe ich Maier angerufen und ihm die Knarre beschrieben. Die Patronen, die Sturz getötet haben, waren exakt von diesem Kaliber und ich bin überzeugt, dass wir nachweisen können, dass die Kugeln aus genau diesem Gewehr stammen.«

»Lasst mich in Ruhe und verlasst sofort mein Haus, ihr Schweine!«, rief Krenz, doch Magdalena Mertens konnte deutlich die Resignation, die aus seinen Worten sprach, heraushören.

Am darauffolgenden Samstag fand die seit Langem geplante private Weinprobe für Magdalena und Paul statt. Sowohl die Hauptkommissarin als auch ihr Begleiter waren sehr beeindruckt von der Probierstube, die an eine alte römische Taverne erinnerte. Im Vorfeld hatte Miriam ihnen angeboten, in ihrem Haus in Cannstatt zu übernachten.

Zu Beginn war die Stimmung etwas gedrückt, woran mit Sicherheit die Ereignisse der vergangenen Tage schuld waren, die Miriam doch sehr mitgenommen hatten. Doch bereits nach dem zweiten Glas Winzersekt hellte sich die Laune der jungen Frau auf, was nicht zuletzt an den erheiternden Anekdoten lag, die Paul zum Besten gab.

»Ich finde, wir sollten langsam ins Du übergehen, oder was meint ihr?« schlug der Älbler vor.

Der Schwerpunkt dieser Weinprobe waren nicht wie sonst bei »Chez Rudi« üblich die italienischen, spanischen oder französischen Tropfen, sondern edle Gewächse aus der Pfalz, Württemberg und Baden.

Ein weißer Muskatteller hatte es Magdalena besonders angetan und sie konnte nicht anders, als vor Genuss ihre Fingerspitzen zu küssen.

»Äh, was mich noch interessieren würde, Frau Mertens, äh natürlich Magdalena, weißt du schon Näheres über den vermeintlichen Totschlag und den Juwelendiebstahl, worin meine Freundin Susi verwickelt ist?«

Mit gespielter Entrüstung und erhobenem Zeigefinger wandte sich Mertens an ihre Gastgeberin.

»Eigentlich habe ich gedacht, dass wir heute nicht über Kriminalfälle reden, aber das ist wohl kaum möglich, da du selbst involviert bist. Also nach meinem Wissensstand muss sie sich vor einem französischen Gericht verantworten. Doch nachdem, was sowohl ihr Mann als auch Karl Mader und dessen Frau zu Protokoll gegeben haben, war das ein klarer Fall von Notwehr. Außerdem wurden an der Leiche keinerlei Spuren von Gewalteinwirkung gefunden. Ein weiterer Aspekt, der für deine Freundin spricht, ist die Tatsache, dass Duvalle bereits mehrfach wegen sexueller Nötigung vorbestraft war. Anders sieht es allerdings mit dieser Hehlerware aus, die sich deine Freunde unerlaubterweise unter den Nagel gerissen haben. Dabei kommt natürlich erschwerend hinzu, dass diese Schmuckstücke von unschätzbarem Wert und bis zum heutigen Tag nicht wieder aufgetaucht sind. Aber auch hier denke ich, dass deine Freunde mit einer niederen Bewährungsstrafe davonkommen werden. Ein guter Anwalt wird es so auslegen, dass die beiden

Paare aufgrund des Todessturzes dieses Ganoven so dermaßen durch den Wind gewesen sind, dass sie diese Tüte einfach mitgenommen haben und ihnen erst zu Hause in Deutschland die ganze Tragweite ihres Tuns zu Bewusstsein gekommen ist.«

Magdalena unterbrach ihre Erläuterungen und gönnte sich einen kleinen Schluck Wein.

»Mein Kollege Gross« – bei der Nennung dieses Namens sah Magdalena kurz auf und konnte sehen, dass eine leichte Röte in Miriams Gesicht getreten war – »hat den Herrn Wertheim so weit gebracht, in seiner Aussage zu betonen, dass Karl Mader ihm die Juwelen unter der Auflage gegeben hat, sie in seinem sicheren Safe aufzubewahren, um sie später der französischen Polizei zu übergeben. Doch leider ist dann ja dieser falsche Polizist aufgetaucht und hat Wertheim überfallen.«

Miriam nickte wissend und dachte dabei an ihre mehrtägige Gefangenschaft, die sie diesem rotgesichtigen, ominösen Franzosen zu verdanken hatte, und natürlich an ihre Freunde, die aus Habgier vorgehabt hatten, den Inhalt dieser Plastiktüte zu versilbern. Seit der Befreiung aus dem Kellerloch hatte sie weder Susi noch Björn wiedergesehen und auch die Versuche ihrer Freundin, sie telefonisch zu erreichen, ignoriert.

Vielleicht konnte sie in einigen Monaten wieder mit ihr reden, wenn ein wenig Gras über die Sache gewachsen war, aber jetzt im Moment waren die Wunden noch zu frisch, die der Zwangsaufenthalt in dem Kellerverlies geschlagen hatte.

»Das ist jetzt aber seltsam, ich habe extra das Schild mit der Aufschrift ›Geschlossene Gesellschaft‹ an die Türe gehängt«, stellte Miriam irritiert fest, als die Türklingel läutete.

»Das ist bestimmt ein durstiger Kunde, macht ihr ruhig weiter, ich sehe mal nach.«

Mit diesen Worten ging Paul hinaus in den Eingangsbereich und kam wenig später mit einem Mann im Schlepptau zurück.

»Tut mir leid Miriam, aber dieser Herr ließ sich einfach nicht abwimmeln.«

Zornesröte trat in das Gesicht der Weinhändlerin, als sie erkannte, um wen es sich bei dem ungebetenen Gast handelte.

»Das glaube ich ja nicht, du wagst es nach allem, was vorgefallen ist, einfach so hier aufzutauchen?«, herrschte sie ihn an.

»Bitte Miriam, höre mich wenigstens an«, bat Sascha kleinlaut und fügte schnell hinzu, »ich habe eine wichtige Information, die mit dem Tod deines Vaters zusammenhängt.«

Er sah, dass Miriam stutzig wurde, war sich jedoch klar darüber, dass sie ihn hinausgeschmissen hätte, wenn seine Kollegin und Paul nicht anwesend gewesen wären.

»Also gut, aber glaube ja nicht, dass damit alles wieder gut ist.«

Widerwillig bot sie ihm ein Glas des Spätburgunders an, der bei der Probe gerade an der Reihe war.

»Bitte, es soll niemand sagen, dass ich eine schlechte Gastgeberin bin, doch jetzt sag, was du zu sagen hast, und dann verschwinde wieder.«

Magdalena und Paul blickten sich angesichts dieser harschen Worte bestürzt an und die Kommissarin zweifelte daran, ob es richtig von ihr gewesen war, Sascha von der Abendveranstaltung zu erzählen.

Nach einem kräftigen Schluck begann Sascha von seinem Gespräch mit Wertheim zu berichten, bei dem es um den ominösen E-Mailadressaten gegangen war. Er ließ dabei auch das sich in dem Tresor befindende Schwarzgeld sowie den anschließenden Bestechungsversuch nicht aus.

»An jenem Montagmorgen war ich ja felsenfest davon überzeugt, dass der falsche französische Polizist, der Miriam bedroht hatte, sich aus dem Staub gemacht, und derjenige, der Wertheim überfallen hat, die Information über den Aufenthaltsort der Juwelen von anderer Seite erfahren hat. Nachdem ich Wertheim mit dem Schwarzgeld erwischt habe, war er plötzlich sehr zutraulich. Er hat mich zuerst angefleht und danach versucht, mich zu bestechen. Natürlich bin ich standhaft geblieben und wollte lediglich von ihm wissen, ob außer Karl, Susi und ihren Ehegatten sonst noch jemand davon Kenntnis hatte, dass der wertvolle Schmuck in Wertheims Tresor liegt. Ich habe ihm dann in Aussicht gestellt, dass ich vielleicht in puncto Schwarzgeld ein Auge zudrücken könnte, wenn er mir alles lückenlos erzählt.«

Sascha nahm einen weiteren Schluck und berichtete davon, dass Wertheim seine Fühler ausgestreckt hatte, obwohl er davon wusste, dass die Pretiosen zu heiß zum Verkaufen waren.

»Der Juwelier berichtete mir dann von einem Hehler, der keine Skrupel hat und auch mit solchen unverkäuflichen Dingen Geschäfte macht. Zuerst wollte Wertheim nichts Näheres über den Zwischenhändler rauslassen, doch ich habe einfach wieder auf das dicke Bündel Geldscheine verwiesen und da ist es nur so aus ihm herausgesprudelt. Und zwar handelt es sich bei dem Hehler um jemanden namens Schumann, der interessanterweise aus Reutlingen stammt. Das machte mich natürlich hellhörig und ich habe Wertheim ziemlich massiv bedrängt, mir alles über diesen Schumann zu erzählen. Er war wohl Wertheims früherer Anwalt und hat sich genau zu derselben Zeit, als dein Vater getötet wurde, ins Ausland abgesetzt. Das wäre an und für sich nichts Außergewöhnliches, doch Wertheim erzählte mir, dass er diesem Anwalt noch eine gehörige Summe schuldete, als Honorar für einen Rechtsstreit. Doch der Mann war unauffindbar gewesen und auch in seinem Büro waren die Angestellten völlig verwirrt, angesichts der offensichtlichen Flucht. Und nun kommt das Beste: Etwa eine Woche vor seinem abrupten Verschwinden hat Schumann bei Wertheim angerufen und nach einem seriösen Hehler gefragt, der alte Goldmünzen aufkauft.«

»Was?«, schrie Miriam. »Das gibt es ja nicht!«

»Genau das habe ich auch gedacht, als ich die Geschichte gehört habe. Der Juwelenraub trat sofort in den Hintergrund und die als ›Höhlenmord‹ bekannte Geschichte beherrschte plötzlich mein ganzes Denken. Denn obwohl wir ja damals gemeinsam eine Phantomzeichnung angefertigt und die rechtmäßigen Erben eine nicht unerhebliche Belohnung ausgesetzt haben, gab es absolut keine brauchbaren Hinweise aus der Bevölkerung. Da wir kurz darauf einen anderen kniffligen Fall hereinbekamen, hat unser Chef befohlen, den ›Höhlenmord‹ zu den Akten zu legen.«

»Wenn ich mich richtig entsinne, war es Köttmann wichtig, die beiden Mordfälle als aufgelöst zu betrachten, denn schließlich seien beide Mörder tot. Was den ominösen Auftraggeber anbelangte, so hatte Köttmann damals erhebliche Zweifel an deiner Wahrnehmung, Miriam. Er dachte, dass du dir den zweiten Mann eingebildet haben könntest, aufgrund der besonderen Umstände während deiner Gefangenschaft«, fügte Mertens vorsichtig hinzu.

Miriam schüttelte ungläubig den Kopf, sie konnte sich noch daran erinnern, als ob es gestern gewesen wäre. Sie war von ihren Entführern gefesselt und geknebelt zu dem Ort gebracht worden, wo der Austausch stattfinden sollte. Unter äußerster Anstrengung hatte sie es geschafft, die Augenbinde ein wenig zu verschieben, und hatte die Männer schemenhaft sehen können.

»Aber dann haben wir ja jetzt einen Namen und den Beruf, dann dürfte es nicht allzu schwer sein, diesen Kerl zur Fahndung auszuschreiben, und selbst euer Chef muss eingestehen, dass er damals einen Fehler gemacht hat, nicht wahr Magdalena?«

Miriams Augen leuchteten hoffnungsfroh, endlich würde sie dem Mann, der für den Tod ihres geliebten Vaters verantwortlich war, Auge in Auge gegenüberstehen.

»Ich werde umgehend den Staatsanwalt von der Sache in Kenntnis setzen, das verspreche ich dir und ich bin mir ziemlich sicher, dass die Sache wieder aufgerollt wird, auch gegen den Widerstand von Köttmann. Sie sagten vorhin, dass Wertheim ihm einen Hehler genannt hat, Herr Gross. Hat er auch erwähnt, wo sich dessen Wohnort befindet?«

»Der Zwischenhändler, den der Juwelier Schumann genannt hat, hatte damals sein zweifelhaftes Geschäft in Brüssel. Wertheim hat dann sehr lange nichts mehr von Schumann gehört, bis dann eines Tages der Hehler in Brüssel, mit dem er nach wie vor Geschäfte tätigte, mitteilte, dass er sich altershalber zurückzieht, und ihm den Nachfolger präsentierte, der sich zu seiner Überraschung als sein früherer Anwalt Schumann entpuppte.«

»Das wird ja immer besser, dann entkommt der gemeine Schuft nicht noch ein weiteres Mal!«, stieß Miriam freudig erregt hervor.

»Ich verspreche dir, dass ich alles Menschenmögliche tun werde, um ihn zu schnappen«, versprach Sascha mit beinahe religiöser Inbrunst.

»Wie gesagt, ist das natürlich auch für mich ein Anliegen, Miriam, diesen Verbrecher seiner gerechten Strafe zuzuführen. Deshalb danke ich Ihnen, Herr Gross, für die sehr gute Ermittlungsarbeit.«

Plötzlich betrachtete Miriam den Kommissar wieder mit

anderen Augen und Sascha hatte bereits die leise Hoffnung, dass sich ihr schwer belastetes Verhältnis vielleicht wieder kitten lassen würde.

»Und diese Frau, die du bei mir angetroffen hast, war nicht etwa meine neue Geliebte, sondern eine wichtige Zeugin, die bei mir Zuflucht gesucht hat, weil sie sich von ihrem Mann bedroht fühlte.«

»Das kann ich bezeugen, Miriam«, mischte sich Mertens ein.

»Inzwischen hat es sich herausgestellt, dass dieser Herr Krenz den Geliebten seiner Frau aus niederen Beweggründen erschossen hat und Nadia Krenz' Ängste absolut gerechtfertigt waren. Er hat gestanden, dass er Sturz mit einem unscheinbaren Golf bis zum Hotel Achalm gefolgt ist. Nachdem Sturz aus den bekannten Gründen vor seinem Peiniger fliehen musste, hat Krenz sich auf seine Fährte gesetzt. Er ist dabei so kaltblütig vorgegangen, als ob er einen Hirsch erlegen würde.«

Miriams Blick ging von einem zum andern und es hatte den Anschein, dass sie Magdalenas Worten Glauben schenkte.

»Was geschieht jetzt eigentlich mit den beiden Unternehmen, deren Eigentümer sich auf so tragische Weise einmal aus dem Leben und zum andern aus der Freiheit verabschiedet haben?«, fragte Paul die beiden Polizisten.

»Hm, das ist nicht so einfach. Vor ein paar Tagen erst habe ich Frau Sturz aufgesucht, um sie über die näheren Umstände des Mordes an ihrem Mann zu informieren. Sie war natürlich ziemlich bestürzt darüber, dass es ausgerechnet dieser Krenz gewesen war, den sie vom Golfclub her kannte, doch meiner Einschätzung nach hat sie die Sache mit ihrem Gatten gut verkraftet. Zur Aufarbeitung der dubiosen Geschäftspraktiken von Herrn Sturz hat sie mittlerweile diesen

Müller, den wir anfangs ebenfalls in Verdacht gehabt haben, zum Geschäftsführer ernannt. Da viel belastendes Material sowohl bei Sturz als auch bei Krenz gefunden wurde, müssen beide Firmen mit hohen Steuernachzahlungen sowie saftigen Strafen wegen Vergehen gegen Umweltauflagen rechnen. Doch Frau Sturz hat mir versichert, dass eine Sichtung der Vermögenswerte ergeben hat, dass der alteingesessene Familienbetrieb auf einem soliden finanziellen Fundament steht und wohl auch diesen Sturm überstehen wird. Anders sieht es bei Krenz aus, dessen auf Krediten basierendes Unternehmen krachend zusammenbrechen könnte. Doch vielleicht schaffen es die Familienmitglieder ja, die Spedition an einen anderen zu verkaufen, sodass die Arbeitsplätze erhalten bleiben. Unser Vorgesetzter hat sich im Übrigen kleinlaut entschuldigt und uns für die gute Arbeit gelobt. Ich glaube, es ist ihm selten etwas schwerer gefallen, als einzugestehen, dass er mit seiner vorschnellen Festlegung von Bartoli als Täter total danebengelegen ist. Diese beiden Franzosen sind übrigens bis heute noch nicht wieder aufgetaucht.«

Sascha hätte beinahe gefragt, was aus Nadia geworden war, konnte es sich aber im letzten Moment verkneifen, um das zarte Pflänzchen der Versöhnung mit Miriam nicht zu gefährden.

»Übrigens kam vorhin im Radio eine Eilmeldung, demnach wird der nächste Ministerpräsident ein griechischstämmiger Migrant namens Teodosis«, gab Sascha bekannt.

»Das ist doch ein gutes Signal für die Integration von Ausländern. Doch jetzt würde ich vorschlagen, dass wir uns wieder den schönen Dingen des Lebens widmen«, meinte Paul schmunzelnd und goss die Gläser wieder voll.

Das Casino, das Moulin an diesem Abend aufsuchte, war das edelste in Buenos Aires. Sein mondänes Interieur erinnerte an die Zeit der Belle Époque.

Zielsicher steuerte der Mann mit dem auffälligen Schnauzbart die »einarmige Banditen« genannten Geldspielautomaten an, um dort sein Glück zu versuchen. Nachdem er eine kleine Serie hatte und der Automat einige Geldstücke ausspuckte, wurde es ihm zu langweilig und er ging zum Black-Jack-Tisch. Auch bei den Karten blieb ihm das Glück treu und nach weiteren Gewinnen wandte sich Moulin endlich der Königsdisziplin, dem Roulette zu. Als er auch hier mehrmals hintereinander auf die richtigen Farben und Zahlen setzte und sich die Jetons allmählich vor ihm türmten, war Moulin plötzlich umringt von mehreren sehr gut aussehenden Damen.

Jeden Morgen nach seinem geglückten Coup mit Santini musste er sich zwicken, um zu realisieren, dass sein neues Leben kein schöner Traum, sondern Wirklichkeit war. Auch jetzt war wieder so ein Moment, der ihn zufrieden lächeln ließ.

Früher hatte er manchmal Glück bei seinen diversen Pokerrunden, verlor das gewonnene Geld aber meistens sofort wieder. Seit er allerdings über mehrere Millionen verfügte, wäre es auf den einen oder anderen Verlust nicht so angekommen, doch komischerweise hatte er bis auf kleinere Verluste eine Glückssträhne nach der anderen.

Vor einiger Zeit hatte er bereits Vorsorge für eine mögliche Flucht getroffen und so war es dann ein Leichtes für ihn gewesen, in die angemietete Garage zurückzukehren, wo er einen perfekt gefälschten Pass sowie mehrere Klamotten eingepackt hatte.

Mit dem Auto, das er dort geparkt hatte, war Moulin in die Schweiz gefahren. In Genf hatte er das Geld bei einer renommierten Bank eingezahlt und sich in einem nahe gelegenen Reisebüro ein Oneway-Ticket nach Argentinien besorgt.

Zuerst wollte er sich absolut bedeckt halten und auf keinen Fall Aufmerksamkeit erregen. Er checkte in einer kleinen unscheinbaren Pension im Stadtteil San Telmo ein, der mit seinen prägenden Altbauten aus dem neunzehnten Jahrhundert maßgeblich für die geläufige Bezeichnung »Paris Südamerikas« verantwortlich war. Er suchte sich eine Französisch sprechende Dolmetscherin, die er für einen Spanisch-Intensivkurs buchte. Da er in der Schule wie viele Südfranzosen die Grundzüge der Sprache kennengelernt hatte, fiel es ihm nicht allzu schwer, die neue Sprache zu erlernen.

Zu Fuß durchquerte Moulin die prächtige Stadt und benutzte nur im Notfall die gut ausgebaute U-Bahn. Einer der ersten Sehenswürdigkeiten, die er besichtigte, war natürlich der mit Palmen gesäumte Plaza de Mayo. Dieser weitläufige Platz, an dessen Rändern die Catedral Metropolitana, eine an einen römischen Tempel erinnernde Kirche, sowie die im klassizistischen Stil erbaute Casa Rosada, der rosafarbene Präsidentenpalast, standen, gefiel ihm ausnehmend gut.

Bei seinen Promenaden war Moulin zufällig an einem ebenfalls auffallenden Gebäude vorbeigekommen, in dem sich zu seinem Leidwesen ein Casino befand. In den nächsten Tagen wanderte er weiterhin scheinbar ziellos durch die verschiedenen Stadtviertel, um dann allerdings immer wieder, wie von einer unsichtbaren Macht getrieben, hier zu landen.

An einem Abend, als er wieder einmal an dem hell erleuchteten Gebäude vorbeikam, hielt er es nicht mehr aus und ging hinein.

Seither war dies für ihn so etwas wie ein zweites Wohnzimmer geworden und die leicht bekleideten Damen, die in der Hoffnung, etwas vom Kuchen abzubekommen, um die Tische herumlungerten, waren seine Gesellschaft.

Heute entschied er sich wieder für Carmen, eine atemberaubende Blondine mit einer Traumfigur. Zweifellos war die Makellosigkeit von einem ausgezeichneten Schönheitschirurgen mitgestaltet worden, doch das war etwas, das Moulin nicht im Geringsten störte.

Mit einer nonchalanten Geste warf er den Croupiers ein paar der bunten Jetons hin und fasste Carmen an der Hüfte. An der Garderobe holte er ihre beiden Jacken und eng umschlungen verließen sie das Casino.

»Wohin gehen wir?«, fragte er in seinem noch etwas holprigen Spanisch.

»Ich kenne ein nettes Restaurant in La Boca, wo man sehr gut essen und später am Abend noch ein wenig Tango tanzen kann. Allerdings ist es dort nicht ganz billig«, schlug Carmen vor.

La Boca war das schillernde Künstlerviertel, das gemeinhin als Geburtsstätte des Tangos bezeichnet wurde.

»Das spielt heute Abend keine Rolle, du hast ja gesehen, wie viel ich gewonnen habe, Chérie.«

Sie wusste nichts von seinem Reichtum und auch sonst hielt er sich immer noch äußerst bedeckt. Er hatte sich sowohl ihr gegenüber als auch bei seinem Zimmerwirt als französischer Weinhändler aus Bordeaux ausgegeben. Vielleicht würde er ihr im Laufe der Zeit mehr von seiner wahren Identität preisgeben, wenn sie sich besser kannten. Doch für den Moment war es besser so und Moulin war rundum glücklich und zufrieden.

Er hatte sich bereits ausgemalt, mit dieser Chica eine kleine Ranch auf dem Lande zu kaufen und mit ihr eine neue Familie zu gründen. Sie sah nicht nur umwerfend aus, sondern war zudem noch intelligent.

Mit diesem Hochgefühl betrachtete Moulin seine Begleiterin und bemerkte zu spät den kalten Draht, der sich um seinen Hals legte.

Carmen schrie auf und rannte davon, während Moulin sich in seinem Todeskampf vergeblich wand und um sich schlug.

»Ein kleiner Gruß von Monsieur Santini«, hörte Moulin wie durch einen dichten Nebel die Botschaft in seiner Heimatsprache.

Genüsslich betrachtete Santini den Teller mit den fangfrischen, in Olivenöl gebratenen kleinen Tintenfischen. Er träufelte etwas Zitronensaft darüber und nahm einen Schluck des gekühlten Roséweins.

Endlich war er wieder auf seiner geliebten Insel und dieses Mal für immer. Wenn es nicht unbedingt notwendig war, würde er keinen Fuß mehr aufs Festland setzen.

Von seiner Terrasse aus hatte Santini einen einmaligen Blick aufs Meer. Mehrere stattliche Feigenbäume spendeten wohltuenden Schatten während der heißen Sommermonate. Der direkte Zugang zu einer kleinen Bucht war in den Felsen gehauen worden, sodass Santini den Tag jeden Morgen mit einem erfrischenden Bad beginnen konnte.

Gelegentlich hatten sich Touristen dorthin verirrt, doch seine Leibwächter hatten den Leuten unmissverständlich klargemacht, dass sich der herrliche Strand in Privatbesitz befand. Das stimmte zwar nicht ganz, doch Santinis Wort war in dieser Ecke Korsikas Gesetz und die Einheimischen respektierten das.

Nachdem sie Hals über Kopf geflüchtet waren, hatte Bartoli sich auf Befehl seines Chefs in eine Schönheitsklinik begeben und Santini hatte den Auftraggeber des Schmuckdiebstahls kontaktiert. Der Korse hatte schon befürchtet, dass dem US-amerikanischen Milliardär die Ware mittlerweile zu heiß geworden war, doch er hatte die geforderten fünfundsiebzig Millionen Euro klaglos bezahlt.

Das Geld war auf eine Privatbank auf den Bahamas transferiert worden und mit dieser Summe im Rücken war es Santini leichtgefallen, sein einträgliches Geschäft zu beerdigen. Bei der Giftmüllgeschichte war er selbst nie in Erscheinung getreten, das hatte alles Bartoli gemanagt.

Da es sich bei den verschiedenen Mitarbeitern ausnahmslos um Korsen aus seiner Heimatstadt und Umgebung handelte, brauchte Santini keine Angst haben, dass ihn einer der Männer verpfeifen würde, denn das Gesetz des Schweigens galt ihnen als heilig.

Einige von ihnen waren gleichfalls vom Heimweh geplagt gewesen und waren mit ihm auf die Île de Beauté zurückgekehrt. Der Pate hatte dafür gesorgt, dass die ehemaligen Einbrecher und Bankräuber allesamt ausgesorgt hatten.

Es gab lediglich noch zwei Männer, die im gefährlich werden konnten, da war zum einen Bartoli, der ihm nach seiner Gesichtsoperation als Leibwächter und Mädchen für alles diente, und der abtrünnige Moulin.

Bartoli stellte keine Gefahr dar, da ihm die korsischen Bodyguards, die das Anwesen beschirmten, deutlich gemacht hatten, dass er von dieser Insel nur im Holzsarg wieder herunterkommen würde.

Blieb noch Moulin, der sich mit Santinis Geld aus dem Staub gemacht hatte. Dieser Stachel saß noch tief im Fleisch des Korsen und deshalb hatte er seine exzellenten Kontakte zu Unterweltgrößen in aller Herren Länder aufgefrischt.

»Entschuldigung, Monsieur Santini, da ist ein Anruf aus Buenos Aires für Sie.«

Mit einer unterwürfigen Geste reichte Bartoli seinem Boss ein Silbertablett, worauf sich ein kabelloses Telefon befand, und verschwand wieder.

»Ja?«

»Der Fisch ist ins Netz gegangen, wir haben ihn bereits sauber filetiert.«

»Ich danke Ihnen, das Geld für den Fang wird sofort angewiesen, Senor Gomez, es ist immer wieder schön, mit Ihnen Geschäfte zu machen«, antwortete Santini und legte auf.

Er klatschte in die Hände und wenige Augenblicke später erschien Bartoli wieder.

»Bring eine Flasche von dem Zweiundsiebziger-Taittinger und zwei Gläser, Bartoli, darauf müssen wir anstoßen.«

Julian Letsche

wurde in Undingen geboren und begann nach der Schule eine Ausbildung als Zimmermann. Getrieben vom Fernweh ging er auf die Walz und machte sich nach der Rückkehr in seinem Heimatort mit einem Holzbaubetrieb selbstständig. Aus einer Laune heraus eröffnete er mit mehreren Kumpels die Musikkneipe »s'Fabrikle«, in der auch die Irish Folk Band »Lads go Buskin« entstand, wo Letsche bis heute mitspielt. Nach diesen bewegten Jahren gründete der Autor eine Familie und widmete sich nebenher dem Schreiben. Es entstanden mehrere historische Romane, bevor sich Letsche dem Genre Regionalkrimi widmete. Nach dem »Tatort Lichtenstein« folgt nun »Tod auf der Achalm« mit der Reutlinger Kommissarin Magdalena Mertens und ihrem jungen Kollegen Sascha Gross.

Dieser Kriminalroman spielt an realen Schauplätzen.
Alle Personen und Handlungen sind frei erfunden.
Sollten sich dennoch Ähnlichkeiten mit lebenden oder verstorbenen Personen ergeben, so sind diese rein zufällig und nicht beabsichtigt.

Postfach 16 42 · 72706 Reutlingen

Titelbild: Manfred Grohe
Gestaltung: PMP Agentur für Kommunikation, Reutlingen
Lektorat: Elga Lehari-Reichling
Satz: Uhl + Massopust, Aalen
Druck und Bindung: CPI books GmbH, Leck
Printed in Germany
ISBN 978-3-96555-026-1

Auf dem Märchenschloss Lichtenstein am Fuß der Schwäbischen Alb kommt die Schlossführerin Charlotte Friedrich spektakulär zu Tode. Bei ihren Ermittlungen treffen die Kommissare Magdalena Mertens und Sascha Gross auf eine Mauer des Schweigens.

Wenig später wird der rücksichtslose Schlossverwalter, der als einer der Verdächtigen galt, tot aufgefunden. Der Kreis der Verdächtigen erweitert sich um eine obskure Sekte, in deren Gewalt die Tochter der getöteten Schlossführerin ist.

ISBN 978-3-88627-894-7